KB124753

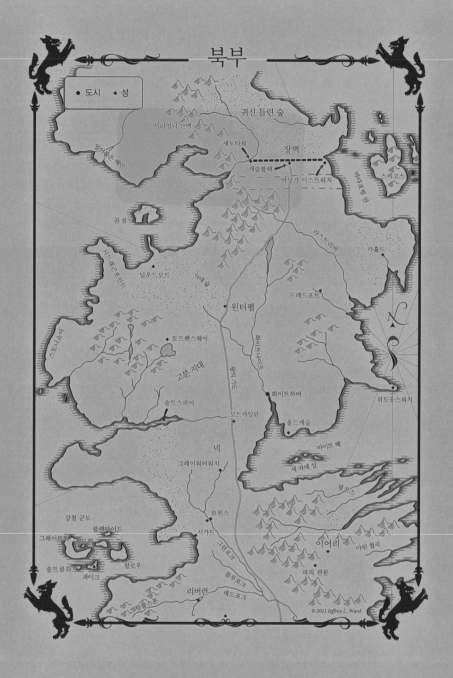

북부

도시 ● 성 ◆

귀신 들린 숲

서리엄니 산맥
새도타워
장벽
개슬블랙
바다가 이스트워치
스카고스

곰 섬

라스트리버
카홀드

시드해브포인트
딥우드모트
늑대 숲
드레드포트
윈터펠
토르헨스퀘어
고분 지대
화이트하버
위도우스위치
솔트스피어
모트카일린
올드캐슬
넥
바이트 해
그레이워터워치
세 자매 섬
핑거스

강철 군도
블랙타이드
트윈스
그레이트윅
시가드
이어리
솔트클리프
아린 협곡
파이크
피의 관문
할로우
블유포크
리버런
레드포크

© 2011 Jeffrey L. Ward

왕들의 전쟁

2

* 이 도서의 국립중앙도서관 출판예정도서목록(CIP)은 서지정보유통지원시스템 홈페이지(http://seoji.nl.go.kr)와
국가자료공동목록시스템(http://www.nl.go.kr/korisnet)에서 이용하실 수 있습니다.
(CIP제어번호: CIP2017010198)

A CLASH OF KINGS by George R. R. Martin
Copyright© 1999 by George R. R. Martin
Published by agreement with The Lotts Agency, Ltd.

Korean translation copyright© 2017 by EunHaengNaMu Publishing Co., Ltd.

GEORGE R. R. MARTIN

왕들의 전쟁

조지 R. R. 마틴 장편소설

이수현 옮김

2

얼음과 불의 노래 제2부

A SONG OF ICE AND FIRE

은행나무

목차

일러두기

1 등장인물의 이름이 다른 이름이나 단어와 혼동할 여지가 있는 경우에는 최대한 혼동을 피하는 방향으로 표기했다. 또한 이름에 일반명사가 포함되어 있는 경우, 외래어 표기법을 따르되 기존 독자의 편의를 고려해 임의로 표기하기도 했다. (예: 존 스노우, 새기독, 드래곤)

2 본문의 주는 모두 옮긴이의 것으로, 괄호 안에 글씨 크기를 줄여 표기했다.

캐틀린

회담 장소는 연회색 버섯과 쓰러진 나무 그루터기가 점점이 흩어진 풀밭이었다.

"우리가 제일 먼저 도착했군요." 할리스 몰렌은 그루터기들 사이에서 말고삐를 당기며 말했다. 두 군대 사이였다. 할리스가 든 기마 창 꼭대기에서는 스타크 가문의 다이어울프 깃발이 펄럭였다. 여기에서는 바다를 볼 수 없었지만, 캐틀린은 바다가 얼마나 가까운지 느낄 수 있었다. 동쪽에서 거세게 불어오는 바람에 소금 냄새가 짙었다.

스타니스 바라테온의 징발대가 공성탑과 투석기를 만들기 위해 나무를 다 잘라놓았다. 캐틀린은 이 숲이 얼마나 오래됐었을지, 네드가 스톰스엔드 포위를 풀기 위해 군대를 이끌고 남쪽으로 왔을 때도 여기에서 쉬었을지 궁금했다. 그날 네드는 큰 승리를 거두었고, 피를 흘리지 않았다는 점에서 더욱 위대한 승리였다.

'신들께서 나도 똑같은 승리를 거두게 하시기를.' 캐틀린은 기도했다. 그녀의 신하들은 여기까지 온 것만으로도 미쳤다고 생각했다. 웬델 맨덜리 경이 말했다. "이건 우리의 싸움이 아닙니다. 우리 왕은 모친이 위험에 빠지는 사태를 바라지 않을 게 분명합니다."

"우리 모두가 위험에 빠져 있어요." 그녀는 어쩌면 너무 날카로운 말투로 받아쳤다. "나라고 여기 있고 싶을까요, 경?" '내가 있을 곳은 죽어가는 아버지가 계신 리버런이고, 내 아들들이 있는 윈터펠이야.' "롭이 자신을 대변하라고 날 남쪽으로 보냈으니, 난 대변할 겁니다." 이 두 형제 사이에 평화를 구축하기란 쉬운 일이 아닌 줄 알지만, 왕국 전체를 위해서 시도는 해보아야 했다.

비에 젖은 들판과 돌투성이 산마루들 저편으로, 보이지 않는 바다를 등진 채 하늘을 이고 선 거대한 스톰스엔드 성을 볼 수 있었다. 그 육중한 연회색 돌덩이 아래에서 둥글게 진을 친 스타니스 바라테온 공의 군대는 깃발을 꽂은 쥐들처럼 작고 하찮아 보였다.

노래에서는 고대에 최초의 폭풍 왕이었던 듀란이 스톰스엔드를 지었다고 했다. 그는 바다 신과 바람 여신의 딸인 아름다운 엘레네이의 사랑을 얻었다. 결혼식 날 밤에 엘레네이는 필멸자의 사랑에 처녀성을 내주었고 그리하여 필멸자로서 죽음을 맞는 운명에 떨어졌으며, 그녀의 부모는 슬픔에 사로잡혀 격노를 터뜨리며 바람과 물을 보내어 듀란의 성을 무너뜨렸다. 듀란의 친구와 형제와 결혼식 손님들은 무너지는 벽에 깔리거나 바다에 휩쓸려 갔지만, 듀란은 엘레네이가 품에 안고 지켰기에 아무 해도 입지 않았고, 마침내 동이 트자 신들에게 전쟁을 선포하고 성을 다시 짓겠노라 맹세했다.

그는 성을 다섯 번 지었고, 매번 이전보다 더 크고 튼튼하게 지었으나 그래봐야 십브레이커 만에서 울부짖는 강풍이 거대한 파도 벽을 몰고 오면 산산이 부서질 뿐이었다. 듀란의 휘하 영주들은 성을 내륙에 지으라고 간청했다. 듀란의 사제들은 엘레네이를 바다로 돌려보내 신들을 달래야 한다고 말했다. 심지어는 듀란의 백성들까지도 그만하라 애걸했다. 듀란은 누구의 말도 듣지 않았다. 그는 제일 강력한 일곱 번째 성을 지었다. 숲의 아이들이 축조를 도와, 마법으로 돌을 빚었다는 말도 있었다. 또 어린 소년 하나가 어떻게 성을 지어야 하는지 말해줬으며, 그 소년이 커서 건설자 브랜이 되었다는 말도 있었다. 이야기가 어떻게 전개되든, 결말은 같았다. 성난 신들이 폭풍을 연이어 보냈으나, 일곱 번째 성은 꿋꿋하게 서 있었고, '신들의 슬픔' 듀란과 아름다운 엘레네이는 죽을 때까지 그곳에서 함께 살았다는 결말이었다.

신들은 잊지 않는 법. 아직도 협해에서는 격렬한 바람이 불어왔다. 그러나 스톰스엔드는 몇백 년, 몇천 년을 버텨냈다. 다른 어떤 거성과도 달랐다. 거대한 외벽은 높이가 30미터에, 화살 구멍이나 샛문조차 없이 모든 곳이 둥글고 매끄러운 곡선으로, 모든 돌이 바람이 들어갈 틈이나 구멍이나 모난 데 하나 없이 촘촘하게 맞아 들어갔다. 그 벽은 이중으로 돌을 두르고 그 사이에 모래와 돌 조각을 넣어, 가장 얇은 지점에서도 두께가 12미터에, 바다를 면한 쪽은 두께가 25미터에 달한다고 했다. 그 강력한 방어벽 안에서는 주방과 마구간과 훈련장도 바람과 파도로부터 안전했다. 탑은 하나뿐이었는데, 어마어마한 크기의 원형 탑으로 바다 방향에는 창문 하나 없었으며, 어찌나 큰지 곡물 저장고와 병영과 연회장과 영주의 거처가 탑 하나에 다 들어갔고, 그 주위를 육중한 성가퀴가 에워싸서 멀리서 보면 치켜든 팔 위에 징 박힌 주먹이 달린 것처럼 보였다.

"마님." 할리스 몰렌이 외쳤다. 그 성 아래에 작게 펼쳐진 진영에서 두 사람이 말을 타고 튀어나오더니 천천히 그들 쪽으로 걸어오고 있었다. "스타니스 왕일 겁니다."

"그렇겠지." 캐틀린은 그들이 다가오는 모습을 지켜보았다. 분명히 스타니스일 테지만, 바라테온의 깃발이 아니었다. 렌리의 군기와 같은 진한 금색이 아니라 밝은 노란색 바탕에 붉은색 문장이 박혀 있었는데, 그 형태는 알아볼 수 없었다.

렌리가 마지막에 도착할 예정이었다. 그는 캐틀린이 출발할 때 이미 그렇게 말했다. 형이 출발하는 모습을 보기 전에는 말에 오르지 않겠다고. 먼저 도착하는 사람은 다른 사람을 기다려야 하는데, 렌리는 기다릴 생각이 없었다. '왕들이 벌이는 게임이지.' 그녀는 속으로 말했다. 그녀는 왕이 아니었으니, 굳이 그런 게임을 할 필요가 없었다. 기다림이라면 익숙했다.

가까이 다가오자 스타니스가 이리저리 솟은 불꽃의 형상으로 만든 붉은 금관을 쓰고 있음이 보였다. 허리띠에는 석류석과 노란 토파즈가 박혔고, 허리에 찬 검 손잡이에는 사각으로 깎은 거대한 루비가 박혔다. 그 외의 옷차림은 소박했다. 누빈 더블릿 위에 징 박힌 가죽조끼, 낡은 장화, 거친 갈색 직물로 짠 바지까지. 태양 같은 노란색 깃발에 박힌 상징은 오렌지색 불길에 둘러싸인 붉은 심장이었다. 왕관을 쓴 수사슴도 있기는 했지만…… 줄어들어서 심장 안에 들어가 있었다. 더 흥미를 끄는 것은 그 군기를 든 사람이었다. 머리끝부터 발끝까지 붉은색으로 차려 입고, 진홍색 망토 두건 아래 얼굴을 가린 여인이었다. '붉은 사제로구나.' 캐틀린은 의아해하며 생각했다. 그 교파는 자유도시들과 먼 동쪽에서 세력이 강하고 수가 많았지만, 칠왕국에는 얼마 없었다.

"스타크 부인." 스타니스 바라테온은 고삐를 당기면서 싸늘하게 예의를 갖췄다. 고개를 기울일 때 보니 캐틀린의 기억보다 더 머리가 벗어져 있었다.

"스타니스 공." 그녀는 마주 인사했다.

스타니스는 짧게 다듬은 수염 아래 각진 턱에 힘을 주었지만, 호칭을 두고 그녀를 괴롭히지는 않았다. 그것만은 고마운 일이었다. "부인을 스톰스 엔드에서 보게 될 줄은 생각 못 했소."

"저도 여기에 있게 될 줄은 몰랐습니다."

스타니스의 움푹 파인 눈이 불편하게 그녀를 응시했다. 그는 편하게 예의를 차리는 사람이 아니었다. "부군의 죽음은 안타깝소. 에다드 스타크가 내 친구는 아니었다 해도 말이오."

"그렇다고 공의 적은 아니었지요. 티렐과 레드와인이 저 성에 귀공을 가두었을 때, 포위를 허문 사람은 에다드 스타크였습니다."

"나를 사랑해서가 아니라, 내 형의 명에 따라서였지. 에다드 공이 의무를 다했다는 점은 부인하지 않겠소. 하나 나라고 덜했던가? 로버트의 수관은 내가 됐어야 해요."

"그건 형님의 뜻이었어요. 네드는 원한 적도 없습니다."

"그런데도 받아들였지요. 내 것이어야 했을 자리를 말이오. 그렇다 해도 약속하는데, 네드 스타크의 살해에 대해서는 정의를 이루어드리리다."

왕이 되겠다는 이 남자들은 얼마나 머리통을 약속하길 좋아하는지.

"동생분께서도 같은 약속을 하시더군요. 하지만 솔직히 말씀드리자면 저는 정의는 신들의 손에 맡겨두고 제 딸들을 되찾고 싶습니다. 세르세이가 아직도 제 딸 산사를 잡고 있고, 아리아에 대해서는 로버트 왕이 죽은 날 이후 아무 소식이 없습니다."

"킹스랜딩을 점령했을 때 부인의 자식들을 찾으면 보내드리리다." 그의 말투에서 '죽었든 살았든'이라는 암시가 느껴졌다.

"그게 언제가 될까요, 스타니스 공? 킹스랜딩은 드래곤스톤에 가깝건만, 저는 여기에서 공을 뵙고 있군요."

"솔직하시군, 스타크 부인. 좋소, 나도 솔직하게 답하지요. 도시를 점령하려면 저 들판 너머에 보이는 남부 영주들의 힘이 필요하오. 내 동생이 저들을 차지하고 있으니, 빼앗아야지요."

"사람들은 원하는 곳과 동맹을 맺습니다. 저 영주들은 로버트와 바라테온 가문에 충성을 맹세했어요. 귀공과 귀공의 동생이 싸움을 미뤄두기만 한다면—"

"렌리가 의무를 다하기만 한다면 싸울 일도 없소. 나는 렌리의 형이고, 렌리의 왕이오. 그저 정당한 내 권리를 원할 뿐이오. 렌리는 나에게 충성하고 복종할 의무가 있소. 그러니 충성과 복종을 받아내야지요. 렌리만이 아니라 다른 영주들에게서도." 스타니스는 캐틀린의 얼굴을 찬찬히 보았다. "그런데 부인은 어떤 이유로 여기에 온 거요? 스타크 가문이 내 동생에게 운을 거는 거요?"

'이 남자는 절대 굽히지 않아.' 그렇게 생각은 했지만, 시도는 해봐야 했다. 너무 많은 것이 걸려 있었다. "제 아들은 영주들과 백성들의 뜻에 따라 북부의 왕으로 통치합니다. 누구에게도 무릎을 굽히지 않지만, 모두에게 우정의 손을 내밀지요."

"왕들에게는 친구가 없소." 스타니스는 퉁명스럽게 말했다. "오직 백성과 적이 있을 뿐."

"그리고 형제들이 있지." 캐틀린 등 뒤에서 쾌활한 목소리가 울렸다. 어깨 너머를 돌아보니 렌리 공의 승용마가 그루터기 사이를 걷고 있었다. 젊은 바라테온은 녹색 벨벳 더블릿과 다람쥐 모피를 두른 새틴 망토를 멋지게 차려입은 모습이었다. 머리에는 이마에 비취로 만든 사슴 머리가 솟은 황금 장미 왕관을 장식했고, 그 아래로 긴 검은 머리가 흘러내렸다. 검대에는 다듬지 않은 검은 다이아몬드 덩어리가 여러 개 박혔고, 목에는 금과 에메랄드로 만든 사슴 목걸이가 느슨하게 걸렸다.

렌리 역시 군기를 들 사람으로 여인을 선택했으나, 브리엔느는 판금 갑옷으로 얼굴과 몸을 가려 성별을 전혀 드러내지 않았다. 손에 든 3.5미터 길이의 기마 창 위에서는 금색 바탕에 검은색으로 그려진 왕관 쓴 수사슴이 바닷바람이 천을 흔들 때마다 껑충껑충 뛰었다.

스타니스의 인사는 무뚝뚝했다. "렌리 공."

"렌리 왕이야. 정말 스타니스 형이었군."

스타니스는 얼굴을 찌푸렸다. "달리 누구란 말이냐?"

렌리는 느긋하게 어깨를 으쓱였다. "군기를 봤을 때는 확신이 안 서더라고. 누구 깃발을 든 거야?"

"내 깃발이다."

붉은 옷을 입은 여사제가 나섰다. "왕께서는 빛의 군주를 의미하는 불타는 심장을 문장으로 삼으셨습니다."

렌리는 재미있어하는 눈치였다. "잘됐네. 우리 둘이 같은 깃발을 쓴다면 전투가 끔찍하게 혼란스러워질 테니까."

캐틀린이 말했다. "전투는 일어나지 않길 빕니다. 우리 셋은 우리 모두를 파괴하려는 공통의 적을 두었어요."

스타니스는 웃음기 없는 얼굴로 그녀를 바라보았다. "철왕좌는 나의 정당한 권리요. 그 사실을 부정하는 자는 모두 내 적이오."

그러자 렌리가 말했다. "왕국 전체가 부정해, 형. 노인들은 죽어가는 목소리로 부정하고, 태어나지 않은 아이들은 어미 자궁 속에서 부정하지. 도르네에서도 부정하고 장벽에서도 부정해. 아무도 형을 왕으로 두고 싶어 하지 않아. 미안하지만."

스타니스는 엄격한 얼굴로 이를 악물었다. "네가 배신자의 왕관을 쓰고 있는 한 결코 너를 너그러이 대하지 않겠노라 맹세했다. 그 맹세를 지켜야겠구나."

"이건 바보짓이에요." 캐틀린이 날카롭게 말했다. "타이윈 공은 2만 군대를 이끌고 하렌홀에 진 치고 있습니다. 킹슬레이어의 잔존 병력은 골든투스에 다시 모였고, 캐스털리록의 그림자 아래에는 또 다른 라니스터군이 모이고 있으며, 세르세이와 그 아들은 킹스랜딩과 두 분의 소중한 철왕좌를 쥐고 있어요. 두 분 다 왕을 자칭하지만, 왕국은 피를 흘리고 있고, 그 왕국을 지키기 위해 검을 든 사람은 내 아들뿐입니다."

렌리는 어깨를 으쓱였다. "아드님은 전투에서 몇 번 이겼지요. 저는 전쟁에서 이길 겁니다. 라니스터는 기다려도 됩니다."

스타니스가 무뚝뚝하게 말했다. "제안할 게 있다면 제안해라. 아니면 가겠다."

렌리가 말했다. "좋아. 말에서 내려서, 무릎을 굽히고, 나에게 충성을 맹세할 것을 제안하지."

스타니스는 격분을 눌렀다. "결코 안 될 말이다."

"로버트는 섬겼으면서, 왜 나는 안 돼?"

"로버트는 내 형이었지. 너는 내 동생이다."

"더 젊고, 더 대담하고, 외모도 훨씬 보기 좋고……."

"……도둑이자 찬탈자이기도 하지."

렌리는 어깨를 으쓱였다. "타르가르옌은 로버트도 찬탈자라고 불렀어. 그 정도 수치심은 감당할 수 있었던 모양이고. 그러니 나도 마찬가지야."

'이건 안 되겠어.' 캐틀린이 다시 나섰다. "스스로가 무슨 말을 하는지 좀 들어보시죠! 내 아들들이었다면 두 사람 머리를 맞부딪치고 둘이 형제라는 사실을 기억할 때까지 한 침실에 가두겠습니다."

스타니스는 그녀를 보고 얼굴을 찌푸렸다. "너무 주제넘게 구시는군, 스타크 부인. 나는 정당한 왕이고, 부인의 아들도 여기 내 동생과 다를 바 없는 배신자요. 그쪽 차례도 올 거요."

그 노골적인 위협은 캐틀린의 분노를 부채질했다. "아주 편하게 다른 이들을 배신자요, 찬탈자라고 부르시는군요. 하지만 귀공은 무엇이 다릅니까? 귀공만이 정당한 왕이라지만, 로버트에게는 아들이 둘 있었을 텐데요. 칠왕국의 모든 법에 따라 조프리 왕자가 정당한 후계자이고, 그다음은 토멘입니다……. 그러니 아무리 타당한 이유가 있다 해도 우리는 모두 배신자입니다."

렌리가 소리 내어 웃었다. "캐틀린 부인을 용서해야 해, 스타니스. 리버런에서부터 먼 길을 말을 타고 오셨거든. 형이 보낸 편지는 보지도 못했을 거야."

스타니스는 직설적으로 말했다. "조프리는 내 형의 씨가 아니오. 토멘도. 둘 다 사생아지. 여자애도 마찬가지요. 셋 다 근친상간의 결과물이오."

'세르세이가 그 정도로 정신이 나갔을까?' 캐틀린은 할 말을 잃었다.

렌리가 말했다. "달콤한 이야기 아닙니까? 탈리 공이 그 편지를 받았을 때 제가 혼힐에 있었습니다. 숨이 턱 막히더군요." 그는 형을 보고 미소 지었다. "그렇게 영리한 줄은 미처 몰랐어, 스타니스 형. 그 말이 사실이라면 확실히 형이 로버트의 후계자겠지."

"사실이라면? 내가 거짓말쟁이라는 거냐?"

"이 이야기를 한 마디라도 증명할 수 있어?"

스타니스는 이를 갈았다.

'로버트는 절대 몰랐겠지. 알았다면 세르세이는 바로 머리통이 떨어졌을 테니까.' 캐틀린은 생각하며 물었다. "스타니스 공, 왕비가 그토록 엄청난 범죄를 저질렀다는 사실을 알면서 왜 침묵을 지키셨습니까?"

"난 침묵하지 않았소." 스타니스는 말했다. "내 의혹을 존 아린에게 가져갔지."

"형님이 아니라요?"

"내 형은 나에 대해 의무감 이상은 갖고 있지 않았소. 내가 그런 죄를 고발한다면 성마르고 이기적으로 구는 걸로 보였을 거요. 내가 계승 서열 첫 번째가 되기 위한 수단으로 말이오. 로버트도 자기가 사랑하는 아린 공이 고발한다면 좀 더 귀를 기울이리라 믿었소."

렌리가 끼어들었다. "아, 그러면 죽은 사람의 증언이 있으시군."

"존 아린이 우연히 죽었다고 생각하느냐? 눈이 흐린 바보로구나. 세르세이가 사실이 밝혀질까 두려워 독살한 거다. 존 공은 확실한 증거를 모으고 있었고……."

"……보나 마나 그 증거도 같이 죽었겠지. 얼마나 편리한지."

캐틀린은 기억을 돌이키며 조각을 짜 맞췄다. "제 동생 라이사는 윈터펠에 있던 저에게 편지를 보내 왕비가 남편을 살해했다고 비난했지요. 나중에 이어리에서는 살인의 책임을 왕비의 동생 티리온에게 물었고."

스타니스는 코웃음을 쳤다. "독사 굴에 들어간다면, 처음 무는 뱀이 어느 뱀인지가 중요하겠소?"

"독사며 근친상간에 대한 이야기가 기발하기는 한데, 바뀌는 건 없어. 스타니스 형이 왕권을 주장하기는 더 좋을지 몰라도, 여전히 내 군대가 더 크거든." 렌리의 손이 망토 안으로 들어갔다. 스타니스는 그 모습을 보고 즉시 칼자루에 손을 뻗었지만, 그가 검을 뽑기 전에 렌리가 내놓은 것은…… 복숭아였다. "하나 먹을래, 형?" 렌리는 미소 띤 얼굴로 물었다. "하이가든에서 온 거야. 이렇게 단 복숭아는 먹어본 적 없을걸." 복숭아를 한 입 베어 물자 렌리의 입가로 과즙이 흘러내렸다.

"과일이나 먹자고 여기까지 온 게 아니다." 스타니스는 화를 터뜨렸다.

캐틀린이 말했다. "두 분! 우리는 악담을 주고받을 게 아니라 동맹 조약을 짜내야 합니다."

"남자라면 복숭아를 거절해선 안 되지." 렌리는 복숭아씨를 옆으로 던지며 말했다. "다시는 기회가 오지 않을지도 모르거든. 인생은 짧아, 스타니스 형. 스타크의 가언을 명심하라고. 겨울이 오고 있어." 그는 손등으로 입가를 닦았다.

"위협이나 들으러 온 것도 아니다."

"아니고말고." 렌리가 마주 쏘아붙였다. "내가 위협을 한다면 확실히 알수 있을 거야. 솔직히 말해서 형이 좋았던 적은 없지만, 그래도 내 핏줄이니 죽이고 싶은 마음은 없어. 그러니 스톰스엔드를 원한다면 가져…… . 형제의 선물로 주지. 예전에 로버트 형이 나에게 줬듯이, 내가 형에게 주겠어."

"너에겐 줄 자격이 없다. 본래 나의 것이야."

렌리는 한숨을 내쉬며 안장에서 몸을 반쯤 돌렸다. "내가 이 형님과 뭘 어째야 하지, 브리엔느? 내가 주는 복숭아도 거절해, 내가 준다는 성도 거절해, 내 결혼식도 피했고…… ."

"네 결혼식이 익살극이라는 사실은 너도 알고 나도 안다. 1년 전에 넌 그 여자를 로버트의 창녀로 만들 계획을 꾸미고 있었지."

"1년 전에 그 여자를 로버트의 왕비로 만들 계획을 꾸몄지. 하지만 뭐가 문제야? 멧돼지는 로버트 형을 해치웠고 난 마저리를 얻었어. 마저리가 숫처녀로 나에게 왔다는 사실을 알면 형도 기쁘겠지."

"네 침대에서라면 그런 상태로 죽을 테지."

"오, 난 올해 안에 마저리에게서 아들을 볼 거야. 그러고 보니 스타니스 형은 아들이 몇이었지? 아, 그렇지, 없었지 참." 렌리는 천진하게 미소 지었다. "형의 딸에 대해서는 이해해. 내 아내가 형의 아내처럼 생겼다면 나라도 어릿광대가 보살피게 했을 거야."

"그만!" 스타니스는 노호했다. "면전에서 조롱받고 참아주진 않겠다. 알겠느냐? 참지 않겠어!" 그는 검집에서 장검을 뽑았다. 약한 햇빛 속에서 강철이 묘하게 밝게 빛났다. 붉은색이었다가, 노란색이었다가, 눈부신 흰색으로 빛을 발했다. 검날 주변의 공기는 열기를 받은 것처럼 일렁였다.

캐틀린의 말은 히힝거리며 한 걸음 물러섰지만, 브리엔느는 검을 뽑아 들고 두 형제 사이에 끼어들며 스타니스에게 외쳤다. "그 칼 거두시오!"

'세르세이 라니스터는 숨넘어가게 웃고 있겠군.' 캐틀린은 피곤한 마음으로 생각했다.

스타니스는 빛나는 검으로 동생을 가리켰다. "나는 자비를 모르는 사람이 아니다." 자비를 모르기로 악명 높은 남자의 호통이었다. "형제의 피로 '빛의 인도자'를 더럽히고 싶지도 않다. 우리 둘 모두의 어머니를 생각해서 하룻밤 동안 네 어리석은 짓을 다시 생각할 시간을 주마, 렌리. 동이 트기 전에 네 깃발을 내리고 나에게 오면, 너에게 스톰스엔드와 예전에 협의회에서 차지하던 자리를 주고 나에게 아들이 태어나기 전까지 내 후계자로 임명하겠다. 그러지 않으면, 너를 무너뜨리겠다."

렌리는 소리 내어 웃었다. "스타니스 형, 아주 예쁜 칼이긴 한데 그 광채에 눈이 상했나 봐. 들판 저편을 봐. 저 깃발들이 다 보이지?"

"천 조각 몇 장이 널 왕으로 만들어줄 줄 아느냐?"

"티렐의 검이 날 왕으로 만들어줄 거야. 로완과 탈리와 카론이 도끼와 철퇴와 전투 망치로 날 왕으로 만들어줄 거야. 타스의 화살과 펜로즈의 기마 창, 포소웨이, 카이, 멀런도어, 에스터몬트, 셀미, 하이타워, 오크하트, 크레인, 캐스웰, 블랙바, 모리겐, 비스버리, 셔머, 던, 푸틀리…… 심지어는 형의 처가인 플로렌트 가문도. 그들이 날 왕으로 만들어줄 거야. 남부 기사들 모두가 나와 함께 말을 달리는데, 그건 내 병력의 일부에 불과해. 보병들이 뒤따라오고 있지. 검과 창을 쥔 십만 명이 말이야. 그런데 형이 날 무너뜨리겠다고? 뭘로, 기도로? 저기 성벽 아래에 모여 있는 쥐꼬리만 한 무리로? 기껏해야 5000명 정도, 물고기 영주와 양파 기사와 용병이겠지. 그중 반은 전투가 시작하기도 전에 나한테 넘어올 거야. 척후대 말이 기병은 400도 안 된다더군. 장갑 기마 창병 앞에서는 잠시도 버티지 못할 가죽 갑옷을 입은 자유기수들이고. 형이 스스로를 얼마나 노련한 전사라고 생각하든 상관없어. 형의 군대는 내 선봉의 첫 번째 돌격도 버텨내지 못해."

"두고 보자꾸나, 동생아." 스타니스가 검을 다시 검집에 밀어 넣자 세상에서 빛이 약간 바래는 느낌이었다. "동 틀 녘이면 알게 되겠지."

"형의 새로운 신이 자비로운 신이길 빌지."

스타니스는 코웃음을 치고 거만한 태도로 말을 몰아 떠났다. 붉은 여사제는 뒤에 잠시 머무르더니, "스스로의 죄를 생각하시오, 렌리 공"이라 말하고 말을 돌렸다.

캐틀린과 렌리 공은 몇 안 되는 캐틀린의 신하들과 렌리 공의 수천 군사가 기다리는 숙영지로 함께 돌아갔다. 렌리가 말했다. "별로 유익하지는 않았지만, 재미있었습니다. 그런 칼은 어디에서 구할 수 있을까 모르겠군요. 흠, 전투가 끝나면 로라스가 가져다가 바치겠죠. 이런 식이 되어야 하다니 슬픕니다."

"명랑하게도 슬퍼하시는군요." 캐틀린은 괴로움을 감추지 못하고 말했다.

"그런가요?" 렌리는 어깨를 으쓱였다. "그렇다면 그런 거겠죠. 스타니스는 제가 별로 아끼는 형제가 아닙니다. 그런데 그 이야기는 사실일까요? 조프리가 킹슬레이어의 자식이라면—"

"—형님이 적법한 왕위 계승자죠."

"살아 있는 동안에는 그렇지요. 하지만 멍청한 법 아닙니까? 왜 가장 어울리는 아들이 아니라 제일 나이 많은 아들이어야 하죠? 왕관은 로버트 형에게 맞지 않았고 스타니스 형에게도 맞지 않을 테지만, 제게는 잘 어울릴 겁니다. 제게는 위대한 왕이 될 자질이 있어요. 강하지만 관대하고, 영리하고, 공정하며, 성실하고, 친구들에게 충실하고 적에게는 지독하지만, 그래도 용서할 줄 알고, 인내심도 있고—"

"겸손은 어때요?"

캐틀린의 말에 렌리는 웃음을 터뜨렸다. "왕에게 몇 가지 결함은 허락하셔야지요."

너무나 피곤했다. 모두 헛된 일이었다. 그녀의 아들이 홀로 라니스터를 마주하는 동안 바라테온 형제는 서로의 피를 볼 테고, 그녀가 무슨 말을 하거나 무슨 짓을 해도 막을 수가 없었다. '리버런에 돌아가서 아버지의 눈을 감겨드릴 때가 지났어. 그 정도는 나도 할 수 있겠지. 내가 사절로서는 형편없을지 몰라도 애도는 잘하니까.'

숙영지는 북에서 남으로 이어지는 낮은 돌 산마루 위에 자리를 잘 잡고 있었다. 맨더에서 제멋대로 퍼져 있던 진영보다 훨씬 질서 정연했으나, 그 크기는 4분의 1에 불과했다. 렌리는 형이 스톰스엔드를 공격한다는 사실을 알고 롭이 트윈스에서 했던 것처럼 병력을 쪼갰다. 보병으로 이루어진 대병력은 어린 왕비와 마차, 수레, 짐말, 크고 무거운 공성장비들과 함께 비터브리지에 남겨두고 렌리 본인은 기사와 자유기수들만 이끌고 날쌔게 동쪽으로 달렸다.

그런 점마저도 어찌나 형인 로버트와 비슷한지……. 다만 로버트에게는 언제나 그 대담함에 주의를 줄 에다드 스타크가 있었지만 말이다. 네드라면 분명히 로버트를 설득해서 전군을 이끌고 스타니스를 에워싸서 포위군을 포위하도록 했을 것이다. 그렇게 했다면 렌리가 무턱대고 달려들어서 형과 맞붙을 일도 없었다. 그는 보급선과 멀어진 데다, 마차와 노새와 황소들과 함께 식량과 사료를 며칠 떨어진 곳에 놓아두고 왔다. 곧 전투에 돌입하지 않으면 굶어 죽을 판이었다.

캐틀린은 할리스 몰렌을 보내어 말을 돌보게 하고 렌리와 함께 숙영지 심장부에 자리 잡은 왕의 천막으로 돌아갔다. 녹색 비단 벽 안에서는 렌리의 지휘관과 휘하 영주들이 교섭 내용을 들으려고 기다리고 있었다. "내 형은 변하지 않았어." 젊은 왕은 브리엔느가 그의 망토를 풀고 머리에 얹은 황금과 비취 왕관을 들어 올리는 동안 신하들에게 말했다. "성을 내주고 예의를 차리는 정도로는 형을 달래지 못해. 꼭 피를 봐야 한다는 거지. 나도 그 소원을 들어줄 마음이라네."

마티스 로완 공이 끼어들었다. "전하, 여기에서 전투를 벌일 필요는 없습니다. 스톰스엔드 성에는 강력한 수비군이 있고 양식도 충분한 데다, 코트네이 펜로즈 경은 노련한 지휘관이고, 성벽을 파괴할 수 있는 투석기도 없습니다. 스타니스 공은 포위전을 벌이라고 하십시오. 그래봤자 재미를 보지 못할 테고, 스타니스 공이 춥고 배고프고 무익하게 시간을 보내는 동안 우리는 킹스랜딩을 점령하는 겁니다."

"그래서 내가 스타니스를 대적하길 두려워했다는 소리를 들으란 말입니까?"

"바보들이나 그런 말을 할 겁니다." 마티스 공은 반박했다.

렌리는 다른 이들을 보았다. "다들 어떻게 생각합니까?"

랜딜 탈리 공이 말했다. "저는 스타니스가 위험하다고 봅니다. 피 흘리지 않고 내버려두면 점점 강해질 뿐입니다. 반면 전하의 병력은 전투로 줄어들겠지요. 라니스터는 하루아침에 쓰러뜨릴 적이 아닙니다. 전하가 라니스터를 해치울 무렵이면 스타니스 공은 전하 못지않게 강력하거나……더 강할 겁니다."

나머지도 한목소리로 동의했다. 왕은 만족스러운 표정이었다. "그렇다면 싸우지."

'내가 네드를 실망시켰듯이 롭을 실망시켰구나.' 캐틀린은 그렇게 생각하며 발언했다. "전투에 나선다면 제가 여기 온 목적은 다했습니다. 리버런으로 돌아가도록 허락해주시지요."

"허락 못 합니다." 렌리는 접의자에 앉았다.

캐틀린은 몸이 굳었다. "저는 화해를 돕고자 하는 희망에서 왔습니다. 전쟁을 돕지는 않겠습니다."

렌리는 한쪽 어깨를 으쓱였다. "부인의 스물다섯 명 없이도 승리는 할 겁니다. 부인이 전투에 참여하기를 바라지는 않아요. 지켜보길 바랄 뿐입니다."

"전 속삭이는 숲에 있었습니다. 살육 장면이라면 충분히 봤어요. 전 여기에 사절로 왔고—"

"사절로 떠나겠지요." 렌리가 말했다. "다만 왔을 때보다 현명해져서 갈 겁니다. 반역자들이 어떤 운명을 맞는지 두 눈으로 똑똑히 보세요. 아드님이 부인의 입으로 그 광경을 들을 수 있게 말입니다. 신변은 안전하게 지켜드릴 테니 두려워 마십시오." 렌리는 전투 배치를 위해 몸을 돌렸다. "마티스 공, 공이 주전투의 중심을 이끌어요. 브라이스 공은 좌익을 맡아요. 우익은 내가 맡습니다. 에스터몬트 공은 예비 병력을 지휘해요."

"실망시키지 않겠습니다, 전하." 에스터몬트 공이 대답했다.

마티스 로완 공이 큰 소리로 물었다. "선봉은 누가 맡습니까?"

그러자 존 포소웨이 경이 말했다. "전하, 제가 그 영예를 청합니다."

녹색의 가이야드 경이 말했다. "청하는 거야 당신 마음이지만, 선봉에 나설 권리는 일곱 기사 중 하나에게 있어."

랜딜 탈리가 말했다. "방패벽에 돌격하려면 예쁜 망토만 가지고는 안되지. 난 자네가 아직 어머니 젖을 빨고 있을 때 메이스 티렐의 선봉대를 이끌었네, 가이야드."

너도나도 큰 소리로 자기주장을 펼치면서 천막 안이 시끄러워졌다. '여름의 기사들이야.' 캐틀린은 생각했다. 렌리가 한 손을 들어 올렸다. "그만하면 됐소, 여러분. 선봉대가 열 개라면 여러분 모두가 하나씩 맡을 테지만, 가장 큰 영광은 응당 가장 위대한 기사에게 돌아가야지요. 로라스 경이 선봉을 맡겠소."

"기쁜 마음으로 맡겠습니다, 전하." 꽃의 기사가 왕 앞에 무릎을 꿇었다. "축복을 내려주시고, 전하의 깃발을 들고 제 옆을 달릴 기사를 정해주십시오. 수사슴과 장미가 나란히 전투에 나설 수 있도록."

렌리는 주위를 둘러보았다. "브리엔느."

"네, 전하?" 브리엔느는 아직 파란 강철 갑옷을 입고 있었으나, 투구는 벗은 상태였다. 사람이 꽉 찬 천막 안이 더워서 그녀의 못생기고 넙데데한 얼굴에 땀에 젖은 노란 머리가 달라붙었다. "제 자리는 전하 곁입니다. 저는 전하의 방패를 맹세한 몸이고……."

"일곱 방패 중 하나지." 왕이 상기시켰다. "두려워 말라, 전장에서는 경의 동료 넷이 나와 함께 있을 테니."

브리엔느는 무릎을 꿇었다. "전하 곁을 떠나야 한다면, 전하의 무장을 돕는 영광이라도 허락하십시오."

캐틀린은 등 뒤에서 누군가가 키득거리는 소리를 들었다. '렌리를 사랑하는구나, 가엾은 것.' 그녀는 서글프게 생각했다. 브리엔느는 그저 렌리에게 닿기 위해 종자 노릇을 자처했고, 사람들이 자신을 얼마나 바보로 여기든 상관하지 않았다.

"허락한다. 이제 다들 나가봐요. 왕이라 해도 전투 전에는 쉬어야지요."

캐틀린이 입을 열었다. "오면서 마지막으로 지나친 마을에 작은 성소가 있었습니다. 리버런으로 떠나는 것을 허락하지 않는다면, 성소에 가서 기도라도 하게 허락해주시지요."

"원하는 대로 하십시오. 로바르 경, 스타크 부인을 성소까지 안전하게 모시게……. 하지만 동 틀 녘에는 모시고 돌아오도록."

"렌리 공도 기도하시는 편이 좋을 텐데요." 캐틀린은 덧붙여 말했다.

"승리를 달라고 말입니까?"

"지혜를 달라고요."

렌리는 소리 내어 웃었다. "로라스, 남아서 내 기도를 도와주게나. 기도를 해본 지가 너무 오래돼서 방법도 잊어버렸어. 나머지 그대들은 해가 뜰 때 모두 무장을 갖추고 말에 올라 맡은 자리에 서 있기를 바라오. 스타니스에게 쉽게 잊지 못할 새벽을 선사합시다."

캐틀린이 천막을 떠났을 때는 황혼이 내리고 있었다. 로바르 로이스 경이 곁에 섰다. 그녀는 그를 조금밖에 알지 못했다. 청동 욘의 아들로, 투박하게 잘생긴 청년이었고, 마상 시합에서 명성이 있었다. 렌리는 그에게 무지개 망토와 피처럼 붉은 갑옷을 내리고 일곱 기사 중 하나로 임명했다.

"협곡에서 먼 길을 왔구려, 경."

"부인께서도 윈터펠에서 먼 길을 오셨습니다."

"나야 내가 왜 여기에 왔는지 알지만, 경은 왜 왔나? 이건 내 전투가 아닌 만큼 경의 전투도 아니야."

"렌리를 제 왕으로 삼았을 때 제 전투가 됐습니다."

"로이스 가문은 아린 가문의 휘하지."

"제 아버지는 라이사 부인에게 한 충성 맹세를 지켜야 하고, 그 후계자도 마찬가지지요. 둘째 아들은 직접 자신의 영광을 찾아야 합니다." 로바르 경은 어깨를 으쓱였다. "마상 시합에는 염증이 나기 마련이지요."

스물한 살쯤이나 됐을까. 그는 자신의 왕과 비슷한 나이였다…… 그러나 캐틀린의 왕, 캐틀린의 롭은 열다섯 살인데도 이 젊은이보다 훨씬 지혜로웠다. 적어도 캐틀린은 그렇기를 기도했다.

숙영지에서 캐틀린이 차지한 작은 구석에서는 샤드가 당근을 썰어 주전자에 넣고 있었고, 할리스 몰렌은 윈터펠 출신의 부하 셋과 함께 주사위 놀이를 하고 있었으며, 루카스 블랙우드는 앉아서 단검을 갈고 있었다. 루카스는 그녀를 보고 말했다. "스타크 부인, 몰렌에게 들으니 새벽에 전투가 벌어진다면서요."

"사실이오." 사실이기도 하고 입이 싼 소리이기도 했다.

"저희는 싸웁니까, 달아납니까?"

"우린 기도할 거요, 루카스." 그녀는 대답했다. "기도할 거요."

산사

"오래 기다리게 하면 그만큼 더 나빠질 거다." 산도르 클리게인이 경고
했다.

산사는 서두르려고 했지만, 단추와 매듭을 만지는 손가락이 서툴렀다.
사냥개가 입이 걸기야 새로울 것도 없지만, 쳐다보는 눈빛 때문에 어쩐지
두려움이 차올랐다. 조프리가 돈토스 경과의 만남에 대해 알아낸 걸까?
'제발 아니기를.' 그녀는 머리를 빗으면서 생각했다. 돈토스 경은 그녀의
유일한 희망이었다. '난 예쁘게 보여야 해. 조프리는 내가 예뻐 보이는 걸
좋아해. 이 가운, 이 색깔을 입으면 언제나 좋아했지.' 그녀는 옷자락을 가
다듬었다. 가슴께의 천이 팽팽했다.

밖으로 나간 산사는 불탄 쪽 얼굴을 피해서 사냥개 왼쪽으로 걸었다.
"내가 무슨 짓을 했는지 말해줘요."

"네가 아니다. 네 오라비 왕이지."

"롭은 반역자예요. 난 롭이 한 짓과 무관해요." 산사는 기계적으로 읊었다.
'신들이시여, 제발 킹슬레이어는 아니게 해주세요.' 롭이 제이미 라니스터
를 해쳤다면 산사의 목숨이 날아갈 터였다. 그녀는 일린 경을, 그리고 그

여위고 얽은 얼굴에서 무자비하게 빛나는 옅은 색의 무시무시한 눈동자를 생각했다.

사냥개는 코웃음을 쳤다. "잘도 훈련받았구나, 작은 새야." 그는 산사를 외벽 안뜰로 안내했다. 활쏘기용 흙벽 주변에 군중이 모여 있었다. 남자들이 비켜서서 두 사람을 통과시켰다. 자일스 공의 기침 소리를 들을 수 있었다. 어정거리던 마구간지기들은 건방진 눈빛을 보냈지만, 호라스 레드와인 경은 산사가 지나가자 눈을 피했고, 그 형제인 호버는 아예 산사를 못 본 척했다. 노궁 화살에 갈비뼈가 관통당한 노란 고양이 한 마리가 땅바닥에서 죽어가며 애처롭게 울고 있었다. 그 고양이를 피해 걸으려니 속이 울렁거렸다.

돈토스 경이 빗자루 말을 타고 다가왔다. 마상 시합 때 그가 너무 취해서 군마에 오르지 못했기 때문에, 그 후로 왕은 돈토스가 늘 말을 타고 다녀야 한다고 선언했다. "용기를 가지세요." 그는 산사의 팔을 꽉 잡으며 속삭였다.

조프리는 군중들의 중앙에 서서 화려한 노궁을 장전하고 있었다. 보로스 경과 메린 경이 함께 있었다. 산사는 그들을 보는 것만으로도 속이 꼬이는 느낌이었다.

"전하." 그녀는 무릎을 꿇었다.

"이번엔 무릎 꿇어봐야 소용없어. 일어서라. 그대는 그대 오라비가 가장 최근에 저지른 반역에 답하기 위해 여기 왔다."

"전하, 제 반역자 오라비가 무슨 짓을 했든 저와는 무관합니다. 아시지 않습니까. 이렇게 간청하오니, 부디—"

"일으켜 세워라!"

사냥개가 산사를 일으켰다. 거친 손길은 아니었다.

조프리가 말했다. "란셀 경, 문제의 짓거리에 대해 일러줘라."

산사는 언제나 란셀 라니스터가 아름답고 말도 점잖게 한다고 생각했었지만, 지금 란셀이 그녀에게 보내는 눈빛에는 동정도 친절도 없었다. "무슨 사악한 주술을 썼는지, 그대의 오라비는 라니스포트에서 말을 달려 사흘도 떨어지지 않은 곳에서 와르그 군대로 스태퍼드 라니스터 경을 덮쳤소. 훌륭한 군인 수천 명이 검을 들 기회조차 없이 자다가 살해당했고, 북부인들은 살육을 벌인 후에 죽은 자들의 살로 잔치를 벌였지."

공포가 차가운 손으로 산사의 목을 죄었다.

"할 말이 하나도 없나?" 조프리가 물었다.

"전하, 가엾은 아이가 충격받아 넋을 잃었습니다." 돈토스 경이 중얼거렸다.

"조용히 해라, 어릿광대." 조프리는 노궁을 들어 올려 산사의 얼굴을 겨눴다. "너희 스타크는 너희들의 늑대만큼이나 자연에 어긋나는 존재야. 네 괴물이 날 어떻게 공격했는지 잊은 적이 없다."

"그건 아리아의 늑대였어요. 레이디는 한 번도 당신을 해친 적 없는데, 그런데도 당신은 레이디를 죽여버렸죠."

"아니지, 네 아비가 죽였지. 네 아비를 내가 죽였어. 내 손으로 직접 했더라면 좋았을걸. 난 어젯밤에 네 아비보다 더 덩치가 큰 남자를 죽였다. 놈들이 성문에 와서 내 이름을 외치면서 빵을 달라더군. 내가 무슨 빵 장수라도 되나. 그래서 버릇을 가르쳐줬어. 제일 목소리가 큰 놈의 목을 쏴버렸지."

"그래서 그 사람은 죽었나요?" 노궁에 쓰는 투박한 쇠 화살촉이 바로 앞에서 노려보고 있으니 달리 할 말을 생각하기가 힘들었다.

"물론 죽었지. 내 화살이 목에 박혔다니까. 돌맹이를 던지는 여자가 하나 있길래 그 여자도 쐈지만, 팔만 쐈다." 조프리는 얼굴을 찌푸리며 노궁을 내렸다. "너도 쏴버리고 싶지만, 어머니 말씀이 그랬다간 놈들이 제이미 삼촌을 죽일 거라더군. 그러니 너에게는 벌만 주고, 네 오라비에게 항복하지 않으면 너에게 무슨 일이 생길지 적어 보내기로 했다. 개, 때려라."

"제가 때리게 해주십시오!" 돈토스 경이 주석 갑옷을 달그랑거리며 나섰다. 그는 쇳덩이 대신 멜론을 박은 "가시 철퇴"로 무장하고 있었다. '나의 플로리안.' 산사는 그에게 입이라도 맞출 수 있었다. 그 얼룩덜룩한 피부와 터진 핏줄에까지 다. 그는 빗자루를 타고 산사 주위를 돌며 "반역자, 반역자"라고 외치고 멜론으로 그녀의 머리를 때렸다. 산사는 두 손으로 머리를 감싸고, 과일에 얻어맞을 때마다 비틀거렸다. 두 번째 타격부터는 머리카락이 끈적거렸다. 사람들이 웃어대고 있었다. 멜론이 박살이 나서 날아다녔다. 그녀는 과즙이 얼굴과 파란 비단 가운 앞섶에 흐르자 기도했다. 조프리가 웃기를, 웃고 그걸로 만족하기를.

조프리는 킬킬거리지도 않았다. "보로스. 메린."

메린 트랜트 경이 돈토스의 팔을 잡고 거칠게 내팽개쳤다. 붉은 얼굴의 어릿광대는 빗자루와 멜론과 함께 대자로 뻗었다. 보로스 경은 산사를 잡았다.

"얼굴은 건드리지 말아라." 조프리가 명했다. "예쁜 게 좋으니까."

보로스는 산사의 배에 주먹을 꽂았다. 숨이 빠져나갔다. 산사가 허리를 접자 기사는 그녀의 머리채를 잡고 검을 뽑았다. 그 끔찍한 순간 산사는 보로스가 자신의 목을 그으려 한다고 확신했다. 그가 칼등으로 허벅지를 내리치자, 그 타격에 다리가 부러질 것 같았다. 산사는 비명을 질렀다. 눈에 눈물이 차올랐다. '곧 끝날 거야.' 이내 그녀는 몇 번이나 맞았는지 헤아리지 못하게 됐다.

"그만하면 됐소." 사냥개의 쉰 목소리가 들렸다.

"아니, 부족해." 왕이 대꾸했다. "보로스, 발가벗겨라."

보로스는 두툼한 손을 산사의 보디스 앞섶에 집어넣고 잡아당겼다. 비단이 찢어지면서 산사의 몸이 허리까지 드러났다. 산사는 두 손으로 가슴을 가렸다. 멀리서 잔인하게 키득거리는 소리를 들을 수 있었다. "피가 나도록 때려라. 그 오라비가 어떻게 생각할지 보자—"

"이게 무슨 짓거리지?"

꼬마 악마의 목소리가 채찍처럼 날았고, 갑자기 산사는 자유로운 몸이 되었다. 그녀는 두 팔로 가슴을 가리고 거친 숨을 몰아쉬며 무릎을 꿇었다. "자네가 생각하는 기사도는 이런 건가, 보로스 경?" 티리온 라니스터는 분노를 담아 물었다. 그의 애완 용병과, 한쪽 눈이 불탄 야인이 같이 서 있었다. "대체 어떤 기사가 무력한 처녀를 때리나?"

"왕을 섬기는 기사요, 꼬마 악마." 보로스 경이 검을 들어 올렸고, 메린 경이 검집에서 검을 빼며 그 옆에 섰다.

"거 조심하시지." 난쟁이의 용병이 경고를 날렸다. "그 예쁜 흰 망토에 온통 피가 튀길 바라진 않을 텐데."

"누가 아가씨에게 몸을 덮을 걸 주게." 꼬마 악마가 말했다. 산도르 클리게인이 망토를 풀어 산사에게 던졌다. 산사는 그 망토를 가슴께에 붙잡고, 하얀 모직물을 단단히 움켜쥐었다. 거친 직물이 피부를 긁었지만, 어떤 벨벳도 이렇게 반갑지는 않았다.

"이 아가씨는 네 왕비가 될 사람이다." 꼬마 악마가 조프리에게 말했다. "왕비가 될 사람의 명예에는 아무 관심도 없는 거냐?"

"벌을 주고 있었어."

"무슨 범죄에 대한 벌? 제 오라비의 전투에서 싸운 것도 아니고."

"늑대의 피가 흐르잖아."

"그리고 너에겐 거위의 지혜가 흐르지."

"나한테 그따위로 말할 순 없어. 왕은 마음 내키는 대로 할 수 있어."

"아에리스 타르가르옌은 자기 내키는 대로 했지. 네 어머니가 아에리스에게 무슨 일이 일어났는지 말해주긴 한 거냐?"

보로스 블런트 경이 헛기침을 했다. "어떤 자도 킹스가드가 있는 곳에서 왕을 위협할 순 없소."

티리온 라니스터는 한쪽 눈썹을 치켰다. "난 왕을 위협하는 게 아니라네, 경. 내 조카를 가르치고 있지. 브론, 티멧, 다음에 보로스 경이 입을 열거든 죽여버려." 난쟁이는 미소 지었다. "자, 이런 게 위협이지. 차이를 알겠나?"

보로스 경은 시뻘겋다 못해 시커메졌다. "왕대비께서 이 일을 들으실 거요!"

"당연히 들으시겠지. 기다릴 거 뭐 있나? 조프리, 네 어머니를 불러올까?"

왕은 얼굴을 붉혔다.

"할 말 없으십니까, 전하?" 왕의 외삼촌은 말을 이었다. "좋아. 귀를 더쓰고 입을 덜 쓰는 법을 익혀라. 그렇지 않으면 네 치세가 내 키보다 더 짧아질 거다. 마구잡이로 잔인하게 구는 건 백성의 사랑을 얻는 길이 아니야……. 왕비의 사랑도 마찬가지고."

"어머니는 두려움이 사랑보다 낫다고 하시지." 조프리는 산사를 가리켰다. "산사는 날 두려워해."

꼬마 악마는 한숨을 내쉬었다. "그래, 알겠다. 스타니스와 렌리가 열두 살짜리 소녀가 아니라서 안타깝구나. 브론, 티멧, 아가씨를 모셔라."

산사는 꿈속에서처럼 멍하니 움직였다. 꼬마 악마의 부하들이 마에고르 성채에 있는 그녀의 침실로 다시 데려갈 줄 알았더니, 수관의 탑으로 안내했다. 아버지의 명예가 실추된 이후 그곳에 한 번도 발을 들인 적이 없었는데, 다시 그 계단을 오르려니 현기증이 났다.

웬 하녀들이 그녀를 떠맡고는, 그만 떨게 하려고 무의미한 위로의 말을 건넸다. 한 명이 누더기가 된 가운과 속옷을 벗겼고, 다른 한 명이 목욕을 시키고 얼굴과 머리에서 끈적한 과즙을 씻어냈다. 그들이 비누로 그녀의 몸을 문지르고 머리 위에 따뜻한 물을 붓는 동안, 산사는 오직 안뜰에 있었던 얼굴들밖에 볼 수 없었다. '약자를 지키고, 여자들을 보호하며, 정의를 위해 싸우겠노라 맹세한 기사들인데, 아무도 아무것도 하지 않았어.' 오직 돈토스 경만이 도우려고 했고, 그는 이제 기사가 아니었다. 꼬마 악마도, 사냥개도 기사가 아니었다……. 사냥개는 기사들을 싫어했다……. '나도 기사들이 싫어.' 산사는 생각했다. '진정한 기사들이 아니야. 단 한 명도.'

몸이 깨끗해지고 나자 통통한 붉은 머리 학사 프렌켄이 보러 왔다. 그는 산사가 매트리스에 엎드리도록 하고 다리 뒤쪽에 부풀어 오른 붉은 매질 자국에 연고를 펴 발랐다. 그 후에는 드림와인에 먹기 편하게 꿀을 섞어 주었다. "조금 자도록 해요. 깨어나면 이 모든 일이 나쁜 꿈처럼 느껴질 겁니다."

'아니, 아닐 거예요, 어리석은 학사.' 산사는 그렇게 생각했지만 그래도 그 드림와인을 마시고 잠들었다.

다시 깨어났을 때는 어두웠고, 그녀는 어디에 있는지 바로 깨닫지 못했다. 방은 낯설면서 이상하게 친숙했다. 몸을 일으키자 다리를 찌르는 통증과 함께 모든 기억이 되살아났다. 눈에 눈물이 고였다. 누군가가 침대 옆에 그녀가 입을 로브를 두었다. 산사는 그 로브를 걸치고 문을 열었다. 밖에는 가죽처럼 질긴 갈색 피부에 못마땅한 얼굴을 한 여자가 서 있었는데, 앙상한 목에 목걸이가 세 개 걸려 있었다. 하나는 금이었고 하나는 은이었고 하나는 사람 귀로 만든 목걸이였다. "어디 가려는 거냐?" 그 여자는 긴 창에 기대어 서서 물었다.

"신의 숲요." 돈토스 경을 찾아야 했다. 너무 늦기 전에 집에 데려다 달라고 간청해야 했다.

"반쪽이가 내보내지 말랬다. 여기에서 기도해도 신들이 들을 거다."

산사는 온순하게 시선을 내리깔고 안으로 다시 들어갔다. 갑자기 여기가 왜 그렇게 친숙한지 깨달았다. '날 아버지가 왕의 수관이었던 시절에 아리아가 쓰던 침실에 넣었어.' 아리아의 물건은 다 없어졌고 가구 배치도 바뀌었지만, 그래도 같은 방이었다…….

잠시 후에 하녀 하나가 치즈와 빵과 올리브가 담긴 접시에 차가운 물 한 병을 가져왔다. "치워." 산사는 그렇게 명령했지만, 하녀는 음식을 탁자 위에 두고 나갔다. 그러고 보니 목이 말랐다. 걸음을 옮길 때마다 단검이 허벅지를 쑤시는 느낌이었지만, 산사는 탁자까지 가는 데 성공했다. 물을 두 잔 마시고 올리브를 하나 먹는데 문 두드리는 소리가 울렸다.

산사는 불안한 마음으로 문을 향해 몸을 돌리고, 로브 자락을 매만져 폈다. "네?"

문이 열리더니 티리온 라니스터가 들어왔다. "아가씨, 혹시 방해하는 건 아니겠지요?"

"제가 죄수가 된 건가요?"

"손님이오." 그는 관직을 나타내는, 금으로 만든 손들이 연결된 목걸이를 차고 있었다. "이야기를 좀 할 수 있을까 했지요."

"공의 분부시라면요." 산사는 그 얼굴에서 눈을 떼기가 힘들었다. 그의 얼굴은 너무나 추한 나머지 기묘한 매력을 발휘했다.

"음식과 의복은 마음에 드는지? 또 필요한 게 있으면 말만 해요."

"정말 친절하시네요. 그리고 오늘 아침에는…… 도와주셔서 정말 고마웠습니다."

"아가씨에겐 조프리가 왜 그렇게 격노했는지 알 권리가 있지요. 엿새 밤 전에 아가씨 오빠가 내 숙부인 스태퍼드를 습격했소. 캐스털리록에서 말을 달려 사흘도 걸리지 않는 옥스크로스라는 마을에 진을 치고 있었는데, 아가씨네 북부인들이 압승했다오. 우리는 오늘 아침에야 그 소식을 받았고."

'롭이 당신들을 다 죽여버릴 거야.' 산사는 기쁨에 차서 생각했다. "그건…… 끔찍한 일이군요. 제 오빠는 못된 반역자예요."

난쟁이는 힘없이 웃었다. "글쎄요. 어린 사슴이 아니라는 점은 분명히 했지요."

"란셀 경은 롭이 와르그 군대를 이끌었다고 하던데……."

꼬마 악마는 경멸조로 웃어젖혔다. "란셀 경은 와르그(warg)와 사마귀(wart)도 구분 못 하는 술 부대 전사요. 아가씨 오빠에게 다이어울프가 함께하기는 했지만, 괴물이라면 기껏해야 그 정도였을 거요. 북부인들은 스태퍼드 숙부의 진영에 몰래 들어가서 말들을 묶은 줄을 끊었고, 스타크 공은 말들 사이에 늑대를 풀어놓았지요. 전쟁에 단련된 군마들조차도 미쳐버렸소. 기사들은 천막 안에서 밟혀 죽었고, 병사들은 공포에 질려 깨어나서 달아났다오. 더 빨리 달아나려고 무기도 다 버리고 말이오. 스태퍼드 경은 말을 쫓아가다가 죽었소. 리카드 카스타크 공이 그 가슴에 기마 창을 꽂았지. 루퍼트 브락스 경도 죽었고, 라이먼드 비카리 경, 크레이크홀 공, 재스트 공도 죽었소. 또 50여 명이 포로로 잡혔는데 그중에는 재스트 공의 아들들과 내 조카인 마틴 라니스터도 포함됐지. 살아남은 자들은 마구 이야기를 퍼뜨리며 북부의 옛 신들이 아가씨 오빠와 함께 진군한다고 맹세하고 있다오."

"그렇다면…… 주술은 없었던 건가요?"

라니스터는 코웃음을 쳤다. "주술이란 바보들이 자기네 무능력의 맛을 감추기 위해 실패에 끼얹는 소스지. 내 멍청한 숙부는 파수도 세우지 않았던 모양이오. 견습공과 광부들, 밭 일꾼들, 어부들, 라니스포트의 쓰레기들을 모아놓은 미숙한 군대였소. 유일한 수수께끼는 아가씨 오빠가 거기까지 어떻게 갔느냐요. 우리 병력이 아직 골든투스에 있는 요새를 지키고 있는데, 자기네 옆으로는 지나가지 않았다고 맹세한단 말이지." 난쟁이는 짜증 섞인 몸짓으로 어깨를 으쓱였다. "뭐, 롭 스타크는 내 아버지의 골칫거리요. 조프리는 내 골칫거리고. 말해봐요, 내 제왕다운 조카님에 대해 어떻게 느끼는지?"

"전 그분을 온 마음으로 사랑해요." 산사는 지체 없이 말했다.

"정말로?" 그는 믿는 것 같지 않았다. "지금도 말이오?"

"전하를 향한 제 사랑은 그 어느 때보다 더 크답니다."

꼬마 악마는 큰 소리로 웃었다. "흠, 누군가가 거짓말을 잘 가르쳤군. 언젠가 그 점에 고마워하게 될지도 몰라. 아가씨는 아직 어린아이지. 맞소? 아니면 꽃을 피웠소?"

산사는 얼굴을 붉혔다. 무례한 질문이었지만, 성안에 있는 사람 절반 앞에서 옷이 벗겨지는 수치에 비하면 아무것도 아니었다. "아직입니다."

"그거 환영할 일이군. 위안이 될지 모르겠지만, 난 아가씨를 조프리와 혼인시킬 마음이 없어요. 지금까지 일어난 일을 생각하면, 어떤 결혼도 스타크와 라니스터를 화해시키진 못하겠지. 안타까운 일이오. 그 결합은 그나마 로버트 왕이 한 생각 중에 괜찮은 거였는데 말이오. 조프리가 망치지만 않았더라도."

산사는 뭔가 말해야 한다는 사실을 알았지만, 말이 목에 걸려 나오지 않았다.

"아주 조용해졌군." 티리온 라니스터가 말했다. "그게 아가씨가 원하는 건가? 약혼 취소?"

"전……." 산사는 무슨 말을 해야 할지 몰랐다. '이건 속임수일까? 내가 사실대로 말하면 날 벌할까?' 그녀는 난쟁이의 툭 튀어나온 이마, 냉정한 검은 눈과 빈틈없는 녹색 눈, 비뚤배뚤한 치아와 철사 같은 수염을 보았다. "전 그저 충성을 다하고 싶습니다."

"충성을 다하고, 어떤 라니스터와도 멀리 떨어져 있고 싶겠지. 그 점은 탓할 수 없군. 내가 아가씨 나이였을 때도 같은 바람을 품었지." 난쟁이는 미소 지었다. "매일 신의 숲에 찾아간다던데. 뭘 기도하오, 산사?"

'롭의 승리와 조프리의 죽음을 기도하죠……. 그리고 집에 돌아가기를. 윈터펠로.' "이 싸움이 끝나기를 기도해요."

"그건 곧 이루어질 거요. 아가씨 오빠인 롭과 내 아버지 사이에 전투가 한 번 더 일어나고는 정리가 될 거요."

'롭이 이길 거야. 롭은 당신 숙부와 당신 형 제이미를 이겼어. 당신 아버지도 이길 거야.'

산사의 얼굴에 생각이 적나라하게 드러난 모양이었다. 난쟁이는 너무나 쉽게 그녀의 희망을 읽어냈다. "옥스크로스를 너무 마음에 새기지 말아요, 아가씨." 무정한 말투는 아니었다. "전투는 전쟁이 아니고, 내 아버지는 확실히 스태퍼드 숙부가 아니라오. 다음에 신의 숲에 찾아갈 때는 아가씨 오빠에게 무릎을 굽힐 지혜가 있기를 빌어요. 북부가 우리에게 돌아오기만 하면 아가씨를 집으로 보내줄 생각이니까." 그는 창가 자리에서 폴짝 뛰어내리더니 말했다. "오늘 밤은 여기에서 자도 좋소. 내 부하들 몇 명을 위병으로 두지. 돌까마귀 씨족이나—"

"싫어요." 산사는 겁에 질려서 말해버렸다. 그녀가 수관의 탑에 갇혀서 난쟁이의 부하들에게 감시당한다면, 돈토스 경이 어떻게 그녀를 자유롭게 만들어줄 수 있겠는가?

"검은 귀 쪽이 좋으려나? 혹시 여자가 더 편하다면 첼라를 내어주리다."

"제발, 그러지 말아주세요. 야인들은 무섭습니다."

그는 씩 웃었다. "나도 그래요. 하지만 더 중요한 건 조프리와 조프리가 킹스가드라고 부르는 교활한 독사들과 아첨꾼 개들도 야인을 무서워한다는 점이지. 쳴라나 티멧을 곁에 두면 아무도 감히 아가씨를 해치지 못할 거요."

"전 제 침대로 돌아가고 싶어요." 거짓말이 불쑥 튀어나왔는데, 그게 너무나 딱 맞는 느낌이어서 산사는 다시 한 번 말했다. "이 탑은 제 아버지의 부하들이 살해당한 곳이에요. 그 사람들의 유령 때문에 끔찍한 꿈을 꿀 겁니다. 어디를 보나 그 사람들의 피가 보일 거예요."

티리온 라니스터는 그녀의 얼굴을 찬찬히 보았다. "악몽이라면 나에게도 낯설지 않아요, 산사. 어쩌면 아가씨는 내 생각보다 현명한지도 모르겠군. 최소한 안전하게 방까지 데려다주는 정도는 허락해줘요."

캐틀린

그들은 캄캄해진 후에야 그 마을을 찾아냈다. 캐틀린은 그 마을에 이름이 있었을지 궁금했다. 있었다면, 마을 사람들이 성소에 놓인 양초까지 다 챙겨 들고 도망칠 때 그 이름도 가져간 셈이었다. 웬델 경이 횃불을 켜고 앞장서서 낮은 문을 통과했다.

안으로 들어가보니 일곱 면의 벽이 갈라지고 구부러져 있었다. 어렸을 때 오스민드 성사는 그녀에게 이렇게 가르쳤다. '신은 하나인데, 일곱 가지 측면이 있는 겁니다. 성소가 하나의 건물에 벽이 일곱인 것과 마찬가지지요.' 도시의 부유한 성소들에는 일곱 신의 성상과 각각의 제단이 있었다. 윈터펠에서는 차일 성사가 벽마다 조각 가면을 걸어놓았다. 여기에서 캐틀린은 조잡한 목탄 그림밖에 볼 수 없었다. 웬델 경은 문 근처 받침대에 횃불을 꽂아놓고 로바르 로이스와 함께 밖에서 기다렸다.

캐틀린은 그 얼굴들을 살펴보았다. '아버지'는 언제나처럼 수염을 기른 얼굴이었다. '어머니'는 애정을 담아 보호하듯 미소 지었다. '전사'는 얼굴 아래에 검을 그려 넣었고, '대장장이'는 망치를 그렸다. '처녀'는 아름다웠고, '노파'는 주름지고 지혜가 느껴졌다.

그리고 일곱 번째 얼굴은…… '이방인'은 남성도 여성도 아니었으나 둘다이기도 했고, 언제나 떠돌이요 먼 곳에서 온 방랑자였으며, 인간 이하이자 이상이었고, 알려지지 않았고 알 수가 없었다. 이곳에서 그 얼굴은 검은색 타원으로, 눈 대신 별이 박힌 그림자였다. 그 그림을 보자 마음이 불안해졌다. 성소에서 부족한 위안이나마 얻으려 했건만.

그녀는 '어머니' 앞에 무릎을 꿇었다. "어머니시여, 이 전투를 어머니의 눈으로 굽어 살피소서. 모두가 누군가의 아들들입니다. 가능하다면 모두를 구해주시고, 제 아들들도 구해주소서. 롭과 브랜과 리콘을 보살펴주소서. 제가 그 아이들과 함께 있었으면 좋겠습니다."

'어머니'의 왼쪽 눈에 금이 가 마치 우는 것처럼 보였다. 캐틀린은 다가오는 전투에 대해 이야기하는 웬델 경의 우렁우렁한 목소리, 그리고 가끔씩은 로바르 경의 조용한 대답을 들을 수 있었다. 그 외에는 고요한 밤이었다. 귀뚜라미 우는 소리조차 들리지 않았고, 신들은 침묵을 지켰다. '당신의 옛 신들은 응답해준 적이 있나요, 네드? 심장 나무 앞에 무릎을 꿇었을 때, 그 신들이 당신의 기도를 들었나요?' 캐틀린은 궁금했다.

나부끼는 횃불 빛이 벽에 어른거리며 얼굴들을 반쯤 살아 있게 만들고, 비틀고, 바꿔놓았다. 도시에 있는 큰 성소의 성상들은 석공들이 준 얼굴을 가졌지만, 이 목탄 그림들은 너무 조잡해서 누구든 될 수 있었다. '아버지'의 얼굴을 보자 리버런에서 침대에 누워 죽어가는 아버지가 생각났다. '전사'는 렌리와 스타니스, 롭과 로버트, 제이미 라니스터와 존 스노우였다. 심지어 잠깐이지만 그 선에서 아리아마저 스쳐 지나갔다. 그러다 문을 통해 불어 들어온 돌풍에 횃불이 탁탁거렸고, 그 모습은 오렌지색 불빛에 씻겨 사라졌다.

연기에 눈이 매웠다. 그녀는 흉터투성이 손바닥 아래쪽으로 눈을 비볐다. 다시 '어머니'를 올려다보니 친어머니가 보였다. 미니사 툴리 부인은 호스터 공에게 둘째 아들을 낳아주려다가 분만 중에 죽었다. 아기도 같이 죽었고, 그 후 아버지에게서도 생명력이 일부 사라졌다. 캐틀린은 어머니의 부드러운 손, 따뜻한 미소를 떠올리며 생각했다. '어머니는 언제나 정말 차분하셨지. 어머니가 살아 계셨다면 우리의 삶은 얼마나 달라졌을까.' 미니사 부인이라면 여기에서 어머니 앞에 무릎 꿇은 큰딸을 어떻게 생각할까 궁금했다. '이렇게 먼 길을 왔는데, 무엇 때문이었단 말인가? 난 누구에게 도움이 되었나? 딸들은 잃어버렸고, 롭은 날 원하지 않고, 브랜과 리콘은 분명히 날 차갑고 이상한 어머니라 생각할 테지. 네드가 죽을 때도 그 곁에 있지 못했고…….'

머리가 빙빙 돌았고, 성소가 주위에서 움직이는 느낌이었다. 그림자들이 흔들거리며 움직였고, 금이 간 하얀 벽을 수상쩍은 짐승들이 질주했다. 캐틀린은 오늘 아무것도 먹지 않았다. 현명한 짓은 아니다 싶었다. 먹을 시간이 없었다고 스스로에게 말은 했지만, 사실은 네드 없는 세상에서는 음식이 모든 맛을 잃었다. '놈들은 그이의 목을 잘랐을 때, 나도 죽인 거야.'

등 뒤에서 횃불이 치직거리더니, 갑자기 벽에 보이는 얼굴이 여동생 같아졌다. 다만 그 눈은 캐틀린의 기억보다 더 냉혹해서, 라이사가 아니라 세르세이의 눈이었다. 세르세이 역시 어머니였다. 그 아이들의 아버지가 누구든 간에 세르세이가 배 속의 발길을 느끼고, 고통과 피 속에서 낳고, 품에서 젖을 먹였다. '그 아이들이 정말로 제이미의 자식이라면…….'

"세르세이도 당신께 기도를 드리나요?" 캐틀린은 '어머니'에게 물었다. 벽에 그려진 그림에서 라니스터 왕대비의 자존심 강하고 차갑고 아름다운 이목구비를 볼 수 있었다. 벽에 간 금은 그대로였다. 세르세이라 해도 자기 아이들을 위해서는 울 수 있었다. "일곱 신 각각은 일곱 신 전체를 구현합니다." 언젠가 오스민드 성사는 이렇게 말했다. 노파에게도 처녀와 비슷한 아름다움이 있고, 어머니는 자식들이 위험에 처하면 전사보다 더 사

나아질 수 있었다. '맞아…….'

원터펠에서 본 모습만으로도 로버트 바라테온이 조프리를 썩 따뜻하게 대하지 않는다는 정도는 알 수 있었다. 그 아이가 정말로 제이미의 씨라면, 로버트는 그 아이를 어미와 함께 죽였을 테고 그 일로 그를 비난하는 사람도 거의 없었을 것이다. 서자는 흔했지만, 근친상간은 옛 신들과 새로운 신들 양쪽에 다 엄청난 죄였고, 그런 사악한 행위로 태어난 아이들은 성소에서나 신의 숲에서나 혐오스러워했다. 드래곤 왕가는 남매끼리 결혼했으나, 그들은 그런 관습이 흔했던 옛 발리리아의 핏줄이었고, 타르가르옌은 드래곤들과 마찬가지로 신에게나 인간에게나 아랑곳하지 않았다.

네드가 알았던 게 분명했다. 아린 공도 마찬가지였으리라. 세르세이가 둘 다 죽여버린 게 놀랍지 않았다. '나라고 내 자식을 위해 안 그랬을까?' 캐틀린이 두 손을 꽉 쥐자, 아들을 구하기 위해 싸웠을 때 암살자의 강철 칼날이 뼛속까지 파고들어 남긴 손가락의 흉터가 당겼다. "브랜도 알고 있어." 그녀는 고개를 숙이면서 속삭였다. '신들이시여, 브랜이 뭔가를 봤거나 들었던 게 분명해. 그래서 침대에 누운 아이를 죽이려 했던 거야.'

심란하고 지친 캐틀린 스타크는 신들에게 몰두했다. 그녀는 망가진 것들을 고치는 '대장장이' 앞에 무릎을 꿇고서 사랑스러운 브랜을 보호해달라 청했다. '처녀'에게 가서는 아리아와 산사에게 용기를 빌려주고 그 아이들의 순수함을 지켜달라 호소했다. '아버지'에게는 정의를, 정의를 구할 힘과 정의를 알 지혜를 달라 기도했고 '전사'에게는 롭이 강인함을 유지하게 해주고 그를 전투에서 지켜달라 청했다. 마지막으로 그녀는 한 손에 등불을 든 모습으로 조각될 때가 잦은 '노파'에게 몸을 돌렸다. "저를 인도해주소서, 현명하신 분이여. 제가 걸어야 할 길을 보여주시고, 제가 앞길에 놓인 어둠 속에서 비틀거리지 않게 해주소서."

마침내 등 뒤에서 발소리가 들리더니 문간에서 소리가 났다. 로바르 경이 조용히 말했다. "실례합니다, 부인. 가실 시간이 다 됐습니다. 동이 트기 전에 돌아가야 합니다."

캐틀린은 뻣뻣한 몸을 일으켰다. 무릎이 아팠고, 지금만큼은 깃털 침대와 베개를 위해서라면 뭐라도 줄 것 같았다. "고맙네, 경. 난 준비 됐네."

그들은 듬성듬성한 나무들이 술 취한 사람처럼 바다 반대 방향으로 몸을 기울인 숲속을 말없이 달렸다. 불안하게 히힝거리는 말 울음소리와 철 부딪는 소리를 따라가니 렌리의 진영으로 돌아갈 수 있었다. '대장장이'가 직접 밤을 두드려 강철로 연마한 듯 시커먼 어둠 속에서 사람과 말들의 긴 대열이 무장을 갖추고 있었다. 오른쪽에도, 왼쪽에도 깃발들이 있었고 앞에도 줄줄이 깃발이 휘날렸지만, 동이 트기 전의 어둠 속에서는 색깔도 문장도 알아볼 수 없었다. '회색 군대로구나. 회색 깃발 아래 회색 말에 탄 회색 남자들.' 캐틀린은 생각했다. 렌리의 그림자 기사들이 기마 창을 세우고 말에 앉아 기다리고 있었기에, 캐틀린은 잎사귀도 생명도 빼앗긴 헐벗은 키 큰 나무들의 숲을 통과해 달렸다. 스톰스엔드가 서 있는 곳에는 더 깊은 어둠밖에, 어떤 별도 빛나지 못하는 검은 벽밖에 없었지만 그녀는 스타니스 공이 진을 친 들판에서 이리저리 움직이는 횃불 빛을 볼 수 있었다.

렌리의 천막 안에 켜진 촛불 빛이 어른거리는 비단 벽은 빛을 발하는 것처럼 보였고, 거대한 천막은 에메랄드빛으로 살아 움직이는 마법의 성으로 변했다. 레인보우가드 두 명이 왕의 천막 문가에 파수를 섰다. 그 녹색 빛은 파멘 경의 전포에 그려진 자주색 자두를 괴상하게 비추었고, 에몬 경의 법랑을 입힌 노란색 판금 갑옷 구석구석을 덮은 해바라기에는 시든 색을 드리웠다. 두 사람의 투구에서 긴 비단 깃털이 흘러내렸고, 어깨에는 무지개색 망토가 덮였다.

캐틀린이 안으로 들어가보니 브리엔느가 왕에게 갑옷을 입히는 동안 탈리 공과 로완 공은 전투 배치와 전력을 의논하고 있었다. 안은 기분 좋게 따뜻했고, 십여 개의 작은 쇠 화로에 담긴 석탄에서 열기가 피어올랐다. "이야기 좀 해야겠습니다, 전하." 캐틀린은 처음으로 렌리에게 왕에 대한 경칭을 달았다. 그의 주의를 끌 수 있다면 뭐든 좋았다.

"잠시만요, 캐틀린 부인." 렌리가 대꾸했다. 브리엔느가 그의 누빔 튜닉 위로 등갑과 흉갑을 맞췄다. 왕의 갑옷은 짙은 녹색이었다. 여름 숲의 잎사귀 같은 녹색, 너무나 짙어서 촛불 빛마저 빨아들이는 녹음의 색이었다. 렌리가 움직일 때마다 상감 세공과 잠금쇠 부분에서 금빛 섬광이 그 숲 깊숙이 피운 모닥불처럼 번쩍였다. "계속 말씀하세요, 마티스 공."

"전하." 마티스 로완은 캐틀린을 곁눈질하며 말했다. "말씀드렸다시피 전투 준비는 잘되어 있습니다. 뭐하러 동이 틀 때까지 기다립니까? 진군 신호를 울리십시오."

"그리고 내가 약속을 저버리고 기사답지 않은 공격으로 이겼다는 소리를 들으라고요? 전투 개시는 동이 틀 때로 선택했어요."

"스타니스가 선택했지요." 랜딜 탈리가 지적했다. "우리가 떠오르는 태양의 아가리 속으로 돌진하게 하려는 겁니다. 그렇게 달려들면 반쯤은 앞이 보이지도 않을 겁니다."

"첫 번째 격돌까지만이에요." 렌리는 자신있게 말했다. "로라스 경이 놈들을 분쇄할 테고, 그러고 나면 혼돈일 겁니다." 브리엔느가 녹색 가죽끈을 조이고 금색 버클을 채웠다. "내 형이 쓰러지거든 그 시신에 어떤 모욕도 행하지 못하게 해요. 그래도 내 형이니, 그 머리통을 창에 꽂아 행군하지는 않겠습니다."

"혹시 항복한다면요?" 탈리 공이 물었다.

"항복?" 로완 공이 소리 내어 웃었다. "스타니스는 메이스 티렐이 스톰스엔드를 포위했을 때, 성문을 여느니 쥐를 먹었던 작자요."

"나도 잘 기억하고 있어요." 렌리는 브리엔느가 목가리개를 조일 수 있게 턱을 들었다. "막판엔 가웬 와일드 경과 그 부하 기사 세 명이 샛문으로 몰래 나가서 항복하려고 했지. 스타니스 형은 그자들을 잡아서 성벽에서 투석기로 던져버리라고 명령했어요. 아직도 투석기에 묶이던 가웬의 얼굴을 눈앞에 보듯이 떠올릴 수 있어. 가웬은 우리의 훈련대장이었지."

로완 공은 어리둥절한 얼굴이었다. "성벽에서 날아온 사람은 없었습니다. 그런 일이 있었다면 분명히 기억이 날 텐데요."

"크레센 학사가 어쩌면 죽은 사람을 먹어야 할지도 모르니, 좋은 고기를 날려버려서 득 될 게 없다고 스타니스 형을 설득했지요." 렌리는 머리카락을 쓸어 넘겼다. 브리엔느는 그 머리를 벨벳 끈으로 묶고 두툼한 모자를 귀까지 씌웠다. 투구의 무게를 떠받치기 위한 완충재였다. "양파 기사 덕분에 시신을 먹는 신세까지 전락하지는 않았어도, 아슬아슬했어요. 가웬 경에게는 너무 아슬아슬했지, 감옥에서 죽었지만."

"전하." 캐틀린은 인내심을 갖고 기다렸지만, 시간이 부족해졌다. "저와 한마디 나누기로 약속하셨습니다."

렌리는 고개를 끄덕였다. "전투 준비를 맡으세요, 공들……. 아, 그리고 혹시 바리스탄 셀미가 내 형 편에 섰다면 살려두길 바랍니다."

"조프리가 내쫓은 후로 바리스탄 경에 대해서는 아무 소식이 없었습니다." 로완 공이 이의를 제기했다.

"난 그 노인장을 압니다. 셀미에게는 지킬 왕이 필요해요. 그게 없다면 뭐가 남겠습니까? 그런데도 나에게 오진 않았고, 캐틀린 부인 말로는 리버런에 롭 스타크와 함께 있지도 않아요. 그렇다면 스타니스 말고 누가 있습니까?"

"분부대로 하겠습니다, 전하. 셀미에게는 해가 가지 않을 겁니다." 두 영주는 깊이 허리를 숙이고 나갔다.

"하실 말씀을 하세요, 스타크 부인." 렌리가 말했다. 브리엔느가 그 넓은 어깨 위로 망토를 들어 올렸다. 흑옥 조각으로 바라테온 가문의 왕관 쓴 수사슴 모양을 장식한 무거운 금란 망토였다.

"라니스터가 제 아들 브랜을 죽이려 했습니다. 왜 그랬을까 수없이 자문했지요. 그런데 전하의 형님이 답을 줬습니다. 브랜이 추락한 날 사냥이 있었지요. 로버트와 네드와 다른 남자들 대부분이 멧돼지를 잡으러 달려 나갔지만, 제이미 라니스터는 윈터펠에 남아 있었고, 왕비도 마찬가지였어요."

렌리는 그 말이 암시하는 바를 빠르게 잡아냈다. "그러니까 아드님이 그 둘의 근친상간 장면을 봤다고 믿으시는 겁니까……."

"청컨대 형님이신 스타니스에게 가서 제가 의심하는 바를 말할 수 있게 허락해주십시오."

"뭘 위해서요?"

"전하와 전하의 형님만 왕관을 제쳐둔다면 롭도 똑같이 할 겁니다." 캐틀린은 말하면서 그 말이 사실이길 빌었다. 꼭 그래야 한다면 그녀가 사실로 만들 것이다. 휘하 영주들은 몰라도 롭은 그녀의 말에 귀를 기울이리라. "셋이서 대협의회를 소집하는 겁니다. 이 나라에 백 년 동안 없었던 일이지요. 윈터펠에 사람을 보내어 브랜이 겪은 일을 이야기하도록 하면 모두가 라니스터야말로 진정한 찬탈자임을 알게 될 겁니다. 그렇게 한자리에 모인 칠왕국의 영주들이 통치자를 선택하도록 합시다."

렌리는 소리 내어 웃었다. "말해보세요, 부인. 다이어울프들은 무리를 이끌 우두머리를 투표로 정합니까?" 브리엔느가 왕의 쇠 장갑과 대투구를 가져왔다. 투구에는 렌리의 키를 40센티미터는 높여줄 황금 사슴뿔이 얹혀 있었다. "대화할 시간은 끝났어요. 이젠 누가 더 강한지 봅시다." 렌리가 왼손에 가재갑으로 만든 녹색과 금색의 쇠 장갑을 끼는 동안 브리엔느는 장검과 단검의 무게로 늘어진 그의 허리띠에 버클을 채우려고 무릎을 꿇었다.

"'어머니'의 이름으로 간청합니다." 캐틀린이 말을 꺼내는데 갑작스러운 돌풍이 천막 문을 열어젖혔다. 언뜻 움직임을 본 것도 같았지만, 고개를 돌려 보니 비단 벽에 비친 왕의 그림자일 뿐이었다. 렌리가 농담을 꺼내는 소리가 들리는데, 그의 그림자가 움직여 검을 들어 올렸다. 녹색 바탕에 검은 그림자. 촛불들이 펄럭거리며 파르르 떨렸고, 뭔가가 이상했다. 잘못됐다. 그리고 캐틀린은 렌리의 검이 칼집에 꽂혀 있음을 보았다. 얌전히 칼집에 들어 있었다. 그런데도 그림자의 검은……

"춥군." 렌리가 어리둥절한 목소리로 작게 말하더니, 한 박자 후에는 존재하지 않는 장검의 그림자가 그의 강철 목가리개를 면포처럼 갈랐다. 렌리가 작게 잠긴 헉 소리를 냈고 그 목에서 피가 쏟아져 나왔다.

"전하— 안 돼!" 파란 기사 브리엔느는 그 끔찍한 피 보라를 보더니 어린 소녀처럼 겁에 질린 소리를 냈다. 왕은 비틀거리며 브리엔느의 품 안으로 쓰러졌다. 피가 갑옷 앞으로 흘러내리면서 녹색과 금색을 검붉게 적셨다. 촛불 몇 개가 더 사그라들었다. 렌리는 말을 하려고 했지만, 자기 피에 숨이 막혀 있었다. 그의 다리가 풀렸고, 렌리가 바닥에 쓰러지지 않게 받치는 것은 브리엔느의 힘이었다. 그녀는 고개를 뒤로 젖히고, 비통함에 소리 없는 비명을 질렀다.

'그 그림자.' 뭔가 어둡고 사악한 일, 캐틀린이 도저히 이해할 수 없는 일이 일어났다. '렌리의 그림자가 아니었어. 죽음이 저 문으로 들어와서 바람이 촛불을 불어 끄듯이 렌리의 목숨을 꺼버렸어.'

로바르 로이스와 에몬 카이가 뛰어 들어온 것은 겨우 몇 초 후의 일이었지만, 밤이 절반은 지나간 듯한 느낌이었다. 그 뒤로 횃불을 든 중장병 몇 명이 밀려 들어왔다. 브리엔느와 그녀의 품에 안긴 렌리가 왕의 피에 젖은 모습을 본 로바르 경은 경악하여 소리를 질렀다. 해바라기를 그려 넣은 갑옷의 에몬 경이 소리쳤다. "사악한 여자! 이 용납할 수 없는 짐승아, 그분에게서 떨어져라!"

"신들이시여, 브리엔느, 대체 왜 그랬나?" 로바르 경이 물었다.

브리엔느는 왕의 시신으로부터 시선을 들어 올렸다. 그녀의 어깨에 걸린 무지개 망토는 왕의 피가 적신 부분이 붉게 물들어 있었다. "저는……저는……."

"이 일로 죽을 줄 알아라." 에몬 경은 문 근처에 쌓인 무기들 사이에서 손잡이가 긴 전투 도끼를 낚아챘다. "네 목숨으로 왕의 목숨값을 치러라!"

"아니오!" 캐틀린 스타크가 겨우 목소리를 찾고 비명을 질렀지만, 너무 늦었다. 그들은 피의 광기에 취했고, 그들이 달려들면서 내지른 고함 소리는 그녀의 말들을 삼켜버렸다.

브리엔느는 캐틀린이 믿지 못할 만큼 빨리 움직였다. 자기 검을 잡을 수 없었기에 그녀는 렌리의 검을 칼집에서 빼내 들어 올리고 떨어지는 에몬의 도끼를 받아냈다. 찢어지는 충돌음과 함께 강철이 맞부딪치자 청백색 불똥이 튀었고, 브리엔느는 죽은 왕의 몸뚱이를 거칠게 옆으로 밀어내고 튕기듯이 일어섰다. 에몬 경은 가까이 다가서려다가 시신에 걸려 비틀거렸고, 브리엔느의 검날이 나무 손잡이를 가르고 도끼날이 빙그르르 돌았다. 또 다른 남자가 불타는 횃불로 그녀의 등을 찔렀지만, 피에 흠뻑 젖은 무지개 망토는 불이 붙지 않았다. 브리엔느가 몸을 빙글 돌려 베자 횃불과 손이 같이 허공을 날았다. 불길이 카펫 위를 기어갔다. 손이 잘린 남자가 비명을 지르기 시작했다. 에몬 경은 도끼를 떨구고 검을 더듬어 찾았다. 두 번째 중장병이 달려들었고, 브리엔느가 공격을 피했으며, 두 사람의 검이 춤을 추고 맞부딪쳤다. 에몬 카이가 허우적허우적 돌아오자 브리엔느는 후퇴해야 했지만, 어떻게든지 두 명을 모두 막아냈다. 바닥에서는 렌리의 머리가 끔찍한 몰골로 한쪽으로 굴렀고, 두 번째 입이 쩍 벌어지면서 느릿느릿 피를 흘렸다.

로바르 경은 망설이며 빠져 있었지만, 이제는 그도 칼자루에 손을 뻗고 있었다. "로바르, 그게 아니야. 들어봐." 캐틀린은 그의 팔을 잡았다. "잘못 생각하는 거야. 브리엔느가 아니었네. 브리엔느를 도와줘! 내 말을 들어. 그건 스타니스였어." 그 이름은 어떻게 떠올랐는지도 모르게 혀끝에 놓였지만, 그녀는 말하면서 그게 진실임을 알았다. "맹세하네. 날 알잖아. 렌리를 죽인 건 스타니스였네."

젊은 레인보우가드는 흐릿하고 겁에 질린 눈으로 이 미친 여자를 바라보았다. "스타니스라니? 어떻게 말입니까?"

"나도 모르겠네. 주술인지, 흑마법인지, 그림자가 있었어. 그림자가." 스스로의 귀에도 흥분하고 미친 것처럼 들리는 목소리였지만, 등 뒤에서 칼날이 계속 부딪치는 가운데 말이 쏟아져 나왔다. "검을 든 그림자였어. 맹세해. 내가 봤네. 다들 눈이 먼 건가, 저 아가씨는 렌리를 사랑했는데! 브리엔느를 도와줘!" 뒤를 돌아보자 두 번째 위병이 축 늘어진 손가락에서 검을 떨구고 쓰러졌다. 밖에서는 고함 소리가 울렸다. 곧 성난 남자들이 더 뛰어 들어올 것이다. "브리엔느는 무고해, 로바르. 내가 내 남편의 무덤과 스타크로서의 명예를 걸고 맹세해!"

그 말이 결단을 불렀다. "제가 막을 테니 데리고 떠나십시오." 로바르 경은 그렇게 말하고 몸을 돌려 나갔다.

불길이 벽에 닿아 천막 옆을 타고 올라가고 있었다. 에몬 경은 브리엔느를 거세게 압박했다. 그는 법랑을 입힌 노란 강철 갑옷 차림이었고 그녀는 모직옷 차림이었다. 그는 캐틀린에 대해 잊고 있었……. 쇠 화로가 뒤통수를 때릴 때까지는. 투구를 쓰고 있었으니 큰 해를 입지는 않았을 테지만, 무릎을 꿇게 만들기는 했다. "브리엔느, 같이 가세." 캐틀린이 명령했다. 처녀는 기회를 금세 알아보았다. 검을 한 번 긋자 녹색 비단이 갈라졌다. 그들은 어둡고 서늘한 새벽하늘 아래로 걸어 나갔다. 천막 반대편에서 커다란 목소리들이 울렸다. "이쪽으로." 캐틀린은 재촉했다. "천천히 걸어. 뛰어서는 안 돼. 그랬다간 왜 뛰느냐고 물어볼 테니까. 아무 일도 없었던 것처럼 걸어."

브리엔느는 허리띠에 검을 찔러 넣고 캐틀린 옆을 걸었다. 밤공기에서 비 냄새가 났다. 두 사람 뒤에서 왕의 천막은 불타고 있었다. 불길이 어둠 속 높이 솟구쳤다. 아무도 그들을 막으려 들지 않았다. 남자들이 불이다 살인이다 주술이다 외치면서 그들 곁을 지나쳐 달려갔다. 모여 서서 낮은 목소리로 이야기를 나누는 사람들도 있었다. 몇 명은 기도를 하고 있었고, 젊은 종자 하나는 무릎을 꿇고서 대놓고 울고 있었다.

입에서 입으로 소문이 퍼져나가면서 렌리의 전투는 이미 패배로 돌아가고 있었다. 화톳불들의 화력이 약해졌고, 동쪽이 밝아오고 하얀 안개 가닥들이 바람의 날개를 타고 태양으로부터 달아나 들판을 가로질러 질주하면서 거대한 스톰스엔드가 꿈속의 돌처럼 모습을 드러냈다. '아침 유령들'. 낸 할멈은 지금 같은 안개를 그렇게 불렀다. 무덤으로 돌아가는 영혼들이라고 말이다. 이제는 렌리도 그중 하나가 되었다. 형인 로버트처럼, 그녀의 사랑하는 네드처럼 죽어버렸다.

"죽을 때 말고는 안아보지도 못했어요." 브리엔느는 번져가는 혼돈 속을 걸으며 조용히 말했다. 언제라도 무너질지 모른다 싶은 목소리였다. "조금 전까지만 해도 웃고 계셨는데, 갑자기 사방에 피가 튀고는…… 부인, 전 이해가 가질 않아요. 보신 건가요. 혹시 뭐가……?"

"난 그림자를 봤네. 처음에는 렌리의 그림자인 줄 알았는데, 그 형의 그림자였어."

"스타니스 공 말입니까?"

"난 그렇게 느꼈네. 말이 안 되는 건 알지만……"

브리엔느에게는 충분히 말이 된 모양이었다. "그놈을 죽여버리겠어요." 키가 크고 못생긴 처녀는 선언했다. "내 주군의 검으로 죽이고 말겠습니다. 맹세해요. 맹세합니다. 맹세합니다."

할 몰렌과 나머지 호위대는 말들과 함께 기다리고 있었다. 웬델 맨덜리 경은 무슨 일이 일어났는지 알고 싶어 초조해하다가 그들을 보자마자 말했다. "부인, 진영이 다 미쳐 날뜁니다. 렌리 공이, 혹시—"그는 브리엔느와 브리엔느를 적신 피를 보고 말을 멈췄다.

"죽었지만, 우리 손에 죽은 건 아니에요."

"전투는—"할 몰렌이 입을 열었다.

"전투는 없을 거요." 캐틀린은 말에 올랐고, 호위대도 그 주위에 자리를 잡았다. 웬델 경이 왼쪽에 섰고 페르윈 프레이 경이 오른쪽을 맡았다. "브리엔느, 우린 인원수의 두 배에 달하는 말을 데려왔네. 한 마리 골라서 같이 가세."

"제게도 말이 있습니다. 제 갑옷은—"

"두고 가야 해. 우릴 찾을 생각을 하기 전에 멀리 가야 하네. 렌리 왕이 살해당했을 때 우리 둘이 같이 있었어. 다들 그 점을 잊지 않을 거야." 브리엔느는 말없이 몸을 돌려 캐틀린이 시킨 대로 했다. "달립시다." 캐틀린은 모두 말에 오르자 호위대에 명했다. "누구든 우릴 막으려 든다면 베어버리시오."

여명의 긴 손가락이 들판에 펼쳐지며 세상에 색채가 돌아오고 있었다. 회색 남자들이 그림자 창을 들고 회색 말에 앉아 있던 곳에서 이제는 만 개의 기마 창 끝이 차가운 은색으로 빛났고, 펄럭이는 수많은 깃발들에서 붉은색과 분홍색과 오렌지색이 달아올랐고, 파란색과 갈색이 넘쳤으며, 금색과 노란색이 타올랐다. 스톰스엔드와 하이가든의 전 병력, 한 시간 전까지만 해도 렌리의 것이었던 군세였다. '이제는 스타니스 아래 들어가겠구나. 자기들은 아직 모를지 모르지만, 마지막 바라테온이 아니라면 누구에게 방향을 돌리겠는가. 스타니스는 사악한 공격 한 번에 모든 것을 얻었어.'

'나는 정당한 왕이고, 부인의 아들도 여기 내 동생과 다를 바 없는 배신자요. 그쪽 차례도 올 거요.' 스타니스는 무쇠처럼 단단히 힘을 준 턱으로 그렇게 선언했었다.

한기가 몸을 관통했다.

존

그 언덕은 빽빽하게 얽힌 숲 위로 튀어나와 있었다. 홀로 불쑥 솟아올라 있으니, 바람을 맞고 있는 정상부가 멀리서도 잘 보였다. 순찰자들은 야인들이 그 언덕을 '최초인의 주먹'이라 부른다 했다. 존 스노우는 정말로 주먹같이 생기기는 했다고 생각했다. 흙과 나무를 뚫고 솟은 헐벗은 갈색 비탈에 관절처럼 돌이 튀어나와 있었다.

그는 고스트를 나무 아래에 두고, 모르몬트 공과 고위직들과 같이 말을 타고 꼭대기까지 올라갔다. 고스트는 그들이 언덕을 오르는 동안 세 번이나 어딘가로 달려갔고, 두 번은 존이 휘파람을 불자 마지못해 돌아왔다. 세 번째에는 사령관이 인내심을 잃고 쏘아붙였다. "내버려두거라. 난 해가 지기 전에 정상에 이르고 싶다. 늑대는 나중에 찾아라."

올라가는 길은 가파르고 돌투성이에, 정상을 둘러싸고 낙석이 가슴 높이까지 올라오는 벽을 이루었다. 그들은 서쪽으로 상당한 거리를 돌고 나서야 말이 들어갈 만한 틈을 찾아냈다. "여긴 좋은 거점이다, 토렌." 늙은 곰은 마침내 정상에 도달하자 선언했다. "이보다 나은 곳을 찾을 희망은 별로 없다. 여기에 진을 치고 반쪽 손을 기다린다." 사령관은 안장에서 몸을 내리면서 어깨에 얹은 까마귀를 몰아냈다. 까마귀는 큰 소리로 불평하면서 허공에 날아올랐다.

언덕 정상에서 보는 경치는 상쾌했지만, 존의 시선을 끈 것은 돌담이었다. 비바람에 풍화된 회색 돌 여기저기에 하얗게 바위옷이 피고, 초록색 이끼가 수염처럼 늘어졌다. '주먹'은 여명 시대에 최초인들의 원형 요새(ringfort, 지붕 없이 돌과 목재로 지은 원형 방어벽으로 주로 중세 초기에 지어졌다)였다는 말이 있었다. "오래된 곳이고, 튼튼하지요." 토렌 스몰우드가 말했다.

"오래." 모르몬트의 까마귀가 퍼드덕퍼드덕 그들의 머리 위로 시끄럽게 원을 그리며 소리쳤다. "오래. 오래. 오래."

"조용." 모르몬트는 까마귀를 향해 으르렁거렸다. 늙은 곰은 자긍심이 강한 나머지 약한 모습을 보이지 않았지만, 존은 속지 않았다. 젊은이들과 보조를 맞추느라 쌓인 피로가 드러나고 있었다.

"이 언덕은 방어하기 쉽겠습니다. 필요하다면요." 토렌은 말을 타고 고리 모양의 담장을 따라 걸으며 말했다. 담비 털을 두른 망토가 바람에 휘날렸다.

"그래, 그럴 걸세." 늙은 곰이 바람을 향해 한 손을 들어 올리자 까마귀가 그 팔뚝에 내려앉으며 발톱으로 검은색 고리 갑옷을 할퀴었다.

"물은 어떻게 하고요?" 존이 의문을 표시했다.

"언덕 발치에서 개울을 하나 건넜지."

"마시러 가기에는 먼 길이고, 돌담 바깥입니다." 존이 지적했다.

토렌이 말했다. "언덕도 못 오를 만큼 게으르냐?"

"이만큼 튼튼한 곳을 달리 찾기는 어렵다. 물을 길어 오고, 넉넉하게 공급하도록 한다." 모르몬트 공이 그렇게 말했을 때는 존도 반박하지 않는 편이 낫다고 판단했다. 그렇게 명령이 내려졌고, 밤의 경비대 형제들은 최초인이 만든 돌담 안에 진을 쳤다. 검은색 천막들이 비 온 후의 버섯처럼 돌아났고, 담요와 침낭들이 맨바닥을 덮었다. 집사들은 짐말들을 길게 정렬하여 묶고 물과 먹이를 챙겼다. 숲지기들은 밤을 지내기에 충분한 장작을 모으기 위해 이울어가는 오후 햇살 속에서 도끼를 들고 숲으로 갔다. 스무 명의 건설자들은 덤불을 걷어내고, 임시 변소를 파고, 불 다듬질한 나무 말뚝 더미를 풀었다. "어두워지기 전에 담장에 난 틈마다 도랑을 파고 말뚝을 박아라." 늙은 곰이 그렇게 명령한 탓이었다.

존 스노우는 사령관의 천막을 치고 사령관과 자신의 말을 돌본 후에 고스트를 찾으러 언덕을 내려갔다. 그의 다이어울프는 소리 없이 바로 돌아왔다. 조금 전까지만 해도 존은 솔방울과 낙엽을 밟으며 숲속에서 홀로 휘파람을 불고 고함을 지르고 있었는데, 다음 순간에는 아침 안개처럼 희끄무레한 거대한 흰 늑대가 옆을 걷고 있었다.

그러나 요새에 이르자 고스트는 다시 멈칫거렸다. 고스트는 조심스럽게 다가가서 돌 틈을 킁킁거리더니 그 냄새가 마음에 들지 않는다는 듯 물러섰다. 존은 고스트의 목덜미를 잡고 몸째 담장 안에 끌고 들어가려 했다. 쉬운 일은 아니었다. 늑대는 그와 몸무게가 비슷한 데다 힘은 훨씬 강했다. "고스트, 뭐가 문제야?" 이렇게 불안해하다니 고스트답지 않았다. 결국 존은 포기하고 늑대에게 말했다. "좋을 대로 해라. 가서 사냥이나 해." 고스트는 붉은 눈으로 존을 바라보며 이끼 낀 돌 사이로 빠져나갔다.

여기는 안전해야 마땅했다. 언덕에서는 주변이 잘 보였고, 북쪽과 서쪽은 깎아지른 비탈이었으며 동쪽도 그보다 약간 덜한 정도였다. 그런데도 땅거미가 짙어지고 어둠이 나무 사이로 스며들자 존의 불길한 예감은 커져갔다. '여긴 귀신 들린 숲이야. 여기엔 유령이 있을지도 모르지. 최초인의 영혼이. 한때는 그 사람들의 땅이었으니까.'

"그만 좀 애처럼 굴어." 존은 스스로에게 말하고, 돌 더미 위에 올라가서 지는 해를 응시했다. 남쪽으로 휘돌아 나가는 우유강(Milkwater) 수면에서 두드려 편 금박처럼 햇빛이 어른거렸다. 강 상류는 땅이 더 험악해서, 북서쪽으로 빽빽한 숲이 높고 제멋대로 솟은 헐벗은 돌 언덕들에 자리를 내어주었다. 지평선에는 거대한 그림자 같은 산맥이 보였는데, 능선이 겹겹이 겹치면서 청회색으로 멀어져갔고, 삐죽삐죽한 봉우리들은 언제나 눈에 덮여 있었다. 이렇게 멀리서 보아도 엄청나게 크고 춥고 살기 힘들어 보였다.

그보다 가까운 곳은 나무들이 지배했다. 숲은 남동쪽으로 눈 닿는 곳 어디까지나 이어졌고, 어마어마하게 얽힌 뿌리와 가지들이 천 가지 다른 녹색으로 칠해진 가운데 여기저기 영목이 소나무와 파수목들을 밀치고 자란 곳에는 붉은색이, 활엽수들의 색깔이 변하기 시작한 곳에서는 노란색이 보였다. 바람이 불자 존보다 더 나이가 많은 나뭇가지들이 삐걱이며 신음하는 소리를 들을 수 있었다. 무수한 잎사귀가 흔들렸고, 잠시 동안 숲은 폭풍이 몰려와 들썩이는 깊은 녹색 바다처럼 보였다. 만고불후하며, 도저히 알 수 없는 바다였다.

저 아래에 고스트만 있을 리는 없었다. 그 바닷속에서는 무엇이든 움직일 수 있었고, 저 나무들 아래에 모습을 감춘 채 어두운 숲을 뚫고 요새를 향해 기어올 수 있었다. 무엇이든. 그렇다 한들 그들이 어떻게 알겠는가? 존은 그 자리에 오래도록 서 있었다. 태양이 톱니 같은 산맥 뒤로 사라지고 숲속에 어둠이 깔리기 시작할 때까지.

"존?" 샘웰 탈리가 외쳤다. "너 같다고 생각했어. 괜찮아?"

"괜찮고말고." 존은 훌쩍 뛰어내렸다. "오늘은 어떻게 지냈어?"

"음. 난 잘 지냈어. 진짜로."

존은 불안한 마음을 친구와 나눌 생각이 없었다. 특히나 샘웰 탈리가 드디어 용기를 찾기 시작한 지금은 안 될 말이었다. "늙은 곰은 여기에서 반쪽 손 퀴린과 섀도타워 사람들을 기다릴 생각이야."

"튼튼해 보이긴 해." 샘이 말했다. "최초인의 원형 요새라니. 여기에서 치른 전투가 있었을까?"

"당연히 있었겠지. 넌 까마귀를 준비해두는 게 좋을 거야. 모르몬트가 전언을 돌려보내고 싶어 할 테니까."

"다 날려 보낼 수 있으면 좋겠다. 까마귀들은 새장에 갇혀 있길 싫어해."

"날 수 있다면 너라도 그렇겠지."

"날 수 있다면 난 캐슬블랙에 돌아가서 돼지고기 파이를 먹을 거야." 샘이 말했다.

존은 화상 입은 손으로 샘의 어깨를 두드렸다. 그들은 함께 야영지 안을 걸어 돌아갔다. 사방에서 요리 불을 피우고 있었다. 머리 위에서는 별들이 빛나기 시작했다. '모르몬트의 횃불'의 긴 붉은색 꼬리는 달처럼 환하게 타올랐다. 존은 까마귀들을 보기 전에 소리부터 들었다. 몇 마리는 그의 이름을 부르고 있었다. 까마귀들은 거리낌 없이 시끄럽게 굴었다.

'새들도 느끼는 거야.'

존은 그렇게 생각하고 말했다. "난 늙은 곰을 보러 가는 게 좋겠다. 그분도 식사를 잘 못하면 시끄러워지니까 말이야."

모르몬트는 토렌 스몰우드와 다른 고위직 대여섯 명과 이야기를 나누고 있었는데, 그를 보자 퉁명스럽게 말했다. "이제야 왔구나. 뜨거운 와인을 좀 가져다 다오. 밤이 쌀쌀하다."

"예, 알겠습니다." 존은 요리 불을 피우고, 비축품에서 모르몬트가 제일 좋아하는 감칠맛 있는 레드와인 작은 통을 달라고 한 다음, 그 와인을 주전자 안에 부었다. 그는 주전자를 불 위에 걸고 나머지 재료를 챙겼다. 늙은 곰은 향신료를 넣어 데운 와인에 대해 원하는 바가 구체적이었다. 시나몬도 육두구도 꿀도 듬뿍, 같은 양으로. 건포도와 견과류와 말린 나무 열매를 넣되 레몬은 넣지 말 것. 레몬을 넣는 건 남부인들의 가장 고약한 풍

조라는데, 그가 아침 맥주에 꼭 레몬을 넣어 먹는다는 점을 생각하면 기묘한 이야기였다. 그리고 사령관은 와인이 몸을 뜨듯하게 데워줄 만큼 뜨겁되, 절대로 끓을 때까지 데워서는 안 된다고 주장했다. 존은 주전자를 주의 깊게 지켜보았다.

그 작업을 하면서 천막 안에서 새어 나오는 목소리를 들을 수 있었다. 자면 벅웰이 말했다. "서리엄니 산맥으로 올라가는 제일 쉬운 길은 우유강을 따라 원천까지 거슬러 오르는 겁니다. 하지만 그 길로 간다면 만스 레이더가 우리의 접근을 알 게 불 보듯 뻔하지요."

말라도르 로크 경이 말했다. "'거인의 계단'으로 갈 수도 있습니다. 아니면 '귀곡성 고개'를 넘지요. 눈이 쌓이지만 않았다면."

와인에서 김이 올랐다. 존은 주전자를 들어서 잔 여덟 개를 채우고, 천막 안으로 들고 들어갔다. 늙은 곰은 크래스터의 요새에서 샘이 그린 조잡한 지도를 노려보고 있었다. 그는 존이 든 쟁반에서 잔을 들어 한 모금 마셔보더니, 퉁명스럽게 고개를 끄덕여 괜찮다는 뜻을 표했다. 그의 까마귀가 팔에서 폴짝 뛰어내리며 말했다. "옥수수. 옥수수. 옥수수."

오틴 위더스 경은 손을 내저어 와인을 사양했다. "저라면 그 산맥엔 아예 안 들어가겠습니다." 그는 가늘고 지친 목소리로 말했다. "서리엄니는 여름에도 가혹하도록 추운 곳인데, 지금은…… 혹시 폭풍이라도 만난다면……."

"나도 꼭 가야 하는 게 아니라면 서리엄니행을 감행할 마음이 없네." 모르몬트가 말했다. "우리만이 아니라 야인들도 눈과 돌에서는 살 수 없어. 곧 산에서 내려올 테고, 군대가 얼마나 크든 간에 내려올 길은 우유강을 따라서밖에 없지. 그럴 경우, 우리가 여기에 튼튼하게 자리를 잡고 있어. 우리 옆을 빠져나갈 순 없을 거야."

"그러고 싶어 하지 않을지도 모르지요. 놈들은 수천이고, 우리는 반쪽 손이 합류해도 300명입니다." 말라도르 경이 존에게서 잔을 하나 받아들었다.

"전투에 들어간다면 여기보다 더 나은 거점을 찾기는 어렵네." 모르몬트가 선언했다. "방어를 강화하지. 비탈에 구덩이와 대못과 마름쇠를 깔고 틈새는 모두 보강해. 자면, 제일 눈이 날카로운 부하들에게 망을 보도록 하게. 우리 주변을 빙 두르고 강을 따라 배치해서 어떤 접근이든 경고하게 해. 나무 위에 숨기고. 물도 필요한 양 이상으로 길어 오는 게 좋겠군. 물을 저장할 구덩이도 팔 거야. 그러면 다들 몰두할 일도 생기고, 나중에 해둬야 할 일이었음이 증명될 수도 있지."

"제 순찰자들은—"토렌 스몰우드가 입을 열었다.

"자네 순찰자들은 반쪽 손이 합류할 때까지 강 이쪽 면으로 순찰 지역을 한정할 거야. 그 후에는 두고 보세. 아무튼 사람을 더 잃지는 않겠어."

"만스 레이더가 여기에서 하루 거리에 군대를 모으고 있을지도 모르는데, 알 도리가 없겠군요." 토렌 스몰우드가 불평했다.

"우린 야인들이 어디에 모이는지 알아." 모르몬트가 대꾸했다. "크래스터에게 들었잖나. 그자를 좋아하지는 않지만, 이 문제로 우리에게 거짓말을 했다고 보지는 않네."

"말씀대로 하겠습니다." 스몰우드는 부루퉁해서 나갔다. 다른 사람들은 와인을 마저 마시고 나서, 좀 더 예의를 갖추어 나갔다.

"저녁 식사를 가져다 드릴까요?" 존이 물었다.

"옥수수." 까마귀가 외쳤다. 모르몬트는 바로 대답하지 않았고, 입을 열었을 때도 이렇게만 말했다. "네 늑대가 오늘은 사냥감을 찾았느냐?"

"아직 돌아오지 않았습니다."

"우리도 신선한 고기가 있다면 좋을 텐데." 모르몬트는 자루에 손을 넣어 까마귀에게 옥수수를 한 줌 내밀었다. "순찰자들을 가까이 묶어두는 게 잘못 같으냐?"

"그건 제가 말할 문제가 아닙니다."

"질문을 받았다면 말할 문제지."

"순찰자들이 '주먹'이 보이는 곳에만 머물러야 한다면, 어떻게 제 숙부를 찾을지 모르겠습니다." 존은 제 의심을 인정했다.

"못 찾지." 까마귀는 늙은 곰의 손바닥에 놓인 옥수수 낟알을 쪼아 먹었다. "200명이든, 만 명이든 간에 이 땅은 너무 넓어." 옥수수가 다 없어지자 모르몬트는 손을 뒤집었다.

"수색을 포기하시는 건 아니죠?"

"아에몬 학사는 네가 영리하다고 생각한다." 모르몬트는 까마귀를 어깨에 올렸다. 까마귀는 고개를 한쪽으로 기울이고 작은 눈을 반짝였다.

답은 거기 있었다. "그 말씀은…… 200명이 한 명을 찾는 것보다는 한 명이 200명을 찾는 게 더 쉬울지 모르겠다는 생각은 듭니다."

까마귀는 비웃는 듯한 울음소리를 냈지만, 늙은 곰은 회색 수염 속으로 미소를 지었다. "이렇게 많은 사람과 말이 움직이면 아에몬이라도 따라올수 있을 만한 흔적이 남지. 이 언덕 위에서 우리가 불을 피우면 서리엄니 산기슭에서도 볼 수 있을 거다. 벤 스타크가 살아 있고 자유로운 몸이라면 분명히 우리를 찾아올 게야."

"맞습니다. 하지만…… 혹시……."

"……혹시 죽었다면 말이냐?" 모르몬트의 목소리는 모질지 않았다.

존은 주저하며 고개를 끄덕였다.

"죽어." 까마귀가 말했다. "죽어. 죽어."

"그래도 우리에게 올지 모른다. 오서가 그랬고, 제이퍼 플라워스가 그랬듯이 말이다. 존, 나도 너만큼이나 그런 사태가 두렵다만, 그럴 가능성이 있다는 점은 인정해야 한다."

"죽어." 까마귀가 까악거리며 날개를 부풀렸다. 그 목소리는 점점 더 크고 날카로워졌다. "죽어."

모르몬트는 까마귀의 검은 깃털을 쓰다듬으며 갑자기 찾아온 하품을 손등으로 눌렀다. "아무래도 저녁 식사는 걸러야겠다. 쉬는 게 더 낫겠어. 동이 트자마자 깨우거라."

"안녕히 주무십시오, 사령관님." 존은 빈 잔을 모아서 밖으로 나갔다. 멀리서 웃음소리가 들리고, 구슬픈 피리 소리가 들렸다. 야영지 중앙에 큰 불이 타고 있었고, 스튜 냄새를 맡을 수 있었다. 늙은 곰은 배고프지 않을지 몰라도 존은 배가 고팠다. 그는 불가로 다가갔다.

디웬이 숟가락을 손에 들고 장황하게 이야기하는 중이었다. "난 살아 있는 그 누구보다 이 숲을 잘 아는데 말이야, 그런 내가 말하는데 오늘 밤에 이 숲을 혼자 달릴 생각은 추호도 없어. 다들 저 냄새 못 맡겠어?"

그렌은 눈을 휘둥그렇게 뜨고 디웬을 보았지만, 구슬픈 에드는 말했다. "난 말 200마리의 똥 냄새밖에 못 맡겠는데. 이 스튜 냄새하고 말이야. 이제 맡아보니 향기가 비슷하구먼."

"그 비슷한 향기가 여기서 나왔습니다." 헤이크가 비수를 툭툭 치더니 툴툴거리면서 주전자에 든 스튜를 퍼서 존의 그릇을 채웠다.

스튜는 보리와 당근과 양파로 걸쭉했고 소금에 절인 소고기 조각이 드문드문 보였다. 딱딱한 고기 조각은 요리로 부드러워졌다.

"무슨 냄샌데요, 디웬?" 그렌이 물었다.

숲지기는 잠시 숟가락을 빨았다. 의치는 빼놓은 상태였다. 얼굴은 가죽처럼 질기고 주름이 자글자글했으며, 두 손은 늙은 뿌리처럼 울퉁불퉁했다. "나한테는 꼭…… 차가운 냄새가 나는 것 같아."

"이빨만이 아니라 머리도 나무가 됐나. 차가운 냄새 같은 건 없어요." 헤이크가 말했다.

'있어.' 존은 그날 밤 사령관의 거처를 떠올리며 생각했다. '죽음 같은 냄새지.' 갑자기 식욕이 사라졌다. 그는 자기 몫의 스튜를 그렌에게 넘겼다. 그렌은 밤을 보내려면 저녁 식사를 더 먹어서 몸을 데워야 할 것 같아 보였다.

존이 그 자리를 떠났을 때는 바람이 거세게 불고 있었다. 아침이면 서리가 땅을 뒤덮고 천막을 맨 밧줄은 뻣뻣하게 얼어 있을 것이다. 주전자 바닥에 향신료를 넣은 와인이 약간 남아 있었다. 존은 와인을 다시 데우려고 불에 새로 장작을 넣고 주전자를 올렸다. 기다리는 동안 그는 손이 얼얼해질 때까지 주먹을 쥐었다 펴면서 손가락 운동을 했다. 첫 번째 불침번이 야영지 주변에 위치를 잡았다. 원형 돌벽을 따라 사방에서 횃불이 나부꼈다. 달도 없는 밤이었지만, 머리 위에는 수많은 별이 반짝였다.

어둠 속에서 어떤 소리가 올라왔다. 멀고 희미했지만 틀림없는 늑대 울음소리였다. 늑대들의 목소리가 오르내리며 서늘하고 외로운 노래를 자아냈다. 목덜미 털이 곤두섰다. 불 건너편 어둠 속에서 붉은 눈 한쌍이 그를 바라보았다. 불길 때문에 번쩍여 보였다.

"고스트." 존은 놀란 숨을 내쉬었다. "결국엔 안으로 들어왔구나. 응?" 하얀 늑대는 밤새도록 사냥을 할 때도 많았다. 그래서 동이 트기 전에는 다시 보지 못할 줄 알았다. "사냥이 그렇게 나빴어? 여기. 이리로 와, 고스트."

다이어울프는 불가를 빙 돌아오더니 존을 쿵쿵거리고, 바람을 쿵쿵거리며 가만히 있을 줄을 몰랐다. 지금은 사냥감을 찾는 것 같지 않았다. '시체가 걸어왔을 때, 고스트는 알아차렸어. 날 깨워서 경고해줬지.' 그는 불안한 마음으로 일어섰다. "바깥에 뭔가 있어? 고스트, 냄새를 맡은 거야?" 디웬은 차가운 냄새를 맡았다고 했다.

다이어울프가 성큼성큼 달려가다가 멈춰 서서 뒤를 돌아보았다. '내가 따라오길 바라는구나.' 존은 두건을 올려 쓰고 천막들 사이로 걸어 나갔다. 불가의 온기에서 멀어져서 텁수룩한 작은 조랑말들의 대열을 지나쳤다. 고스트가 지나가자 말 한 마리가 불안하게 히힝거렸다. 존은 달래는 말을 한 마디 건네고 멈춰 서서 주둥이를 쓰다듬었다. 원형 돌담이 가까워지자 돌 틈으로 빠져나가는 바람 소리를 들을 수 있었다. 검문하는 목소리가 날아왔다. 존은 횃불 빛 속으로 걸어 들어갔다. "사령관님을 위해 물을 길러 갑니다."

"그럼 가봐. 빨리 해라." 바람에 두건을 푹 눌러쓰고 검은 망토 아래 몸을 움츠린 보초병은 존에게 물동이가 있는지 확인할 생각도 하지 않았다.

존이 날카로운 말뚝 사이를 빠져나가는 사이 고스트는 말뚝 아래로 미끄러져 나갔다. 돌 틈에 횃불이 꽂혀 있어서, 돌풍이 불면 불길이 오렌지색 깃발처럼 나부꼈다. 그는 돌들 사이를 힘겹게 빠져나가면서 그 횃불을 집어 들었다. 고스트는 언덕 아래로 질주했다. 존은 횃불을 앞세우고 천천히 따라 내려갔다. 뒤에서 야영지의 소음이 멀어졌다. 밤은 캄캄하고, 비탈은 가파르고 돌투성이였으며 울퉁불퉁했다. 잠시만 부주의해도 발목이 부러질 수 있었다……. 아니면 목이 부러지거나. '내가 뭘 하는 거지?' 존은 조심스럽게 내려가면서 자문했다.

아래에 보이는 나무들은 껍질과 잎사귀로 무장한 전사들처럼 소리 없이 열을 지어 서서 언덕을 강습하라는 명령을 기다리고 있었다. 나무가 다시커메 보였다……. 횃불 빛이 스치고 지나갈 때만 녹색이 언뜻 번득였다. 희미하게 바위 위를 흐르는 물소리가 들렸다. 고스트는 덤불 속으로 사라졌다. 존은 개울물 소리, 바람에 한숨짓는 잎사귀 소리에 귀를 기울이며 힘겹게 그 뒤를 따라갔다. 잔가지가 자꾸 망토를 붙잡고, 머리 위에서는 굵은 가지들이 뒤엉켜서 별빛을 차단했다.

고스트는 개울물을 할짝대고 있었다. "고스트, 이리 와. 당장." 다이어울프가 고개를 들자 두 눈이 불길한 붉은색으로 빛났고, 턱에서는 물이 침처럼 흘러내렸다. 그 순간 고스트는 뭔가 사납고 무서워 보였다. 그러더니 훌쩍 존 옆을 지나쳐서 숲속을 달려갔다. "고스트, 안 돼. 여기 있어." 존이 그렇게 외쳐도 신경도 쓰지 않았다. 군살 없는 하얀 몸이 어둠에 삼켜졌고, 존에게는 두 가지 선택밖에 남지 않았다. 혼자서 언덕을 다시 오르거나, 따라가거나.

존은 화가 난 채로 따라갔다. 걸음걸음마다 넘어뜨리려고 드는 돌멩이, 발을 잡아채려 드는 것 같은 굵은 나무뿌리, 발목을 접질릴 수 있는 구멍을 살피느라 횃불을 낮게 들었다. 몇 걸음 걸을 때마다 다시 고스트를 불렀지만, 나무 사이를 휘몰아치는 밤바람이 그의 목소리를 마셔버렸다. '이건 미친 짓이야.' 존은 숲속으로 더 깊이 들어가며 생각했다. 그리고 방향을 돌리려는데 앞쪽 오른편에 하얀 색이 언뜻 보였다. 언덕 쪽으로 돌아가는 방향이었다. 존은 낮게 욕을 하며 그 뒤를 따라 천천히 달렸다.

그는 '최초인의 주먹' 주위를 4분의 1 정도 돌면서 쫓아가다가 늑대를 다시 놓쳤다. 결국 그는 언덕 발치의 덤불과 가시나무와 굴러 떨어진 돌들 사이에 멈춰 서서 숨을 골랐다. 횃불 빛 너머로 어둠이 육박해왔다.

그는 조용히 뭔가를 긁는 소리를 듣고 몸을 돌렸다. 바윗돌과 가시덤불 사이를 조심스럽게 디디며 그 소리를 따라가보니, 쓰러진 나무 뒤에서 고스트를 다시 만날 수 있었다. 그의 다이어울프는 흙을 걷어차며 맹렬히 땅을 파고 있었다.

"뭘 찾은 거야?" 존이 횃불을 내리자 부드러운 흙 둔덕이 보였다. '무덤이구나. 그런데 누구의 무덤이지?'

그는 무릎을 꿇고, 횃불을 땅에 꽂았다. 흙은 모래가 섞여서 푸석했다. 존은 그 흙을 한 주먹 퍼냈다. 돌도, 나무뿌리도 없었다. 여기에 있는 게 무엇인지는 몰라도 최근에 묻혔다는 뜻이었다. 60센티쯤 파고 나니 손가락에 천이 닿았다. 그는 시체가 있으리라 예상했고 두려워했지만, 이건 뭔가 다른 것이었다. 천을 눌러보자 밑에 작고 단단한 물건이 만져졌다. 악취도 없었고, 무덤벌레도 없었다. 고스트는 물러서서 엉덩이를 대고 앉아서 지켜보았다.

존이 푸석한 흙을 털어내자 너비가 60센티쯤 되는 둥근 꾸러미가 드러났다. 주변으로 손가락을 밀어 넣어 헐겁게 만들고 들어 올렸더니 안에 있던 뭔가가 움직이면서 땡그랑 소리를 냈다. '보물인가.' 그렇게 생각했지만, 동전이라기에는 형태가 이상했고 쇳소리도 아니었다.

너덜너덜한 밧줄이 칭칭 감겨 있었다. 존은 단검을 뽑아서 밧줄을 자르고, 천 끝을 잡아서 당겼다. 꾸러미가 빙글 돌면서 내용물이 바닥에 쏟아져 검은 빛으로 반짝였다. 십여 자루의 칼, 나뭇잎 모양의 창 촉들, 수많은 화살촉이 보였다. 존은 단검 날을 하나 집어 들었다. 깃털처럼 가볍고 검은색으로 반짝였으며, 자루는 없었다. 횃불 빛을 받아서 빛나는 가느다란 오렌지색 선이 면도날같이 날카롭다는 사실을 알렸다. 드래곤 유리. 학사들이 흑요석이라고 부르는 돌이었다. 고스트가 수천 년 동안 묻혀 있던 숲의 아이들의 옛 무기 은닉처라도 발견한 걸까? '최초인의 주먹'은 오래된 장소였지만…….

드래곤 유리 밑에 낡은 전투 나팔이 하나 있었다. 들소 뿔로 만들어서 청동 테를 두른 나팔이었다. 존이 나팔 속에 들어간 흙을 흔들어 빼내자 화살촉이 우수수 떨어졌다. 존은 화살촉이 떨어지게 놓아두고, 무기가 싸여 있던 천 모퉁이를 집어서 비벼보았다. 질 좋은 모직물이었다. 이중으로 짜서 두꺼웠고, 축축했지만 썩지는 않았다. 땅속에 오래 있었을 리가 없었다. 게다가 색이 어두웠다. 그는 천을 움켜쥐고 횃불에 가까이 당겼다. 아니, 어두운 게 아니라 검은색이었다.

존은 일어서서 천을 털어보기도 전에 그게 무엇인지 알았다. 밤의 경비대에 서약한 결의 형제의 검은 망토였다.

브랜

에일벨리가 찾아왔을 때 브랜은 대장간에서 미켄 대신 풀무질을 해보고 있었다. "학사님께서 탑에서 보자십니다, 왕자님. 전하께서 보낸 까마귀가 왔다는데요."

"롭 형에게서?" 흥분한 브랜은 호도를 기다리지 않고 에일벨리에게 업혀서 계단을 올라갔다. 에일벨리는 거한이었지만, 호도만큼 크지는 않았고 힘은 한참 모자랐다. 학사의 탑에 이르렀을 때쯤 그는 얼굴이 시뻘게져서 숨을 몰아쉬고 있었다. 리콘이 먼저 와 있었고, 왈더 프레이 두 명도 있었다.

루윈 학사는 에일벨리를 내보내고 문을 닫더니 근엄하게 말했다. "여러분, 전하에게서 전언이 왔습니다. 좋은 소식과 나쁜 소식이 다 있어요. 전하께서는 서부에서 대승을 거두어 옥스크로스라는 곳에서 라니스터군을 격파하고, 성을 몇 개 빼앗았습니다. 애시마크에서 편지를 쓰셨어요. 예전에는 마브랜드 가문의 성채였던 곳이지요."

리콘이 학사의 로브를 잡아당겼다. "롭 형이 집에 와요?"

"안타깝게도 아직은 아닙니다. 아직 싸워야 할 전투가 있어요."

"형이 물리친 게 타이윈 공이었나요?" 브랜이 물었다.

"아닙니다. 스태퍼드 라니스터 경이 적군을 지휘하고 있었지요. 전투 중에 죽었습니다."

브랜은 스태퍼드 라니스터 경에 대해 들은 바가 없었다. 그래서 큰 왈더가 "중요한 건 타이윈 공 하나야"라고 말했을 때 저도 모르게 동조했다.

"롭 형에게 집에 왔으면 좋겠다고 전해줘요. 늑대도 같이 데려오고, 어머니와 아버지도 데려오면 좋겠다." 리콘은 에다드 공이 죽었다는 사실을 알면서도 가끔…… 일부러 잊어버리는 것 같았다. 브랜이 의심하기로는 그랬다. 그의 어린 동생은 네 살짜리 남자애에게만 가능한 방식으로 완고했다.

브랜은 롭의 승리에 기뻤지만, 불안하기도 했다. 그는 형이 윈터펠에서 군대를 이끌고 나가던 날 오샤가 했던 말을 기억했다. '엉뚱한 방향으로 가고 있어요.' 야인 여자는 그렇게 주장했었다.

"슬프게도, 대가 없는 승리는 없지요." 루윈 학사는 왈더들을 돌아보았다. "도련님들, 옥스크로스에서 목숨을 잃은 분들 중에 두 분의 백부님인 스테브론 프레이 경도 있습니다. 전투 중에 부상을 입었다더군요. 심각하지 않아 보였는데, 사흘 후 천막 안에서 자다가 돌아가셨다고 합니다."

큰 왈더는 어깨를 으쓱였다. "엄청 늙었으니까. 예순다섯인가 그랬을걸. 전투에 나서기엔 너무 늙었지. 언제나 지쳤다고 했어."

작은 왈더는 콧방귀를 뀌었다. "할아버지가 죽기를 기다리는 데 지쳤다는 뜻이겠지. 그럼 이제 에몬 경이 후계자가 되는 건가?"

"멍청한 소리 마. 둘째 아들보다 첫째 아들의 아들들이 먼저야. 라이먼 경이 다음이고, 그다음엔 에드윈과 검은 왈더와 여드름 피터지. 그다음엔 아에곤과 그 아들들 전부고."

"라이먼도 늙었어." 작은 왈더가 말했다. "마흔이 넘었을걸. 게다가 속도

안 좋지. 라이먼이 영주가 될까?"

"영주는 내가 될 거야. 라이먼이야 아무래도 상관없어."

루윈 경이 날카롭게 말을 끊었다. "그런 대화를 나누다니 부끄러운 줄 아십시오. 슬픔은 어디 간 겁니까? 백부님이 돌아가셨는데요."

"그렇죠." 작은 왈더가 말했다. "우리도 엄청 슬퍼요."

그러나 그들은 전혀 슬퍼하지 않았다. 브랜은 속이 울렁거렸다. '재들이 나보다 이 요리를 더 즐기는구나.' 브랜은 루윈 학사에게 나가봐도 되겠냐고 물었다.

"좋습니다." 학사는 사람을 부르려고 종을 울렸다. 호도는 마구간에서 일하느라 바쁜 모양인지, 오샤가 왔다. 하지만 오샤는 에일벨리보다 더 힘이 좋았고, 브랜을 번쩍 들고 계단을 내려가는 데 아무 어려움이 없었다.

"오샤." 브랜은 마당을 가로지르면서 물었다. "북쪽으로 가는 길 알아? 장벽으로 가서…… 그 너머까지 가는 길?"

"길이야 쉽지. '얼음 드래곤' 별자리를 찾고, 그 기수의 눈에 박힌 파란 별을 쫓으면 돼." 오샤는 뒷걸음질로 문을 통과한 후에 구불구불한 계단을 오르기 시작했다.

"거기엔 아직 거인들도 있고, 나머지…… '다른자'들이랑, 숲의 아이들도 있어?"

"거인들은 직접 봤고, 숲의 아이들에 대해선 들어봤고, 백귀들은…… 왜 그런 걸 알고 싶은데?"

"세 눈박이 까마귀를 본 적은 있어?"

"아니." 오샤는 소리 내어 웃었다. "그리고 보고 싶다고는 못 하겠네." 오샤는 브랜의 침실 문을 걷어차서 열고, 아래 마당을 내려다볼 수 있는 창가 자리에 브랜을 내려놓았다.

오샤가 나가고 심장이 몇 번 뛰었을까 말까 한데 문이 다시 열리더니,

조젠 리드가 허락도 받지 않고 들어왔다. 그 뒤에는 누이인 미라가 따라왔다. "까마귀 소식 들었어?" 브랜이 묻자 조젠은 고개를 끄덕였다. "네가 말한 것 같은 저녁 식사가 아니었어. 롭 형이 보낸 편지였고, 우린 그걸 먹은 게 아니라—"

"녹색 꿈은 가끔 이상한 형상을 띠지." 조젠은 인정했다. "그 꿈에 담긴 진실을 이해하기가 늘 쉽지는 않아."

"네가 꿈에서 봤다는 나쁜 일에 대해 말해봐. 윈터펠에 일어날 나쁜 일 말이야."

"왕자님이 이젠 날 믿으시는 건가? 내 말이 아무리 이상하게 들려도 믿으실까?"

브랜은 고개를 끄덕였다.

"바다가 와."

"바다?"

"바다가 윈터펠 사방을 휘감는 꿈을 꿨어. 검은 파도가 성문과 탑에 부딪치고, 소금물이 성벽을 넘어 성안을 채우는 모습을 봤지. 마당에는 물에 빠져 죽은 사람들이 떠다녔어. 그레이워터에서 처음 그 꿈을 꿨을 때는 그 사람들의 얼굴을 몰랐지만, 이제는 알아. 연회에서 우리 이름을 불렀던 위병, 에일벨리가 있었어. 윈터펠의 성사도 있었고. 대장장이도 있었어."

"미켄이?" 브랜은 놀란 만큼 어리둥절하기도 했다. "하지만 바다는 수백 수천 리나 떨어져 있고, 윈터펠의 성벽은 설령 바다가 몰려온대도 넘을 수 없을 만큼 높은데."

"밤의 어둠을 틈타서 소금물이 이 성벽을 넘어 들어올 거야. 난 익사해서 퉁퉁 불은 시체를 봤어." 조젠이 말했다.

"그 사람들에게 말해줘야 해. 에일벨리와 미켄, 차일 성사에게. 물에 빠져 죽지 말라고 말해야 해." 브랜이 말했다.

"소용없을 거야." 초록 옷의 소년이 대꾸했다.

미라는 창가 자리로 와서 브랜의 어깨에 한 손을 올렸다. "그 사람들은 믿지 않을 거야, 브랜. 너도 믿지 않았잖아."

조젠은 브랜의 침대에 앉았다. "네가 꾸는 꿈을 말해줘."

아직도 겁이 났지만, 그들을 믿겠다고 맹세한 터였고, 윈터펠의 스타크는 맹세를 지켰다. 브랜은 천천히 말했다. "몇 가지 꿈을 꿔. 늑대 꿈이 있는데, 그건 다른 꿈처럼 나쁘진 않아. 난 달리고 사냥을 해서 다람쥐를 죽이지. 그리고 까마귀가 찾아와서 나보고 날라고 하는 꿈이 있어. 가끔은 그런 꿈에 나무도 나와서 내 이름을 불러. 그러면 겁이 나. 하지만 제일 나쁜 꿈은 내가 떨어질 때 꿈이야." 그는 비참한 기분으로 마당을 내려다보았다. "그 전엔 떨어진 적이 없었어. 벽을 탈 때 말이야. 난 어디든 갔어. 지붕 위에도 올라가고, 성벽을 따라가고, '타버린 탑'에서 까마귀들에게 먹이를 주곤 했지. 어머니는 내가 떨어질까 봐 걱정했지만 난 절대 안 떨어질 줄 알고 있었어. 다만 난 정말로 떨어졌고, 이제는 잘 때마다 늘 떨어져."

미라는 그의 어깨를 꾹 쥐었다. "그게 다야?"

"그럴걸."

"와르그." 조젠 리드가 말했다.

브랜은 눈을 크게 뜨고 쳐다보았다. "뭐?"

"와르그. 변신자. 짐승 인간. 그 늑대 꿈에 대해 들으면 널 그렇게 부를 거야."

그 말들을 듣자 다시 겁이 났다. "누가 그렇게 부른다는 거야?"

"사람들이. 두려움에 차서. 네 정체를 알면 널 증오하는 사람도 있을 거야. 죽이려 드는 사람도 있을 거고."

낸 할멈은 가끔 짐승 인간과 변신자들에 대한 무서운 이야기를 해줬다. 그런 이야기 속에서 그들은 언제나 사악했다. "난 그런 게 아니야. 아니라고. 꿈일 뿐이야." 브랜이 말했다.

"늑대 꿈은 진짜 꿈이 아니야. 넌 깨어 있을 때면 눈을 꽉 감고 있지만, 잠들면 눈이 스르르 열리면서 네 영혼이 나머지 반쪽을 찾아가는 거야. 네 안에 있는 힘은 강력해."

"난 그런 거 원하지 않아. 난 기사가 되고 싶다고."

"네가 되고 싶은 건 기사지만, 네 정체는 와르그야. 그걸 바꿀 순 없어, 브랜. 부정할 수도 밀어낼 수도 없어. 넌 날개 달린 늑대지만, 절대 날지 못할 거야……." 조젠은 일어서서 창가로 걸어왔다. "……눈을 뜨지 않는다면 말이야." 그는 손가락 두 개를 붙여 브랜의 이마를 세게 찔렀다.

그 지점에 손을 올렸을 때 느껴지는 것은 매끈한 이마뿐이었다. 눈은 없었다. 감긴 눈도 없었다. "그 자리에 없는 눈을 어떻게 뜰 수가 있어?"

"손가락으로 그 눈을 찾을 순 없어, 브랜. 마음으로 찾아야 해." 조젠은 기묘한 녹색 눈으로 브랜의 얼굴을 찬찬히 살폈다. "아니면 무서운 거야?"

"루윈 학사는 꿈속엔 두려워할 게 없댔어."

"있어." 조젠이 말했다.

"뭐?"

"과거. 미래. 진실."

그들은 브랜을 그 어느 때보다도 혼란스러운 상태로 두고 나갔다. 혼자가 된 브랜은 세 번째 눈을 떠보려고 했지만, 방법을 몰랐다. 이마에 아무리 주름을 잡고 찔러봐도 그 전과 차이를 알 수가 없었다. 이어지는 며칠 동안 조젠이 본 미래에 대해 경고하려고 해봤지만, 바라는 대로 되지 않았다. 미켄은 재미있다고 생각했다. "바다요? 그러고 보니 언제나 바다가 보고 싶긴 했네요. 하지만 도무지 보러 갈 수가 없었죠. 그러니 이젠 바다가 나한테 오나 보죠? 신들이 친절하기도 하셔라. 불쌍한 대장장이를 위해 그런 수고를 들이시다니."

차일 성사는 조용히 말했다. "신들께선 적당하다 보시는 때에 절 데려가실 겁니다. 하지만 제가 물에 빠져 죽을 것 같지는 않군요, 브랜. 전 화이트나이프 강둑에서 자랐답니다. 꽤 수영을 잘하지요."

경고에 조금이라도 관심을 기울인 사람은 에일벨리 하나였다. 그는 조젠과 직접 이야기를 하러 가더니, 그 후부터 목욕을 그만두고 우물 근처에도 가지 않으려 했다. 결국에는 지독한 냄새가 나는 바람에 다른 위병 여섯이 뜨거운 욕조에 던져 넣고 북북 문질러 씻었는데, 그동안 그는 비명을 지르며 개구리 소년 말대로 물에 빠뜨려 죽이려 든다고 외쳤다. 그 이후로 그는 성안에서 브랜이나 조젠을 볼 때마다 인상을 찌푸리고 소리 죽여 중얼거렸다.

에일벨리가 목욕을 하고 며칠 후에 로드릭 경이 포로를 데리고 윈터펠로 돌아왔다. 긴 머리에 통통하고 촉촉한 입술을 한 젊은이였는데, 변소 냄새가 났다. 목욕 전의 에일벨리보다 더 심했다. "구린내라고 한답니다." 브랜이 누구냐고 묻자 헤이헤드가 말했다. "본명은 못 들어봤어요. 볼턴의 서자를 섬기면서 혼우드 부인 살해를 도왔다더군요."

문제의 서자는 죽었다고 했다. 브랜은 그날 저녁 식사 중에 알았다. 로드릭 경의 부하들이 혼우드 영지에서 끔찍한 짓을(브랜은 정확히 무슨 짓인지 몰랐지만, 옷을 입지 않고 하는 일 같았다) 하고 있던 그자를 발견했고, 말을 타고 달아나려 하자 화살을 쏘아 쓰러뜨렸다. 그래도 가엾은 혼우드 부인에게는 너무 늦었다. 결혼식 이후에 볼턴의 서자는 혼우드 부인을 탑에 가둬놓고 밥을 주지 않았다. 브랜은 로드릭 경이 문을 부수고 들어갔을 때 혼우드 부인이 입에 피칠을 하고 손가락은 다 물어뜯은 몰골이었다고 사람들이 말하는 것을 들었다.

"그 괴물이 우리에게 가시투성이 매듭을 남겨놨습니다." 노기사는 루윈 학사에게 말했다. "좋든 싫든 간에 혼우드 부인은 그놈의 아내였어요. 그놈이 혼우드 부인에게 성사와 심장 나무 앞에서 서약을 하도록 강요했고, 같은 날 밤 증인들 앞에서 잠자리를 함께했습니다. 부인은 그놈을 후계자로 지명하는 유언장에 서명을 하고 직인을 찍었고 말입니다."

"협박을 받아서 한 서약은 무효입니다." 학사가 주장했다.

"루스 볼턴은 동의하지 않을 겁니다. 그것도 영지가 걸린 일이니 말입니다." 로드릭 경은 비참한 얼굴이었다. "이 하인의 머리통이라도 자를 수 있다면 좋겠군요. 제 주인만큼이나 나쁜 놈이에요. 하지만 롭이 전쟁에서 돌아올 때까지 살려둬야겠지요. 볼턴 서자가 저지른 최악의 범죄에 대한 유일한 증인이니까요. 볼턴 공도 그 증언을 들으면 소유권 주장을 포기할지 모르겠습니다만, 그러기까지 혼우드 숲에서 맨덜리 기사들과 드레드포트 병사들이 서로를 죽여댈 텐데, 제겐 그걸 막을 힘이 없습니다." 노기사는 앉은 채로 몸을 돌려 브랜을 엄한 눈으로 보았다. "제가 없는 동안 뭘 하고 지내신 겁니까, 왕자님? 우리 위병들에게 씻지 말라고 명하셨다고요? 위병들이 구린내처럼 지독한 냄새를 풍기길 바라십니까?"

"바다가 여기로 온대요. 조젠이 녹색 꿈에서 봤어요. 에일벨리가 물에 빠져 죽는대요."

루윈 학사가 사슬 목걸이를 잡아당겼다. "리드 가문의 아들은 꿈에서 미래를 본다고 믿는답니다, 로드릭 경. 브랜에게 그런 예언이 얼마나 불확실한지 말했습니다만, 사실인즉 스토니쇼어에 말썽이 있기는 합니다. 장선을 탄 습격자들이 어촌들을 약탈하고 있어요. 강간하고 불을 지르고…… 레오발드 톨하트가 조카인 벤프레드를 보냈지만, 그자들은 무장한 사내들을 보자마자 배를 타고 달아나지 싶군요."

"그래요, 그러고는 다른 곳을 공격하겠지요. 그런 비겁자들은 '다른자'들이 다 잡아갔으면 좋겠군요. 우리 주병력이 만 리 남쪽에 있지만 않다면 감히 그러겠습니까. 볼턴의 서자도 마찬가지고요." 로드릭 경은 브랜을 보왔다. "그 아이가 또 뭐라고 했습니까?"

"바닷물이 우리 성벽을 넘어 들어온댔어요. 에일벨리와 미켄과 차일 성사가 물에 빠져 죽은 모습을 봤다고요."

로드릭 경은 얼굴을 찌푸렸다. "흠, 그 약탈자들을 처리하러 가야 할 때가 와도 에일벨리는 데려가지 말아야겠군요. 제가 빠져 죽은 모습은 못 본 겁니까? 그래요? 잘됐군요."

그 말에 기운이 났다. '그렇다면 빠져 죽지 않을지도 몰라. 바다에서만 멀리 떨어져 있으면.'

그날 밤 늦게 브랜의 방에서 삼변 타일 게임을 하러 만났을 때 미라도 그렇게 생각했지만, 조젠은 고개를 저었다. "내가 녹색 꿈으로 본 일들은 바꿀 수 없어."

그 말에 미라는 화를 냈다. "일어날 일에 주의를 기울여서 바꿀 수 있는 게 아니라면, 신들이 뭐하러 경고를 보내는데?"

"나도 몰라." 조젠은 서글프게 대답했다.

"네가 에일벨리였다면 끝내버리려고 우물에 뛰어들었겠구나! 에일벨리는 싸워야 하고, 브랜도 싸워야 해."

"나?" 브랜은 갑자기 두려움을 느꼈다. "내가 뭐랑 싸워야 하는데? 나도 물에 빠져 죽어?"

미라는 죄책감 어린 표정으로 브랜을 보았다. "말하지 말았어야 하는데……."

브랜은 미라가 뭔가를 숨기고 있음을 알 수 있었다. 그는 초조해져서 조젠에게 물었다. "녹색 꿈에서 날 봤어? 내가 물에 빠져 죽었어?"

"빠져 죽지 않았어." 조젠은 한 마디 한 마디가 고통스럽다는 듯이 말했다. "오늘 온 남자, 사람들이 구린내라고 부르는 남자를 꿈에서 봤어. 너와 네 동생이 그 남자 발치에 죽어 쓰러져 있었고, 그 남자가 긴 붉은색 칼로 너희 얼굴을 벗겨내고 있었지."

미라가 일어섰다. "내가 지하감옥에 내려가서 그자의 심장에 창을 찌를 수 있을 거야. 죽은 사람이 어떻게 브랜을 살해할 수 있겠어?"

"간수들이 막을 거야." 조젠이 말했다. "위병들이. 그리고 누나가 그 남자를 왜 죽이고 싶어 하는지 말해도 절대 믿지 않겠지."

"나한테도 위병들이 있어." 브랜이 두 사람에게 상기시켰다. "에일벨리와 폭시 팀과 헤이헤드와 나머지 모두."

조젠의 이끼색 눈에는 동정심이 가득했다. "그 위병들은 그자를 막을 수 없을 거야, 브랜. 왜인지는 보지 못했지만, 결말은 봤어. 너와 리콘은 너희 지하실에 있었어. 모든 죽은 왕들과 돌 늑대들과 함께 어둠 속에 내려가 있는 모습을 봤어."

'아니야.' 브랜은 생각했다. '아니야.'

"내가 떠난다면…… 그레이워터에 가거나, 까마귀를 찾아가거나, 사람들이 찾을 수 없는 먼 곳으로 가버린다면……."

"소용없어. 그건 녹색 꿈이었어, 브랜. 그리고 녹색 꿈은 거짓말을 하지 않아."

티리온

바리스는 화로 앞에 서서 부드러운 두 손을 데우고 있었다. "렌리는 자기네 군대 한가운데에서 아주 끔찍하게 살해당한 모양입니다. 강철과 뼈를 치즈처럼 가른 칼날에 목이 귀부터 귀까지 벌어졌다지요."

"누구 손에 살해당했다는 건가?" 세르세이가 물었다.

"너무 많은 답은 답이 없는 것과 같다는 생각을 해보신 적 있습니까? 제 정보원들이 늘 우리 마음에 들 만큼 높은 자리에 있는 건 아니랍니다. 왕이 죽으면 어둠 속 버섯처럼 공상이 돋아나지요. 어느 말구종은 렌리가 자신을 호위하는 레인보우가드 중 하나에게 참살당했다고 합니다. 어느 세탁부는 스타니스가 마법 검을 들고 동생의 군대 심장부까지 몰래 들어왔다고 주장하고요. 중장병 몇 명은 어떤 여자가 한 짓이라고 믿는데, 어느 여자인지는 의견을 모으지 못하고 있습니다. 렌리가 퇴짜 놓은 처녀가 한 짓이라는 주장이 있고, 전투 전날 밤에 렌리를 즐겁게 해주기 위해 데려온 종군 매춘부라고도 합니다. 세 번째 병사는 캐틀린 스타크 부인이 한 짓일지 모른다는 말을 하더군요."

왕대비는 언짢은 얼굴이었다. "바보들이 지껄이는 소문마다 다 전해서 우리 시간을 낭비해야겠소?"

"이런 소문을 모으라고 제게 봉급을 잘 주시지 않습니까, 자애로우신 왕대비님."

"우리가 그대에게 봉급을 주는 건 사실을 알기 위해서요, 바리스 공. 그 점을 기억하시오. 그렇지 않았다간 이 작은 협의회가 더 작아질 테니."

바리스는 불안한 웃음소리를 냈다. "계속 그러시다간 왕대비님과 대비님의 고귀한 동생분께서 전하에게 협의할 사람을 남겨두지 않겠는데요."

"협의원 몇 명 줄어들어도 왕국은 살아남을 수 있지요." 리틀핑거가 미소 지으며 말했다.

"친애하고 친애하는 피터." 바리스가 말했다. "당신은 수관님의 작은 목록에 적힐 다음 이름이 당신일까 걱정되지도 않습니까?"

"당신보다 앞에 말이오, 바리스? 그런 일은 꿈도 꾸지 말아야지요."

"우리가 함께 장벽에 형제로 서게 될지도 모르지요. 당신과 내가 말입니다." 바리스는 다시 키득거렸다.

"다음에 나오는 말이 쓸모없는 내용이라면 생각보다 빨리 그렇게 될 거요, 내시." 세르세이의 눈빛을 보니 바리스를 다시 거세하고도 남을 기세였다.

"이게 어떤 계략일 수도 있을까요?" 리틀핑거가 물었다.

"그렇다면 영리한 정도를 훌쩍 뛰어넘는 계략이지요. 저를 기만했으니 말입니다." 바리스가 말했다.

티리온도 그 정도 들으면 충분했다. "조프리가 정말 실망하겠군. 렌리의 머리통을 꽂으려고 훌륭한 대못을 아껴뒀는데 말이야. 하지만 누가 한 짓이든 간에 스타니스가 그 뒤에 있다고 봐야겠지. 이 일로 득을 본 건 스타니스니까." 마음에 들지 않는 소식이었다. 그는 바라테온 형제가 피투성이 전투를 벌여 서로를 죽여대기를 기대하고 있었다. 가시 철퇴에 맞서서 다쳤던 팔꿈치가 욱신거렸다. 눅눅하면 가끔 그랬다. 그는 공연히 팔꿈치를 힘주어 잡으면서 물었다. "렌리의 군대는 어떻게 됐소?"

"대부분의 보병은 비터브리지에 남아 있습니다." 바리스는 화로를 버리고 회의석에 앉았다. "렌리 공과 함께 스톰스엔드로 달려갔던 영주들 대부분은 깃발과 칼을 스타니스에게 바쳤습니다. 기사들 모두와 함께요."

"저라면 플로렌트가 앞장섰다는 데 걸겠습니다." 리틀핑거가 말했다.

바리스는 그를 향해 싱긋 웃음을 날렸다. "그 내기에서는 공이 이기겠군요. 알레스터 플로렌트 공이 제일 먼저 무릎을 굽혔습니다. 다른 많은 이들이 따랐고요."

"많다는 건, 다는 아니란 거군?" 티리온이 지적했다.

"다는 아닙니다." 내시가 확인해주었다. "로라스 티렐도, 랜딜 탈리도, 마티스 로완도 빠졌습니다. 그리고 스톰스엔드도 항복하지 않았습니다. 코트네이 펜로즈 경이 렌리의 이름으로 성을 지키고 있고, 자기 주군이 죽었다는 사실을 믿으려 들지 않습니다. 주검을 봐야 성문을 열겠다고 요구하고 있는데, 기이하게도 렌리의 시신은 사라진 모양입니다. 누군가가 가져갔겠지요. 렌리의 기사들 중 5분의 1은 스타니스에게 무릎을 꿇지 않고 로라스 경과 함께 떠났습니다. 꽃의 기사는 왕의 시신을 보고 미쳐 날뛰었고, 격노하여 렌리의 호위 세 명을 베었다고 합니다. 그중에는 에몬 카이와 로바르 로이스도 있었습니다."

'세 명에서 멈춘 게 안타깝군.' 티리온이 생각했다.

바리스는 말을 이었다. "로라스 경은 비터브리지로 향할 가능성이 높습니다. 렌리의 왕비인 자기 누이가 거기 있고, 갑자기 왕을 잃어버린 많은 병사들도 있지요. 그들이 이제는 어느 편을 택할까요? 곤란한 질문입니다. 그 병사들 다수는 스톰스엔드에 남은 영주들을 섬기는데, 그 영주들은 이제 스타니스 소속이니 말입니다."

티리온은 몸을 앞으로 기울였다. "여기 기회가 보이는군. 로라스 티렐을 끌어들이면 메이스 티렐 공과 그 휘하도 우리에게 합류할 거요. 당장은 스타니스에게 충성 맹세를 했을지 모르지만 결코 그자를 사랑할 순 없거든. 아니면 애초에 스타니스 편에 섰겠지."

"우리에 대한 사랑이라고 그보다 나을까?" 세르세이가 물었다.

"그다지. 그들은 확실히 렌리를 사랑했어. 하지만 렌리는 죽었지. 우리가 그들에게 스타니스보다 조프리를 좋아할 만한 훌륭하고 그럴싸한 명목을 만들어줄 수 있을지도 몰라……. 빨리 행동한다면."

"대체 어떤 명목을 준다는 거냐?"

"금이라는 명목이겠지요." 리틀핑거가 바로 제시했다.

바리스는 쯧쯧 혀를 찼다. "다정한 피터 공, 이 권세 있는 영주들과 고결한 기사들을 시장에 넘치는 닭처럼 살 수 있다고 말씀하시려는 건 아닐 테지요."

"최근 우리 시장에 가보긴 하셨소, 바리스 공?" 리틀핑거가 물었다. "나 가봤다면 닭보다 영주를 사기가 더 쉽다는 사실을 아실 텐데 말이오. 물론 영주들은 닭보다 자부심 넘치는 울음소리를 내고, 상인처럼 동전을 내밀면 나쁘게 해석하지요. 하지만 선물을 꺼리는 일은 드물어요……. 명예라든가, 영지라든가, 성이라든가……."

티리온이 말했다. "소영주들은 뇌물로 흔들 수 있을지 모르지만, 하이가든은 절대 아니오."

"사실입니다." 리틀핑거는 인정했다. "꽃의 기사가 열쇠지요. 메이스 티렐에게는 그 위로도 아들이 둘 있지만, 언제나 로라스를 가장 아꼈어요. 로라스를 얻으면 하이가든도 얻는 겁니다."

'그래.' 티리온은 생각했다. "고인이 된 렌리 공에게서 교훈을 얻어야 할 것 같군. 우리도 렌리와 같은 방식으로 티렐의 협력을 얻을 수 있어요. 결혼으로 말이오."

바리스가 제일 빨리 이해했다. "조프리 왕을 마저리 티렐과 혼인시킬 생각이시군요."

"그렇소." 렌리의 어린 왕비는 열다섯인가, 열여섯밖에 안 됐을 것이다……. 조프리보다는 나이가 많았지만, 몇 살쯤은 아무것도 아니었다. 어찌나 깔끔하고 달콤한 해결책인지 그 맛이 느껴질 정도였다.

"조프리는 산사 스타크와 약혼했어." 세르세이가 반대했다.

"결혼 계약은 깨질 수 있어. 왕이 죽은 반역자의 딸과 결혼해서 얻는 이득이 뭐야?"

리틀핑거가 나섰다. "전하께 티렐 가문이 스타크보다 훨씬 부유하고, 마저리는 아름답다고들 하는 데다가…… 이미 동침 가능하다는 사실을 지적해드릴 수 있겠지요."

"맞소." 티리온이 말했다. "조프리도 그 점을 좋아할 거요."

"내 아들은 그런 문제에 신경 쓰기엔 너무 어려."

"그렇게 생각해?" 티리온이 물었다. "조프리는 열세 살이야, 세르세이. 같은 나이에 난 결혼을 했지."

"그 딱한 사건으로 넌 우리 모두에게 창피를 줬다. 조프리는 너보다 나은 아이야."

"퍽이나 나아서 보로스 경에게 산사의 가운을 찢으라고 시켰겠지."

"그 아이에게 화가 났던 거야."

"조프리는 어젯밤에 수프를 엎지른 요리사 견습에게도 화가 났지만, 그 아이를 벌거벗기진 않았어."

"그건 엎지른 수프 같은 문제가 아니었어—"

'암, 예쁜 젖꼭지 문제였지.' 안마당에서 그 일이 있은 후에 티리온은 바리스와 어떻게 하면 조프리가 차타야의 집에 방문하도록 준비할 수 있을까 의논했다. 그는 꿀맛을 보면 조프리가 온화해질지 모른다고 희망했다. 어쩌면 고마워할지도 몰랐다. 티리온은 국왕에게 고마움을 더 끌어낼 필요가 있었다. 물론 비밀리에 해야 할 일이었다. 사냥개와 떼어놓는 부분이 약간 까다로울 터였다. 그는 바리스에게 이렇게 말했었다. "그 개는 제 주인의 발치에서 멀리 떨어지는 법이 없소. 하지만 사람은 누구나 잠을 자지. 도박하고 매춘하고 술집을 찾기도 하고."

"혹시 질문을 하신 거라면, 사냥개는 그 모든 일을 하기는 합니다."

"아니, 내 질문은 그게 언제냐는 거요." 티리온은 말했다.

바리스는 한 손가락을 뺨에 대고 수수께끼처럼 웃었다. "혹여 어느 의심 많은 자가 수관께서 산도르 클리게인이 조프리 왕을 지키지 않을 때를 알아내고 싶어 하는 줄 알면, 왕에게 해라도 끼치려는 줄 알겠습니다."

"그보다는 나를 잘 알잖소, 바리스 공. 내가 원하는 건 조프리가 날 사랑하는 것뿐이라오."

내시는 그 문제를 조사해보겠다고 약속했었다. 하지만 전쟁이 더 급했다. 조프리를 남자로 만드는 문제는 기다려야 했다. 그는 내키지 않는 마음으로 세르세이에게 말했다. "물론 누나 아들에 대해서야 나보다 누나가 잘 알겠지. 하지만 그렇다 해도 티렐과의 결혼에는 이득이 많아. 조프리가 결혼식 날 밤까지 살 방법은 그것뿐일 수도 있고."

리틀핑거가 맞장구를 쳤다. "스타크의 딸은 조프리에게 몸밖에 못 가져오지요. 그 몸이 사랑스럽다곤 해도 말입니다. 마저리 티렐은 5만 병사와 하이가든의 세력을 다 가져옵니다."

"그렇습니다." 바리스는 부드러운 손을 왕대비의 소매에 댔다. "왕대비 전하께선 어머니의 마음을 가지고 계시고, 국왕께서는 그 귀여운 아가씨를 사랑하시는 줄 압니다. 하지만 왕은 자기 욕망보다 왕국의 필요를 우선시하는 법을 배워야 하지요. 이 제안은 반드시 이루어져야 합니다."

왕대비는 내시의 손길을 뿌리쳤다. "그대들이 여인이라면 그렇게 말하지 않을 거요. 원하는 대로 말해보시오, 다들. 하지만 조프리는 렌리가 남긴 여자에게 정착하기엔 자긍심이 강해요. 절대 동의하지 않을 거요."

티리온은 어깨를 으쓱였다. "3년 후에 성년이 되면 좋을 대로 동의하거나 말거나 할 수 있겠지. 그때까지는 누나가 왕의 섭정이고 난 왕의 수관이야. 그리고 조프리는 우리가 결혼하라는 여자와 결혼하는 거야. 남겨진 여자든 아니든 간에."

세르세이는 공허히 격분했다. "그렇다면 알아서 제안하되, 조프리가 그 여자애를 좋아하지 않거든 다들 신들의 도움을 비시오."

"우리가 의견을 일치시킬 수 있다니 정말 기쁘군." 티리온이 말했다. "자, 우리 중 누가 비터브리지로 간다? 로라스 경의 피가 식기 전에 제안을 가지고 도착해야 해요."

"협의회원 한 명을 보내려고?"

"꽃의 기사에게 브론이나 샤가를 상대하라고 할 순 없잖아? 티렐 가문은 자부심이 강해."

그의 누이는 시간을 낭비하지 않고 이 상황을 자기에게 유리한 쪽으로 비틀려 했다. "자슬린 바이워터 경은 귀족이야. 그자를 보내."

티리온은 고개를 저었다. "우리 말을 그대로 반복하고 답만 가지고 오는 것 이상을 할 수 있는 사람이 필요해. 우리의 사절은 왕과 협의회를 대신해서 발언하고 이 문제를 빨리 정리해야 해."

"수관은 왕의 목소리를 대변하지." 촛불 빛을 받은 세르세이의 녹색 눈이 와일드파이어처럼 빛났다. "티리온, 널 보낸다면 조프리가 직접 가는 셈이나 다름없을 거야. 그리고 더 나은 사람이 누가 있겠어. 넌 제이미가 검을 휘두를 때처럼 능란하게 언변을 행사하잖아."

'그렇게까지 날 이 도시에서 내쫓고 싶어, 세르세이?'

"친절하기도 해라. 하지만 결혼 문제를 결정하기엔 외삼촌보다 어머니가 더 적합해 보이는데. 게다가 누나에겐 내가 꿈도 못 꿀 친화력이 있잖아."

세르세이는 눈을 가늘게 떴다. "조프리 곁엔 내가 있어야 해."

리틀핑거가 끼어들었다. "왕대비 전하, 수관님. 왕에겐 두 분 다 있어야 합니다. 제가 대신 가죠."

"귀공이?" '저자가 이 일에서 뭘 얻으려는 거지?' 티리온은 의아했다.

"전 왕의 협의회원이지만 친척은 아니니 인질로 잡기엔 형편없지요. 로라스 경이 여기 궁정에 있을 때 꽤 잘 알고 지냈고, 절 싫어할 이유도 주지 않았습니다. 제가 아는 한 메이스 티렐은 제게 어떤 원한도 없고, 자부하는데 저는 협상 기술이 모자라지 않습니다."

'걸렸군.' 티리온은 피터 베일리시를 믿지 않았고, 보이지 않는 곳으로 내보내고 싶지도 않았다. 하지만 어떤 다른 선택지가 남아 있을까? 리틀핑거가 아니면 티리온이 직접 가야 했고, 티리온은 잠시라도 킹스랜딩을 떠났다간 이제까지 이뤄놓은 모든 것이 수포로 돌아가리라는 사실을 잘 알았다. 그는 조심스럽게 말했다. "여기에서 비터브리지 사이에는 싸움이 벌어지고 있소. 그리고 스타니스 공이 동생의 엇나간 양들을 모으기 위해 양치기들을 보낼 건 뻔하고도 남는 일이지."

"양치기에게 겁을 먹은 적은 없습니다. 제게 곤란한 건 양들 쪽이지요. 어쨌든 호위는 붙여주시겠지요."

"황금 망토 백 명을 내어줄 수 있소." 티리온이 말했다.

"500명으로 하지요."

"300."

"거기에 40명을 얹지요. 기사 스무 명과 그 종자들로요. 기사도 거느리지 않고 도착한다면 티렐 가문이 절 싸구려로 볼 겁니다."

사실이었다. "동의하오."

"호러와 슬로버를 일행에 끼웠다가, 나중에 그들의 아비에게 보내겠습니다. 친선의 몸짓으로요. 우리에겐 팍스터 레드와인이 필요합니다. 메이스 티렐의 가장 오랜 친구이고, 강력한 영주니까요."

"그리고 반역자이기도 하지." 왕대비는 망설이며 말했다. "레드와인이 제 새끼들이 대가를 치르게 되리라는 걸 몰랐다면 아버도 나머지와 같이 렌리 지지를 선언했을 거요."

"렌리는 죽었습니다, 왕대비 전하." 리틀핑거가 지적했다. "그리고 레드와인 갤리선들이 스톰스엔드 포위 당시 바다를 막았다는 사실은 스타니스도 팍스터 공도 잊지 않을 겁니다. 쌍둥이를 되찾게 해주면 우리가 레드와인의 사랑을 얻을 수 있을지도 몰라요."

세르세이는 여전히 회의적이었다. "레드와인의 사랑은 '다른자'들이나 받으라지. 난 그자의 검과 배를 원해요. 그 쌍둥이를 꽉 잡고 있는 게 그걸 얻을 제일 확실한 방법이오."

티리온에게 답이 있었다. "그렇다면 호버 경을 아버로 보내고 호라스 경은 여기 잡아두도록 하지. 팍스터 공도 그게 어떤 의미인지 풀어낼 머리는 있을 거야."

그의 제안은 이의 없이 받아들여졌지만, 리틀핑거는 아직 말을 끝내지 않았다. "말이 있어야 할 겁니다. 날래고 튼튼한 놈들로요. 전쟁 때문에 보충마를 구하기가 어려울 거예요. 상당량의 금화도 필요하겠군요. 아까 말한 선물용으로요."

"필요한 만큼 가져가시오. 어차피 도시가 함락되면 스타니스가 훔쳐갈 테니."

"위임장을 서면으로 만들어주셨으면 합니다. 메이스 티렐에게 제 권한에 대해 어떤 의혹도 남기지 않을 문서로, 이 결합과 그에 따라 요구될지 모르는 다른 어떤 타협에 대해서도 제게 전권을 보장해주시고, 왕의 이름으로 충성 맹세를 받을 권리도 주십시오. 조프리와 이 협의회의 다른 구성원들 전원의 서명이 들어가고 전원의 인장이 찍혀야 합니다."

티리온은 불편한 마음으로 앉은 자세를 바꿨다. "그러지. 그거면 다 되겠소? 다시 말하지만 여기에서 비터브리지까지는 먼 길이오."

"동이 트기 전에 출발하겠습니다." 리틀핑거가 일어섰다. "제가 돌아오면 제가 왕을 위해 용감히 노력을 기울인 보상을 적절히 받으리라 믿어도 되겠지요?"

바리스가 키득거렸다. "조프리는 고마움을 아는 군주시니, 불평하실 게 없을 겁니다. 용감한 피터 공."

왕대비는 더 직설적이었다. "뭘 원하시오, 피터?"

리틀핑거는 교활한 미소를 지으며 티리온을 슬쩍 보았다. "생각을 좀 해봐야겠군요. 분명히 뭔가 생각이 날 겁니다." 그는 허공에 절을 하고, 자기 매춘굴이라도 가는 것처럼 태평하게 자리를 떴다.

티리온은 창밖을 흘긋 내다보았다. 안개가 짙어서 안마당 건너에 있는 외벽조차 알아볼 수 없었다. 회색 안개 속에 흐릿한 불빛 몇 개만 빛났다. '여행하기엔 지독한 날이군.' 피터 베일리시가 부럽지는 않았다. "어서 그 서류들을 만드는 게 좋겠군. 바리스 공, 양피지와 펜을 가져오라 이르시오. 그리고 누군가가 조프리를 깨워야겠어."

회의가 완전히 끝났을 때는 아직 어두웠고 밖은 침침했다. 바리스는 부드러운 슬리퍼를 바닥에 끌며 혼자 종종걸음 쳐 사라졌다. 두 라니스터는 문가에 잠시 남았다. "네 사슬은 어떻게 되어가니, 동생아?" 왕대비는 프레스턴 경이 그녀의 어깨에 안감으로 다람쥐 모피를 댄 은란 망토를 둘러주는 동안 물었다.

"조금씩 길어지고 있지. 코트네이 펜로즈 경의 고집에 대해 신들께 감사드려야겠어. 스타니스는 결코 스톰스엔드를 후방에 내버려둔 채로 북진하지 않을 거야."

"티리온, 우리가 정책에 늘 의견이 같진 않다는 건 안다만, 내가 너에 대해 잘못 생각했나 보다. 넌 내가 생각한 만큼 엄청난 바보는 아니야. 사실을 말하자면 네가 큰 도움이 되었다는 것을 깨달았지. 고맙구나. 내가 과거에 심하게 말했다면 용서해다오."

"그래야 하나?" 그는 어깨를 으쓱이고 미소 지었다. "사랑하는 누나, 누나는 용서를 구할 말은 조금도 하지 않았어."

"오늘은 말이니?" 둘 다 소리 내어 웃었고…… 세르세이는 몸을 기울이더니 그의 이마에 짧고 부드러운 입맞춤을 남겼다.

티리온은 너무 놀라서 말을 잊은 채 세르세이가 프레스턴 경을 거느리고 복도를 걸어가는 모습만 바라보다가, 그녀가 사라지자 브론에게 물었다. "내가 정신이 나간 건가, 아니면 방금 내 누이가 나에게 입을 맞춘 건가?"

"그렇게 달콤하더이까?"

"그보다는…… 뜻밖이었어." 세르세이는 최근에 이상하게 굴고 있었다. 티리온은 그런 행동이 무척 불안했다. "마지막으로 누나가 나에게 입맞춘 게 언제였는지 기억을 해보려는 중이야. 내가 여섯 아니면 일곱 살 때였을 거야. 제이미가 어디 한번 해보라고 부추겨서였지."

"저 여자가 마침내 당신의 매력을 알아차렸나 보죠."

"아니야." 티리온이 말했다. "아니야, 저 여자가 뭔가 꾸미고 있어. 뭔지 알아보는 게 좋겠어, 브론. 내가 깜짝 선물 싫어하는 거 알잖아."

테온

테온은 뺨에 묻은 침을 손등으로 닦아냈다. "롭이 네 내장을 들어낼 거다, 그레이조이." 벤프레드 톨하트가 소리를 질렀다. "롭이 배신자의 심장을 늑대에게 먹일 것이다. 이 말똥 같은 놈아."

젖은 머리 아에론의 목소리가 치즈를 자르는 검처럼 그 욕설 사이를 가르고 들어갔다. "이젠 저자를 죽여야겠군."

"먼저 심문할 게 있어요." 테온이 말했다.

"심문 좋아하시네." 벤프레드는 피를 흘리면서 무력하게 스티그와 웰라그 사이에 늘어져 있었다. "나에게 어떤 대답이든 듣기 전에 네가 먼저 목이 막혀 죽을 거다, 비겁자. 배신자."

아에론 숙부는 끈질겼다. "놈은 네게 침을 뱉으면서 우리 모두에게 침을 뱉은 거다. 익사한 신에게 침을 뱉은 거야. 죽어야 한다."

"아버지는 여기 지휘권을 제게 주셨습니다, 숙부님."

"그리고 네게 조언하라고 날 보냈지."

'절 감시하라고 보내기도 했죠.' 테온은 숙부에게 감히 그 문제를 밀어붙일 수 없었다. 그래, 지휘권은 그에게 있었지만, 그의 부하들은 그는 신

뢰하지 않아도 익사한 신은 믿었고, 젖은 머리 아에론을 무서워했다. '그점은 나무랄 수가 없지.'

"넌 이 일로 머리통을 잃을 거다, 그레이조이. 까마귀들이 네 눈알을 파먹겠지." 벤프레드는 다시 침을 뱉으려 들었지만, 피밖에 뱉지 못했다. "너희 젖은 신은 '다른자'들에게나 주라 그래."

'톨하트, 넌 네 목숨을 뱉어버린 거야.' 테온은 그렇게 생각하고 말했다. "스티그, 조용히 시켜."

그들은 벤프레드를 강제로 무릎 꿇렸다. 웰라그가 벤프레드의 허리띠에서 토끼 가죽을 뜯어 잇새에 물려서 고함 소리를 막았다. 스티그는 도끼를 준비했다.

"아니다." 젖은 머리 아에론이 선언했다. "신에게 바쳐야 한다. 옛 방식으로."

'그게 뭐가 중요해? 죽음은 죽음인데.' "그럼 데려가세요."

"너도 같이 가야 한다. 네가 여기를 지휘하니, 제물도 네가 바쳐야 해."

그건 테온이 소화할 수 없는 영역이었다. "사제는 숙부님이니 신은 숙부님께 맡기죠. 저에게도 같은 친절을 베푸셔서 전투는 제게 맡겨주세요." 그가 손을 내젓자 웰라그와 스티그가 포로를 물가로 끌고 갔다. 젖은 머리 아에론은 조카에게 비난하는 눈빛을 보내더니 뒤따라갔다. 그들은 벤프레드 톨하트를 소금물에 익사시키기 위해 자갈 해변을 걸어갔다. 그게 옛 방식이었다.

'친절한 걸지도 몰라.' 테온은 반대 방향으로 걸어가면서 스스로에게 말했다. 스티그는 전문적인 참수인이 아니었고, 근육과 지방으로 무거운 벤프레드는 멧돼지처럼 목이 두꺼웠다. '그걸로 놀리곤 했지. 그저 얼마나 화나게 할 수 있나 보려고.' 그는 기억을 돌이켰다. 그게 얼마 전인가. 3년 전? 네드 스타크가 헬만 경을 만나러 토르헨스퀘어에 갔을 때, 테온도 같이 가서 벤프레드와 2주를 같이 보냈더랬다.

　전투를 치른 굽이 길에서 거친 승리의 소음을 들을 수 있었다······. 그걸 전투라고 부른다면 말이다. '사실은 양 떼 도살에 가까웠지. 강철을 걸친 양이기는 해도, 그래봐야 양이었어.'

　테온은 돌 더미에 올라가서 죽은 사람들과 죽어가는 말들을 내려다보았다. 그 말들은 더 나은 대접을 받아 마땅했다. 티모르와 그 형제들이 상처 없이 전투를 치러낸 말들을 모아두는 한편, 우르젠과 검은 로렌이 너무 부상이 심해서 구할 수 없는 짐승들을 침묵시켰다. 나머지 부하들은 시체들을 뒤지고 있었다. 게빈 할로우는 반지를 얻으려고 어느 시체의 가슴에 무릎을 대고 손가락을 썰고 있었다. '철로 값을 치른 물건이라. 내 아버지가 찬성하시겠지.' 테온은 직접 죽인 두 명의 시체를 뒤져서 챙길 만한 보석이 있는지 찾을 생각을 했지만, 생각만 해도 입안이 썼다. 에다드 스타크가 무슨 말을 할지 상상이 갔다. 하지만 그 생각을 하니 또 화가 났다. '스타크는 죽어서 썩고 있고, 나에겐 아무 의미도 없어.' 스스로에게 상기시켜야 했다.

　'생선 수염'이라고도 불리는 늙은 보틀리가 약탈품 더미 옆에 험상궂은 얼굴로 앉아 있었고 보틀리의 세 아들이 약탈품을 쌓고 있었다. 그중 하나는 토드릭이라는 뚱보와 밀치기 시합 중이었는데, 그는 한 손에 에일 뿔잔을 들고 반대쪽 손에는 도끼를 들고, 전 주인의 피가 살짝 묻었을 뿐 그 외에는 새하얀 여우 털 망토를 입고서 시체 사이를 휘청거렸다. '취했군.' 테온은 토드릭이 고함을 지르는 모습을 보며 생각했다. 옛 강철인들은 전투 중 피에 취할 때가 많았고, 그러면 고통도 느끼지 못하고 어떤 적도 두려워하지 않을 정도로 미쳐 날뛰었다고 하지만, 이자는 그냥 술에 취했다.

　"웩스, 내 활과 화살통." 소년이 달려가서 활과 화살통을 가져왔다. 테온은 토드릭이 보틀리의 아들을 쓰러뜨리고 그 눈에 에일을 뿌리는 동안 활을 구부리고 시위를 매겼다. 생선 수염이 욕을 하며 뛰어 일어났지만, 테온이 더 빨랐다. 그는 술잔을 쥔 손을 노리면서 얘깃거리가 될 만한 장면을 연출하겠다고 생각했지만, 시위를 놓는 순간 토드릭이 한쪽으로 휘청거리면서 계획을 망쳐버렸다. 화살은 토드릭의 배를 뚫었다.

약탈자들이 동작을 멈추고 입을 딱 벌렸다. 테온은 활을 내렸다. "주정뱅이는 안 된다고 했어. 약탈품을 두고 옥신각신도 금물이고." 토드릭은 무릎을 꿇은 채 시끄럽게 죽어갔다. "보틀리, 조용히 시켜." 생선 수염과 그 아들들은 얼른 그 명령에 복종했다. 그들은 무력하게 발길질하는 토드릭의 목을 긋고, 완전히 죽기도 전에 망토와 반지와 무기를 벗겨냈다.

'이제 내 말을 진지하게 듣겠지.' 발론 공이 그에게 지휘권을 줬을지는 몰라도, 테온은 부하들 중에 그를 녹색 땅에서 온 나약한 소년으로만 보는 이들이 있음을 알았다. "또 목마른 놈 있나?" 아무도 대답하지 않았다. "좋아." 그는 종자의 죽은 손에 붙들린 벤프레드의 쓰러진 깃발을 걷어찼다. 깃발 아래에 토끼 가죽이 묶여 있었다. '왜 토끼 가죽이지?' 그걸 물어보려고 했었는데, 얼굴에 침을 맞는 바람에 질문을 잊고 말았다. 그는 웩스에게 활을 다시 던져주고 걸어가면서 '속삭이는 숲' 이후에는 얼마나 고양된 기분이었는지 떠올리고, 왜 이번 전투는 그렇게 달콤하지 않은 걸까 생각했다. '톨하트, 이 자만심만 강한 멍청이. 넌 척후도 제대로 내보내지 않았어.'

그들은 심지어 농담을 하고 노래까지 부르면서 왔다. 머리 위로는 톨하트의 나무 세 그루가 휘날렸고 창끝에서는 토끼 가죽이 바보같이 펄럭였다. 가시금작화 덤불 뒤에 숨어 있던 궁수들이 화살 비를 날려서 노래를 망쳤고, 테온이 직접 중장병들을 이끌고 나가서 단검과 도끼와 전투 망치로 도살 작업을 끝냈다. 물어볼 게 있으니 지휘관은 살려두라고 명령하고서.

다만 그 지휘관이 벤프레드 톨하트일 줄은 예상 못 했다.

테온이 '바다 요물'호로 돌아갔더니 벤프레드의 축 늘어진 몸이 파도 속에서 끌려 나오고 있었다. 자갈 해변을 따라 늘어선 장선들의 돛대가 하늘을 등지고 두드러졌다. 어촌에는 비가 내리면 악취를 풍길 차가운 잿더미 외에는 아무것도 남지 않았다. 테온이 토르헨스퀘어로 도망쳐서 말을 전하라고 내버려둔 한 줌을 제외하면 남자들은 모두 칼에 맞아 죽었다. 그 아내와 딸들 중에서 아직 젊고 예쁜 여자들은 소금 아내가 될 것을 요구받았다. 노파와 못생긴 여자들은 단순히 강간하고 죽이거나, 혹시 유용한 기술이 있고 말썽을 일으키지 않을 것 같으면 노비로 삼았다.

그 습격도 테온이 계획했다. 새벽이 오기 전 서늘한 어둠 속에서 장선들을 해변에 올리고, 손에 긴 자루 도끼를 들고 뱃머리에서 뛰어내려 부하들을 이끌고 잠든 마을로 들어갔다. 이 모든 일이 하나도 마음에 들지 않았지만, 달리 무슨 선택지가 있겠는가?

세 번 저주받을 그의 누이는 지금도 '블랙윈드'호를 몰고 북쪽으로 가고 있을 테고, 필시 자기 성을 손에 넣을 것이다. 발론 공은 강철 군도에서 군대에 대한 말이 새어 나가지 않게 했고, 테온이 스토니쇼어에서 벌이는 작업은 바다에서 온 침입자들이 오직 약탈을 위해서 움직였다고 여기게 만들 터였다. 북부인들은 딥우드모트와 모트카일린에 망치가 내리칠 때까지 진짜 위험을 깨닫지 못할 것이다. '그리고 모든 일이 끝나고 이기고 나면 다들 망할 아샤 년에 대한 노래를 만들고 내가 여기 있었다는 사실조차 잊어버리겠지.' 테온이 그대로 있으면 그럴 것이다.

갈라진 턱 다그머가 '거품 고래'호의 높은 뱃머리 옆에 서 있었다. 테온이 배를 지키라고 해둔 탓이었다. 그렇지 않았다간 다들 테온의 승리가 아니라 다그머의 승리라고 할 테니까. 쉽게 발끈하는 남자라면 모욕으로 받아들였을지 모르나, 갈라진 턱 다그머는 웃기만 했다.

다그머가 아래를 보고 소리쳤다. "이겼는데도 웃지 않는군. 산 자는 웃어야 해. 죽으면 웃을 수가 없거든." 그는 시범을 보이려는 듯 미소를 지었다. 무시무시한 광경이었다. 갈라진 턱 다그머는 눈같이 하얀 장발 아래에 테온이 이제까지 본 중에 가장 속이 뒤집히는 흉터를 품고 있었다. 소년 시절에 그를 죽일 뻔한 긴 도끼가 남긴 흔적이었다. 그 타격은 다그머의 턱을 쪼개고, 앞니를 부숴놓고 다른 남자들에게는 두 개인 입술을 네 개로 만들어놓았다. 텁수룩한 수염이 뺨과 목을 덮었지만, 흉터에는 털이 자라지 않기에, 일그러지고 뒤틀린 채 반짝이는 살이 마치 눈밭의 크레바스처럼 얼굴을 나누어놓았다. 늙은 전사는 말했다. "놈들의 노래를 들을 수 있었다. 좋은 노래더군. 용감하게 불렀고."

"싸움보다 노래를 더 잘하더라고. 기마 창보다는 하프가 더 잘 어울렸을 거야."

"부하는 얼마나 잃었나?"

"우리 쪽?" 테온은 어깨를 으쓱였다. "토드릭 하나. 취해서 약탈물을 두고 싸우길래 내가 죽였어."

"살해당할 운명으로 태어난 작자들도 있지." 그보다 못한 남자라면 그렇게 무시무시한 미소를 보이기 두려워했을지도 모르지만, 다그머는 발론 공보다 훨씬 자주, 훨씬 활짝 웃었다.

보기 흉하기는 해도 그 미소를 보니 수많은 기억이 떠올랐다. 테온은 어렸을 때 말을 타고 이끼 낀 벽을 넘거나, 도끼를 던져서 과녁판을 쪼갤 때마다 그 웃음을 보았다. 다그머의 검격을 막았을 때, 화살로 갈매기 날개를 쏘아 맞혔을 때, 키 손잡이를 잡고 장선을 포말이 으르렁대는 바위 사이로 안전하게 조종했을 때도 그 웃음을 보았다. '다그머는 나에게 아버지와 에다드 스타크를 합친 것보다 더 많이 웃어줬어.' 롭보다도…… 야인에게서 브랜을 구해준 날 롭은 그에게 미소를 보냈어야 했는데, 그 대신 스튜를 태운 요리사를 나무라듯 꾸짖었다.

"우리 얘기 좀 해야겠어, 삼촌." 테온이 말했다. 다그머는 진짜 숙부가 아니라 네다섯 세대 전에 그레이조이의 피가 살짝 섞였을 휘하 사람이었고, 그나마 그 피도 모계 쪽일 터였다. 그럼에도 테온은 언제나 다그머를 삼촌이라고 불렀다.

"그럼 내 배 갑판으로 올라와." 다그머는 존칭을 따로 붙이지 않았다. 자기 배에 서 있을 때는 그럴 수가 없었다. 강철 군도에서 모든 선장은 자기 배의 왕이었다.

테온은 성큼성큼 네 걸음 만에 거품 고래호 갑판에 대놓은 판자를 올랐고, 다그머는 그를 데리고 비좁은 배꼬리 쪽 선실로 가서 시큼한 에일을 뿔잔에 따르고 테온에게도 한 잔 내밀었다. 테온은 사양했다. "말을 충분히 잡지 못했어. 몇 마리는 구했지만……. 흠, 아마 가진 걸로 어떻게 해야겠지. 사람이 적으면 영광도 더 커지는 법이니."

"말이 무슨 필요가 있어?" 대부분의 강철인과 마찬가지로 다그머도 발을 딛고 싸우거나 갑판에서 싸우기를 좋아했다. "말이야 우리 배에 똥이나 싸고 방해나 할걸."

"항해한다면 그렇겠지만……." 테온은 인정했다. "다른 계획이 있어." 그는 다그머가 어떻게 받아들일지 보려고 주의 깊게 살폈다. 갈라진 턱 다그머 없이는 성공할 희망이 없었다. 지휘자든 아니든 간에, 아에론과 다그머 둘 다 그에게 반대한다면 아무도 그를 따르지 않을 테고, 못마땅한 얼굴의 사제를 설득할 희망은 아예 없었다.

"아버님은 우리에게 해안을 망쳐놓으라고만 했는데." 무성한 흰 눈썹 아래에서 바다 포말처럼 희끄무레한 눈이 테온을 바라보았다. 그 눈에 비친 게 반감일까, 아니면 흥미의 불똥일까? 그는 후자라고 생각했다. 아니, 희망했다…….

"삼촌은 내 아버지의 부하지."

"제일가는 부하고, 언제나 그랬지."

'자부심. 다그머는 자부심이 강하지. 그 점을 이용해야 해. 자부심이 열쇠가 될 거야.' "강철 군도에 창이나 검을 삼촌만큼 다루는 남자는 없어."

"너무 오래 떠나 있었구나. 네가 떠날 때는 그랬지만, 난 그레이조이 공을 섬기면서 늙었다. 가수들은 이제 안드릭이 최고라고 하지. 웃지 않는 안드릭이라고 이름도 붙였어. 거인이야. 올드윅의 드럼 공을 섬기지. 그리고 검은 로렌과 처녀 콸도 그놈 못지않게 무섭다."

"그 안드릭이란 놈이 대단한 싸움꾼일지는 몰라도, 사람들이 그놈을 삼촌처럼 두려워하진 않아."

"아, 그건 그렇지." 다그머가 말했다. 뿔잔을 잡은 손에는 금과 은과 청동으로 만들어 사파이어와 석류석과 드래곤 유리를 박은 반지들이 묵직했다. 테온은 다그머가 그 반지들에 하나도 빠짐없이 철의 값을 치렀음을 알고 있었다.

"삼촌 같은 남자를 밑에 뒀다면 난 약탈하고 불이나 지르는 이런 어린애 장난에 낭비하지 않을 거야. 이건 발론 공 최고의 부하가 할 일이 아니야……."

다그머가 히죽 웃자 입술이 비틀리면서 쪼개진 갈색 이들이 보였다. "발론 공의 적자에게도 아니고?" 그는 야유했다. "난 널 지나치게 잘 알아, 테온. 네가 첫걸음을 떼는 모습을 보고, 첫 활을 구부릴 때도 도와줬지. 낭비당한 기분을 느끼는 건 내가 아니야."

"내 누이의 지휘권은 내것이어야 마땅했어." 그는 얼마나 떼쓰는 소리처럼 들리는지 불편하게 의식하면서 인정했다.

"이 일을 너무 가혹하게 받아들이는구나. 그저 네 아버님이 널 잘 모를뿐이다. 형들이 죽고 너는 늑대들에게 잡혀갔으니 네 누이만이 위안이었지. 그 아이에게 의지하는 법을 배우셨고, 또 아샤는 결코 실망시킨 적이 없었어."

"그건 나도 마찬가지야. 스타크는 내 가치를 알고 있었어. 난 검은 물고 기 브린덴이 직접 고른 척후 중 하나였고, '속삭이는 숲' 전투 선봉도 맡았 어. 킹슬레이어와 직접 칼을 맞댈 뻔도 했고." 테온은 양손을 어깨 너비로 펼쳤다. "대린 혼우드가 그 사이에 끼어들었다가 죽었지."

"왜 나한테 이런 소릴 하지?" 다그머가 물었다. "너에게 첫 번째 검을 쥐 어준 게 나였어. 네가 겁쟁이가 아닌 건 잘 알아."

"내 아버지도 아셔?"

백발의 노전사는 싫은 맛의 뭔가를 씹은 표정이었다. "그건 그저…… 테 온, 늑대 소년이 네 친구고, 스타크 놈들이 널 10년 동안 데리고 있었어."

"난 스타크가 아니야." '에다드 공이 그 점을 확실히 했지.' "난 그레이조 이고, 내 아버지의 후계자가 될 작정이야. 그런데 뭔가 굉장한 일로 능력 을 보이지 않고서야 어떻게 그럴 수 있겠어?"

"넌 젊다. 다른 전쟁이 있을 거고, 굉장한 일을 하게 될 거야. 일단은 스 토니쇼어 약탈을 지휘하는 게 우리 몫이다."

"그 일은 아에론 숙부에게 맡기자고. 거품 고래와 바다 요물만 빼고 여 섯 척을 아에론 숙부에게 줄 테니까, 마음껏 불태우고 그 신이 만족할 때 까지 익사시킬 수 있을 거야."

"지휘권은 젖은 머리 아에론이 아니라 너에게 주어졌다."

"제대로 해안을 괴롭히기만 한다면, 무슨 상관이야? 어떤 사제도 내가 하려는 일을 할 순 없어. 내가 삼촌에게 부탁하려는 일은 못해. 나에겐 오 직 갈라진 턱 다그머만 할 수 있는 과업이 있어."

다그머는 뿔잔을 길게 들이켰다. "말해봐."

'유혹을 느꼈어. 이 약탈 임무에 나만큼이나 심드렁한 거야.'

"내 누이가 성을 빼앗을 수 있다면, 나도 그럴 수 있어."

"아샤에겐 우리의 네다섯 배 군사가 있다."

테온은 교활한 미소를 지었다. "하지만 우리에겐 네 배의 기지와 다섯 배의 용기가 있지."

"네 아버지가—"

"—내가 왕국을 넘겨드리면 나에게 고마워하실 거야. 난 가수들이 천 년을 노래할 만한 일을 해치울 작정이거든."

그렇게 말하면 다그머가 멈칫할 줄 알고 있었다. 어떤 가수가 그의 턱을 반으로 가른 도끼에 대한 노래를 지었는데, 다그머는 그 노래 듣기를 정말 좋아했기 때문이다. 그는 술을 마실 때마다 약탈에 대한 노래를 부르라고 하곤 했다. 죽은 영웅들과 맹렬한 무용에 대한 크고 시끄러운 노래로. '머리가 하얗게 세고 이가 썩어 들어가도 아직 영광에 대한 욕심이 있어.'

"네가 말하는 그 계략에서 내 역할은 뭐지?" 갈라진 턱 다그머는 오래도록 침묵하다가 물었고, 테온은 그의 마음을 얻었음을 알았다.

"적의 심장이 공포에 떨게 하는 거야. 삼촌의 이름으로만 할 수 있는 일이지. 우리 병력의 대다수를 데리고 토르헨스퀘어로 진군해. 헬만 톨하트가 최고의 부하들을 데리고 남쪽으로 갔고, 벤프레드는 그 아들들과 함께 여기서 죽었어. 그러니 벤프레드의 숙부인 레오발드가 소규모 수비군과 함께 남아 있을 거야." '벤프레드를 심문할 수 있었다면 얼마나 소규모인 지도 알았을 것을.' "삼촌이 가고 있다는 사실을 숨기지 마. 좋아하는 노래는 다 불러. 난 놈들이 성문을 닫기를 원해."

"그 토르헨스퀘어라는 성이 튼튼한 요새인가?"

"꽤 튼튼하지. 성벽은 백 미터짜리 돌벽이고, 네 모서리에 사각 탑이 있고 안에는 사각 아성이 있어."

"돌벽에는 불을 지를 수 없지. 그 성을 어떻게 빼앗지? 우린 작은 성 하나 강습할 숫자도 안 되는데."

"삼촌은 그 성벽 밖에 진을 치고 투석기와 공성병기를 만들기 시작할 거야."

"그건 옛 방식이 아니야. 잊은 거냐? 강철인은 검과 도끼로 싸우지, 돌을 던지지 않아. 적을 굶겨 죽여봐야 아무 영광도 없어."

"레오발드는 그 사실을 모를 거야. 삼촌이 공성탑을 세우는 걸 보면 늙은 여자처럼 피가 식어서 도와달라고 울어대겠지. 궁수들을 단속해서 까마귀가 날아가게 내버려둬, 삼촌. 윈터펠의 수호성주는 용감한 사내지만, 나이를 먹으면서 팔다리만이 아니라 머리도 굳었지. 자기네 왕의 휘하 영주 하나가 무시무시한 갈라진 턱 다그머에게 공격받고 있다는 사실을 알면 병력을 모아서 톨하트를 도우러 달려올 거야. 그게 그자의 의무거든. 로드릭 경은 의무 빼면 시체지."

다그머가 말했다. "그자가 소집한 병력은 내 병력보다 클 테고, 그런 늙은 기사들은 네가 생각하는 것보다 더 교활하다. 그렇지 않았다면 흰머리가 날 때까지 살아남지 못했을 테니까. 넌 우릴 이길 수 없는 전투에 몰아넣는 거다, 테온. 토르헨스퀘어라는 성은 절대 함락되지 않을 거야."

테온은 미소 지었다. "내가 빼앗으려는 건 토르헨스퀘어가 아니야."

아리아

혼란과 요란한 소음이 성안을 지배했다. 남자들이 수레 짐칸에 서서 와인 통, 밀가루 부대, 새로 깃을 붙인 화살 묶음을 싣고 있었다. 대장장이들은 검을 똑바로 펴고, 흉갑의 움푹 들어간 부분을 두드리고, 군마와 짐말에 편자를 박았다. 사슬 셔츠는 모래 통 속에 던지고 '흐름돌 마당'의 울퉁불퉁한 표면에 굴려서 깨끗하게 문질러 닦았다. 위즈 밑에서 일하는 여자들은 망토 스무 벌을 수선하고, 백 벌을 빨아야 했다. 고귀함과 미천함을 가리지 않고 사람들이 성소에 밀려들어 함께 기도했다. 성벽 바깥에서는 천막과 가설물을 해체하고 있었다. 종자들이 요리 불에 물을 끼얹었고, 병사들은 기름숫돌을 꺼내어 마지막으로 검을 손질했다. 히힝거리고 울어대는 말들, 명령을 외쳐대는 영주들, 욕을 주고받는 중장병들, 옥신각신 다투는 종군 민간인들의 소음이 파도처럼 밀려왔다.

타이윈 라니스터 공이 마침내 진군에 나섰다.

아담 마브랜드 경이 지휘관들 중에 제일 먼저 출발했다. 나머지보다 하루 앞서서였다. 아담 경은 어깨까지 흘러내리는 자신의 긴 머리카락과 똑같이 구릿빛 갈기를 가진 씩씩한 붉은색 준마를 타고 달리면서 그 점을 요란하게 과시했다. 그 말은 주인의 망토 색깔에 맞춰 청동색으로 염색하고 불타는 나무 문장을 넣은 마구를 입었다. 성에서 일하는 여자들 몇 명은 아담 경이 떠나는 모습을 보며 흐느꼈다. 위즈는 그가 대단한 기수이자 검사이고, 타이윈 공의 가장 대담한 지휘관이라고 했다.

'죽어버렸으면 좋겠어.' 아리아는 아담 경이 성문 밖으로 달려 나가고 그 부하들이 2열로 따라가는 모습을 보며 생각했다. '다 죽어버렸으면 좋겠어.' 아리아는 그들이 롭과 싸우러 간다는 사실을 알고 있었다. 일을 하러 돌아다니면서 주워들은 대화로 롭이 서쪽에서 대승을 거뒀다는 사실을 알았다. 누군가는 롭이 라니스포트를 불태웠다고, 아니면 불태울 생각이었다고 했다. 캐스털리록을 함락하고 모두를 죽였다고도 했고, 골든투스를 포위하고 있다고도 했다……. 어쨌든 뭔가 일이 벌어졌다는 점만은 확실했다.

위즈는 새벽부터 황혼까지 아리아가 전언을 가지고 뛰어다니게 만들었다. 몇 번은 성벽 바깥까지, 진흙과 광기에 휩싸인 야영지까지 나가야 했다. 아리아는 짐마차 하나가 덜커덕거리며 지나가자 생각했다. '도망칠 수도 있어. 짐마차 뒤에 올라타서 숨으면, 아니면 종군 민간인들 사이에 섞이면 아무도 날 막지 않을 거야.' 위즈만 아니었다면 그럴 수 있을지도 몰랐다. 그는 도망치려는 사람에게 무슨 짓을 할지 여러 차례 말했다. "때리진 않을 거다. 암, 때리긴 왜 때려. 손가락 하나 안 댈 거야. 그냥 코호르인에게 넘겨줄 거다. 그럴 거라니까. '병신 제조기'에게 넘겨줘야지. 그 이름은 바고 호트고, 돌아오면 너희 발을 잘라버릴 거야." '혹시 위즈가 죽는다면……' 아리아는 그런 생각을 했지만, 위즈와 같이 있을 때는 아니었다. 그는 언제나 상대를 보면 무슨 생각을 하는지까지 냄새 맡을 수 있다고 말했다.

하지만 그런 위즈도 아리아가 글을 읽을 수 있다고는 상상도 하지 못했기에, 맡기는 전언을 굳이 봉하지 않았다. 아리아는 그 내용을 다 훔쳐봤지만, 쓸 만한 내용은 없이 그저 이 수레를 곡물 저장고로 보내고, 저 수레를 무기고로 보내라는 멍청한 지시뿐이었다. 한번은 도박 빚을 갚으라는 요구였는데, 아리아가 그 편지를 전달한 기사는 글을 읽을 줄 몰랐다. 무슨 내용인지 말해주자 그 기사는 그녀를 때리려 들었지만, 아리아는 공격을 피하고 그의 안장에서 은테를 두른 뿔잔을 낚아채서 달아났다. 기사는 노호하며 쫓아왔지만, 그녀는 큰 짐수레 사이를 빠져나가서 궁수들 사이를 요리조리 누비다가 변소 구덩이를 뛰어넘었다. 사슬 갑옷을 입은 기사는 따라잡을 수 없었다. 아리아가 그 뿔잔을 갖다주자 위즈는 이렇게 영리한 꼬마 족제비는 상을 받아 마땅하다고 말했다. "오늘 저녁 식사로 먹을 통통하고 바삭한 수탉 구이를 봐뒀다. 그걸 나눠 먹자꾸나. 마음에 들게다."

아리아는 증오하는 자들이 모두 손 닿지 않는 곳으로 가버리기 전에 다른 이름을 속삭이고 싶어서 가는 곳마다 자켄 하가르를 찾았지만, 그 혼란과 혼돈 속에서는 도무지 찾을 수가 없었다. 그는 아직 그녀에게 두 명의 죽음을 빚지고 있었고, 자켄 하가르가 다른 사람들과 같이 전투에 나가버리면 그 빚을 거둘 기회가 영영 없을까 걱정이었다. 마침내 그녀는 용기를 짜내어 성문 경비병에게 물어보았다. "로치의 부하라고? 그렇다면 떠나지 않을 거다. 라니스터 공께서 아모리 로치 경을 하렌홀의 수호성주로 임명하셨거든. 그러니 그 무리 전체가 여기 남아서 성을 지킬 거야. 피투성이 극단도 식량 징발을 위해 남을 거고. 바고 호트는 침을 뱉고 싶겠지. 그 둘은 언제나 서로를 싫어했으니."

그러나 산더미는 타이윈 공과 함께 떠날 터였다. 그는 전투에서 선봉대를 지휘했는데, 그것은 던센과 폴리버와 라프가 다 손가락 사이로 빠져나갈 거란 의미였다. 자켄을 찾아내서 떠나기 전에 그중 한 명을 죽이지 못한다면 말이다.

그날 오후에 위즈가 말했다. "족제비야, 무기고에 가서 루칸에게 라이오넬 경이 훈련 중 검에 금이 가서 새 검이 필요하다고 전해라. 이게 라이오넬 경의 표식이다." 그는 네모난 종이를 건넸다. "지금 빨리 처리해라. 그분은 케반 라니스터 경과 함께 달려 나갈 테니."

아리아는 그 종이를 받아 들고 뛰었다. 무기고는 성의 대장간과 붙어 있었는데, 대장간은 지붕이 높고 터널처럼 긴 건물로, 벽에 스무 개의 가마를 짓고 강철을 식히기 위한 긴 석조 물통도 만들어놓았다. 아리아가 들어갔을 때 그 가마 중 절반에서 일을 하고 있었다. 망치 소리가 벽을 울렸고, 가죽 앞치마를 두른 건장한 남자들이 풀무와 모루 위에 허리를 굽히고 심한 열기 속에서 땀을 흘리고 있었다. 겐드리를 찾아보니 맨가슴이 땀에 번들거렸지만 덥수룩한 검은 머리 아래 파란 눈에는 그녀가 기억하는 고집스러운 빛이 담겨 있었다. 아리아는 겐드리와 말을 하고 싶은지 잘 알 수 없었다. 그들 모두가 사로잡힌 건 겐드리 탓이었다. 그녀는 종잇조각을 내밀었다. "누가 루칸이야? 라이오넬 경이 쓸 새 검을 받아가야 해."

"라이오넬 경은 됐고." 겐드리는 그녀의 팔을 잡고 한쪽으로 끌고 갔다. "어젯밤에 핫파이가 나보고 네가 요새에서 윈터펠이라고 외친 거 들었냐고 물었어. 우리 모두가 성벽에서 싸웠을 때 말이야."

"난 그런 적 없어!"

"그랬어. 나도 들었거든."

"모두가 뭔가 외쳤잖아." 아리아는 방어적으로 말했다. "핫파이는 핫파이라고 외쳤지. 아마 백 번은 외쳤을걸."

"문제는 네가 외친 말이지. 핫파이보고 귀 좀 파야겠다고, 네가 외친 말은 지옥에나 떨어져가 다였다고 했어. 혹시 물어보거든 너도 그렇게 말하는 게 좋을 거야."

"그렇게." 지옥에나 떨어지라는 말은 멍청하다고 생각했지만, 아리아는 그렇게 말했다. 핫파이에게 정체를 밝힐 수는 없었다. '자켄에게 핫파이의 이름을 말해야 할지도 몰라.'

"가서 루칸을 데려올게." 젠드리가 말했다.

루칸은 편지를 보고 투덜거리더니(아리아는 그가 편지 내용을 읽을 수 있다고 생각하지는 않았다) 무거운 장검을 하나 끌어냈다. "이건 그 천치에게는 지나치게 좋은 검이야. 내가 그랬다고 전해라." 그가 검을 내어주면서 말했다.

"그럴게요." 그녀는 거짓말을 했다. 그런 말을 했다간 위즈에게 피가 나도록 맞을 터였다. 하고 싶은 욕이라면 루칸이 직접 해야지.

'바늘'보다 훨씬 무거운 장검이었지만 아리아는 그 검을 쥔 느낌이 좋았다. 손에 든 강철의 무게 때문에 강해진 기분이 들었다. '난 아직 물의 춤꾼이 아닐지도 모르지만, 쥐새끼도 아니야. 쥐는 검을 쓰지 못하지만 난 쓸 수 있어.' 열린 성문으로 병사들이 오고 갔으며 짐차들이 비어서 들어왔다가 짐 무게에게 삐걱삐걱 흔들리며 굴러 나갔다. 아리아는 마구간에 가서 라이오넬 경이 새 말을 내어달라고 했다고 말할까 생각했다. 그녀에겐 종잇조각이 있었고, 마구간지기들은 루칸보다 글을 잘 읽지 못할 터였다. '말과 검을 챙겨서 그냥 달려 나갈 수도 있어. 위병들이 막으려고 들면 종이를 보여주고 다 라이오넬 경에게 가져가는 거라고 하는 거야.' 하지만 라이오넬 경이 어떻게 생겼고 어디에서 찾을 수 있는지 아는 바가 없었다. 위병들이 질문을 몇 개만 해보면 그 사실을 알 테고, 그러면 위즈가…… 위즈가…….

아리아가 입술을 잘근잘근 씹으면서 발이 잘리면 어떤 느낌일까 생각하지 않으려고 애쓰는데, 가죽조끼를 입고 쇠 투구를 쓴 궁수들 한 무리가 어깨에 활을 걸어 메고 지나갔다. 아리아는 그들이 나누는 대화의 단편 단

편을 들었다.

"……거인들이 있다니까. 키가 6미터는 되는 거인들을 장벽 너머에서 데려왔는데, 개처럼 따라다닌다잖아……."

"……밤사이에 그렇게 빨리 움직이다니 뭔가 부자연스러워. 그놈은 사람이라기보다는 늑대야. 스타크 놈들은 다 그래……."

"……늑대니 거인이니 헛소리 좀 작작해. 우리가 가는 줄 알면 그 꼬마 놈 바지에 오줌을 쌀걸. 하렌홀로 진군할 만큼 사나이는 못 됐잖아. 안 그래? 반대 방향으로 도망친 거 아냐? 자기한테 뭐가 최선인지 알면 지금도 도망칠 거라고."

"자넨 그렇게 말하지만, 그 꼬마가 우리가 모르는 뭔가를 아는지도 몰라. 도망쳐야 하는 건 우리일 수도 있다고……."

'그래.' 아리아는 생각했다. '도망쳐야 하는 건 너희야. 너희와 타이윈 공과 산더미와 아담 경과 아모리 경과 누군지는 모르겠지만 바보 같은 라이오넬 경까지, 너희들 모두 도망치는 게 좋을 거야. 그러지 않으면 우리 오빠가 너희를 죽여버릴 거야. 롭 오빠는 스타크고, 사람이기보다는 늑대야. 나도 그렇고.'

"족제비." 위즈의 목소리가 채찍처럼 울렸다. 어디에서 오는지 보이지도 않았는데, 갑자기 아리아 바로 앞에 서 있었다. "이리 내. 오래도 걸렸다." 그는 아리아의 손에서 장검을 낚아채고는, 손등으로 아프게 따귀를 때렸다. "다음번엔 더 빨리 움직여라."

잠시나마 다시 늑대로 돌아갔는데, 위즈에게 따귀를 맞자 모든 것을 빼앗기고 입안의 피 맛만 남았다. 따귀를 맞을 때 혀를 깨물어서였다. 아리아는 이래서 위즈가 싫었다.

"한 대 더 맞고 싶으냐? 또 맞게 해주마. 네 건방진 눈빛은 못 참아주겠다. 양조장에 내려가서 터플베리에게 가져갈 통이 스물네 개 있다고, 아랫

놈들 보내서 가져가지 않으면 더 원하는 사람을 찾아볼 거라고 전해라." 아리아는 얼른 움직였지만, 위즈가 만족할 만큼 빠르지는 않았다. "오늘 밤에 뭐라도 먹고 싶으면 뛰어라." 그는 통통하고 바삭한 수탉 구이에 대한 약속은 벌써 잊어버리고 외쳤다. "그리고 또 길 잃지 말아라. 또 그랬다간 피가 나게 때려주지."

'아니야. 다시는 못 그래.' 아리아는 그렇게 생각하면서도 뛰었다. 북부의 오래된 신들이 그녀의 발걸음을 인도한 모양이었다. 양조장까지 반쯤 가서 '과부의 탑'과 '불탄 왕의 탑' 사이 아치 돌다리 밑을 지나는데 귀에 거슬리는 웃음소리가 들렸다. 로지가 다른 세 명과 같이 모퉁이를 돌아 나타났다. 다들 가슴에 아모리 경의 만티코어 표식을 달고 있었다. 로지는 아리아를 보자 멈춰 서서 히죽 웃으며, 얼굴에 난 구멍을 가리기 위해 가끔 차는 가죽 가리개 아래로 비뚤배뚤한 갈색 이빨을 보였다. "요렌의 꼬마 계집년. 이제야 그 검은 잡놈이 왜 널 장벽에 데려가고 싶어 했는지 알겠구나. 안 그러냐?" 로지가 다시 웃자 다른 세 명도 같이 웃어댔다. "네 막대기는 어디 있냐?" 로지가 갑자기 웃음을 뚝 그치고 물었다. "그걸로 널 쑤셔주겠다고 약속했던 것 같은데." 그가 한 걸음 다가서자 아리아는 뒷걸음질을 쳤다. "내가 사슬에 묶여 있지 않으니까 이젠 별로 용감하지 않구나. 안 그러냐?"

"내가 구해줬잖아." 아리아는 로지가 잡으려 들면 뱀처럼 빨리 달아날 태세를 갖추고 거리를 유지했다.

"그러니 더 쑤셔줘야지. 요렌이 네 가랑이를 채워줬냐? 아니면 작고 팽팽한 엉덩이를 더 좋아하더냐?"

"난 자켄을 찾고 있어. 전할 말이 있어서."

아리아의 말에 로지가 딱 멈춰 섰다. 그 눈빛에 뭔가…… 로지가 자켄 하가르를 무서워할 수도 있는 걸까? "목욕탕에 있다. 내 앞에서 썩 꺼져라."

아리아는 몸을 홱 돌리고 사슴처럼 날래게 달아났다. 목욕탕까지 가는 내내 발이 자갈 위를 날았다. 자켄은 김이 오르는 욕조에 몸을 푹 담근 채였고, 하녀 하나가 그 머리 위로 뜨거운 물을 붓고 있었다. 한쪽은 붉고 한쪽은 흰 장발이 젖어서 어깨 위에 무겁게 늘어졌다.

아리아는 그림자처럼 조용히 다가갔지만, 자켄은 바로 눈을 떴다. "작은 쥐처럼 몰래 숨어든다만, 그래도 남자는 듣는다." 그가 말했다. '어떻게 내 발소리를 들을 수가 있지?' 의아했지만, 그는 그 생각까지 들은 것처럼 말했다. "돌 위를 스치는 가죽 소리도 귀가 열린 남자에게는 전투 나팔 소리처럼 크게 울린다. 영리한 소녀들은 맨발로 다니는도다."

"전할 말이 있어요." 아리아는 반신반의하며 하녀를 보았다. 그리고 하녀가 자리를 피할 생각이 없어 보이자 자켄의 귀에 입술이 닿을 만큼 가까이 몸을 기울이고 속삭였다. "위즈."

자켄 하가르는 다시 눈을 감고 반쯤 잠든 듯 몸을 늘어뜨렸다. "그분에게 한가할 때 남자가 수행하겠노라 전하라." 그의 손이 갑자기 움직여서 뜨거운 물을 튀겼고, 아리아는 흠뻑 젖지 않기 위해 펄쩍 뛰어 물러서야 했다.

터플베리에게 위즈가 한 말을 전하자 양조 장인은 큰 소리로 욕설을 뱉었다. "위즈에게 내 아랫놈들에겐 할 일이 있다고 전하고, 위즈는 염병할 개자식이며, 일곱 지옥이 얼어붙어야 내 에일을 받아먹을 수 있을 줄 알라고 전해라. 한 시간 안에 그 통들을 받지 못하면 타이윈 공 귀에 소식이 들어갈 거다. 어디 안 그러나 봐라."

아리아가 그 말을 전하자 위즈도 욕설을 퍼부었다. '염병할 개자식' 부분은 빼고 전했는데도 그랬다. 그는 씩씩거리며 위협을 퍼부었지만, 결국에는 여섯 명을 모아서 툴툴거리며 양조장까지 통을 가져가게 했다.

그날 저녁 식사는 보리, 양파, 당근이 들어간 멀건 스튜에 퀴퀴한 갈색 빵 한 조각이었다. 여자들 중 하나가 위즈의 침대에서 잤었는데, 그 여자만 숙성한 블루치즈 한 조각과 위즈가 아침에 얘기했던 수탉의 날개 한쪽을 받았다. 위즈는 나머지 닭고기를 혼자 먹어치웠다. 기름기가 흘러내려 입가에 난 부스럼 위로 반짝이는 선을 그렸다. 그는 닭고기가 거의 없어졌을 때 접시에서 눈을 들더니 빤히 보고 있던 아리아를 보았다. "족제비, 이리 와봐."

아직 한쪽 다리에 색이 진한 고기 몇 입이 붙어 있었다. '잊고 있다가 이제 생각이 났나 보지.' 아리아는 그렇게 생각했다. 그래서 자켄에게 위즈를 죽이라고 한 게 미안해졌다. 그녀는 장의자에서 일어나서 식탁 앞쪽으로 갔다.

"날 쳐다보는 거 봤다." 위즈는 아리아의 원피스 앞자락에 손가락을 닦더니, 한 손으로 그녀의 목을 움켜쥐고 반대쪽 손으로 따귀를 때렸다. "내가 뭐라고 했지?" 그는 손등으로 한 번 더 뺨을 때렸다. "눈 깔지 않으면 다음번엔 그 눈알을 숟가락으로 파내서 내 개에게 먹일 줄 알아라." 위즈가 확 떠밀자 아리아는 비틀거리다가 바닥에 넘어졌다. 갈라진 나무 장의자에 헐겁게 삐져 나와 있던 못에 옷단이 걸리는 바람에 넘어지면서 옷도 찢어졌다. "자기 전에 그 옷도 수선해놔라." 위즈는 마지막 고기 조각을 뜯으며 말했다. 그는 다 먹고 나서 요란하게 손가락을 빨며 뼈를 못생긴 점박이 개에게 던져줬다.

아리아는 그날 밤 찢어진 원피스를 기우면서 속삭였다. "위즈, 던센, 폴리버, 친절한 라프." 염색 안 된 모직물에 뼈바늘을 밀어 넣을 때마다 이름을 하나씩 읊었다. "티클러와 사냥개. 그레고르 경, 아모리 경, 일린 경, 메린 경, 조프리 왕, 세르세이 왕대비." 그녀는 얼마나 오랫동안 위즈의 이름을 기도에 포함시켜야 할지 생각하다가, 다음 날 아침에 깨어났더니 위즈가 죽어 있는 꿈을 꾸면서 잠에 빠져들었다.

하지만 아침에 그녀를 깨운 것은 언제나처럼 날카로운 위즈의 장화 앞코였다. 그는 귀리 비스킷으로 아침을 먹는 사람들에게 타이윈 공의 주병력이 오늘 성을 나간다고 말했다. "라니스터 나리만 없으면 여기서 지내는 게 쉬워질 거란 생각은 하지도 말아라." 그는 경고했다. "성은 작아지지 않아. 그저 돌볼 손만 줄어들 뿐이지. 너희 게으름뱅이들은 이제야 일이 뭔지 배우게 될 게다. 그렇고말고."

'당신한테 배우진 않을 거야.' 아리아는 귀리 비스킷을 깨지락거렸다. 위즈는 그녀의 비밀을 냄새 맡기라도 한 것처럼 얼굴을 찌푸렸다. 아리아는 얼른 비스킷으로 시선을 내리고, 감히 더는 시선을 들지 않았다.

타이윈 라니스터 공이 하렌홀을 떠날 때는 희미한 빛이 안마당을 채우고 있었다. 아리아는 '통곡의 탑' 중간쯤에 난 아치 창문에서 그들을 지켜보았다. 그의 군마는 법랑을 입힌 진홍색 미늘 마갑을 걸치고 갈기와 머리는 금박 입힌 금속판과 투구로 보호했으며, 타이윈 공 본인은 두꺼운 흰족제비 털 망토를 입었다. 그 동생인 케반 경도 못지않게 화려했다. 네 명의 군기잡이가 황금 사자를 수놓은 거대한 진홍색 깃발을 들고 앞장섰고, 라니스터 형제 뒤로는 대영주와 지휘관들이 따라갔다. 그들의 깃발이 변화무쌍한 색채로 치솟고 펄럭였다. 붉은색 황소와 금색 산, 자주색 유니콘과 당닭, 얼룩 멧돼지와 오소리, 은색 담비와 알록달록한 곡예사, 별과 햇살, 공작과 표범, V자와 단검, 검은색 두건과 파란색 딱정벌레와 초록색 화살까지.

마지막으로 회색 판금 갑옷을 입은 그레고르 클리게인이 주인 못지않게 성질 나쁜 준마를 타고 나갔다. 검은 개가 그려진 군기를 잡고 젠드리의 뿔 투구를 쓴 폴리버가 그 옆을 달렸다. 폴리버는 키가 컸지만, 제 주인의 그림자 속을 달릴 때는 덜 자란 소년처럼 보였다.

그들이 하렌홀의 거대한 쇠창살문 아래를 지나가는 모습을 지켜보려니 아리아의 등을 타고 오한이 흘렀다. 갑자기 그녀는 끔찍한 실수를 저질렀음을 알았다. '난 정말 멍청해.' 위즈는 중요하지 않았다. 치즈윅도 전혀 중요하지 않았다. 중요한 자들, 아리아가 죽였어야 하는 자들은 따로 있었다. 위즈가 자신을 때리고 닭고기에 대해 거짓말을 한 데 대해 그렇게 화가 나지만 않았더라도 어젯밤에 그중 한 명의 이름을 속삭일 수 있었다. '타이윈 공이어야 했어. 왜 타이윈 공이라고 말하지 않았지?'

아직 너무 늦지 않았을지도 몰랐다. 위즈는 아직 죽지 않았다. 자켄을 찾아내서 말할 수만 있다면······.

아리아는 맡은 일을 팽개치고 서둘러 나선계단을 달려 내려갔다. 쇠사슬이 덜그럭거리면서 천천히 내려간 쇠창살문 끄트머리가 땅속 깊이 박히는 소리가 들렸고······ 이어서 고통과 공포에 찬 날카로운 비명 소리가 들렸다.

아리아보다 먼저 도착한 사람이 십여 명 있었지만, 아무도 가까이 다가가지는 않았다. 아리아는 그 사람들 사이를 비집고 들어갔다. 위즈가 자갈밭에 대자로 뻗어 있었다. 목은 시뻘겠고, 두 눈은 회색 구름을 초점 없이 응시하고 있었다. 그의 못생긴 점박이 개가 가슴팍에 서서 목에서 흘러나오는 피를 핥다가, 가끔 한 번씩 죽은 남자의 얼굴에서 살을 한 입씩 뜯었다.

마침내 누군가가 노궁을 가져와서 위즈의 한쪽 귀를 물어뜯던 점박이 개를 쏘아 죽였다.

"지옥에 떨어질 짐승이로군." 어떤 남자가 하는 말이 들렸다. "위즈는 저 암캐를 새끼 때부터 길렀는데."

"여긴 저주받았어." 노궁을 든 남자가 말했다.

"하렌의 유령이야. 분명해." 애머벨이 말했다. "난 여기서 하룻밤도 더 자지 않을 거야. 절대로."

아리아는 죽은 남자와 죽은 개에게서 시선을 들었다. 자켄 하가르가 '통곡의 탑' 옆에 몸을 기대고 있었다. 그는 아리아를 보자 한 손을 얼굴로 올리고 두 손가락을 가볍게 뺨에 댔다.

캐틀린

리버런에서 말을 타고 이틀 걸리는 곳에서, 진흙탕이 된 개울 옆에서 말에게 물을 먹이던 그들을 척후병 하나가 발견했다. 캐틀린은 프레이 가문의 쌍둥이 탑 문장이 그렇게 반가웠던 적이 없었다.

캐틀린이 그에게 숙부님에게 데려다 달라고 하자, 척후는 이렇게 대답했다. "검은 물고기는 왕과 함께 서쪽으로 가셨습니다. 그 대신 마틴 리버스가 별동대를 지휘합니다."

"그렇군." 마틴 리버스라면 트윈스에서 만난 적이 있었다. 왈더 프레이 공의 천출 아들로, 퍼윈 경의 이복 형제였다. 롭이 라니스터의 심장부를 때렸다는 사실은 놀랍지 않았다. 그녀를 렌리에게 보냈을 때 그 전략을 고려하고 있었던 게 분명했으니. "리버스는 지금 어디 있나?"

"두 시간 거리입니다, 부인."

"안내해주게." 캐틀린은 명령하고, 브리엔느의 도움을 받아 다시 안장에 올랐다. 그들은 즉시 출발했다.

"비터브리지에서 오셨습니까, 부인?" 척후병이 물었다.

"아니야." 감히 그럴 수가 없었다. 렌리가 죽고 나니 캐틀린은 그의 젊은 과부와 그녀를 지키는 사람들에게 어떤 대접을 받을지 확신할 수가 없었다. 그래서 전쟁터 한복판을 달렸다. 풍요로웠던 강역은 라니스터의 분노에 시커먼 황무지로 변해 있었고, 매일 밤 척후들이 가져오는 이야기를 들으면 속이 울렁거렸다. "렌리 공이 살해당했다네." 그녀는 덧붙여 말했다.

"그 이야기는 라니스터의 거짓말이길 빌었습니다만……."

"그랬다면 좋으련만. 내 동생은 리버런을 지휘하나?"

"예, 그렇습니다. 전하께서는 리버런을 방어하고 후방을 지키라고 에드무어 경을 남기고 가셨습니다."

'신들께서 에드무어에게 그럴 힘을 주시길. 그럴 만한 지혜도.' 캐틀린은 생각했다. "롭이 서쪽에서 보낸 소식은 있나?"

"듣지 못하셨습니까?" 척후는 놀란 얼굴이었다. "전하께서는 옥스크로스에서 대승을 거두셨습니다. 스태퍼드 라니스터 경이 죽고, 그 군대는 흩어졌습니다."

웬델 맨덜리 경은 기쁨의 환성을 올렸지만, 캐틀린은 고개만 끄덕였다. 어제의 승리보다는 내일의 시험이 더 걱정이었다.

마틴 리버스는 산산이 부서진 어느 성채 껍데기 안, 지붕이 없는 마구간과 백여 개의 새 무덤 옆에 진을 치고 있었다. 그는 캐틀린이 말에서 내리자 한쪽 무릎을 꿇었다. "이렇게 뵙게 되네요, 부인. 동생분께서 저희에게 혹시 부인의 일행이 오는지 지켜보다가, 뵙게 되면 서둘러 리버런으로 모시고 오라는 임무를 맡기셨습니다."

캐틀린은 그 말이 조금도 좋게 들리지 않았다. "내 아버지 때문인가?"

"아닙니다. 호스터 공은 그대로십니다." 리버스는 이복형제들과 별로 닮지 않은 혈색 좋은 남자였다. "그저 라니스터 척후대와 마주치실까 두려웠을 뿐입니다. 타이윈 공이 하렌홀을 떠나 전병력을 이끌고 서쪽으로 진군하고 있답니다."

"일어서시오." 그녀는 찌푸린 얼굴로 리버스에게 말했다. 스타니스 바라테온도 곧 진군할 터였다. 신들이 모두를 보우하시길. "타이윈 공이 올 때까지 얼마나 남았소?"

"사흘, 아니면 나흘입니다. 확실치는 않습니다. 모든 도로에 감시를 두었습니다만, 꾸물거리지 않는 편이 좋겠습니다."

실제로 그들은 꾸물거리지 않았다. 리버스는 잽싸게 야영지를 해체하고 안장에 올라 캐틀린 옆자리에 섰고, 그들은 이제 50여 명이 되어 다이어울프와 뛰어오르는 송어와 쌍둥이 탑 깃발을 휘날리며 다시 출발했다.

캐틀린 쪽 사람들은 옥스크로스에서 롭이 거둔 승리에 대해 더 듣고 싶어 했고, 마틴 리버스는 그 요구에 응했다. "운문가 라이먼드라는 가수 하나가 리버런에 와서 그 싸움에 대해 노래를 지었습니다. 분명히 오늘 밤에 들으시게 될 겁니다. 라이먼드는 그 노래를 '밤의 늑대'라고 부르지요." 그는 계속해서 스태퍼드 경의 남은 군대가 어떻게 라니스포트로 후퇴했는지 말했다. 공성병기 없이는 캐스털리록을 강습할 수 없었기에, 젊은 늑대는 라니스터가 강역에 가한 손상을 되갚아주고 있었다. 카스타크와 글로버는 해안을 따라 습격을 벌이고 있었고, 모르몬트 여영주는 수천 마리 소를 잡아서 리버런으로 몰고 돌아가는 중이었으며, 그레이트존은 카스타미어, 넌스딥, 펜드릭힐스 금광을 점령했다. 웬델 경은 웃음을 터뜨렸다. "황금을 위협하는 것보다 더 라니스터를 펄펄 뛰게 만들 방법은 없지."

"왕께선 어떻게 골든투스를 빼앗은 거지?" 퍼윈 프레이 경이 이복형제에게 물었다. "거긴 강력한 요새고, 고갯길을 통제하는 위치인데."

"빼앗지 않았어. 밤을 틈타서 돌아서 갔지. 그레이윈드라는 다이어울프가 길을 안내했다고 해. 그 짐승이 좁은 골짜기를 따라 구불구불 내려갔다가 능선 아래를 따라 올라가는 염소 길을 냄새로 찾았다는 거야. 꼬불꼬불하고 돌투성이인 길이지만, 한 줄로 말을 달릴 만한 너비는 됐다지. 감시탑에 있던 라니스터들은 그쪽에 눈길도 주지 않았고." 마틴 리버스는 목소리를 낮췄다. "전투가 끝나고 나서 왕이 스태퍼드 라니스터의 심장을 꺼내어 늑대에게 먹였다는 소리도 있어."

"나라면 그런 이야기는 믿지 않겠소." 캐틀린이 날카롭게 말했다. "내 아들은 야만인이 아니야."

"말씀대로입니다, 부인. 그래도 그 늑대는 그 정도 대접을 받고도 남으니까요. 평범한 늑대가 아닙니다. 그레이트존은 북부의 오래된 신들이 부인의 자식들에게 그 다이어울프들을 보내셨다는 말을 들었답니다."

캐틀린은 아들들이 늦은 여름 눈밭에서 그 늑대 새끼들을 발견한 날을 기억했다. 딱 다섯 마리였다. 스타크 가문의 적자 다섯 명을 위한 수컷 세 마리와 암컷 두 마리……. 그리고 네드의 서자 존 스노우를 위한 하얀 털에 붉은 눈을 가진 여섯 번째 늑대. '평범한 늑대들이 아닌 건 사실이야.'

그날 밤 진을 칠 때, 브리엔느가 그녀의 천막을 찾아왔다. "부인, 이제 안전하게 돌아오셨고 동생분의 성에서 하루 거리에 왔으니 제게 가도 좋다는 허락을 내려주십시오."

놀랄 일이 아니었다. 그 못생긴 처녀는 여정 내내 거의 남과 어울리지 않고, 말들과 함께 시간을 보내면서 말 털을 솔질하고 말굽에서 돌멩이를 빼주곤 했다. 샤드를 도와서 요리하고 사냥감을 손질하기도 했으며, 곧 누구 못지않게 사냥을 할 수 있다는 사실을 증명하기도 했다. 브리엔느는 캐틀린이 거들어달라고 부탁하는 일마다 불평 없이 잽싸게 수행했으며, 말을 걸면 정중하게 대답했지만, 결코 수다를 떨거나 우는 일은 없었고, 웃지도 않았다. 그녀는 매일 낮에 그들과 함께 말을 달리고 매일 밤 그들과 함께 자면서도 결코 녹아들지 않았다.

'렌리와 함께 있을 때도 마찬가지였지. 연회에서, 난전에서, 심지어는 레인보우가드 형제들과 함께 렌리의 천막 안에 있을 때도 그랬어. 이 아이 주변에는 윈터펠보다 더 높은 벽이 있어.'

"우리를 떠나면 어디로 가려 하나?" 캐틀린이 물었다.

"돌아가야죠. 스톰스엔드로." 브리엔느가 말했다.

"혼자서." 그건 질문이 아니었다.

그녀의 넓적한 얼굴은 잔잔한 물웅덩이 같아서, 깊은 곳에 무엇이 사는지 드러내지 않았다. "네."

"스타니스를 죽이려는 거군."

브리엔느는 거칠고 못이 박인 굵은 손가락으로 칼자루를 움켜쥐었다. 원래 렌리의 것이었던 검이었다. "저는 서약을 했습니다. 세 번 맹세했지요. 들으셨을 겁니다."

"들었지." 캐틀린은 인정했다. 그녀는 브리엔느가 피에 물든 옷을 다 버리고도 무지개 망토는 간직했음을 알고 있었다. 브리엔느는 도망치면서 소지품을 뒤에 버려두고 와야 했고, 다른 일행에게는 자신에게 맞을 만큼 큰 옷가지가 없었기에 웬델 경의 남는 옷가지를 짝짝이로 걸쳐야 했다. "서약을 지켜야 한다는 점에는 나도 동의하지만, 스타니스 주변에는 대군이 있고, 그자를 지키겠노라 서약한 호위들이 있어."

"그자의 위병들은 두렵지 않습니다. 저는 그중 누구보다 더 실력이 있습니다. 도망치지 말았어야 했습니다."

"그게 괴로운 건가? 어떤 바보가 자네를 비겁자라 부를지도 모른다는 게?" 캐틀린은 한숨을 내쉬었다. "렌리의 죽음은 자네 잘못이 아니야. 자네는 용감하게 렌리를 섬겼지만, 그 사람을 따라 흙 속으로 들어간다면 누구에게도 도움이 되지 않아." 그녀는 손길이 줄 수 있는 위안을 주려고 한 손을 뻗었다. "얼마나 힘든지 아네—"

브리엔느는 그녀의 손을 뿌리쳤다. "아무도 모릅니다."

"틀렸어." 캐틀린은 날카롭게 말했다. "난 매일 아침 일어날 때마다 네드가 죽었다는 사실을 기억하지. 나에겐 검을 휘두르는 기술이 없지만, 그렇다고 내가 킹스랜딩으로 달려가서 세르세이 라니스터의 하얀 목에 두 손을 감고 그 얼굴이 새카매질 때까지 조르는 꿈을 꾸지 못한다는 뜻은 아니야."

'미녀'가 눈을 들었다. 그 눈은 그녀의 온몸에서 정말로 아름다운 유일한 부분이었다. "그런 꿈을 꾸신다면, 왜 절 막으려 하십니까? 스타니스가 협상에서 한 말 때문입니까?"

'그런가?' 캐틀린은 야영지 저편을 보았다. 두 남자가 창을 들고 걸어다니며 파수를 보고 있었다. "난 선한 사람은 이 세상의 악과 싸워야 한다고 배웠고, 렌리의 죽음은 의심할 여지 없이 사악한 일이었네. 하지만 또한 나는 왕을 만드는 건 인간의 검이 아니라 신들이라고 배웠지. 만약 스타니스가 우리의 정당한 왕이라면—"

"아닙니다. 로버트도 정당한 왕이었던 적이 없지요. 렌리 왕조차 그렇게 말했어요. 정당한 왕은 제이미 라니스터가 살해했고, 그것도 로버트가 트라이던트에서 그 적법한 후계자를 살해한 후였습니다. 그때 신들은 어디 있었습니까? 신들은 왕들이 농민에 대해 신경 쓰는 만큼도 인간에 대해 신경 쓰지 않습니다."

"훌륭한 왕은 신경 쓴다네."

"렌리 공은…… 아니, 전하는…… 그분은 최고의 왕이 됐을 겁니다. 정말 훌륭했어요. 그분은……."

"그 사람은 이제 없네, 브리엔느." 캐틀린은 최대한 부드럽게 말했다. "스타니스와 조프리가 남았지…… 내 아들도 남았고."

"설마…… 설마 스타니스와 화평을 맺지는 않으시겠지요? 무릎을 꿇거나? 설마 그런……."

"사실대로 말해주지, 브리엔느. 나는 모른다네. 내 아들은 왕일지 모르나, 나는 왕대비가 아니야……. 그저 할 수만 있다면 자식들을 안전하게 지키려는 어머니에 불과하다네."

"저는 어머니가 될 몸이 아닙니다. 전 싸워야 합니다."

"그렇다면 싸우게……. 하지만 죽은 자가 아니라, 산 자를 위해 싸워. 렌리의 적은 롭의 적이기도 해."

브리엔느는 땅을 노려보며 이리저리 발을 옮겼다. "저는 아드님을 모릅니다." 그녀가 시선을 들었다. "부인을 섬길 수는 있습니다. 받아주신다면요."

캐틀린은 깜짝 놀랐다. "왜 나인가?"

브리엔느는 그 질문에 힘들어하는 것 같았다. "부인은 저를 도와주셨습니다. 그 천막에서…… 다들 제가 그랬다고…… 제가 그랬다고 생각했을 때……."

"자네는 결백했어."

"그래도 도와주실 이유는 없었습니다. 놈들이 절 죽이게 놓아두실 수도 있었어요. 저는 부인에게 아무도 아니었습니다."

'거기서 일어난 일의 어두운 진실을 아는 사람이 나만 남지 않길 바랐는지도 모르지.' 캐틀린은 생각했다. "브리엔느, 나는 지난 세월 많은 명문가 여식들을 거뒀네만, 자네 같은 사람은 없었네. 나는 전투 지휘관이 아니야."

"맞습니다. 하지만 부인에겐 용기가 있지요. 전투의 용기는 아닐지 모르나…… 모르겠습니다. 여인의 용기 같은 게 있습니다. 그리고 제 생각엔, 때가 오면 부인께선 절 막으려 하지 않으실 것 같습니다. 그 점을 약속해 주십시오. 스타니스 앞에서 저를 막지 않겠다고요."

캐틀린은 아직도 때가 되면 롭 차례도 올 거라던 스타니스의 목소리를 들을 수 있었다. 그 말은 그녀의 목덜미에 닿는 차가운 입김 같았다. "그때가 오면 자네를 막지 않겠네."

키 큰 처녀는 어색하게 무릎을 꿇고, 렌리의 장검을 검집에서 뽑아 캐틀린의 발치에 놓았다. "그렇다면 저는 부인의 사람입니다. 부인의 신하, 아니면…… 무엇으로든 삼으십시오. 저는 부인의 등 뒤를 지키고, 부인의 비밀을 지키며, 필요하다면 제 목숨을 바치겠습니다. 오래된 신들과 새로운 신들의 이름으로 맹세합니다."

"그렇다면 나는 언제나 내 불가에 자네의 자리가 있고 내 식탁에는 자네가 먹을 고기와 술이 있을 것을 맹세하며, 자네를 불명예스럽게 할 일은 시키지 않겠노라 약속하네. 오래된 신들과 새로운 신들의 이름으로 서약하네. 일어서게." 캐틀린은 브리엔느의 두 손을 잡으면서 미소를 누를 수 없었다. '네드가 충성 맹세를 받아들이는 모습을 얼마나 많이 봤던가.' 지금 네드가 자신을 볼 수 있다면 뭐라고 할지 궁금했다.

그들은 다음 날 늦게 레드포크를 건넜다. 리버런 상류 지역으로 강이 넓게 만곡선을 그리면서 물이 얕고 진흙탕이 되는 지점이었다. 그 건널목은 말리스터 가문의 독수리 표식을 단 궁수와 창병들이 지키고 있었다. 그들은 캐틀린의 깃발을 보자 날카로운 말뚝 벽 뒤에서 몸을 드러내고 강둑 건너편에서 한 명을 보내 길을 안내하게 했다. "천천히, 조심해서 움직이십시오." 남자는 캐틀린의 말고삐를 잡으며 경고했다. "물속에 쇠못을 박아놨고, 저기 바위 사이에는 마름쇠가 흩뿌려져 있습니다요. 동생분의 명으로 강이 얕은 곳에는 다 그렇게 해놨습니다."

'에드무어는 여기에서 싸울 생각이구나.' 그 깨달음에 배 속이 울렁거렸지만, 캐틀린은 입을 다물었다.

레드포크와 텀블스톤 사이에서 그들은 안전을 찾아 리버런으로 가는 평민들의 흐름에 합류했다. 동물들을 앞세워 몰고 가는 사람도 있었고 짐수레를 끄는 사람들도 있었지만, 캐틀린이 말을 달려 지나가자 길을 비켰고, "툴리!" 아니면 "스타크!"라는 환호를 보냈다. 성이 800미터쯤 남았을 때 그녀는 큰 천막 위에 블랙우드의 주홍색 깃발이 휘날리는 큰 야영지를 통과했다. 루카스는 그곳에서 그녀와 헤어져서 아버지 타이토스 공을 찾으러 갔다. 나머지는 계속 말을 달렸다.

캐틀린은 텀블스톤 북쪽 강둑을 따라 길게 이어진 두 번째 진영을 보았다. 친숙한 군기들이 바람에 펄럭이고 있었다. 마크 파이퍼의 춤추는 처녀, 대리의 농부, 페이지의 하나로 얽힌 붉고 흰 뱀들. 모두 트라이던트의 영주들이자, 아버지의 휘하 봉신들이었다. 대부분은 자기네 영지를 지키기 위해 캐틀린보다 먼저 리버런을 떠났었다. 그들이 다시 여기에 있다면, 에드무어가 다시 소집했다는 의미일 수밖에 없었다. '신들이여 우리를 도우소서. 정말이로구나. 정말로 타이윈 공과 싸울 작정이야.'

캐틀린은 멀리서도 리버런 성벽에 뭔가 시커먼 것이 매달려 있음을 알아보았다. 더 가까이 말을 달려가자 성가퀴에 매달린 시체가 보였다. 목에 교수형 밧줄이 단단히 매이고, 시커멓게 부은 얼굴로 긴 밧줄 끝에 축 늘어진 시체였다. 까마귀들이 쪼아 먹은 뒤였으나, 진홍색 망토는 아직도 사암 벽에 선명한 대조를 이루었다.

"라니스터 놈들을 목매달았군요." 할 몰렌이 말했다.

"보기 좋구먼." 웬델 맨덜리 경이 쾌활하게 말했다.

"친구들이 우리 없이 시작했군요." 퍼윈 프레이가 농담을 던졌다. 다른 사람들은 웃음을 터뜨렸고, 브리엔느만 눈 하나 깜박이지 않고 시체들을 올려다보며 말을 하지도 웃지도 않았다.

'킹슬레이어를 죽였다면, 내 딸들도 죽은 목숨이야.' 캐틀린은 말에 박차를 가하여 천천히 달렸다. 할 몰렌과 로빈 플린트가 문루에 인사하며 질주해 갔다. 성벽 위병들은 진작에 그녀의 깃발을 보았던지, 그들이 다가갔을 때는 쇠창살문이 올라가 있었다.

그녀를 맞이하러 성에서 달려나온 에드무어는 아버지의 신하 셋에게 둘러싸여 있었다. 훈련대장인 배불뚝이 데스몬드 그렐 경, 집사인 유세리데스 웨인, 그리고 리버런의 덩치 크고 머리가 벗어진 위병대장 로빈 라이거 경이었다. 셋 다 그녀의 아버지를 섬기며 평생을 보냈고 나이도 호스터 경과 비슷했다. '노인들이로구나.' 캐틀린은 새삼스럽게 생각했다.

에드무어는 은색 물고기를 수놓은 튜닉 위에 파란색과 빨간색의 망토를 걸쳤다. 얼굴을 보니, 그녀가 남쪽으로 달려간 후 한 번도 면도를 하지 않은 모양이었다. 수염이 붉은 덤불 같았다. "캣, 누나가 안전하게 돌아와서 다행이야. 렌리가 죽었다는 소식을 듣고 누나가 걱정이었어. 게다가 타이윈 공도 진군하고 있고."

"나도 그렇게 들었다. 아버지는 어떠시니?"

"하루는 좀 더 힘을 찾으신 것 같다가, 또 다음 날은……." 그는 고개를 저었다. "누나를 찾으셨어. 뭐라고 말씀드려야 할지 몰랐지."

"곧 뵈러 가마." 그녀는 약속했다. "렌리가 죽은 후에 스톰스엔드에서 온 소식 있니? 아니면 비터브리지나?" 길에서는 전서 까마귀가 찾아오지 않았고, 캐틀린은 뒤에서 무슨 일이 일어났는지 알고 싶어 초조했다.

"비터브리지에서는 아무 소식 없어. 스톰스엔드에서는 수호성주 코트네이 펜로즈 경이 새를 세 마리 보냈는데, 매번 같은 청원이었어. 스타니스가 육지와 바다에서 포위하고 있다고, 포위를 풀어주는 왕에게 충성하겠다는군. 아이가 걱정이라는데, 무슨 아이를 말하는 건지 알아?"

"에드릭 스톰입니다." 브리엔느가 말했다. "로버트의 서자죠."

에드무어는 호기심 어린 눈으로 브리엔느를 보았다. "스타니스는 2주 안에 성을 내놓고 그 아이를 넘겨준다면 수비군은 해치지 않고 풀어주겠노라 맹세했지만, 코트네이 경은 동의하지 않을 거야."

'자기 핏줄도 아닌 천출 소년을 위해 모든 걸 거는군.' 캐틀린은 생각했다. "답장은 보냈어?"

에드무어는 고개를 저었다. "제안할 도움이나 희망도 없는데 뭐하러 하겠어? 게다가 스타니스는 우리의 적이 아니야."

로빈 라이거 경이 말했다. "렌리 공이 어떻게 죽었는지 말씀해주실 수 있겠습니까? 저희가 들은 이야기들은 이상해서 말입니다."

에드무어가 말했다. "캣, 누나가 렌리를 죽였다는 사람도 있어. 어떤 남부 여자가 한 짓이라는 주장도 있고." 그의 시선은 브리엔느에게 머물렀다.

"제 왕은 살해당하셨습니다." 처녀는 조용히 대답했다. "캐틀린 부인이 하신 일은 아닙니다. 제 검에 걸고, 옛 신들과 새로운 신들의 이름으로 맹세합니다."

"이쪽은 타스의 브리엔느, 저녁 별 셀윈 공의 딸로 렌리의 레인보우가드에 속해 있었지." 캐틀린이 말했다. "브리엔느, 내 동생이며 리버런의 후계자인 에드무어 툴리 경을 소개하게 되어 영광이네. 집사인 유세리데스 웨인. 로빈 라이거 경과 데스몬드 그렐 경이네."

"만나게 되어 영광이오." 데스몬드 경이 말했다. 나머지도 같은 말을 반복했다. 처녀는 이런 평범한 예의에도 당혹해서 얼굴을 붉혔다. 에드무어는 그녀가 특이한 여자라고 생각할지 몰라도 그런 말을 하지 않을 품위는 있는 사람이었다.

"브리엔느는 렌리가 살해당했을 때 같이 있었고, 나도 그랬지만…… 우린 그 죽음에 어떤 역할도 하지 않았어." 사방에 사람들이 있는 트인 공간에서 그 그림자에 대해 말하고 싶지는 않았기에, 캐틀린은 시체들을 향해 한 손을 내저었다. "이 목매달린 자들은 누구지?"

에드무어는 불편하게 시선을 들어 올렸다. "클레오스 경이 우리의 평화 제안에 대한 왕대비의 답을 가지고 왔을 때 따라온 자들이야."

캐틀린은 충격을 받았다. "사절단을 죽였다고?"

"가짜 사절이었어." 에드무어는 그렇게 단언했다. "놈들이 평화를 맹세하고 무기를 넘겨줬기에 성안을 자유로이 돌아다녀도 좋다고 허락했고, 놈들은 사흘 밤이나 내가 클레오스 경과 이야기하는 동안 내 고기를 먹고 내 술을 마셨지. 그리고 나흘째 밤에 킹슬레이어를 풀어주려 했어." 그는 위쪽을 가리켰다. "저 덩치 큰 야수 같은 놈은 맨손으로 위병 둘을 죽였어. 위병들의 목을 잡고 머리를 맞부딪쳤지. 그동안 그 옆에 있는 저 깡마른 놈은 철사 한 조각으로 감옥 문을 열었어. 신들의 저주를 받을 놈. 끝에 있는 놈은 빌어먹을 무슨 배우인가 그랬는데, 내 목소리를 흉내 내서 강 문을 열라고 명했어. 문을 지키던 엥거와 델프와 꺽다리 루 셋 다 내 목소리였다고 맹세하더군. 내가 듣기에는 전혀 비슷하지 않았는데, 그래도 그 멍청이들은 쇠창살문을 올리려고 했어."

캐틀린은 꼬마 악마의 작품이라 의심했다. 이어리에서 그자가 선보인 것과 같은 간계의 냄새가 났다. 한때는 티리온을 라니스터 중에 가장 덜 위험한 자라 여겼지만, 이제는 그렇게 확신할 수 없었다. "그자들을 어떻게 잡은 거지?"

"아, 우연히도 난 성안에 없었거든. 텀블스톤을 건너서, 아……."

"매춘 아니면 계집질을 하고 있었겠지. 이야기나 계속해."

에드무어의 뺨이 수염만큼이나 붉게 타올랐다. "동이 트기 한 시간쯤 전이었는데, 막 돌아오고 있었어. 꺽다리 루가 내 배를 보고 날 알아보더니, 그제야 아래에 서서 명령을 내리는 놈이 누군지 의아해하고는 소리를 지른 거야."

"킹슬레이어는 다시 잡았다고 말해줘."

"그랬어. 쉽지는 않았지만. 제이미는 검을 쥐고 있었고 폴 펨포드와 데스몬드의 종자 마일스를 죽인 데다 델프에게도 워낙 심한 상처를 입혀서, 바이먼 학사는 델프도 곧 죽지 않을까 우려하고 있어. 피투성이 난장판이었지. 칼이 부딪치는 소리를 듣고 다른 붉은 망토 몇 명이 달려가서 합세했어. 맨손인 놈도 있었고 아닌 놈도 있었지. 그자들은 제이미를 풀어준 네 명 옆에 매달았고, 나머지는 지하감옥에 처넣었어. 제이미도 마찬가지야. 그 지하감옥에서는 달아날 수 없을 거야. 이번에는 어둠 속에 있는 데다가, 손발에 사슬을 묶어서 벽에 고정해놨거든."

"클레오스 프레이는?"

"자기는 그 계획에 대해 전혀 몰랐다고 맹세하고 있어. 누가 알겠어? 그 남자는 반은 라니스터에 반은 프레이고 전부 다 거짓말쟁이인데. 제이미가 있던 탑 감옥에 넣었어."

"클레오스가 화평 조건을 가져왔다고?"

"그걸 그렇게 부를 수 있다면야. 장담하는데 누나도 나 못지않게 그 조건이 마음에 안 들걸."

"남쪽에서 지원이 올 희망은 있을까요, 스타크 부인?" 아버지의 집사인 유세리데스 웨인이 물었다. "이 근친상간 혐의는…… 타이윈 공은 그런 모욕을 가볍게 참아 넘기지 않습니다. 고발자의 피로 딸의 이름에 묻은 얼룩을 씻어내려 할 겁니다. 스타니스 공은 그 사실을 알아야 해요. 우리와 제휴할 수밖에 없습니다."

'스타니스는 더 강대하고 어두운 힘과 제휴했어.' "이 문제는 나중에 얘기합시다." 캐틀린은 죽은 라니스터들의 소름 끼치는 행렬을 뒤로 하고 도개교 위를 속보로 걸었다. 그녀의 동생이 보조를 맞췄다. 그들이 혼잡한 리버런 외벽 뜰로 들어가는데 벌거벗은 아기 하나가 말 앞으로 달려들었다. 캐틀린은 아이를 피하기 위해 고삐를 힘껏 당기고 경악해서 주위를 둘러보았다. 평민들 수백 명이 입성을 허락받았고, 성벽을 따라 조잡한 피난처를 세워놓았다. 그들의 아이들이 사방을 맨발로 돌아다녔고, 뜰에는 소와 양과 닭이 우글거렸다. "이 사람들은 다 누구지?"

"내 영지민들이야." 에드무어가 대답했다. "두려움에 차 있어."

'오직 내 다정한 동생만이 이 쓸모없는 군입들을 곧 포위전에 돌입할지 모르는 성안에 들이겠지.' 캐틀린은 에드무어가 마음이 무르다는 사실을 알고 있었다. 가끔은 머리가 더 무른 게 아닌가 생각하기도 했다. 그 점 때문에 사랑하기도 했으나…….

"롭에게 까마귀를 보낼 수 있나?"

"왕은 전장에 계십니다." 데스몬드 경이 대답했다. "전서 까마귀가 찾을 방법이 없습니다."

유세리데스 웨인이 헛기침을 했다. "젊은 왕께서는 떠나시기 전에 스타크 부인이 돌아오시면 트윈스로 보내라고 지시하고 가셨습니다. 때가 오면 신부를 고르는 데 도움이 되도록, 왈더 공의 딸들에 대해 더 알아봐달라고 부탁하셨어요."

에드무어가 이어받아 약속했다. "새 말과 식량을 준비해줄게. 다시 떠나기 전에 쉬고 싶겠지—"

"난 여기 남고 싶다." 캐틀린은 말에서 내리면서 말했다. 리버런과 죽어가는 아버지를 떠나서 롭의 아내를 고르러 갈 마음은 조금도 없었다. '롭은 내가 안전하길 원해. 그걸 나무랄 순 없지만, 그 아이의 핑계는 점점 뻔해지고 있어.' "애야." 캐틀린이 외치자 마구간에서 지저분한 아이 하나가 뛰어나와서 말고삐를 잡았다.

에드무어가 안장에서 내려왔다. 그는 캐틀린보다 머리 하나는 더 컸지만, 언제나 그녀의 어린 남동생이었다. "캣." 그는 불만스러워하며 말했다. "타이윈 공이 오고 있는데—"

"타이윈 공은 자기 영지를 지키러 남쪽으로 가고 있어. 우리가 성문을 닫고 성벽 안으로 피하면, 안전하게 그자가 지나가는 걸 지켜볼 수 있어."

"여긴 툴리의 땅이야." 에드무어가 선언했다. "타이윈 라니스터가 피도 흘리지 않고 여길 지나가겠다고 생각한다면, 매서운 교훈을 줄 거야."

'그 아들에게 가르쳐준 것과 같은 교훈 말이냐?' 그녀의 동생은 자존심을 건드리면 강 바위처럼 완고해질 수 있었지만, 둘 다 에드무어가 지난번에 전투에 나섰을 때 제이미 경이 에드무어의 군을 산산조각 낸 일은 잊을 것 같지는 않았다. "전장에서 타이윈 공을 만나서 우리가 얻을 것은 없고, 잃을 것은 전부야." 캐틀린은 전략적으로 말했다.

"안마당은 전투 계획을 논할 만한 장소가 아니야."

"그렇다면, 어디로 갈까?"

동생의 얼굴이 어두워졌다. 순간 캐틀린은 동생이 화를 낼 줄 알았지만, 마침내 그는 날카롭게 대꾸했다. "신의 숲으로 가지. 누나가 꼭 그래야겠다면."

그녀는 에드무어를 따라 신의 숲 정문으로 이어지는 회랑을 걸었다. 에드무어의 분노는 언제나 부루퉁하고 뚱한 형태였다. 캐틀린은 동생에게 상처를 입혔다는 사실이 미안했지만, 이 문제는 그의 자존심을 걱정하기엔 너무 중요했다. 숲속에 둘만 있게 되자 에드무어가 그녀를 돌아보았다.

"네겐 전장에서 라니스터와 만날 병력이 없어." 그녀는 솔직하게 말했다.

"전병력을 집결하면 보병 8000에 기병 3000은 돼." 에드무어가 말했다.

"그래도 타이윈 공의 군대가 네 두 배라는 뜻이지."

"롭은 더 나쁜 조건으로도 이겼어." 에드무어가 대꾸했다. "그리고 나에겐 계획이 있어. 누나는 루스 볼턴을 잊었어. 타이윈 공이 그린포크에서 볼턴을 패퇴시켰지만, 추격하지는 못했지. 타이윈 공이 하렌홀로 갔을 때 볼턴은 루비 여울과 교차로를 차지했어. 그에겐 병사 1만이 있어. 헬만 톨하트에게 롭이 트윈스에 남겨둔 수비 병력을 이끌고 가서 볼턴과 합류하라는 편지를 ―"

"에드무어, 롭이 그 병력을 남겨둔 건 트윈스를 확보하고 월더 공이 우리에게 신의를 지키게 하기 위해서였어."

"왈더 공은 신의를 지켰어." 에드무어는 고집스럽게 말했다. "프레이는 속삭이는 숲에서 용감하게 싸웠고, 늙은 스테브론 경은 옥스크로스에서 전사했다고 들었어. 라이먼 경과 검은 왈더와 나머지는 롭과 함께 서쪽에 있고, 마틴 리버스는 이제까지 훌륭한 척후대 노릇을 했고, 퍼윈 경은 누나가 렌리를 안전하게 만나고 오도록 도왔어. 신들이시여, 프레이에게 우리가 뭘 더 요구할 수 있겠어? 롭은 왈더 공의 딸과 약혼할 거고, 내가 듣기론 루스 볼턴도 다른 딸과 결혼할 거라더군. 게다가 누나는 윈터펠에 왈더 공의 손자 둘을 대자로 받았잖아?"

"대자는 필요하다면 쉽게 인질이 될 수 있지." 캐틀린은 스테브론 경이 죽었다는 사실이나, 볼턴의 결혼에 대해서는 알지 못했다.

"우리에게 인질이 있는 만큼 왈더 공이 배반하지 않을 이유도 더 있다고 봐야. 볼턴에겐 프레이의 군사가 필요하고, 헬만 경의 군사도 필요해. 볼턴에게 하렌홀을 탈환하라고 명했어."

"그건 힘들 텐데."

"그렇지만 그 성이 함락되면 타이윈 공에겐 안전한 퇴로가 없어지지. 내 병사들이 건너지 못하게 레드포크 여울을 다 지킬 거야. 강을 건너 공격한다면, 트라이던트를 건너려 했던 라에가르 꼴이 나는 거지. 물러선다면 리버런과 하렌홀 사이에 낄 테고, 롭이 서쪽에서 돌아오면 타이윈 공을 영원히 끝장낼 수 있어."

동생의 목소리에는 단호한 자신감이 가득했지만, 캐틀린은 롭이 브린덴 숙부를 데려가지 않았더라면 좋았을걸 그랬다고 생각했다. 검은 물고기는 50번의 전투를 치른 노련한 군인이었다. 에드무어는 한 번의 전투를 치렀을 뿐이고, 그 전투에서도 졌다.

"작전은 좋아." 에드무어가 결론을 내렸다. "타이토스 공도 그렇게 말하고, 조노스 공도 마찬가지야. 블랙우드와 브라켄이 확실치 않은 일에 의견을 모은 적 있어?"

"그렇다 할지라도……." 캐틀린은 갑자기 피로를 느꼈다. 어쩌면 동생에게 반대하는 게 잘못일지도 몰랐다. 이건 훌륭한 작전이고, 그녀의 의혹은 그저 여인의 두려움인지도 몰랐다. 네드가 여기 있다면 좋으련만. 브린덴 숙부라도 있다면, 아니면……. "아버지께는 여쭤봤니?"

"아버지는 전략을 가늠할 상태가 아니야. 이틀 전에는 누나를 브랜던 스타크와 결혼시킬 계획을 짜고 계셨다고! 내 말이 믿기지 않으면 직접 가서 봐. 이 작전은 성공할 거야, 캣. 두고 봐."

"그랬으면 좋겠다, 에드무어. 정말로 그래." 그녀는 진심이라는 사실을 알리기 위해 동생의 뺨에 입을 맞춘 후, 아버지를 찾아갔다.

호스터 툴리 공은 그녀가 떠났을 때와 마찬가지였다. 창백하고 축축한 피부에 초췌한 모습으로 침대에 누워 있었다. 방 안에서는 병자의 냄새가 났다. 퀴퀴한 땀 냄새와 약 냄새가 반반 섞인 역겨운 냄새. 캐틀린이 침대 커튼을 젖히자 아버지는 낮게 신음하며 파르르 눈꺼풀을 열었다. 그는 캐틀린이 누구이고 무엇을 원하는지 이해할 수 없다는 듯한 눈으로 그녀를 응시했다.

"아버지." 그녀는 아버지에게 입을 맞췄다. "저 돌아왔어요."

그제야 그녀를 알아보는 것 같았다. "네가 왔구나." 그는 입술을 거의 움직이지 않고 희미하게 속삭였다.

"네. 롭이 절 남쪽으로 보냈는데, 서둘러 돌아왔어요."

"남쪽…… 어디…… 이어리가 남쪽이더냐? 기억이 나지 않는구나……. 아, 사랑하는 딸아, 난 두려웠다……. 날 용서해주겠니?" 그의 뺨에 눈물이 흘러내렸다.

"용서해야 할 일은 아무것도 하지 않으셨어요, 아버지." 캐틀린은 축 늘어진 흰머리를 쓰다듬고 이마를 만졌다. 학사가 물약을 퍼부었는데도 그의 몸속에서는 아직 열이 타올랐다.

"그게 최선이었단다." 아버지가 속삭였다. "존은 훌륭한 남자야. 훌륭하고…… 강하고, 친절하고…… 널 돌봐줄 거다. 잘 돌봐줄 거야……. 집안도 좋고. 내 말 들어라. 그래야 해. 난 네 아버지야…… 네 아버지……. 캣이 결혼할 때 너도 결혼하는 거다. 알겠지……."

'내가 라이사인 줄 아시는구나.' 캐틀린은 깨달았다. '맙소사, 우리가 아직 결혼하지 않은 것처럼 말씀하셔.'

아버지의 두 손이 겁에 질린 하얀 새 두 마리처럼 떨면서 그녀의 손을 잡았다. "그 애송이는…… 그 비열한 녀석은…… 그 이름은 말하지도 말아라. 네 의무가…… 네 어머니가……." 호스터 공은 통증이 몸을 휩쓸자 비명을 질렀다. "아, 신들이여 용서하소서. 용서하소서. 용서해…… 내 약을……."

다음 순간 바이먼 학사가 나타나서 그 입가에 잔을 갖다 댔다. 호스터 공은 아기가 젖을 빨듯이 열심히 그 걸쭉한 흰 약을 마셨고, 캐틀린은 다시 한 번 그 얼굴에 평온이 내려앉는 모습을 볼 수 있었다. "이제 주무실 겁니다." 잔이 비자 학사가 말했다. 양귀비즙이 아버지의 입가에 걸쭉한 흰색 막을 남겨놓았다. 바이먼 학사는 소매로 그 자국을 닦아냈다.

캐틀린은 도저히 더 볼 수가 없었다. 호스터 툴리는 강하고 긍지 높은 남자였다. 그런 남자가 이렇게 작아진 모습을 보니 마음이 아팠다. 그녀는 테라스로 나갔다. 아래 안마당은 피난민들로 가득해서 시끄럽고 혼란스러웠지만, 성벽 너머 강물은 깨끗하고 순수하고 끝없이 흘러갔다. 그것은 아버지의 강이었고, 곧 그 강에 마지막 항해를 하러 돌아갈 터였다.

바이먼 학사가 뒤따라 나와서 조용히 말했다. "저도 끝을 오래 저지할 수 없습니다. 기수를 보내어 동생분을 불러와야 합니다. 브린덴 경은 여기에 있고 싶어 하실 거예요."

"그래요." 캐틀린은 슬픔이 짙게 어린 목소리로 말했다.

"그리고 라이사 부인도 불러야겠지요?"

"라이사는 오지 않을 거예요."

"직접 편지를 쓰신다면 그래도……."

"그리 원한다면 종이에 몇 마디 적어보지요." 그녀는 라이사의 '비열한 녀석'이 누구였을까 생각했다. 아무래도 젊은 종자나 방랑기사였을까……. 호스터 공이 그렇게 격하게 반대한 것으로 보아 상인의 아들이거나 천출 견습, 어쩌면 가수였을지도 몰랐다. 라이사는 언제나 가수들을 지나치게 좋아했었다. '나무랄 수는 없지. 존 아린은 우리 아버지보다도 20살이나 나이가 많았어. 아무리 고귀한 혈통이라 해도.'

동생이 캐틀린에게 배정해준 탑은 그녀와 라이사가 처녀 시절 같이 쓰던 바로 그 탑이었다. 벽난로에 따뜻하게 불을 지피고 깃털 침대에서 자면 기분이 좋아지리라. 쉬고 나면 세상이 조금은 덜 황량해 보이리라.

그러나 거처 바깥에서는 유세리데스 웨인이 회색 옷을 입고 얼굴에 두건을 눌러서서 눈만 드러낸 두 여인과 함께 그녀를 기다리고 있었다. 캐틀린은 즉시 그들이 여기에 있는 이유를 알았다. "네드인가?"

침묵의 자매들은 시선을 내리깔았고, 유세리데스가 답했다. "클레오스경이 킹스랜딩에서 모셔왔습니다."

"그이에게 데려다주게." 그녀는 명했다.

그들은 네드를 가대 탁자에 올려놓고, 회색 다이어울프가 그려진 스타크 가문의 하얀 깃발로 덮어두었다. "그이를 봐야겠네." 캐틀린이 말했다.

"뼈밖에 남지 않았습니다."

"그이를 봐야겠어." 그녀는 되풀이해 말했다.

침묵의 자매 하나가 깃발을 젖혔다.

'뼈로구나. 이건 네드가 아니야. 내가 사랑한 남자, 내 자식들의 아버지가 아니야.' 그는 두 손을 가슴 위에서 맞잡고, 뼈다귀만 남은 손가락으로 장검 손잡이를 쥐고 있었다. 그러나 그것은 강하고 생명력 넘치던 네드의 손이 아니었다. 그들은 뼈에 네드의 전포를, 심장 부근에 다이어울프가 수놓인 질 좋은 하얀 벨벳 전포를 입혀놓았지만, 수많은 밤 캐틀린을 안아주던 두 팔은, 그녀가 머리를 기대었던 따뜻한 살은 간 데 없었다. 머리통은 은사로 몸과 연결해두었지만, 머리뼈란 다 비슷해 보이는 법이었고 그 텅 빈 눈구멍에서는 남편의 진회색 눈, 안개처럼 부드럽기도 하고 돌처럼 단단하기도 했던 그 눈동자의 자취도 찾을 수 없었다. '놈들은 그이의 눈을 까마귀에게 줬어.' 그녀는 되새겼다.

캐틀린은 몸을 돌렸다. "이건 그이의 검이 아니야."

"'얼음'은 돌아오지 않았습니다. 에다드 공의 뼈만 왔지요." 유세리데스가 말했다.

"그나마도 왕대비에게 고마워해야겠지."

"꼬마 악마가 한 일입니다."

'언젠가는 그들 모두에게 고마움을 표하리라.' "자매들의 봉사에 감사하네. 하지만 다른 일을 또 맡겨야겠네. 에다드 공은 스타크였고, 그이의 뼈는 다른 스타크와 함께 윈터펠 아래에서 쉬어야 해." '그이의 조각상을 만들겠지. 꼭 닮은 돌이 발치에는 다이어울프를 거느리고 무릎에는 검을 올린 채 어둠 속에 앉겠지.' "자매들에게 새 말을 내어드리고, 여정에 필요한 것은 뭐든 챙겨주게." 그녀는 유세리데스 웨인에게 말했다. "할 몰렌이 윈터펠까지 호위해 갈 거야. 위병대장으로서 그 사람이 할 일이니." 그녀는 자신의 남편이자 사랑에게 남은 전부인 뼈를 내려다보았다. "이제 다들 가보게. 오늘 밤에는 네드와 혼자 있겠네."

회색 옷을 입은 여인들이 고개를 숙였다. 캐틀린은 흐릿한 기억을 떠올렸다. '침묵의 자매들은 산 사람에게 말을 하지 않지만, 죽은 사람과는 말할 수 있다고도 하지.' 그렇다면 얼마나 부러운지…….

대너리스

휘장은 거리의 먼지와 열기를 막아주었으나, 실망을 막아주지는 못했다. 대니는 바다같이 주위를 둘러싼 콰스인들의 시선을 피하게 된 데 기뻐하며, 지친 몸으로 가마에 올랐다. "길을 비켜라." 조고가 말등에서 채찍을 휘두르며 군중들에게 외쳤다. "길을 비켜라. 드래곤의 어머니께 길을 비켜라."

자로 쇼안 닥소스는 시원한 새틴 쿠션에 기대어 누워서 옥과 금으로 만든 와인 잔 두 개에 루비처럼 빨간 와인을 부었다. 가마가 흔들리는데도 그의 손길은 안정적이고 흔들림이 없었다. "얼굴에 적힌 깊은 슬픔이 보이는군요, 빛나는 사랑이여." 그는 대니에게 잔을 하나 내밀었다. "꿈을 잃어버린 슬픔일 수도 있을까요?"

"꿈이 지연됐을 뿐이오." 목에 딱 맞는 은목걸이가 피부를 쓸었다. 그녀는 목걸이를 풀어서 옆으로 던졌다. 그 목걸이에는 자로가 모든 독으로부터 보호해줄 거라 장담한 주문이 걸린 자수정이 박혀 있었다. '순혈자(Pureborn)'들은 위험하다 여기는 자들에게 독이 든 와인을 내밀기로 악명이 높았으나, 대니에게는 물 한 잔도 주지 않았다. '날 여왕으로 보지도 않았어.' 대니는 쓰게 생각했다. '난 그저 오후의 여흥에 지나지 않았어. 재

미있는 애완동물을 데리고 다니는 기마족 소녀였지.'

　라에갈이 쉭 소리를 내더니 와인을 받으려고 한 손을 뻗는 대니의 맨어깨에 날카로운 검은 발톱을 박았다. 대니는 움찔하며 라에갈이 그녀의 피부가 아니라 가운을 할퀴게끔 반대쪽 어깨로 옮겼다. 그녀는 콰스인의 유행에 따라 입고 있었다. 자로가 옥좌인(Enthroned)들은 결코 도트락인의 말에 귀 기울이지 않을 거라 경고했기에, 그녀는 일부러 한쪽 가슴이 드러난 하늘거리는 녹색 새마이트 가운을 입고 발에는 은도금한 샌들을 신고 허리에는 검은색과 흰색 진주를 엮은 허리띠를 매고 그들 앞에 나섰다. '도움을 주기만 한다면 벌거벗고라도 갈 수 있었어. 어쩌면 그래야 했는지도 모르겠군.' 대니는 와인을 쭉 들이켰다.

　콰스의 고대 남녀 왕들의 후손인 순혈자는 시민 위병대와 두 바다 사이 해협을 지배하는 화려한 갤리선단을 지휘했다. 대너리스 타르가르옌은 바로 그 선단을, 혹은 그 일부를 원했고 병사들도 손에 넣고 싶었다. 그녀는 '기억의 사원'에 전통적인 희생 제물을 바치고, '긴 목록의 관리자'에게 전통적인 뇌물을 제공했으며, '문을 여는 자'에게 전통에 따라 감을 보내고 나서야 마침내 '천 개 옥좌의 전당'으로 불러들이는 전통의 파란 비단 슬리퍼를 받았다.

　순혈자들은 대리석 바닥에서부터 콰스의 사라진 영광이 그려진 높은 돔 지붕을 향해 올라가는 곡선 계단 위에 놓인 조상들의 거대한 나무 의자에서 그녀의 청원을 들었다. 금세공이 반짝이고 호박, 줄마노, 청금석, 비취가 박힌 환상적인 조각 작품인 그 거대한 의자들은 모두가 서로 달랐고, 어느 것이 가장 놀라운 작품인지 우열을 가릴 수 없었다. 그러나 그 의자에 앉은 남자들은 어찌나 무관심하고 염세적인지 잠든 것처럼 보일 지경이었다. '그자들은 내 말을 듣기는 했으되 귀 기울이지도, 신경 쓰지도 않았어. 정말로 우유인이었어. 애초에 날 도와줄 마음이 없었어. 그저 호기심 때문에 왔을 뿐이야. 그자들은 지루했기 때문에 왔고, 나보다 내 어깨에 앉은 드래곤에 더 흥미를 느꼈어.'

"순혈자들이 뭐라고 했는지 말해보십시오." 자로 쇼안 닥소스가 말했다. "무슨 말을 했기에 제 마음의 여왕을 슬프게 했는지 말해주세요."

"안 된다고 했소." 와인에서 석류와 뜨거운 여름날의 맛이 났다. "굉장히 예의를 갖춰 말하기는 했지만, 온갖 미사여구를 걷어내고 나면 여전히 안 된다는 말이었어."

"듣기 좋은 말로 순혈자들을 치켜세우셨습니까?"

"부끄러운 줄 모르고 그랬지."

"울기도 하셨고요?"

"드래곤의 핏줄은 울지 않소." 대니는 성마르게 말했다.

자로는 한숨을 내쉬었다. "우셨어야 합니다." 콰스인들은 자주, 쉽게 울었다. 그것이 문명인의 특징이라 여겼다. "우리가 매수한 자들은 뭐라고 했습니까?"

"마토스는 아무 말도 하지 않았소. 웬델로는 내 말솜씨를 칭찬했지. 멋쟁이는 나머지와 함께 내 청을 거절했으나, 그 후에 울더이다."

"아아, 콰스인이 이토록 신의가 없다니." 자로 본인은 순혈자가 아니었으나, 누구에게 뇌물을 주고 얼마를 제안할지 일러준 터였다. "인간의 배신에 눈물 흘리리."

대니는 그보다는 금 때문에 울고 싶었다. 그녀가 마토스 말라라완, 웬델로 콰 디스, 그리고 멋쟁이 에곤 에메로스에게 준 뇌물이면 배를 한 척 사거나 용병 한 무리를 고용할 수 있었다. "조라 경을 보내어 내 선물을 돌려달라 요구한다면?" 그녀가 물었다.

"어느 날 밤 '비탄자(Sorrowful Man)'가 제 궁에 와서 잠든 여왕님을 죽이겠지요." 자로가 대답했다. 비탄자는 신성한 고대 암살자 길드로, 언제나 희생자를 죽이기 전에 "정말 미안합니다"라고 속삭인다 해서 그런 이름이 붙었다. 콰스인들은 정중함 빼면 시체였다. "순혈자에게서 금을 얻어내기보다는 파로스의 돌 암소에게서 젖을 짜기가 더 쉽다는 말이 있지요."

파로스가 어디인지 몰랐지만, 대니가 보기에는 콰스에도 돌 암소가 가득했다. 바다 사이 무역으로 엄청난 부를 쌓은 상인 왕자들은 질투에 찬 세 파벌로 나뉘어 있었다. 오래된 향신료상 길드, 전기석 형제단, 그리고 자로 쇼안 닥소스가 속한 13인회였다. 각각이 다른 파벌을 지배하려 경쟁했고, 셋 모두 순혈자들에게 끝없이 도전했다. 그리고 모습은 잘 드러내지 않되 가장 두려움을 사는 파란 입술과 무서운 힘의 흑마법사들이 그 모두를 굽어보았다.

자로가 없었다면 어찌할 바를 몰랐을 것이다. 그녀가 '천 개 옥좌의 전당' 문을 열기 위해 허비한 금은 대부분 그 상인의 관대함과 눈치의 산물이었다. 살아 있는 드래곤이 있다는 소문이 동부에 퍼져 나가자 그 이야기가 사실인지 알아보려는 사람이 계속 찾아왔다. 그리고 자로 쇼안 닥소스는 그런 사람들이 고하를 막론하고 드래곤의 어머니에게 얼마라도 선물을 바치도록 했다.

그가 시작한 작은 흐름은 곧 홍수가 되었다. 카라반 대장들은 미르에서 레이스를, 이-티에서 사프란 궤짝을, 아사이에서 호박과 드래곤 유리를 가져왔다. 상인들은 돈주머니를, 은세공 장인은 반지와 은사슬을 내밀었다. 피리 연주자들은 그녀를 위해 피리를 불었고, 재주꾼들은 재주를 넘고, 곡예사들은 곡예를 벌였으며, 염색가들은 존재하는지조차 몰랐던 색색을 씌워주었다. 조고스 나이에서 온 두 명은 사나운 흑백 줄무늬 말을 한 마리 선물했다. 과부 하나는 바싹 마른 남편의 시신에 은도금한 잎사귀들을 덮어서 가져왔다. 그런 시신은 엄청난 힘을 갖는다고 여겨졌고, 특히 죽은 사람이 주술사일 때 더 그랬는데 마침 이 경우가 그랬다. 그리고 전기석 형제단은 그녀에게 머리가 셋 달린 드래곤 형상의 왕관을 씌워주었다. 똬리는 노란 금이었고, 날개는 은이었으며, 머리는 비취와 상아와 줄마노로 조각했다.

공물 중에서 그녀가 간직한 물건은 그 왕관 하나였다. 나머지는 팔았고, 그렇게 모은 재산을 순혈자들에게 낭비해버렸다. 자로는 그 왕관도 팔고자 했다. 그는 13인회에서 그녀에게 훨씬 더 훌륭한 왕관을 마련해줄 거라 맹세했다. 그러나 대니가 그러지 못하게 했다. "비세리스가 내 어머니의 왕관을 팔아버린 후에 사람들은 오빠를 거지라 불렀지. 사람들이 나를 여왕이라 부르도록 이 왕관은 간직하겠소." 그리고 대니는 그렇게 했다. 왕관의 무게에 목이 아프기는 했지만.

'하지만 왕관을 썼다 해도 난 여전히 거지야. 세상에서 가장 화려한 거지겠지만, 그래봐야 거지야.' 대니는 그 사실이 싫었다. 아마 비세리스 오빠도 그랬으리라. '찬탈자의 자객에게 쫓기며 도시에서 도시로 도망치고, 집정관과 대공과 마지스터들에게 도움을 청하고, 감언으로 음식을 사던 그 모든 세월. 오빠는 그자들이 자기를 어떻게 비웃는지 분명 알고 있었겠지. 그렇게 분노와 억울함에 사로잡힌 사람이 된 것도 당연해. 결국에는 그 덕분에 미쳐버렸고. 이대로 가면 나도 마찬가지가 될 거야.' 한편으로는 백성들을 이끌고 바에스 톨로로에 돌아가서 그 죽은 도시를 꽃피우고 싶은 마음 간절했다. '아니, 그건 패배야. 나에겐 비세리스에게 없었던 게 있어. 나에겐 드래곤들이 있어. 드래곤들이 있으니 완전히 달라.'

그녀는 라에갈을 쓰다듬었다. 녹색 드래곤은 그녀의 손을 세게 깨물었다. 밖에서는 거대한 도시가 중얼거리고 윙윙거리고 끓어오르며, 수많은 목소리가 뒤섞여서 큰 파도 소리 같은 낮은 음조를 이루었다. "길을 비켜라, 우유인들아. 드래곤의 어머니께 길을 비켜라." 조고가 외치자 콰스인들이 옆으로 비켜섰지만, 아마 그의 목소리보다는 황소 때문일 터였다. 대니는 흔들리는 휘장 사이로 회색 준마를 타고 가는 조고의 모습을 언뜻 보았다. 그는 가끔 한 번씩 대니가 준 은제 손잡이의 채찍으로 황소를 때렸다. 아고는 반대쪽을 지켰고, 라카로는 행렬 뒤에서 따라오면서 혹시 위험한 징후가 있나 군중들의 얼굴을 살폈다. 조라 경은 오늘 다른 드래곤 두 마리를 지키도록 뒤에 남겨두고 왔다. 망명 기사는 처음부터 이 바보짓에 반대했었다. '조라는 모두를 수상하게 여기지. 그럴 만한지도 몰라.'

대니가 와인을 마시려고 잔을 들어 올리자 라에갈이 냄새를 맡더니 쉭 소리를 내며 머리를 뒤로 뺐다. "여왕님의 드래곤은 코가 좋군요." 자로가 입술을 닦았다. "이 와인은 평범하지요. 비취해 너머에서는 너무나 훌륭해서 한 모금 마시면 다른 모든 와인이 식초 맛으로 느껴지는 금빛 빈티지를 만든다는군요. 우리 둘이서 유람선을 타고 그 와인을 찾으러 갑시다."

"세상에서 제일가는 와인을 만드는 곳은 아버요." 대니는 그렇게 선언했다. 레드와인 공은 그녀의 아버지를 위해 찬탈자와 싸웠다. 마지막까지 진실하게 남은 몇 명 중 하나였다. '나를 위해서도 싸울까?' 이렇게 오랜 세월이 흐른 후에는 확신할 수 없었다. "나와 함께 아버에 갑시다, 자로. 그러면 이제까지 맛보지 못한 훌륭한 빈티지 와인을 얻게 될 거요. 하지만 우린 유람선이 아니라 전함을 타고 가야 해요."

"제겐 전함이 없습니다. 전쟁은 무역에 좋지 않거든요. 여러 번 말씀드렸다시피 자로 쇼안 닥소스는 평화를 좇는 남자랍니다."

'자로 쇼안 닥소스는 금을 좇는 남자고, 금이 있으면 나에게 필요한 모든 배와 검을 살 수 있지.' 대니는 생각했다. "그대에게 검을 들라 청한 적은 없소. 그대의 배만 빌려줘요."

그는 공손히 미소를 지었다. "무역선이라면 제가 몇 척 가지고 있기는 하지요. 몇 척인지야 누가 알겠습니까? 바로 지금도 한 척이 여름해(海)의 어느 폭풍 속에서 가라앉고 있을지 모르는데요. 내일이면 또 한 척이 해적을 만날 테고요. 그다음 날에는 제 선장 하나가 선창에 든 재산을 보고 이게 다 내 것이어야 한다고 생각할지 몰라요. 그게 무역의 위험이지요. 그러니 우리의 대화가 길어지면 길어질수록 제가 가진 배는 더 줄어들 가능성이 높군요. 저는 매 순간 더 가난해지고 있답니다."

"내게 배를 빌려주면 다시 부유하게 만들어주겠소."

"저와 결혼해서 제 심장이라는 배를 몰아주시지요, 눈부신 빛이여. 당신의 아름다움을 생각하느라 밤에 잠을 이루지 못한답니다."

대니는 미소 지었다. 자로가 격정을 한껏 토로하는 것은 즐거웠지만, 그의 태도는 말과 맞지 않았다. 조라 경은 가마에 오르는 그녀를 부축하면서 드러난 가슴에서 눈을 떼지 못했던 반면, 자로는 이렇게 가까이 앉아서도 그녀의 가슴이 보이지도 않는 듯 굴었다. 그리고 그녀는 이 상인 왕자를 둘러싸고, 비단 조각을 걸치고 그의 궁전 복도를 돌아다니는 아름다운 소년들을 본 바 있었다. "말은 향기로우나, 자로, 그대의 말 속에서 또 다른 거절이 들리는구려."

"여왕님이 말하는 철왕좌는 괴물처럼 차갑고 딱딱할 것 같은데요. 삐죽삐죽 튀어나온 가시철사가 당신의 사랑스러운 살결을 벤다는 생각만 해도 참을 수가 없군요." 자로는 코에 박힌 보석 때문에 묘하게 반짝이는 새 같아 보이기도 했다. 그는 길고 섬세한 손가락을 내저었다. "이 도시를 당신의 왕국으로 삼아 더없이 아름다운 여왕이 되시고, 이 몸을 당신의 부군으로 삼으시지요. 원하신다면 금으로 만든 왕좌를 바치겠나이다. 콰스가 시시해지면 이−티를 돌며 여행을 하고 시에 나오는 꿈 같은 도시들을 찾으며, 죽은 자의 두개골에서 지혜의 와인을 마실 수 있으리니."

"나는 웨스테로스로 항해해 가서 찬탈자의 두개골로 복수의 와인을 마실 생각이오." 그녀가 라에갈의 한쪽 눈 아래를 긁어주자 드래곤은 비췻빛 날개를 잠시 펼치고 가마 안의 고요한 공기를 휘저었다.

자로 쇼안 닥소스의 뺨에 완벽한 눈물 한 줄기가 흘렀다. "아무것도 이 미친 짓으로부터 당신의 마음을 돌릴 수 없겠습니까?"

"아무것도." 그녀는 자신에게 지금 말하는 것만큼 확신이 있었으면 좋 겠다는 생각을 하며 말했다. "13인회 각각이 배를 열 척씩만 빌려줘도—"

"그러면 130척의 배에, 그 배를 몰 선원은 하나도 없겠지요. 당신의 대 의는 콰스의 보통 사람들에게 아무 의미가 없습니다. 왜 제 선원들이 세상 끝에 있는 어느 왕국의 왕좌에 누가 앉을지 신경 써야 합니까?"

"내가 신경 쓸 돈을 지불할 거요."

"어떤 돈으로 말입니까, 내 천상의 아리따운 별이여?"

"나를 찾는 이들이 가져오는 금으로."

"그리 하실 수도 있겠지요." 자로는 인정했다. "그러나 그토록 신경을 많 이 쓰자면 비용이 상당히 들 겁니다. 그러자면 저보다 더 많이 지불해야 할 거예요. 온 콰스가 제 터무니없는 관대함을 비웃는데 말입니다."

"13인회가 날 돕지 않는다면, 향신료 길드나 전기석 형제단에게 물어보 아야겠소?"

자로는 나른하게 어깨를 으쓱였다. "그자들은 아첨과 거짓말밖에 주지 않을 겁니다. 향신료상들은 위선자에 허풍쟁이들이고 형제단에는 해적이 가득하지요."

"그렇다면 피아트 프리에게 주의를 돌려 흑마법사들을 찾아야겠구려."

상인 왕자는 몸을 홱 일으켜 앉았다. "피아트 프리는 입술이 파랗고, 파 란 입술은 오직 거짓말만 한다는 말이 사실입니다. 당신을 사랑하는 이의 지혜에 주의를 기울이세요. 흑마법사들이란 먼지를 먹고 그림자를 마시 는 지독한 족속이랍니다. 당신에게 아무것도 주지 않을 겁니다. 줄 게 없 으니까요."

"내 친구 자로 쇼안 닥소스가 내가 청하는 바를 들어준다면 주술사의 도움을 구할 필요도 없겠지."

"저는 당신께 제 집과 심장을 드렸습니다. 그게 아무 의미도 없단 말입니까? 당신께 향수와 석류, 재주넘는 원숭이와 독침을 뱉는 뱀, 잃어버린 발리리아에서 나온 두루마리, 우상의 머리통과 큰 뱀의 발을 드렸습니다. 상아와 금으로 만든 이 가마를 드렸고, 이 가마를 끌 거세한 황소 두 마리도 드렸지요. 한 마리는 상아처럼 희고, 또 한 마리는 흑옥처럼 검으며, 뿔에는 보석을 아로새긴 놈들로 말입니다."

"그랬지요. 하나 내가 원하는 건 배와 병사들이오."

"제가 군대를 하나 드리지 않았습니까, 사랑스럽고도 사랑스러운 여인이여. 반짝이는 갑옷을 걸친 기사 천 명을 드렸지요."

은과 금으로 만든 갑옷을 입고, 비취와 녹주석과 줄마노와 전기석, 호박과 오팔과 자수정으로 만들어진 그 기사들은 대니의 새끼손가락만 했다. "아름다운 기사 천 명이지만, 내 적들이 두려워할 기사는 아니오. 그리고 저 황소들은 나를 태우고 바다를 건널 수 없지요. 나는— 왜 멈추는 거지?" 황소가 속도를 뚜렷이 늦추고 있었다.

"칼리시." 가마가 갑자기 멈춰 서는 가운데 아고가 휘장 너머에서 외쳤다. 대니는 한쪽 팔꿈치를 대고 바깥쪽으로 몸을 내밀었다. 그들은 시장 가장자리에 있었는데, 앞쪽에 사람들이 단단한 벽을 이루어 길을 막고 있었다. "저들이 무엇을 보고 있는 거지?"

조고가 말을 몰아 돌아왔다. "화염술사입니다, 칼리시."

"보고 싶구나."

"그렇다면 보셔야지요." 조고는 한 손을 아래로 내밀었다. 대니가 그 손을 잡자 그는 대니를 말 위로 끌어 올려, 군중 너머를 볼 수 있게 자기 앞에 앉혔다. 화염술사는 허공에 사다리를 만들어놓았다. 소용돌이치는 불길로 이루어져 탁탁 소리를 내는 오렌지색 사다리가 시장 바닥에서부터 높은 격자 지붕을 향해 지지대도 없이 뻗어 올라갔다.

그녀는 구경꾼들 대부분이 이 도시 사람이 아니라는 점을 알아차렸다. 무역선에서 내린 선원들, 카라반을 통해 들른 상인들, 붉은 황야에서 온 먼지투성이 사내들, 떠돌이 군인과 장인과 노예상들. 조고가 그녀의 허리에 한 손을 두르고 몸을 가까이 기울였다. "우유인들은 저자를 꺼립니다. 칼리시, 저기 펠트 모자를 쓴 여자가 보이십니까? 저기, 뚱뚱한 사제 뒤에요. 저 여자는——"

"소매치기로군." 대니가 말을 맺었다. 그녀는 그런 일도 알아보지 못할 만큼 애지중지 큰 숙녀가 아니었다. 오빠와 함께 찬탈자의 자객들을 피해 다니며 보낸 세월 동안 자유도시들의 거리에서 소매치기라면 수없이 보았다.

화염술사는 두 팔을 크게 휘저으며 화염을 높이, 더 높이 추켜올렸다. 구경꾼들이 위쪽으로 목을 길게 빼는 사이 소매치기들은 손바닥에 작은 칼날을 감추고 군중 사이를 꼼지락거리며 돌아다녔다. 그들은 다른 사람들과 마찬가지로 위쪽을 손가락질하면서 반대쪽 손으로는 넘치는 돈을 슬쩍했다.

불 사다리가 12미터에 이르자 화염술사는 앞으로 펄쩍 뛰어 사다리를 오르기 시작했다. 그는 원숭이처럼 잽싸게 손을 놀리며 빠른 속도로 올라갔다. 그가 한 단 위로 올라갈 때마다 아래쪽 사다리는 은빛 연기 자락만 남기고 흩어졌다. 화염술사가 꼭대기에 이르자 사다리는 사라졌고, 술사도 사라졌다.

"좋은 속임수다." 조고가 감탄하며 말했다.

"속임수가 아니오." 어떤 여자가 공용어로 말했다.

대니는 군중 사이에 그 여자가 있는 줄도 몰랐는데, 퀘이트가 잔혹한 붉은 칠 가면 뒤에서 두 눈을 촉촉하게 빛내고 있었다. "무슨 뜻인가?"

"반년 전에 저 남자는 드래곤 유리에서 불을 깨우지도 못했습니다. 화약과 와일드파이어를 다루는 잔재주가 있었고, 소매치기들이 일하는 동안 군중을 현혹하기에는 그 정도로 충분했지요. 저 남자는 뜨거운 석탄 위를 걷고 허공에 불타는 장미를 피울 수 있었지만, 불 사다리를 오르는 것은 꿈도 꾸지 않았습니다. 평범한 어부가 그물로 크라켄을 잡길 기대하지 않는 것과 마찬가지였지요."

대니는 불편한 마음으로 사다리가 서 있던 자리를 보았다. 이제는 연기도 사라졌고, 군중들은 각자 할 일을 하러 흩어지고 있었다. 곧 몇 명은 지갑이 납작하게 비어버렸음을 알게 되리라. "그런데 지금은?"

"그런데 지금은 힘이 강해졌지요, 칼리시. 그리고 그건 칼리시 때문입니다."

"나?" 그녀는 웃었다. "어찌 그럴 수가 있지?"

퀘이트는 다가서서 대니의 손목에 두 손가락을 댔다. "당신은 드래곤의 어머니입니다. 그렇지 않습니까?"

"그러하다. 그리고 그림자 족속은 이분을 건드릴 수 없다." 조고가 채찍 손잡이로 퀘이트의 손가락을 털어냈다.

그림자술사는 한 걸음 물러섰다. "곧 이 도시를 떠나셔야 합니다, 대너리스 타르가르엔. 그리하지 않으면 결코 떠나지 못하시게 될 겁니다."

퀘이트와 닿은 손목이 아직도 따끔거렸다. "어디로 가라는 건가?" 대니는 물었다.

"북쪽으로 가려면 남쪽으로 여행해야 합니다. 서쪽에 이르려면 동쪽으로 가야 합니다. 앞으로 나아가려면 돌아가야 하고, 빛을 만지려면 그림자 아래를 지나야 합니다."

'아사이인가. 아사이로 가라는 건가.' 대니는 생각했다. "아사이가 나에게 군대를 줄까? 아사이에 내 것이 될 금이 있을까? 배가 있을까? 아사이에 내가 콰스에서 찾지 못할 게 무엇이 있지?"

"진실." 가면을 쓴 여자가 대답했다. 그리고 그녀는 절을 하고 군중 사이로 사라졌다.

라카로는 축 늘어진 검은 콧수염 사이로 경멸 어린 콧방귀를 뀌었다. "칼리시, 태양 아래 얼굴을 보이지도 못하는 그림자 족속을 믿느니 전갈을 삼키는 게 낫습니다. 잘 알려진 사실입니다."

"알려진 사실이지요." 아고가 맞장구를 쳤다.

자로 쇼안 닥소스는 쿠션에 기대앉은 채 모든 대화를 지켜보고 있었다. 대니가 다시 가마 안으로 돌아가자 그는 말했다. "여왕님의 야만족은 생각보다 더 현명하군요. 아사이의 진실 같은 것은 당신에게 미소를 가져다주지 않을 겁니다." 그러더니 그는 대니에게 와인을 한 잔 더 내밀고, 저택으로 돌아가는 내내 사랑과 애욕과 다른 사소한 것들에 대해 읊조렸다.

조용한 거처로 돌아간 대니는 화려한 옷을 벗고 느슨한 자주색 비단 로브를 걸쳤다. 드래곤들이 굶주려 있었기에 그녀는 뱀을 하나 잘라서 화로에 구웠다. '성장하고 있구나.' 그녀는 드래곤들이 까맣게 구워진 고기를 물고 싸우는 모습을 보다가 깨달았다. 이제는 바에스 톨로로 시절보다 두 배는 무게가 나갈 터였다. 그렇다 해도 전쟁에 나갈 정도로 커지려면 몇 년은 있어야 했다. '그리고 훈련을 잘해야지. 안 그랬다간 내 왕국을 황무지로 만들어버릴 거야.' 타르가르엔 핏줄이라곤 해도 대니는 드래곤을 어떻게 훈련하는지에 대해 아는 바가 없었다.

해가 질 무렵 조라 모르몬트가 왔다. "순혈자들이 거절했습니까?"

"경이 말한 대로요. 이리 와 앉아서 조언을 해주시오." 대니는 조라를 옆자리 쿠션에 끌어다 앉혔고, 지키가 자주색 올리브와 와인에 절인 양파 그릇을 가져왔다.

"이 도시에서는 아무 도움도 얻지 못하십니다, 칼리시." 조라 경은 엄지와 검지로 양파를 하나 집었다. "날이 가면 갈수록 확신이 더해갑니다. 순혈자들은 콰스의 벽 너머를 보지 않고, 자로는⋯⋯."

"또 나보고 결혼하자 청하더군."

"그래요, 그리고 전 이유를 압니다." 기사가 얼굴을 찌푸리자 깊이 팬 눈 위에서 두꺼운 검은 눈썹이 한데 모였다.

"낮이고 밤이고 나를 꿈꾸기 때문이라지." 그녀는 소리 내어 웃었다.

"용서하십시오, 여왕님. 그자가 꿈꾸는 건 여왕님의 드래곤입니다."

"자로는 콰스에서는 남자든 여자든 혼인 후에 자기 재산을 계속 유지한 다고 보장했소. 드래곤들은 나의 것이야." 그녀는 드로곤이 날갯짓을 하며 폴짝폴짝 대리석 바닥을 가로질러서 옆 쿠션에 기어오르자 미소를 지었다.

"그것 자체는 진실입니다만, 한 가지 언급하지 않았군요. 콰스인들에게 는 진기한 결혼 관습이 있습니다, 여왕님. 결합하는 날 아내는 남편에게 사랑의 징표를 청할 수 있습니다. 아내가 남편의 재산 중에 무엇을 원하든 내어줘야 합니다. 그리고 남편도 아내에게 똑같이 청할 수 있습니다. 단 하나뿐이지만, 무엇을 말하든 거부할 수는 없습니다."

"단 한 가지라." 대니는 그 말을 되뇌었다. "그리고 거부할 수가 없다?"

"드래곤 한 마리면 자로 쇼안 닥소스는 이 도시를 지배하겠지만, 배 한 척으로는 우리의 목적에 큰 도움이 되지 않습니다."

대니는 양파를 야금거리며 인간의 신의 없음을 서글프게 생각했다. "'천 개 옥좌의 전당'에서 돌아오는 길에 바자르를 통과했소. 퀘이트가 거 기 있었지." 그녀는 화염술사와 그의 불 사다리에 대해, 그리고 붉은 가면 을 쓴 여자가 한 말에 대해 이야기했다.

"솔직히 저는 이 도시를 떠난다면 기쁘겠습니다." 기사는 이야기가 끝 나자 말했다. "하지만 아사이로 가는 건 반대입니다."

"그렇다면 어디로?"

"동쪽으로 가야지요."

"이미 내 왕국과 이곳 사이에 세상 절반을 두었소. 동쪽으로 더 간다면 웨스테로스로 돌아갈 길을 찾지 못할지도 몰라."

"서쪽으로 간다면 생명이 위태로워집니다."

"타르가르엔 가문은 자유도시들에 친구를 두었소." 그녀는 그에게 상기시켰다. "자로나 순혈자들보다 진실한 친구들이지."

"일리리오 모파티스 말씀이시라면, 저는 잘 모르겠습니다. 충분한 금을 내밀면 일리리오는 노예를 팔듯 잽싸게 여왕님을 팔 겁니다."

"오빠와 나는 일리리오의 저택에 반년 동안 손님으로 있었어. 우리를 팔 생각이었다면 그때 할 수 있었지."

"실제로 팔았습니다. 칼 드로고에게요."

대니는 얼굴을 붉혔다. 그 지적은 사실이었으나, 조라의 신랄한 말투가 마음에 들지 않았다. "일리리오는 우리를 찬탈자의 자객들로부터 지켰고, 내 오빠의 대의를 믿었어."

"일리리오는 일리리오 자신 외에 어떤 대의도 믿지 않습니다. 대식가들이란 탐욕스러운 법이고, 마지스터들은 정직할 수가 없지요. 일리리오 모파티스는 대식가이자 마지스터입니다. 그자에 대해 정말로 아시는 게 뭡니까?"

"나에게 드래곤알을 줬다는 사실을 알지."

그는 코웃음을 쳤다. "그 알이 깨어날 줄 알았다면 자기가 직접 품었을 겁니다."

그 말에는 대니도 어쩔 수 없이 웃고 말았다. "아, 그거야 의심할 여지가 없지. 난 경이 생각하는 것보다 일리리오를 잘 알아. 나의 태양이자 별과 결혼하기 위해 펜토스에 있던 일리리오의 저택을 떠났을 때 나는 어린아이였지만, 귀가 먹지도 눈이 멀지도 않았었다오. 그리고 이제는 어린아이도 아니지."

"일리리오가 여왕님 생각대로 친구라 하더라도……." 기사는 고집스럽게 말했다. "혼자 힘만으로 여왕님을 왕좌에 올릴 만큼 강력하지는 않습니다. 오라버님을 왕좌에 올리지 못했듯이요."

"그자는 부유해. 자로만큼 부유하진 않을지 몰라도, 나를 위해 배와 병사를 고용할 만큼은 부유하지."

"용병에게도 쓰임새는 있습니다만, 자유도시의 쓰레기들로 아버님의 왕좌를 차지할 수는 없습니다. 외부의 침략군만큼 빨리 갈라진 왕국을 하나로 뭉치게 만드는 게 있을까요."

"난 그들의 정당한 여왕이야." 대니가 항변했다.

"그들에게 여왕님은 공용어를 할 줄도 모르는 외국인 군대를 이끌고 해변에 상륙하려는 이방인입니다. 웨스테로스의 영주들은 여왕님을 알지 못하고, 두려워하고 불신할 이유만 많지요. 출항하기 전에 그자들의 마음부터 얻으셔야 합니다. 최소한 몇 명이라도요."

"경이 조언하는 대로 동쪽으로 간다면 어떻게 그럴까?"

그는 올리브를 한 알 먹고 씨를 손바닥에 뱉었다. "모르겠습니다." 그는 인정했다. "하지만 저는 여왕님이 한곳에 오래 머물면 머물수록 적들이 찾아내기는 더 쉬워진다는 사실을 압니다. 타르가르옌이라는 이름은 아직도 그들에게 두려움을 일으킵니다. 여왕님이 아이를 가졌다는 소식을 듣자 살해하려 자객을 보낼 정도로요. 드래곤들에 대해 안다면 그들이 무슨 짓을 하겠습니까?"

품 안에 웅크린 드로곤은 하루 종일 이글거리는 태양 아래 달궈진 돌처럼 뜨거웠다. 라에갈과 비세리온은 고기 조각 하나를 두고 다투느라 날개로 서로를 치면서 콧구멍으로 연기를 뿜어내고 있었다. '내 사나운 아이들. 이 아이들은 결코 다쳐선 안 돼.' 대니는 생각했다. "혜성이 나를 콰스로 이끈 데에는 이유가 있어. 이곳에서 군대를 찾을 수 있길 바랐지만, 그렇지는 않은 것 같군. 그렇다면 뭐가 남았을까?" 대니는 깨달았다. '난 두렵지만, 용감해져야 해.' "내일이 오면 경은 피아트 프리에게 가야 해."

티리온

소녀는 결코 울지 않았다. 나이는 어릴지 몰라도 미르셀라 바라테온은 왕녀로 태어난 몸이었다. '게다가 이름이야 어쨌든 라니스터지.' 티리온은 스스로에게 일깨웠다. '세르세이만이 아니라 제이미의 핏줄이기도 해.'

물론 형제들이 자기를 '바다 칼새'호 갑판에 두고 떠나려 하자 미소가 약간 흔들리기는 했지만, 소녀는 해야 할 말을 알고 있었고 용기와 위엄을 담아서 말했다. 헤어질 때가 오자 울어버린 쪽은 토멘 왕자였고, 미르셀라는 토멘을 위로했다.

티리온은 400개의 노가 달린 거대한 전투 갤리선인 '로버트 왕의 망치'호 상갑판에서 그 작별 장면을 내려다보았다. 노잡이들이 줄여서 '롭의 망치'라고 부르는 이 배가 미르셀라의 주 호위함이었고 '사자 별', '센 바람', 그리고 '레이디리안나'호가 같이 나갈 터였다.

이미 스타니스 공이 드래곤스톤으로 몰고 가서 다시는 돌아오지 않은 배들 덕분에 함대가 부족했는데, 또 그렇게 큰 부분을 덜어내자니 티리온은 마음이 여간 불편하지 않았다. 그러나 세르세이는 호위함에 대해 다른 말을 들으려 하지 않았다. 그게 현명한지도 몰랐다. 미르셀라가 선스피어에 도착하기 전에 잡히기라도 한다면 도르네와의 동맹은 산산조각이었다. 지금까지 도란 마르텔은 휘하를 소집하기만 했다. 일단 그는 미르셀라가 브라보스에 안전하게 도착하면 병력을 높은 고개로 이동시키겠다고 약속했고, 그렇게 되면 위협을 받은 변경지 영주들이 충성심을 재고하여 북으로 진군하려는 스타니스를 잠시 묶어둘지 몰랐다. 그러나 그 위협 행동은 순전히 속임수였다. 마르텔은 도르네 자체가 공격받지 않는 한 실제 전투에 나서지 않을 테고, 스타니스도 그 정도로 바보는 아니었다. '그래도 스타니스의 휘하 봉신 중에는 바보가 있을지 몰라. 그 문제를 생각해봐야겠어.'

티리온은 생각하고 나서 헛기침을 했다. "지시받은 내용은 알겠지, 선장."

"예, 압니다. 육지가 시야에서 사라지는 일 없도록 해안을 따라가다가, 크랙클로포인트(Crackclaw Point, 갈라진 집게발 곶)에 도착하면 협해를 가로질러 브라보스로 향합니다. 어떤 경우에도 드래곤스톤이 보이는 곳을 항해하지 않습니다."

"그래도 적에게 우연히 발각되면?"

"배 한 척이라면 쫓아버리거나 파괴합니다. 그보다 수가 많다면 '센 바람'호가 '바다 칼새'호를 지키며 전진하고 나머지 함대가 전투를 벌입니다."

티리온은 고개를 끄덕였다. 최악의 사태가 일어난다면, 작은 배인 바다 칼새가 추격을 따돌릴 수 있을 것이다. 큰 돛을 단 작은 배라서 어떤 전함보다 빨랐다. 적어도 그 배의 선장은 그렇게 주장했다. 일단 브라보스에 도착하면 미르셀라는 안전할 것이다. 그는 미르셀라를 지키는 기사로 아리스 오크하트 경을 딸려 보냈고, 선스피어까지 나머지 길을 데려가도록 브라보스인들을 고용해두었다. 스타니스 공이라 해도 자유도시 중에서 가장 크고 가장 강력한 도시의 분노를 살 행동은 주저하리라. 킹스랜딩에서 도르네까지 가면서 브라보스를 거치는 경로는 최단 거리는 아닐지라도 가장 안전했다……. 티리온은 그렇게 희망했다.

'스타니스 공이 이 항해에 대해 안다면, 함대를 보내기에 이보다 더 좋은 때는 없겠지.' 티리온은 블랙워터 강이 바다로 흘러 나가는 지점을 흘긋 돌아보고는, 넓은 녹색 수평선에 돛이라곤 보이지 않자 마음을 놓았다. 마지막 보고에서 바라테온 함대는 아직 스톰스엔드 주위에 머물러 있었고, 코트네이 펜로즈 경이 죽은 렌리의 이름으로 계속 저항하는 중이었다. 그동안 티리온의 권양기 탑들은 4분의 3까지 완성되었다. 바로 지금도 남자들이 무거운 돌덩이를 들어 올리면서 축제 기간에 일을 시키는 티리온을 욕하고 있을 게 뻔했다. '실컷 욕하라지. 2주만 더 있으면 돼, 스타니스. 나에게 필요한 건 그게 전부야. 2주만 더 있으면 완성될 거야.'

티리온은 조카가 항해길에 축복을 받으려고 최고성사 앞에 무릎 꿇는 모습을 보았다. 최고성사의 수정관에 비친 햇빛이 위로 들어 올린 미르셀라의 얼굴에 무지개를 흩뿌렸다. 강기슭의 소음 때문에 기도 소리는 들을 수가 없었다. 그는 신들이 인간보다 귀가 날카롭기를 빌었다. 최고성사는 몸집이 집채만 했고, 파이셀보다 더 점잔을 빼는 데다가 말이 장황했다. '작작 좀 해, 늙은이. 그만 끝내라고.' 티리온은 짜증스럽게 생각했다. '신들에겐 당신 기도를 듣는 것보다 더 중요한 일이 많고, 나도 마찬가지야.'

마침내 웅얼거리는 중언부언이 끝나자 티리온은 '롭의 망치'호 선장에게 작별 인사를 하며 약속했다. "내 조카를 안전하게 브라보스까지 데려다주면, 돌아왔을 때는 기사 서임이 기다리고 있을 거야."

가파른 널빤지로 부두에 내려가면서 티리온은 자신에게 꽂히는 불쾌한 눈초리들을 느낄 수 있었다. 갤리선이 부드럽게 흔들리고 발아래가 움직이니 뒤뚱거리는 걸음걸이가 더 심해졌다. '키득거리고들 싶겠지.' 감히 아무도 공공연히 웃지는 못했지만, 삐걱거리는 나무와 밧줄 소리, 말뚝 주위를 세차게 흐르는 강물 소리에 섞여 중얼거리는 소리들이 들렸다. '저들

은 나를 좋아하지 않아. 놀라운 일도 아니지. 난 잘 먹은 데다 못생겼고, 저들은 굶고 있으니.'

브론이 그를 호위하여 군중들을 뚫고 누이와 그 아들들이 있는 곳으로 향했다. 세르세이는 그를 무시하고, 그 대신 사촌에게 아낌없이 미소를 베풀었다. 티리온은 그녀가 하얗고 가느다란 목에 두른 에메랄드 목걸이처럼 빛나는 초록색 눈으로 란셀을 매혹하는 모습을 보고, 혼자 조그맣게 교활한 미소를 지었다. '난 누나의 비밀을 알아, 세르세이.' 그의 누이는 최근 최고성사를 자주 찾아갔다. 다가오는 스타니스 공과의 전투에서 신들의 축복을 구하기 위해서였다……. 적어도 그녀는 티리온이 그렇게 믿게 하려 했다. 실제로는 바엘로르 대성소에 잠시 들른 후에 수수한 갈색 여행자 망토를 걸치고 몰래 빠져나가서 오스먼드 케틀블랙 경이라는 괴상한 이름의 방랑기사와, 똑같이 불쾌한 냄새가 나는 그의 형제 오스니와 오스프리드를 만났다. 란셀이 모조리 전했다. 세르세이는 케틀블랙 형제들을 이용해서 용병 부대를 살 생각이었다.

누이가 자기 계획을 즐기게 놓아두자. 세르세이는 티리온을 한 수 앞선다고 생각할 때 훨씬 다정해졌다. 케틀블랙 형제는 그녀의 마음을 사로잡고, 그녀의 돈을 받고, 시키는 일은 뭐든 하겠다고 약속할 것이다. 왜 안 그러겠는가. 세르세이에게 돈을 받을 때마다 브론이 꼬박꼬박 같은 돈을 지불하는데. 이 유쾌한 삼형제 악당은 사실 살해보다 사기에 더 능했다. 세르세이는 속 빈 북만 세 개 산 셈이었다. 그녀가 요구하는 대로 요란하게 북소리를 내기는 하겠지만, 속에는 든 게 없었다. 그 생각을 하면 티리온은 한없이 즐거워졌다.

'사자 별'과 '레이디리안나'호가 물가에서 멀어지며 '바다 칼새'호가 나갈 길을 열기 위해 하류로 이동하자 뿔 나팔 소리가 대대적으로 울렸다. 강독에서 머리 위 구름처럼 마르고 헐벗은 군중이 환호성을 몇 차례 올렸다. 미르셀라는 갑판에서 미소 지으며 손을 흔들었다. 그 뒤에는 아리스 오크하트가 하얀 망토를 휘날리고 서 있었다. 선장이 밧줄을 풀라고 명했고, 노를 저어 활기찬 블랙워터 강물로 나간 바다 칼새호는 바람에 돛이 부풀었다. 티리온의 주장에 따라 라니스터의 진홍색이 아니라 평범한 흰색 돛이었다. 토멘 왕자가 흐느꼈다. "젖먹이 아기처럼 징징거리긴." 조프리가 동생을 보고 낮게 말했다. "왕자는 울지 않는 거야."

"드래곤 기사 아에몬 왕자도 나에리스 공주가 형님인 아에곤과 결혼하던 날 우셨어요." 산사 스타크가 말했다. "쌍둥이 아릭 경과 에릭 경은 서로에게 치명상을 입힌 후 눈물을 흘리며 죽었다고 하고요."

"조용히 해. 안 그러면 메린 경을 시켜서 치명상을 입혀주지." 조프리는 자기 약혼녀에게 그렇게 말했다. 티리온은 누이를 흘긋 보았지만, 세르세이는 발론 스완 경이 하는 말에 몰두해 있었다. '정말로 자기 아들이 어떤 놈인지 안 보일 수가 있나?'

강에서는 센 바람호가 노를 내리고 바다 칼새호의 항적을 따라 하류로 미끄러져 나갔다. 마지막으로 왕실 함대의…… 또는 작년에 스타니스와 함께 드래곤스톤으로 가버리지 않고 남은 함대의 주력함인 로버트 왕의 망치가 뒤따랐다. 티리온이 직접 주의를 기울여 고른 배들이었다. 충성심에 의혹의 여지가 있는 선장은 모두 피했다. 바리스에 따르면 그렇다는 얘기지만……. 바리스 본인도 충성심에 의혹의 여지가 있었으니, 불안이 남기는 했다. '난 바리스에게 지나치게 의지하고 있어. 나만의 정보원이 필요해. 그쪽이라고 믿겠다는 건 아니지만 말이야.' 믿음은 사람을 죽음에 몰아넣었다.

그는 다시 한 번 리틀핑거에 대해 생각했다. 피터 베일리시는 비터브리지로 떠난 후 소식이 없었다. 그건 아무 의미 없을 수도 있고, 모든 것을 의미할 수도 있었다. 바리스조차도 판단하지 못했다. 바리스는 리틀핑거가 길에서 불운을 만났을 거라는 추측을 내놓았다. 죽었을 수도 있었다. 티리온은 비웃고 말았다. "리틀핑거가 죽었다면 내가 거인이오." 그보다는 티렐이 결혼 제안에 주저하고 있을 가능성이 높았다. 티리온은 그들을 비난할 수 없었다. '내가 메이스 티렐이라면 조프리의 성기를 내 딸 몸에 넣느니 그놈의 머리통을 창에 꽂을 테니.'

소함대가 만을 한참 나간 후에야 세르세이는 갈 때가 되었다고 말했다. 브론이 티리온의 말을 끌고 와서 오르도록 도왔다. 원래 포드릭 페인이 할 일이었지만, 포드릭은 레드킵에 두고 나왔다. 종자 소년보다 이 수척한 용병이 있는 편이 훨씬 안심이 됐다.

좁은 길거리에는 양쪽으로 도시 경비대원들이 늘어서서 창대로 군중들을 밀어냈다. 자슬린 바이워터 경이 선두에 서서 검은 고리 갑옷을 입고 금색 망토를 걸친 창기병을 쐐기꼴 대형으로 이끌고 갔다. 그 뒤에 아론 산타가르 경과 발론 스완 경이 왕의 깃발을 들고 갔다. 라니스터의 사자와 바라테온의 왕관 쓴 수사슴 깃발이었다.

조프리 왕은 키가 큰 회색 승용마를 타고, 금빛 고수머리에 황금관을 쓰고 그 뒤를 따랐다. 문스톤 머리그물 아래로 숱 많은 적갈색 머리가 어깨까지 흘러내린 산사 스타크가 밤색 암말을 타고 그 옆에 섰는데, 오른쪽도 왼쪽도 돌아보지 않았다. 킹스가드 두 명이 두 사람의 양옆을 지켰는데, 사냥개가 왕 오른쪽에 있었고 맨던 무어 경이 산사 스타크 왼쪽에 있었다.

그다음으로 코를 훌쩍이는 토멘이 하얀 갑옷과 망토를 차려입은 프레스턴 그린필드와 함께 갔고, 그다음에 세르세이가 란셀 경을 동반하고 메린 트랜트 경과 보로스 블런트 경의 보호를 받으며 움직였다. 티리온은 누이와 합류했다. 그 뒤에는 가마에 탄 최고성사가 뒤따르고, 다른 신하들이 길게 이어졌다. 호라스 레드와인 경, 탠다 부인과 그 딸, 잘라바르 쇼, 자일스 로스비 공 등등. 맨 뒤에는 위병들이 두 줄로 후미를 지켰다.

창들의 방어선 뒤에서는 씻지도 않고 면도도 하지 않은 사람들이 음산한 적개심을 품고 말 위의 사람들을 노려보았다. '이건 정말 마음에 안 드는군.' 티리온은 생각했다. 브론이 용병 스무 명을 군중 사이에 흩어놓고 말썽이 일어날 것 같으면 시작 전에 막으라고 지시해두었다. 세르세이도 케틀블랙 형제에게 비슷한 명을 내렸을 터였다. 어쩐지 티리온은 그래봐야 큰 도움은 되지 않겠다는 생각이 들었다. 불이 너무 뜨거우면, 냄비에 건포도 한 줌 던져 넣어봐야 푸딩은 타기 마련이다.

그들은 '생선 장수 광장'을 넘은 후, 아에곤의 높은 언덕을 오르는 좁고 구불구불한 '갈고리 길'에 접어들기 전까지 '진흙 길'을 따라 달렸다. 어린 왕이 지나가자 "조프리 왕 만세! 만세!" 소리가 몇 번 올랐지만, 모두가 그 외침에 동조하지는 않았고 대부분은 침묵을 지켰다. 라니스터들은 남루한 남자들과 굶주린 여자들의 바다를 가르고, 언짢은 시선들의 흐름을 밀고 나아갔다. 바로 앞에서 세르세이가 란셀이 한 말에 소리 내어 웃고 있었지만, 그 즐거운 기색은 꾸며낸 것 같았다. 그의 누이라고 주위의 동요를 감지하지 못할 리 없건만, 세르세이는 언제나 센 척 해야 한다고 믿는 사람이었다.

정해진 경로를 반쯤 갔을 때, 울부짖는 여인 하나가 경비병 두 명 사이를 비집고 길에 뛰어들었다. 죽은 아기 시체를 머리 위로 들어 올리고 있었다. 시체는 퍼렇게 부어올라 기괴하기 그지없었지만, 정말로 무서운 건 아기 어미의 눈이었다. 조프리는 순간 그 여자를 밟고 지나갈 것처럼 보였지만, 산사 스타크가 몸을 기울여 뭐라고 하자 지갑을 뒤지더니 그 여자에게 은화 한 닢을 던졌다. 은화는 아기에게 맞고 튀어서 도시 경비대원들의 다리 사이로 굴러가버렸고, 십여 명이 그 돈을 가지려 싸우기 시작했다. 아기 어미는 눈 한 번 깜박하지 않았다. 그녀의 깡마른 팔은 죽은 아들의 무게로 부들부들 떨리고 있었다.

"내버려두세요, 전하." 세르세이가 왕에게 외쳤다. "저 가엾은 여자는 우리가 도울 수 없습니다."

아기 어미는 그 말을 들었다. 어째서인지 왕대비의 목소리가 그 여자의 망가진 정신을 가르고 들어갔다. 활기 없던 얼굴이 혐오감에 일그러졌다. "창녀!" 그 여자는 빽 소리를 질렀다. "킹슬레이어의 창녀! 형제와 붙어먹는 년!" 그 여자는 죽은 아기를 밀가루 푸대처럼 떨구고 세르세이를 가리켰다. "형제와 붙어먹는 년, 형제와 붙어먹는 년, 형제와 붙어먹는 년."

티리온은 누가 똥을 던졌는지 보지 못했다. 그저 산사의 헉 소리와 조프리의 욕설을 듣고 고개를 돌려보니 왕이 뺨에서 갈색 오물을 닦아내고 있었다. 금발에도 오물이 더 붙어 있었고, 산사의 다리에도 튀어 있었다.

"누가 던진 거냐?" 조프리가 소리를 질렀다. 그는 머리카락 사이에 손가락을 넣고 격분한 얼굴로 똥을 한 줌 더 털어냈다. "던진 놈을 잡아 와라! 그놈을 바치는 자에게 금화 백 닢을 주겠다!"

"저기 있었습니다!" 군중 속에서 누군가가 외쳤다. 왕은 말을 빙글 돌리고 머리 위 지붕과 발코니들을 살폈다. 군중 속에서는 사람들이 손가락질을 하고, 떠밀고, 서로를 욕하고 왕을 욕했다.

"제발, 전하. 내버려두세요." 산사가 애원했다.

조프리 왕은 신경도 쓰지 않았다. "오물을 던진 놈을 잡아 와라! 그놈이 내게 묻은 오물을 핥게 하든가, 아니면 그놈의 머리통을 자를 것이다. 개, 그놈을 이리 잡아 와!"

산도르 클리게인은 순순히 안장에서 몸을 내렸지만, 지붕으로 올라가기는커녕 사람들의 벽을 뚫을 수도 없었다. 그에게 가까이 있던 사람들은 꿈틀꿈틀 도망치려 하기 시작한 반면, 다른 사람들은 무슨 일이 일어나나 보려고 앞으로 밀고 나왔다. 티리온은 재앙의 냄새를 맡았다. "클리게인, 그만두게. 그자는 벌써 달아났어."

"난 그놈을 원해!" 조프리는 지붕을 가리켰다. "저 위에 있었어! 개, 저것
들을 가르고 가서—"

소란스러운 소리가 뒷말을 삼켜버렸다. 사방에서 분노와 공포와 증오
가 천둥처럼 밀려들었다. "사생아!" 누군가가 조프리에게 외쳤다. "잡종
괴물." 다른 목소리들은 왕대비에게 "창녀"니 "형제와 붙어먹는 년"이라는
말을 던졌고 티리온에게는 "기형"과 "반쪽이"라는 고함 소리가 날아들었
다. 그런 욕설에 섞여서 "정의"라든가 "롭, 롭 왕, 젊은 늑대", "스타니스!"
심지어는 "렌리!" 소리까지 들렸다. 길 양쪽에서 군중들이 창 자루를 밀어
댔고 황금 망토들은 방어선을 유지하려 애썼다. 돌멩이와 똥 덩어리와 그
보다 더 더러운 것들이 머리 위를 날았다. "먹을 걸 줘!" 어떤 여자가 새된
소리를 올렸다. "빵을!" 그 뒤에서 어떤 남자가 외쳤다. "우린 빵을 원해,
잡놈아!" 순식간에 천 명의 목소리가 그 말을 이어받았다. 조프리 왕이니
롭 왕이니 스타니스 왕이니는 다 잊혔고, 빵이라는 왕만이 세상을 지배했
다. "빵." 그들은 부르짖었다. "빵, 빵을 줘!"

티리온은 박차를 가해 누이 곁으로 가서 외쳤다. "성으로 돌아가자. 당
장." 세르세이는 짧게 고개를 끄덕였고, 란셀 경은 검을 뽑았다. 대열 앞
에서는 자슬린 바이워터가 호령을 하고 있었다. 그의 기마 창병들은 창을
아래로 겨누고 쐐기 대형으로 전진했다. 왕은 황금 망토들의 방어선을 뚫
고 뻗어온 사람들의 손이 잡으려 드는 동안 불안하게 말을 타고 빙빙 돌
고 있었다. 누군가의 손이 조프리의 다리를 잡았지만, 잠시뿐이었다. 맨던
경의 검이 그 손을 손목과 분리시켰다. "달려!" 티리온은 조카에게 외치고
말 엉덩이를 세차게 때렸다. 말이 요란한 소리를 내며 뒷발로 일어섰다가
앞으로 돌진하자 앞에 있던 군중들이 흩어졌다.

티리온은 조프리 바로 뒤를 따라 달렸다. 브론이 검을 들고 보조를 맞췄
다. 달려가는 머리 위로 울퉁불퉁한 돌멩이 하나가 날아왔고, 썩은 양배추

하나가 맨던 경의 방패를 때리고 산산조각이 났다. 일행 왼쪽에서 황금 망토 세 명이 인파에 밀려 쓰러졌고, 군중들은 쓰러진 사람들을 짓밟으며 밀려들었다. 사냥개는 뒤쪽 어딘가로 사라졌지만, 기수를 잃은 그의 말은 일행 옆을 달리고 있었다. 티리온은 아론 산타가르가 안장에서 끌려 내려가고, 그 손에 쥔 금색과 검은색의 바라테온 수사슴 깃발이 뜯겨 나가는 것을 보았다. 발론 스완 경은 라니스터의 사자 깃발을 떨구고 장검을 뽑았다. 그는 떨어진 깃발이 갈기갈기 찢겨 천 갈래 넝마 조각이 폭풍 속의 붉은 잎사귀처럼 회오리치는 가운데 오른쪽 왼쪽으로 검을 그었다. 그들의 모습은 순식간에 사라졌다. 누군가가 비틀거리며 조프리의 말 앞에 섰다가 왕이 짓밟고 지나가자 날카로운 비명을 올렸다. 그게 남자였는지, 여자였는지, 아이였는지 티리온은 알아볼 수 없었다. 조프리는 하얗게 질린 얼굴로 그의 옆을 달렸고, 맨던 무어 경이 그 왼쪽에 하얀 그림자가 되어 따랐다.

그러더니 갑자기 그들은 광기를 뒤로 하고 옹성 앞의 자갈 깐 광장을 가로지르고 있었다. 창병들이 성문을 지키고 있었다. 자슬린 경은 또 다른 소요에 대비하여 기마 창병들을 반대 방향으로 돌렸다. 창병들이 갈라져서 왕의 일행을 쇠창살문 아래로 통과시켰다. 사방에 솟아오른 불그스름한 벽은 마음이 놓이게도 높았고 노궁을 든 병사들이 우글거렸다.

티리온은 말에서 언제 내렸는지 모르게 내렸다. 맨던 경이 놀란 왕을 부축해서 내리는 사이 세르세이, 토멘, 그리고 란셀이 성문을 통과했고 메린 경과 보로스 경이 바싹 뒤따랐다. 보로스의 검에는 핏자국이 있었고, 메린의 하얀 망토는 등에서 찢겨 나갔다. 발론 스완 경은 투구를 잃었고, 타고 있는 말은 땀투성이에 입에서 피를 흘리고 있었다. 호라스 레드와인은 탠다 부인을 데리고 들어왔는데, 그녀는 안장에서 떨어져서 뒤에 남겨진 딸 롤리스를 걱정하느라 반쯤 미쳐 있었다. 그 어느 때보다 더 잿빛이 된 자일스 공은 최고성사가 가마에서 내동댕이쳐져서 군중들에게 휩쓸리며 비명처럼 기도문을 외더라는 이야기를 더듬거렸다. 잘라바르 쇼는 킹스가드의 프레스턴 그린필드 경이 최고성사의 뒤집힌 가마를 향해 달려가는 모습을 본 것 같다고 했지만, 확신하지는 못했다.

티리온은 학사가 혹시 다쳤냐고 묻는 것을 희미하게 알아차렸다. 그는 똥이 묻은 왕관을 삐뚜름히 쓰고 선 조카에게 걸어갔다. "반역자들." 조프리는 흥분해서 주절거리고 있었다. "놈들의 목을 다 치겠어. 내가—"

티리온은 조프리의 상기된 얼굴을 왕관이 날아갈 정도로 세게 때렸다. 그러고는 두 손으로 밀어서 넘어뜨렸다. "이 뵈는 것 없는 멍청이."

"그놈들은 반역자였어." 조프리는 땅바닥에 쓰러져서 외쳤다. "날 욕하고 공격했다고!"

"넌 그 사람들에게 개를 풀었어! 그러면 사람들이 어떻게 할 줄 알았지? 사냥개가 팔다리 몇 개 자르는 동안 다들 양순하게 무릎이라도 꿇을 줄 알았나? 이 버릇없고 멍청한 녀석아, 넌 클리게인을 죽였고 대체 몇 명이 더 죽었을지 몰라. 그런데도 정작 넌 상처 하나 없이 빠져나왔지. 빌어먹을!" 티리온은 조프리를 걷어찼다. 그게 어찌나 기분이 좋은지 더 걷어찰 수도 있었지만, 조프리가 울부짖자 맨던 무어 경이 티리온을 떼어내어 브론에게 넘겼다. 세르세이가 아들 곁에 무릎을 꿇었고, 발론 스완 경은 란셀 경을 저지했다. 티리온은 브론의 손을 뿌리쳤다. "아직 밖에 있는 사람이 얼마나 되나?" 그는 누구랄 것 없이 모두에게 외쳤다.

"제 딸요." 탠다 부인이 소리쳤다. "제발, 누군가가 롤리스를 데리러 돌아가야……."

"프레스턴 경이 돌아오지 않았습니다." 보로스 블런트 경이 보고했다. "아론 산타가르도요."

"유모도 없군요." 호라스 레드와인 경이 말했다. '유모'란 다른 종자들이 젊은 타이렉 라니스터를 놀리느라 붙인 별명이었다.

티리온은 안마당을 둘러보았다. "스타크 아가씨는 어디 있지?"

잠시 동안 아무도 대답하지 않았다. 마침내 조프리가 말했다. "내 옆에서 달리고 있었어. 어디로 갔는지는 몰라."

티리온은 뭉툭한 손가락으로 욱신거리는 관자놀이를 눌렀다. 산사 스타크가 해를 입었다면 제이미는 죽은 목숨이나 다름없었다. "맨던 경, 경이 그 아이의 호위였을 텐데."

맨던 무어 경은 흐트러지지 않았다. "놈들이 사냥개를 공격했을 때 난 왕을 먼저 생각했소."

"그래야 마땅했지." 세르세이가 끼어들었다. "보로스, 메린, 돌아가서 그 아이를 찾게."

"제 딸도요." 탠다 부인이 흐느꼈다. "부탁입니다. 경들……."

보로스 경은 안전한 성을 떠나기가 싫은 듯했다. "왕대비 전하, 저희의 하얀 망토를 보면 폭도들이 격분할지도 모릅니다."

티리온은 더 참아줄 수가 없었다. "그 망할 망토는 '다른자'들이나 가져가라고 해! 그걸 입고 있기가 두려우면 벗으면 될 게 아닌가, 이 멍청한……. 산사 스타크를 찾아오지 않으면 맹세코 샤가에게 그 못생긴 머리를 둘로 쪼개게 해서 안에 검은 푸딩 말고 뭔가 있긴 한가 확인해보겠어."

보로스 경은 격분해서 얼굴이 자주색이 됐다. "나보고 못생겼다고? 당신이?" 그는 쇠 장갑 낀 주먹에 아직 쥐고 있던 피묻은 검을 들어 올리려 했다. 브론이 예의고 뭐고 없이 티리온을 자기 뒤로 밀었다.

"그만!" 세르세이가 날카롭게 외쳤다. "보로스, 명받은 대로 하게. 그러지 않으면 그 망토를 입을 다른 사람을 찾겠네. 경의 맹세는—"

"저기 있다!" 조프리가 손가락질을 하며 외쳤다.

산도르 클리게인이 산사의 밤색 준마를 타고 구보로 성문을 통과했다.

산사는 그 뒤에 앉아서 사냥개를 두 팔로 꼭 붙들고 있었다.

티리온이 외쳤다. "다쳤소, 산사 아가씨?"

산사의 두피에 난 깊은 상처에서 이마로 피가 흘러내리고 있었다. "사람들이…… 그 사람들이 물건을 던져서…… 돌멩이며 쓰레기, 계란을 던져서……. 전 말하려고 했어요. 그 사람들에게 줄 빵이 없다고요. 어떤 남자가 절 안장에서 끌어 내리려 했어요. 사냥개가 그 남자를 죽인 것 같아요……. 그 팔을……." 산사는 눈을 크게 뜨더니 한 손으로 입을 막았다. "그 팔을 잘라버렸거든요."

클리게인은 산사를 들어 올려 땅에 내렸다. 그의 하얀 망토는 찢어지고 얼룩졌고, 엉망으로 뜯겨 나간 왼쪽 소매에는 피가 스몄다. "작은 새가 피를 흘리는군. 누가 새장으로 데리고 돌아가서 저 상처 좀 돌봐줘." 프렌켄 학사가 서둘러 나섰다. 사냥개는 말을 이었다. "아론 산타가르는 놈들에게 당했소. 네 명이 끌어내서 돌아가며 돌멩이로 머리를 치더군. 한 놈은 내가 배를 갈라줬는데, 아론 경에겐 별 도움이 안 됐소."

탠다 부인이 다가갔다. "제 딸은—"

"못 봤소." 사냥개는 험상궂은 얼굴로 안마당을 둘러보았다. "내 말은 어딨소? 그 말에게 무슨 일이라도 생겼다면 누구든 대가를 치를 줄 아쇼."

티리온이 말했다. "한동안은 우리와 함께 달리고 있었는데, 그 후에는 어떻게 됐나 모르겠군."

"불이야!" 옹성 꼭대기에서 누군가가 소리를 질렀다. "도시에 연기가 오릅니다. 플리바텀에 불이 났습니다."

티리온은 극도로 지친 상태였지만, 좌절할 시간이 없었다. "브론, 필요한 만큼 인원을 데려가서 물수레가 방해받지 않게 살피게." '신들이시여, 와일드파이어가 있는데. 와일드파이어에 불길이 닿으면…….' "정 안 되면 플리바텀을 다 잃는 한이 있더라도, 연금술사 길드에 불길이 미쳐서는 안 돼. 알아들었나? 클리게인, 자네도 같이 가게."

티리온은 짧은 순간 사냥개의 검은 눈에 스친 두려움을 본 것 같았다. '불. 그렇지. 나도 멍청하긴. 당연히 불을 싫어하겠지. 불 맛을 지나치게 봤잖아.' 티리온은 눈치를 챘지만, 클리게인은 순식간에 그 표정을 지우고 평소의 찌푸린 얼굴로 돌아갔다. "가지. 하지만 당신 명에 따르는 건 아니오. 내 말을 찾아야 하거든."

티리온은 나머지 세 명의 킹스가드에게 몸을 돌렸다. "자네들은 각각 전령을 한 명씩 호위해 나가게. 사람들에게 집에 돌아가라는 명령을 전하게. 누구든 저녁 종이 울린 후에 길거리를 돌아다니다가 발견되면 죽을 거라고 해."

"우리가 있을 곳은 왕 옆이오." 메린 경이 안일하게 말했다.

세르세이가 독사처럼 일어섰다. "경이 있을 곳은 내 동생이 말하는 대로요. 수관은 왕의 목소리를 대변하니, 불복은 반역이오."

보로스와 메린은 서로 눈빛을 교환했다. "망토를 걸쳐야 합니까, 전하?" 보로스 경이 물었다.

"벌거벗고 가건 말건 상관없네. 알몸으로 가면 폭도들에게 자네들이 사내라는 사실을 상기시킬지 모르지. 거리에서 경들이 어떻게 처신했는지 본 이후에는 그 사실도 잊었을 테니 말이야."

티리온은 누이가 분노를 터뜨리게 놓아두었다. 머리가 욱신거렸다. 연기 냄새를 맡을 수 있을 것만 같았지만, 아마 후각 신경이 긴장했을 뿐이리라. 돌까마귀 두 명이 수관의 탑 문을 지키고 있었다. "티멧의 아들 티멧을 찾아와."

"돌까마귀는 불탄 남자를 따라다니지 않는다." 야인 하나가 오만하게 대꾸했다.

티리온은 잠시 누굴 상대하는지 잊고 있었다. "그렇다면 샤가를 찾아와."

"샤가는 잔다."

소리를 지르지 않으려니 힘이 들었다. "깨워."

"돌프의 아들 샤가를 깨우는 건 쉬운 일이 아니다. 샤가의 분노는 무섭다." 그 남자는 불평을 늘어놓더니, 투덜거리면서 갔다.

샤가는 하품을 하고 몸을 긁으면서 어슬렁어슬렁 걸어 들어왔다. 티리온은 말했다. "도시 절반이 폭동을 일으키고, 나머지 절반은 불타고 있는데, 샤가는 누워서 코를 고는군."

"샤가는 여기 진흙탕 물이 싫다. 그래서 묽은 에일과 시큼한 와인을 마셔야 하는데, 그러고 나면 머리가 아프다."

"샤에가 무쇠 문 근처 저택에 있어. 가서 무슨 일이 일어나든 샤에를 지켜줬으면 해."

거한이 미소를 짓자 치아가 드러나며 북슬북슬한 수염 사이에 노란 틈이 생겼다. "샤가가 샤에를 이리로 데려오겠다."

"그냥 해가 미치지만 않게 해. 내가 최대한 빨리 보러 가겠다고 전하고. 오늘 밤이 될지는 모르겠지만, 못해도 내일까지는 간다고 해."

그러나 저녁이 될 때까지도 도시는 혼란스러웠다. 브론이 불은 꺼졌고 돌아다니는 폭도들도 대부분 흩어졌다고 보고한 후에도 그랬다. 티리온은 샤에의 품에서 위안을 얻고 싶은 마음이 간절했으나, 그날 밤에는 아무 데도 가지 못할 처지였다.

티리온이 어두운 개인 방에서 차가운 닭고기와 갈색 빵으로 저녁을 먹고 있을 때 자슬린 바이워터 경이 사망자 목록을 가져왔다. 그 무렵에는 황혼도 스러져 주위가 캄캄해졌지만, 하인들이 초를 켜고 벽난로에 불을 붙이러 오자 티리온은 큰 소리를 내어 쫓아 보냈다. 그의 기분은 그 방만큼이나 어두웠고, 바이워터가 가져온 소식에도 밝은 구석이 없었다.

사망자 목록은 신들에게 자비를 빌면서 갈기갈기 찢긴 최고성사로 시

작됐다. '굶주린 사람들이 걷기도 힘들 만큼 뚱뚱한 사제들을 좋게 볼 순 없지.'

프레스턴 경의 시체는 처음에 다들 못 알아보고 지나쳤다. 황금 망토들은 하얀 갑옷을 입은 기사를 찾고 있었는데, 프레스턴 경은 어찌나 심하게 난도질을 당했는지 머리끝부터 발끝까지 적갈색이 되어 있었다.

아론 산타가르 경은 시궁창에서 발견됐는데, 찌그러진 투구 안에 든 머리가 붉은 곤죽이 되어 있었다.

탠다 부인의 딸은 어느 무두장이 가게 뒤에서 고함을 지르는 남자 50여 명에게 처녀성을 내어주었다. 벌거벗은 몸으로 '돼지고기로(路)'를 헤매던 것을 황금 망토들이 발견했다.

타이렉은 아직도 실종 상태였고, 최고성사의 수정관도 찾지 못했다. 황금 망토 아홉 명이 죽었고, 마흔 명이 부상을 입었다. 폭도들이 얼마나 죽었는지 세어본 사람은 없었다.

바이워터가 보고를 끝내자 티리온은 말했다. "살았든 죽었든 타이렉을 찾았으면 하네. 그 녀석은 아직 어려. 돌아가신 타이겟 숙부님의 아들이지. 그분은 언제나 나에게 친절했어."

"찾을 겁니다. 최고성사의 수정관도 마찬가지고."

"최고성사의 관이야 '다른자'들이 가지고 놀든 말든."

"저를 도시 경비대 지휘관으로 임명하셨을 때, 저에게 언제나 사실 그대로를 원한다고 하셨지요."

"아무래도 지금부터 하려는 말은 마음에 안 들 것 같은데." 티리온은 우울하게 말했다.

"오늘은 도시를 장악했지만, 내일은 장담 못 합니다. 주전자가 끓어 넘치기 직전입니다. 도둑과 살인자가 어찌나 많은지 누구의 집도 안전하지 못할 지경이고, 오줌 굽이 길을 따라 이질이 퍼지고 있으며, 동화를 내든

은화를 내든 살 수 있는 음식이 없습니다. 전에는 밑바닥에서나 중얼거리더니 이제는 길드 건물과 시장에서 공공연히 반역을 지껄입니다."

"병사가 더 필요한가?"

"지금 데리고 있는 부하 중에서도 절반은 못 믿습니다. 슬린트가 경비대 수를 세 배로 늘려놨습니다만, 경비대원을 만들자면 황금 망토만으로는 안 됩니다. 신병 중에도 쓸 만한 자들, 충성스러운 자들이 있기는 합니다만 그보다는 망나니와 고주망태와 비겁자들, 알고 싶지 않을 정도로 많은 배신자들이 있습니다. 그놈들은 반쯤 훈련을 받았고 규율은 하나도 안 잡혔으며, 충성심은 쥐뿔도 없고 자기 안위밖에 안 챙깁니다. 전투가 벌어지면 그놈들은 버티지 못할 겁니다."

"기대도 안 하네. 일단 성벽이 뚫리면 우린 지는 거야. 그 점은 처음부터 알고 있었어."

"제 부하들은 대부분 평민 출신입니다. 같은 길거리를 걷고, 같은 술집에서 술을 마시고, 같은 배급소에서 갈색 죽을 떠먹지요. 내시에게 들으셨겠지만, 킹스랜딩에 라니스터에 대한 애정은 별로 없습니다. 많은 사람들이 아에리스 왕이 성문을 열었을 때 부친께서 도시를 약탈했던 일을 아직까지 기억합니다. 수관님 가문이 지은 죄 때문에 신들이 우리를 벌하신다고 속삭이지요. 형님이 아에리스 왕을 죽인 죄, 라에가르의 아이들을 무참히 죽인 죄, 에다드 스타크 처형, 조프리 왕의 잔인무도한 정의 때문이라고 말입니다. 로버트가 왕이었을 때가 훨씬 나았다고 공공연히 말하고, 스타니스가 왕좌에 오르면 다시 나아질 거라는 암시를 끼워 넣는 자들도 있습니다. 배급소와 싸구려 술집과 매춘굴에선 그런 소리를 들을 수 있어요. 막사와 위병소에서도 그럴 겁니다."

"다들 우리 가문을 싫어한다, 그 말을 하는 건가?"

"그렇습니다……. 그리고 기회만 온다면 공격할 겁니다."

"나에게도?"

"내시에게 물어보십시오."

"난 자네에게 묻고 있네."

바이워터의 푹 파인 눈은 티리온의 짝짝이 눈을 마주하고도 깜박이지조차 않았다. "그 누구보다도 수관님에 대해 심합니다."

"누구보다도?" 상황의 부당함에 숨이 막혔다. "죽은 사람이나 먹으라고 한 것도 조프리고, 사람들에게 개를 푼 것도 조프리였어. 그런데 어떻게 날 비난할 수 있지?"

"국왕은 아직 어립니다. 길거리에서는 왕의 조언자들이 사악하다는 말이 돕니다. 왕대비는 한 번도 평민들의 친구였던 적이 없고, 바리스 공이 거미라고 불리는 건 애정이 담긴 말이 아니지요……. 하지만 평민들이 제일 비난하는 건 수관님입니다. 누님과 내시는 로버트 왕 치하에서 이 도시가 더 살 만했을 때도 여기 있었지만, 수관님은 아닙니다. 사람들은 수관님이 이 도시를 으스대는 용병들과 씻지도 않은 야만인들, 원하는 대로 빼앗아가고 법을 따르지 않는 악당들로 채웠다고 말합니다. 자노스 슬린트를 쫓아낸 것도 그자가 너무 화통하고 솔직해서 싫어한 거라고 말하지요. 현명하고 온화한 파이셀을 지하감옥에 처넣은 것도 수관에게 감히 목소리를 높여서라고 말합니다. 심지어는 수관님이 직접 철왕좌를 차지하려든다는 주장도 있습니다."

"그래, 게다가 난 보기 흉하고 끔찍한 괴물이라는 사실도 잊지 말아야지." 그는 주먹을 쥐었다. "그만하면 충분히 들었네. 우리 둘 다 할 일이 있으니, 나가보게."

'내가 성취할 수 있는 최선이 이 정도라면, 그동안 내내 아버지가 날 멸시한 게 당연한지도 모르겠군.' 그는 남은 저녁을 내려다보았다. 차갑게 식은 기름투성이 닭고기를 보자 배 속이 요동을 쳤다. 그는 넌더리를 내며 접시를 밀어내고, 포드를 소리쳐 부른 다음 바리스와 브론을 불러오라 시켰다. '내가 가장 신뢰하는 조언자는 내시와 용병이고, 내 귀한 여자는 창녀야. 그게 나에 대해 뭘 말해줄까?'

브론은 도착하자마자 방이 어둡다고 불평하더니 벽난로에 불을 붙이기를 고집했다. 바리스가 나타났을 때는 불이 활활 타고 있었다. "어디 있었소?" 티리온이 물었다.

"왕의 업무를 보고 있었답니다."

"아, 그래. 왕 말이지." 티리온은 중얼거렸다. "내 조카는 철왕좌는 고사하고 변소에 앉기에도 어울리지 않아."

바리스는 어깨를 으쓱였다. "견습은 일을 배워야 하는 법이지요."

"'구린내 길'에 있는 견습생 절반은 댁들 왕보다 더 잘 다스릴걸요." 브론은 식탁 맞은편에 앉아서 닭 날개를 하나 뜯었다.

티리온은 용병의 불손함을 무시하는 데 이골이 나 있었지만, 오늘 밤에는 짜증이 났다. "내 저녁 식사를 해치워도 좋다고 말한 기억이 없는데."

"안 드실 것 같아서요." 브론은 고기를 한입 가득 물고 말했다. "도시가 곪고 있는데 음식을 낭비하는 건 범죄죠. 와인 있습니까?"

'다음번엔 나보고 따라달라고 하겠군.' 티리온은 음울하게 생각하고 경고했다. "너무 나가는군."

"그리고 당신은 충분히 나가는 법이 없지요." 브론은 날개 뼈를 골풀 바닥에 던졌다. "다른 왕자가 먼저 태어났다면 얼마나 편해졌을지 생각해본 적 없어요?" 그는 닭을 잡고 가슴살을 한 움큼 뜯어냈다. "잘 우는 쪽, 토멘 말입니다. 그 왕자님은 하라는 대로 다 하게 생겼던데요. 좋은 왕이라면 그래야죠."

용병이 무슨 말을 하는지 이해하면서 티리온의 등뼈를 타고 오한이 흘렀다. '토멘이 왕이라면……'

토멘이 왕이 될 방법은 하나뿐이었다. 아니, 그런 생각은 할 수도 없었다. 조프리는 그의 가족이었고, 세르세이만이 아니라 제이미의 아들이기도 했다. "그런 말을 했다는 이유로 머리를 잘라버릴 수도 있어." 티리온의 말에 브론은 웃기만 했다.

"여러분, 싸움은 도움이 되지 않습니다." 바리스가 말했다. "부디 두 분 모두 마음을 다잡으시지요."

"좋지. 누구 심장을 뜯어서 다잡을까?" 티리온은 신랄하게 물었다. 유혹적인 선택지를 몇 개는 생각할 수 있었다.

다보스

코트네이 펜로즈 경은 갑옷을 입지 않았다. 그는 구렁말에 앉아 있었고, 그의 군기잡이는 돈점박이 회색 말을 탔다. 그 위로 바라테온의 왕관 쓴 수사슴과, 적갈색 바탕에 하얗게 그려진 펜로즈의 십자로 교차한 깃펜 문양이 펄럭였다. 코트네이 경의 덥수룩한 수염도 적갈색이었는데, 머리는 완전히 벗어졌다. 왕의 일행 규모와 화려함에 놀랐을지도 모르지만, 원숙한 얼굴에는 그런 기색을 드러내지 않았다.

그들은 사슬을 잘그랑거리고 판금을 덜거덕거리며 속보로 다가갔다. 다보스마저도 사슬 갑옷을 걸쳤는데, 스스로도 그 이유를 알 수가 없었다. 익숙하지 않은 무게에 어깨와 허리가 아팠다. 덕분에 성가시고 바보가 된 기분이었고, 다시 한 번 왜 자신이 여기 있는지 의문이 들었다. '왕의 명령에 의문을 제기하는 건 내 몫이 아니지만⋯⋯.'

일행은 전원 다보스 시워스보다 고귀한 출생에 높은 지위를 지닌 사람들이었고, 대영주들은 아침 해를 받아 번쩍거렸다. 은도금한 강철과 금상감이 갑옷을 빛냈고, 투구에는 찬란한 비단 장식과 깃털, 보석 눈을 박아넣어 교묘하게 세공한 문장 속의 짐승들이 올라앉았다. 이 부유하고 위풍 당당한 일행 속에서 스타니스만 동떨어진 모습이었다. 다보스와 마찬가지로 스타니스 왕은 모직 옷과 가죽 방호구로 소박하게 입었는데, 관자놀이에 얹은 붉은 금관이 위엄을 더해주기는 했다. 스타니스가 머리를 움직일 때마다 불꽃 형상에 햇빛이 번득였다.

블랙베타호가 스톰스엔드 앞바다에서 나머지 함대와 합류한 후 여드레 동안 다보스는 왕에게 이렇게 가까이 있어본 적이 없었다. 그는 도착하고 한 시간 만에 알현을 청했지만, 왕은 다른 일로 바쁘다는 답변만 들었다. 다보스는 왕의 종자이며 그의 아들인 데반에게서 왕이 바쁠 때가 많다는 사실을 들어 알았다. 이제 스타니스 바라테온이 힘을 갖게 되니 귀족들이 시체에 꼬인 파리 떼처럼 몰려들었다. '전하 본인도 반쯤은 시체 같아 보여. 내가 드래곤스톤을 떠났을 때보다 몇 살은 더 나이가 든 느낌이야.' 데반은 최근에 왕이 잠을 거의 자지 않는다고 했다. "렌리 공이 죽은 후부터 끔찍한 악몽에 시달리셨어요." 데반은 아버지에게 털어놓았다. "학사의 물약도 소용이 없어요. 왕을 재울 수 있는 건 멜리산드레 님뿐이에요."

'그래서 이젠 같은 천막을 쓰는 건가? 같이 기도하기 위해서? 아니면 전하를 재울 다른 방법이 있는 건가?' 다보스는 의아했지만, 그것은 아들에게도 차마 물어볼 수 없는 부적절한 질문이었다. 데반은 착한 아이였으나 더블릿에 불타는 심장 문양을 자랑스럽게 달았고, 다보스는 저녁이면 아들이 불 앞에 서서 '빛의 군주'에게 새벽을 가져다 달라 청하는 모습을 보았다. 그는 스스로를 타일렀다. '데반은 왕의 종자야. 왕의 신을 받아들여야 마땅하지.'

다보스는 가까이 솟아오른 스톰스엔드의 벽이 얼마나 높고 두꺼운지 거의 잊고 있었다. 스타니스 왕은 그 성벽 아래, 코트네이 경과 그의 군기잡이에게서 1미터쯤 떨어진 곳에 멈춰 섰다. "경." 그는 뻣뻣하게 예의를 차렸지만, 말에서 내리려 하지는 않았다.

"스타니스 공." 저쪽이 충분히 공손하다고 할 수 없었지만, 예상한 바였다.

"왕에게는 전하를 붙이는 것이 관례요." 플로렌트 공이 선언했다. 그의 흉갑에는 청금석 꽃의 원에서 붉은 금으로 만든 여우가 반짝이는 주둥이를 내밀고 있었다. 아주 큰 키에, 아주 정중하고, 아주 부유한 브라이트워터킵의 영주는 렌리의 휘하에서 제일 먼저 스타니스 지지를 선언했고, 제일 먼저 예전 신들을 버리고 빛의 군주를 받아들였다. 스타니스는 왕비를 그녀의 숙부인 액셀과 함께 드래곤스톤에 남겨두고 왔으나, 왕비의 사람들은 그 어느 때보다 더 수가 많고 강력해졌고 그 선봉이 알레스터 플로렌트였다.

코트네이 펜로즈 경은 플로렌트 공을 무시하고 스타니스에게 말했다. "대단한 분들이로군요. 대영주이신 에스터몬트, 에롤, 바너 공도 있으시고. 초록 사과 포소웨이의 존 경과 붉은 사과 포소웨이의 브라이언 경. 렌리 왕의 레인보우가드에 있었던 카론 공과 가이야드 경…… 그리고 여기 이렇게 강대하신 브라이트워터의 알레스터 플로렌트 공까지. 저 뒤쪽에 있는 게 양파 기사인가요? 만나서 반갑소이다, 다보스 경. 그런데 저 숙녀분은 누군지 모르겠군요."

"멜리산드레라고 합니다, 경." 그녀 혼자만이 갑옷을 입지 않고 흐르는 듯한 붉은 로브 차림이었다. 목에 걸린 커다란 루비가 햇빛을 빨아들였다. "경의 왕과 빛의 군주를 섬기는 몸이지요."

코트네이 경이 대답했다. "그리 잘 지내시길 빕니다. 저는 다른 신들과 다른 왕을 받아들인 몸입니다만."

"진정한 왕은 하나뿐이며, 진정한 신도 하나뿐이오." 플로렌트 공이 선언했다.

"우리가 신학을 논하러 여기 모였던가요? 그럴 줄 알았다면 성사를 데려올 걸 그랬군요."

"우리가 왜 여기 모였는지 잘 알 텐데." 스타니스가 말했다. "경에게는 내 제안을 고려할 시간이 2주 주어졌다. 까마귀들도 보냈지. 원조는 오지 않았고, 앞으로도 오지 않을 것이다. 스톰스엔드는 고립됐고, 내 인내심은 다했다. 마지막으로 경에게 명하니 성문을 열고, 정당한 나의 것을 나에게 넘겨라."

"조건은요?" 코트네이 경이 물었다.

"전과 마찬가지다. 지금 내 뒤에 보이는 영주들을 사면했듯, 경의 반역도 사면하겠다. 수비대원들은 내게 복무하거나 집에 돌아가거나 자유다. 경은 경의 무기와 한 사람이 짊어질 수 있는 만큼의 재산을 유지할 수 있다. 그러나 말과 짐 나르는 짐승들은 내어놓아야겠다."

"에드릭 스톰은 어떻게 됩니까?"

"내 형의 서자는 나에게 넘겨주어야 한다."

"그렇다면 제 답은 여전히 거절입니다."

왕은 이를 악물고 아무 말도 하지 않았다.

그 대신 멜리산드레가 나섰다. "빛의 군주께서 어둠 속에 있는 그대를 보호해주시길 빕니다, 코트네이 경."

펜로즈는 마주 내뱉었다. "그 빛의 군주는 '다른자'들하고나 붙어먹으라고 하쇼. 댁이 걸친 넝마로 그 엉덩이나 닦아주든지."

알레스터 플로렌트 공이 헛기침을 했다. "코트네이 경, 말조심하시오. 전하께서는 그 아이에게 어떤 해도 끼치지 않으실 거요. 그 아이는 전하의 혈연이고, 내 혈연이기도 해요. 다들 알다시피 내 조카인 델레나가 그 아이의 어머니요. 왕을 못 믿겠다면 날 믿어요. 내가 명예로운 남자라는 사실을 알 텐데—"

"야심 찬 남자라는 사실은 알지요." 코트네이 경이 말을 끊었다. "내가 장화를 바꾸듯이 왕을 바꾸고 믿는 신을 갈아치우는 남자라는 사실을 압니다. 지금 앞에 보이는 다른 배신자들과 마찬가지로 말이오."

왕의 일행에게서 성난 소리가 올랐다. '아주 틀린 소리는 아니지.' 다보스는 생각했다. 얼마 전까지만 해도 포소쉐이 가문이나 가이야드 모리겐, 카론, 바너, 에롤, 에스터몬트 모두 렌리 소속이었다. 렌리의 천막에 앉아서 같이 전략을 짜고, 스타니스를 쓰러뜨릴 계획을 세웠다. 그리고 플로렌트 공도 그들과 함께 있었다. 셀리스 왕비의 숙부일지는 몰라도, 그 사실이 렌리의 기세가 오를 때 브라이트워터의 영주가 렌리에게 무릎을 꿇는데 장애가 되지는 못했다.

브라이스 카론이 긴 무지개 줄무늬 망토를 바닷바람에 휘날리며 말을 몰아 몇 걸음 앞으로 나갔다. "여기에 배신자는 없습니다, 경. 제 충성 맹세는 스톰스엔드에 속하고, 스타니스 왕은 스톰스엔드의 정당한 주인이자…… 우리의 진정한 왕입니다. 로버트와 렌리의 형제로서 마지막 남은 바라테온이십니다."

"그렇다면 왜 꽃의 기사는 거기 없나? 그리고 마티스 로완은 어디 있지? 랜딜 탈리는? 오크하트 부인은? 어째서 렌리를 가장 사랑한 이들은 당신네 일행 중에 없는 걸까? 타스의 브리엔느는 어디 있나!"

"그 여자 말이오?" 가이야드 모리겐 경이 냉혹하게 웃었다. "그 여자는 달아났소. 그러는 편이 나았겠지. 자기 왕을 죽인 게 그 여자의 손이었으니."

"거짓말. 난 이븐폴홀(Evenfall Hall, 황혼의 전당)에서 제 아버지 발치에서 노는 아이였을 때부터 브리엔느를 알았고, 그 아버지가 스톰스엔드로 보냈을 때는 더 잘 알게 됐소. 그 아이는 렌리 바라테온을 처음 본 순간부터 사랑했어. 장님이라도 알아볼 수 있었을 것이외다."

"그건 분명한 사실이오." 플로렌트 공이 가볍게 말했다. "그리고 사랑에 미쳐서 자기를 퇴짜 놓은 남자를 살해한 처녀도 처음은 아니지요. 나는 왕을 죽인 게 스타크 부인이었다고 믿는 쪽이지만 말이오. 그 여자는 동맹을 맺자고 리버런에서 여기까지 왔는데, 렌리가 그 청을 거절했지. 분명히 자기 아들에게 위험하다고 보고 제거한 거요."

"브리엔느였습니다." 카론 공이 주장했다. "에몬 카이 경이 죽기 전에 그렇게 맹세했습니다. 그 점은 제가 맹세합니다, 코트네이 경."

코트네이 경의 목소리에는 경멸이 가득했다. "그 맹세에 무슨 가치가 있다고? 색색깔의 망토를 입고 있군. 렌리를 보호하겠다고 맹세했을 때 렌리에게 받은 망토지. 렌리가 죽었는데 어찌 그대는 죽지 않았나?" 그는 가이야드 모리겐에게 화살을 돌렸다. "경에게도 같은 질문을 할 수 있겠군. 녹색의 가이야드였나? 레인보우가드의? 왕을 위해 목숨을 바치겠다고 맹세한? 나에게 그런 망토가 있다면 걸치기도 부끄러웠을 거야."

가이야드 모리겐은 발끈했다. "이게 평화 교섭임을 다행으로 아시오, 펜로즈. 그렇지 않았다면 그 말을 한 혀를 잘라버렸을 거요."

"그래서 내 혀도 경의 남자다움을 던져 넣은 불에다 버릴 건가?"

"그만!" 스타니스가 말했다. "빛의 군주께서 내 동생이 반역죄로 죽게 만드셨다. 누가 했는지는 중요하지 않아."

"공에게는 그럴지도 모르지요." 코트네이 경이 말했다. "제안은 잘 들었습니다, 스타니스 공. 제 제안은 이겁니다." 그는 장갑을 벗어서 왕의 얼굴에 제대로 던졌다. "일 대 일로 싸웁시다. 검이든 기마 창이든 다른 어떤 무기든 좋습니다. 혹시 늙은이를 상대로 공의 마법 검과 옥체를 위험에 빠뜨릴 엄두가 안 나시거든 대전사를 지명하시지요. 저도 똑같이 할 테니." 그는 가이야드 모리겐과 브라이스 카론에게 통렬한 시선을 던졌다. "이 강아지들이라면 딱이겠군요."

가이야드 모리겐 경은 격분해서 얼굴이 시커메졌다. "전하만 허락하신다면 그 도전 제가 받겠습니다."

"저도 마찬가집니다." 브라이스 카론이 스타니스를 보고 말했다.

왕은 이를 갈았다. "아니다."

코트네이 경은 놀라지 않은 얼굴이었다. "대의의 정당성을 의심하십니까, 아니면 팔 힘을 의심하십니까? 제가 그 불타는 검에 오줌이라도 싸서 꺼뜨릴까 걱정이신가요?"

"나를 터무니없는 바보로 아는가, 경? 나에게는 2만 군사가 있다. 경은 바다와 육지 양쪽에서 포위됐어. 결국 내가 이길 게 확실한데 무엇 때문에 일 대 일 결투를 택하겠나?" 스타니스 왕은 코트네이 경을 손가락질했다. "제대로 경고해두지. 내 성을 되찾기 위해 폭풍을 퍼붓게 하겠다면, 자비를 기대하지 말게. 경은 물론이고 수비군 전원을 반역자로 목매달 테니."

"신들의 뜻에 따르지요. 폭풍을 몰고 와보십시오. 그리고 그때는 이 성의 이름을 기억하십시오." 코트네이 경은 고삐를 당겨 성문을 향해 달려갔다.

스타니스는 아무 말도 하지 않고 말을 돌려 야영지로 출발했다. 다른 사람들이 그 뒤를 따랐다. "이 성벽을 강습한다면 수천 명이 죽을 겁니다." 왕의 외조부인 늙은 에스터몬트 공이 조바심을 치며 말했다. "한 사람만 위험에 빠뜨리는 게 낫지 않습니까? 우리의 대의가 정당하니, 신들께서 우리 대전사의 팔에 승리를 내려주실 텐데요."

'맙소사, 노인장. 우리에겐 이제 신이 하나뿐이라는 걸 잊으셨군요. 멜리산드레의 빛의 군주뿐이에요.' 다보스는 생각했다.

존 포소웨이 경이 말했다. "저라도 기꺼이 도전에 응하겠습니다만, 검사로서 저는 카론 공이나 가이야드 경의 반에도 못 미칩니다. 렌리는 스톰스엔드에 뛰어난 기사를 남겨두지 않았어요. 수비군은 노인과 풋내기들 뿐입니다."

카론 공이 맞장구를 쳤다. "낙승이 확실합니다. 게다가 일격으로 스톰스엔드를 얻는다면 그 얼마나 영광이겠습니까!"

스타니스는 시선으로 모두를 훑었다. "다들 때까치처럼 떠들어대는데 분별은 그보다 모자라군. 조용히 하게." 그의 눈은 다보스에게 꽂혔다. "경. 같이 달리지." 그는 말에 박차를 가해서 추종자들로부터 멀어졌다. 멜리산드레만이 거대한 군기를 들고 보조를 맞췄다. 불길에 싸인 심장이 왕관 쓴 수사슴을 품은 모양이 마치 사슴을 통째로 삼킨 것 같았다.

다보스는 왕에게 합류하기 위해 달려가면서 귀족들이 주고받는 눈빛을 보았다. 이들은 양파 기사가 아니었고, 오랫동안 존경받은 가문들에서 난 긍지 높은 이들이었다. 렌리는 한 번도 그런 식으로 이들을 꾸짖은 적이 없었으리라. 바라테온 가문의 막내는 소탈하면서도 예의를 차리는 재능을 타고 났다. 안타깝게도 그 형에게는 없는 재능이었다.

그는 왕과 말 머리를 나란히 하고 속도를 늦추었다. "전하." 가까이에서 보니 스타니스의 상태가 멀리서 알아차린 것보다 더 심했다. 얼굴은 초췌했고, 눈 밑은 검었다.

왕이 말했다. "밀수꾼은 사람을 제대로 판단해야 하지. 코트네이 펜로즈 경을 어떻게 생각하나?"

"완고한 사람입니다." 다보스는 조심스럽게 말했다.

"나라면 죽고 싶어 안달이 났다고 하겠네. 내 사면 제의를 내 얼굴에 던졌어. 그러면서 자기 목숨도 던져버렸고, 저 성벽 안에 있는 모든 목숨을 같이 던졌지. 일 대 일 결투라고?" 왕은 경멸을 담아 코웃음 쳤다. "날 로버트로 오해한 모양이야."

"그보다는 절박했다고 봐야겠지요. 그자에게 달리 무슨 희망이 있겠습니까?"

"없지. 성은 함락될 거야. 하지만 어떻게 빨리 함락한다?" 스타니스는 잠시 생각에 잠겼다. 다보스는 일정하게 울리는 말발굽 소리 너머로 왕이 이를 가는 소리를 들을 수 있었다. "알레스터 공은 노(老) 펜로즈 공을 데려오라고 권하더군. 코트네이 경의 아버지 말이야. 자네도 알 텐데?"

"제가 사절로 찾아갔을 때, 펜로즈 공은 대부분의 영주들보다 정중하게 저를 맞이했습니다. 늙고 지친 사람입니다. 병들어 죽어가는."

"플로렌트는 그자를 더 잘 보이는 곳에서 죽이자고 하네. 아들이 보는 곳에서 목에 올가미를 걸자는 거야."

왕비 쪽 사람에게 반대하다니 위험한 짓이었지만, 다보스는 그의 왕에게 늘 진실만 말하겠다고 서약한 몸이었다. "그건 바람직하지 않다고 생각합니다, 주군. 코트네이 경은 자신의 믿음을 어기느니 아버지의 죽음을 보고 말 겁니다. 우리는 얻을 게 없고, 대의에만 불명예가 따릅니다."

"무슨 불명예?" 스타니스는 신경질을 냈다. "나보고 반역자들의 목숨을 살려주라는 건가?"

"저 뒤에 있는 자들의 목숨은 살려주셨습니다."

"그 일로 날 질책하는 건가, 밀수꾼?"

"제가 그럴 위치는 아니지요." 다보스는 지나치게 말해버렸나 두려웠다.

왕은 끈질겼다. "자넨 펜로즈를 내 휘하 영주들보다 더 높이 평가하는군. 왜지?"

"신의를 지키니까요."

"죽은 찬탈자에 대한 그릇된 신의야."

"맞습니다." 다보스는 동의했다. "그렇다 해도 그자는 신의를 지킵니다."

"그리고 저 뒤에 있는 자들은 아니다?"

지금 쭈뼛거리기에는 스타니스와 너무 멀리 왔다. "지난해에 저들은 로버트의 신하였습니다. 지난달에는 렌리의 신하였지요. 오늘 아침에는 전하의 신하입니다. 내일은 또 누구 편이 되겠습니까?"

그러자 스타니스는 웃어젖혔다. 거칠고 냉소 가득한 폭소였다. 그러더니 그는 붉은 여인을 향해 말했다. "내가 말했잖나, 멜리산드레. 나의 양파 기사는 내게 진실만 말한다네."

"과연 잘 아시는군요, 전하." 붉은 여인이 말했다.

"다보스, 자네가 정말 그리웠다. 그래, 난 배신자들을 이끌고 있지. 자네 코는 못 속여. 내 휘하 영주들은 심지어 반역에조차 충실하지 못해. 나에 겐 저들이 필요하지만, 자네도 더 작은 죄로 더 나은 사람들을 벌한 내가 저런 자들을 사면하려니 얼마나 넌더리가 나는지 알아야 해. 자네에겐 날 책망할 자격이 넘치네, 다보스 경."

"전하께서는 제가 미치지 못할 만큼 스스로를 책망하고 계십니다. 왕좌 를 얻으려면 저 대영주들이 필요하고—"

"손가락까지 온전하게 말이지." 스타니스는 음울하게 미소 지었다.

다보스는 자기도 모르게 불구의 손을 들어 목에 걸린 주머니를 매만지 고, 그 안에 든 손가락뼈를 만졌다. 행운을.

왕은 그 몸짓을 보았다. "아직 거기에 담겨 있나, 양파 기사? 잃어버리 지 않고?"

"그대로 있습니다."

"왜 간직하는 건가? 궁금할 때가 많았네."

"이 뼈는 제가 어떤 존재였는지 상기시켜줍니다. 제 출신을요. 그리고 주군의 정의를 일깨워주지요."

"그게 정의였다. 훌륭한 행동이라고 해서 나쁜 행위를 씻어내지는 않 고, 그 반대도 마찬가지지. 각각의 행동에 맞는 응보가 따라야 해. 자네는 영웅이자 밀수꾼이었지." 그는 멀리서 따라오는 플로렌트 공과 다른 영주 들, 레인보우가드였던 기사들과 배신자들을 돌아보았다. "사면받은 영주 들도 그 점을 잘 생각하면 좋으련만. 선하고 진실한 자들은 조프리를 진정 한 왕으로 잘못 알고 그를 위해 싸울 것이다. 북부인들도 롭 스타크에 대 해 같은 말을 할지 몰라. 하지만 내 동생의 휘하에 모여든 이 영주들은 렌리가 찬탈자라는 사실을 알고 있었다. 권력과 영광에 대한 꿈 말고는 다른 이유도 없이 정당한 왕에게 등을 돌렸어. 그리고 난 저들의 정체를 기억해 두었다. 그래, 사면하기는 했지. 용서도 했어. 그러나 잊지는 않는다." 그는 훗날의 정의를 생각하느라 잠시 침묵에 잠기더니, 불쑥 말했다. "평민들은 렌리의 죽음에 대해 뭐라고 하나?"

"슬퍼합니다. 동생분은 사랑받는 존재였습니다."

"바보들은 바보를 사랑하지." 스타니스는 투덜거렸다. "그렇지만 나 역시 슬퍼한다. 어른이 된 렌리가 아니라, 어렸을 때의 그 아이를 생각하며." 그는 잠시 말이 없다가 다시 말했다. "세르세이의 근친상간 이야기는 다들 어떻게 받아들이던가?"

"저희가 같이 있을 때는 스타니스 왕을 연호했습니다. 저희가 배를 몰고 떠난 후에 어떻게 말했는지는 저도 알지 못합니다."

"그러면 사람들이 믿는다고 생각하나?"

"밀수를 하던 시절에 저는 어떤 사람은 무엇이든 믿고, 어떤 사람은 아무것도 믿지 않는다는 사실을 알았습니다. 저희는 양쪽 부류를 다 만났습니다. 그리고 다른 이야기가 퍼지고 있는데—"

"그래." 스타니스가 말을 끊었다. "셸리스가 나를 배신하고 어릿광대와 놀아났다는 이야기 말이지. 내 딸이 반편이 어릿광대를 아비로 뒀다니! 터무니없는 만큼이나 비열한 이야기다. 협상을 하러 만났을 때 렌리가 내 입에 그 소문을 처넣더군. 그런 이야기를 믿으려면 패치페이스만큼 미쳐야 할 거야."

"그럴지도 모릅니다만…… 주군, 사람들은 그 내용을 믿지 않아도 그 이야기 하기를 즐깁니다." 많은 곳에 그 이야기가 먼저 퍼져서, 다보스가 전하려는 진실된 이야기를 망쳤다.

"로버트가 잔에 오줌을 누면 와인이라고 하더니, 내가 깨끗한 찬물을 내미는 데 의심에 찬 눈으로 보면서 서로에게 물맛이 이상하다고 중얼거리는군." 스타니스가 이를 갈았다. "내가 멧돼지로 변신해서 로버트를 죽였다는 소리가 나와도 믿겠어."

"마음대로 떠드는 소리를 막을 수는 없습니다. 하지만 주군께서 형님의 진짜 살인자들에게 복수를 하시고 나면 온 왕국이 그런 이야기가 거짓임을 알 겁니다."

스타니스는 그의 말을 제대로 듣지 않는 얼굴이었다. "세르세이가 로버트의 죽음에 관여했다는 점은 의심치 않는다. 로버트를 위해 정의를 집행할 것이다. 그래, 네드 스타크와 존 아린을 위해서도."

"렌리를 위해서도요?" 그 말은 생각해보기도 전에 다보스의 입에서 튀어나갔다.

왕은 오랫동안 말이 없다가 아주 조용히 말했다. "가끔 꿈을 꾼다. 렌리의 죽음에 대해서. 초록색 천막의 촛불들, 비명을 지르는 여자. 그리고 피." 스타니스는 자신의 두 손을 내려다보았다. "렌리가 죽었을 때 나는 아직 침대에 있었다. 데반이 말해줄 거야. 데반이 나를 깨우려 했지. 새벽이 가까웠고 내 영주들은 초조하게 기다리고 있었다. 나는 갑옷을 입고 말에 올라야 했다. 렌리가 새벽에 공격하리라는 사실을 알고 있었어. 데반은 내가 몸부림을 치며 소리를 질렀다고 한다만, 그게 무슨 의미가 있을까? 그건 꿈이었다. 렌리가 죽었을 때 나는 내 천막 안에 있었고, 깨어났을 때 내 손은 깨끗했다."

다보스 시워스 경은 없어진 손가락 끝이 근질거리는 느낌이었다. '뭔가 잘못됐어.' 과거의 밀수꾼은 그렇게 생각했지만, 고개를 끄덕이며 말했다. "알겠습니다."

"렌리는 나에게 복숭아를 내밀었다. 협상 중에 말이다. 나를 비웃고, 나에게 대들고, 나를 위협하고, 나에게 복숭아를 내밀었지. 나는 그 녀석이 검을 뽑는다 생각하고 내 검에 손을 뻗었다. 그게 그 녀석의 목적이었을까? 내가 두려움을 드러내게 만드는 것이? 아니면 그것도 그저 렌리의 무의미한 농담이었을까? 그 복숭아가 얼마나 단지 말했을 때, 그 말 속엔 숨은 의미가 있었을까?" 왕은 고개를 흔들었다. 개가 토끼를 흔들어 목을 끊을 때 같은 움직임이었다. "과일 한 알로 날 그렇게 짜증 나게 만들 수 있는 건 렌리뿐이었다. 그 녀석은 반역으로 파멸을 자초했지만, 난 그 녀석을 사랑했다, 다보스. 이제는 그걸 알겠구나. 나는 동생이 내민 복숭아를 생각하면서 무덤에 들어간 것이다."

그 무렵에는 숙영지 한중간이었다. 그들은 가지런히 열을 맞춘 천막들, 휘날리는 깃발들, 그리고 방패와 창 무더기를 지나 말을 달렸다. 말똥 냄새가 진동을 했고, 거기에 장작 타는 냄새와 고기 굽는 냄새가 섞였다. 스타니스는 고삐를 당겨 말을 세우고 플로렌트 공과 다른 영주들에게 통명스럽게 해산을 명하면서 한 시간 후에 군사 회의를 위해 그의 천막에 모이라고 지시했다. 그들은 고개를 숙이고 흩어졌고, 다보스와 멜리산드레는 왕의 천막으로 말을 몰았다.

휘하 영주들이 회의를 하러 와야 했기에 큰 천막일 수밖에 없었다. 그러나 웅장하거나 호사스러운 면은 없었다. 그것은 캔버스 천을 가끔 금색으로 통하는 어두운 노란색으로 염색해서 만든 군인 천막이었다. 왕의 천막이라는 사실을 알리는 표시라고는 중앙 기둥 꼭대기에 휘날리는 왕기뿐이었다. 그리고 천막 밖에 선 위병들……. 왕비의 사람들이 자기네 문장 위에 불타는 심장 표식을 꿰매어 달고 긴 창에 기대어 서 있었다.

말에서 내리는 그들을 도우려고 마부들이 달려왔다. 위병 한 명은 멜리산드레에게서 크고 무거운 군기를 받아들고는, 장대를 부드러운 땅에 깊이 꽂았다. 데반은 왕을 위해 천막 문을 젖히려고 옆에 기다리고 서 있었다. 그 옆에는 더 나이 든 종자 하나가 기다렸다. 스타니스는 왕관을 벗어서 데반에게 건넸다. "찬물을. 잔은 두 개 가져와라. 다보스, 함께 들게. 멜리산드레, 그대가 필요하면 부르겠소."

"분부대로 하지요." 멜리산드레는 고개를 숙였다.

눈부신 아침을 보내고 나니 천막 안이 서늘하고 어둡게 느껴졌다. 스타니스는 소박한 나무 접의자에 앉고 다보스에게 다른 의자를 손짓해 가리켰다. "언젠가는 자네를 영주로 만들지도 모르겠네, 밀수꾼. 셀티가르와 플로렌트를 괴롭히기 위해서라도 말이야. 하지만 자네는 나에게 고마워하지 않겠지. 그건 이런 회의를 다 참아내야 하고, 노새들의 울음소리에 관심있는 척 해야 한다는 뜻이니까."

"아무 쓸모가 없다면 왜 회의를 여시는 겁니까?"

"노새들은 자기 울음소리 듣기를 좋아하거든. 그리고 난 저 노새들이 내 수레를 끌게 해야 해. 아, 물론 아주 가끔 한 번씩은 쓸모 있는 생각이 나오기도 하지. 하지만 오늘은 아닐 거야…… 아, 자네 아들이 물을 가져왔군."

데반은 테이블 위에 쟁반을 놓고 점토로 만든 잔을 두 개 채웠다. 왕은 잔에 소금을 약간 뿌려서 마셨다. 다보스는 물을 그대로 들이켜면서 와인이었으면 좋겠다고 생각했다. "회의에 대해 말씀하시던 중입니다만."

"어떻게 돌아갈지 말해주지. 벨라리온 공은 해가 뜰 때 성벽을 강습하라고 권할 거야. 갈고랑쇠와 사다리로 화살과 끓는 기름에 맞서라는 거지. 젊은 노새들은 그게 훌륭한 생각이라 여길 거야. 에스터몬트는 티렐과 레드와인이 나에게 시도했던 대로 죽치고 앉아서 놈들을 굶겨 죽이는 쪽을 선호하겠지. 1년이 걸릴지도 모르지만, 늙은 노새들은 인내심이 있거든. 그리고 카론 공을 비롯해서 발길질 좋아하는 놈들은 코트네이 경이 던진 장갑을 받아서 모든 걸 일 대 일 결투에 걸고 싶어 할 거야. 하나같이 내 대전사가 되어 불멸의 명성을 얻을 꿈을 꾸겠지." 왕은 물을 다 마셨다.

"자네라면 어떻게 하겠나, 밀수꾼?"

다보스는 잠시 생각해보고 대답했다. "즉시 킹스랜딩을 치겠습니다."

왕은 코웃음을 쳤다. "스톰스엔드는 내버려두고 말인가?"

"코트네이 경에게는 전하를 해칠 힘이 없습니다. 라니스터에게는 있지요. 포위전은 너무 오래 걸리고, 일 대 일 결투는 너무 불확실하며, 강습은 성공한다는 보장도 없이 수천 명의 목숨을 치르게 됩니다. 그럴 필요가 없습니다. 일단 조프리를 왕좌에서 끌어내리면 이 성은 나머지 모두와 함께 전하에게 올 겁니다. 타이윈 라니스터 공은 북부인들의 복수에서 라니스포트를 구하기 위해 서쪽으로 달려간다는 말이 돌고 있습니다……."

"아주 똑똑한 아버지를 뒀구나, 데반." 왕은 옆에 선 소년에게 말했다. "내 밑에서 일하는 밀수꾼이 더 있다면 좋겠군. 영주는 좀 적었으면 좋겠고 말이야. 하지만 한 가지는 틀렸네, 다보스. 필요는 있어. 스톰스엔드를 후미에 내버려두고 간다면, 내가 여기에서 졌다는 소문이 돌 거야. 그건 용납할 수 없네. 사람들은 나를 내 형제들만큼 사랑하지 않아. 오직 나를 두려워하기 때문에 따르지……. 그리고 패배는 두려움을 끝장내. 이 성은 반드시 함락해야 하네." 그는 이를 갈았다. "그래, 그것도 빨리 해야 하지. 도란 마르텔이 휘하를 소집해서 고갯길을 요새화했네. 도르네인들이 변경 지역을 급습할 태세를 갖추고 있어. 그리고 하이가든은 조금도 소모되지 않았지. 내 동생은 비터브리지에 대군을 남겨두고 왔네. 거의 6만 명에 이르는 보병이야. 내 처의 동생인 에롤 경을 파멘 크레인 경과 함께 보내어 내 지휘하에 거두도록 했지만, 둘 다 돌아오지 않았네. 로라스 티렐 경이 내 사절단보다 먼저 비터브리지에 도착해서 그 군대를 손에 넣었을까 걱정이야."

"그러니 더욱 빨리 킹스랜딩을 빼앗아야지요. 살라도르 산이 말하기로는―"

"살라도르 산은 황금 생각밖에 없어!" 스타니스는 폭발했다. "그놈은 레드킵 지하에 있다고 생각하는 보물만 꿈꾸고 있으니, 살라도르 산의 이야기는 더 듣지 않겠네. 리스 해적에게 군사 조언을 받아야 하는 날은 내가 왕관을 벗고 검은 옷을 입는 날이야." 그는 주먹을 쥐었다. "밀수꾼, 자넨 날 위해 일하러 온 건가, 아니면 언쟁으로 날 괴롭히러 온 건가?"

"저는 전하의 뜻에 따릅니다." 다보스가 말했다.

"그렇다면 내 말을 듣게. 코트네이 경의 부관은 포소웨이의 사촌이야. 메도스 공이라고, 스무 살의 풋내기지. 펜로즈에게 불운이 닥친다면 스톰스엔드의 지휘권은 그 애송이에게 넘어갈 테고, 그 애송이의 사촌들은 그럴 경우 메도스 공이 내 조건을 받아들여 항복할 거라 믿네."

"스톰스엔드의 지휘권을 넘겨받았던 다른 애송이가 기억납니다만. 그쪽은 스무 살도 안 됐었지요."

"메도스 공은 나만큼 완고한 돌머리는 아니라네."

"완고하든 비겁하든, 무슨 의미가 있습니까? 코트네이 펜로즈 경은 정정하기만 하던데요."

"내 동생도 죽기 전날 튼튼하기만 했지. 밤은 어둡고 공포가 가득하다네, 다보스."

다보스 시워스는 목덜미 털이 쭈뼛 일어서는 기분이었다. "주군의 말씀을 이해하지 못하겠습니다."

"이해를 구하지 않는다. 일만 수행해주면 돼. 코트네이 경은 하루 안에 죽을 것이다. 멜리산드레가 미래의 불길 속에서 보았어. 코트네이 경의 죽음만이 아니라 어떻게 죽는지까지. 기사답게 결투하다가 죽지 않으리라는 거야 말할 필요도 없겠지." 스타니스가 잔을 내밀자 데반이 물을 따랐다. "멜리산드레의 불길은 거짓말을 하지 않는다. 렌리의 죽음도 보았지. 드래곤스톤에서 보고 셀리스에게 말했었다. 벨라리온 공과 자네의 친구 살라도르 산이라면 내가 조프리와 싸우러 가게 했겠지만, 멜리산드레는 스톰스엔드로 오면 동생의 군세 대부분을 얻으리라 말했고, 그 말이 옳았다."

"하, 하지만……." 다보스는 말을 더듬었다. "렌리 공이 여기로 온 것은 전하께서 스톰스엔드를 포위했기 때문입니다. 그 전까지는 라니스터와 싸우기 위해 킹스랜딩으로 진군하고 있었습니다. 그랬다면—"

스타니스는 찌푸린 얼굴로 앉은 자세를 바꿨다. "진군하고 있었는데, 계속 그리로 갔다면, 그런 소리 해봐야 뭐하나? 렌리가 저지른 일은 그게 아닌데. 제 휘하 영주들과 복숭아와 함께 여기로, 파멸을 향해 왔지……. 그리고 나에게는 그래서 잘된 일이었다. 멜리산드레는 불길 속에서 다른 미래도 보았다. 초록색 갑옷을 입은 렌리가 킹스랜딩의 성벽 아래에서 내 군대를 깨부수기 위해 남쪽에서 달려오는 미래였지. 그곳에서 동생을 만났다면 죽을 사람은 렌리가 아니라 나였을지도 모른다."

"아니면 두 분이 힘을 합쳐 라니스터를 무너뜨리셨을지도 모르지요." 다보스는 항의했다. "왜 그런 미래는 안 됩니까? 그분이 두 가지 미래를 보았다면…… 둘 다 사실이 아닐 수도 있습니다."

왕은 한 손가락으로 그를 가리켰다. "거기서 잘못 생각했다, 양파 기사. 어떤 빛은 그림자를 하나 이상 드리운다. 밤에 불 앞에 서면 직접 보게 되지. 불길은 가만히 있지 않고 계속 일렁이고 춤을 추거든. 그림자는 커졌다 작아지고, 누구나 그림자를 십여 개씩 드리운다. 어떤 그림자는 다른 그림자보다 희미해. 사람이 미래에 드리우는 그림자도 마찬가지다. 그림자가 하나일 때도 있고 많을 때도 있는 거야. 멜리산드레는 그 모든 그림자를 본다.

자네는 그 여인을 좋아하지 않지. 나도 그 정도는 안다, 다보스. 난 장님이 아니야. 내 영주들도 싫어한다. 에스터몬트는 불타는 심장이 잘못된 선택이라 여기고 예전처럼 왕관 쓴 수사슴 아래에서 싸우게 해달라고 애원하지. 가이야드 경은 여자가 군기를 들어서는 안 된다고 하고. 다른 이들은 그 여자에게는 군사 회의에 참석할 자격이 없다고, 그 여자를 아사이로 돌려보내야 한다고, 밤에 내 천막에 그런 여자를 두는 건 죄악이라고 속삭인다. 그래, 속삭이지…… 멜리산드레가 날 위해 일하는 동안에."

"어떻게 일한단 말입니까?" 다보스는 답을 두려워하며 물었다.

"필요한 방식으로." 왕은 그를 보았다. "자네는 어떤가?"

"저는……." 다보스는 입술을 핥았다. "저는 전하의 명에 따릅니다. 제게 무슨 일을 시키시렵니까?"

"처음 하는 일은 아니다. 그저 어두운 밤에 눈에 띄지 않게 성 뒤쪽으로 배를 상륙시키면 된다. 할 수 있겠나?"

"예. 오늘 밤입니까?"

왕은 무뚝뚝하게 고개를 끄덕였다. "작은 배가 필요할 거다. 블랙베타호는 안 돼. 아무도 자네가 무슨 일을 하는지 몰라야 한다."

다보스는 항의하고 싶었다. 그는 이제 밀수꾼이 아니라 기사였고, 암살자였던 적은 한 번도 없었다. 그래도 입을 열었을 때 항의의 말은 나오지 않았다. 상대는 스타니스였다. 그의 정당한 주군이자, 지금의 그를 만든 인물이었다. 그리고 아들들도 생각해야 했다. '신들이시여, 대체 그 여자가 무슨 짓을 한 겁니까?'

"말이 없군." 스타니스가 말했다.

'그리고 계속 그래야 해.' 다보스는 스스로에게 그렇게 말하면서도 입을 열었다. "주군께서는 그 성을 손에 넣으셔야 합니다. 이젠 저도 알겠습니다. 하지만 분명히 다른 방법이 있을 겁니다. 더 깨끗한 방법이요. 그 서자를 데리고 있게 허락하신다면 코트네이 경도 항복할 겁니다."

"난 반드시 그 아이를 손에 넣어야 한다, 다보스. 반드시. 역시 멜리산드레가 불길 속에서 본 내용이다."

다보스는 다른 답을 찾아보려 했다. "스톰스엔드에는 가이야드 경이나 카론 공을 비롯해서 전하에게 충성을 바치는 백여 명의 기사에 필적할 기사가 없습니다. 그 일 대 일 결투는…… 혹시 코트네이 경이 명예롭게 항복할 방법을 찾는 건 아닐까요? 자기 목숨을 바쳐서라도?"

왕의 얼굴에 구름이 흐르듯 심란한 표정이 스쳤다. "그보다는 뭔가 음모를 꾸미고 있겠지. 대전사들의 결투는 없을 거야. 코트네이 경은 그 장갑을 던지기 전에 이미 죽은 목숨이었다. 불길은 거짓말을 하지 않는다, 다보스."

'하지만 그걸 사실로 만들려면 제가 있어야 하지요.' 다보스 시워스는 오랜만에 깊은 슬픔을 느꼈다.

그리하여 그는 야밤에 다시 한 번 검은 돛을 단 작은 배를 몰아 십브레이커 만을 건넜다. 하늘도 같았고, 바다도 같았다. 공기 속의 소금 냄새도 같았고, 선체에 부딪치는 물도 기억 속 그대로였다. 성 주변에 타오르는 천여 개 모닥불도 16년 전 티렐과 레드와인 군대가 피운 불과 같았다. 그러나 나머지는 다 달랐다.

'지난번에 내가 스톰스엔드에 가져온 것은 양파의 모습을 띤 생명이었지. 이번에는 아사이의 멜리산드레라는 형상을 띤 죽음이구나.' 16년 전에는 바람이 바뀔 때마다 돛이 날카로운 소리를 내는 바람에 풀어 내리고 소리 없이 노를 저어 가야 했다. 그랬어도 심장이 목구멍으로 튀어나올 것 같았다. 그러나 레드와인의 갤리선에 탄 자들은 오랜 포위 후에 해이해져 있었고, 그들은 검은 새틴처럼 매끄럽게 경계선을 뚫고 들어갔다. 이번에는 보이는 배마다 스타니스의 배였고, 위험이라고는 성벽에서 내려다보는 파수꾼뿐이었다. 그래도 다보스는 활시위처럼 팽팽하게 긴장했다.

멜리산드레는 머리끝부터 발끝까지 짙은 붉은색 망토에 싸여 배 가로장에 웅크리고 앉아 있었다. 두건 아래로 보이는 얼굴이 창백했다. 다보스는 바다를 사랑했다. 그는 출렁이는 갑판에서 제일 잘 잤고, 삭구를 흔드는 바람 소리는 그에게 어떤 가수가 하프 줄을 퉁기는 소리보다 더 달콤하게 들렸다. 그런 바다도 오늘 밤에는 아무런 위안을 주지 못했다. "경에게서 두려움의 냄새를 맡을 수 있군요." 붉은 여인이 조용히 말했다.

"언젠가 누군가가 말하길 밤은 어둡고 공포가 가득하다더군요. 그리고 오늘 밤 저는 기사가 아닙니다. 다시 밀수꾼 다보스지요. 당신이 양파였다면 좋았을 텐데 말입니다."

그녀는 소리 내어 웃었다. "나를 두려워하는 건가요? 아니면 우리가 하는 일이 두렵나요?"

"당신이 하는 일이 두렵습니다. 전 관여하지 않을 겁니다."

"돛을 올린 것도, 키를 잡은 것도 경의 손입니다."

다보스는 말없이 항로를 살폈다. 해안은 바위투성이였기 때문에, 그는 해안을 멀리 두고 만을 건너고 있었다. 조류가 변하기를 기다려서 방향을 바꿀 참이었다. 스톰스엔드가 등 뒤로 점점 작아지는데도 붉은 여인은 걱정하지 않는 눈치였다. "당신은 선한 남자인가요, 다보스 시워스?" 그녀가 물었다.

'선량한 남자가 이런 짓을 할까?' "저는 그냥 남잡니다. 아내에게 다정하기는 하지만, 다른 여자도 알았지요. 아들들에게 아버지 노릇을 하고, 이 세상에 자식들이 있을 자리를 마련해주려고 노력했지요. 그래요, 법을 어기고 살긴 했습니다만, 오늘 밤이 오기 전까지는 내가 악하다 느낀 적은 없습니다. 그러니 뒤섞여 있다고 해야겠군요. 좋기도 하고 나쁘기도 하다고요."

"회색이로군요. 하얗지도 까맣지도 않고, 양쪽이 함께하는. 그런 건가요, 다보스 경?"

"그렇다면요? 제가 보기에는 대부분의 사람이 회색입니다만."

"양파 반쪽이 까맣게 썩었다면 그건 썩은 양파죠. 사람은 선하거나, 아니면 악하거나예요."

뒤쪽에 보이던 불빛들은 검은 하늘로 녹아들어 은은한 불빛 하나가 되었고, 육지는 거의 시야에서 벗어났다. 방향을 바꿀 때가 됐다. "머리 조심하십시오." 다보스가 키 손잡이를 밀자 작은 배가 방향을 돌리면서 검은 바닷물이 확 일었다. 멜리산드레는 한 손을 뱃전 널빤지에 올리고 흔들리는 활대 아래로 몸을 숙이면서도 여전히 침착했다. 나무가 삐걱거리고, 돛천이 드득거리고, 물이 튀는 소리가 어찌나 요란한지 성에서 들을 수 있을 것만 같았다. 다보스는 그렇지 않다는 사실을 알고 있었다. 바다를 면한 스톰스엔드의 육중한 성벽을 뚫고 들어가는 소리는 오직 끊임없이 바위를 두드리는 파도 소리뿐이었고, 그 소리조차 희미하게 들렸다.

그들이 해안을 향해 방향을 돌리자 뒤쪽으로 잔잔한 항적이 퍼져나갔다. 다보스가 멜리산드레에게 말했다. "남자들과 양파에 대해 말씀하셨는데, 여자들은 어떻습니까? 여자들은 같지 않나요? 당신은 선합니까, 악합니까?"

그 질문에 멜리산드레는 나직이 웃었다. "아, 선하지요. 나도 일종의 기사랍니다, 매력적인 기사님. 빛과 생명의 대전사라고나 할까요."

"그런데도 오늘 밤에는 한 남자를 죽이려 하는군요. 크레센 학사를 죽였듯이요."

"당신의 학사는 스스로를 독살했어요. 나를 독살하려고 했지만, 나는 더 큰 힘에 보호를 받았고 그 사람은 아니었지요."

"렌리 바라테온은? 렌리를 죽인 건 누구였습니까?"

멜리산드레는 고개를 돌렸다. 두건 그림자 아래에서 그녀의 두 눈이 불그스름한 촛불 빛처럼 타올랐다. "나는 아니오."

"거짓말." 다보스는 이제 확신했다.

멜리산드레는 다시 웃었다. "당신은 어둠과 혼란에 빠져 있어요, 다보스 경."

"잘된 일이지요." 다보스는 멀리 스톰스엔드 성벽을 따라 너울거리는 빛을 가리켰다. "바람이 얼마나 차가운지 느껴집니까? 위병들은 저 횃불들 근처에 모여 있을 겁니다. 작은 온기, 작은 빛이 이런 밤에는 위안이 되지요. 하지만 저들은 그 빛에 눈이 멀어 우리가 지나가는 줄 모를 겁니다." '내 희망이지만.' "지금은 어둠의 신이 우리를 보호합니다. 당신까지도요."

그 말에 멜리산드레의 눈이 조금 더 밝게 타오르는 것 같았다. "그 이름을 말하지 말아요, 경. 그의 검은 시선을 우리에게 끌어오지 않으려면. 내 장담하는데 그는 아무도 보호하지 않아요. 그는 살아 있는 모든 것의 적이지. 우리를 숨겨주는 건 횃불이라고 당신 입으로도 말했지요. 붉은 빛의 군주가 주시는 눈부신 선물이에요."

"마음대로 생각하시지요."

"내가 아니라 그분의 뜻대로요."

바람이 바뀌고 있었다. 다보스는 느낄 수 있었고, 검은 돛이 흔들리는 모습으로도 알 수 있었다. 그는 마룻줄에 손을 뻗었다. "돛을 내리게 도와주십시오. 나머지 길은 노를 저어가겠습니다."

그들은 출렁이는 배 위에서 힘을 합쳐 돛을 내려 묶었다. 다보스는 노를 내려 일렁이는 검은 바닷물 속에 집어넣으면서 말했다. "렌리에게 갈 때는 누가 노를 저었습니까?"

"그럴 필요가 없었어요. 렌리는 아무 보호를 받지 못했으니까. 하지만 여기는…… 스톰스엔드는 오래된 성이에요. 돌 속에 엮인 주문이 있지요. 어떤 그림자도 지나갈 수 없는 어두운 벽이…… 아주 오래되어 잊혔으나, 그 자리에 그대로 있어요."

"그림자?" 다보스는 살갗이 따끔거리는 느낌이었다. "그림자는 어둠의 산물일 텐데요."

"어린아이보다 더 무지한 말을 하는군요, 기사님. 어둠 속엔 그림자가 없어요. 그림자는 빛의 하인이며 불의 아이들이지요. 가장 밝은 불길이 가장 어두운 그림자를 드리우는 법."

다보스는 얼굴을 찌푸리며 그녀를 조용히 시켰다. 그들은 다시 해안에 다가가고 있었고, 목소리가 물을 가로질러 전해졌다. 그는 노를 저었다. 노 젓는 희미한 소리는 규칙적인 파도 소리에 묻혔다. 스톰스엔드의 바다쪽 성은 하얀 벼랑 위에 서 있었고, 그 가파른 벼랑은 육중한 외벽의 1.5배에 이르렀다. 그 벼랑에 입이 하나 뚫려 있었는데, 다보스는 16년 전에 그랬듯 그곳으로 향했다. 그 통로는 성 아래 큰 동굴로 이어졌으며, 그곳에 옛 폭풍 영주들은 상륙장을 지었다.

오직 만조 때만 다닐 수 있는 통로였고, 만조라 해도 위험하기 짝이 없었지만, 밀수꾼으로 갈고 닦은 기술은 그를 버리지 않았다. 다보스가 들쭉날쭉한 바위 사이를 교묘하게 빠져나가자 동굴 입구가 나타났다. 그는 노를 멈추고 파도에 실려 들어갔다. 파도는 그를 둘러싸고 부서졌고 배를 이쪽으로 밀었다가 저쪽으로 밀면서 그들을 흠뻑 적셨다. 어둠 속에서 얼핏 바위 손가락 하나가 거품을 물고 달려들었고, 다보스는 한쪽 노로 밀어내어 가까스로 위험에서 벗어났다.

그곳을 지나고 나자 그들은 어둠에 휩싸였고, 물이 잔잔해졌다.

작은 배는 속도를 늦추고 빙빙 돌았다. 그들의 숨소리가 메아리치다 못해 사방을 에워쌌다. 다보스는 그 어둠을 예상하지 못했다. 지난번에는 통로를 따라 횃불이 타고 있었고, 천장에 난 살인 구멍에서는 굶주린 남자들의 눈이 내려다보았었다. 그는 쇠창살문이 앞쪽 어딘가에 있음을 알고 있었다. 다보스는 노를 이용해서 속도를 늦췄고, 그들은 부드럽기까지 한 움직임으로 그리 흘러갔다.

"우리가 올 수 있는 건 여기까지입니다. 안에서 우리를 위해 문을 올려 줄 사람이 없는 한." 그의 속삭임은 부드러운 분홍색 발을 지닌 쥐들처럼 철썩이는 파도 위를 달렸다.

"성벽 안으로 들어온 건가요?"

"예. 성벽 아래입니다. 하지만 더는 못 갑니다. 쇠창살문이 바닥까지 내려 가 있어요. 그리고 창살이 너무 촘촘해서 어린아이도 통과할 수 없습니다."

조용히 바스락거리는 소리밖에 돌아오지 않았다. 그러더니 어둠 속에 빛이 피어났다.

다보스는 한 손을 들어 올려 눈을 가렸고, 숨이 턱 막혔다. 멜리산드레 가 두건을 젖히고 몸을 덮은 로브를 벗어버렸는데, 그 아래는 알몸, 그것 도 아이를 밴 몸이었다. 부풀어 오른 젖가슴이 무겁게 늘어졌고, 배는 터 질 듯이 튀어나왔다. "신들이시여 우리를 보우하소서." 그는 속삭였고, 그 말에 대한 응답으로 멜리산드레의 깊고 쉰 웃음소리를 들었다. 그녀의 두 눈은 뜨거운 석탄이었고, 피부에 얼룩진 땀은 스스로 빛을 내는 것 같았 다. 멜리산드레는 빛을 발했다.

그녀는 숨을 헐떡이며 쪼그리고 앉아서 다리를 벌렸다. 잉크처럼 검은 피가 허벅지를 타고 흘렀다. 그녀가 내지르는 소리는 고통일 수도, 환희일 수도, 둘 다일 수도 있었다. 그리고 다보스는 다리 사이로 밀고 나오는 아 이 머리를 보았다. 두 팔이 빠져나오더니 더듬더듬 검은 손가락이 멜리산 드레의 긴장한 허벅지를 쥐고 몸을 밀어냈다. 마침내 세상에 나온 그림자 전체는 다보스보다 더 컸고, 통로만큼이나 높이 배 위에 우뚝 섰다. 다보 스는 그 그림자가 쇠창살 사이로 몸을 비틀어 넣고 물 위를 달려가서 사 라지기 전에 잠시밖에 보지 못했지만, 그 잠시만으로도 충분했다.

그는 그 그림자를 알았다. 그 그림자의 주인을 알기에.

존

그 소리는 캄캄한 밤에 날아왔다. 존은 야영지가 술렁이기 시작하자 팔꿈치를 대고 몸을 일으키면서 습관대로 '긴 발톱'에 손을 뻗었다. '잠든 사람들을 깨우는 나팔 소리라.'

길게 끌리는 낮은 음이 들릴락말락하게 이어졌다. 원형 담에 둘러선 보초들은 그대로 서서 서리를 내뿜으며 서쪽으로 고개를 돌렸다. 나팔 소리가 스러져가자 바람마저 그쳤다. 남자들은 귀를 바짝 세운 채 조용히 움직이며 담요에서 몸을 굴려 창과 검대에 손을 뻗었다. 말 한 마리가 히힝거리다가 조용해졌다. 심장이 한 번 뛸 동안에 온 숲이 숨을 죽인 것 같았다. 밤의 경비대 형제들은 두 번째 나팔 소리를 기다리면서 부디 그 소리가 들리지 않기를 기도하고, 들릴까 두려워했다.

정적이 참을 수 없을 만큼 오래 이어지자 겨우 나팔 소리가 다시 울리지 않을 것임을 알게 된 그들은 불안에 시달렸다는 사실을 부정하듯 서로에게 열없이 웃어 보였다. 존 스노우는 불에 나뭇가지를 몇 개 던져 넣고, 검대를 차고, 장화를 신고, 망토에서 흙과 이슬을 털어낸 후 어깨에 둘렀다. 불길이 높아지며 옷을 갖춰 입는 그의 얼굴에 반가운 열기를 전했다.

천막 안에서 사령관이 움직이는 소리를 들을 수 있었다. 잠시 후에 모르몬 트가 천막 문을 젖혔다. "한 번이었나?" 사령관의 어깨에서는 비참한 몰골의 까마귀가 털을 부풀린 채 아무 소리도 내지 않았다.

"한 번입니다, 사령관님. 형제들이 돌아옵니다."

모르몬트는 불가로 이동했다. "반쪽 손이군. 올 때가 지났지." 그는 기다리는 시간이 하루하루 연장될수록 침착함을 잃어가고 있었다. 더 기다렸다면 무슨 짓을 했을지 몰랐다. "형제들이 먹을 따뜻한 음식과 말에게 줄여물을 준비해라. 쿼린이 도착하는 즉시 만나겠다."

"제가 모셔 오겠습니다." 섀도타워 형제들은 며칠 전에 왔어야 했다. 그들이 나타나지 않자 형제들은 의문을 품기 시작했다. 존은 요리 불 근처에서 음울한 중얼거림을 들었고, 구슬픈 에드만 그러는 것도 아니었다. 오틴 위더스 경은 최대한 빨리 캐슬블랙으로 후퇴하자는 의견이었다. 말라도어 로크 경은 섀도타워로 가서 쿼린의 흔적을 찾고 무슨 일이 일어났는지 알아보자고 했다. 그리고 토렌 스몰우드는 산맥으로 밀고 들어가고 싶어 했다. "만스 레이더는 경비대와 싸워야 한다는 걸 알아요. 하지만 그렇게 북쪽에서 우리를 만날 생각은 못할 겁니다. 우유강까지 올라가면, 놈을 기습해서 우리가 덮치는 줄 알기도 전에 군대를 흩어놓을 수 있어요."

"수적으로 불리하네." 오틴 경이 반대했다. "크래스터는 만스 레이더가 대군을 모으고 있다고 했지. 수천 명은 될 거야. 쿼린이 없으면 우린 200명밖에 안 돼."

"만 마리의 양 떼에 늑대 200마리를 풀어놓고 어떻게 되나 보시오, 경." 스몰우드는 자신 있게 말했다.

"그 양들 사이엔 염소들이 있어, 토렌." 자먼 벅웰이 경고했다. "거기다 사자도 몇 마리 있지. 래틀셔츠(Rattleshirt, 덜그럭 셔츠), 개 머리 하르마, 까마귀 살해자 알핀……."

"나도 그놈들에 대해서라면 잘 알아, 벅웰." 토렌 스몰우드는 날카롭게 쏘아붙였다. "그리고 난 놈들의 머리통을 모조리 거둘 거야. 그자들은 야인이야. 병사가 아니라고. 여자와 아이들과 노비들로 이루어진 대군 사이에 영웅이 몇백 명쯤 있을 테고, 그것도 대부분 술에 취했겠지. 우린 놈들을 쓸어버리고 울부짖으며 돼지우리 같은 집으로 돌아가게 만들 거야."

그들은 몇 시간 동안 말다툼을 했고 아무런 의견 일치를 이루지 못했다. 늙은 곰은 후퇴하기엔 고집스러웠지만, 그렇다고 전투를 찾아서 무턱대고 우유강으로 돌진할 사람도 아니었다. 결국에는 섀도타워 형제들을 며칠 더 기다려보고, 그래도 나타나지 않으면 다시 이야기하자는 결론만 났다.

그리고 이제 그들이 왔으니, 결정을 더 미룰 수 없다는 뜻이기도 했다. 존도 그것만은 기뻤다. 만스 레이더와 전투를 해야 한다면, 빨리 치르고 싶었다.

불가에서 찾아낸 구슬픈 에드는 숲에서 계속 나팔을 불어대면 잠을 자기가 얼마나 어려운지 불평하고 있었다. 존은 그에게 새로운 불평거리를 선사했다. 그들은 함께 헤이크를 깨웠고, 헤이크는 사령관의 명령을 받으며 욕설을 쏟아냈지만 그래도 일어나기는 했다. 곧 수프용 근채를 자를 형제들이 십여 명으로 늘었다.

존이 야영지를 가로지르는데 샘이 헉헉거리며 다가왔다. 검은 두건 아래 얼굴이 보름달처럼 둥글고 창백했다. "나팔 소리 들었어. 너희 숙부님이 돌아오신 건가?"

"섀도타워 형제들일 뿐이야." 벤젠 스타크가 안전하게 돌아오리라는 희망에 매달리기는 갈수록 힘들어졌다. 존이 최초인의 주먹 아래에서 찾아낸 망토는 그의 숙부 것일 수도 있었고, 그 부하들 중 누군가의 망토일 수도 있었다. 늙은 곰도 그렇게 인정했다. 그러나 그들이 왜 그 망토로 드래곤 유리를 싸서 묻어놓았는지는 아무도 알지 못했다. "샘, 난 가봐야 해."

원형 담에서는 경비병들이 반쯤 언 땅에서 대못을 빼어 통로를 만들고 있었다. 오래지 않아서 새도타워 형제들이 비탈길을 오르기 시작했다. 온통 가죽과 모피 차림에 여기저기 강철과 청동이 조금씩 보였다. 단단하고 수척한 얼굴을 수염이 뒤덮은 덕분에 조랑말 못지않게 텁수룩해 보였다. 존은 말 한 마리에 두 명씩 탄 경우를 보고 놀랐다. 좀 더 자세히 보니 상당수가 부상을 입고 있었다. 오는 길에 말썽이 있었던 것이다.

존은 만난 적도 없는 반쪽 손 쿼린을 한눈에 알아보았다. 그 덩치 큰 순찰자는 경비대 안에서 반쯤 전설이었다. 말은 느리고 행동은 빠르며, 창처럼 키가 크고 꼿꼿한 데다 팔다리가 길고 엄숙한 남자. 부하들과 달리 그는 말끔하게 면도한 얼굴이었다. 투구 아래로 흘러내린 굵게 땋은 머리카락은 희끗희끗했고, 입고 있는 검은 옷은 색이 바래다 못해 회색으로 보였다. 고삐를 쥔 손에는 엄지와 검지밖에 없었다. 나머지 손가락은 그의 머리를 쪼갤 뻗한 어느 야인의 도끼를 잡다가 잘려 나갔다. 전해지는 이야기로는 쿼린이 그렇게 잘려 나간 손으로 도끼잡이 얼굴을 주먹질하고는, 피가 튀어 앞을 보지 못하는 상대를 베어 죽였다. 그날 이후로 장벽 너머 야인들은 쿼린보다 더 무자비한 적을 알지 못했다.

존은 그를 맞이해서 말했다. "모르몬트 사령관께서 즉시 보자고 하십니다. 천막까지 안내하겠습니다."

쿼린은 안장에서 기세 좋게 내렸다. "내 부하들은 굶주렸고, 말들도 보살핌이 필요하다."

"모두 보살핌을 받을 겁니다."

쿼린은 부하에게 말을 맡기고 존을 따라왔다. "자네가 존 스노우로군. 아버지를 닮았어."

"공도 제 아버지를 아십니까?"

"난 귀족 나부랭이가 아니야. 밤의 경비대 형제일 뿐이지. 그래, 에다드 공을 알았지. 그 아버지도 알았고."

존은 쿼린의 넓은 보폭을 따라잡기 위해 걸음을 서둘러야 했다. "리카드 공은 제가 태어나기 전에 돌아가셨습니다."

"그분은 경비대의 친구였다." 쿼린은 뒤를 흘긋 보았다. "너는 다이어울프와 같이 다닌다던데."

"고스트는 새벽에 돌아올 겁니다. 밤에 사냥을 하거든요."

도착해보니 구슬픈 에드가 늙은 곰의 요리 불에서 베이컨 한 조각을 굽고 주전자에 계란을 열 개쯤 삶고 있었다. 모르몬트 본인은 나무와 가죽으로 만든 접의자에 앉아 있었다. "자네가 걱정되던 참이네. 말썽을 만났나?"

"까마귀 살해자 알핀을 만났지요. 만스가 장벽을 따라 정찰하라고 보냈던 놈이, 돌아가는 길에 우리와 마주친 겁니다." 쿼린은 투구를 벗었다. "알핀은 이제 왕국을 괴롭히지 못할 테지만, 나머지 일부는 도망쳤습니다. 최대한 추적해서 잡긴 했으나 몇 놈은 산맥까지 돌아갈지도 모릅니다."

"그 대가는?"

"형제 넷이 죽었습니다. 십여 명이 부상당했고요. 적의 3분의 1 정도입니다. 그리고 포로를 잡았습니다. 하나는 상처 때문에 금방 죽었지만 나머지는 심문할 만큼은 살았습니다."

"그 이야기는 안에서 하는 게 좋겠군. 존이 에일을 한 잔 가져다줄 거야. 아니면 향신료를 넣은 뜨거운 와인이 더 좋겠나?"

"끓인 물이면 족합니다. 계란과 베이컨도요."

"원하는 대로 하지." 모르몬트는 천막 문을 젖혔고 반쪽 손 쿼린은 허리를 숙이고 안으로 들어갔다.

에드는 주전자 위로 몸을 숙이고 숟가락으로 계란을 굴렸다. "계란이 부럽구먼. 지금쯤이면 좀 삶아줘도 좋겠어. 주전자가 조금만 더 컸다면 뛰어들 수 있었을 텐데 말이다. 물보다는 와인이었으면 더 좋겠다만. 뜨뜻한 몸으로 취해서 죽는 것보다 나쁜 죽음도 많지 않겠냐. 언젠가 와인에 빠져 죽은 형제를 하나 알았지. 그렇지만 형편없는 와인이었고, 그 형제의 시체 때문에 맛이 더 나빠졌어."

"그 와인을 마셨어요?"

"죽은 형제를 발견하는 건 지독한 일이야. 그럴 때는 술이라도 마셔야 지 않겠냐, 스노우 나리." 에드는 주전자를 휘젓고 육두구를 조금 넣었다.

존은 불안한 심정으로 불가에 쪼그려 앉아서 나뭇가지로 불을 쑤셨다. 천막 안에서 늙은 곰의 목소리가 들렸고, 가끔 까마귀 우는 소리가 나거나 반쪽 손 쿼린의 좀 더 조용한 목소리가 섞였지만, 말의 내용은 알아들을 수 없었다. '까마귀 살해자 알핀이 죽었다니, 그건 좋은 소식이야.' 그는 야 인 습격자 중에서 가장 피비린내 나는 인물로, 검은 형제들을 많이 죽여서 그 이름을 얻었다. '그런데 왜 그런 승리를 거두고 나서 쿼린은 저렇게 심 각한 거지?'

존은 새도타워의 형제들이 도착하면 야영지 분위기가 나아질 거라 기 대하고 있었다. 어젯밤만 해도 오줌을 누고 어둠 속을 돌아오다가 꺼져가 는 불가에서 대여섯 명이 낮은 목소리로 나누는 대화를 들었다. 그는 돌아 갈 때가 지났다고 중얼거리는 체트의 목소리를 듣고서는 멈춰 서서 대화 에 귀를 기울였다. "이번 순찰은 늙은이 노망이었어. 저 산맥에선 우리 무 덤밖에 못 찾을걸."

"서리엄니에는 거인과 와르그, 그보다 더 나쁜 것들이 있어." 시스터맨 라크가 말했다.

"맹세코 난 거기 안 갈 거야."

"늙은 곰이 선택지를 주지 않을 것 같은데."

"우리가 늙은 곰에게 선택지를 주지 않을 수도 있지." 체트가 말했다.

바로 그때 개 한 마리가 고개를 들고 으르렁거렸고, 존은 눈에 띄기 전에 서둘러 그 자리를 벗어나야 했다. '내가 들어서는 안 될 말이었어.' 그는 생각했다. 모르몬트에게 이야기해야 하나 고민해보기도 했지만, 아무리 체트와 시스터맨 같은 형제라도 형제들을 밀고할 수는 없었다. 그는 스스로에게 말했다. '그냥 뜻 없는 말이었을 거야. 춥고 두려운 거야. 우리 모두 그렇잖아.' 숲 위로 솟아난 바위 정상에서 내일은 무슨 일이 생길까 생각하며 기다린다는 건 힘든 일이었다. '보이지 않는 적이 언제나 제일 무서운 적이지.'

존은 새로 얻은 단검을 칼집에서 뽑아 반짝이는 검은 유리에 비치는 불길을 찬찬히 보았다. 그가 직접 나무 칼자루를 깎고, 삼줄을 둘러서 손잡이를 만들었다. 생김새는 별로였지만 쓸 만했다. 구슬픈 에드는 유리 단검이라니 기사의 흉갑에 달린 젖꼭지만큼이나 쓸모가 있겠다고 평했지만, 존은 단언할 수 없다고 생각했다. 드래곤 유리 날은 부서지기 쉽기는 해도 강철보다 더 날카로웠다.

'분명히 거기 묻어놓은 이유가 있을 거야.'

그렌에게도 같은 단검을 하나 만들어주고, 사령관용으로도 하나를 만들었다. 전투 나팔은 샘에게 줬다. 자세히 살펴보니 그 나팔에는 금이 가 있었고, 흙을 다 닦아내고 나서도 존은 그 나팔로 소리를 낼 수가 없었다. 가장자리도 이가 나갔지만, 샘은 오래된 물건을 좋아했다. 쓸모없는 물건이라 해도 그랬다. 존은 샘에게 말했다. "그걸 뿔잔으로 만들면, 술을 마실 때마다 장벽 너머를 순찰했던 일을 기억하게 될 거야. 최초인의 주먹까지 왔던 길 전부를 말이야." 창 촉과 화살촉 십여 개도 샘에게 줬고, 나머지는 다른 친구들에게 행운의 뜻으로 나눠주었다.

늙은 곰은 그 단검을 마음에 들어하는 것 같았지만, 허리띠에는 강철 칼을 차는 쪽을 더 좋아했다. 모르몬트는 누가 그 망토를 묻었을지, 그게 무슨 의미일지 아무 대답도 내놓지 못했다. 쿼린은 알지도 몰랐다. 반쪽 손 쿼린은 살아 있는 사람 누구보다 더 야생 깊숙이 들어가본 사람이었다.

"네가 가져갈래, 내가 할까?"

존은 단검을 칼집에 넣었다. "제가 하죠." 두 사람이 무슨 말을 하는지 듣고 싶었다.

에드는 딱딱해진 둥근 귀리 빵을 두껍게 세 조각 썰어서 나무 접시에 쌓은 후, 그 위에 베이컨과 베이컨 기름을 올리고 삶은 계란을 그릇에 채웠다. 존은 한 손에는 계란 그릇을, 반대쪽 손에는 접시를 든 채 뒷걸음질 쳐서 사령관 천막으로 들어갔다.

쿼린은 등을 창처럼 꼿꼿이 세우고 바닥에 앉아 있었다. 말하는 그의 평평하고 굳은 뺨에 촛불 빛이 너울거렸다. "……래틀셔츠, 우는 남자, 그밖에 크고 작은 추장들이 다 있습니다. 와르그도 있고, 매머드에, 우리가 꿈도 못 꿀 힘이 있답니다. 그놈은 그렇게 주장했습니다. 그 주장이 사실이라고 단언하진 않겠습니다. 에벤은 그놈이 조금이라도 목숨을 연장하기 위해 지어낸 이야기를 늘어놓았다고 믿습니다."

"진실이든 거짓이든 간에 장벽에는 경고해야 해." 늙은 곰은 존이 두 사람 사이에 접시를 놓는 동안 말했다. "왕에게도."

"어느 왕 말입니까?"

"모두에게 해야지. 진짜 왕이든 가짜 왕이든. 왕국을 갖고 싶다면 방어도 하게 하자고."

반쪽 손은 계란을 하나 집어서 그릇 가장자리에 대고 깼다. "그 왕들이야 좋을 대로 하겠지요." 그는 껍질을 벗기며 말했다. "거의 돕지 않을 가능성이 높습니다. 가장 큰 희망은 윈터펠입니다. 스타크는 북부를 불러 모아야 합니다."

"암. 그렇지." 늙은 곰은 지도를 하나 펴서 찌푸린 얼굴로 들여다보더니 옆으로 던져버리고 다른 지도를 폈다. 존은 사령관이 어디에 공격이 떨어질지 가늠하고 있음을 알 수 있었다. 밤의 경비대는 과거 장벽을 따라 열일곱 개 성채에 인원을 배치했으나, 형제들이 줄면서 그 성채들은 하나씩 하나씩 버려졌다. 이제는 오직 세 곳에만 수비대가 있었고, 만스 레이더도 그 사실을 잘 알았다. "알리서 쏜 경이 킹스랜딩에서 새로운 병사들을 데리고 돌아올 희망은 있어. 섀도타워에서 그레이가드(Greyguard, 회색 보초)를, 이스트워치에서 롱배로(Long Barrow, 긴 고분)를 지킨다면……."

"그레이가드는 거의 무너졌습니다. 인원을 찾을 수 있다면 스톤도어(Stonedoor, 돌문)가 나을 겁니다. 어쩌면 아이스마크(Icemark, 얼음 자국)와 딥레이크(Deep Lake, 깊은 호수)도요. 그 사이 장벽을 따라 매일 정찰을 돌지요."

"그래, 그러지. 가능하다면 하루 두 번씩. 장벽 자체는 엄청난 장애물이야. 방어 병력이 없다면 놈들을 막을 순 없겠지만, 그렇다 해도 지연은 해줄 걸세. 군대가 크면 클수록 시간이 오래 걸리지. 아무것도 남겨놓지 않은 걸로 봐서 놈들은 여자들도 데려갔어. 어린것들과 짐승까지……. 혹시 사다리를 오르는 염소 본 적 있나? 밧줄 타는 염소는? 놈들은 계단을 만들거나 큰 비탈면을 지어야 할 거야……. 그러자면 최소한 한 달, 어쩌면 그 이상이 걸려. 만스 레이더는 장벽 아래를 통과하는 게 최적이라는 사실을 알 거야. 문을 통하거나 아니면……."

"틈을 노리겠지요."

모르몬트는 고개를 홱 들었다. "뭐라고?"

"놈들은 장벽을 기어오르거나 그 아래를 파려 하지 않을 겁니다. 부술 계획이지요."

"장벽은 높이가 200미터고, 기단부는 백 명이 도끼와 곡괭이로 깨도 1년이 걸릴 만큼 두껍네."

"그렇다 해도요."

모르몬트는 찌푸린 얼굴로 수염을 잡아당겼다. "어떻게?"

"달리 무슨 수가 있겠습니까? 주술이지." 쿼린은 계란의 반을 베어 물었다. "그게 아니고서야 만스가 병력을 서리엄니에 모았겠습니까? 황량하고 혹독한 데다 장벽까지 행군하기도 먼데요."

"내 순찰자들로부터 군대 소집을 감추려고 그 산맥을 택했기를 빌고 있네만."

"그럴지도 모르지요." 쿼린은 계란을 마저 먹어치우며 말했다. "하지만 뭔가 더 있다고 봅니다. 그 높고 추운 곳에서 뭔가를 찾고 있는 거예요. 자기에게 필요한 뭔가를 수색하고 있습니다."

"뭔가?" 모르몬트의 까마귀가 고개를 들고 빽 소리를 질렀다. 답답한 천막 안에서 유난히 날카롭게 울리는 소리였다.

"어떤 힘입니다. 정확히 뭔지는 저희 포로도 말하지 못했습니다. 너무 격하게 심문했는지 많이 말하지 못하고 죽었지요. 어차피 그걸 알았을지는 의심스럽습니다만."

존은 바깥의 바람 소리를 들을 수 있었다. 바람은 높고 가는 소리를 내면서 원형 담의 돌들 사이를 빠져나와서 천막 밧줄을 잡아당겼다. 모르몬트는 생각에 잠겨서 입가를 문지르더니 그 말을 되뇌었다. "어떤 힘이라. 그걸 알아야겠는데."

"그렇다면 산맥 안으로 척후를 보내야지요."

"형제들을 더 잃고 싶지 않네."

"그래봤자 죽을 뿐입니다. 왕국을 지키다가 죽기 위해서가 아니라면 무엇 때문에 이 검은 망토를 입었겠습니까? 다섯 명씩 셋으로 나눠서 열다섯 명을 보내겠습니다. 하나는 우유강을 탐색하고, 하나는 귀곡성 고개를, 하나는 거인의 계단을 오르게 하지요. 자면 벅웰, 토렌 스몰우드, 그리고 제가 직접 지휘해서요. 저 산맥에서 무엇이 기다리는지 알아보는 겁니다."

"기다려." 까마귀가 울었다. "기다려."

모르몬트 사령관은 가슴이 푹 꺼지도록 한숨을 내쉬더니 인정했다. "다른 선택지가 보이지 않는군. 하지만 자네들이 돌아오지 않으면……."

"서리엄니에서 누군가는 내려올 겁니다. 우리라면 좋은 일이고, 아니라면 만스 레이더겠지요. 사령관님은 그놈의 경로를 딱 가로막고 있습니다. 사령관님을 남겨두고 남쪽으로 행군할 순 없습니다. 뒤따라 가면서 후미를 공격할 테니까요. 그러니 반드시 공격해올 겁니다. 여긴 튼튼한 거점입니다."

"그 정도로 튼튼하진 않아." 모르몬트가 말했다.

"그렇다면 우리 모두 죽겠지요. 우리의 죽음이 장벽에 있는 형제들에게 시간을 벌어줄 겁니다. 빈 성채에 수비군을 두고 문을 얼려서 봉쇄할 시간, 영주와 왕들에게 도움을 구할 시간, 도끼를 갈고 투석기를 고칠 시간 말입니다. 그 정도면 우리 목숨도 잘 쓰는 거죠."

"죽어." 까마귀는 모르몬트의 어깨 위를 오가며 중얼거렸다. "죽어, 죽어, 죽어, 죽어." 늙은 곰은 대화의 무게를 견디기가 힘들어졌다는 듯 어깨를 늘어뜨리고 말없이 앉아 있었다. 그러나 결국에는 이렇게 말했다. "신들이 용서하시기를. 데려갈 사람을 고르게."

반쪽 손 쿼린은 고개를 돌렸다. 그의 시선이 존과 마주치더니 오랫동안 그대로 있었다. "좋습니다. 존 스노우를 고르지요."

모르몬트는 눈을 껌벅였다. "저 녀석은 아직 애나 다름없네. 게다가 내 개인 집사야. 순찰자도 아니고."

"톨렛도 사령관님을 잘 수행할 수 있습니다." 쿼린은 손가락이 두 개밖에 없는 손을 들어 올렸다. "장벽 너머에서는 옛 신들이 아직도 강력하지요. 최초인들의 신…… 그리고 스타크의 신입니다."

모르몬트는 존을 쳐다보았다. "네 생각은 어떠냐?"

"가겠습니다." 그는 즉시 대답했다.

노인은 슬픈 미소를 지었다. "그러지 않을까 했다."

존이 반쪽 손 쿼린과 함께 천막을 나설 때는 새벽이 와 있었다. 바람이 소용돌이치며 검은 망토를 흔들고 모닥불에서 붉은 재를 흩날렸다.

쿼린은 존에게 말했다. "정오에 출발한다. 네 늑대를 찾아두는 게 좋을 거다."

티리온

"왕대비님은 토멘 왕자를 멀리 보낼 생각입니다." 그들은 그림자와 너울거리는 촛불들에 둘러싸인 조용한 성소의 어둠 속에 둘이서만 무릎을 꿇고 있었지만, 그래도 란셀은 목소리를 낮췄다. "자일스 공이 왕자님을 로스비로 보내어 시동으로 위장할 겁니다. 머리를 검게 물들이고 모두에게 어느 방랑기사의 아들이라고 말할 계획입니다."

"폭도를 두려워하는 건가? 아니면 나 때문인가?"

"둘 다입니다." 란셀이 말했다.

"아." 티리온은 이 계책에 대해 전혀 알지 못했다. 바리스의 작은 새들이 이번만은 기대에 미치지 못한 것일까? 거미들도 졸 때가 있겠지만…… 아니면 바리스가 티리온이 아는 것 이상으로 심오하고 교묘한 게임을 하고 있는 것일까? "고맙네, 경."

"그러면 제가 청한 소원을 들어주시겠습니까?"

"어쩌면." 란셀은 다음번 전투에 지휘자로 참전하고 싶어 했다. 콧수염을 다 기르기도 전에 죽기에 더할 나위 없는 방법이었지만, 젊은 기사들이란 언제나 자신이 무적이라고 생각하는 법이니.

티리온은 사촌 동생이 빠져나간 후에도 그 자리에 머물렀다. 그는 '전사'의 제단에 켜진 초를 이용해서 촛불을 하나 더 켰다. '내 형을 지켜줘요. 망할 양반, 형은 당신에게 속한 사람이잖아.' 두 번째 촛불은 자신을 위해서 '이방인' 앞에 켰다.

그날 밤, 레드킵이 어두워졌을 때 도착한 브론은 티리온이 편지를 봉하는 모습을 보았다. "이걸 자슬린 바이워터 경에게 갖다주게." 티리온은 양피지 위에 뜨거운 금빛 밀랍을 떨어뜨렸다.

"무슨 내용이오?" 브론은 글을 읽을 줄 몰랐기에 뻔뻔한 질문을 던졌다.

"가장 뛰어난 검사 50명을 추려서 장미 가도를 정찰하라는 내용." 티리온은 말랑말랑한 밀랍에 인장을 눌렀다.

"스타니스는 왕의 가도로 올라올 가능성이 높을 텐데요."

"아, 나도 알아. 바이워터에게 편지 내용은 무시하고 부하들을 북쪽으로 데려가라고 해. 로스비 길을 따라 함정을 놓는 거야. 자일스 공이 하루나 이틀 안에 자기 성으로 출발할 거야. 중장병 십여 명과 하인 몇 명, 그리고 내 조카를 데리고 말이지. 토멘 왕자는 시동처럼 입혀놓았을지도 몰라."

"그 아이를 다시 데려오고 싶은 거요?"

"아니. 그 아이를 그쪽 성으로 데려갔으면 해." 티리온은 토멘을 이 도시에서 내보내는 것은 누이가 잘 생각한 거라는 결론을 내렸다. 로스비에서 토멘은 폭도들로부터 안전할 테고, 토멘을 조프리와 떼어놓으면 스타니스에게도 일이 까다로워질 터였다. 스타니스가 킹스랜딩을 차지하고 조프리를 처형한다 해도 아직 왕권을 주장할 라니스터가 남으니 말이다. "자일스 공은 도망치기엔 너무 병약하고 싸우기엔 너무 겁이 많지. 그러니 수호성주에게 성문을 열라고 명할 거야. 일단 성벽 안에 들어가면 바이워터가 수비군을 쫓아내고 거기서 토멘을 안전하게 지키는 거야. 바이워터 영주님이라고 불리면 어떤 기분일까 물어봐."

"브론 영주님이 더 듣기 좋을 텐데요. 나도 그 아이를 잡아둘 수 있습니다. 영주 자리를 준다면 그 아이를 무릎에 앉혀 흔들면서 자장가라도 불러주지요."

"자네는 여기에 필요해." 티리온이 말했다. '그리고 자네에게 내 조카를 믿고 맡기진 못하겠네.' 조프리에게 안 좋은 일이 생기면 철왕좌에 대한 라니스터 가문의 권리는 토멘의 어린 어깨에 놓이게 된다. 자슬린 경의 황금 망토들은 그 아이를 지키겠지만, 브론의 용병들은 그 아이를 적에게 팔아넘기기 쉬웠다.

"새로운 영주는 예전 영주를 어떻게 해야 합니까?"

"좋을 대로. 굶기지만 않으면 돼. 그자가 죽기를 바라진 않거든." 티리온은 탁자에서 몸을 밀어냈다. "내 누이가 왕자에게 킹스가드 한 명을 붙여 보낼 거야."

브론은 걱정하지 않았다. "사냥개는 조프리의 개라 그 옆을 떠나지 않겠지요. 나머지는 무쇠 손의 황금 망토로도 너끈히 처리할 수 있을걸요."

"자슬린 경에게 토멘 앞에서는 죽이지 말라고 전하게." 티리온은 어두운 갈색 모직으로 짠 무거운 망토를 둘렀다. "내 조카는 마음이 약해."

"확실히 라니스터가 맞긴 맞소?"

"겨울과 전쟁 외에 확실한 건 없어. 가지. 중간까지 같이 가겠네."

"차타야네요?"

"자넨 날 너무 잘 알아."

그들은 북벽에 있는 샛문으로 빠져나갔다. 티리온은 말에 박차를 가하여 검은 그림자 길을 덜커덕덜커덕 내려갔다. 자갈길에 울리는 발굽 소리를 듣고 골목길에 뛰어드는 수상한 형체가 몇 있었지만, 감히 그들에게 다가오는 자는 없었다. 협의회는 티리온이 내린 통행금지령을 연장했다. 저녁 종이 울린 후에 길거리에 있다가 잡히는 자는 죽음이었다. 덕분에 킹스랜딩에는 어느 정도 평화가 돌아왔고 아침에 골목길에서 발견되는 시신의 수도 4분의 1로 줄었지만, 바리스는 사람들이 통행금지령을 두고 티리온을 저주한다고 전했다. '저주할 목숨이 붙어 있다는 사실에 고마워해야 하는데 말이야.' '구리 세공인 소로'를 따라가자 황금 망토 두 명이 나섰다가, 상대가 누구인지 알아보고는 수관의 용서를 빌며 손짓해 보냈다. 브론은 남쪽으로 방향을 틀어 진흙 문으로 향했고 두 사람은 그곳에서 헤어졌다.

티리온은 차타야네로 말을 달리다가 갑자기 인내심을 잃었다. 그는 안장에서 몸을 틀어 뒤쪽 거리를 살폈다. 미행의 흔적은 없었다. 모든 창문이 어둡거나 단단히 닫혀 있었다. 골목길을 휘도는 바람 소리밖에 들리지 않았다. '세르세이가 오늘 밤 나에게 누군가를 붙였다면, 그놈은 쥐새끼로 가장해야 할 거야.' "다 집어치우라지." 그는 중얼거렸다. 조심하는 데에도 신물이 났다. 그는 말을 돌리고 박차를 가했다. '누군가가 내 뒤를 따라온다면 말을 얼마나 잘 타는지 보게 되겠지.' 그는 자갈길 위에 말굽 소리를 울리며 달빛 비치는 거리를 날 듯이 달렸다. 좁은 골목길을 내려갔다가 꼬불꼬불한 소로를 올라가며 사랑을 향해 질주했다.

그는 문을 쾅쾅 두드리면서 못이 박힌 돌벽 너머로 희미하게 흘러나오는 음악 소리를 들었다. 이벤인 하나가 안으로 안내했다. 티리온은 그에게 말을 맡기고 말했다. "저건 누구지?" 긴 홀 창문의 마름모꼴 유리판에 노란 빛이 반짝였고, 남자 노랫소리를 들을 수 있었다.

이벤인은 어깨를 으쓱였다. "배불뚝이 가수요."

마구간에서 건물로 걸어가는 동안 그 소리는 점점 커졌다. 티리온은 한 번도 가수들을 좋아한 적이 없었고, 이 가수는 아직 보지 못했는데도 어지간한 가수보다 더 싫었다. 티리온이 문을 밀어 열자 그 남자는 노래를 그쳤다. "수관님." 대머리에 배가 나온 가수가 무릎을 꿇고 중얼거렸다. "영광입니다. 영광."

"우리 나리." 샤에는 그를 보고 미소 지었다. 그는 그 미소가 좋았고, 그 미소가 그녀의 예쁜 얼굴에 생각 없이 바로 떠오르는 방식도 좋았다. 샤에는 자주색 비단옷을 입고 은란 장식 띠를 허리에 묶었다. 검은 머리와 매끄러운 크림색 피부가 돋보이는 색깔이었다.

"내 사랑." 그는 샤에를 불렀다. "그리고 이건 누구지?"

가수는 눈을 들었다. "저는 은혀의 사이먼이라고 합니다, 나리. 연주자이자 가수이며 이야기꾼이자—"

"그리고 엄청난 바보지." 티리온이 대신 말을 맺었다. "내가 들어왔을 때 날 뭐라고 불렀나?"

"뭐라고 부르다뇨? 저는 그저……." 사이먼의 은혓바닥이 납으로 변한 모양이었다. "수관님이라고 하고, 영광이라고……."

"더 현명한 사람이라면 날 알아보지 못한 척했을 거야. 그런다고 내가 속지야 않았겠지만, 그래도 시도는 했어야지. 이제 내가 자네를 어째야 할까? 자네는 내 사랑하는 샤에를 알고, 샤에가 어디에 사는지도 알고, 내가 밤에 혼자 찾아온다는 사실도 아는데."

"맹세코 저는 아무에게도……."

"그 점에 대해서는 의견이 같군. 좋은 밤 보내게." 티리온은 샤에를 이끌고 계단을 올랐다.

"제 가수가 이제 다시는 노래를 못 할지도 모르겠네요." 샤에가 장난스럽게 말했다. "나리께서 목소리가 나오지 않을 만큼 겁을 주셨어요."

"겁을 좀 먹으면 고음을 내는 데 도움이 될 거야."

샤에는 침실 문을 닫았다. "해치진 않으실 거죠?" 그녀는 향초를 하나 켜고 나서 무릎을 꿇고 그의 장화를 벗겼다. "나리가 오지 않으시는 밤이면 저이의 노래가 기운을 북돋아준단 말이에요."

"내가 매일 밤 올 수 있다면 좋겠는데 말이야." 티리온이 말하는 동안 샤에는 그의 맨발을 문지르고 있었다. "노래는 얼마나 잘하지?"

"어떤 가수들보다는 잘하고, 어떤 가수들만큼 훌륭하진 않아요."

티리온은 샤에의 로브를 풀고 젖가슴 사이에 얼굴을 묻었다. 이 악취 나는 도시에서도 샤에는 언제나 깨끗한 냄새가 났다. "원한다면 데리고 있되, 가까이 둬. 도시를 돌아다니면서 배급소에 이야기를 퍼트리는 건 곤란해."

"그러진 않을—"

티리온은 항변하려는 샤에의 입을 자기 입으로 막았다. 대화는 충분했다. 샤에의 허벅지 사이에서 찾는 달콤하고 단순한 쾌락이 필요했다. 적어도 여기에서 그는 환영받았고, 필요한 사람이었다.

관계 후에 그는 샤에의 머리 밑에서 팔을 빼고 튜닉을 걸친 후 정원으로 내려갔다. 반달이 과일나무 잎사귀를 은빛으로 물들이고 돌 연못 표면에 반짝였다. 티리온은 연못 물 옆에 앉았다. 오른쪽 어딘가에서 귀뚜라미가 울고 있었다. 묘하게 안락한 소리였다. '여기는 평화롭군. 하지만 얼마나 오래갈까?'

그는 한 줄기 악취에 고개를 돌렸다. 그가 준 은색 로브를 입은 샤에가 뒤쪽 문간에 서 있었다. '나는 겨울처럼 하얀 처녀를 사랑했네. 머리에는 달빛을 얹은.' 그 뒤에는 구걸하는 형제 하나가 서 있었는데, 이리저리 기운 지저분한 로브를 입고 맨발에는 흙이 묻었으며, 성사라면 수정을 걸었을 목에 가죽 끈에 맨그릇을 늘어뜨린 뚱뚱한 남자였다. 그 몸에서 풍기는 냄새에는 쥐도 숨이 막힐 지경이었다.

"바리스 공이 만나러 오셨어요." 샤에가 말했다.

구걸하는 형제는 놀라서 샤에를 보고 눈을 껌벅였다. 티리온은 웃음을 터뜨렸다. "틀림없군. 나도 몰랐는데 어떻게 알아봤지?"

샤에는 어깨를 으쓱였다. "같은 사람인걸요. 옷만 다르게 입었지."

"외모도 다르고, 냄새도 다르고, 걸음걸이도 달라. 대부분의 남자는 속을 거야." 티리온이 말했다.

"대부분의 여자도 속겠죠. 하지만 창녀는 못 속여요. 창녀는 옷이 아니라 사람을 보는 법을 익히거든요. 그걸 못 배우면 어느 골목길의 시체 신세랍니다."

바리스는 언짢은 얼굴이었고, 그건 발에 있는 가짜 상처 때문이 아니었다. 티리온은 쿡쿡 웃었다. "샤에, 와인을 좀 가져다주겠어?" 술이 필요할지도 몰랐다. 한밤중에 바리스가 여기까지 오게 만든 소식이라면 좋은 내용일 리 없었다.

"왜 찾아왔는지 말씀드리기가 두려울 지경입니다." 샤에가 사라지자 바리스는 말했다. "심각한 소식을 가져왔습니다."

"검은 깃털을 입고 다녀야겠소, 바리스. 어떤 까마귀 못지않게 불길한 징조니 말이오." 티리온은 서툰 몸짓으로 일어섰다. 다음 질문을 던지기가 무서웠다. "제이미요?" '놈들이 제이미를 해쳤다면 결단코 용서치 않으리라.'

"아닙니다. 다른 문제랍니다. 코트네이 펜로즈 경이 죽었습니다. 스톰스엔드는 스타니스 바라테온에게 성문을 열었습니다."

실망이 티리온의 머릿속에서 다른 모든 생각을 몰아냈다. 샤에가 와인을 가지고 돌아오자 그는 한 모금 마시고 잔을 벽에 던져 박살 내버렸다. 샤에는 깨진 조각을 피하려고 한 손을 들어 올렸고, 달빛 속에서 검게 물든 와인은 돌벽을 타고 긴 손가락처럼 흘러내렸다. "저주받을 놈!"

바리스는 입안 가득 썩은 이를 드러내며 웃었다. "누구 말입니까? 코트네이 경인가요, 스타니스 공인가요?"

"둘 다요." 스톰스엔드는 튼튼한 성이라 반 년 이상은 버틸 수 있었다. 그만하면 그의 아버지가 롭 스타크를 끝내기 충분한 시간이었다. "무슨 일이 생긴 거요?"

바리스는 샤에를 흘긋 보았다. "그런 음산하고 끔찍한 이야기로 다정한 숙녀분의 잠을 방해해야 할까요?"

"숙녀라면 두려워할지 모르지만 전 아니거든요." 샤에가 말했다.

"두려워해야 해." 티리온은 그녀에게 말했다. "스톰스엔드를 함락했으니 스타니스는 곧 킹스랜딩으로 관심을 돌릴 거야." 이제는 와인을 던져버린 게 후회스러웠다. "바리스 공, 잠시만 기다리면 같이 성으로 돌아가리다."

"마구간에서 기다리겠습니다." 바리스는 절을 하고 그 자리를 떴다.

티리온은 샤에를 옆으로 끌어당겼다. "당신은 여기에서 안전하지 않아."

"돌벽도 있고 나리가 주신 경비병들도 있는걸요."

"용병들이지. 내 금을 좋아하기야 하지만, 금 때문에 죽기까지 할까? 이 돌벽으로 말하면, 남자 하나만 다른 남자 어깨에 올라서면 바로 넘어올 수 있어. 폭동 중에 딱 이렇게 생긴 저택이 하나 불탔지. 폭도들은 식품 저장실을 꽉 채워놨다는 죄로 그 저택 주인이었던 금세공인을 죽였어. 최고성사를 갈기갈기 찢어놓고, 롤리스를 50번쯤 강간하고, 아론 경의 두개골을 짓이겼던 그대로 말이야. 그놈들이 수관의 여자를 찾아내면 어쩔 것 같아?"

"수관의 창녀 말이겠죠?" 그녀는 크고 대담한 눈으로 그를 바라보았다. "하지만 기꺼이 나리의 여자가 되겠어요. 나리가 주신 온갖 아름다운 새틴과 새마이트와 금란 옷을 걸치고, 나리의 보석을 걸고 나리의 손을 잡고 잔치에선 그 옆에 앉는 거죠. 아들도 낳아줄 수 있어요. 난 할 수 있어요……. 맹세코 당신을 부끄럽게 하지 않을게요."

'널 사랑한다는 사실만으로도 부끄러워.' "달콤한 꿈이군, 샤에. 이제 부디 그 꿈은 접어둬. 결코 이룰 수 없는 꿈이야."

"왕대비 때문에요? 난 그 여자도 무섭지 않아요."

"난 무서워."

"그럼 죽여버려요. 둘 사이에 애정이 있었던 것도 아니잖아요."

티리온은 한숨을 쉬었다. "그래도 내 누이야. 자기 혈육을 죽이는 사람은 신들과 인간들 앞에 영원히 저주받는다고. 게다가 너와 내가 세르세이에 대해 어떻게 생각하든 간에, 내 아버지와 형은 세르세이를 소중하게 여기거든. 난 칠왕국의 어떤 남자를 상대로도 책략을 꾸밀 수 있지만, 신들은 내가 손에 검을 들고 제이미를 마주하게 만들어주지 않았어."

"젊은 늑대와 스타니스 공은 검을 들었어도 무서워하시지 않잖아요."

'얼마나 뭘 모르는지, 사랑스러운 사람.' "그자들을 상대할 때는 라니스터 가문의 모든 힘이 내 편에 있지. 제이미나 아버지를 상대할 때 나는 굽은 등과 덜 자란 다리밖에 없어."

"내가 있어요." 샤에는 그의 목에 팔을 두르고 몸을 밀착하면서 입을 맞췄다.

그녀의 입맞춤에 늘 그랬듯 이번에도 흥분이 일었지만, 이번에는 가만히 몸을 떼어냈다. "지금은 안 돼. 나에게…… 흠, 계획의 씨앗이 있다고 해두지. 당신을 성안 부엌에 들일 수 있을지도 몰라."

샤에의 얼굴이 굳었다. "부엌요?"

"그래. 내가 바리스를 통해서 행동한다면, 아무도 모를 거야."

샤에는 키득거렸다. "난 우리 나리를 독살하고 말걸요. 내 요리를 맛본 남자들은 하나같이 내가 얼마나 훌륭한 창녀인지 말했다고요."

"레드킵에 요리사는 넉넉해. 푸주한과 제빵사도 충분하고. 당신은 그냥 부엌 일꾼 흉내를 내면 돼."

"따끔거리는 거친 갈색 옷을 입고 냄비나 닦으라고요. 우리 나리께선 절 그런 모습으로 보고 싶으신 건가요?"

"우리 나리는 당신이 살아 있는 모습을 보고 싶어. 비단과 벨벳 옷을 입고 냄비를 닦을 순 없잖아."

"우리 나리가 나한테 질린 건가요?" 샤에는 그의 튜닉 아래로 손을 넣어 성기를 찾았다. 그녀가 빠르게 두 번 문지르자 성기가 단단해졌다. "여전히 날 원하시네." 그녀는 웃음을 터뜨렸다. "부엌데기 계집이랑 할래요, 우리 나리? 몸에 밀가루를 뒤집어씌우고 내 젖꼭지에서 그레이비 소스를 빨 수도 있는데……."

"그만." 샤에의 행동을 보니 내기에 이기려고 무던히도 애를 쓰던 댄시가 생각났다. 그는 장난을 더 치지 못하게 그녀의 손을 떼어냈다. "지금은 침대 운동을 할 때가 아니야, 샤에. 당신 목숨이 위험할지도 모른다고."

샤에의 얼굴에서 웃음기가 사라졌다. "혹시 제가 우리 나리를 불쾌하게 했다면, 그럴 생각은 없었어요. 다만…… 그냥 위병을 더 세워주시면 안 되나요?"

티리온은 깊은 한숨을 내쉬었다. '샤에가 얼마나 어린지 기억해야지.' 그는 스스로를 타이르고 그녀의 손을 잡았다. "보석은 다시 구하면 되고, 지금 것보다 두 배는 멋진 새 가운도 만들 수 있어. 나에게는 이 벽 안에서 제일 귀한 게 당신이야. 레드킵도 안전하지는 않지만, 그래도 여기보다는 안전해. 그러니 거기 있었으면 싶어."

"부엌에 말이죠." 샤에의 목소리에는 고저가 없었다. "냄비나 닦으면서."

"잠시만이야."

"제 아버지도 절 부엌데기 계집으로 삼았어요." 그녀는 입매를 비틀며 말했다. "그래서 달아났죠."

"아버지가 창녀로 삼아서 달아났다더니." 그는 예전 기억을 상기시켰다.

"둘 다예요. 그 작자 거시기가 내 안에 있는 것도 싫었지만 냄비 닦는 것도 싫었어요." 샤에는 고개를 치켜들었다. "왜 날 당신 탑에 둘 수 없는 거죠? 궁정 영주들 절반은 침대를 데우는 여자를 두는데요."

"딱 집어서 당신을 궁정에 데려가지 말라고 금지당했거든."

"그 바보 같은 아버지한테 말이죠." 샤에는 입술을 내밀었다. "당신은 원하는 창녀는 다 데리고 있어도 될 만큼 나이를 먹었다고요. 당신 아버지는 아들이 수염도 안 난 어린애인 줄 아나 보죠? 그럼 어쩌시려나? 당신 엉덩이를 맴매하시려나?"

그는 샤에를 때렸다. 세게 때리지는 않았지만, 약하지도 않았다. "제기랄. 절대 날 비웃지 마. 너만은 안 돼."

샤에는 잠시 동안 말이 없었다. 들리는 소리라고는 찌르륵찌르륵 귀뚜라미 소리뿐이었다. "죄송합니다, 나리." 그녀는 마침내 무겁고 딱딱한 목소리로 말했다. "무례하게 굴 마음은 없었어요."

'그리고 난 널 때릴 마음이 없었지. 신들이시여, 제가 세르세이가 되어 가는 건가요?' "잘못했어. 우리 둘 다. 샤에, 넌 이해 못 해." 결코 말하지 않으려 했던 말들이, 속 빈 목마에서 나오는 배우처럼 굴러 나왔다. "난 열세 살에 농부의 딸과 결혼했어. 나는 그렇게 생각했지. 난 그 여자에 대한 사랑에 눈이 멀었고, 그 여자도 날 사랑한다고 생각했지만, 내 아버지가 내 얼굴에 진실을 문질러댔어. 내 신부는 제이미 형이 날 남자로 만들어주겠다고 고용한 창녀였어." '그리고 난 다 믿었어. 바보같이.' "교훈을 확실히 주기 위해서 타이윈 공은 내 아내를 위병 막사에 넘겨주고 뜻대로 하게 한 후에, 나보고 그걸 다 지켜보라고 명령했어." '그리고 나머지가 일을 다 끝낸 후에 마지막으로 그녀를 취하라고 했지. 마지막으로. 아무런 사랑도 애정의 흔적도 남지 않은 채로. 그 여자의 진짜 모습으로 기억하라고, 아버지는 그렇게 말했지. 거역해야 마땅했지만 내 성기는 날 배신했고, 난 시키는 대로 했어.' "다 끝난 후에 아버지는 결혼을 무효로 돌렸어. 결혼한 적도 없는 것과 마찬가지라고, 성사가 그렇게 말하더군." 그는 샤에의 손을 꾹 쥐었다. "제발, 수관의 탑 이야기는 그만하자. 부엌에는 잠시만 있으면 돼. 일단 스타니스를 해결하고 나면 다른 저택을 두고, 당신 손처럼 부드러운 비단옷을 걸치게 될 거야."

샤에는 눈을 크게 뜨고 있었지만 그는 그 안에 담긴 감정을 읽을 수 없었다. "하루 종일 화덕을 닦고 접시를 문지르다 보면 손이 이렇게 부드럽지 않을 거예요. 제 손이 뜨거운 물과 비누로 벌겋게 부르트더라도 그 손으로 나리를 만지길 원하실까요?"

"그 어느 때보다도 그럴 거야. 그 손을 보면 당신이 얼마나 용감했는지 생각날 테니까."

그녀가 그 말을 믿었는지는 알 수 없었다. 그녀는 눈을 내리깔았다. "분부대로 하겠습니다, 나리."

그게 샤에가 오늘 밤에 내놓을 수 있는 최대한이라는 사실은 명백히 알 수 있었다. 그는 타격을 조금이라도 만회해보려고 자신이 때린 뺨에 입을 맞췄다. "사람을 보낼게."

바리스는 약속대로 마구간에서 기다리고 있었다. 그의 말은 발을 절었고 반쯤은 시체 같았다. 티리온이 말에 오르자 용병 하나가 문을 열었다. 그들은 말없이 달려 나갔다. '신들이 도와주시길, 내가 왜 티샤 이야기를 했을까?' 그는 자문하며 갑작스러운 두려움을 느꼈다. 절대 말해서는 안 될 비밀, 남자가 무덤까지 가져가야 할 수치라는 게 있었다. 샤에에게 뭘 원했던 걸까, 용서? 샤에가 그를 바라보던 눈빛, 그건 무슨 의미였을까? 냄비를 닦는다는 게 그렇게 싫었나, 아니면 그의 고백 때문이었나? '어떻게 그 이야기를 해놓고 샤에가 나를 사랑하리라고 생각할 수가 있겠어?' 마음속 일부가 말했고, 다른 일부는 비웃으며 말했다. '멍청한 난쟁이, 창녀가 사랑하는 건 금과 보석뿐이야.'

흉터가 남은 팔꿈치가 욱신거리며, 말이 발굽을 디딜 때마다 삐걱거렸다. 가끔은 안에서 뼈가 서로 마모되는 소리가 들린다는 생각마저 들 정도였다. 학사를 보러 가서 통증을 다스릴 약을 받아야 할지도 몰랐다……

하지만 파이셀이 정체를 드러낸 후부터 티리온 라니스터는 학사들을 믿지 않았다. 그들이 누구와 공모하고 있는지, 약에 뭘 섞어서 주는지 알 게 뭔가. 그는 말했다. "바리스, 세르세이가 눈치채지 못하게 샤에를 성으로 들여야겠소." 그는 부엌데기로 들이자는 계획을 짧게 전했다.

티리온이 말을 끝내자 내시는 작게 혀 차는 소리를 냈다. "물론 명에 따르겠습니다만…… 부엌이 눈과 귀가 가득한 곳이라는 점은 경고해야겠군요. 특별한 의심을 사지 않더라도 수많은 질문을 받게 될 겁니다. 어디에서 태어났나? 부모는 어떤 사람이었고? 어떻게 킹스랜딩에 오게 되었나? 진실을 댈 수는 없으니 거짓말을 해야 할 테고…… 또 거짓말, 또 거짓말을 해야겠지요." 바리스는 티리온을 흘긋 보았다. "그리고 그렇게 아리따운 젊은 부엌데기는 호기심만이 아니라 욕정도 불러일으킬 겁니다. 건드리고, 꼬집고, 쓰다듬고, 어루만질 테지요. 밤이면 부엌 일꾼들이 담요 밑으로 기어들 겁니다. 외로운 요리사가 결혼하자고 할지도 모르고요. 제빵사들은 밀가루 묻은 손으로 그 젖가슴을 치댈 테지요."

"칼에 찔리느니 희롱당하는 편이 나아." 티리온이 말했다.

바리스는 몇 걸음 더 가서 말했다. "다른 방법이 있을지도 모릅니다. 우연히도 탠다 부인의 딸을 돌보는 시녀가 보석을 훔치고 있어요. 그 사실을 탠다 부인에게 알리면 즉시 그 아이를 해고해야 할 겁니다. 그리고 딸에게는 새로운 시녀가 필요하겠지요."

"그렇군." 티리온은 즉시 이 제안의 가능성을 알아보았다. 귀부인의 시녀는 부엌데기보다 좋은 옷을 입었고, 보석도 한두 개쯤 달 수 있었다. 샤에는 그 사실에 기뻐할 것이다. 그리고 세르세이는 탠다 부인을 지루하고 분별 없는 여자로, 롤리스는 머리가 둔한 바보로 여겼다. 친선 방문을 할 가능성이 없었다.

바리스는 말했다. "롤리스는 소심하고 사람을 잘 믿습니다. 무슨 이야기를 들어도 받아들이지요. 폭도들에게 처녀성을 빼앗긴 후부터는 방을 떠나기도 무서워하니, 샤에는 눈에 띄지 않고 지낼 겁니다……. 하지만 혹시나 공이 위안을 필요로 할 경우에는 편리한 거리에 있겠지요."

"수관의 탑이 감시받는다는 사실은 나 못지않게 잘 알잖소. 롤리스의 시녀가 날 찾아오기 시작한다면 세르세이의 호기심을 끌 테지."

"제가 보이지 않게 공의 침실에 들일 수 있을지도 모르지요. 비밀 문을 자랑하는 곳은 차타야네만이 아니랍니다."

"비밀 통로라? 내 방으로 통하는?" 티리온은 놀라기보다 짜증이 더 났다. 바로 그런 비밀을 지키기 위해서가 아니라면 왜 잔혹 왕 마에고르가 성채를 지은 건축가들 모두에게 죽음을 내렸겠는가? "그래, 있을 만도 하군. 어디에 문이 있지? 내 개인 방? 침실?"

"벗이여, 제 사소한 비밀을 모조리 밝히라고 강요하시진 않겠지요?"

"앞으로는 당신이 아니라 우리의 사소한 비밀이라고 생각하시오, 바리스." 티리온은 냄새 나는 옷으로 분장한 내시를 올려다보았다. "당신이 내 편이라면 말이지만……."

"그 점을 의심하실 수가 있나요?"

"천만에. 당신을 절대적으로 믿지." 신랄한 웃음소리가 덧문 내린 창들에 메아리쳐 돌아왔다. "사실은 내 혈육처럼 믿는다오. 이제 코트네이 펜로즈 경이 어떻게 죽었는지 말해봐요."

"탑에서 몸을 던졌다고 합니다."

"몸을 던졌다고? 아니, 그건 못 믿겠는데!"

"위병들은 코트네이 펜로즈 경의 거처로 들어가는 사람을 보지 못했고, 그 후에도 안에서 다른 사람을 발견하지 못했습니다."

"그렇다면 살인자가 일찍 들어가서 침대 밑에 숨어 있었겠지." 티리온은 추측했다. "아니면 밧줄을 타고 지붕에서 내려갔거나. 위병들이 거짓말을 하는지도 모르겠군. 아니, 그 위병들이 한 짓이 아니라는 보장은 누가 하나?"

"옳으신 말씀입니다."

바리스의 으스대는 말투를 들으니 그 반대였다. "하지만 당신은 그렇게 생각하지 않는다? 그렇다면 어떻게 된 일이오?"

바리스는 오랫동안 말이 없었다. 들리는 소리라고는 자갈길을 딛는 당당한 발굽 소리뿐이었다. 내시는 마침내 헛기침을 했다. "오래된 힘에 대해 믿으십니까?"

"마법 말이오?" 티리온은 조바심 내며 말했다. "혈마법, 저주, 변신, 그런 것들?" 그는 코웃음을 쳤다. "코트네이 경이 마법으로 죽었다는 건가?"

"코트네이 경은 다음 날 아침에 일 대 일 결투를 하자고 스타니스 공에게 도전해놓고 죽었습니다. 그게 절망에 빠진 사람의 행동일까요? 게다가 전열을 갖추어 형을 전장에서 쓸어버리려던 순간에 더없이 공교롭고도 수수께끼같이 살해당한 렌리 공 문제도 있습니다." 내시는 잠시 말을 골랐다. "언젠가 저에게 어쩌다가 남근을 잘렸는지 물어보셨지요."

"그랬지. 공은 말하기 싫어 했고."

"지금도 말하기는 싫습니다만……." 이번에는 아까보다 더 긴 침묵이 흘렀고, 다시 입을 열었을 때는 바리스의 목소리가 어딘가 달랐다. "저는 어느 유랑 극단에 견습으로 들어간 고아 소년이었습니다. 극단주는 작고 뚱뚱한 상선을 하나 갖고 있었고 우리는 협해를 오르내리며 모든 자유도시에서 공연을 하고 가끔은 올드타운과 킹스랜딩에도 들렀지요.

어느 날, 미르에서 어떤 남자가 극단에 찾아왔습니다. 공연이 끝난 후에 그 남자는 저를 사고 싶다며 극단주가 거부하기에는 너무 유혹적인 제안을 했어요. 저는 공포에 질렸습니다. 남자들이 어린 소년을 어떻게 이용하는지 들은 이야기가 있었기에, 그 남자가 절 그렇게 써먹으려는 걸까 두려

웠지요. 하지만 그자가 필요로 한 건 제 남근뿐이었습니다. 그자는 저에게
움직일 수도 말을 할 수도 없지만, 감각을 둔하게 만들어주지는 않는 약을
먹였습니다. 그리고 긴 갈고리 칼로 제 남근을 뿌리부터 잘라냈지요. 내내
주문을 읊고 있었습니다. 저는 그 남자가 제 남성을 화로에 태우는 모습을
보았습니다. 불길이 파랗게 변하고, 어떤 목소리가 그 남자의 부름에 응답
하는 소리를 들었지만, 그 둘이 무슨 이야기를 나누는지는 이해하지 못했
습니다.

그 남자가 제게 볼일을 끝냈을 때 극단은 출항한 후였습니다. 일단 목
적을 이루자 저에게 흥미가 없어진 그 남자는 저를 밖으로 내쫓았습니다.
제가 이제 뭘 하면 좋냐고 물었더니, 죽으라고 대답하더군요. 저는 그자에
대한 앙심에서 살기로 결심했습니다. 구걸을 하고, 도둑질을 하고, 아직
남아 있는 몸을 팔았습니다. 곧 저는 미르에서 제일가는 도둑이 되었고,
더 나이가 들어서는 누군가의 지갑 내용물보다 편지 내용이 더 가치 있을
때가 많다는 사실을 알았습니다.

그런데도 저는 아직까지 그날 밤을 꿈에서 봅니다. 그 주술사도 아니고,
주술사의 칼도 아니고, 심지어는 제 남근이 타면서 오그라들던 모습도 아
니에요. 저는 그 목소리를 꿈꿉니다. 불길 속에서 들리던 목소리요. 그건
신이었을까요, 악마였을까요, 마술사의 속임수였을까요? 저는 알 수가 없
습니다. 속임수라면 모르는 게 없는데도 말입니다. 제가 확실히 말할 수
있는 건 그자가 그것을 불렀고, 그것이 응답했으며, 그날 이후로 저는 마
법과 마법을 행하는 모든 존재를 싫어한다는 겁니다. 스타니스 공이 그런
존재라면, 저는 그자의 죽음을 볼 작정입니다."

바리스가 이야기를 끝내자 그들은 한동안 말없이 말을 몰았다. 그러다
가 마침내 티리온이 말했다. "괴로운 이야기로군. 미안하오."

내시는 한숨을 내쉬었다. "미안해하면서도 제 말을 믿지는 않으시는군

요. 아니, 사과하실 필요 없습니다. 저는 약에 절어 고통을 겪었고 그건 아주 오래전, 바다 건너 멀리에서 일어난 일입니다. 당연히 그 목소리도 꿈이었겠지요. 저도 스스로에게 천 번은 그렇게 말했습니다."

"난 강철검과 금화, 그리고 사람의 지혜를 믿소. 그리고 예전에 드래곤이 있었다는 사실을 믿지. 어쨌든 두개골도 봤으니."

"그보다 더 나쁜 것을 보실 일은 없기를 빕니다."

"그 점에는 의견이 같군." 티리온은 미소 지었다. "그리고 코트네이 경의 죽음에 대해서 말인데, 우린 스타니스가 자유도시에서 바다 용병들을 고용했다는 사실을 알지 않소. 노련한 암살자도 고용했을지 몰라."

"대단히 뛰어난 암살자겠군요."

"그런 사람들이 있기는 하지. 난 언젠가 재산이 넘치면 '얼굴 없는 자'를 사랑하는 누이에게 보내겠다는 꿈을 꾸곤 했다오."

"코트네이 경이 어떻게 죽었든 간에, 그자는 죽었고, 성은 함락됐습니다. 스타니스는 진군할 수 있게 됐어요."

"도르네인들을 설득해서 변경지를 급습하게 할 가능성이 있겠소?" 티리온이 물었다.

"없습니다."

"안타깝군. 적어도 그 위협으로 변경지 영주들이 자기 성에 딱 붙어 있게 할 수는 있을 텐데. 내 아버지 소식은?"

"타이윈 공이 레드포크를 건넜다 해도 아직 제게는 소식이 닿지 않았습니다. 서두르지 않으면 적들 사이에 갇히실 수도 있습니다. 오크하트의 잎사귀와 로완의 나무가 맨더 강 북쪽에서 목격됐습니다."

"리틀핑거에게서는 아무 소식도 없고?"

"비터브리지까지 가지 못했는지도 모르지요. 거기서 죽었는지도 모르고요. 탈리 공은 렌리의 군수품을 차지하고 많은 사람을 베었습니다. 주로 플로렌트 가문 사람들이었지요. 캐스웰 공은 성안에 틀어박혔습니다."

티리온은 고개를 젖히고 웃음을 터뜨렸다.

바리스는 어리둥절해서 고삐를 당겼다. "수관님?"

"재미있지 않소, 바리스 공?" 티리온은 손을 저어 굳게 닫힌 창문들을, 잠든 도시 전체를 가리켰다. "스톰스엔드가 떨어졌고 스타니스는 불과 강철과 신들만 아실 어두운 힘을 가지고 이리로 오는데, 선량한 시민들에게는 자기들을 지켜줄 제이미도 없고, 로버트도 렌리도 라에가르도 그 사랑하는 꽃의 기사도 없군. 오직 나 하나뿐, 싫어하는 나뿐이오." 그는 다시 웃었다. "난쟁이, 사악한 참모, 작고 뒤틀린 원숭이 악마. 저들과 혼란 사이에는 나 하나뿐이란 말이오."

캐틀린

"아버지께 난 자랑스러운 아들이 되기 위해 떠났다고 전해줘." 안장에 오르는 그녀의 동생은 눈부신 갑옷과 흐르는 듯한 갈색과 푸른색의 망토까지 모든 면에서 영주다웠다. 대투구에는 방패에 그려 넣은 송어와 쌍둥이 같은 은색 송어를 장식했다.

"아버지는 언제나 널 자랑스러워하셨어, 에드무어. 그리고 널 무척이나 사랑하셔. 의심하지 마."

"그냥 자식으로 태어났다는 것 말고 더 좋은 이유를 만들어드릴 거야." 그는 군마를 돌려 세우고 한 손을 들었다. 나팔 소리가 나고, 북이 울리더니 도개교가 천천히 내려갔고, 에드무어 툴리 경은 기마 창을 세우고 깃발을 휘날리는 군세를 이끌고 리버런을 떠났다.

캐틀린은 그들이 가는 모습을 지켜보며 생각했다. '나에겐 너보다 더 큰 군대가 있단다. 의심과 두려움의 군대지.'

곁에 선 브리엔느가 느끼는 비참함은 손으로 만질 수 있을 지경이었다. 캐틀린이 그녀의 치수에 맞는 의복으로 태생과 성별에 어울리는 훌륭한 가운을 여러 벌 주문해주었지만, 여전히 브리엔느는 짝이 맞지 않는 사슬 갑옷과 가죽 갑옷을 입고 허리에 검대를 두르는 쪽을 선호했다. 브리엔느는 에드무어와 함께 전장에 나갔다면 더 행복했을 테지만, 리버런처럼 튼튼한 성벽에도 지킬 병력은 필요했다. 에드무어는 신체 건장한 남자는 모조리 데려가고, 데스몬드 그렐 경에게는 부상자와 노인과 병자에 종자 몇 명과 아직 남자라고 하기 힘든 미숙한 농민 소년들로만 이루어진 수비대를 맡겼다. 여자와 아이들이 꽉 찬 성을 지키기 위해서 말이다.

에드무어의 보병들이 다 쇠창살문 아래를 통과해 나가자 브리엔느가 물었다. "이제 뭘 할까요?"

"우리의 의무를 수행해야지." 안마당을 가로지르는 캐틀린의 얼굴이 일그러졌다. '난 언제나 내 의무를 수행했지.' 아버지가 언제나 자식들 중에 그녀를 가장 아낀 이유도 그래서였을지 몰랐다. 두 오빠가 어려서 죽었기에, 에드무어가 태어날 때까지 그녀는 호스터 공에게 딸이자 아들이었다. 그 후에 어머니가 죽자 아버지는 캐틀린이 이제 리버런의 여주인이 되어야 한다고 했고, 그녀는 그 말대로 했다. 호스터 공이 그녀를 브랜던 스타크에게 주겠다고 약속했을 때는 훌륭한 짝을 찾아준 것을 고마워했다.

'난 브랜던에게 정표를 줬고, 피터가 다친 후에 한 번도 위로하지 않은 데다 아버지가 멀리 보내버리셨을 때 작별 인사조차 하지 않았지. 그리고 브랜던이 살해당하고 아버지가 그 동생과 결혼해야 한다고 하셨을 때는 기꺼이 그 말씀에 따랐어. 결혼식 날까지 네드의 얼굴 한 번 보지 못했으면서도 그랬어. 그리고 그 근엄한 낯선 남자에게 처녀성을 내어주고, 그이의 전쟁과 그이의 왕과 그이에게 서자를 낳아준 여자에게 보냈지. 난 언제나 내 의무를 수행했으니까.'

발길이 성소로 향했다. 어머니의 정원 한가운데에 놓인, 무지갯빛 가득한 칠각형의 사암 사원. 두 사람이 들어갔을 때 성소는 북적였다. 기도가 필요한 사람은 캐틀린 혼자가 아니었다. 그녀는 대리석에 그려진 '전사'의

초상 앞에 무릎을 꿇고 에드무어를 위해 향초 하나를, 산 너머에 가 있는 롭을 위해 또 하나를 켰다. '그 둘을 안전하게 지켜주시고 승리하도록 도와주소서. 그리고 죽은 이들의 영혼에 평화를, 그들이 남기고 간 이들에게는 위안을 주소서.'

그렇게 기도하는 사이에 성사가 긴 줄에 늘어뜨린 향로와 수정을 가지고 들어왔기에, 캐틀린은 의식이 거행되는 동안 그대로 머물렀다. 그녀는 에드무어 나이 또래의 이 진지한 청년 성사를 몰랐다. 그는 직무를 잘 수행했고, 일곱 신에 대한 찬송을 부르는 목소리는 낭랑하고 듣기 좋았다. 그러나 캐틀린은 오래전에 죽은 오스민드 성사의 가늘고 떨리는 목소리가 간절히 듣고 싶었다. 오스민드 성사라면 그녀가 렌리의 천막에서 보고 느낀 바에 대해 인내심을 갖고 귀를 기울였을 테고, 그게 무슨 의미인지, 그녀의 꿈을 활보하는 그림자들을 잠재우려면 어떻게 해야 하는지 알았을지도 몰랐다. '오스민드, 아버지, 브린덴 숙부, 늙은 킴 학사는 언제나 뭐든 아는 것 같았는데, 이젠 나밖에 없고 난 아무것도 모르는 느낌이구나. 심지어는 내 의무도 모르겠어. 내 의무가 어디에 있는지 모르는데 어떻게 의무를 수행할 수 있을까?'

몸을 일으켰을 때는 무릎이 뻣뻣했지만, 조금도 현명해진 느낌은 아니었다. 오늘 밤에는 신의 숲에 가서 네드의 신들에게도 기도하리라. 그들은 일곱 신보다 더 오래됐으니.

성소 밖으로 나가자 완전히 다른 노랫소리가 들렸다. 청중들의 원에 둘러싸여 양조장 옆에 앉은 운문가 라이먼드가 장중한 목소리를 울리며 '피투성이 초원의 데레몬드 공'을 노래하고 있었다.

그리하여 그는 손에 검을 들고 섰네.
대리의 열 명 중 마지막이……

브리엔느가 잠시 멈춰 서더니 넓은 어깨를 구부리고 굵은 두 팔을 팔짱 끼고 귀를 기울였다. 누더기를 걸친 사내아이들이 새된 소리를 지르고 막대기를 서로에게 휘두르면서 달려갔다. '왜 사내아이들은 전쟁놀이를 그리 좋아할까?' 캐틀린은 라이먼드에게 답이 있을까 궁금했다. 노래가 끝에 다다르면서 가수의 목소리가 점점 힘을 더했다.

> 발 아래 풀밭도 붉고
> 눈부신 깃발들도 붉고
> 그를 적시는 석양빛도 붉었네.
> "오너라. 어서 와." 위대한 영주는 외쳤네.
> "내 검은 아직 굶주렸다."
> 그리고 난폭한 분노의 함성과 함께
> 적들이 벌 떼같이 개천을 건너…….

브리엔느가 말했다. "이런 기다림보다는 전투가 더 낫습니다. 싸울 때는 이렇게 무력한 기분이 들지 않아요. 검과 말, 때로는 도끼를 갖고 있으니까요. 갑옷을 두르면 누군가가 해치기 어렵지요."

"기사들은 전투 중에 죽네." 캐틀린은 상기시켰다.

브리엔느는 아름다운 파란 눈으로 그녀를 보았다. "여자들도 출산 중에 죽습니다. 아무도 그런 죽음에 대한 노래는 부르지 않지요."

"아이들은 다른 종류의 전투야." 캐틀린은 마당을 가로지르기 시작했다. "깃발도 전투 나팔도 없는 전투지만, 어떤 전투 못지않게 격렬하지. 아이를 배고, 아이를 세상에 내놓는 것…… 자네 어머니가 그 고통에 대해 말씀해주실 테지만……."

"저는 제 어머니를 모릅니다. 제 아버지가 숙녀들을 사귀기는 했지요……. 해마다 다른 여자로요. 하지만……."

"그런 사람들은 숙녀가 아니야." 캐틀린은 말했다. "브리엔느, 출산도 어렵지만 그 후에 따라오는 일은 더 어렵다네. 가끔은 내가 갈가리 찢기는 느낌이 들어. 원컨대 내가 다섯 명이라서 자식들마다 하나씩 있다면, 그래서 모두 안전하게 지켜줄 수 있다면 좋으련만."

"그러면 부인은 누가 안전하게 지키나요?"

캐틀린의 미소는 지치고 힘이 없었다. "그야 내 가문의 남자들이지. 내 어머니는 그렇게 가르치셨다네. 내 아버지, 내 남동생, 내 숙부, 내 남편이 날 안전하게 지킬 거라고……. 하지만 다들 떠나 있으니 자네가 그 자리를 채워줘야겠네, 브리엔느."

브리엔느는 고개를 숙였다. "노력하겠습니다."

나중에 바이먼 학사가 편지를 한 통 가져왔다. 그녀는 즉시 학사를 알아보고 롭에게서, 아니면 윈터펠의 로드릭 경에게서 무슨 소식이 왔기를 희망했지만, 그 편지는 스톰스엔드의 수호성주라고 자칭하는 메도스 공에게 온 것이었다. 그녀의 아버지, 아니면 남동생, 아니면 아들, 아니면 "누구든 지금 리버런을 지키는 분"에게 보내는 편지였다. 내용인즉슨, 코트네이 펜로즈 경은 죽었고, 스톰스엔드는 바라테온 가문의 적자이자 정당한 후계자인 스타니스 바라테온에게 성문을 열었다는 것이었다. 성 수비대는 모두가 그의 대의에 검을 바치겠다고 맹세했고, 아무도 해를 입지 않았다고 했다.

"코트네이 펜로즈를 제외하고 말이겠지." 캐틀린은 중얼거렸다. 한 번도 만난 적은 없었지만, 그의 죽음을 들으니 안타까웠다. "롭이 즉시 이 소식을 알아야 해요. 롭이 어디 있는지 아나요?"

"마지막 전언에서는 웨스털링 가문의 권좌인 크래그로 진군하고 계셨습니다. 애시마크로 까마귀를 보낸다면, 그곳에서 파발을 뒤따라 보낼 수 있을 겁니다."

"그렇게 하세요."

캐틀린은 학사가 나간 후에 편지를 다시 읽었다. "메도스 공은 로버트의 서자에 대해 아무 말이 없군." 그녀는 브리엔느에게 털어놓았다. "나머지와 함께 그 아이도 넘겨줬을 테지만, 솔직히 스타니스가 그 아이를 그렇게 간절히 원한 이유를 이해할 수가 없어."

"그 아이의 계승권을 두려워하는 게 아닐까요."

"서자의 계승권을? 아니야, 뭔가 다른 거야…… 그 아이는 어떻게 생겼지?"

"일곱 살인가 여덟 살쯤에, 검은 머리에 새파란 눈이 보기 좋은 외모입니다. 찾아오는 사람들이 렌리 공의 아들이라고 생각하는 경우가 많았지요."

"그리고 렌리는 로버트를 닮았지." 캐틀린은 이제 이해할 것 같았다. "스타니스는 형의 서자를 왕국에 전시할 생각이군. 사람들이 그 아이의 얼굴에서 로버트를 보고, 왜 조프리는 그렇게 닮지 않았을까 의아해할 수 있도록 말이야."

"그게 그렇게 큰 의미가 있을까요?"

"스타니스에게 찬동하는 이들은 증거라고 할 테지. 조프리를 지지하는 이들은 아무 의미 없다고 할 테고." 캐틀린의 자식들만 해도 스타크보다는 툴리 가문의 외모였다. 이목구비에서 네드의 모습이 보이는 건 아리아 하나뿐이었다. '존 스노우도 그렇지만, 그 아이는 내 자식이 아니지.' 그녀는 저도 모르게 존의 어미에 대해, 남편이 결코 말하지 않은 비밀스러운 사랑에 대해 생각했다. '그 여자도 나만큼 네드의 죽음을 슬퍼할까? 아니면 나 때문에 자기를 떠났다고 미워했을까? 내가 내 아들을 위해 기도하듯 그 여자도 자기 아들을 위해 기도할까?'

불편한 데다가 무익한 생각이었다. 몇몇 사람의 속삭임처럼 존이 스타폴의 아샤라 데인에게서 태어난 아이라면, 그 여자는 오래전에 죽었다. 그게 아니라면, 캐틀린은 존의 어미는 누구고 어디에 있을지 전혀 알지 못했다. 그리고 달라질 것도 없었다. 네드는 이제 죽었고, 그의 사랑과 비밀도 함께 죽었다.

그렇다 해도 그녀는 남자들이 서자 문제에서 얼마나 이상하게 행동하는지 새삼 놀라지 않을 수가 없었다. 네드는 언제나 존을 맹렬히 보호하려 들었고, 코트네이 펜로즈 경은 에드릭 스톰이라는 아이를 위해 목숨을 바쳤지만, 루스 볼턴에게 서자는 개보다 못한 의미였다. 에드무어가 사흘 전에 루스 볼턴에게 받은 묘하게 차가운 편지 말투를 보면 그랬다. 그는 명령대로 트라이던트를 건너서 하렌홀로 진군하고 있다고 썼다. "튼튼한 성이고 수비대도 잘 갖춰져 있지만, 전하의 손에 들어갈 겁니다. 그러기 위해 제가 그 성에 있는 모든 인간을 죽여야 한다 해도 말입니다." 그는 왕이 이 점에 로드릭 카셀 경이 처형한 자기 서자의 범죄보다 더 무게를 두기를 희망했다. 볼턴은 그렇게 썼다. "보나 마나 그놈이 자초한 운명이겠지요. 더러운 핏줄은 언제나 위험한 법이고, 램지는 본성이 교활하고 탐욕스러우며 잔인했습니다. 그놈이 없어져서 제게도 잘됐습니다. 제 젊은 아내가 약속한 적통 아들들은 그놈이 살아 있는 한 결코 안전하지 못했을 겁니다."

서두르는 발소리가 캐틀린의 머릿속에서 음울한 생각을 몰아냈다. 데스몬드 경의 종자가 숨을 몰아쉬며 뛰어 들어와서 무릎을 꿇었다. "마님…… 라니스터가…… 강 건너에."

"심호흡을 하고 천천히 말하거라."

그는 캐틀린의 말대로 숨을 골랐다. "무장 행렬이 레드포크 건너편에 있습니다. 라니스터의 사자 깃발 아래에 자주색 유니콘을 휘날리고 있습니다."

'브락스 공의 아들이군.' 브락스는 캐틀린이 어렸을 때 아들 중 하나를 그녀 아니면 라이사와 결혼시키고 싶다고 리버런에 찾아온 적이 있었다. 지금 바깥에서 공격을 이끄는 게 그 아들일지 궁금했다.

라니스터군은 휘황찬란한 깃발들을 휘날리며 남동쪽에서 나타났다고 했다. "별동대에 불과합니다." 데스몬드 경은 캐틀린이 성가퀴에 올라오자 그렇게 말하며 안심시켰다. "타이윈 공의 주력군은 한참 남쪽에 있습니다. 우리는 위험하지 않아요."

레드포크 남쪽에는 평평하게 탁 트인 땅이 펼쳐졌다. 캐틀린은 감시탑에서 몇 킬로미터를 볼 수 있었다. 그렇다 해도 가장 가까운 여울만 보였다. 에드무어는 그 여울의 방어를 제이슨 말리스터 공에게 맡겼고, 더 상류 쪽 여울 세 곳도 그에게 맡겼다. 라니스터 기수들은 진홍색과 은색의 깃발을 바람에 펄럭이며 수상하게 물가를 빙빙 돌고 있었다. "50명도 안 됩니다." 데스몬드 경이 어림잡았다.

캐틀린은 그 기수들이 길게 한 줄로 늘어서는 모습을 지켜보았다. 제이슨 공의 병사들이 바위와 풀과 언덕 뒤에서 그들을 맞이하려고 기다렸다. 나팔 소리가 울리자 기수들은 느릿느릿 앞으로 걸어 나가서 물보라를 일으키며 강물에 들어갔다. 잠시 동안 눈부신 갑옷과 휘날리는 깃발, 기마창 끝에 번득이는 햇빛이 장관을 연출했다.

"지금." 브리엔느가 중얼거리는 소리가 들렸다.

무슨 일이 일어나는지 파악하기는 어려웠으나, 이 거리에서도 말들의 비명 소리는 크게 들렸고, 그 소리 사이로 희미하게 철과 철이 부딪치는 소리가 들렸다. 갑자기 깃발 하나가 사라지더니 깃발을 잡고 있던 사람이 물 밑으로 쓸려 들어가고, 곧 첫 번째 시체가 물살에 실려 성벽 앞을 흘러갔다. 그 무렵에는 라니스터군이 혼란 속에서 후퇴한 뒤였다. 캐틀린은 그들이 대형을 다시 갖추고, 짧게 의논을 한 뒤에 왔던 길로 다시 달려가는 모습을 지켜보았다. 성벽에 있던 사람들이 그 뒤에 대고 조소를 퍼부었지만, 그들은 이미 소리가 들리지 않을 만큼 멀리 가 있었다.

데스몬드 경이 배를 철썩 때렸다. "호스터 공이 저 꼴을 보실 수 있다면 좋으련만. 춤이라도 추셨을 텐데 말입니다."

"내 아버지가 춤을 추던 시절은 지나갔지 싶군요. 그리고 이 싸움은 이제 시작입니다. 라니스터군은 다시 올 거예요. 타이윈 공이 거느린 숫자는 내 동생의 두 배입니다."

"열 배라 해도 다르지 않을 겁니다. 레드포크의 서쪽 강둑은 동쪽보다 높고, 숲이 무성합니다. 우리 쪽 궁수들이 몸을 감추기 좋고, 화살을 쏘기 편하지요……. 그리고 혹시 뚫리는 곳이라도 생긴다면 에드무어가 따로 빼둔 최정예 기사들이 가장 필요한 곳에 달려갈 태세를 갖추고 있을 겁니다. 놈들은 강을 건너지 못해요."

"경의 생각이 옳았으면 좋겠군요." 캐틀린은 심각하게 말했다.

적은 그날 밤에 다시 왔다. 적이 돌아오면 즉시 깨우라고 명령해두었는데, 자정이 꽤 지나서 하녀가 그녀의 어깨를 슬쩍 건드렸다. 캐틀린은 바로 일어나 앉았다. "무슨 일이냐?"

"여울에 적이 다시 왔습니다."

캐틀린은 잠옷을 입은 채로 아성 지붕에 올라갔다. 그곳에서는 성벽과 달빛 비치는 강 너머로 전투가 벌어지는 곳을 내려다볼 수 있었다. 방어 병력은 강둑을 따라 횃불을 피워놓았고, 라니스터군은 아마 그들이 밤눈이 어둡거나 방심했을 줄 알았을 것이다. 그렇다 해도 어리석은 짓이었다. 어둠은 좋게 보아도 믿을 수 없는 동맹이었다. 강을 건너려고 물속으로 걸어 들어간 사람들은 숨겨진 웅덩이를 밟고 첨벙 소리를 내며 떨어지거나, 돌을 밟고 넘어지거나 감춰진 마름쇠에 발을 다쳤다. 말리스터 궁수들이 강 건너편으로 불화살을 쏟아붓는 장면이 멀리서 보니 이상하게 아름다웠다. 십여 개 화살을 맞은 남자 하나가 옷에 불이 붙은 채로 무릎 높이의 물속에서 빙글빙글 춤을 추다가 쓰러져서 하류로 쓸려갔다. 리버런 성벽을 지나칠 무렵에는 불도, 그의 생명도 꺼진 후였다.

'작은 승리야.' 캐틀린은 싸움이 끝나고 살아남은 적이 어둠 속으로 다시 사라지자 생각했다. '그렇다 해도 승리는 승리지.' 캐틀린은 구불구불한 탑 계단을 내려가면서 브리엔느에게 어떻게 생각하는지 물었다. "타이윈 공이 손가락 끝만 담가본 겁니다. 약한 지점, 방어가 안 된 건널목을 찾아 탐색하는 거예요. 약한 지점을 찾지 못하면 모든 손가락을 오므려 주먹을 쥐고 때려서 하나 만들려고 하겠지요." 브리엔느는 어깨를 구부렸다. "저라면 그럴 겁니다. 제가 타이윈 공이라면요." 브리엔느의 손이 칼자루로 향하더니, 검이 그 자리에 있다는 사실을 확인하듯이 슬쩍 쓰다듬었다.

'그때는 신들이 우리를 도우시기를.' 캐틀린은 생각했지만, 그녀가 할 수 있는 일은 없었다. 강에서 벌어지는 것은 에드무어의 전투였다. 그녀의 전장은 여기 성안이었다.

그녀는 다음 날 아침, 식사를 하면서 아버지의 나이 든 집사 유세리데스 웨인을 불렀다. "클레오스 프레이 경에게 와인을 한 병 보내세요. 곧 심문을 하려 하는데, 혀가 좀 풀렸으면 좋겠군요."

"분부대로 하겠습니다."

오래지 않아서 말리스터의 독수리를 가슴팍에 수놓은 기수 하나가 제이슨 공의 전언을 들고 도착했다. 또 한 번의 접전과 승리에 대한 보고였다. 플레멘트 브락스 경이 남쪽으로 30킬로미터쯤 떨어진 다른 여울을 건너려고 시도했는데, 이번에는 라니스터군이 짧은 기마 창을 잡고 걸어서 강을 건너려 했고, 말리스터 궁병들이 방패 너머로 포물선을 그리며 높게 활을 쏟아붓는 한편 에드무어가 강둑에 설치해둔 전갈석궁이 무거운 돌을 날려 대형을 부쉈다. "강물에 십여 명의 시체를 남기고 단 두 명만이 얕은 곳까지 이르렀는데, 저희가 빨리 처리했습니다." 기수는 그렇게 보고했다. 그는 또 캐릴 밴스 경이 여울을 지키는 더 상류에서의 싸움도 전했다. "그쪽 공격도 적에게 심한 피해를 입히고 물리쳤습니다."

캐틀린은 생각했다. '에드무어가 내 생각보다 현명한지도 몰라. 휘하 영주들이 모두 이 전투 계획이 쓸 만하다고 봤는데, 왜 나만 알아보지 못했을까? 롭과 마찬가지로 에드무어도 내가 기억하는 어린 동생이 아니야.'

그녀는 저녁까지 기다려서 클레오스 프레이 경을 찾아갔다. 시간을 끌면 끌수록 더 취해 있으리라고 봤다. 그녀가 탑의 감옥으로 들어가자 클레오스 경은 허둥지둥 무릎을 꿇었다. "스타크 부인, 저는 탈출 계획에 대해 아무것도 몰랐습니다. 꼬마 악마가 라니스터에게는 라니스터 호위가 필요하다고 했을 뿐, 기사 서약에 걸고—"

"일어나시오, 경." 캐틀린은 자리를 찾아 앉았다. "왈더 프레이의 손자가 서약을 깨는 자가 아니라는 정도는 알아요." 그게 쓸모 있을 경우가 아니라면 말이지만. "동생에게 들으니 화평 조건을 가져왔다던데."

"그랬습니다." 클레오스 경은 휘청거리며 일어섰다. 얼마나 불안정한 상태인지 보니 만족스러웠다.

"말해봐요." 캐틀린이 명령하자 그는 조건을 말했다.

내용을 다 듣고 난 캐틀린은 찌푸린 얼굴로 앉아 있었다. 에드무어 말대로, 이건 조건이라고 할 수도 없었다. 다만……. "라니스터가 아리아와 산사를 자기 형과 교환하겠다고?"

"그렇습니다. 철왕좌에 앉아서 그렇게 맹세했습니다."

"증인들 앞에서 말이오?"

"전 궁정 앞에서요. 그리고 신들 앞에서도 맹세했습니다. 에드무어 경에게도 그렇게 말씀드렸습니다만, 불가능한 이야기라고, 롭 전하께서 동의할 리 없다고 하셨습니다."

"사실이오." 캐틀린은 롭의 생각이 틀렸는지 가릴 수 없었다. 아리아와 산사는 어린아이들이었다. 살아서 자유롭게 돌아다니는 킹슬레이어는 왕국의 그 누구 못지않게 위험했다. 그 조건은 어디로도 이어지지 않는 길이나 다름없었다. "내 딸들을 봤소? 대우는 잘 받고 있소?"

클레오스 경은 머뭇거렸다. "저는…… 그렇습니다, 보기에는……."

'거짓말을 해보려는데 와인에 취해서 잘 안 되는구나.' 캐틀린은 눈치를 채고 싸늘하게 말했다. "클레오스 경, 경의 부하들이 우리를 기만했을 때 화평 깃발의 보호는 몰수된 거요. 나에게 거짓말을 했다간 그자들 옆 성벽에 매달릴 거요. 두고 보시오. 다시 한 번 묻겠소— 내 딸들을 봤소?"

클레오스 경의 이마는 축축하게 땀에 젖었다. "산사는 티리온이 조건을 말하던 날 궁정에서 봤습니다. 더없이 아름답더군요. 조금 파리해 보이기는 했습니다만. 말하자면 핼쑥했달까요."

'산사는 봤지만 아리아는 아니다.' 무슨 의미로든 해석할 수 있었다. 아리아는 언제나 산사보다 제어하기가 힘들었다. 세르세이도 아리아가 무슨 말을 하거나 무슨 짓을 할지 몰라 궁정에 내보이기를 꺼렸을지 모른다. 보이지 않는 곳에 안전하게 가둬놓았을 수도 있었다. '아니면 죽여버렸을 수도 있지.' 캐틀린은 그 생각을 밀어냈다. "티리온의 조건이라…… 하지만 세르세이가 섭정대비요."

"티리온이 두 사람을 대변했습니다. 왕대비는 그 자리에 없었습니다. 그날 몸이 좋지 않았다더군요."

"재미있군." 캐틀린은 달의 산맥을 통과하는 끔찍했던 여행을, 그리고 티리온 라니스터가 그녀를 섬기던 용병을 유혹해서 자기 편으로 만들던 수법을 돌이켰다. '그 난쟁이는 지나치게 영리해.' 라이사가 협곡에서 내보낸 후 티리온이 어떻게 하늘 가도에서 살아남았는지 상상이 가지 않았지만, 살아남았다는 사실이 놀랍지는 않았다. '그래도 그자는 네드를 살해하는 데 가담하진 않았어. 그리고 산악민들이 공격했을 때 나를 도우러 왔

지. 그자의 말을 믿을 수 있다면······.'

그녀는 두 손을 펴고 손가락에 남은 흉터를 내려다보며 스스로에게 일깨웠다. '그자의 단검이 남긴 흉터야. 그자가 브랜의 목을 따려고 산 살인자의 손에 들린, 그자의 단검이었어.' 물론 난쟁이는 그 사실을 부인했다. 라이사가 하늘 감옥에 가두고 달의 문으로 날려 보내겠다고 위협한 후에도 여전히 부인했다. "그자는 거짓말을 했어." 그녀는 벌떡 일어서며 말했다. "라니스터는 하나같이 거짓말쟁이들이고, 그 난쟁이가 그중에서도 최악이야. 살인자는 그자의 단검으로 무장하고 있었어."

클레오스 경은 그녀를 멍청하게 응시했다. "저는 전혀 모르는 일입—"

"경은 아무것도 모르지요." 캐틀린은 그 말에 동의하고 감옥을 빠져나갔다. 브리엔느가 말없이 옆을 지켰다. '브리엔느에게는 더 단순한 일이야.' 캐틀린은 사무치는 부러움을 느끼며 생각했다. 그 점에서 브리엔느는 남자와 비슷했다. 남자들에게 답은 언제나 똑같았고, 그 답은 늘 제일 가까이 있는 무기를 벗어나지 않았다. 여자에게는, 어머니에게는 길이 더 험했고 더 알기 힘들었다.

캐틀린은 대연회장에서 수비대와 함께 늦은 저녁을 먹으며 최선을 다해 그들을 격려했다. 운문가 라이먼드가 내내 노래를 불러 그녀의 부담을 덜어주었다. 라이먼드는 마무리로 롭의 옥스크로스 승리에 대해 쓴 노래를 불렀다. "그리고 밤의 별들은 그의 늑대들의 눈이요, 바람은 그들의 노래였나니." 라이먼드는 노래 가사 사이에 고개를 젖히고 울부짖었고, 노래가 끝날 무렵에는 연회장에 모인 사람 절반이 같이 울부짖고 있었다. 심지어는 데스몬드 그렐도 술을 거나하게 마시고 합세했다. 그들의 목소리가 서까래를 울렸다.

'노래라도 부르라지. 그게 용기를 준다면야.' 캐틀린은 은잔을 만지작거리며 생각했다.

브리엔느가 조용히 말했다. "제가 어렸을 때 이븐폴홀에는 언제나 가수가 있었지요. 전 모든 노래를 외웠습니다."

"산사도 그랬지만, 북쪽에 있는 윈터펠까지 긴 여행을 감행하는 가수는 얼마 없었지." '하지만 내가 왕의 궁정에는 가수들이 있을 거라고 말해줬어. 온갖 음악을 다 듣게 될 거라고, 아이 아버지가 선생님을 찾아서 하프 연주를 배우게 해줄 거라고 했어. 아, 신들이시여 저를 용서하소서…….'

브리엔느는 말했다. "어떤 여자가 기억납니다……. 협해 건너 어딘가에서 온 여자였지요. 무슨 언어로 노래하는지조차 알지 못했지만, 그 목소리는 그 모습만큼이나 아름다웠습니다. 그 여자의 눈은 자두 빛깔이었고 허리는 어찌나 가는지 제 아버지의 두 손에 딱 맞을 정도였습니다. 아버지의 손은 저만큼 컸지요." 그녀는 숨기고 싶다는 듯이 길고 굵은 손가락을 오므렸다.

"자넨 아버지에게 노래를 불러드렸나?" 캐틀린은 물었다.

브리엔느는 고개를 저으며, 그레이비 소스에서 답을 찾는 것처럼 접시를 내려다보았다.

"렌리 공에게는?"

브리엔느는 얼굴을 붉혔다. "그럴 리가요. 저는…… 그분의 어릿광대가 가끔 잔인한 농담을 했는데, 저는…….."

"언젠가 나에게 노래를 불러줘야 하네."

"저는…… 제발, 제겐 재능이 없습니다." 브리엔느는 의자를 밀고 일어섰다. "용서하십시오. 먼저 가봐도 되겠습니까?"

캐틀린은 고개를 끄덕였다. 키 크고 볼품없는 처녀는 흥청대는 술자리 사이에서 거의 눈에 띄지 않고 큰 걸음으로 대연회장을 떠났다. '신들이 저 아이와 함께하시기를.' 캐틀린은 내키지 않는 기분으로 저녁 식사를 재개하며 생각했다.

브리엔느가 예견했던 망치가 내리친 것은 사흘 후였고, 그들이 그 소식을 들은 것은 다시 닷새 후였다. 캐틀린이 아버지 곁에 앉아 있을 때 에드무어의 전령이 도착했다. 갑옷은 찌그러지고, 장화는 흙투성이였으며, 전포에는 구멍이 뚫려 있었지만, 무릎 꿇는 전령의 표정만 보아도 좋은 소식이라는 점은 알 수 있었다. "승리입니다." 그는 에드무어의 편지를 전했다. 캐틀린은 떨리는 손으로 인장을 깨뜨렸다.

동생이 쓰기를, 타이윈 공은 십여 군데 여울을 건너려 했으나 모든 시도가 격퇴당했다. 레포드 공은 물에 빠져 죽었고, '힘센 멧돼지'라 불리는 크레이크홀 기사 하나는 포로로 잡혔고, 아담 마브랜드 경은 세 번이나 후퇴해야 했다……. 그러나 가장 격렬한 전투는 그레고르 클리게인 경이 공격을 이끌었던 스톤밀(Stone Mill, 돌 방앗간)에서 벌어졌다. 그자의 부하들이 어찌나 많이 쓰러졌는지 죽은 말들이 강물을 막을 지경이었다. 결국에는 산더미와 그자의 최정예 한 줌이 서쪽 강둑에 올라섰지만, 에드무어가 예비군을 풀었고 그들은 박살이 나서 기가 꺾이고 피투성이로 물러났다. 그레고르 경 본인은 말을 잃고 십여 군데 상처에서 피를 흘리며 사방에 화살과 돌 비가 쏟아지는 가운데 비틀비틀 레드포크를 다시 건너갔다. 에드무어는 이렇게 휘갈겨 썼다. "놈들은 강을 건너지 못할 거야, 캣. 타이윈 공은 남동쪽으로 진군하고 있어. 속임수일 수도 있고, 진짜 후퇴일 수도 있겠지만 상관없어. 놈들은 강을 건너지 못할 거야."

데스몬드 그렐 경은 의기양양했다. "아, 저도 같이 있을 수만 있다면." 노기사는 캐틀린이 그 편지를 읽어주자 그렇게 말했다. "그 광대 라이먼드는 어디 있지요? 이 소식에는 노래가 깃들어 있습니다. 에드무어라 해도 듣고 싶어 할 노래예요. 산더미를 갈아버린 방앗간이라고, 제게 가수의 재능만 있었다면 직접 가사를 쓸 수도 있겠습니다."

"난 전투가 끝날 때까지 노래 같은 건 듣지 않겠어요." 캐틀린은 말했다.

어쩌면 지나치게 날카로운 말이었는지도 몰랐다. 하지만 그녀는 데스몬드 경에게 소식을 퍼트려도 좋다고 허락했고, 그가 스톤밀의 전투를 기념하여 술통을 몇 개 열자고 했을 때도 동의했다. 리버런 안은 긴장하고 침울해져 있었다. 약간의 술과 희망이 나쁠 것은 없으리라.

그날 밤 성안에는 축하의 소리가 울려 퍼졌다. "리버런!" 평민들은 외쳤고, "툴리! 툴리!"라고도 했다. 겁에 질리고 무력한 몸으로 찾아왔는데, 대부분의 영주들이 성문을 닫았을 때 그녀의 동생이 받아들여 줬으니 당연한 일이었다. 그들의 목소리는 높은 창문 안으로 날아들고, 육중한 붉은 나무 문 아래로 스며들었다. 라이먼드는 하프를 연주했고, 한 쌍의 고수가 북을 쳤으며 젊은이 하나가 갈대 피리를 불었다. 캐틀린은 소녀들의 웃음소리, 그리고 동생이 수비대로 남겨두고 간 풋내기 소년들의 흥분한 수다에 귀를 기울였다. 듣기 좋은 소리였다……. 그러나 캐틀린에게 와닿지는 않았다. 그녀는 그들의 행복을 공유할 수가 없었다.

그녀는 아버지의 개인 방에서 가죽 장정을 두른 무거운 지도책을 발견하고 강역 지도를 찾아보았다. 깜박거리는 촛불 빛에 의지하여 레드포크 길을 찾아내고 그 길을 따라 시선을 움직였다. '남동쪽으로 진군했다고 했지.' 지금쯤이면 블랙워터 강의 수원이 있는 곳에 이르렀지 싶었다.

그녀는 전보다 더 심란한 마음으로 지도책을 닫았다. 신들은 그들에게 연이어 승리를 안겼다. 스톤밀에서, 옥스크로스에서, 리버런 바깥 주둔지 전투에서, 속삭이는 숲에서…….

'하지만 우리가 이기고 있다면, 난 왜 이렇게 불안한 걸까?'

브랜

아주 희미한 잘그랑 소리. 돌에 쇠가 스치는 소리였다. 그는 앞발에 놓여 있던 머리를 들고 밤공기를 킁킁거리며 귀를 기울였다.

저녁에 내린 비가 잠들어 있던 백 가지 냄새를 깨우고 농익혔다. 풀과 가시덤불, 땅바닥에 으깨진 블랙베리, 진흙, 벌레, 썩어가는 낙엽, 덤불 사이로 기어가는 쥐 냄새까지. 그는 형제의 털에서 나는 덥수룩한 검은 냄새와 형제가 죽인 다람쥐의 피에서 나는 싸한 구리 냄새를 맡았다. 머리 위 나뭇가지를 움직이는 다른 다람쥐들은 젖은 털가죽 냄새와 겁에 질린 냄새를 뿜어내며 작은 발톱으로 나무껍질을 긁었다. 소리를 들어서는 그랬다.

다시 들렸다. 잘그랑 하고 쇠가 스치는 소리. 이번에 그는 그 소리를 듣고 일어섰다. 귀가 쫑긋해지고 꼬리가 일어섰다. 그는 울부짖었다. 길고 깊게 떨리는 울음소리, 잠든 사람들을 깨울 울부짖음이었지만 겹겹이 쌓인 인간의 돌은 어둡게 죽어 있었다. 아직 축축한 밤, 인간을 굴속에 몰아넣는 밤이었다. 비는 그쳤으나 인간들은 아직 축축함을 피해서 돌을 쌓아 만든 굴속 불가에 모여 있었다.

형제가 나무 사이로 살그머니 다가왔다. 그가 희미하게 기억하는 오래

전의 핏빛 눈을 가진 하얀 형제만큼이나 조용한 움직임이었다. 이 형제의 눈동자는 그림자 웅덩이였으나, 목덜미 털은 뻣뻣하게 일어서 있었다. 형제도 그 소리를 들었고, 그게 위험을 의미한다는 사실을 알았다.

이번에는 잘그랑 소리와 쇠 스치는 소리에 이어 스르륵 미끄러지는 소리와 타다닥 하고 맨발이 돌 위를 부드럽고 빠르게 내딛는 소리가 났다. 바람이 그가 알지 못하는 인간의 냄새를 한 줄기 실어왔다. '낯선 인간. 위험. 죽음.'

그는 소리가 들리는 쪽으로 달려갔다. 그의 형제가 옆을 달렸다. 앞에는 돌 소굴들이 솟아올랐고, 벽은 미끄럽게 젖어 있었다. 그는 이를 드러냈지만, 인간의 돌은 그에게 신경 쓰지 않았다. 우뚝 선 문에서는 검은 무쇠 뱀이 창살과 기둥을 단단히 휘감고 있었다. 그가 몸을 부딪치자 문이 부르르 떨리고 무쇠 뱀은 철컹거리며 미끄러지더니 버텼다. 그는 쇠창살 너머로 벽과 벽 사이를 달려 돌로 된 들판까지 이어지는 긴 굴을 볼 수 있었지만, 그리로 뚫고 갈 방법이 없었다. 쇠창살 사이로 주둥이를 밀어 넣을 수는 있었지만, 거기까지였다. 그의 형제가 그 문의 검은 뼈를 물어 부수려고 여러 번 시도했었지만, 그 뼈는 깨지지 않았다. 문 아래를 파보려고도 했었지만, 그 밑에는 흙과 갈색 잎에 반쯤 덮인 크고 평평한 돌이 버티고 있었다.

그는 으르렁거리며 문 앞을 오가다가 다시 한 번 몸을 던졌다. 문이 약간 움직이더니 그를 튕겨냈다. '잠겼어.' 뭔가가 속삭였다. '사슬을 걸어놨어.' 들리지 않는데 들리는 목소리, 냄새가 나지 않는 냄새였다. 다른 길도 다 닫혀 있었다. 인간의 돌벽이 열린 곳은 나무가 두껍고 튼튼했다. 나갈 길이 없었다.

'있어.' 속삭임이 다시 들렸고, 그는 바늘잎에 덮인 거대한 나무 그림자를 볼 수 있을 것만 같았다. 검은 흙에서부터 인간 키의 열 배 높이를 비스듬히 올라가는 나무였다. 그러나 정작 주위를 둘러보자 그 나무는 그곳에 없었다. '신의 숲 반대편에 있는 파수목이야. 서둘러. 서둘러…….'

밤의 어둠을 뚫고 억눌린 고함 소리가 났다가 뚝 끊어졌다.

그는 신속하게 몸을 돌리고 숲속으로 다시 뛰어들었다. 발아래 젖은 잎사귀들이 바스락거리고, 달려가는 몸을 나뭇가지들이 후려쳤다. 형제가 바싹 따라오는 소리를 들을 수 있었다. 그들은 심장 나무 아래로 돌진해서 차가운 물 주위를 돌고, 블랙베리 덤불을 통과하고, 참나무와 물푸레나무와 산사나무가 얽힌 아래를 지나 숲 반대편으로 달려갔다……. 그곳에 그가 보지 않고도 보았던 그림자, 지붕 위를 가리키는 비스듬한 나무가 있었다. '파수목이야.' 생각이 떠올랐다.

그러자 어떻게 기어올랐었는지 기억이 났다. 사방에서 맨발을 긁고 목덜미 속으로 떨어지던 침엽, 손에 끈적하게 묻던 수액, 그 수액의 진한 솔향기까지. 그 나무는 비스듬히 기운 데다가 구부러지기까지 했고, 나뭇가지들이 다닥다닥 달려서 거의 사다리처럼 지붕으로 이어졌기에 소년이 기어오르기 쉬웠다.

그는 낮게 으르렁거리며 나무 주위를 킁킁거리다가 한쪽 다리를 들고 오줌 줄기로 표시를 남겼다. 낮은 가지 하나가 얼굴을 스치자, 그는 그 가지를 깨물어 나무가 갈라지고 찢어질 때까지 비틀어 당겼다. 입안에 침엽이 가득했고 수액의 씁쓸한 맛이 났다. 그는 고개를 흔들면서 으르렁댔다.

그의 형제는 엉덩이를 깔고 앉아서 긴 포효를 울렸다. 비탄으로 어두운 노랫소리였다. 이 길은 길이 아니었다. 그들은 다람쥐도 아니고, 인간의 새끼도 아니었다. 부드러운 분홍색 발바닥과 서툰 발로 그 나무 둥치에 매달려 기어오를 수는 없었다. 그들은 땅을 달리고 배회하는 사냥꾼들이었다.

밤 저편으로, 그들을 가둔 돌벽 너머에서 개들이 깨어나서 짖기 시작했다. 한 마리가 짖더니 또 한 마리가 짖고, 곧 모두가 짖어대며 엄청난 소란을 일으켰다. 그들도 같은 냄새를 맡은 것이다. 적과 공포의 냄새를.

극심한 분노가 그를 채웠다. 굶주림만큼이나 뜨거운 분노였다. 그는 벽 반대편으로 돌아서, 나뭇가지와 잎사귀 그림자를 회색 털에 어룽거리며 나무들 아래를 성큼성큼 달리다가…… 돌아서서 전속력으로 질주했다. 그의 발은 젖은 나뭇잎과 솔잎을 걷어차며 날 듯이 움직였다. 잠시 동안 그는 앞에서 도망치는 수사슴을 쫓는 사냥꾼이 되었다. 그 사슴을 실제로 보고 냄새도 맡을 수 있었다. 그는 전력으로 사슴을 추격했다. 겁에 질려 하는 냄새를 맡자 심장이 쿵쾅거리고 턱에서 침이 흘러내렸다. 그는 큰 걸음으로 쓰러진 나무에 도달해서 바로 나무 몸통 위로 뛰어오르고, 발톱으로 나무껍질을 할퀴며 발을 디뎠다. 속도를 거의 늦추지 않고 위로 한 번, 두 번, 세 번 뛰어올라 낮은 가지들 사이에 섰다. 나뭇가지들이 발을 얽고 눈을 때렸으며, 그가 헤치고 나아가면서 가지가 꺾일 때마다 회녹색 침엽이 흩어졌다. 속도를 늦춰야 했다. 무엇인가가 발에 걸리자 그는 으르렁거리며 발을 비틀어 떼어냈다. 발아래 나무줄기가 좁아지고 가팔라져서 거의 수직이 된 데다가 젖기까지 했다. 발톱을 박으려 하자 나무껍질이 살갗처럼 찢어졌다. 3분의 1, 아니 반을 더 왔다. 이제 지붕이 거의 닿을 정도였다……. 그러다가 한 발을 디딘 그는 젖은 나무 위로 발이 미끄러지는 것을 느꼈다. 갑자기 그는 비틀거리며 미끄러지고 있었다. 그는 두려움과 분노에 차서 울부짖으며 떨어지고 떨어지다가 땅이 그를 짓부수려고 닥치는 순간 몸을 돌렸다…….

다음 순간 브랜은 외로운 탑방 침대 안에서 담요 속에 얽힌 채 거친 숨을 몰아쉬고 있었다. "서머." 그는 큰 소리로 외쳤다. "서머." 바닥에 부딪친 것처럼 어깨가 아팠지만, 그는 그게 늑대가 느낀 아픔의 잔영에 불과하다는 사실을 알고 있었다. '조젠 말이 맞았어. 난 짐승 인간이야.' 밖에서 희미하게 개 짖는 소리가 들렸다. '바다가 왔어. 조젠이 본 대로 바다가 성벽을 넘어오고 있어.' 브랜은 머리 위 가로대를 붙잡고 몸을 일으키면서 도 와달라고 외쳤다. 아무도 오지 않았고, 잠시 후에는 아무도 오지 않을 거 라는 사실이 기억났다. 브랜의 문밖을 지키던 위병도 로드릭 경과 함께 떠 났다. 싸울 수 있는 나이의 남자는 모두 데려가야 했기에, 윈터펠에는 한 줌의 수비대밖에 남지 않았다.

그들은 여드레 전에 떠났다. 윈터펠과 가까운 성채들에서 모은 남자 600명이었다. 클레이 세르윈이 300명을 더 데려와 진군하는 도중에 합 류했고, 루윈 학사는 그들에 앞서서 까마귀를 보내어 화이트하버와 고분 지대와 심지어는 늑대 숲 깊은 곳에서도 병사들을 소집했다. 토르헨스퀘 어가 갈라진 턱 다그머라는 무시무시한 지휘관 아래 공격받고 있었다. 낸 할멈은 다그머는 죽일 수가 없다고, 언젠가 적이 도끼로 그 머리를 쪼겠는 데, 다그머는 어찌나 억척같은지 둘로 쪼개진 머리통을 다시 붙여서 나을 때까지 잡고 있었다고 했다. '설마 다그머가 이긴 걸까?' 토르헨스퀘어는 윈터펠에서 며칠은 떨어진 곳이었지만, 그렇다 해도……

브랜은 침대에서 몸을 옮겨 가로대를 잡고 창문까지 이동했다. 더듬거 리며 덧문을 흔들어 열었다. 아래 안마당은 비어 있었고, 보이는 창문마 다 어두웠다. 윈터펠은 잠들어 있었다. "호도!" 그는 아래를 향해 최대한 큰 소리로 외쳤다. 호도는 마구간 위에서 자고 있을 테지만, 충분히 큰 소 리를 내면 호도가 듣거나, 다른 누구라도 들을지 몰랐다. "호도, 얼른 올라 와! 오샤! 미라, 조젠, 누구든!" 브랜은 입가에 두 손을 댔다. "호도오오오 오오오!"

하지만 등 뒤에서 문이 부서져 열렸을 때, 안으로 들어온 남자는 브랜이 모르는 사람이었다. 그는 쇠 원반을 꿰메어 덮은 가죽조끼를 입고, 한 손 에는 비수를 들고 등에는 도끼를 매고 있었다. "뭘 원해?" 브랜은 겁에 질 려서 물었다. "여긴 내 방이야. 나가."

테온 그레이조이가 뒤따라 들어왔다. "널 해치려고 온 게 아니야, 브랜."

"테온?" 안도감에 머리가 어지러웠다. "롭이 보냈어? 롭 형도 왔어?"

"롭은 멀리 있어. 지금은 널 도울 수 없지."

"날 돕다니?" 혼란스러웠다. "겁주지 마, 테온."

"이젠 테온 왕자야. 우리 둘 다 왕자가 됐어, 브랜. 누가 꿈이나 꿨겠어? 하지만 내가 네 성을 빼앗았어, 왕자님."

"윈터펠을?" 브랜은 고개를 저었다. "아니, 그럴 순 없어."

"나가봐, 웰라그." 비수를 든 남자가 물러났다. 테온은 침대에 앉았다. "네 명이 갈고리와 밧줄로 성벽을 넘고, 그 네 명이 나머지를 위해 샛문을 열어줬지. 지금도 내 부하들이 네 부하들을 처리하고 있어. 장담하는데, 윈터펠은 내 거야."

브랜은 이해가 가지 않았다. "하지만 테온 형은 아버지의 대자였잖아."

"이제는 내가 너와 네 동생의 보호자야. 싸움이 끝나는 대로 내 부하들이 너희 쪽 사람들을 대연회장에 모을 거야. 너와 내가 가서 그 사람들에게 연설을 할 거고. 넌 나에게 항복해서 윈터펠을 넘겨줬다고 말하고, 옛 주인에게 그랬듯 새로운 주인을 섬기고 복종하라고 명하는 거야."

"안 해. 우리가 싸워서 내쫓을 거야. 난 절대 항복하지 않았어. 내가 항복했다고 말하게 할 순 없어."

"이건 놀이가 아니야, 브랜. 그러니 애처럼 굴지 마. 참아주지 않을 거야. 이 성은 내 것이지만, 사람들은 여전히 네게 속해 있어. 왕자님이 백성들을 안전하게 지키려면 시키는 대로 하는 게 좋을 거야." 테온은 일어나서 문으로 향했다. "네게 옷을 입혀서 대연회장으로 데려갈 사람이 올 거야. 무슨 말을 하고 싶은지 주의 깊게 생각해."

기다리는 시간 동안은 그 어느 때보다 더 무력한 느낌이었다. 그는 창가 자리에 앉아서 어두운 탑들과 그림자처럼 검은 벽들을 내다보았다. 한번은 위병대 본부 너머에서 고함 소리가 난 것 같았고, 검과 검이 부딪치는 소리 같은 것도 들렸지만, 그에게는 서머의 귀나 코가 없었다. '깨어 있을 때 난 여전히 망가진 몸이지만, 자고 있을 때, 서머일 때는 달리고 싸우고 듣고 냄새 맡을 수 있어.'

호도가 데리러 오거나 하녀 누군가가 올 줄 알았는데, 다음번에 문이 열렸을 때 나타난 사람은 촛불을 든 루윈 학사였다. "브랜, 무슨 일이…… 일어났는지 압니까? 이야기 들었나요?" 왼쪽 눈 위가 찢어져서 얼굴 옆으로 피가 흘러내리고 있었다.

"테온이 왔어요. 윈터펠은 이제 자기 거래요."

학사는 촛불을 내려놓고 뺨에 흐른 피를 닦았다. "놈들은 해자를 헤엄쳐 건넜습니다. 갈고리와 밧줄로 성벽을 넘었지요. 손에 검을 든 채, 물을 뚝뚝 흘리면서 넘어왔어요." 그는 다시 피를 흘리면서 문가 의자에 앉았다. "에일벨리가 성문에 있었는데, 놈들이 탑에서 기습해 죽였습니다. 헤이헤드도 부상을 입었어요. 놈들이 뛰어들기 전에 까마귀 두 마리를 보낼 시간은 있었습니다. 화이트하버로 향하는 새는 도망쳤지만, 다른 한 마리는 화살에 맞아 떨어졌어요." 학사는 바닥 골풀을 내려다보았다. "로드릭 경이 사람을 지나치게 많이 데려갔습니다만, 저도 똑같이 잘못이 있습니다. 이런 위험은 생각도 못했어요. 생각도……."

'조젠은 내다봤어.' 브랜은 생각했다. "제가 옷을 입게 도와주시는 게 좋겠어요."

"그래요, 그래야지요." 루윈 학사는 브랜의 침대 발치에 놓인 쇠테 두른 무거운 궤짝에서 속옷과 바지와 튜닉을 찾아냈다. "브랜은 윈터펠의 스타크이고, 롭의 후계자입니다. 왕자답게 보여야 해요." 브랜은 학사의 도움을 받아 차려입었다.

"테온은 제가 항복하고 성을 넘기길 원해요." 브랜은 루윈 학사가 그가 제일 좋아하는 은과 흑옥으로 만든 늑대 머리 모양의 브로치로 망토를 여며주는 동안 말했다.

"그건 부끄러운 일이 아닙니다. 영주는 자기 사람들을 지켜야 해요. 가혹한 곳에서 가혹한 사람들이 납니다, 브랜. 이 강철인들을 대할 때는 그점을 기억해요. 아버님은 테온을 길들이기 위해 할 수 있는 일을 다 하셨지만, 그 조치는 너무 모자랐고 또 너무 늦었던 것 같군요."

그들을 데리러 온 강철인은 시커먼 수염이 가슴의 반을 덮는 땅딸막하고 몸이 두꺼운 남자였다. 그는 브랜을 가볍게 짊어졌지만, 그 임무를 달가워하는 것 같지는 않았다. 계단을 반층 내려가면 리콘의 침실이었다. 네살짜리 동생은 자다가 깨서 짜증이 나 있었다. "난 어머니를 보고 싶어. 엄마를 보고 싶다고. 새기독도."

"어머님은 멀리 계십니다, 왕자님." 루윈 학사는 리콘의 머리 위로 잠옷을 벗겼다. "하지만 저와 브랜 왕자님이 여기 있습니다." 그는 리콘의 손을 잡고 방에서 나왔다.

아래로 내려간 그들은 사람 키보다도 1미터는 더 큰 창을 든 대머리 사내에게 떠밀려 나오는 미라와 조젠과 마주쳤다. 브랜을 보는 조젠의 눈은 슬픔 가득한 녹색 연못이었다. 다른 강철인들이 프레이 둘을 끌어냈다. 작은 왈더가 브랜에게 말했다. "너희 형은 왕국을 잃었어. 넌 이제 왕자가 아니야. 그냥 인질이지."

"너도 마찬가지야." 조젠이 말했다. "나도, 우리 모두가 마찬가지지."

"너한테 말 안 걸었어, 개구리나 먹는 게."

앞서가는 강철인 하나가 횃불을 들고 있었지만, 비가 다시 내리기 시작해서 곧 꺼져버렸다. 그들은 서둘러 마당을 가로지르면서 신의 숲에서 울부짖는 다이어울프들의 소리를 들을 수 있었다. '서머가 나무에서 떨어졌을 때 다치지 않았어야 할 텐데.'

테온 그레이조이는 스타크의 상석에 앉아 있었다. 망토는 벗은 채로, 섬세한 사슬 셔츠 위에 가문의 상징인 금빛 크라켄을 장식한 검은색 전포를 입고 있었다. 두 손은 널찍한 석조 팔걸이 끝에 조각된 늑대 머리 위에 올려놓았다. "테온이 롭 형의 의자에 앉아 있어." 리콘이 말했다.

"쉿, 리콘." 브랜은 주위의 적대감을 느낄 수 있었지만, 동생은 그러기엔 너무 어렸다. 횃불이 몇 개 켜져 있었고, 큰 난로에도 불을 지펴놓았지만, 대연회장은 대부분 어둠에 잠겨 있었다. 장의자는 모두 벽 쪽에 쌓여 있었기에 앉을 자리가 없었고, 성 사람들은 감히 입을 떼지도 못하고 작게 무리 지어 서 있었다. 낸 할멈이 이 빠진 입을 뻐끔거리는 모습이 보였다. 헤이헤드는 맨가슴에 피 묻은 붕대를 두른 채로 다른 위병 둘에게 들려 왔다. 폭시 팀은 안타깝게 눈물을 흘렸고, 베스 카셀은 공포에 질려 울었다.

"이게 다 누구지?" 테온은 리드 남매와 프레이 사촌 형제를 두고 물었다.

"이쪽은 캐틀린 부인의 대자로, 둘 다 왈더 프레이라고 합니다." 루윈 학사가 설명했다. "이쪽은 조젠 리드와 그 누이인 미라 리드로, 그레이워터워치의 하울랜드 리드의 아들과 딸입니다. 윈터펠에 대한 충성 맹세를 새로이 하러 왔지요."

"때를 잘못 맞췄다는 소리가 나오겠군. 나에게는 그렇지 않지만 말이야. 여기 왔으니 계속 여기 있어야지." 그는 권좌를 비웠다. "왕자를 이리로 데려와, 로렌." 검은 수염 남자는 브랜을 돌 의자 위에 귀리 자루처럼 팽개쳤다.

사람들은 아직도 고함 소리와 창끝에 몰려 대연회장 안으로 들어오고 있었다. 게이지와 오샤가 아침에 먹을 빵을 만들다가 밀가루를 묻힌 채로 부엌에서 왔다. 미켄은 욕을 하며 끌려왔다. 팔렌은 팰라를 부축하려고 애쓰며 절뚝거리는 걸음으로 들어왔다. 팰라의 드레스는 두 갈래로 찢어져 있었고, 그녀는 그 옷을 꽉 움켜쥔 채 걸음걸음이 고통스럽다는 듯이 걸었다. 차일 성사가 도우려고 달려갔지만, 강철인 하나가 때리는 바람에 바닥에 쓰러졌다.

　문을 통과해 들어온 마지막 인물은 죄수로 잡혀 있던 '구린내'로, 코를 찌르는 악취부터 풍겼다. 브랜은 그 냄새를 맡자 속이 뒤집히는 느낌이었다. "이놈은 탑 감옥에 갇혀 있던데요." 그를 데려온 자는 수염이 없는 붉은 머리 청년이었는데, 흠뻑 젖은 옷을 보니 해자를 헤엄쳐 건넌 사람 중 하나였다. "구린내라고 한다는군요."

　"이유를 모르겠군." 테온은 미소 지으며 말했다. "언제나 그렇게 냄새가 지독한 거냐, 아니면 방금 돼지와 붙어먹다 온 거냐?"

　"잡혀 온 후부터는 아무와도 붙어먹지 않았습죠. 제 본명은 헤케입니다. 드레드포트의 서자를 섬겼는데 스타크 놈들이 결혼 선물로 그분 등에 화살을 먹여줬지요."

　테온은 재미있어했다. "누구와 결혼했는데?"

　"혼우드 과부였습죠."

　"그 노파? 그놈은 눈이 멀었나? 그 여자는 젖가슴이 빈 가죽 부대같이 마르고 쭈글쭈글하다고."

　"젖가슴 때문에 결혼한 건 아니었습죠."

　강철인들이 대연회장 끝에 있는 높은 문을 쾅 닫았다. 상석에 앉은 브랜은 그들이 대략 스무 명 정도라는 것을 알아보았다. '성문과 무기고를 지킬 사람을 몇 명 두고 왔겠지.' 그렇다고 해도 다 합쳐서 서른 명이 넘지 않을 터였다.

　테온이 두 손을 들어 올려 사람들을 조용히 시켰다. "다들 날 알겠지만—"

　"그래, 네가 뜨끈뜨끈한 똥 자루인 거 안다!" 미켄이 외치자 대머리 남자가 창대를 미켄의 배에 찔러 넣더니, 창 자루로 얼굴을 후려쳤다. 대장장이는 털썩 무릎을 꿇고 이빨을 하나 뱉어냈다.

　"미켄, 조용히 해." 브랜은 롭이 명령을 내릴 때처럼 엄격하고 영주답게 말하려고 했지만, 마음 같지 않게 높고 날카로운 소리만 나왔다.

"작은 영주님 말씀 들어야지, 미켄." 테온이 말했다. "그쪽보다 분별력이 있네."

'좋은 영주는 자기 사람들을 지키는 거야.' 브랜은 스스로에게 상기시켰다. "난 윈터펠을 테온에게 넘겼다."

"더 큰 소리로 말해, 브랜. 그리고 날 왕자라고 불러."

브랜은 목소리를 높였다. "난 윈터펠을 테온 왕자에게 넘겼다. 다들 테온의 명에 따르도록."

"턱없는 소리!" 미켄이 외쳤다.

테온은 그 격분을 무시했다. "내 아버지는 오래된 소금과 바위의 왕관을 쓰고, 스스로를 강철 군도의 왕으로 선언하셨다. 정복의 권리에 따라 북부 또한 그분의 땅이 되고 너희는 모두 그분의 백성이 된다."

"헛소리." 미켄은 입가에 묻은 피를 닦았다. "난 스타크를 섬긴다. 어느 배신자 오징어가 아니라— 아악." 그는 창대에 맞아서 얼굴부터 돌바닥에 처박혔다.

"대장장이들이란 팔 힘은 센데 머리가 나쁘지." 테온이 말했다. "하지만 나머지 너희들은 네드 스타크를 섬겼듯이 충성스럽게 나를 섬긴다면, 그 이상을 원할 수 없을 만큼 관대한 주인을 알게 될 거다." 미켄은 손과 무릎을 대고 엎드린 채 피를 뱉었다. '제발 그만해.' 브랜은 속으로 빌었지만, 대장장이는 외쳤다. "이 형편없는 패거리로 북부를 쥘 수 있다고 생각한다면—"

대머리 남자가 창끝을 미켄의 목덜미에 찔러 넣었다. 살을 뚫은 강철 촉이 피범벅이 되어 앞으로 빠져나왔다. 여자 하나가 비명을 질렀고, 미라는 리콘을 끌어안았다. 브랜은 멍하니 생각했다. '미켄이 빠져 죽은 건 피였어. 자기 피.'

"또 할 말 있는 사람?" 테온 그레이조이가 물었다.

"호도 호도 호도 호도." 호도가 눈을 크게 뜨고 외쳤다.

"누가 저 반편이 입을 닫아줘라."

강철인 두 명이 창 자루로 호도를 두들겨 패기 시작했다. 호도는 두 손으로 몸을 가리려 애쓰면서 바닥에 쓰러졌다.

"난 에다드 스타크보다 더 좋은 주인이 될 거다." 테온은 나무가 살을 때리는 소리 속에서 잘 들리게 목소리를 높였다. "하지만 날 배신한다면, 그러지 않았더라면 좋았을 거라 소원하게 될 거야. 그리고 여기 보이는 사람들이 내 군세의 전부라고 생각하지 말아라. 토르헨스퀘어와 딥우드모트도 곧 우리 것이 될 테고, 내 숙부가 모트카일린을 장악하기 위해 솔트스피어에서 올라가고 있다. 롭 스타크가 라니스터를 박살 낼 수 있다면 앞으로 트라이던트의 왕으로 통치할 수 있겠지만, 북부는 이제 그레이조이 가문이 갖는다."

"스타크의 영주들이 싸울 텐데요." 구린내라는 남자가 외쳤다. "화이트 하버에 있는 불어터진 돼지도 있고, 엄버와 카스타크도 있잖습니까. 부하가 필요할 겁니다. 절 풀어주시면 받들어 모시겠습니다."

테온은 잠시 그 남자를 가늠해보았다. "생각보다 영리한 놈이로군. 하지만 그 악취는 참아줄 수가 없다."

"그렇다면야 제가 냄새를 씻어낼 수 있지요. 풀려나면요."

"드물게 분별 있는 녀석이군." 테온은 미소 지었다. "무릎을 꿇어라." 강철인 하나가 구린내에게 검을 건넸고, 구린내는 그 검을 테온의 발치에 놓고 그레이조이 가문과 발론 왕에게 복종할 것을 맹세했다. 브랜은 차마 볼 수가 없었다. 녹색 꿈이 현실이 되고 있었다.

"그레이조이 나리!" 오샤가 미켄의 시체 앞으로 나섰다. "저도 포로로 잡혀 온 몸입니다. 제가 잡혔을 때 그 자리에 계셨지요."

'친구라고 생각했는데.' 브랜은 상처받아서 생각했다.

테온이 말했다. "나에겐 전사가 필요하지, 부엌데기가 필요하진 않아."

"절 부엌에 집어넣은 건 롭 스타크였습니다. 전 거의 1년 동안 주전자를 닦고 기름기를 긁어내고 이놈을 위해 짚을 데웠습니다." 그녀는 게이지를 보고 말했다. "이젠 질렸습니다. 제 손에 다시 창을 쥐여주세요."

"널 위한 창은 여기 있지." 미켄을 죽인 대머리 남자가 말하더니 히죽 웃으면서 제 사타구니를 잡았다.

오샤는 앙상한 무릎으로 그자의 다리 사이를 올려 쳤다. "그 말랑한 분홍빛 거시기는 네가 가져라." 그녀는 그 남자에게서 창을 빼앗아서 창 자루로 후려쳐 쓰러뜨렸다. "나무와 쇠는 내가 가질 테니까." 대머리 남자가 바닥에서 꿈틀거리는 동안 다른 약탈자들은 요란한 웃음을 터뜨렸다.

테온도 나머지와 함께 웃었다. "쓸 만하겠군. 그 창은 가져라. 스티그는 다른 창을 찾을 수 있을 테니까. 이제 무릎을 꿇고 맹세해라."

아무도 충성을 맹세하겠다고 달려 나가지 않자, 그들은 맡은 일을 하고 말썽을 일으키지 말라는 경고와 함께 사람들을 해산시켰다. 호도는 브랜을 침대까지 옮기는 임무를 맡았다. 얻어맞아서 얼굴이 엉망이었다. 코는 붓고 한쪽 눈은 감겨 있었다. "호도." 그는 크고 힘센 두 팔로 브랜을 들어 올려 빗속을 돌아가면서 갈라진 입술 사이로 흐느꼈다.

아리아

"유령이 있어. 분명히 있다고." 핫파이는 팔꿈치까지 밀가루를 묻히고 빵을 반죽하고 있었다. "피아가 어젯밤에 식료품 저장실에서 뭔가 봤대."

아리아는 야유하는 소리를 냈다. 피아는 언제나 저장실에서 뭔가를 봤지만 보통은 남자들이었다. "타르트 하나 먹어도 돼? 쟁반 하나 가득 구웠잖아."

"쟁반 하나가 다 필요해. 아모리 경이 엄청 좋아한단 말이야."

아리아는 아모리 경을 증오했다. "그럼 저기다 침 뱉자."

핫파이는 불안하게 주위를 둘러보았다. 주방에는 그림자와 메아리가 가득했지만, 다른 요리사와 부엌데기들은 오븐 위의 동굴 같은 다락에서 자고 있었다. "알아차릴걸."

"모를 거야. 침은 아무 맛이 안 나거든."

"알아차리면 채찍질 당하는 건 나야." 핫파이는 빵을 반죽하던 손을 멈췄다. "넌 여기 있으면 안 돼. 한밤중이잖아."

사실이었지만, 아리아는 개의치 않았다. 한밤중에도 주방은 조용해지지 않았다. 언제나 아침에 먹을 빵을 준비하느라 밀가루를 치대는 사람,

긴 나무 숟가락으로 주전자 안을 젓거나 아모리 경이 아침에 먹는 베이컨을 준비하려고 돼지를 잡는 사람이 있었다. 오늘 밤에는 그 당번이 핫파이였다.

"벌건 눈이 깨어나서 네가 없는 걸 알면—" 핫파이가 말했다.

"벌건 눈은 절대 안 깨." 벌건 눈의 본명은 메블이었지만, 진물이 흐르는 눈 때문에 다들 벌건 눈이라고 불렀다. "일단 곤드라지면 절대 안 깨지." 그는 매일 아침 에일을 마셨고, 매일 저녁 식사 후에는 턱에 와인색 침을 흘리며 술에 취해 잠들었다. 아리아는 코 고는 소리가 들릴 때까지 기다렸다가 맨발로 하인용 계단을 살금살금 올라가곤 했다. 쥐새끼보다 더 조용히 말이다. 아리아는 촛불도 들지 않았다. 시리오는 언젠가 어둠은 그녀의 친구가 될 수 있다고 했는데, 그 말이 옳았다. 달빛과 별빛만 있으면 충분했다. "우린 탈출할 수 있어. 벌건 눈은 내가 없어진 줄도 모를 거야." 아리아는 핫파이에게 말했다.

"난 탈출하고 싶지 않아. 숲속에서보다 여기가 더 나아. 다시는 벌레를 먹고 싶지 않아. 여기, 그 판에 밀가루 좀 뿌려봐."

아리아는 고개를 기울였다. "뭐였지?"

"뭐? 난 몰라—"

"입이 아니라 귀로 좀 들어봐. 전투 나팔 소리였어. 두 번. 못 들었어? 그리고 쇠창살문 사슬 소리. 누군가가 나가거나 들어오고 있어. 가서 볼래?" 하렌홀 성문은 타이윈 공이 군대를 이끌고 진군한 아침 이후로 열린 적이 없었다.

"난 아침 빵을 만들고 있어." 핫파이는 투덜거렸다. "어쨌든 난 어두울 때가 싫어. 말했잖아."

"난 가볼래. 나중에 무슨 일인지 말해줄게. 타르트 하나 먹어도 돼?"

"안 돼."

아리아는 그래도 타르트를 하나 훔쳐서 먹으면서 나갔다. 잘게 썬 견과류와 과일과 치즈가 들어 있었고, 껍질은 얇았으며 아직 오븐의 열기로 따뜻했다. 아모리 경의 타르트를 먹고 있으니 대담해진 기분이었다. 그녀는 속으로 노래를 불렀다. '맨발 안 넘어지는 발 가벼운 발, 나는야 하렌홀의 유령이라네.'

나팔 소리는 잠든 성을 휘저어놓았다. 무슨 소란인지 알아보려고 사람들이 나오고 있었다. 아리아는 다른 사람들 사이에 섞였다. 황소가 끄는 수레가 일렬로 쇠창살문 아래를 통과했다. 약탈품이었다. 그녀는 보자마자 알았다. 말에 오른 기수들이 기묘한 언어로 지껄이면서 수레를 호송했다. 그들의 갑옷은 달빛에 하얗게 빛났고, 검은색과 흰색 줄무늬가 들어간 얼룩말이 몇 마리 보였다. '피투성이 극단'이었다. 아리아는 그림자 속으로 조금 더 물러나서, 어느 짐마차 뒤 우리에 실린 거대한 검은 곰을 보았다. 다른 수레에는 은접시, 무기와 방패, 밀가루 부대, 끽끽거리는 돼지들과 말라빠진 개들과 닭들이 가득했다. 아리아가 구운 돼지고기를 한 조각 먹었던 게 얼마나 오래전인가 생각하고 있는데 첫 번째 포로가 보였다.

옷차림과 당당하게 고개를 든 모습으로 보아 귀족이 틀림없었다. 찢어진 붉은색 전포 아래에서 반짝이는 사슬 셔츠를 볼 수 있었다. 처음에는 라니스터인 줄 알았지만, 그 남자가 횃불 근처를 지나자 보인 문장은 사자가 아니라 은색 주먹이었다. 두 손목은 단단히 묶여 있었고, 한쪽 발목에 걸린 밧줄이 뒤에 있는 남자와 연결되어 있었다. 그 남자는 또 뒤에 있는 남자와 연결되고, 그런 식으로 대열 전체가 바싹 붙어서 같이 발을 움직여야 했다. 포로들 중 상당수가 부상을 입었다. 누구든 걸음을 멈추면 기수 하나가 말을 몰고 가서 채찍을 휘둘러 다시 움직이게 만들었다. 아리아는 포로가 얼마나 많은지 헤아려보려 했지만, 50명도 세기 전에 셈을 놓쳤다. 최소한 그 두 배는 되는 숫자였다. 옷이 진흙과 피에 얼룩진 데다가 횃불 빛으로는 문장과 휘장을 다 알아보기가 힘들었지만, 몇 개는 아리아도 보자마자 알아보았다. 쌍둥이 탑. 햇살. 피투성이 남자. 전투 도끼. '전투 도끼는 세르윈이고, 검은색 바탕에 하얀 해는 카스타크야. 북부인들이야. 아버지의 부하들이고 롭의 부하들이야.' 그게 무슨 의미일지 생각하고 싶지 않았다.

피투성이 극단이 말에서 내리기 시작했다. 짚자리에서 자던 마구간지기들이 땀투성이 말들을 돌보러 나왔다. 기수 하나는 에일을 가져오라고 소리쳤다. 그 소리에 아모리 로치 경이 횃불잡이 두 명을 양옆에 거느리고 마당 위 지붕 덮인 회랑으로 나왔다. 염소 모양 투구를 쓴 바고 호트는 그 밑에서 고삐를 당겼다. "수호성주님 나오셨수." 용병이 말했다. 입에 비해 혀가 너무 큰 것처럼 분명치 않게 질척거리는 목소리였다.

"이게 다 뭔가, 호트?" 아모리 경이 찌푸린 얼굴로 물었다.

"포로요. 루스 볼턴이 강을 건너려고 했는데, 우리 용감한 형제단이 선봉대를 박살 내줬지. 많이 죽여서 볼턴을 도망시켰수. 이게 놈들의 지휘관 글로버고, 그 뒤엣것은 아에니스 프레이 경이라우."

아모리 로치 경은 돼지 같은 작은 눈으로 밧줄에 엮인 포로들을 내려다보았다. 아리아가 보기에 즐거워 보이지는 않았다. 성안에 있는 사람 모두가 아모리 로치와 바고 호트가 서로를 싫어한다는 사실을 알았다. "좋아. 캐드윈 경, 이자들을 지하감옥으로 끌고 가."

전포에 쇠 장갑을 낀 주먹 문양이 그려진 귀족이 눈을 들고 입을 열었다. "우리는 명예로운 대우를 약속받았고—"

"조용!" 바고 호트가 침을 튀기며 소리를 질렀다.

아모리 경은 포로에게 말했다. "바고 호트가 뭘 약속했든 나에겐 아무 의미도 없다. 타이윈 공이 나를 하렌홀 수호성주로 삼으셨으니, 내 마음대로 대하겠다." 그는 위병들에게 몸짓을 했다. "과부의 탑 아래 큰 감옥이면

다 처넣을 수 있겠지. 가지 않으려 드는 놈은 이 자리에서 죽여도 좋아."

아모리 경의 부하들이 창끝으로 포로들을 몰고 가는 사이, 아리아는 계단통에서 나온 벌건 눈이 횃불 빛에 눈을 껌벅이는 모습을 보았다. 아리아가 없다는 사실을 알아차렸다면 소리를 지르고 가죽이 벗겨지도록 채찍질을 하겠다고 위협할 테지만, 두렵지 않았다. 벌건 눈은 위즈가 아니었다. 언제나 이 사람 저 사람에게 가죽이 벗겨지도록 채찍질을 하겠다고 위협은 했지만, 정말로 때린 적은 한 번도 없었다. 그렇다 해도 벌건 눈이 아리아를 보지 못하는 편이 더 좋기는 할 터였다. 아리아는 주위를 둘러보았다. 소들이 풀려나고, 수레에서는 짐이 내려가고, 용감한 형제단은 술을 가져오라 소리 지르고, 호기심에 찬 사람들은 우리에 든 곰을 둘러쌌다. 그 소란 속에서 보이지 않게 빠져나가기는 어렵지 않았다. 아리아는 누군가가 알아보고 일을 시키려고 들기 전에 보이지 않는 곳으로 사라지고 싶어서 왔던 길로 돌아갔다.

성문과 마구간에서 멀어지면, 거대한 성 대부분은 비어 있었다. 뒤쪽에서 소리가 잦아들었다. 갑작스러운 회오리바람이 '통곡의 탑'에 난 균열에서 높고 날카로운 비명 소리를 끌어냈다. 신의 숲에서는 나뭇잎이 떨어지기 시작했는데, 잎사귀가 사람 없는 안뜰과 텅 빈 건물들 사이를 움직이는 소리, 바람에 밀려 돌 위를 구르면서 내는 희미한 소리를 들을 수 있었다. 이제 하렌홀이 다시 비고 나니 소리가 기묘한 장난을 쳤다. 어떤 때에는 돌이 소음을 먹어치우고, 마당마다 침묵의 담요를 뒤집어씌우는 것 같았다. 또 어떤 때에는 메아리에 생명이 깃들어, 모든 걸음 소리가 유령 군대의 발소리로 변했고 멀리서 들리는 목소리는 유령 잔치 소리로 변했다. 핫파이는 그런 기묘한 소리에 마음을 졸였지만, 아리아는 신경 쓰지 않았다.

그림자처럼 조용히, 아리아는 중간 뜰을 가볍게 가로지르고 공포의 탑 주위를 돈 다음, 죽은 매들이 유령 날개로 허공을 휘젓는다는 말이 도는 텅 빈 매 우리를 지났다. 그녀는 어디로든 갈 수 있었다. 수비대는 백 명이 안 되는 숫자였고, 하렌홀에 파묻힐 만큼 작은 군대였다. '백 개의 난로가 있는 방'은 닫혔고, 그보다 작은 건물들 상당수에다 '통곡의 탑'까지 닫혔다. 아모리 로치 경은 '불탄 왕의 탑'에서 영주의 거처 못지않게 널찍한 수호성주 거처에 살았고, 아리아와 다른 하인들을 편의상 그 바로 아래 지하실로 옮겼다. 타이윈 공이 거주하는 동안에는 어딜 가도 중장병들이 있었다. 하지만 이제는 백 명이 천 개의 문을 지켜야 했고, 아무도 누가 어디에 있어야 하는지 알거나 신경 쓰는 것 같지 않았다.

아리아는 무기고 옆을 지나다가 망치 소리를 들었다. 높은 창문으로 진한 오렌지색 빛이 새어 나왔다. 그녀는 지붕으로 기어 올라가서 아래를 내려다보았다. 겐드리가 흉갑을 두드리고 있었다. 작업 중의 겐드리에게는 오직 금속과 풀무와 불밖에 존재하지 않았다. 망치가 자기 팔의 일부 같았다. 아리아는 겐드리의 가슴 근육이 움직이는 모습을 보고 강철의 음악에 귀를 기울였다. '겐드리는 강해.' 아리아는 그렇게 생각하고, 겐드리가 손잡이가 긴 부집게로 흉갑을 집어서 담금질용 물통에 집어넣는 사이 살그머니 창문을 통과해서 그 옆 바닥에 뛰어내렸다.

그는 아리아를 보고도 놀라지 않았다. "넌 잠자리에 있어야 할 텐데." 차가운 물에 담근 흉갑이 고양이처럼 쉭 소리를 냈다. "바깥에 난 소리는 다 뭐였어?"

"바고 호트가 포로들을 잡아서 돌아왔어. 문장을 봤는데, 딥우드모트에서 온 글로버가 있었어. 내 아버지의 부하야. 나머지도 대부분 그렇고." 아리아는 갑자기 왜 발길이 이리로 향했는지 알았다. "그 사람들을 풀어주게 도와줘."

겐드리는 소리 내어 웃었다. "우리가 어떻게?"

"아모리 경이 포로들을 지하감옥으로 보냈어. 과부의 탑 아래에 있는 커다란 방 하나야. 네 망치로 문을 부숴서 열고—"

"위병들은 구경만 하면서 내가 망치를 몇 번 휘두를까 내기를 걸고?"

아리아는 입술을 씹었다. "위병들은 죽여야겠지."

"그건 어떻게 하는데?"

"아마 위병이 많지는 않을 거야."

"위병이 둘만 있어도 너와 나에게는 너무 많아. 넌 그 마을에서 아무것도 배우지 못했구나. 그렇지? 그런 짓을 했다간 바고 호트가 네 손발을 잘라버릴 거야. 늘 하듯이." 겐드리는 부집게를 다시 집었다.

"겁먹긴."

"내버려둬."

"겐드리, 북부인이 백 명이 있어. 더 될지도 몰라. 다 셀 수도 없었단 말이야. 그 정도면 아모리 경의 병사들과 수가 비슷해. 음, 피투성이 극단은 빼고 그렇단 거지만. 그 사람들을 풀어주기만 하면 이 성을 빼앗고 도망칠 수 있어."

"넌 그 사람들을 풀어줄 수 없어. 로미를 구할 수 없었던 것처럼." 겐드리는 부집게로 흉갑을 돌리면서 자세히 들여다보았다. "그리고 도망친다 한들 어디로 가겠어?"

"윈터펠." 아리아는 즉시 대답했다. "어머니에게 네가 어떻게 날 도와줬는지 말할 테니까, 너도 같이 있을 수—"

"마님께서 허락하시면 말이지? 널 위해 말굽을 끼우고 네 귀족 형제들을 위해 검을 만들고?"

가끔은 겐드리 때문에 너무 화가 났다. "그만해!"

"내가 왜 하렌홀 대신 윈터펠에서 땀 흘려 일하려고 발을 잃을 위험을 감수해야 해? 너 '검은 엄지' 벤 영감 알지? 그 영감님은 어렸을 때 여기 왔어. 휀트 부인과 그 아버지와 그 아버지의 대장장이로 일했고, 심지어는 휀트 가문 이전에 하렌홀을 지켰던 로스스톤 공 밑에서도 일했지. 이제는 타이윈 공의 대장장이가 됐어. 그런데 그 영감님이 뭐라는지 알아? 누구를 섬기든 검은 검이고, 투구는 투구고, 불에 손을 넣으면 화상을 입는다는 거야. 루칸은 꽤 괜찮은 장인이야. 난 여기 남겠어."

"그러다가 왕비가 널 잡을 거야. 그 여자가 검은 엄지 벤한테 황금 망토를 보낸 건 아니잖아!"

"놈들이 원한 건 나도 아니었을 거야."

"너였어. 너도 알잖아. 넌 뭔가 있는 사람이야."

"난 견습 대장장이고, 언젠가는 무기 장인이 될지도 몰라……. 도망치다가 발을 잃거나 죽지만 않는다면 말이야." 겐드리는 아리아에게서 몸을 돌리고 다시 망치를 집어 들더니, 흉갑을 두들기기 시작했다.

아리아는 무력하게 주먹을 쥐었다. "다음에 만드는 투구에는 황소 뿔 대신 노새 귀나 달아라!" 도망쳐야 했다. 그러지 않으면 겐드리를 때리고 말았을 것이다. '내가 때려도 느끼지도 못할 거야. 놈들이 겐드리가 누군지 알아내고 멍청한 노새 대가리를 잘라버리면 그때는 날 돕지 않은 걸 안타까워하겠지.' 어쨌든 겐드리 없이 도망치는 편이 더 나았다. 마을에서 잡힌 것도 겐드리 때문이었다.

하지만 그 마을을 생각하자 행군이, 창고가, 티클러가 기억났다. 철퇴에 얼굴을 맞았던 어린 남자아이가, 바보 같은 '조프리 만세' 노인이, 초록 손 로미가 생각이 났다. '나는 양이었다가, 그다음에는 생쥐가 됐어. 숨는 것 말고는 아무것도 못했지.' 아리아는 입술을 씹으며 용기가 돌아왔을 때를 생각하려 했다. '자켄이 날 다시 용감하게 만들어줬어. 내가 생쥐가 아니라 유령이 되게 해줬어.'

위즈가 죽은 후부터 아리아는 자켄을 피했다. 치즈윅은 쉬웠다. 누구든 성벽 길에서 밀어버릴 수 있었다. 하지만 위즈는 그 못생긴 점박이 개를 강아지 때부터 길렀고, 어두운 마법이 아니고는 그 개가 위즈를 공격하게 만들지 못했을 것이다. '요렌은 자켄을 검은 감옥에서 찾아냈어. 로지와 바이터와 마찬가지야. 자켄은 뭔가 끔찍한 짓을 했고, 요렌은 그걸 알고 계속 사슬에 묶어놨던 거야.' 만약 로라스인 자켄이 마법사라면, 로지와 바이터는 인간이 아니라 그가 지옥에서 불러낸 악마일 수도 있었다.

자켄은 아직 아리아에게 죽음 하나를 빚지고 있었다. 낸 할멈에게 들은, 그럼킨에게 소원을 이뤄주는 마법을 얻은 사람들에 대한 이야기에서는 언제나 세 번째 소원을 특히 조심해야 했다. 그게 마지막 소원이니까. 치즈윅과 위즈는 별로 중요하지 않았다. '마지막 죽음은 의미가 있어야 해.' 아리아는 밤마다 이름을 속삭이면서 스스로에게 다짐했다. 하지만 이제는 망설이는 이유가 정말 그것일까 싶었다. 속삭이기만 해서 누군가를 죽일 수 있는 동안에는 아무도 두려워할 필요가 없었다……. 하지만 마지막 한 명을 죽이고 나면 다시 생쥐가 될 것이다.

벌건 눈이 깨어 있으니 침대로 돌아갈 수가 없었다. 달리 숨을 곳을 모르는 아리아는 신의 숲으로 향했다. 진한 소나무와 파수목 냄새, 발가락 사이로 들어오는 풀과 흙의 감촉, 잎사귀를 흔드는 바람 소리가 좋았다. 작고 느린 개울 하나가 구불구불 신의 숲을 가로질렀는데, 그 개울에 쓰러진 나무 아래로 땅이 팬 지점이 있었다.

아리아는 그곳에서, 썩은 나무와 뒤틀리고 쪼개진 나뭇가지들 밑에 감춰놓은 검을 찾았다.

겐드리는 아무리 부탁해도 검을 만들어주지 않았기 때문에, 아리아는 빗자루 털을 제거해서 직접 목검을 만들었다. 너무 가벼웠고 제대로 쥘 손잡이도 없었지만, 날카롭고 들쭉날쭉하게 쪼개진 끄트머리가 마음에 들었다.

아리아는 자유 시간이 생길 때마다 빠져나가서 시리오가 가르친 훈련을 계속했다. 맨발로 떨어진 나뭇잎 위를 걷고, 나뭇가지를 베고 나뭇잎을 떨어쳤다. 가끔은 나무를 기어올라서 위쪽 나뭇가지 사이를 춤추듯 돌아다니고, 발가락으로 가지를 잡고 이리저리 움직였다. 균형 감각이 돌아오면서 몸의 흔들림이 매일 조금씩 덜해졌다. 밤이 가장 좋았다. 밤에는 아무도 성가시게 굴지 않았다.

아리아는 나무를 기어올랐다. 잎사귀 왕국 속에서 그녀는 검을 뽑아 들고 잠시 동안 모든 것을 잊었다. 아모리 경과 피투성이 극단과 아버지의 부하들을 다 잊고, 발바닥 아래 거친 나무의 감촉과 허공을 가르는 목검에만 열중했다. 부러진 나뭇가지는 조프리가 되었다. 아리아는 그 나뭇가지가 떨어져 나갈 때까지 두들겼다. 왕비와 일린 경과 메린 경과 사냥개는 잎사귀들에 불과했지만, 그 나뭇잎들도 젖은 녹색 끈이 될 때까지 갈가리 찢어서 죽였다. 팔이 지치자 아리아는 높은 가지에 다리를 걸치고 앉아서 서늘한 밤공기를 들이마시며, 사냥 다니는 박쥐 소리에 귀를 기울였다. 나뭇잎 차양 사이로 심장 나무의 새하얀 가지를 볼 수 있었다. '이렇게 보니 윈터펠에 있는 심장 나무와 똑같아 보이네.' 그게 윈터펠의 심장 나무라면…… 그렇다면 이 나무에서 내려가면 다시 집에 있게 될 테고, 어쩌면 언제나처럼 영목 아래에 앉아 있는 아버지를 찾을 수 있을지도 몰랐다.

아리아는 목검을 허리에 차고 가지에서 가지로 이동해서 다시 땅에 내려섰다. 달빛이 영목 가지를 은백색으로 칠해놓았지만, 다섯 갈래로 갈라진 붉은 잎사귀는 어둠에 검게 물들었다. 아리아는 영목으로 다가가서 몸통에 새겨진 얼굴을 응시했다. 무시무시한 얼굴이었다. 입은 일그러졌고, 눈은 활활 타오르는 데다 증오가 가득했다. 신은 그렇게 생긴 걸까? 신들도 사람과 똑같이 상처받을 수 있을까? '기도를 해야 해.' 갑자기 그런 생각이 들었다.

아리아는 무릎을 꿇었다. 어떻게 시작해야 할지 알 수 없었다. 두 손을 맞잡았다. '도와주세요, 오래된 신들이시여.' 그녀는 소리 없이 기도했다. '제가 그 사람들을 지하감옥에서 꺼내서 아모리 경을 죽이게 도와주시고, 제가 윈터펠에 돌아가게 해주세요. 절 물의 춤꾼이자 늑대로 만들어주시고 다시는 겁에 질리지 않게 해주세요. 다시는.'

그만하면 충분할까? 옛 신들이 들으려면 큰 소리로 기도해야 할지도 몰랐다. 더 오래 기도해야 할지도 몰랐다. 가끔 아버지는 오랫동안 기도를 하곤 했었다. 하지만 신들은 한 번도 아버지를 돕지 않았다. 그 점을 기억하니 화가 났다. 그녀는 나무를 책망했다. "아버지를 구해주셨어야죠. 언제나 당신에게 기도를 했는데요. 날 도와주든 말든 상관 안 해요. 돕고 싶었어도 도울 능력이 없었을지 모르죠."

"신들을 비웃는 게 아니다, 소녀."

아리아는 그 목소리에 화들짝 놀랐다. 펄쩍 뛰어 일어나서 목검을 뽑았다. 자켄 하가르는 어둠 속에서 나무로 보일 만큼 가만히 서 있었다. "남자는 이름을 들으러 왔다. 하나, 둘, 그다음엔 셋이다. 그러면 남자의 일은 끝난다."

아리아는 갈라진 목검 끝을 땅으로 내렸다. "내가 여기 있을 줄 어떻게 알았어요?"

"남자는 본다. 남자는 듣는다. 남자는 안다."

그녀는 의심스러운 눈으로 그를 보았다. 신들이 그를 보낸 걸까? "어떻게 그 개가 위즈를 죽이게 만들었어요? 혹시 로지와 바이터는 지옥에서 불러온 건가요? 자켄 하가르가 진짜 이름이에요?"

"어떤 사람들은 많은 이름을 갖는다. 족제비. 아리. 아리아."

아리아는 뒷걸음질 치다가 심장 나무에 등을 댔다. "겐드리가 말했어요?"

"남자는 안다." 그는 다시 말했다. "스타크 아가씨."

신들이 그녀의 기도에 대한 응답으로 그를 보냈는지도 몰랐다. "그 사람들을 지하감옥에서 빼내는 데 도움이 필요해요. 글로버와 다른 사람들 모두요. 위병들을 죽이고 어떻게든 감옥 문을 열어서—"

"소녀는 잊었구나." 그는 조용히 말했다. "빚진 목숨은 셋이었고, 둘은 이미 거두었도다. 위병 하나가 죽어야 한다면 그 이름을 말하기만 하면 된다."

"하지만 위병 하나로는 부족할 거예요. 감옥을 열려면 다 죽여야 해요." 아리아는 울지 않으려고 입술을 세게 깨물었다. "내가 당신을 구해줬던 것처럼 당신이 그 북부인들을 구해줘요."

그는 냉혹한 눈으로 아리아를 내려다보았다. "신에게서 세 목숨을 낚아챘으니, 세 목숨을 갚아야 한다. 신들을 비웃어선 안 된다." 그의 목소리는 비단이자 강철이었다.

"난 비웃은 적 없어요." 그녀는 잠시 생각했다. "이름…… 아무 이름이나 댈 수 있는 건가요? 그러면 당신이 죽이는 건가요?"

자켄 하가르는 고개를 살짝 움직였다. "남자가 그리 말했도다."

"누구든지요? 남자든, 여자든, 갓난아기든, 타이윈 공이든, 최고성사든, 당신 아버지든 상관없어요?"

"남자의 아비는 오래전에 죽었으나, 살아 있고 그대가 그 이름을 안다면, 그 명에 따라 죽으리라."

"맹세해요. 신들에게 그렇게 맹세해요."

"바다와 하늘의 모든 신들에게, 심지어는 불의 신에게도 그렇게 맹세하노라." 그는 영목의 입에 한 손을 집어넣었다. "새로운 일곱 신과 헤아릴 수 없는 옛 신들에게 맹세하노라."

'맹세했어.' "내가 왕의 이름을 말한다 해도……."

"이름을 말하면 죽음이 따르리라. 내일이든, 다음 달이든, 오늘부터 1년 후든 그렇게 되리라. 남자는 새처럼 날지 못하나, 한 발을 움직이고 또 한 발을 움직이면 언젠가는 그곳에 도달할 터이고, 그러면 왕은 죽으리라."
그는 아리아 옆에 무릎을 꿇고 얼굴을 마주했다. "소녀가 큰 소리로 말하기 두렵다면 속삭이면 족하리라. 지금 속삭여라. 조프리인가?"

아리아는 그의 귀에 입술을 댔다. "자켄 하가르."

그는 불타는 헛간에서 사슬에 묶인 채 화염 벽에 둘러싸여 있었을 때도 지금처럼 당황스러워 보이지는 않았다. "소녀가…… 농담을 하는구나."

"당신은 맹세했어요. 신들이 그 맹세를 들었어요."

"신들은 들었도다." 그의 손에 갑자기 단검이 하나 나타났다. 아리아의 새끼손가락처럼 가느다란 칼이었다. 그 칼이 자신을 겨눌지 그를 겨눌지는 알 수 없었다. "소녀는 울리라. 유일한 친구를 잃을 터이니."

"당신은 내 친구가 아니에요. 친구라면 날 돕겠죠." 그녀는 자켄이 칼을 던질 때에 대비해서 발 앞쪽으로 균형을 잡으며 물러섰다. "난 친구는 절대 죽이지 않아요."

자켄의 미소가 떠올랐다가 사라졌다. "소녀는…… 친구가 돕는다면 다른 이름을 읊을 수 있을까?"

"그럴지도요. 친구가 돕는다면."

칼이 사라졌다. "가자."

"지금요?" 그가 이렇게 빨리 행동하리라고는 생각지 못했다.

"남자는 모래시계의 속삭임을 듣는도다. 남자는 소녀가 어떤 이름을 취소하기 전까지는 잠을 자지 못하리라. 가자, 못된 아이야."

'난 못된 아이가 아니야. 난 다이어울프고, 하렌홀의 유령이야.' 아리아는 빗자루 목검을 다시 숨겨놓고 자켄을 따라 신의 숲을 나섰다.

늦은 밤인데도 하렌홀은 오락가락 술렁였다. 바고 호트의 도착이 모든 일과를 흐트러뜨렸다. 황소 수레, 수레 끄는 소, 그리고 말들은 모두 마당에서 사라졌지만 곰 우리는 여전히 그 자리에 있었다. 곰 우리는 바깥뜰과 중간 뜰을 나누는 아치 다리에 무거운 사슬로 묶여서 땅에서 1미터쯤 위에 매달려 있었다. 횃불 빛이 그 주변을 둘러싸고 밝혔다. 마구간에서 일하는 소년 몇이 돌을 던져서 곰이 으르렁거리고 포효하게 만들었다. 그 구역 저편에서는 막사 문으로 빛이 흘러나왔고, 금속 잔 부딪치는 소리와 와인을 더 가져오라는 고함 소리도 따라 나왔다. 십여 명의 목소리가 노래를 부르는데, 그르렁거리는 언어가 아리아의 귀에 이상하게 들렸다.

'저놈들은 먹고 마시다가 잠들 거야. 벌건 눈이 시중들게 도우라고 날 깨우러 사람을 보냈을 거야. 그러니 내가 잠자리에 없다는 걸 알겠지.' 하지만 벌건 눈은 용감한 형제단과 그들에게 합세한 아모리 경의 수비대 병사들에게 술을 따르느라 바쁜 듯했다. 그들이 내는 소음이 좋은 교란책이 될 터였다.

"남자가 이 일을 한다면 굶주린 신들이 오늘 밤 피의 잔치를 벌이리라. 다정한 소녀여, 친절하고 너그러운 소녀여. 이름을 취소하고 다른 이름을 말하여 이 미친 꿈을 거둬다오."

"안 그럴 거예요."

"그렇다면." 그는 체념하는 것 같았다. "일은 이루어지겠으나, 소녀는 시키는 대로 해야 한다. 남자에게는 길게 말할 시간이 없다."

"소녀는 시키는 대로 할 거예요. 내가 뭘 하면 돼요?"

"굶주린 자 백 명을 먹여야 하니, 영주가 뜨거운 수프를 만들라 명하는 도다. 소녀는 주방으로 달려가서 파이 소년에게 그렇게 전해야 한다."

"수프요." 그녀는 그 말을 되풀이했다. "당신은 어디 있을 거예요?"

"소녀는 수프 만들기를 돕고, 남자가 찾아갈 때까지 주방에서 기다린다. 가라. 뛰어라."

아리아가 주방에 뛰어들었을 때 핫파이는 오븐에서 빵을 꺼내고 있었지만, 이제는 핫파이 혼자가 아니었다. 바고 호트와 피투성이 극단을 먹이기 위해 요리사들이 일어나야 했다. 하인들이 핫파이가 구운 빵과 타르트를 바구니에 담아 날랐고, 요리장은 차가운 햄을 저미고 있었으며, 꼬챙이를 맡은 소년들은 토끼 고기를 불 위에 돌렸고 보조하는 소녀들은 그 토끼 고기에 꿀을 발랐고 여자들은 양파와 당근을 다지고 있었다. "뭐냐, 족제비?" 요리장이 아리아를 보고 물었다.

"수프요. 나리께서 수프를 원하세요."

그는 햄을 저미던 칼로 불 위에 걸린 검은색 쇠 주전자들을 가리켰다. "저게 뭐라고 생각하냐? 그 염소에게는 차라리 오줌을 먹이고 싶다만. 밤에 잠도 못 자게 하다니 말이야." 그는 침을 뱉었다. "뭐, 신경 쓰지 말고 다시 가서 수프는 서두를 수 없다고 전해라."

"다 될 때까지 여기서 기다리래요."

"그러면 걸리적거리지 말고 비켜라. 아니면 일을 돕는 게 더 낫겠군. 저장고에 가봐라. 염소 나리께서 버터와 치즈를 먹고 싶어 할 테니까. 피아를 깨워서, 두 발 다 건사하고 싶으면 이번만은 잽싸게 움직이라고 전해."

아리아는 최대한 빨리 달렸다. 피아는 다락방에서 피투성이 극단원 한 명 밑에 깔려 신음하고 있었지만, 아리아가 외치는 소리를 듣고 재빨리 옷을 주워 입었다. 피아는 바구니 여섯 개에 버터 그릇과, 천에 싼 냄새 나는 치즈 큰 덩어리들을 채워 넣었다. "여기, 이것 좀 들고 가게 도와줘." 피아는 아리아에게 말했다.

"난 못 도와요. 하지만 서두르지 않으면 바고 호트가 당신 발을 잘라버릴 거예요." 아리아는 피아가 잡기 전에 도망쳤다. 돌아가는 길에 그녀는 왜 포로들은 아무도 손이나 발이 잘리지 않았을까 생각했다. 바고 호트도 롭의 분노를 돋우기는 무서운 걸까. 하지만 바고 호트는 아무도 무서워하는 것 같지 않았다.

아리아가 주방에 돌아갔을 때는 핫파이가 긴 나무 숟가락으로 주전자

안을 젓고 있었다. 아리아는 두 번째 숟가락을 집어 들고 거들었다. 잠시 핫파이에게는 말해야 할지 모른다는 생각이 들었지만, 예전 기억이 나서 그만두기로 했다. '또 항복하기나 할 테니까.'

그러다가 듣기 싫은 로지의 목소리가 들렸다. "요리사." 로지가 외쳤다. "네 망할 수프 가져간다." 아리아는 당황해서 숟가락을 놓았다. '저놈들을 데려오라고 한 적은 없어.' 로지는 없어진 코를 반쯤 가려주는 코 가리개가 달린 쇠 투구를 쓰고 있었다. 자켄과 바이터가 뒤따라 들어왔다.

"그 망할 수프 아직 준비 안 됐네." 요리사가 말했다. "더 끓여야 해. 이제야 양파를 넣었ㅡ"

"뚫린 입 다물어라. 안 그러면 네 엉덩이에 꼬챙이를 꽂아서 소스 발라 구워버린다. 난 수프라고 했고 지금이라고 했다."

바이터는 쉭 소리를 내면서 반쯤 탄 토끼 고기를 꼬챙이에서 바로 빼내더니 손가락 사이로 꿀을 뚝뚝 흘리면서 뾰족한 이로 잡아뜯었다.

요리사가 졌다. "그럼 그 망할 수프 가져가게. 하지만 염소가 왜 이렇게 멀건지 물어보면 이유는 직접 말해."

바이터가 손가락에 묻은 기름과 꿀을 핥는 사이 자켄 하가르는 두껍게 덧댄 장갑을 꼈다. 그리고 다른 장갑 한 켤레를 아리아에게 건넸다. "족제비가 도울 거다." 수프는 펄펄 끓던 중이었고, 주전자는 무거웠다. 아리아와 자켄은 낑낑거리며 하나를 들었고, 로지가 하나를 들었고, 바이터는 두 개를 잡아놓고 손잡이에 손을 데자 통증에 쉭 소리를 냈다. 그러면서도 떨어뜨리지는 않았다. 그들은 주전자를 들고 주방을 나서서 그 구역을 가로질렀다. 위병 두 명이 과부의 탑 문을 지키고 있었다. "이건 뭐야?" 한 명이 로지에게 물었다.

"끓는 오줌 한 냄비다. 먹고 싶나?"

자켄이 상대를 부드럽게 만드는 미소를 지었다. "포로도 먹어야 한다."

"아무도 그런 소리는 안 했다고—"

아리아가 말을 잘랐다. "당신이 아니라 그 사람들 거예요."

두 번째 위병은 그들을 손짓해서 보냈다. "그럼 가지고 내려가."

문 안으로 들어가자 구불구불한 계단이 지하감옥으로 이어졌다. 로지가 앞장을 서고, 자켄과 아리아가 맨 뒤에 섰다. 그는 아리아에게 말했다. "소녀는 비켜 있을 것이다."

계단을 다 내려가자 길고 어둡고 창문이라곤 없는 축축한 석실이 나왔다. 가까운 쪽 끝에서는 벽에 건 횃불 몇 개가 타고 있었고, 아모리 경의 위병들 한 무리가 상처투성이 나무 탁자에 둘러앉아서 떠들고 놀이 패를 만지작거렸다. 무거운 쇠창살이 그들과 포로들이 채운 어두운 공간 사이를 갈랐다. 수프 냄새를 맡고 여러 명이 창살 쪽으로 다가왔다.

아리아가 세어보니 위병은 여덟 명이었다. 그들도 수프 냄새를 맡았다. 그중에서 대장이 로지를 보고 말했다. "내 생전 이렇게 못생긴 하녀는 처음 보는데. 그 주전자엔 뭐가 들었지?"

"네놈 자지와 불알. 먹을래 말래?"

위병 하나는 왔다 갔다 걷고 있었고, 하나는 창살 근처에 서 있었고, 세 번째는 벽을 등지고 바닥에 앉아 있었지만, 먹을 게 있다는 생각에 모두가 탁자로 움직였다.

"우리도 뭘 먹을 때가 됐지."

"이건 양파 냄샌가?"

"그래서 빵은 어디 있어?"

"젠장, 그릇과 잔과 숟가락도 있어야 할—"

"아니, 필요 없어." 로지는 데도록 뜨거운 수프를 탁자 너머로, 사람들 얼굴에 정통으로 던졌다. 자켄 하가르도 똑같이 했다. 바이터도 주전자 두 개를 던졌는데, 밑에서 위로 던지는 바람에 주전자가 빙글빙글 지하감옥을 가로지르며 수프 비를 내렸다. 주전자 하나는 막 일어서려는 대장의 관자놀이를 때렸다. 그는 모래 자루처럼 쓰러지더니 꼼짝도 하지 않았다. 나머지는 고통스러운 비명을 지르거나, 기도를 하거나, 기어서 빠져나가려고 했다.

아리아는 로지가 사람들 목을 긋기 시작하자 벽에 바짝 붙어 섰다. 바이터는 남자들 머리통을 뒤에서 붙잡고 턱 밑을 잡은 후에 거대한 하얀 손을 한 번 비틀어서 목을 부러뜨리는 방식을 더 좋아했다. 칼을 뽑는 데 성공한 위병은 한 명뿐이었다. 자켄은 춤추듯 공격을 피하고 자기 칼을 뽑더니 질풍 같은 공격으로 그 남자를 구석에 몬 다음, 심장을 한 번 찔러서 죽였다. 그는 피가 붉게 물든 검을 아리아에게 들고 와서 그녀의 드레스 앞자락에 피를 닦았다. "소녀도 피투성이가 되어야 한다. 이것은 소녀가 한 일이니."

감옥 열쇠는 탁자 위 벽에 걸려 있었다. 로지가 열쇠를 빼내어 문을 열었다. 제일 처음 튀어나온 남자는 전포에 쇠 장갑 낀 주먹을 그려 넣은 귀족이었다. "잘했네. 나는 로벳 글로버야."

"나리." 자켄은 그에게 절을 했다.

포로들은 일단 풀려나자 죽은 위병들의 무기를 챙겨 손에 들고 계단을 뛰어 올라갔다. 나머지 전우들은 맨손으로 그 뒤를 따랐다. 그들은 거의 한 마디 말도 없이 잽싸게 움직였다. 아무도 바고 호트가 하렌홀 성문으로 행군시켰을 때처럼 심한 부상을 입은 모습이 아니었다. 글로버라던 남자가 말했다. "이 수프는 영리한 술수였어. 이건 기대하지 못했네. 호트 공의 생각이었나?"

로지는 웃기 시작했다. 어찌나 심하게 웃는지 코가 베여 나간 구멍에서 콧물이 튈 정도였다. 바이터는 죽은 사람 하나를 깔고 앉아서 축 늘어진 손을 잡고 손가락을 씹었다. 그의 잇새에서 뼈가 바스러졌다.

"자네들은 누군가?" 로벳 글로버의 이마에 주름이 갔다. "바고 호트가 볼턴 공의 진영에 왔을 때 그 자리엔 없었는데. 용감한 형제단인가?"

로지는 시커먼 손으로 턱에 묻은 콧물을 훔쳤다. "이젠 그렇지."

"이 몸은 과거 자유도시 로라스에서 살았던 자켄 하가르라 하옵니다. 이 몸의 무례한 동료들은 로지와 바이터라고 하지요. 어느 쪽이 바이터 인지는 보면 아실 터." 그는 아리아 쪽으로 한 손을 저었다. "그리고 이쪽 은……."

"전 족제비예요." 아리아는 자켄이 정체를 발설하기 전에 불쑥 말했다. 로지가 들을 수 있고 바이터가 들을 수 있으며 그녀가 모르는 많은 사람 이 들을 수 있는 이곳에서 아리아라는 이름이 나오기를 바라지 않았다.

글로버는 아리아를 묵살했다. "좋네. 이 피투성이 작업을 끝내도록 하지."

구불구불한 계단을 다시 올라가니, 문을 지키던 위병들이 자기 피에 잠 겨 누워 있었다. 북부인들이 구역 여기저기를 뛰어다녔다. 아리아는 고함 소리를 들었다. 막사 문이 벌컥 열리고 부상을 입은 남자 하나가 비명을 지르며 비틀비틀 걸어 나왔다. 다른 세 명이 그 뒤를 쫓아 나와서 창과 검 으로 찔러 죽였다. 문루 주위에서도 싸움이 벌어지고 있었다. 로지와 바이 터는 글로버와 함께 달려갔지만, 자켄 하가르는 아리아 옆에 무릎을 꿇었 다. "소녀는 이해가 가지 않는가?"

"이해해요." 말은 그렇게 했지만, 아리아는 제대로 이해하지 못했다.

자켄은 아리아의 얼굴에서 그 사실을 알아본 모양이었다. "염소에게는 충성심이 없다. 곧 여기에는 늑대 깃발이 오르리라. 하지만 우선 남자는 이름을 취소하는 말을 들어야겠다."

"그 이름을 취소해요." 아리아는 입술을 씹었다. "아직 세 번째 죽음이 남아 있나요?"

"소녀는 탐욕스럽구나." 자켄은 죽은 위병 하나를 건드리고 피 묻은 손가락을 보여주었다. "여기에 셋이 있고 넷이 있고 아래에 여덟이 더 죽어 누웠도다. 빚은 청산되었다."

"빚은 청산됐어요." 아리아는 마지못해 동의했다. 조금 슬펐다. 이제 그녀는 다시 생쥐에 불과했다.

"신은 받아야 할 것을 받았다. 그리고 이제 남자는 죽어야 한다." 기묘한 미소가 자켄 하가르의 입술을 스쳤다.

"죽어요?" 아리아는 당황해서 말했다. 그게 무슨 의미일까? "하지만 난 이름을 취소했어요. 이젠 죽을 필요 없어요."

"그럴 필요가 있다. 나의 시간은 다했다." 자켄이 한 손으로 이마부터 턱까지 얼굴을 쓸어내리자, 손이 닿는 곳마다 변했다. 뺨은 통통해지고, 눈 사이는 좁아졌다. 코는 매부리코가 되고, 아무 흉터도 없던 오른쪽 뺨에 흉터가 생겼다. 그리고 그가 고개를 흔들자 반은 붉고 반은 희던 길고 곧은 머리카락이 사라지고 짧은 검은색 고수머리가 나타났다.

아리아는 입을 떡 벌렸다. "당신 누구예요?" 너무 놀라서 겁조차 나지 않았다. "어떻게 한 거죠? 어려운 일인가요?"

그는 씩 웃으며 번쩍이는 금니를 드러냈다. "새로운 이름을 얻기보다 어렵지 않다. 방법만 알면."

"알려줘요. 나도 그렇게 하고 싶어요." 아리아는 불쑥 말했다.

"방법을 배우려면 나와 함께 가야 한다."

아리아는 머뭇거렸다. "어디로요?"

"협해 건너 멀리."

"못 가요. 난 집에 가야 해요. 윈터펠로요."

"그렇다면 우리는 헤어져야겠구나. 나에게도 의무가 있으니." 그는 아리아의 손을 들어 올려 그 손바닥에 작은 동전을 하나 놓았다. "자."

"이게 뭐죠?"

"엄청난 가치가 있는 동전이다."

아리아는 그 동전을 깨물어보았다. 딱딱한 것을 보니 쇠였다. "말 한 마리를 살 만한 가치가 있나요?"

"말을 사기 위한 동전이 아니다."

"그러면 무슨 쓸모가 있죠?"

"삶에는 무슨 쓸모가 있으며, 죽음에는 무슨 쓸모가 있는지 물어봄과 같다. 네가 나를 다시 찾는 날이 오면, 브라보스인 누구에게든 그 동전을 주고 이 말을 전해라. '발라 모르굴리스.'"

"발라 모르굴리스." 아리아는 그 말을 되뇌었다. 외우기 어렵지는 않았다. 그녀는 동전을 꽉 쥐었다. 마당 건너편에서 남자들이 죽어가는 소리를 들을 수 있었다. "제발 가지 말아요, 자켄."

그는 서글프게 말했다. "자켄은 아리와 마찬가지로 죽었고, 나에게는 지켜야 할 약속들이 있다. 발라 모르굴리스, 아리아 스타크. 한 번 더 말해봐라."

"발라 모르굴리스." 아리아는 한 번 더 말했고, 그러자 자켄의 옷을 입은 낯선 사람은 그녀에게 절하고 망토를 휘날리며 어둠 속으로 사라져버렸다. 그녀는 죽은 남자들과 홀로 남았다. '죽어도 싼 놈들이었어.' 아리아는 아모리 로치 경이 호숫가 성채에서 죽인 사람들 모두를 떠올리며 스스로에게 말했다.

아리아가 지푸라기 침대로 돌아갔을 때, '불탄 왕의 탑' 아래 지하실은 텅 비어 있었다. 아리아는 베개에 대고 이름 목록을 속삭이고는, 다 끝나자 덧붙였다. "발라 모르굴리스." 작고 조용한 목소리로, 그게 무슨 의미일까 생각하면서.

새벽이 오자 벌건 눈과 다른 사람들이 돌아와 있었다. 아무도 알지 못하는 이유로 전투 중에 살해당한 소년 하나만 빼고 모두 있었다. 벌건 눈은 햇빛 속에서 상황이 어떻게 돌아가는지 보려고, 늙은 뼈마디가 계단을 감당하지 못한다고 투덜거리면서 혼자 올라가더니 돌아와서는 하렌홀이 점령당했다고 말했다. "피투성이 극단 놈들이 아모리 경 패거리 일부는 침대에서 죽이고, 나머지는 잘 먹고 마신 후에 식탁에서 죽였다. 새로운 주인님은 오늘이 다 가기 전에 전군을 끌고 오실 거란다. 장벽이 있는 저 거친 북부에서 온 데다가, 인정사정없는 사람이라더라. 이 주인이든 저 주인이든 할 일은 해야지. 바보짓을 하면 내가 가죽이 벗겨지도록 채찍질을 할 줄 알아라." 그는 그 말을 하면서 아리아를 쳐다보았지만, 전날 밤에 어디 있었는지에 대해서는 한 마디도 묻지 않았다.

아리아는 오전 내내 피투성이 극단이 죽은 사람들의 귀중품을 벗겨내고 시체를 흐름돌 마당으로 끌고 가는 모습을 지켜보았다. 흐름돌 마당에는 시체를 없앨 장작더미가 쌓여 있었다. 광대 섀그웰은 죽은 기사 두 명의 머리통을 잘라서, 머리채를 붙잡고 휘두르며 성안을 돌아다니면서 대화를 시켰다. "넌 뭘로 죽었어?" 하나가 물으면 두 번째 머리통이 대답했다. "뜨거운 족제비 수프였지."

아리아는 말라붙은 피를 대걸레로 닦아야 했다. 평소보다 말을 더 걸지는 않았으나, 가끔씩 사람들이 이상한 눈으로 쳐다보는 것이 느껴졌다. 로벳 글로버와 그 자리에서 풀려난 다른 남자들이 지하감옥에서 일어난 일에 대해 말한 게 분명했다. 섀그웰과 그 멍청한 말하는 머리통들이 족제비 수프에 대해 떠들기도 했고 말이다. 섀그웰에게 입 닥치라고 하고 싶었지만, 그러기도 무서웠다. 그 광대는 반쯤 미쳤고, 자기 농담에 웃지 않는다는 이유로 사람을 죽인 적도 있다고 들었다. '그 입을 닥치지 않으면 나머지와 함께 내 목록에 넣을 거야.' 아리아는 적갈색 얼룩을 문질러 닦으면서 생각했다.

하렌홀의 새 주인이 도착한 것은 저녁이 다 되어서였다. 얼굴은 수염도 없이 평범했고, 기묘하게 색이 엷은 눈동자만 두드러졌다. 살이 찌지도 마르지도 않았고 근육질도 아닌 몸에 검은색 고리 갑옷을 걸치고 분홍색 얼룩무늬 망토를 걸쳤다. 깃발에 그려진 상징은 피 칠갑을 한 남자 같았다. "드레드포트의 영주님께 무릎을 꿇어라!" 아리아보다 나이가 많지 않은 종자가 외치자 하렌홀 전체가 무릎을 꿇었다.

바고 호트가 나섰다. "하렌홀은 영주님의 것입니다."

영주가 대답을 했지만, 너무 소리가 작아서 아리아는 알아들을 수 없었다. 잘 씻고 깨끗한 새 더블릿과 망토를 차려입은 로벳 글로버와 아에니스 프레이 경이 그들에게 합세했다. 짧은 대화가 오가더니, 아에니스 경이 그들을 이끌고 로지와 바이터에게 갔다. 아리아는 그 둘이 아직 여기 있다는 사실에 놀랐다. 어쨌든 자켄과 함께 그 둘도 사라졌을 줄 알았던 것이다. 아리아는 로지의 거친 목소리를 들었지만, 말하는 내용은 듣지 못했다. 뒤이어 섀그웰이 그녀를 덮치더니 마당으로 질질 끌고 갔다. "영주님, 영주님." 섀그웰은 아리아의 손목을 잡아끌면서 노래했다. "여기 그 수프를 만든 족제비래요!"

"놔줘." 아리아는 손목을 비틀어 빼내려 애썼다.

영주는 그녀를 쳐다보았다. 오직 눈동자만 움직였다. 얼음의 색깔처럼 옅은 눈동자였다. "몇 살이냐?"

나이를 기억하기 위해 잠시 생각해야 했다. "열 살요."

"열 살요, 나리라고 해야지. 동물을 좋아하느냐?"

"어떤 동물은요. 나리."

옅은 미소로 입술이 씰룩였다. "하지만 사자는 좋아하지 않는 모양이구나. 만티코어도 그렇고."

무슨 말을 해야 할지 몰랐기에, 아리아는 아무 말도 하지 않았다.

"널 족제비라고 부른다던데. 그 이름은 안 되겠다. 네 어머니가 준 이름은 뭐냐?"

아리아는 입술을 깨물며 다른 이름을 더듬어 생각했다. 로미는 그녀를 혹 머리라고 불렀고, 산사는 말상이라고 불렀고, 아버지의 부하들은 발밑의 아리아라고 불렀지만, 그중 어느 것도 이 남자가 원하는 종류의 이름은 아니지 싶었다.

"니메리아요. 그렇지만 줄여서 낸이라고 불렀어요."

"나에게 말을 할 때는 꼬박꼬박 나리라고 하는 거다, 낸." 영주는 부드럽게 말했다. "넌 용감한 형제단이 되기에는 너무 어린 데다가, 성별도 잘못 됐구나. 거머리가 무서우냐?"

"거머리일 뿐인걸요. 나리."

"내 종자가 너에게 한 수 배울 수 있겠구나. 자주 거머리를 써주는 게 오래 사는 비결이지. 나쁜 피를 빼줘야 해. 네가 그 일을 하는 게 좋겠다. 낸, 내가 하렌홀에 머무는 동안에는 네가 내게 술을 따르는 일을 맡고, 식탁에서나 거처에서 내 시중을 드는 거다."

이번에는 아리아도 차라리 마구간에서 일하겠다는 소리를 하지 않을 분별이 있었다. "예, 마님. 아니, 나리."

영주는 한 손을 내저었다. "번듯하게 몸단장을 시켜라." 그는 누구에게랄 것 없이 말했다. "그리고 와인을 엎지르지 않고 따르는 방법을 가르쳐라." 그는 몸을 돌리더니 한 손을 들고 말했다. "호트 공, 문루 위에 깃발을 걸게."

용감한 형제단 네 명이 성벽 위로 올라가서 라니스터의 사자와 아모리 경의 검은색 만티코어 깃발을 내렸다. 그 자리에 그들은 드레드포트의 살 가죽이 벗겨진 남자와 스타크의 다이어울프 깃발을 올렸다. 그리고 그날 저녁, 낸이라는 이름의 시동은 회랑에 서서 용감한 형제단이 아모리 로치 경을 벌거벗겨 중앙 구역을 행진시키는 모습을 지켜보는 루스 볼턴과 바고 호트에게 와인을 따랐다. 아모리 경은 애원하고 흐느끼며 자신을 억류

한 사람들의 다리에 매달렸지만, 로지가 떼어냈고 섀그웰이 걷어차서 곰 구덩이에 떨어뜨렸다.

'저 곰은 새까만 색이야. 요렌처럼.' 아리아는 그렇게 생각하며 루스 볼 턴의 잔을 채웠고, 와인을 한 방울도 흘리지 않았다.

대너리스

대니는 이 화려한 도시에서 '불멸자들의 집'이 가장 화려하리라 기대했으나, 가마에서 빠져나가서 마주한 곳은 오래된 잿빛 폐허였다.

탑도 없고 창문도 없이 길고 낮은 건물이, 콰스인들이 '저녁 어스름'이라고 부르는 주술 음료를 만드는 짙은 파란색 잎사귀가 달린 시커먼 나무 숲 속에 돌로 만든 뱀처럼 똬리를 틀고 있었다. 근처에 다른 건물은 없었다. 지붕에는 검은 타일이 덮였는데, 상당수가 떨어지거나 깨진 상태였다. 돌과 돌 사이에 바른 모르타르는 말라서 부서져갔다. 그녀는 이제야 왜 자로 쇼안 닥소스가 여기를 '먼지 궁전'이라고 부르는지 이해했다. 드로곤조차도 그 모습에 동요하는 것 같았다. 검은 드래곤이 쉭 소리를 내자 날카로운 잇새로 연기가 흘러나왔다.

"제 피 중의 피여." 조고가 도트락어로 말했다. "여기는 유령과 마기들이 출몰하는 사악한 곳입니다. 저 건물이 어떻게 아침 햇살을 마셔버리는지 보이십니까? 저희까지 마셔버리기 전에 떠나야 합니다."

조라 모르몬트 경이 곁에 다가왔다. "저런 곳에 사는 자들에게 어떤 힘이 있을 수 있겠습니까?"

"당신을 가장 사랑하는 이들의 지혜에 귀를 기울이세요." 자로 쇼안 닥소스가 가마 안에 늘어져서 말했다. "흑마법사들은 먼지를 먹고 그림자를 마시는 가증스러운 족속입니다. 당신에게 아무것도 주지 않을 겁니다. 줄 것이 없으니까요."

아고가 아라크에 손을 얹었다. "칼리시, 먼지 궁전에 들어가는 사람은 많으나, 나오는 사람은 별로 없다고 알려져 있습니다."

"그렇게 알려져 있습니다." 조고가 맞장구를 쳤다.

아고가 다시 말했다. "저희는 칼리시의 혈맹으로, 칼리시를 따라 살고 죽기로 맹세했습니다. 저희가 함께 저 어두운 장소에 걸어 들어가 칼리시를 안전하게 보호하도록 하십시오."

"어떤 곳에서는 칼이라 해도 홀로 걸어야 하는 법." 대니가 말했다.

"그렇다면 저를 데려가십시오." 조라 경이 나섰다. "위험은—"

"대너리스 여왕만 들어오거나, 아무도 들어오지 못합니다." 나무 아래에서 흑마법사 피아트 프리가 걸어 나왔다. '내내 저기 있었던 걸까?' 대니는 궁금했다. "지금 돌아서서 가버린다면 지혜의 문은 영영 닫힐 것입니다."

그러자 자로 쇼안 닥소스가 외쳤다. "제 유람선은 지금도 기다리고 있습니다. 이 어리석은 짓에서 몸을 돌리십시오, 완고하신 여왕님. 제게 달콤한 음악으로 심란한 영혼을 달래드릴 피리 연주자들이 있고, 노래로 당신이 탄성을 발하며 녹아내리게 만들 소녀도 있습니다."

조라 모르몬트 경은 상인 왕자에게 못마땅한 눈빛을 보냈다. "미리 마즈 두르를 기억하십시오, 여왕님."

"기억하네." 대니는 갑자기 마음을 굳혔다. "그 여자에게 지식이 있었다는 사실을 기억하지. 그리고 그 여자는 마기에 불과했다는 사실도."

피아트 프리가 희미하게 웃었다. "어린아이가 노파만큼이나 현명하게 말하는군요. 제 팔을 잡고 따라오시지요."

"나는 어린아이가 아니오." 그렇게 말하면서도 대니는 그 팔을 잡았다.

검은 나무들 아래는 대니가 생각했던 것보다 더 어두웠고, 가는 길은 생각보다 더 길었다. 길이 거리에서 궁전 문까지 똑바로 이어지는 것 같았는데, 피아트 프리는 곧 그 길에서 벗어났다. 대니가 왜냐고 묻자 흑마법사는 이렇게만 대답했다. "정면 길은 안으로는 이어지지만, 밖으로는 다시 나오지 않습니다. 제 말을 들으십시오, 여왕님. 불멸자들의 집은 평범한 인간을 위한 곳이 아닙니다. 영혼을 귀히 여기신다면 주의를 기울여 제 말대로만 하십시오."

"그대의 말대로 하지." 대니는 약속했다.

"들어가면 문이 네 개 달린 방이 나올 겁니다. 당신이 통과한 문 하나와 다른 문 셋이지요. 오른쪽에 있는 문을 선택하세요. 매번 오른쪽 문을 택해요. 계단이 나오면 올라가야 합니다. 절대 내려가지 말고, 오른쪽 첫 번째 문이 아니면 어떤 문도 들어가지 말아요."

"오른쪽 문이라. 알겠소. 그리고 떠날 때는 그 반대인가?"

"절대로 안 됩니다. 나갈 때나 들어갈 때나 같아요. 언제나 위로. 언제나 오른쪽 문으로. 다른 문들도 당신에게 열릴지 모릅니다. 그 안에서는 마음을 어지럽히는 많은 것들이 보일 겁니다. 매력적인 광경과 끔찍한 광경들, 경이와 공포. 오래전에 지나간 풍경과 소리, 앞으로 다가올 풍경과 소리, 결코 오지 않을 풍경과 소리까지요. 그곳의 거주자들과 종복들이 지나가는 당신에게 말을 걸지도 모릅니다. 대답하거나 무시하거나 마음대로 하되, 알현실에 도착하기 전까지는 어떤 방에도 들어가지 마세요."

"알겠소."

"불멸자들의 방에 들어가면 인내심을 가지세요. 우리의 하찮은 삶은 그들에게 모기의 날갯짓이나 다름없습니다. 잘 듣고, 모든 말을 심장에 새기십시오."

인간의 얼굴을 닮게 만든 벽에 난 높은 타원형의 입구에 도착하자, 대니가 이제까지 본 난쟁이들 중에서도 가장 작은 난쟁이가 문지방에서 기다리고 있었다. 그는 대니의 무릎까지밖에 오지 않았고, 창백한 얼굴은 뾰족하고 코가 뭉툭하니 튀어나와 있었는데, 자주색과 파란색의 정교한 제복을 입고 작은 분홍색 손으로 은쟁반을 하나 받쳐 들고 있었다. 그 쟁반에는 걸쭉한 파란색 액체가 가득 든 가느다란 크리스털 잔이 놓였다. '저녁 어스름', 흑마법사들의 와인이었다. "받아 마셔요." 피아트 프리가 권했다.

"그러면 내 입술이 파래질까?"

"한 잔은 그저 귀를 막은 마개를 뽑고 눈을 덮은 대망막을 녹여, 앞에 놓일 진실을 제대로 듣고 보게 해줄 뿐입니다."

대니는 그 잔을 입가로 가져갔다. 첫 모금에서는 잉크와 역겨운 썩은 고기 맛이 났으나, 삼킨 후에는 액체가 안에서 살아나는 것 같았다. 심장을 휘감는 불의 손가락처럼 가슴속에 퍼지는 촉수를 느낄 수 있었고, 혀에서는 꿀과 아니스와 크림 맛이, 어머니의 젖과 드로고의 정액 맛이, 붉은 고기와 뜨거운 피와 녹인 금의 맛이 났다. 그녀가 이제까지 알았던 모든 맛이었고, 그중 어떤 맛도 아니었으며…… 잔은 비었다.

"이제 들어가셔도 됩니다." 흑마법사가 말했다. 대니는 종복의 쟁반에 잔을 내려놓고 안으로 들어갔다.

그녀는 사면 벽에 하나씩, 문이 네 개 달린 석조 대기실에 있었다. 그녀는 망설이지 않고 오른쪽 문으로 가서 문지방을 넘었다. 두 번째 방은 첫 번째와 쌍둥이처럼 똑같았다. 이번에도 그녀는 오른쪽 문으로 향했다. 그 문을 밀어 열자 또 문이 네 개 달린 작은 방이 나왔다. '난 주술의 영향을 받고 있어.'

네 번째 방은 사각형이 아니라 타원형이었고 벽은 돌이 아니라 벌레 먹은 나무였다. 그 방에서 이어지는 통로는 넷이 아니라 여섯이었다. 대니는 제일 오른쪽 통로를 선택했고, 천장이 높은 길고 어두운 복도에 들어섰다. 오른쪽에는 흐릿한 오렌색 빛이 타오르는 횃불이 이어졌지만, 문은 왼쪽에만 있었다. 드로곤이 폭넓은 검은 날개를 펴고 묵은 공기를 울렸다. 드로곤은 6미터쯤 날아가다가 볼품없이 부딪혀 쿵 소리를 내며 떨어졌다. 대니는 성큼성큼 드로곤을 쫓아갔다.

발아래 깔린 곰팡이 슨 카펫은 한때 호화로운 색채를 자랑했고, 아직도 색 바랜 회색과 얼룩덜룩한 녹색 사이로 금빛 소용돌이가 흐트러진 채 반짝였다. 그래도 카펫은 발소리를 죽여줬는데, 그게 좋지만은 않았다. 대니는 벽 안에서 나는 소리를 들을 수 있었고, 희미한 걸음 소리와 쑤석거리는 소리를 들으니 쥐가 생각났다. 드로곤도 그 소리를 들었다. 드로곤은 그 소리를 따라 머리를 움직였고, 소리가 멎으면 성난 소리를 올렸다. 닫힌 문 너머에서는 그보다 더 마음을 어지럽히는 소리들이 들렸다. 문 하나는 누군가가 문을 부수고 나오려는 것처럼 덜컹거리고 쿵쿵 소리를 냈다. 또 다른 문에서는 귀에 거슬리는 피리 소리가 났는데, 드로곤은 그 소리를 듣고 꼬리를 거칠게 흔들었다. 대니는 서둘러 그 문 앞을 지나쳤다.

문이 다 닫혀 있지는 않았다. '난 보지 않겠어.' 대니는 스스로에게 다짐했지만, 유혹이 너무 강했다.

어떤 방에서는 아름다운 여자가 나신으로 바닥에 누워 있었고 작은 남자 네 명이 그 몸 위를 기어 다녔다. 그 남자들은 대니에게 어스름 술을 내밀었던 종복과 마찬가지로 쥐같이 뾰족한 얼굴에 작은 분홍색 손이 특징이었다. 하나는 벌거벗은 여자의 허벅지 사이에서 위아래로 움직였다. 또 하나는 그 여자의 가슴을 공격, 축축한 붉은 입으로 젖꼭지를 물고 흔들고 뜯고 씹었다.

더 나아간 대니는 시체들의 잔치와 마주쳤다. 잔인하게 도륙당한 잔치 손님들이 뒤집힌 의자와 난도질당한 가대 탁자 사이에 흩어져 있고, 굳어가는 피 웅덩이 속에 누워 있었다. 사지를 잃은 사람도 있었고, 머리를 잃은 사람도 있었다. 잘린 손이 피 묻은 잔, 나무 숟가락, 구운 닭, 빵 조각을 붙잡고 있었다. 그 위에 놓인 옥좌에는 늑대 머리 남자의 시체가 앉아 있었다. 그는 철로 만든 왕관을 쓰고 한 손에는 양 다리를 왕홀처럼 들었는데, 소리 없는 청원을 담은 눈빛이 대니를 따라왔다.

대니는 그 남자에게서 달아났지만, 그것도 그다음에 열려 있는 문까지만이었다. '난 이 방을 알아.' 그녀는 거대한 나무 들보와 그 들보를 장식한 동물들의 얼굴 조각을 기억했다. 그리고 창밖의 레몬 나무! 그 풍경을 보자 그리움에 심장이 욱신거렸다. 브라보스에서 살았던, 붉은 문이 달린 집이었다. 대니가 그 생각을 하자마자 늙은 윌렘 경이 지팡이에 몸을 기대고 방 안으로 들어왔다. 그는 걸걸하지만 친절한 목소리로 말했다. "어린 공주님, 거기 계셨군요. 오세요. 제게 오세요. 이제 집에 왔습니다. 이제 안전해요." 윌렘 대리 경의 크고 주름진 손이 그녀를 향해 뻗어왔다. 오래된 가죽처럼 부드러운 손이었고, 대니는 그 손을 잡고 입 맞추고 싶었다. 이제까지 그렇게 뭔가를 원한 적이 없을 정도로 간절했다. 발이 앞으로 움직이려고 했지만, 그 순간 그녀는 생각했다. '윌렘 경은 죽었어. 죽었어. 다정한 늙은 곰은 오래전에 죽었어.' 그녀는 뒷걸음질 쳐서 달아났다.

긴 복도는 계속 이어졌고, 왼쪽으로는 끝없이 문이 보였고 오른쪽에는 횃불밖에 보이지 않았다. 대니는 셀 수 없을 만큼 많은 문을 지나쳐 달렸다. 닫힌 문과 열린 문들, 나무로 만든 문과 쇠로 만든 문, 조각이 들어간 문과 밋밋한 문, 손잡이가 달린 문과 자물쇠가 달린 문과 문고리가 달린 문까지. 드로곤이 등을 때리며 그녀를 재촉했고, 대니는 더는 달릴 수 없을 때까지 달렸다.

그러다가 왼쪽에 거대한 양 여닫이 청동 문이 나타났다. 다른 문보다 더 컸다. 대니가 다가가자 그 문이 저절로 열리는 바람에 멈춰 서서 안을 볼 수밖에 없었다. 그 문 너머에는 이제까지 본 적 없는 거대한 동굴 같은 석실이 있었다. 양쪽 벽에서 죽은 드래곤의 두개골들이 내려다보았다. 우뚝 솟은 가시 옥좌에 호화로운 로브를 입은 노인이, 검은 눈에 긴 은회색 머리의 노인이 앉아 있었다. 그는 아래에 보이는 남자에게 말했다. "그놈이 새까맣게 탄 뼈와 익은 살의 왕이 되게 하라. 그놈이 잿더미의 왕이 되게 해." 드로곤이 날카로운 소리를 지르며 비단과 살갗을 뚫고 발톱을 박았지만, 옥좌에 앉은 왕은 그 소리를 듣지 못했고, 대니는 계속 나아갔다.

다음에 멈춰 섰을 때 대니가 바로 떠올린 이름은 비세리스였지만, 한 번 더 보자 아니라는 사실을 알았다. 그 남자의 머리카락은 비세리스와 같았으나, 키는 더 컸고 눈동자는 라일락 빛깔이 아니라 진한 남색이었다. "아에곤." 그는 거대한 목재 침대에서 새로 태어난 아기를 어르고 있는 여자에게 말했다. "왕에게 그보다 더 나은 이름이 있을까?"

"이 아이를 위해 노래를 지을 건가요?" 여자가 물었다.

"노래는 이미 있소." 남자가 대꾸했다. "이 아이는 약속된 왕자이며, 이 아이의 노래는 얼음과 불의 노래요." 그는 그렇게 말하며 고개를 들어 대니와 시선을 마주쳤다. 마치 문 너머에 선 그녀를 본 것 같았다. "하나가 더 있어야 해." 대니에게 하는 말인지, 침대에 있는 여자에게 하는 말인지 알 수 없었다. "드래곤에겐 머리가 셋 있으니." 그는 창가 자리로 가서 하프를 집어 들더니 은빛 현을 가볍게 훑었다. 달콤한 슬픔이 방 안을 채우면서 남자와 그 아내와 아기는 아침 안개처럼 사라지고, 뒤에 남은 음악만이 대니의 발걸음을 재촉했다.

한 시간은 더 걸은 것 같았다. 마침내 긴 복도가 끝나고 가파른 돌계단이 어둠 속으로 내려갔다. 이제까지 문은 열려 있든 닫혀 있든 모두 왼쪽에 있었다. 뒤를 돌아본 대니는 횃불이 다 꺼져간다는 사실을 깨닫고 흠칫했다. 스무 개 정도는 아직 켜져 있었다. 아무리 많아도 서른 개 정도였다. 그녀가 바라보는 사이에도 횃불 하나가 더 꺼졌고, 조금 더 길어진 어둠이 그녀를 향해 기어 왔다. 귀를 기울이자 어둠만이 아니라 다른 뭔가가 빛바랜 카펫 위로 천천히 몸을 끌고 다가오는 듯한 소리가 들렸다. 대니는 공포에 질렸다. 돌아갈 수는 없었고, 여기에 머물기도 무서웠지만, 어떻게 계속 나아간단 말인가? 오른쪽에는 문이 없었고, 계단은 위가 아니라 아래로 이어졌다.

그러나 그렇게 서서 생각하는 동안에도 횃불이 하나 더 꺼졌고, 소리는 조금 더 커졌다. 드로곤이 긴 목을 뻗고 입을 벌리더니 잇새에서 증기를 뿜어내며 소리를 질렀다. '드로곤에게도 들리는 거야.' 대니는 다시 한 번 텅 빈 벽을 돌아보았지만, 그곳에는 아무것도 없었다. '내가 볼 수 없는 비밀 문 같은 게 있을 수 있을까?' 횃불이 하나 더 꺼졌다. 하나 더. '오른쪽 첫 번째 문이라고 했지. 언제나 오른쪽 첫 번째 문이라고. 오른쪽 첫 번째 문은……'

퍼뜩 떠올랐다. '……왼쪽 마지막 문이야!'

대니는 그 문 안으로 뛰어들었다. 문 너머는 다시 문이 네 개 달린 작은 방이었다. 그녀는 오른쪽으로 들어가고, 오른쪽으로, 오른쪽으로, 오른쪽으로, 오른쪽으로, 오른쪽으로…… 다시 한 번 머리가 어지럽고 숨이 가빠질 때까지 오른쪽으로 갔다.

멈춰 섰을 때 그녀는 다시 한 번 습기 찬 석실 안에 있었지만…… 이번에는 맞은편 문이 열린 입 같은 타원형이었고, 문밖에는 나무들 아래 풀밭에 피아트 프리가 서 있었다. "설마 불멸자들이 이렇게 빨리 용건을 끝낸 건가요?" 그는 대니를 보고 믿을 수 없다는 듯 물었다.

"이렇게 빨리라니?" 그녀는 당혹해서 말했다. "난 몇 시간을 걷고도 아직 불멸자들을 찾아내지 못했소."

"방향을 잘못 택한 겁니다. 이리 오세요, 제가 안내하겠습니다." 피아트 프리가 손을 내밀었다.

대니는 멈칫했다. 오른쪽에 아직 닫힌 문이 하나 있었다…….

"그쪽이 아닙니다." 피아트 프리가 파란 입술을 굳히며 단호하게 말했다. "불멸자들은 언제까지나 기다리지 않아요."

"우리의 하찮은 삶은 불멸자들에게 모기 날갯짓이나 다름없지." 대니는 기억을 돌이켜 말했다.

"고집 센 아이로군요. 당신은 행방불명이 될 거예요. 다시는 찾지 못할 겁니다."

대니는 그에게서 멀어져서 오른쪽 문으로 향했다.

"안 돼." 피아트가 날카로운 소리를 냈다. "안 돼, 내게, 내게 와요, 내애애애애게에에에." 그의 얼굴이 허물어지더니 하얗고 벌레 같은 뭔가로 변했다.

대니는 그를 뒤에 남겨두고 계단으로 들어섰다. 그녀는 계단을 오르기 시작했다. 오래지 않아서 다리가 아파왔다. 그러고 보니 불멸자들의 집에는 탑이 없었다.

마침내 계단이 끝났다. 오른쪽으로 폭이 넓은 양 여닫이 나무 문이 활짝 열려 있었다. 문짝은 흑단과 영목으로 만들었고, 검은색과 흰색 알갱이가 소용돌이치며 특이하게 서로 얽힌 문양을 그렸다. 정말 아름다웠지만, 어딘가 무섭기도 했다. '드래곤의 핏줄은 두려워해서는 안 돼.' 대니는 재빨리 전사 신에게 용기를 달라고 기도하고, 도트락의 말 신에게 힘을 달라 기도했다. 그리고 앞으로 나아갔다.

그 문 너머에는 거대한 방과 화려한 마법사들이 있었다. 어떤 마법사들은 흰담비 털, 루비색 벨벳, 금란으로 만든 사치스러운 로브를 입었다. 또 어떤 마법사들은 보석이 박힌 정교한 갑옷을 걸치거나 별이 박힌 높은 뾰족 모자를 썼다. 빼어나게 아름다운 가운을 입은 여자들도 있었다. 스테인

드글라스 창으로 햇빛이 비스듬히 떨어져 내렸고, 대니가 이제까지 들어본 음악 중에 가장 아름다운 음악이 넘실거렸다.

사치스러운 로브를 입은 왕 같은 남자가 대니를 보더니 일어서서 미소지었다. "타르가르옌 가문의 대너리스, 환영하오. 와서 영원의 음식을 함께 나눕시다. 우리가 콰스의 불멸자들이오."

"우리는 오랫동안 그대를 기다렸소." 그 옆에 있던 장미색과 은색 옷차림의 여자가 말했다. 콰스 유행에 따라 내놓은 한쪽 가슴은 세상에서 가장 완벽한 가슴이었다.

"그대가 우리에게 올 줄 알았소." 마법사 왕이 말했다. "천 년 전에 알고, 그동안 내내 기다렸소. 그대에게 길을 보여주기 위해 혜성을 보냈지."

"우리에겐 그대와 나눌 지식이 있어요." 반짝이는 에메랄드 갑옷을 입은 전사가 말했다. "그리고 그대를 무장시킬 마법 무기들이 있지요. 그대는 모든 시험을 통과했어요. 이제 와서 같이 앉읍시다. 모든 질문에 대답을 받으리니."

대니는 한 걸음 내디뎠다. 그러나 그때 드로곤이 그녀의 어깨에서 날아올랐다. 드로곤은 흑단과 영목으로 만든 문 위로 날아가 앉더니, 조각이 들어간 문을 물어뜯기 시작했다.

"괴팍한 짐승이로군요." 잘생긴 젊은이 하나가 웃었다. "드래곤의 비밀스러운 언어를 가르쳐드릴까요? 오세요, 오세요."

의혹이 대니를 사로잡았다. 거대한 문은 너무나 무거워서 꼼짝이라도 하게 하려니 온 힘을 다해야 했지만, 결국 움직이기는 했다. 그 뒤에 다른 문 하나가 감춰져 있었다. 평범하고 쪼개지기 쉬운 오래된 회색 나무 문이었다……. 그러나 그 문이 대니가 들어선 문 오른쪽에 있었다. 마법사들은 노래보다 더 달콤한 목소리로 그녀를 불렀다. 대니는 그들에게서 달아났고, 드로곤은 다시 그녀에게 날아왔다. 좁은 문을 통과하자 어스름에 잠긴 방이 나왔다.

긴 돌 탁자가 이 방을 채우고 있었다. 그 위에 인간의 심장 하나가 떠다녔다. 썩어서 파랗게 부풀었지만 아직 살아 있는 심장이었다. 그 심장은 깊고 무거운 소리로 고동쳤고, 고동칠 때마다 남색 빛을 뿜어냈다. 탁자 주위에 앉은 사람들은 파란 그림자에 지나지 않았다. 대니가 탁자 끝에 있는 빈 의자로 걸어가는 동안에도 그들은 움직이거나 말을 하지 않았고, 그녀를 돌아보지도 않았다. 썩어가는 심장의 깊고 느린 고동 소리 말고는 아무 소리가 없었다.

……'드래곤의 어머니…….' 반은 속삭임이고 반은 신음 소리였다. '……드래곤…… 드래곤…… 드래곤…….' 다른 목소리들이 어스름 속에 메아리쳤다. 남자 목소리도 있었고 여자 목소리도 있었다. 어린아이 목소리도 하나 있었다. 떠다니는 심장이 고동칠 때마다 어스름과 어둠이 교차했다. 말을 할 의지를 불러내기가 힘들었고, 성실하게 연습했던 말을 떠올리기도 힘들었다. "나는 타르가르옌 가문의 대너리스, 폭풍에서 태어난 웨스테로스 칠왕국의 여왕이오." '저들이 내 말을 듣는 걸까? 왜 저들은 움직이지 않지?' 대니는 자리에 앉아서 무릎 위에 두 손을 포갰다. "그대들의 조언을 제공하고, 죽음을 정복한 이들의 지혜로 나에게 말해주시오."

남색 어스름 속에서 대니는 오른쪽에 앉은 불멸자의 쭈글쭈글한 얼굴을 볼 수 있었다. 늙고도 늙은 남자로, 주름이 가득하고 머리털이 없었다. 살은 청보라색이었고, 입술과 손톱은 그보다 더 파란색이 짙어서 거의 까맣게 보일 정도였다. 눈의 흰자위마저 파랬다. 그 눈은 탁자 맞은편에 앉은 늙은 여자를 응시하고 있었는데, 그 여자의 몸을 덮은 흰 비단 가운은 썩어서 너덜너덜했다. 콰스 식으로 한쪽을 드러낸 쪼글쪼글한 가슴에 가죽처럼 질긴 파란 젖꼭지가 보였다.

'저 여자는 숨을 쉬지 않아.' 대니는 침묵에 귀를 기울였다. '아무도 숨

을 쉬지 않고, 아무도 움직이지 않아. 저 눈들은 아무것도 보지 않아. 불멸자들은 죽은 걸까?'

대답은 생쥐 수염처럼 가느다란 속삭임이었다. '……우린 산다…… 산다…… 산다…….' 속삭이는 소리가 들리고, 수많은 다른 목소리들의 속삭임이 메아리쳤다. '……그리고 안다…… 안다…… 안다…….'

"나는 진실의 선물을 받으러 왔소. 긴 복도에서 내가 본 것들…… 그건 진짜였소, 거짓이었소? 지나간 일들이오, 아니면 다가올 일들이오? 그 장면들은 무슨 의미였소?"

'……그림자들의 형상…… 아직 정해지지 않은 내일…… 얼음의 잔에 담긴 술…… 불의 잔에 담긴 술…….'

'……드래곤들의 어머니…… 셋의 아이…….'

"셋이라니?" 대니는 이해가 가지 않았다.

'……드래곤에게는 머리가 셋이니…….' 입술 하나도 움직이지 않고, 숨결 하나도 파란 공기를 휘젓지 않는 가운데 대니의 머릿속에 유령의 합창이 울려 퍼졌다. '……드래곤의 어머니…… 폭풍의 아이…….' 속삭임들은 어지러운 노래가 되었다. '……너는 세 번 불을 붙여야 하리라……. 한 번은 생명을 위해 한 번은 죽음을 위해 한 번은 사랑을 위해…….' 대니의 심장이 눈앞에 떠 있는 파랗게 썩은 심장과 함께 고동쳤다. '……너는 세 번 달려야 하리라……. 한 번은 침대로 한 번은 공포로 한 번은 사랑으로…….' 목소리들이 점점 커져갔고, 그녀의 심장은 점점 느려지는 것 같았다. 그녀의 호흡마저도. '……너는 세 번의 배신을 알리라…… 한 번은 피로 한 번은 금으로 한 번은 사랑으로…….'

"난……." 그녀의 목소리는 속삭임에 지나지 않았다. 그들의 목소리만큼이나 희미했다. 그녀에게 무슨 일이 벌어지는 걸까? "난 이해가 가지 않아." 그녀는 조금 더 크게 말했다. 왜 여기에선 말을 하기가 이토록 힘이

들까? "날 도와줘. 보여줘."

'……그녀를 도와줘…….' 속삭임들이 조롱했다. '……그녀에게 보여 줘…….'

어스름 속에 환영이, 남색 형상이 일렁였다. 비세리스가 녹은 금물이 뺨으로 흘러내려 입을 채우는 동안 비명을 질렀다. 구릿빛 피부에 백금색 머리카락을 지닌 키 큰 영주가 불타는 준마 그림이 그려진 깃발 아래 서 있고, 그 뒤에 불타는 도시가 보였다. 죽어가는 왕자의 가슴에서 핏방울처럼 루비가 튀었고, 왕자는 물속에 무릎을 꿇고 마지막 숨결에 어떤 여자의 이름을 중얼거렸다.

'……드래곤의 어머니, 죽음의 딸…….'

그림자를 드리우지 않는 파란 눈의 왕이 지는 해처럼 붉은 검을 들어 올렸다. 환호하는 군중들 사이에서 장대에 매달린 헝겊 드래곤이 흔들렸다. 연기가 오르는 탑에서 거대한 돌 짐승이 날개를 펴고 그림자 불을 내뿜었다.

'……드래곤의 어머니, 거짓의 처단자…….'

대니의 은마가 풀밭을 달려 별의 바다 아래 어두운 개울가로 향했다. 어느 뱃머리에 시체가 하나 서 있었는데, 죽은 얼굴에서 두 눈이 반짝였고 잿빛 입술은 슬픈 미소를 지었다. 얼음 벽에 난 틈에서 파란 꽃이 한 송이 자라서 허공에 달콤한 냄새를 채웠다.

'……드래곤의 어머니, 불의 신부…….'

환영이 빨리, 더 빨리 나타나더니 공기 전체가 살아 움직이는 것처럼 일렁였다. 흐물거리는 끔찍한 그림자들이 천막 안을 돌며 춤을 췄다. 어린 소녀가 붉은 문이 달린 큰 집을 향해 맨발로 달려갔다. 미리 마즈 두르가 불길 속에서 날카로운 비명을 지르고, 그 머리에서 드래곤이 터져 나왔다. 은빛 말 뒤로 벌거벗은 남자의 피투성이 시체가 쿵쿵거리며 끌려갔다. 하얀 사자가 사람 키보다 더 큰 풀 속을 달렸다. 산들의 어머니 아래로, 거대한 호수에서 벌거벗은 노파들이 한 줄로 기어 와서 덜덜 떨며 그녀 앞에 무릎을 꿇고 희게 센 머리를 숙였다. 그녀가 은마를 타고 바람처럼 달려가자 노예 1만 명이 피 묻은 손을 들어 올리고 외쳤다. "어머니! 어머니, 어머니시여!" 그들은 그녀에게 손을 뻗어 만지고, 그녀의 망토를 당기고, 치맛자락을, 발을, 다리를, 가슴을 잡았다. 그들은 그녀를 원하고 필요로 했다. 불을, 생명을. 그리고 대니는 숨을 헐떡이며 두 팔을 벌려 그들에게 스스로를 내어주려 했다…….

하지만 그때 검은 날개가 그녀의 머리를 때렸고, 성난 비명 소리가 남색 허공을 가르더니 환영들이 찢기듯 사라졌다. 대니는 공포로 숨을 몰아쉬었다. 차갑고 파란 불멸자들이 그녀를 둘러싸고 속삭이면서 그녀에게 손을 뻗고, 끌고, 쓰다듬고, 그녀의 옷을 당기고, 차갑고 마른 손으로 그녀를 만지고, 그녀의 머리카락 사이에 손가락을 넣고 있었다. 대니의 사지에서 힘이 빠져나갔다. 움직일 수가 없었다. 심장조차도 고동을 멈춘 상태였다. 드러난 가슴을 만지고 젖꼭지를 비트는 손길이 느껴졌다. 치아가 그녀의 부드러운 목에 닿았다. 입이 그녀의 한쪽 눈에 내려앉아 빨고 핥고 물었다…….

그러다가 남색 공기가 오렌지색으로 변하더니 속삭임이 비명으로 변했다. 대니의 심장이 쿵쿵거리며 질주했고, 그녀에게 닿아 있던 손과 입들은 사라졌으며, 피부에 열기가 쏟아졌다. 대니는 갑작스러운 광채를 보며 눈을 깜박였다. 그녀 위에 올라앉은 드래곤이 날개를 펴고 무시무시한 검은 심장을 갈기갈기 찢어발겼다. 드래곤이 고개를 앞으로 확 내밀자 벌린 입에서 뜨겁고 눈부신 불길이 흘러 나갔다. 불멸자들이 불타면서 올리는 비명 소리를 들을 수 있었다. 그들의 높고 가늘고 건조한 목소리는 오래전에 사멸한 언어로 절규했다. 그들의 살은 부서지는 양피지였고, 뼈는 수지를 발라 말린 나뭇조각이었다. 그들은 불길에 먹히면서 춤을 추었다. 비틀거리고 몸부림치고 빙빙 돌면서 불타는 손을 높이 들어 올렸다. 그들의 손가락은 허공에서 횃불처럼 밝게 탔다.

대니는 몸을 일으키고 그 사이를 밀고 나아갔다. 그들은 공기처럼 가벼운 빈껍데기였고, 손만 대면 무너졌다. 그녀가 문에 도착했을 때는 방 전체가 불타고 있었다. "드로곤." 대니가 부르자 드래곤은 불 속을 뚫고 그녀에게 날아왔다.

밖으로 나가자 앞으로 구불구불 뻗어 나가는 길고 어두운 복도가 등 뒤에서 넘실거리는 오렌지색 불빛을 받고 있었다. 대니는 문을 찾아 뛰었다. 오른쪽에 있는 문, 아니 왼쪽에 있는 문이라도, 어떤 문이든 좋았다. 그러나 문은 없고 구불구불한 돌벽만 이어졌으며, 발아래 바닥이 천천히 움직이며 그녀를 넘어뜨리려는 것처럼 꿈틀거렸다. 대니는 발밑을 조심하면서 더 빨리 뛰었다. 갑자기 앞에 문이 나타났다. 벌린 입처럼 생긴 문이었다.

햇빛 아래로 뛰쳐나간 그녀는 눈부신 햇살에 비틀거렸다. 피아트 프리가 알 수 없는 언어로 지껄였고 발을 바꿔가며 깡충거렸다. 뒤를 돌아본 대니는 먼지 궁전의 오래된 돌벽에 난 틈으로 밀려 나오고 지붕의 검은 타일 사이로 올라가는 가느다란 연기를 보았다.

피아트 프리는 저주의 말을 울부짖으며 단검을 뽑아서 그녀에게 달려들었으나, 드로곤이 그 얼굴로 날아갔다. 이어서 조고의 채찍 소리가 울렸다. 그렇게 달콤할 수가 없는 소리였다. 단검은 허공을 날았고, 다음 순간에는 라카로가 피아트를 땅에 쓰러뜨리고 있었다. 조라 모르몬트 경이 대니 옆의 서늘한 녹색 풀밭에 무릎을 꿇고 그녀의 어깨에 팔을 둘렀다.

티리온

"멍청하게 죽어버리면 자네 시체를 염소에게 먹여버릴 거야." 티리온은 돌까마귀 씨족 첫 무리가 선창을 떠나는 가운데 그렇게 위협했다.

샤가는 소리 내어 웃었다. "반쪽이에겐 염소가 없다."

"자네만을 위해서 몇 마리 구하지."

동이 트고 있었고, 강 위에 흐릿한 빛의 물결이 어른거리다가 장대에 흩어지고 나룻배가 지나가고 나면 원래대로 돌아왔다. 티멧은 이틀 전에 불탄 남자 씨족을 이끌고 왕의 숲으로 들어갔다. 어제는 검은 귀와 달 형제 씨족이 뒤따랐고, 오늘은 돌까마귀였다.

티리온이 말했다. "뭘 하든 간에, 무리해서 전투를 하려고 하지는 마. 놈들의 야영지와 수송대를 공격해. 매복해서 척후대를 습격하고 저들 행군에 앞서서 나무에 시체들을 걸어놓고, 뒤로 돌아가서 낙오자들을 잘라내. 야습을 해주는 게 좋겠어. 잠드는 게 무서울 정도로 많이, 자주—"

샤가가 티리온의 머리에 손을 얹었다. "모두 내 수염이 자라기 전에 홀저의 아들 돌프에게 배운 것들이다. 이게 달의 산맥에서 전쟁하는 방식이다."

"왕의 숲은 달의 산맥이 아니고, 자네들은 우유뱀이나 색칠한 개 씨족과 싸우는 게 아니야. 그리고 내가 보내는 안내인들 말 잘 들어. 자네들이 달의 산맥을 아는 것처럼 이 숲을 잘 아는 사람들이야. 안내인들의 조언에 귀를 기울이면 꽤 쓸모가 있을 거야."

"샤가는 반쪽이의 애완동물들 말을 잘 듣겠다." 산악민은 엄숙하게 약속했다. 그다음은 샤가가 조랑말을 끌고 나룻배에 오를 차례였다. 티리온은 나룻배가 선창을 떠나서 장대를 밀고 블랙워터 강 가운데로 향하는 모습을 지켜보았다. 샤가가 아침 안개 속으로 사라지자 배 속이 이상하게 뒤틀리는 기분이 들었다. 산악민들이 없으면 벌거벗은 기분이 들 것이다.

아직 브론이 고용한 용병이 800명 가까이 있었지만, 용병들은 변덕스럽기로 악명이 높았다. 티리온은 그들의 충성심을 계속 사기 위해 가능한 수단은 다 썼다. 브론과 그의 부관 십여 명에게 전투에서 이기면 땅과 기사직을 주겠다고 약속했다. 그들은 그의 와인을 마시고, 그의 농담에 웃고, 다들 몸이 휘청거릴 때까지 서로를 경이라고 불렀다…… 브론만 빼고 모두 그랬다. 브론은 음울하고 건방진 미소만 띠고 있다가 나중에 말했다. "그놈들이 기사직을 위해 죽이기야 할 테지만, 기사직을 위해 죽을 거란 생각은 마십쇼."

티리온도 그런 착각은 하지 않았다.

황금 망토들도 비슷하게 불확실한 무기였다. 세르세이 덕분에 도시 경비대에는 6000명이 있었으나, 그중에 의지할 수 있는 수는 4분의 1뿐이었다. "시커먼 반역자들은 얼마 안 되지만 있긴 있고, 거미조차도 다 찾아내지는 못했습니다." 바이워터는 그렇게 경고했다. "하지만 봄풀보다 더 풋내기는 몇백 명이나 있습니다. 빵과 에일과 안전을 찾아 들어온 놈들이지요. 동료들에게 겁쟁이로 보이고 싶어 하는 남자는 없으니, 전투 나팔이 울려 퍼지고 깃발이 휘날리는 초반에는 용감하게 싸울 겁니다. 하지만 전투가 안 좋게 돌아간다 싶으면 그놈들은 무너질 테고, 그것도 나쁘게 무너질 겁니다. 처음 한 놈이 창을 던지고 도망치면 그 뒤에 천 명이 따라갈 테니까요."

물론 도시 경비대에도 노련한 대원들은 있었다. 세르세이가 아니라 로버트에게 황금빛 망토를 받은 핵심 인원 2000명이었다. 그러나 그렇다 해도…… 타이윈 라니스터 공은 경비대원은 진짜 병사가 아니라는 말을 즐겨 하곤 했다. 기사와 기사 종자와 중장병은 합쳐서 300명도 안 됐다. 곧 티리온은 아버지가 하던 말의 진위를 시험해야 할 터였다. 성벽에 선 한 명이 그 아래 열 명 몫을 한다는 말을.

브론과 호위대는 선창 끝에서 우글거리는 거지들, 돌아다니는 창녀들, 소리 높여 생선을 파는 여자들 사이에서 기다리고 있었다. 생선 장수들이 나머지를 다 합친 것보다 많은 거래를 했다. 손님들이 고기 통과 가판대 주위에 모여서 고등, 조개, 강꼬치고기를 두고 흥정을 했다. 다른 음식은 도시에 들어오지 않았기에, 생선 가격은 전쟁 전의 열 배에 달했고 아직도 값이 오르고 있었다. 돈이 있는 사람들은 집에 뱀장어나 붉은게 한 단지를 가져갈 희망을 품고 아침저녁으로 강가에 왔다. 돈이 없는 사람들은 뭐라도 훔칠 희망을 품고 가판대 사이를 돌아다니거나, 수척하고 불쌍한 모습으로 벽 아래에 서 있었다.

황금 망토들은 창대로 사람들을 밀어내며 인파 사이로 길을 열었다. 티리온은 낮은 욕설 소리들을 최대한 무시했다. 군중 사이에서 썩어서 미끌거리는 생선 한 마리가 날아왔다. 생선은 그의 발치에 떨어져 산산조각이 났다. 그는 조심스럽게 잔해를 넘어서 안장에 올랐다. 배가 부풀어오른 아이들이 벌써 냄새 나는 생선 조각을 두고 다투고 있었다.

그는 말 위에서 강가를 훑어보았다. 진흙 문 위에 우글우글 모인 목수들이 나무 판으로 성벽 바깥쪽을 연장하느라 아침 하늘에 망치 소리가 울려 퍼졌다. 그쪽은 잘 되어가고 있었다. 부두 뒤쪽에 세워진 무너질 듯한 판잣집들은 좋지 않았다. 휴게소와 급식소, 창고, 상인들의 가판대, 맥줏집, 제일 싼 창녀들이 다리를 벌리는 헛간들이 선체에 붙은 따개비처럼 빽빽하게 성벽에 붙어 있었다. 그 건물들은 다 치워야 했다. 이 상태로는 스타니스에게 성벽을 공격할 사다리가 필요 없을 지경이었다.

그는 브론을 옆으로 불렀다. "백 명을 모아서 지금 물가에서 성벽 사이에 보이는 건 다 태워버리게." 그는 짧은 손가락을 흔들며 물가의 지저분한 풍경 전체를 가리켰다. "아무것도 남아 있지 않길 바라네. 알아들었나?"

검은 머리 용병은 고개를 돌리고 해야 할 일을 생각해보았다. "가진 거라곤 이게 다인 사람들이 별로 좋아하지 않을 텐데요."

"좋아할 거라곤 꿈도 꾸지 않아. 할 수 없지. 사악한 원숭이 악마를 저주할 이유가 또 생기는 거지."

"싸우는 사람도 있을지 몰라요."

"그 싸움에 이기지 못하게 해."

"여기 사는 사람들은 어쩝니까?"

"소유물을 꺼낼 시간을 충분히 주고, 그다음에 내쫓게. 죽이지는 않도록 애써봐. 적이 아니니까. 그리고 강간은 안 돼! 자네 부하들 단속 좀 하라고."

"그놈들은 용병이지 성사가 아니라서요. 다음에는 그놈들이 취하지 않고 맨정신이길 원한다고 하겠군요."

"그래서 나쁠 건 없지."

티리온은 그저 성벽을 두 배로 높이고 세 배는 두껍게 만들 수 있었으면 좋겠다는 마음뿐이었다. 그래도 소용은 없을지 모르지만 말이다. 육중한 성벽과 높은 탑도 스톰스엔드나 하렌홀을 구하지 못했고, 윈터펠도 구하지 못했다.

그는 마지막으로 보았을 때의 윈터펠을 기억했다. 하렌홀처럼 괴물같이 크지는 않았고, 스톰스엔드처럼 단단하고 난공불락으로 보이지도 않았지만, 그 돌들에는 강력한 힘이 깃들어 있었다. 그 성벽 안에서는 안전하다고 느끼는 게 당연했다. 그 성이 함락당했다는 소식은 쓰라린 충격이었다. "신들은 한 손으로 주고 다른 손으로 빼앗아 간다지." 그는 바리스에게 그 소식을 듣고 들릴락말락하게 중얼거렸다. 그들은 스타크군에 하렌홀을 주고 윈터펠을 빼앗았다. 형편없는 교환이었다.

티리온은 기뻐해야 마땅했다. 롭 스타크는 이제 북쪽으로 방향을 돌려야 할 것이다. 자기 집도 지키지 못한다면 왕이라고 할 수가 없었다. 그렇다면 서쪽의 라니스터 가문은 위기를 모면한 셈이지만……

스타크 일가와 지낸 시간을 돌이켜도 테온 그레이조이에 대해서는 희미한 기억밖에 없었다. 언제나 웃는 얼굴에 활을 잘 다루는 애송이. 그 애송이를 윈터펠의 주인으로 생각하기는 어려웠다. 윈터펠의 주인은 언제나 스타크였다.

그는 윈터펠의 신의 숲을 기억했다. 회녹색 바늘잎으로 무장한 키 큰 파수목들, 거대한 참나무들, 산사나무와 물푸레나무와 병정소나무들, 그리고 그 중앙에는 시간 속에 얼어붙은 하얀 거인 같은 심장 나무가 서 있었다. 그 숲의 음울한 흙 냄새에서 수백 년 세월의 냄새를 맡을 수 있을 것만 같았고, 낮에도 그 숲이 얼마나 어두웠는지 기억이 났다. '그 숲이 윈터펠이었어. 그게 북부였어. 그 숲을 걸을 때만큼 내가 맞지 않는 곳에 있다고 느낀 적이 없었지. 반갑지 않은 침입자가 된 느낌이었어.' 그레이조이도 같은 느낌을 받을까 궁금했다. 그 성은 그레이조이의 것이 될지 몰라도 신의 숲은 어림없었다. 1년이 지나든, 10년이 지나든, 50년이 지나든 마찬가지였다.

티리온 라니스터는 진흙 문을 향해 천천히 말을 몰며 스스로를 일깨웠다. '윈터펠은 나에게 아무 의미가 없어. 그 성이 함락됐다는 사실을 기뻐하고 네 성벽이나 살펴.' 문은 열려 있었다. 안으로 들어가니 장터 광장에 거대한 트레뷰셋 투석기 세 대가 나란히 서서 거대한 세 마리 새처럼 성가퀴를 넘겨다보고 있었다. 투석기 팔은 오래된 참나무 줄기로 만들어서 쪼개지지 않게 쇠테를 둘러놓았다. 황금 망토들은 여기에 '세 창녀'라는 별명을 붙였는데, 스타니스 공에게 격한 환영 인사를 선사할 거라는 이유에서였다. '우리 희망은 그렇지.'

티리온은 말에 박차를 가하고, 사람의 파도에 맞서서 진흙 문을 통과했다. 일단 세 창녀를 지나고 나자 인파가 줄어들면서 주위 거리가 드러났다.

레드킵으로 돌아가는 길에는 아무 일도 없었으나, 수관의 탑에 돌아가자 성난 무역선 선장 십여 명이 배를 몰수한 조치에 항의하려고 그의 접견실에서 기다리고 있었다. 그는 그들에게 진심으로 사과하고 전쟁이 끝나면 보상하겠다고 약속했다. 그 약속은 그들을 별로 달래지 못했다. "수관님이 지면 어떻게 됩니까?" 브라보스인 하나가 물었다.

"그때는 스타니스 왕에게 보상을 신청하시오."

그들을 겨우 내보냈을 때는 종이 울리고 있었고 티리온은 임명식에 늦었다. 그는 뒤뚱뒤뚱 뛰다시피 마당을 가로질러 사람이 가득한 성소 안으로 밀고 들어갔다. 조프리가 새로운 킹스가드 기사 두 명의 어깨에 하얀 비단 망토를 묶어주고 있었다. 이 임명식에서는 모두가 서 있어야 하는 모양이었고, 덕분에 티리온은 궁정 사람들의 엉덩이 벽밖에 볼 수 없었다. 다른 한편으로 생각하면, 새로운 최고성사가 두 기사에게 엄숙하게 서약을 시키고 일곱 신의 이름으로 축성을 하고 나면 제일 먼저 문밖으로 나갈 수 있는 위치이기도 했다.

그는 살해당한 프레스턴 그린필드의 자리에 발론 스완 경을 넣겠다는 누이의 선택에 찬성했다. 스완 가문은 도르네 변경 지역의 영주로, 자부심 강하고 강력하면서도 조심스러웠다. 길리안 스완 공은 병을 핑계로 성에 머물면서 전쟁에 관여하지 않았으나, 그의 큰아들은 렌리에게 합세했다가 지금은 스타니스를 따랐고, 작은 아들인 발론은 킹스랜딩에서 봉직했다. 셋째 아들이 있었다면 롭 스타크와 함께했을지 모른다는 의심도 들었다. 썩 명예로운 방침은 아닐지 몰라도 분별 있는 판단이기는 했다. 누가 철왕좌를 차지해도 스완 가문은 살아남을 테니 말이다. 젊은 발론 스완 경은 태생이 좋을 뿐만 아니라 예의 바르고 용맹하며 무기술도 뛰어났다. 기마 창도 잘 다뤘고, 가시 철퇴는 더 잘 썼으며, 활 솜씨는 최고였다. 그는 명예롭고 용감하게 봉직할 터였다.

안타깝게도, 세르세이의 두 번째 선택에 대해서는 같은 말을 할 수가 없었다. 오스먼드 케틀블랙은 겉보기에는 어마어마했다. 키가 2미터 가까웠고, 온몸이 근육과 힘줄이었으며, 매부리코와 숱 많은 눈썹과 덥수룩한 갈색 수염 덕분에 얼굴도 사나워 보였다. 웃지만 않으면 말이다. 기껏해야 방랑기사에 불과한 비천한 태생의 케틀블랙은 오직 세르세이에게 출세를 의지하고 있었고, 바로 그 점 때문에 세르세이도 그 남자를 골랐다. "오스먼드 경은 용감한 만큼이나 충성스럽답니다." 그녀는 조프리에게 그 이름을 내밀며 말했다. 불행히도 쥐꼬리만 한 용기와 그만큼의 충성심이었다. 그 훌륭한 오스먼드 경은 세르세이에게 고용된 날부터 브론에게 그녀의 비밀을 팔아넘겼지만, 티리온이 그 사실을 말해줄 수는 없었다.

불평할 입장은 아니었다. 덕분에 누이 모르게 왕 근처에 심어둔 귀가 하나 더 생기는 셈이었다. 게다가 오스먼드 경이 아무리 비겁자라 해도, 현재 로스비의 지하감옥에 들어가 있는 보로스 블런트 경보다 나쁘지는 않을 터였다. 보로스 경은 토멘과 자일스 공을 호위하다가 자슬린 바이워터 경과 황금 망토들의 기습을 받고는 순식간에 항복했다. 킹스가드 기사는 왕과 왕가를 지키다가 죽어야 마땅했으니, 그 모습을 봤다면 노기사 바리스탄 셀미 경도 세르세이 못지않게 격분했으리라. 세르세이는 조프리에게 배신과 비겁함을 이유로 블런트의 하얀 망토를 몰수하라고 주장했다. 그리고 이제 그 자리에 똑같이 실속 없는 남자를 채워 넣었다.

기도와 선서, 축성이 오전을 거의 다 잡아먹을 판이었다. 티리온은 곧 다리가 아파서 가만히 있지 못하고 이쪽 발에서 저쪽 발로 무게중심을 옮겼다. 탠다 부인이 몇 줄 앞에 서 있었는데, 딸은 같이 있지 않았다. 샤에를 잠깐이라도 볼 수 있지 않을까 기대했는데 말이다. 바리스에게 샤에가 잘하고 있다고 듣기는 했지만, 직접 확인하는 편이 더 좋았다.

티리온이 바리스의 계획을 전하자 샤에는 그렇게 말했었다. "부엌데기보다는 시녀가 낫죠. 은꽃 허리띠와 당신이 내 눈동자 같다고 말했던 검은 다이아몬드가 박힌 금목걸이는 가져가도 될까요? 걸치거나 차지는 않을게요."

샤에를 실망시키기는 싫었지만, 티리온은 탠다 부인이 영리하지 않다고는 해도 자기 딸의 시녀가 딸보다 더 많은 보석을 가지고 있다면 이상하게 여길 거라는 점을 지적해야 했다. 그는 명령했다. "드레스 두세 벌만 골라. 그 이상은 안 돼. 좋은 모직물로. 비단이나 새마이트, 모피는 안 돼. 나머지는 날 찾아올 때에 대비해서 내 방에 보관할게." 샤에가 원하는 대답은 아니었지만, 안전하기는 했다.

임명식이 겨우 끝나고 조프리가 새로 받은 하얀 망토를 걸친 발론 경과 오스먼드 경을 양옆에 거느리고 행진해 나가자, 티리온은 뒤에 잠시 남았다가 신임 최고성사와 이야기를 나누었다(그는 티리온이 고른 사람이었고, 자기 빵에 꿀을 발라준 사람이 누군지 알 머리는 있는 사람이기도 했다). 티리온은 그에게 직설적으로 말했다. "신들이 우리 편이었으면 좋겠군요. 사람들에게 스타니스는 바엘로르 대성소를 불태우겠노라 맹세했다고 전해요."

"그게 사실입니까?" 숱이 적은 흰 수염을 기르고 얼굴에는 주름이 가득한 작고 기민한 최고성사가 물었다.

티리온은 어깨를 으쓱였다. "그럴지도. 스타니스는 빛의 군주에게 바친다고 스톰스엔드에 있는 신의 숲을 불태웠어요. 그런 식으로 옛 신들에게 죄를 짓는다면, 새로운 신들이라고 가만히 두겠소? 사람들에게 그렇게 말해요. 왕을 참칭하는 자를 돕는 사람은 정당한 왕만이 아니라 신들도 배신하는 거라고 말해요."

"그러겠습니다. 그리고 왕과 왕의 수관이 건강하기를 기도하라고도 하지요."

티리온이 개인 방으로 돌아가보니 화염술사 할린이 기다리고 있었고, 프렌켄 학사가 보낸 편지들도 있었다. 티리온은 연금술사를 잠시 더 기다리게 두고 까마귀들이 가져온 소식을 읽었다. 도란 마르텔이 스톰스엔드 함락을 경고하며 보낸 편지는 때가 지났고, 파이크에서 군도와 북부의 왕을 자칭하고 나온 발론 그레이조이의 편지는 좀 더 흥미로웠다. 그는 조프리 왕에게 강철 군도로 사절을 보내어 국경을 정하고 동맹 가능성을 논하자고 청했다.

티리온은 그 편지를 세 번 읽고 내려놓았다. 발론 공의 장선들은 스톰스엔드에서 오는 함대에 맞설 때 큰 도움이 될 테지만, 그 선단은 웨스테로스 반대편에 수만 리 떨어져 있고, 티리온은 왕국의 절반을 줘버리고 싶은 마음이 없었다. '이 편지는 세르세이의 무릎에 떨어뜨리거나, 협의회에 가져가야 할지도 모르겠군.'

이제 티리온이 할린에게 연금술사 길드의 최신 기록을 받을 차례였다. "이게 사실일 리가 없어." 티리온은 장부를 자세히 들여다보면서 말했다. "거의 1만 3000단지라고? 내가 바보인 줄 아나? 경고하는데, 빈 단지와 구정물을 넣어 밀랍으로 봉한 병에 왕의 금화를 지불할 생각은 없네."

"아니, 아닙니다." 할린은 끽끽거리며 말했다. "정확한 숫자입니다. 맹세합니다. 저희는 그러니까, 음, 굉장히 운이 좋았습니다, 수관님. 로사트 공의 은닉처를 하나 더 찾았는데, 300개 넘는 단지가 있었지 뭡니까. 드래곤핏 밑에요! 창녀 몇이 그 폐허에서 고객들을 상대했는데, 그런 손님 중에 하나가 썩은 바닥을 뚫고 지하실로 떨어졌지요. 그 남자는 단지가 만져지자 와인이라고 오해했어요. 그래서 밀봉을 뜯고 마셨답니다."

"예전에 그런 짓을 한 왕자가 하나 있었지." 티리온은 건조하게 말했다. "도시 위로 날아오르는 드래곤을 보진 못했으니, 이번에도 효과는 없었나 보군." 라에니스 언덕 위의 드래곤핏은 150년간 버려져 있었다. 와일드파이어를 쟁여두기에 어지간한 은닉처보다 좋았겠지만, 죽은 로사트 공이 누군가에게 말을 해두었더라면 좋았으리라. "300개라고 했나? 그래도 이 합계는 말이 되질 않아. 지난번에 만났을 때 알려준 최대 추정치보다 몇천 단지는 많잖나."

"예, 예, 그렇지요." 할린은 검은색과 진홍색의 로브 소맷자락으로 창백한 이마를 훔쳤다. "저희는 아주 열심히 일했습니다, 수관님. 흐으으음."

"전보다 훨씬 많은 양을 만들어낸 이유가 아주 잘 설명되는군." 티리온은 미소 지으며 짝짝이 눈으로 화염술사를 노려보았다. "그렇다면 왜 지금까지는 그렇게 열심히 일하지 않았나 하는 의문을 불러일으키네만."

할린은 원래도 안색이 버섯 같았기에 어떻게 거기서 더 창백해질 수 있는지 알 수가 없었지만, 어쨌든 더 창백해졌다. "아닙니다, 수관님. 형제들과 저는 처음부터 밤낮으로 열심히 일했습니다. 다만, 흐으으음, 숙련이 되면서 그 물질을 전보다 많이 만들 수 있었고, 흐으으으음, 또한……." 연금술사는 이쯤에서 불편한 듯 몸을 움직였다. "어떤 주문이 있습니다, 흐으으음. 저희 조직의 오래된 비밀인데, 아주 섬세하고, 아주 골치 아프지만, 그 물질이 제대로 만들어지려면 꼭 필요한 주문인데……."

티리온은 인내심을 잃어갔다. 지금쯤이면 자슬린 바이워터 경이 도착했을 터였고, 무쇠 손은 기다리기를 싫어했다. "그래, 비밀 주문이 있다고. 얼마나 멋진 일인지. 그래서 그게 뭐?"

"그 주문이, 흐으으음, 전보다 더 잘 듣는 것 같습니다." 할린은 힘없이 미소 지었다. "드래곤이 존재한다고는 믿지 않으시지요?"

"드래곤핏 아래에서 하나 찾아내지 않았다면야 그렇지. 왜?"

"아, 죄송합니다. 그저 예전에, 제가 조수였던 시절에 늙은 현자 폴리터가 해준 말이 생각났습니다. 제가 왜 우리의 많은 주문들은 두루마리에 적혀 있는 것만큼 효과를 발휘하지 않는지 물었더니, 그건 마지막 드래곤이 죽은 날부터 세상에서 마법이 사라지기 시작했기 때문이라고 하셨지요."

"실망시켜서 미안하지만, 드래곤 같은 건 못 봤네. 하지만 왕의 처형 집행인이 어슬렁거리고 돌아다니긴 하더군. 자네가 나한테 파는 이 과일들 중에 하나라도 와일드파이어가 아닌 다른 물건이 채워져 있으면 자네도 보게 될 거야."

할린이 어찌나 빨리 달아나던지, 자슬린 경을 들이받을 뻔했다. 아니지, 이제는 자슬린 공이라는 점을 기억해야 했다. 무쇠 손은 다행히도 언제나처럼 단도직입이었다. 그는 자일스 공의 영지에서 새로 모집한 창병들을 데려오고 도시 경비대장으로 복귀하기 위해 로스비에서 돌아온 참이었다. "내 조카는 어떻게 지내나?" 티리온은 도시 방어에 대한 논의를 마치고 나서 물었다.

"토멘 왕자는 건강하고 행복하게 지냅니다. 제 부하들이 사냥에서 잡아온 새끼 사슴 한 마리를 입양하셨습니다. 예전에도 한 마리 키웠는데 조프리 전하께서 가죽을 벗겨서 조끼를 만들었다고 하시더군요. 가끔 어머니에 대해 묻고, 미르셀라 공주에게 자주 편지를 씁니다. 편지를 완성해서 보내는 일은 없는 것 같습니다만. 하지만 형님은 전혀 보고 싶어 하지 않는 듯합니다."

"전투에 질 경우 토멘에게 적절한 조치를 마련해뒀겠지?"

"제 부하들은 지시를 받아두었습니다."

"그 지시가 뭔가?"

"수관께서 아무에게도 말하지 말라고 명하신 지시지요."

티리온은 그 말에 미소를 지었다. "그 말을 기억하니 기쁘군." 킹스랜딩이 함락된다면 티리온은 사로잡힐 가능성이 있었다. 그는 조프리의 후계자가 어디에 있는지 모르는 게 더 나았다.

자슬린 공이 나가고 얼마 지나지 않아서 바리스가 나타났다. "인간이란 정말이지 신의 없는 족속입니다." 바리스는 인사 대신 말했다.

티리온은 한숨을 내쉬었다. "오늘의 배신자는 누구요?"

내시는 그에게 두루마리를 건넸다. "이렇게 악인이 많다니, 우리 시대에 슬픈 경종을 울리는군요. 명예는 우리 아버지들과 함께 죽은 걸까요?"

"내 아버지는 아직 안 죽었소만." 티리온은 목록을 훑어보았다. "아는 이름이 몇 개 있군. 부유한 자들이야. 무역상과 상인, 장인들. 이런 자들이 왜 역적 모의를 하지?"

"스타니스 공이 이길 거라 믿고, 승리를 나누고 싶은 모양입니다. 왕관 쓴 수사슴을 따서 스스로를 '사슴뿔의 사람들'이라고 칭하더군요."

"누군가가 스타니스는 상징을 바꿨다고 말해줘야겠군. 그러면 '뜨거운 심장'이 될 수 있을 텐데." 하지만 농담거리가 아니었다. 이 사슴뿔의 사람들은 수백 명의 추종자를 무장시켜, 전투가 시작되면 '옛 문'을 점령하고 스타니스 군을 도시에 들일 계획이었다. 목록에 오른 이름 중에는 무기제조 장인 셀로런의 이름도 있었다. "이렇게 되면 내가 악마의 뿔이 달린 무시무시한 투구를 받을 일은 없겠군." 티리온은 그자를 체포하라는 명령서를 휘갈겨 쓰며 불평했다.

테온

그는 자다가 퍼뜩 깨어났다.

키라가 한 팔을 가볍게 그의 몸 위로 늘어뜨리고 가슴이 그의 등에 스치도록 바싹 붙어 있었다. 그녀의 조용하고 일정한 숨소리를 들을 수 있었다. 두 사람 주위로 시트가 뒤엉켰다. 깜깜한 밤이었다. 침실은 어둡고 고요했다.

'뭐지? 잘못 들었나? 누가 있나?'

바람이 덧창 밖으로 희미한 한숨 소리를 냈다. 어딘가 멀리서 발정기 고양이 우는 소리가 들렸다. 그 외에는 아무 소리도 들리지 않았다. 그는 스스로에게 말했다. '잠이나 자, 그레이조이. 성안은 조용하고, 위병들도 세워놨잖아. 네 문 앞에도, 성문 앞에도, 무기고에도.'

악몽 때문에 깼다고 생각할 수도 있었지만, 꿈을 꾼 기억은 없었다. 키라 때문에 녹초가 되어 잠들었다. 테온이 불러오기 전까지 키라는 성벽 안에는 발 들인 적도 없이 18년 평생 겨울 마을에서만 살았다. 그녀는 열렬히 흥분하고 족제비처럼 나긋나긋한 몸으로 그를 찾아왔고, 에다드 스타크 공의 침대에서 평범한 술집 여자와 뒤엉키는 데에는 부정하기 힘든 짜

릿함이 있었다.

키라는 테온이 자기 품에서 빠져나가서 일어서자 잠에 취한 채 웅얼거렸다. 벽난로 안에는 아직 잉걸불이 타고 있었다. 웩스는 침대 발치 바닥에서 망토를 뒤집어쓰고 웅크린 채 세상 모르고 자고 있었다. 움직이는 것은 아무것도 없었다. 테온은 창문으로 걸어가서 덧창을 열어젖혔다. 밤의 차가운 손가락이 그를 건드리자 맨살에 소름이 돋았다. 그는 돌 창턱에 기대어 바깥의 어두운 탑들과 빈 마당들, 검은 하늘, 그리고 백 살까지 산다 해도 다 헤아릴 수 없을 만큼 많은 별들을 보았다. 종탑 위에 뜬 반달이 유리 정원 지붕에도 비쳐 보였다. 아무런 경고음도, 아무 목소리도, 발소리조차도 들리지 않았다.

'아무 문제 없어, 그레이조이. 저 정적이 들려? 넌 기쁨에 취해야 마땅해. 서른 명도 안 되는 숫자로 윈터펠을 빼앗다니, 노래에 나올 위업이라고.' 테온은 침대로 돌아가려 했다. 키라를 돌려 눕히고 한 번 더 해야지. 그러면 이 허깨비들도 사라질 것이다. 키라가 헐떡이고 키득거리는 소리가 이 정적을 깨뜨린다면 반가우리라.

그는 순간 멈춰 섰다. 그는 다이어울프들의 울부짖음에 익숙해진 나머지 이제는 그 소리를 듣지 못하는 지경에 이르러 있었다……. 그러나 그의 어떤 부분이, 어떤 사냥꾼의 본능이 그 소리가 사라졌음을 감지했다.

둥근 방패를 등에 멘 건장한 우르젠이 문밖에 서 있었다. 테온은 그에게 말했다. "늑대들이 조용해. 가서 그놈들이 뭘 하고 있나 보고 바로 돌아와." 다이어울프들이 풀려나서 돌아다닌다고 생각하니 불안했다. 그는 늑대 숲에서 야인들이 브랜을 공격한 날을 기억했다. 서머와 그레이윈드는 놈들을 갈기갈기 찢어놓았다.

테온이 장화 끝으로 건드리자 웩스는 일어나서 눈을 비볐다. "브랜 스타크와 그 동생이 침대에 있는지 확인해라. 빨리."

"나리?" 키라가 잠에 취한 채 그를 불렀다.

"다시 자. 네가 신경 쓸 일은 아니야." 테온은 와인을 한 잔 따라서 쭉 들이켰다. 그러면서 내내 늑대 울음소리가 들리기를 빌며 귀를 기울였다. '사람이 너무 적어.' 그는 쓸쓸하게 생각했다. '사람이 너무 적어. 혹시 아샤가 오지 않는다면……'

웩스는 순식간에 돌아와서 고개를 가로저었다. 테온은 욕설을 뱉으며 키라를 급하게 취하느라 바닥에 떨어뜨렸던 튜닉과 바지를 찾았다. 그는 튜닉 위에 철 징이 박힌 가죽조끼를 걸치고, 허리에는 장검과 단검을 찼다. 머리가 야생 수풀처럼 엉망으로 뻗쳤지만 그보다 중요한 걱정거리가 있었다.

그때쯤 우르젠이 돌아왔다. "늑대들이 없소."

테온은 에다드 공처럼 냉정하고 신중해야 한다고 스스로를 타일렀다. "성안을 다 깨워. 전원 안마당에 몰아넣어 봐. 누가 없나 보자. 그리고 로렌이 성문을 한 바퀴 순찰하게 해. 웩스, 넌 날 따라와."

스티그는 지금쯤 딥우드모트에 도착했을까 궁금했다. 스티그는 자기 주장만큼 기마에 능숙하지 못했다. 강철인들은 안장 위에서 별로 쓸모가 없었다. 그래도 시간은 충분히 흘렀다. 아샤가 오고 있을 수도 있었다. '그리고 왔다가 내가 스타크 애들을 놓친 걸 알면……' 견디기 힘든 생각이었다.

브랜의 침실은 비어 있었고, 반층 내려간 리콘의 침실도 마찬가지였다. 테온은 스스로를 저주했다. 그 아이들에게 병사를 붙여놓았어야 했는데, 하나는 불구이기까지 하니 아이들 둘을 돌보는 데 사람을 쓰기보다는 성벽을 걷고 성문을 지키는 게 더 중요하다 생각했다.

밖으로 나가자 침대에서 끌려 나온 성 사람들이 마당으로 떠밀리며 흐느끼는 소리가 들렸다. '그렇게 울 만한 이유를 만들어주마. 부드럽게 다

뒀더니 이런 식으로 갚는단 말이지.' 심지어는 자신이 공정하다는 사실을 보이기 위해, 견사지기 여자를 강간한 부하 둘을 피가 나도록 채찍질하기까지 했다. '그런데도 다들 그 강간을 두고 날 탓해. 다른 일들도 마찬가지고.' 불공평했다. 미켄은 벤프레드와 마찬가지로 입을 함부로 놀려 죽음을 자초했다. 차일의 경우는, 누군가는 익사한 신에게 바쳐야 했다. 부하들이 기대하는 바였다. 그는 차일 성사를 우물 속에 던져버리기 전에 말했다. "당신에게 원한은 없지만, 당신과 당신의 신들은 이제 여기에 있을 곳이 없어." 다른 사람들은 살았다는 사실에 고마워할지도 모른다 생각했지만, 천만에. 테온은 얼마나 많은 수가 그에게 저항하는 이 계획에 참여했을까 궁금했다.

우르젠이 검은 로렌과 함께 돌아왔다. 로렌이 말했다. "사냥꾼의 문이오. 가서 보시는 게 좋겠소."

사냥꾼의 문은 견사와 주방 가까이 위치 좋은 데 있었다. 그 문을 열면 곧바로 들판과 숲이 나와서, 기수들이 겨울 마을을 통과하지 않고 오갈 수 있었기에 사냥조들이 선호했다. "여기엔 누가 보초를 섰지?" 테온이 물었다.

"드레난과 스퀸트요."

드레난은 팰라를 강간한 두 명 중 하나였다. "그놈들이 애들을 도망치게 놔뒀다면 맹세코 이번에는 등가죽이 남아나지 않게 해주겠어."

"그럴 필요도 없소." 검은 로렌이 퉁명스럽게 말했다.

과연 그랬다. 스퀸트는 해자에 얼굴을 아래로 하고 떠 있었고, 그 뒤로 흘러나온 내장이 하얀 뱀 무리 같았다. 드레난은 반쯤 벗은 채 문루 안, 도개교를 작동시키는 작은 방에 있었다. 목이 이쪽 귀부터 저쪽 귀까지 찢어진 상태였다. 너덜너덜한 튜닉이 반쯤 나은 등의 흉터를 가렸지만, 장화는 바닥 골풀 사이에 널브러져 있었고, 바지는 발목께에 엉켰다. 문 근처 작은 탁자 위에는 치즈와 빈 병, 그리고 잔이 두 개 있었다.

테온은 잔을 하나 집어 들고 바닥에 남은 와인 찌꺼기 냄새를 맡았다. "스퀀트는 성벽 길에 올라가 있었지?"

"맞소." 로렌이 말했다.

테온은 잔을 벽난로에 던져버렸다. "드레난은 여자한테 들러붙으려고 바지를 내리다가 찔렸겠군. 보아하니 자기가 쓰던 치즈 나이프에 찔렸어. 누가 장창을 하나 찾아다가 다른 바보를 해자에서 건져내."

그 다른 바보는 드레난보다 훨씬 심한 몰골이었다. 검은 로렌이 물 밖으로 꺼내자 시신은 팔 한 쪽은 팔꿈치에서 뜯겨 나가고, 목은 반이 없어졌으며, 배꼽과 사타구니가 있던 자리에는 너덜너덜한 구멍만 남아 있었다. 로렌이 끌어올 때 창에 배를 뚫리기도 했다. 악취가 끔찍했다.

"다이어울프로군. 두 놈 다야." 그는 넌더리를 내며 도개교로 돌아갔다. 윈터펠은 육중한 화강암 벽이 두 겹으로 둘러쌌고, 그 사이에 넓은 해자가 있었다. 외벽은 높이가 24미터에 달했고, 내벽은 30미터가 넘었다. 인력이 부족하다 보니 테온은 외벽 방어를 포기하고 병사들을 더 높은 내벽에 배치해야 했다. 성안에서 반란이 일어날 경우에 대비하자니 병사들을 해자 반대편에 두는 위험은 감수할 수 없었다.

'둘 이상이 있었어야 해. 여자가 드레난을 유혹하는 사이에 다른 자들이 늑대를 풀어줬어.'

테온은 횃불을 가져오게 하고 앞장서서 성벽 길로 통하는 계단을 올랐다. 횃불을 낮게 휘두르면서 찾아보니…… 있었다. 성곽 안쪽, 솟아오른 요철 사이에. "피야. 어설프게 닦았군. 여자가 드레난을 죽이고 도개교를 내렸을 거야. 스퀀트는 쇠사슬 소리를 듣고 살펴보러 여기까지 온 거야. 놈들은 다른 파수병이 발견하지 못하게 시체를 이리로 밀어 넣어서 해자에 던졌어."

우르젠이 성벽을 훑어보았다. "다른 감시탑이 멀지 않소. 횃불이 보이는

데—"

"횃불은 있지만, 병사는 없어." 테온은 짜증을 내며 말했다. "윈터펠엔 내가 배치할 수 있는 병사 숫자보다 감시탑이 더 많아."

검은 로렌이 말했다. "정문에 병사가 넷, 그리고 스퀸트 말고도 다섯이 성벽을 걷고 있었는데."

우르젠이 말했다. "그놈이 나팔만 불었어도—"

'내 밑엔 바보들뿐이군.' "우르젠, 여기 올라온 게 너라고 상상해봐. 어둡고 추워. 몇 시간째 파수가 끝나기만 기다리며 걷고 있었어. 그러다가 소리를 듣고 성문 쪽으로 가다가 갑자기 계단 위에 횃불 빛을 받아서 녹색과 금색으로 번쩍이는 눈동자들이 보여. 그림자 두 개가 믿을 수 없을 만큼 빨리 달려들지. 이빨이 번득이는 걸 보고 창을 들어 올리려고 하지만, 놈들은 널 그대로 쓰러뜨리고, 면포처럼 가죽을 뜯어내고 배를 찢어." 그는 우르젠을 세게 밀었다. "그리고 이제 넌 내장이 흘러나온 채 누워 있고, 늑대 하나는 네 목을 물고 있지." 테온은 우르젠의 앙상한 목을 움켜쥐고 손가락에 힘을 주며 미소 지었다. "말해봐. 이런 상황에서 언제 멈춰서 그 망할 나팔을 불까?" 테온이 거칠게 밀자 우르젠은 비틀거리며 성곽 요철에 부딪쳐서 목을 문질렀다. 테온은 화가 나서 생각했다. '성을 빼앗자마자 그 짐승들을 죽였어야 했어. 난 그것들이 사람을 죽이는 모습을 봤어. 얼마나 위험한지 알고 있었다고.'

"추격해야죠." 검은 로렌이 말했다.

"어둠 속에서는 곤란해." 테온은 밤에 숲속에서 다이어울프를 쫓고 싶지 않았다. 사냥꾼이 사냥감이 되기 십상이었다. "낮까지 기다린다. 그동안 내 충성스러운 백성들과 이야기를 나누러 가는 게 좋겠군."

아래 마당에서는 불안에 찬 남자, 여자, 아이들을 벽에 밀어 세우고 있었다. 옷 입을 시간도 없었던 사람이 많아서, 모직 담요로 몸을 가리거나,

망토나 잠옷 속에 알몸으로 웅크리고 있었다. 한 손에는 횃불을 들고 다른 손에는 무기를 든 강철인 십여 명이 그들을 에워쌌다. 바람이 몰아쳤고, 명멸하는 오렌지색 빛이 강철 투구와 짙은 수염, 웃음기 없는 눈동자에 흐릿하게 비쳤다.

테온은 포로들 앞을 오락가락 걸으며 얼굴들을 살폈다. 모두 유죄처럼 보였다. "없어진 건 몇 명이지?"

"여섯요." 비누 냄새를 풍기는 구린내가 긴 머리를 바람에 살랑이며 뒤에 다가섰다. "스타크 둘, 늪지 사내아이와 그 누이, 마구간의 반편이, 그리고 그 야인 여자."

'오샤.' 두 번째 잔을 본 순간부터 의심했었다. '그 여자를 믿지 말았어야 했어. 그 여자는 아샤만큼이나 자연 법칙에 어긋난 존재야. 심지어 이름마저 비슷하잖아.'

"마구간은 들여다봤나?"

"아가르가 그러는데 없어진 말은 없답니다."

"댄서도 그대로 있고?"

"댄서요?" 구린내는 얼굴을 찌푸렸다. "아가르는 말이 전부 제자리에 있다는데요. 반편이 놈만 없어졌습니다."

'그렇다면 도보로군.' 깨어나서 이제까지 들은 중에 가장 좋은 소식이었다. 브랜은 호도 등에 바구니를 걸고 탔을 게 분명했다. 오샤는 리콘을 업어야 하리라. 리콘의 작은 다리로는 멀리 가지 못할 테니 말이다. 테온은 곧 그들을 손아귀에 다시 넣을 수 있다는 자신감을 얻었다. "브랜과 리콘이 달아났다." 그는 성 주민들의 눈을 바라보며 말했다. "어디로 갔는지 아는 사람 있나?" 아무도 대답하지 않았다. 테온은 말을 이었다. "도움도 없이 달아날 순 없었을 거야. 음식과 옷, 무기가 있어야 했겠지." 윈터펠의 모든 검과 도끼를 몰수해서 보관해두었지만, 감춰둔 무기가 있었을 것이다. "이 일을 거든 사람들 이름을 모조리 알아내겠다. 보고도 못 본 척한 자들도 모두." 들리는 소리라고는 바람 소리뿐이었다. "해가 뜨는 대로 다시 잡아올 생각이다." 그는 검대에 양쪽 엄지손가락을 걸었다. "사냥꾼들이 필요하다. 누구 따뜻하고 훌륭한 늑대 가죽으로 겨울을 나고 싶은 사람 없나? 게이지?" 요리사 게이지는 테온이 사냥에서 돌아올 때마다 쾌활하게 맞이하며 식탁에 올릴 만한 사냥감을 잡아왔냐고 묻곤 했었지만, 지금은 아무 말도 하지 않았다. 테온은 왔던 길을 되돌아 걸어가면서 조금이라도 뭔가 아는 표시가 나지 않는지 사람들의 얼굴을 살폈다. "황야는 불구자가 있을 곳이 아니야. 그리고 리콘은, 그렇게 어린 아이가 저 밖에서 얼마나 오래 버티겠나? 낸, 리콘이 얼마나 겁에 질렸을지 생각해봐." 10년 동안 테온에게 수다를 떨며 끝도 없이 이야기를 해주던 노파도 지금은 낯선 사람처럼 쳐다보기만 했다. "난 남자들을 모조리 죽이고 여자들은 내 병사들에게 가지고 놀라고 던져줄 수도 있었는데, 그러지 않고 너희를 지켜줬어. 이게 고맙다는 인사인가?" 그의 말을 돌봐주던 조세스도, 그에게 사냥개에 대해 아는 모든 것을 가르쳐준 팔렌도, 그의 첫 여자였던 양조인 마누라 바스도— 아무도 그와 눈을 마주치지 않았다. '다들 날 미워하는군.'

구린내가 가까이 다가서더니, 두꺼운 입술을 번들거리며 부추겼다. "저 것들의 살가죽을 벗기시죠. 볼턴 공은 벌거벗은 남자에겐 비밀이 별로 없지만, 껍질을 벗겨낸 남자에게는 아무 비밀도 없다고 하시곤 했습니다."

테온은 살가죽이 벗겨진 남자가 볼턴 가문의 상징임을 알고 있었다. 오래전에는 죽은 적의 가죽으로 망토를 만들어 입은 볼턴 영주들마저 있었다. 스타크도 몇 명은 그런 꼴이 됐다. 그 모든 일은 볼턴이 윈터펠에 무릎을 꿇은 천 년 전에 끝났다. '어쨌든 사람들은 그렇게 말하지만, 나도 잘 알다시피 옛 방식은 쉽게 사라지지 않지.'

"내가 윈터펠을 다스리는 한 북부에 가죽 벗기기는 없어." 테온은 큰 소리로 말했다. '이런 놈들에게 맞서서 너희를 지켜줄 보호막은 나뿐이란 말이다.' 그렇게 소리라도 지르고 싶었다. 그렇게 노골적으로 굴 순 없었지만, 영리한 사람이라면 교훈을 배울지도 몰랐다.

성벽 위 하늘이 회색으로 물들어갔다. 동 틀 녘이 머지않았다. "조세스, 내 말 스마일러와 자네가 탈 말에 안장을 얹어. 머치, 개리스, 폭시 팀, 너희도 같이 간다." 머치와 개리스는 성에서 가장 뛰어난 사냥꾼이었고, 팀은 실력 있는 궁수였다. "아가르, 붉은 코, 겔마르, 구린내, 웩스." 등을 찔리지 않으려면 그의 부하들도 필요했다. "팔렌, 사냥개들을 써야겠다. 자네가 직접 다뤄."

반백의 견사장은 팔짱을 꼈다. "내가 왜 내 진짜 주인들을 사냥하는 데 나서야 하지? 그것도 아이들을?"

테온은 그에게 다가섰다. "이젠 내가 자네의 진짜 주인이고, 팰라를 안전하게 지키는 사람이야."

팔렌의 눈에서 반항이 사그라들었다. "알겠습니다, 나리."

테온은 물러서서 또 누굴 더할까 주위를 둘러보았다. "루윈 학사."

"저는 사냥에 대해 아무것도 모릅니다."

'그야 물론이지. 하지만 내가 없는 동안 당신을 성안에 둘 순 없어.' "그렇다면 이제 배울 때가 됐지."

"나도 따라가게 해줘요. 늑대 가죽 망토를 갖고 싶어." 브랜 또래의 소년이 하나 나섰다. 테온은 잠시 시간이 걸려서야 그게 누구인지 기억해냈다. "난 사냥을 많이 해봤어요. 붉은사슴에 엘크에, 멧돼지도 잡아봤죠." 왈더 프레이가 말했다.

그러자 그 사촌이 비웃었다. "멧돼지 사냥은 아버지랑 같이 간 데다가 멧돼지 근처에도 못 가봤으면서."

테온은 그 소년을 의심스럽게 쳐다보았다. "원한다면 같이 가도 좋지만,

따라오지 못할 때에 내가 돌봐줄 거란 생각은 말아라." 그는 검은 로렌에게 몸을 돌렸다. "내가 없는 동안 윈터펠은 자네가 맡아. 내가 돌아오지 않으면 마음대로 하고." '이러면 다들 내가 성공하길 기도해야 할 거야.'

그들은 첫 번째 빛줄기가 종탑 꼭대기를 스칠 때 사냥꾼의 문 옆에 모였다. 차가운 아침 공기 속에 내뿜는 입김이 얼어붙었다. 겔마르는 늑대들이 달려들기 전에 공격할 수 있을 만큼 공격 거리가 긴 장도끼로 무장했다. 그 도끼날은 한 방에 짐승을 죽일 수 있을 만큼 무거웠다. 아가르는 강철 정강이받이를 찼다. 구린내는 멧돼지 사냥 창과 뭔지 모를 것으로 꽉 찬 세탁 자루를 들고 도착했다. 테온에게는 활이 있었으니, 다른 무기는 필요 없었다. 언젠가 그는 화살 한 대로 브랜의 목숨을 구했다. 화살 한 대로 그 목숨을 빼앗을 일은 없기를 바라지만, 정 그래야 한다면 감행할 작정이었다.

어른 남자 열하나, 소년 둘, 그리고 개들 십여 마리가 해자를 건넜다. 외벽 너머의 부드러운 땅에서는 쉽게 흔적을 읽을 수 있었다. 늑대들의 발자국, 호도의 무거운 걸음걸이, 리드 남매가 남긴 상대적으로 얕은 발자국까지. 숲속으로 들어가자 돌투성이 바닥과 쌓인 낙엽 때문에 흔적을 찾아내기가 힘들어졌지만, 그 무렵에는 팔렌의 붉은 암캐가 냄새를 맡았다. 나머지 개들도 바싹 뒤따랐고, 사냥개들은 킁킁거리며 짖어대고 괴물 같은 마스티프 두 마리는 맨 뒤에 섰다. 그 두 마리의 몸집과 흉포함은 다이어울프를 구석에 몰았을 때 꽤 쓸모가 있을 수도 있었다.

테온은 오샤가 로드릭 경이 있는 남쪽으로 달아났으리라 추측했는데, 흔적은 북서쪽에서 좀 더 북쪽으로, 늑대 숲 심장부로 이어졌다. 테온은 그 사실이 전혀 마음에 들지 않았다. 만약 스타크 아이들이 딥우드모트로 향해서 곧장 아샤의 손에 몸을 던진다면 그 얼마나 씁쓸한 아이러니일까. 그는 쓰라린 마음으로 생각했다. '그러느니 죽이고 말지. 바보로 보이기보

다는 잔인해 보이는 게 나아.'

하얀 안개 자락이 나무 사이를 흘렀다. 이 부근에는 파수목과 병정소나무들이 빽빽하게 자랐는데, 상록수림처럼 어둡고 음울한 곳이 또 있을까. 땅바닥은 고르지 않았고, 떨어진 침엽들은 부드러운 잔디로 위장하고 있다가 말들의 발 디딤을 불안정하게 만들었다. 천천히 나아가야 했다. '그래도 불구를 떠메고 가는 남자나 네 살짜리를 등에 업은 깡마르고 고약한 년만큼 느리지는 않아.' 그는 인내심을 가지라고 스스로를 타일렀다. 저녁이 되기 전에 잡을 것이다.

어느 골짜기 가장자리를 따라 난 사냥 길을 걷는데 루윈 학사가 말을 몰아 다가왔다. "지금까지는 사냥이 숲속 달리기와 구별이 가지 않는군요."

테온은 미소 지었다. "비슷한 구석이 있지. 하지만 사냥일 경우에는 끝에 피를 봐."

"꼭 그래야 합니까? 이 도주는 대단히 어리석은 짓이었지만, 그래도 자비를 베풀 순 없나요? 우리가 찾고 있는 건 당신과 같이 자란 형제들입니다."

"롭을 빼면 어떤 스타크도 나에게 형제 같았던 적이 없어. 하지만 브랜과 리콘은 죽어서보다 살아서 나에게 더 가치가 있지."

"리드 남매도 마찬가집니다. 모트카일린은 늪 가장자리에 있어요. 하울랜드 공은 원한다면 당신 숙부님의 점령 기간을 지옥으로 만들 수 있지만, 당신이 그 후계자들을 잡고 있다면 가만히 있어야 하겠지요."

테온도 그 부분은 생각하지 못했다. 사실 미라를 한두 번 눈여겨보면서 아직 숫처녀일까 생각했던 정도를 제외하면 진흙인들에 대해 거의 생각을 해보지 않았다. "그 말이 맞을지도 모르겠군. 가능하다면 그 남매도 살려두지."

"그리고 호도도 부탁드립니다. 그 아이는 단순해요. 알잖습니까. 그 아이는 하라는 대로 합니다. 그 아이가 당신의 말을 빗질하고, 안장을 비누

질하고, 사슬 갑옷을 문질러 닦은 게 몇 번입니까?"

호도는 테온에게 아무 의미가 없었다. "우리에게 맞서 싸우지만 않는다면 살려주지." 테온은 손가락질을 했다. "하지만 그 야인을 살려달라고 하면 그 여자와 같이 죽을 줄 알아. 그 여자는 나한테 맹세를 해놓고 그냥 팽개쳤어."

학사는 고개를 기울였다. "서약을 깬 자들에 대해서는 양해를 구할 마음이 없습니다. 해야 할 일을 하시지요. 자비에 감사드립니다."

'자비라.' 루윈이 물러나자 테온은 생각했다. '염병할 함정이나 다름없어. 너무 많이 베풀면 약하다는 소리를 듣고, 너무 적게 베풀면 괴물이란 소리를 듣지.' 하지만 학사는 그에게 좋은 조언을 해줬다. 그의 아버지는 정복 조건만 생각했지만, 정복한 왕국을 지킬 수 없다면 무슨 소용인가? 힘과 공포로는 여기까지밖에 이르지 못한다. 네드 스타크가 딸들을 남쪽으로 데려간 게 안타까웠다. 그렇지만 않았어도 테온이 둘 중 하나와 결혼해서 윈터펠에 대한 지배력을 공고히 할 수 있었을 텐데. 산사는 예쁜 아이였고, 지금쯤이면 잠자리에 들 수 있을 가능성이 높았다. 하지만 산사는 저 멀리 라니스터들의 손아귀에 있었다. 아깝게도.

숲은 점점 거칠어졌다. 소나무와 파수목들이 크고 어두운 떡갈나무들에 자리를 내어줬다. 뒤엉킨 산사나무들이 위험한 도랑들을 가렸다. 돌 언덕이 솟아올랐다가 가라앉았다. 그들은 버려진 채 풀이 무성한 어느 농부의 오두막을 지나쳤고, 강철 같은 회색으로 빛나는 잔잔한 물에 잠긴 채석장을 둘러 갔다. 개들이 으르렁거리자 테온은 도망자들이 가까이 있다고 생각했다. 그는 스마일러에 박차를 가해서 속보로 개들을 따라갔지만, 찾아낸 것은 어린 엘크의 시체…… 혹은 그 잔해에 불과했다.

그는 더 자세히 보려고 말에서 내렸다. 아직 죽은 지 오래되지 않았고, 확실히 늑대들의 작품이었다. 개들은 킁킁거리며 열렬히 시체 주위를 돌았고, 마스티프 한 마리는 뒷다리에 이빨을 박아 팔렌이 고함을 쳐서 떼놓아야 했다. 테온은 이 사슴 시체에 칼을 댄 흔적이 없음을 알아차렸다. 늑대들은 먹었지만, 사람은 먹지 않았다. 오샤가 불을 피울 엄두를 내지 못했다 해도 몇 조각은 잘라냈어야 마땅했다. 이렇게 훌륭한 고기를 썩게 놓아둔다는 건 말이 되지 않았다. 그는 물었다. "팔렌, 우리가 제대로 가고 있는 거 맞나? 자네 개들이 엉뚱한 늑대를 쫓고 있을 수도 있을까?"

"내 개는 서머와 새기의 냄새를 잘 압니다."

"그랬으면 좋겠군. 자네를 위해서라도."

한 시간도 지나지 않아서, 흔적은 최근에 내린 비로 불어난 진흙탕 개울로 이어지는 비탈을 내려갔다. 그 개울에 이르자 개들이 냄새를 놓쳤다. 팔렌과 웩스가 사냥개들을 데리고 개울을 건너갔다가, 개들이 반대쪽 강둑을 오가며 킁킁거리는 동안 고개를 저으며 돌아왔다. 팔렌은 말했다. "이리로 들어가기는 했는데, 어디로 나갔는지 모르겠습니다."

테온은 말에서 내려서 개울 옆에 무릎을 꿇었다. 한 손을 넣어보니 물이 차가웠다. "이런 물속에 오래 있진 못할 거야. 사냥개들 절반을 하류로 보내고, 나는 상류로—"

웩스가 큰 소리로 손뼉을 쳤다.

"뭐냐?" 테온이 묻자 말 못하는 소년은 손가락질을 했다.

개울가는 땅이 젖어 진흙이 되어 있었다. 늑대들이 남긴 자국이 선명했다. "발자국이지, 그래. 그래서?"

웩스는 진흙 속에 발꿈치를 대고, 발을 이리저리 돌렸다. 자국이 깊게 남았다.

조세스는 이해했다. "호도처럼 덩치 큰 남자라면 이 진흙에 깊은 발자국을 남겼어야지. 등에 사내아이를 업었다면 더 그렇고. 그런데 여기에 난 장화 자국은 우리 것뿐이에요. 직접 보십쇼."

테온에게는 소름 끼치게도, 그게 사실이었다. 늑대들은 그 불어난 갈색 물속에 자기들끼리 들어갔다. "오샤는 이전에 돌아간 게 분명해. 그 엘크 시체보다 전이었겠지. 늑대들끼리 보내놓은 거야. 우리가 늑대를 쫓아가길 바라면서." 그는 사냥꾼들을 비난했다. "너희가 날 배신한 거라면—"

"흔적은 하나뿐이었습니다, 나리. 맹세합니다." 개리스가 방어적으로 말했다. "그리고 그 다이어울프들은 주인과 떨어진 적이 없었어요. 오래 떨어진 적은 없죠."

'그건 그래.' 테온은 생각했다. 서머와 섀기독이 사냥을 갈 순 있었겠지만, 조만간 브랜과 리콘에게 돌아갈 것이다. "개리스, 머치, 사냥개 네 마리를 데리고 왔던 길로 돌아가면서 어디에서 놓쳤는지 찾아봐. 아가르, 넌 저 녀석들을 감시해. 속임수는 용납하지 않겠어. 팔렌과 나는 다이어울프들을 쫓겠다. 흔적을 찾으면 나팔을 한 번 불어라. 다이어울프를 보면 두 번 불고. 일단 그놈들이 어디로 갔는지 찾으면, 그놈들이 제 주인들에게 우릴 안내할 거야."

그는 웩스, 왈더 프레이, 그리고 붉은 코 가이니르를 데리고 상류를 수색하러 갔다. 그와 웩스가 개 두 마리를 데리고 개울 한쪽을, 붉은 코와 왈더 프레이가 개 두 마리를 데리고 반대쪽을 달렸다. 늑대들은 어느 쪽 강둑으로도 나왔을 가능성이 있었다. 테온은 밟아 다져진 땅이든, 발자국이든, 부러진 나뭇가지든 뭐든 다이어울프가 개울에서 벗어난 신호를 찾으려 눈을 부릅뜨고 있었다. 사슴, 엘크, 오소리 발자국은 쉽사리 찾아냈다. 웩스는 개울에서 물을 마시던 여우 한 마리를 놀랬고, 왈더 프레이는 덤불 속에 있던 토끼 세 마리를 몰아내어 그중 한 마리에 화살을 맞히는 데 성공했다. 그들은 키 큰 자작나무 껍질을 찢어놓은 곰 발톱 자국도 보았다. 하지만 다이어울프의 흔적은 없었다.

테온은 스스로에게 말했다. '조금만 더 가보자. 저 떡갈나무만 지나면,

저 언덕만 넘으면, 다음 물굽이만 지나면 뭔가 나올 거야.' 그는 돌아가야
한다는 사실을 알고 나서도 오랫동안 밀고 나아갔다. 배 속을 갉는 불안감
이 커져갔다. 테온이 넌더리를 내며 포기하고 스마일러의 머리를 돌렸을
때는 정오쯤이었다.

오샤와 그 서툰 아이들이 어떻겐가 그를 따돌리고 있었다. 도보로 움직
이는 데다 불구와 어린아이라는 짐을 지고는 그럴 수가 없었는데도 그랬
다. 시간이 가면 갈수록 그들이 탈출에 성공했을 가능성이 높아졌다. 마을
에라도 도착한다면…… 북부인들은 결코 네드 스타크의 아들들이자 롭의
동생들을 저버리지 않을 것이다. 그들은 말을 타고 식량을 얻어서 더 빨리
움직이겠지. 남자들이 그들을 지킨다는 명예를 위해 싸울 것이다. 빌어먹
을 북부 전체가 그 주위에 결집하리라.

'늑대들은 하류로 간 거야. 그것뿐이야.' 테온은 그 생각에 매달렸다. '붉
은 암캐가 그놈들이 어디에서 개울 밖으로 나왔는지 냄새를 포착할 테니
까, 다시 쫓아가면 돼.'

하지만 팔렌 쪽과 합류하자, 견사장의 얼굴만 보고도 테온이 품은 희망
은 산산조각이 났다. 그는 화가 나서 말했다. "그 개들은 곰 미끼로나 쓸모
가 있겠군. 곰이나 잡으면 좋았을 걸 그랬어."

"개들은 잘못이 없습니다." 팔렌은 마스티프와 아끼는 붉은 암캐 사이
에 무릎을 꿇고 개들에게 손을 올렸다. "흐르는 물에는 냄새가 남지 않습
니다."

"늑대들은 어딘가에서 개울을 벗어났어야 해."

"그러기야 했겠지요. 상류 아니면 하류에서요. 계속 찾아보면 찾겠지만,
어느 쪽으로 갑니까?"

그러자 구린내가 말했다. "강 속으로 도망친 늑대 얘긴 들어본 적이 없
어요. 사람이라면 또 모르죠. 자기가 사냥당한다는 사실을 아는 사람이라

면. 하지만 늑대요?"

그러나 테온은 생각이 달랐다. '그놈들은 다른 늑대와는 달라. 진작에 그 저주받을 것들의 가죽을 벗겼어야 했는데.'

개리스, 머치, 아가르와 합류했을 때도 같은 이야기만 되풀이되었다. 사냥꾼들은 윈터펠까지 절반을 되짚어 가도록 스타크 아이들이 다이어울프와 헤어졌을 법한 흔적은 전혀 찾지 못했다. 팔렌의 사냥개들도 주인들만큼이나 좌절한 듯, 쓸쓸하게 나무와 바위를 킁킁거리고 짜증을 부리며 서로에게 달려들었다.

테온은 패배를 인정할 수가 없었다. "개울로 돌아간다. 다시 수색해. 이번에는 최대한 멀리까지 간다."

갑자기 왈더 프레이가 말했다. "못 찾을 거야. 개구리 먹는 것들이 같이 있는 한은 무리야. 진흙인들은 교활해서 멀쩡한 사람들처럼 싸우지 않고, 살금살금 숨어 다니며 독화살을 쏘거든. 당신은 절대 그자들을 못 보지만 그자들은 당신을 보는 거야. 진흙인을 쫓아서 늪으로 들어가는 사람들은 절대 못 나와. 그것들의 집은 움직여 다녀. 심지어 그레이워터워치 같은 성도 움직이지." 왈더 프레이는 사방을 에워싼 푸른 나무들을 불안한 눈으로 흘긋거렸다. "바로 지금도 저기서 우리가 하는 말을 듣고 있을지 몰라."

팔렌은 껄껄 웃으며 그 생각에 대한 의견을 드러냈다. "내 개들이 덤불 속에 있는 건 뭐든 냄새 맡을걸. 귀족 도련님이 방귀를 뀌기도 전에 덮칠 거라고."

"개구리 먹는 자들은 사람 같은 냄새가 안 나." 왈더 프레이는 고집스러웠다. "개구리와 나무와 더러운 물이 섞인 늪지의 악취가 나지. 겨드랑이엔 털 대신 이끼가 자라고, 진흙을 먹고 공기 대신 늪의 물을 마시면서 살 수 있어."

테온이 그런 유모들의 옛날 이야기에 대해 어떻게 해야 할지 말하려는

데 루윈 학사가 입을 열었다. "역사에서는 그린시어들이 넥 지역에 물의 망치를 내리치려 했던 시절에 호상민들이 숲의 아이들과 가깝게 자랐다고 하지요. 호상민들에게 비밀스러운 지식이 있을 수도 있습니다."

마치 구름이 해를 가린 듯, 갑자기 숲이 조금 전보다 훨씬 어두워진 느낌이었다. 멍청한 사내아이야 멍청한 소리를 지껄일 수 있지만, 학사들은 아니었다. 테온은 말했다. "내가 신경 쓰는 아이들은 브랜과 리콘뿐이야. 개울로 돌아가. 당장."

잠시 동안 그들이 명령에 복종하지 않을 것 같았지만, 결국에는 오랜 습관이 힘을 발휘했다. 뚱하긴 해도 그들은 명령에 따랐다. 왈더 프레이 소년은 자기가 몰아냈던 토끼들처럼 안절부절못했다. 테온은 둑 양쪽에 부하들을 배치하고 개울을 따라갔다. 그들은 몇 킬로미터를 달렸다. 천천히 주의 깊게 움직이다가 땅바닥이 불안정한 곳에서는 내려서 말을 끌고 갔고, 곰 미끼로 딱 좋은 사냥개들이 덤불마다 냄새를 맡게 시켰다. 쓰러진 나무가 흐름을 막은 곳에서는 깊은 초록색 웅덩이를 둘러가야 했는데, 다이어울프들이 똑같이 했다 해도 발자국이나 자취는 남기지를 않았다. 헤엄을 친 모양이었다. '잡히기만 하면 배가 터지도록 헤엄을 치게 될 거야. 두 놈 다 익사한 신에게 바칠 테니까.'

숲이 어두워지기 시작하자, 테온 그레이조이는 가망이 없음을 알았다. 호상민들이 숲의 아이들의 마법을 아는 게 사실이거나, 아니면 오샤가 야인의 술수로 그들을 속인 셈이었다. 테온은 땅거미가 질 때까지 수색을 계속했지만, 마지막 햇빛이 사그라들자 마침내 조세스가 용기를 내어 말했다. "이래가지곤 소용없습니다. 이러다가 다리가 부러지는 말이 나오겠어요."

루윈 학사가 말했다. "조세스 말이 일리가 있습니다. 횃불 빛에 의지해서 숲속을 뒤져봐야 아무 소용이 없을 겁니다."

테온은 목 안에 쓴맛을 느낄 수 있었고, 배 속은 뱀들이 서로를 휘감고 물어대는 것 같았다. 빈손으로 윈터펠에 기어 돌아간다면 그 후부터 알록달록한 옷을 입고 뾰족 모자를 써야 할지도 몰랐다. 온 북부가 그를 광대로 알 테니까. '그리고 아버지가 들으신다면, 아샤가 듣는다면……'

"왕자님." 구린내가 말을 가까이 몰아왔다. "그 스타크 녀석들은 이쪽으로 아예 안 왔을 수도 있어요. 저라면 북동쪽으로 갔을 겁니다. 엄버에게요. 그놈들은 충직한 스타크의 사람이죠. 하지만 엄버 영지는 멉니다. 그보다 가까운 곳에 몸을 피해야겠지요. 어딘지 알 것 같습니다."

테온은 의심스러운 눈으로 구린내를 보았다. "말해 봐."

"에이콘워터(Acorn Water, 도토리 강)에 외따로 선 낡은 방앗간 아시지요? 제가 포로가 되어 윈터펠로 끌려올 때 거기 멈췄더랬습니다. 방앗간집 마누라가 말에게 먹일 건초를 파는 사이 노기사는 그 집 애새끼들을 보고 혀를 찼죠. 스타크 녀석들이 거기 숨어 있을지 모릅니다."

테온은 그 방앗간을 잘 알았다. 방앗간집 마누라와 한두 번 뒹굴기도 했다. 그 방앗간이나 그 여자에게는 특별한 구석이 없었다. "왜 거기지? 그만큼 가까운 거리에 마을과 성채가 십여 개는 있는데."

구린내의 색이 엷은 눈동자에 즐거운 빛이 어렸다. "왜냐고요? 그것까지야 모르지요. 하지만 거기 있다는 느낌이 옵니다."

테온은 구린내의 음흉한 대답이 지겨워졌다. 구린내의 입술은 서로 뒤엉킨 두 마리 벌레 같았다. "무슨 소릴 하는 거냐? 나에게 감춘 정보가 있다면—"

"왕자님?" 구린내는 말에서 내리더니, 테온에게도 내리라고 손짓했다. 둘 다 땅에 내려서자 그는 윈터펠에서 가져온 천 자루를 열었다. "여길 좀 보세요."

알아보기가 힘들어졌다. 테온은 조바심을 내며 자루 속에 손을 넣고 부드러운 모피와 감촉이 거친 모직물을 더듬었다. 날카로운 끄트머리가 피부를 찔렀고, 그의 손가락은 차갑고 단단한 무엇인가를 거머쥐었다. 그는 은과 흑옥으로 만든 늑대 머리 모양의 브로치를 꺼냈다. 갑자기 그게 무슨 의미인지 이해할 수 있었다. 그는 주먹을 쥐었다. "겔마르." 그는 누굴 믿을 수 있을까 고민했다. 아무도 믿을 수 없었다. "아가르. 붉은 코. 같이 가자. 나머지는 사냥개들을 끌고 윈터펠로 돌아가도 좋아. 이젠 사냥개는 필요 없어. 지금 브랜과 리콘이 어디 숨어 있는지 알았다."

"테온 왕자님." 루윈 학사가 간청했다. "약속하신 바를 기억하시겠지요? 자비를 베풀겠노라 하셨습니다."

"자비는 오늘 아침 이야기지." 테온이 말했다. '비웃음을 당하느니 공포를 사는 게 나아.' "내 화를 돋우기 전 이야기야."

존

그들은 밤에 산비탈에 떨어진 별처럼 빛나는 불빛을 볼 수 있었다. 그 불빛은 다른 별들보다 붉었고, 깜박거리지도 않았지만, 가끔은 밝게 타오르고 가끔은 사그라들어 멀고 희미한 불꽃으로만 보였다.

존은 800미터쯤 앞, 600미터쯤 위라고 판단했다. 아래 고갯길에서 움직이는 것은 무엇이든 보기에 딱 좋은 자리였다.

"귀곡성 고개에 파수꾼들이라." 최고령의 순찰자가 의아해했다. 그는 젊은 날 왕의 종자로 일했기에, 검은 형제들은 아직도 그를 종자 달브리지라고 불렀다. "만스 레이더가 대체 뭘 겁내는 거지?"

"불을 피우는 걸 알면 만스가 저 불쌍한 개자식들의 껍질을 벗길걸." 돌자루처럼 근육이 울퉁불퉁하고 땅딸막한 대머리 사내, 에벤이 말했다.

반쪽 손 쿼린이 말했다. "여기까지 올라오면 불이 생명이지. 하지만 죽음이 될 수도 있어." 그들은 쿼린의 명령에 따라 산맥에 진입한 후 일절 불을 피우지 않았다. 소금에 절인 차가운 소고기와 딱딱한 빵, 더 딱딱한 치즈를 먹고 옷을 입은 채 망토와 모피 더미를 덮고 서로의 온기에 감사하며 잤다. 존은 윈터펠에서 지내던 시절, 형제들과 침대를 같이 썼던 추운 밤들을 떠올렸다. 이 남자들도 그의 형제였으나, 그들이 같이 쓰는 침대는 돌과 흙바닥이었다.

"나팔이 있을 겁니다." 바위뱀이 말했다.

반쪽 손이 대꾸했다. "절대 불어선 안 될 나팔이지."

"밤에 오르기엔 길고 괴로운 등반길인데요." 에벤은 그들을 품은 바위들 틈으로 먼 불꽃을 바라보며 말했다. 하늘에는 구름 한 점 없었고 검은 하늘에 삐죽삐죽한 산맥이 검게 솟아올랐는데, 맨 꼭대기에 가서는 눈과 얼음으로 만들어진 차가운 왕관이 달빛에 희게 빛났다.

반쪽 손 쿼린이 말을 받았다. "떨어지는 길은 더 길지. 둘이 가야겠다. 저 위에서 두 놈이 파수를 같이 볼 가능성이 높아."

"저요." 다들 바위뱀이라고 부르는 순찰자는 이미 가장 뛰어난 등반가라는 사실을 보여준 바 있었다. 당연한 선택이었다.

"저도요." 존 스노우가 말했다.

반쪽 손 쿼린은 존을 쳐다보았다. 존은 떨리는 바람이 머리 위 높은 고개를 통과하며 울부짖는 소리를 들을 수 있었다. 조랑말 한 마리가 히힝거리며 일행이 자리 잡은 구덩이의 얕은 돌투성이 흙바닥을 긁었다. 쿼린이 말했다. "늑대는 여기 남는다. 하얀 털은 달빛에 너무 눈에 띄어." 그는 바위뱀을 돌아보았다. "일이 끝나면 불타는 장작을 하나 아래로 던져라. 그게 떨어지는 걸 보면 가겠다."

"당장 시작하는 게 좋겠네요." 바위뱀이 말했다.

바위뱀과 존은 각각 긴 밧줄 꾸러미를 챙겼다. 바위뱀은 쇠못이 든 자루, 그리고 두꺼운 펠트로 머리 부분을 감싼 작은 망치도 챙겼다. 조랑말은 뒤에 남겨두었고, 투구와 사슬 갑옷, 고스트도 마찬가지였다. 존은 다이어울프 옆에 무릎을 꿇고 코를 비비게 한 후에 헤어졌다. "여기 있어. 데리러 돌아올게."

바위뱀이 앞장을 섰다. 그는 키가 작고 강단 있는 사내로, 50줄이 가까 웠고 수염이 희끗희끗했지만 보기보다 힘이 셌다. 그리고 존이 아는 그 누구보다 더 밤눈이 밝았다. 오늘 밤에는 그 밤눈이 필요했다. 낮의 산맥은 서리가 내려앉은 청록색이었지만, 일단 삐죽빼죽한 봉우리들 뒤편으로 해가 사라지고 나면 사위가 새까매졌다. 이제는 떠오르는 달이 그 어둠에 흰색과 은색으로 그림을 그렸다.

검은 바위들 사이 검은 그림자 속을 움직이는 검은 형제들은 검은 허공에 하얀 입김을 뿜어내며 가파르고 꼬불꼬불한 길을 따라갔다. 존은 사슬갑옷이 없으니 벌거벗은 느낌마저 받았지만, 그렇다고 갑옷 무게가 그립지는 않았다. 힘겹고 느린 길이었다. 여기에서 서두르다가는 발목이 부러지거나 그보다 더한 일을 당할 수 있었다. 바위뱀은 본능으로 어디를 디뎌야 할지 아는 것 같았지만, 존은 이 울퉁불퉁한 땅에서 그보다 더 조심스럽게 움직여야 했다.

귀곡성 고개는 사실 줄줄이 이어지는 여러 개의 고개로, 얼음장 같은 바람이 깎아낸 봉우리들을 넘고 해를 거의 보지 못한 숨겨진 골짜기들을 지나 구불구불 이어지는 긴 산길이었다. 존은 숲을 떠나 산맥 위로 올라온 후부터 동료들 외에 산 사람이라곤 보지 못했다. 서리엄니 산맥은 신들이 만든 가장 잔혹한 곳이었고, 인간에게는 더없이 적대적이었다. 이 위에서는 바람이 칼날처럼 날카로웠고, 밤이 되면 죽은 아이를 두고 통곡하는 어머니처럼 새된 소리로 울부짖었다. 드물게 보이는 나무들은 덜 자랐고, 여기저기 틈과 균열에서는 기괴한 식물이 옆으로 자랐다. 길 위로 무너질 듯한 바위 선반이 튀어나온 경우도 많았는데, 고드름이 주렁주렁 달린 모양새가 멀리서 보면 길고 하얀 이빨 같았다.

그렇다 해도, 존 스노우는 따라온 것을 후회하지 않았다. 여기에는 경이로움도 있었다. 그는 깎아지른 돌벼랑 가장자리를 뛰어넘으면서 차갑고 가느다란 폭포에 맺히는 햇빛을 보았고, 파란 찬꼬투리와 선명한 진홍색 서리불, 황갈색과 금색 피리쟁이풀 군락까지 가을의 야생화가 가득 피어난 고산 초원도 보았다. 지옥으로 곧장 이어질 게 분명하다 싶을 만큼 깊고 어두운 협곡도 내려다보았고, 양옆으로 하늘만 펼쳐진 바람 부는 자연 돌다리로 조랑말을 몰아보기도 했다. 독수리들은 높은 곳에 둥지를 틀고 계곡으로 사냥을 하러 내려왔는데, 거대한 회청색 날개로 가뿐하게 맴을 도는 모습이 거의 하늘의 일부 같았다. 한번은 그림자삵 한 마리가 숫양을 몰래 따라가는 모습을 보기도 했다. 그림자삵은 액체로 된 연기처럼 산사면을 흘러내리며 양을 덮칠 틈을 노렸다.

'지금은 우리가 덮칠 차례야.' 존은 자기도 그림자삵만큼 확고하고 조용하게 움직이고, 그만큼 빨리 죽일 수 있었으면 좋겠다고 생각했다. 등에 멘 칼집에는 '긴 발톱'이 있었지만, 그 검을 휘두를 공간은 없을 터였다. 그는 근접전에 대비해서 비수와 단검을 가지고 다녔다. '놈들도 무기를 갖고 있을 텐데, 난 갑옷을 입지 않았어.' 이 밤에는 누가 그림자삵이고, 누가 양이라고 드러날지 궁금했다.

그들은 오랫동안 산사면을 뱀처럼 굽이굽이 올라가는 길을 따라 위로, 더 위로 올라갔다. 때로는 산길이 되접어 꺾이면서 불빛이 보이지 않기도 했으나, 늦든 빠르든 언제나 다시 보였다. 바위뱀이 고른 길은 결코 말이 다닐 만한 길은 아니었다. 어떤 곳에서는 존도 차가운 돌에 등을 대고 게처럼 옆으로 조금씩 이동해야 했다. 길이 넓어질 때도 안심할 수는 없었다. 다리 하나쯤은 집어삼킬 크기의 틈에, 걸려 넘어지기 딱 좋은 돌무더기, 낮에 고인 물이 밤이면 단단히 얼어붙는 구덩이들이 즐비했다. 존은 스스로를 타일렀다. '한 발, 또 한 발. 한 발, 또 한 발. 그러면 떨어지지 않을 거야.'

최초인의 주먹을 떠난 후부터 면도를 하지 않았더니, 입술 위에 자란 수염이 곧 서리를 맞아 뻣뻣해졌다. 등반을 시작한 지 두 시간, 바람이 어찌나 맹렬하게 두들겨대는지 몸을 낮게 구부리고 바위에 달라붙어서 바람에 날려가지 않기를 비는 수밖에 없었다. 돌풍이 잦아들자 존은 다시 되뇌었다. '한 발, 또 한 발. 한 발, 또 한 발. 그러면 떨어지지 않아.'

곧 그들은 내려다보지 않는 게 좋을 만한 높이에 이르렀다. 아래에는 입을 쩍 벌린 암흑뿐이었고, 위에는 달과 별뿐이었다. 바위뱀은 며칠 전에 상대적으로 쉬운 등반을 하면서 말했었다. "산이 네 어머니라고 생각해라. 엄마에게 매달려서 가슴에 얼굴을 묻으면, 널 떨어뜨리지 않을 거야." 존은 그때 어머니가 누구인지 늘 궁금했는데, 서리엄니 산맥에서 찾게 될 줄은 생각도 못 했다는 농담을 던졌다. 지금은 그때만큼 재미있지 않았다. '한 발, 또 한 발.' 그는 바위에 달라붙어서 생각했다.

좁은 산길은 산사면에 육중한 검은 화강암이 튀어나온 지점에서 갑자기 끝나버렸다. 환한 달빛을 받으며 움직이다가 그 새까만 그림자 속으로 들어가려니 동굴 안으로 들어가는 기분이 들었다. 바위뱀은 조용한 목소리로 말했다. "여기서 수직으로 올라간다. 그놈들 위로 가야지." 그는 장갑을 벗어서 허리춤에 끼우고, 밧줄 한쪽을 허리에 묶고, 반대쪽은 존에게 묶었다. "밧줄이 팽팽해지면 따라와." 바위뱀은 답을 기다리지 않고 즉시 출발해서 손가락과 발을 이용하여 암반을 탔다. 믿기 힘들 만큼 빨랐다. 긴 밧줄은 천천히 풀려나갔다. 존은 바위뱀을 주의 깊게 살피며 어떻게 움직이는지, 어디에서 손 잡을 곳을 찾는지 눈여겨보다가 밧줄이 마지막까지 풀리자 장갑을 벗고 훨씬 느린 속도로 뒤따라 올라갔다.

바위뱀은 뾰족하게 튀어나온 매끄러운 바위에 밧줄을 감고 걸터앉아 있었는데, 존이 거의 다 올라가자 바로 그 밧줄을 풀고 다시 출발했다. 이번에는 밧줄이 다 당겨지도록 올라갔을 때 이용하기 편하게 갈라진 바위가 없었기에, 펠트로 감싼 망치를 꺼내어 돌 틈에 대못을 톡톡 두드려 박았다. 그 소리 자체는 조용했지만, 바위에 메아리치는 소리가 너무 커서 존은 야인들도 들을 게 틀림없다고 마음 졸이며 망치질 소리가 울릴 때마다 움찔거렸다. 어쨌든 대못이 단단히 박히자 바위뱀은 그 못에 밧줄을 고정시켰고, 존은 뒤따라 올라갔다. 그는 계속 스스로에게 상기시켰다. '산의 젖가슴을 빼는 거야. 아래는 내려다보지 마. 무게중심을 발보다 위에 둬. 내려다보지 마. 앞에 있는 바위만 봐. 저기 좋은 손잡이가 있네, 그래. 내려다보지 마. 저 바위 선반까지 가면 숨을 돌릴 수 있어. 거기까지만 가면 돼. 절대 내려다보지 마.'

한번은 무게를 싣다가 발이 미끄러지는 바람에 심장이 멈출 뻔했지만, 신들이 보우하사 떨어지지는 않았다. 바위의 한기가 손가락에 스미는 느낌이 들었지만 감히 장갑을 낄 수는 없었다. 장갑은 아무리 꼭 맞아 보이더라도 미끄러질 것이다. 손가락과 돌 사이에서 천과 모피가 움직여 미끄러질 테고, 이 위에서 그랬다간 죽을 수 있었다. 화상을 입은 손이 뻣뻣해져갔고, 곧 아프기 시작했다. 어쩌다가 그랬는지 몰라도 엄지손톱이 갈라졌고, 그 후부터는 손을 대는 곳마다 핏자국이 남았다. 이 등반이 끝날 때까지 손가락이 다 온전하기만 빌 뿐이었다.

그들은 달빛 비치는 암벽을 기어오르는 검은 그림자가 되어 오르고 또 올랐다. 고갯길 바닥에 있는 사람이라면 쉽사리 그들을 볼 수 있었겠지만, 산이 그들을 불가에 있는 야인들의 시야에서 가려주었다. 그래도 이제는 가까워졌다. 존은 느낄 수 있었다. 그런데도 그는 아무것도 모르고 기다리는 적에 대해서가 아니라, 윈터펠에 있는 형제를 생각했다. '브랜은 벽 타기를 정말 좋아했지. 나에게도 그 용기의 10분의 1만 있었으면 좋겠다.'

암벽을 3분의 2쯤 올라가자 얼음장 같은 바위가 길고 비뚤배뚤하게 갈라져 있었다. 바위뱀은 아래로 손을 뻗어 존이 올라서게 도왔다. 바위뱀이 다시 장갑을 끼고 있었기에, 존도 장갑을 꼈다. 바위뱀은 고개를 왼쪽으로 움직였고, 두 사람은 바위 선반을 따라 300미터 가까이 기어갔다. 벼랑 가장자리에 흐릿한 오렌지색 불빛이 보였다.

야인들은 고갯길이 제일 좁아지는 지점 위에 얕게 파인 움푹한 땅에 화톳불을 피워놓았다. 아래로 깎아지른 듯한 벼랑이 떨어지고, 뒤에 버틴 바위가 바람을 막아주는 자리였다. 바로 그 방풍막이 검은 형제들이 근처까지 기어갈 수 있게 도와주었다. 그들은 배를 대고 기어서 죽여야 할 사람들이 내려다보이는 자리까지 접근했다.

한 명은 웅크린 몸에 짐승 가죽을 산더미처럼 덮고 자고 있었다. 존의 눈에는 불빛을 받아 붉게 빛나는 머리카락밖에 보이지 않았다. 두 번째 야인은 불 가까이 앉아서 잔가지를 집어넣으며 바람에 대해 짜증스럽다는 듯 불평했다. 세 번째 야인은 고갯길을 감시했는데, 눈 덮인 산마루에 둘러싸인 거대한 어둠 구덩이밖에 볼 게 없었다. 바로 그 파수꾼이 나팔을 차고 있었다.

'셋이라니.' 존은 잠시 주저했다. 둘밖에 없을 줄 알았다. 하지만 한 명은 자고 있었다. 그리고 상대가 둘이든 셋이든, 아니 스물이라 해도 그는 하러 온 일을 해야 했다. 바위뱀이 존의 팔을 건드리고 나팔을 찬 야인을 가리켰다. 존은 불가에 앉은 야인 쪽을 고갯짓했다. 죽일 상대를 고르려니 기분이 이상했다. 그는 인생의 절반을 검과 방패를 들고 보내면서 이 순간을 준비했다. 롭도 첫 전투 전에 이런 기분이었을까? 궁금했지만, 더 생각할 시간이 없었다. 바위뱀은 별명에 어울리게 빠른 속도로 움직여, 자갈 비를 쏟아내면서 야인을 덮쳤다. 존은 검집에서 '긴 발톱'을 빼내어 뒤따랐다.

모든 일이 순식간에 일어난 느낌이었다. 이후에 존은 칼 대신 나팔에 먼저 손을 뻗은 야인의 용기에 감탄할 수 있었다. 그자는 나팔을 입술에 갖다 대기까지 했지만, 소리를 내기 전에 바위뱀이 소검을 휘둘러 나팔을 쳐냈다. 존의 상대가 펄쩍 뛰어 일어나더니 타는 장작으로 그의 얼굴을 찌르려 했다. 존은 열기를 느끼면서 주춤 뒤로 피했다. 시야 가장자리로 자고 있던 야인이 움직이는 모습이 보였으니, 눈앞의 상대를 빨리 해치워야 했다. 야인이 장작을 다시 휘두르자 존은 돌진해서 양손으로 검을 휘둘렀다. 발리리아 강철은 가죽과 모피와 모직물과 살을 갈랐지만, 야인이 쓰러지면서 몸을 비트는 바람에 존의 손아귀에서 검이 빠져나가고 말았다. 자고 있던 야인이 모피 속에 일어나 앉았다. 존은 비수를 뽑고 머리채를 잡아 칼끝을 턱 밑에 대면서 손을 그 남자의— 아니, 남자가 아니라—

존의 손이 얼어붙었다. "여자잖아."

"파수꾼이다." 바위뱀이 말했다. "야인이야. 끝내."

존은 그 여자의 눈에서 두려움과 불길을 볼 수 있었다. 그의 비수가 찌른 지점에서부터 하얀 목을 따라 피가 흘러내렸다. '한 번 푹 찌르면 끝이야.' 그는 스스로에게 말했다. 그 여자의 입김에서 양파 냄새를 맡을 수 있을 만큼 가까웠다. '나보다 나이가 많지도 않아.' 그 여자의 어떤 부분 때문인지 아리아가 생각났다. 조금도 닮지 않았는데도. "항복하겠나?" 그는 비수를 반쯤 돌리며 물었다. '그래서 항복하지 않으면?'

"항복한다." 그 여자의 대답이 차가운 공기에 하얗게 피어올랐다.

"그렇다면 넌 우리의 포로다." 존은 부드러운 목에서 비수를 치웠다.

"쿼린은 포로를 잡으라는 소린 안 했다." 바위뱀이 말했다.

"잡지 말라고도 안 했죠." 존이 여자의 머리채를 쥔 손을 풀자 그녀는 재빨리 뒤로 물러났다.

"그 여잔 전사야." 바위뱀이 그 여자가 자던 모피 더미 옆에 놓인 긴 자루 도끼를 가리켰다. "네가 붙잡았을 때 저기다 손을 뻗고 있었다. 기회 비슷한 거라도 주면 저걸 네 눈 사이에 박아 넣을걸."

"아무 기회도 안 줄 겁니다." 존은 도끼를 여자 손이 닿지 않는 곳으로 차버렸다. "이름은 있나?"

"이그리트." 여자는 목을 문질렀다가 손에 피가 묻어나자 가만히 응시했다.

존은 비수를 칼집에 넣고, 먼저 죽인 남자의 시체에서 '긴 발톱'을 뽑아냈다. "넌 내 포로야, 이그리트."

"난 이름을 알려줬잖아."

"난 존 스노우다."

여자는 움찔했다. "사악한 이름이군."

"서자 이름이지. 내 아버지는 윈터펠의 에다드 스타크 공이었어."

여자는 조심스럽게 그를 바라보았지만, 바위뱀은 신랄하게 웃었다. "말을 해야 하는 쪽은 포로라는 거 기억하냐?" 바위뱀은 긴 나뭇가지 하나를 화톳불에 찔러 넣었다. "그 여자가 말을 하진 않겠지만 말이다. 난 질문에 답을 하느니 그 전에 자기 혀를 물어 끊은 야인들을 알지." 나뭇가지 끝에 제대로 불이 붙자, 그는 두 걸음을 옮겨서 고갯길에 내던졌다. 불붙은 가지는 빙글빙글 돌면서 밤하늘을 떨어져 내리다가 사라졌다.

"너희가 죽인 사람들을 불태워야 해." 이그리트가 말했다.

"그러려면 불을 더 크게 피워야 하는데, 큰 불은 밝게 타지." 바위뱀은 몸을 돌리고 혹시 불빛이 보이나 어둠 속을 멀리까지 훑어보았다. "근처에 다른 야인이 더 있나?"

"태워." 여자는 고집스럽게 그 말을 반복했다. "안 그러면 검을 또 써야 할지도 몰라."

존은 죽은 오셔와 차갑던 검은 두 손을 떠올렸다. "저 말대로 해야 할지도 모르겠는데요."

"다른 방법도 있다." 바위뱀은 죽인 남자 곁에 무릎을 꿇더니, 망토와 장화와 허리띠와 조끼를 벗기고 시체를 앙상한 어깨에 걸머지고 벼랑 가장자리로 옮겼다. 그는 끙 소리를 내며 시체를 벼랑 너머로 던졌다. 잠시 후에 아래쪽에서 질척하고 무거운 쿵 소리가 들렸다. 그때쯤 바위뱀은 이미 두 번째 시체를 벗겨서 두 팔을 잡고 끌고 가고 있었다. 존이 시체의 발을 잡았고, 두 사람은 함께 시체를 캄캄한 밤공기 속으로 던졌다.

이그리트는 그 광경을 지켜보며 아무 말도 하지 않았다. 존은 그녀가 처음 생각했던 것보다 나이가 많다는 사실을 깨달았다. 스무 살은 됐을지도 몰랐다. 하지만 나이에 비해 키가 작았고, 안짱다리였으며, 둥근 얼굴에 들창코였고 손은 작았다. 덥수룩한 붉은 머리는 사방으로 뻗쳤다. 웅크리고 있으니 살집이 있어 보였지만, 그 몸피는 대부분 껴입은 모피와 모직물과 가죽이었다. 그 옷들 아래 몸은 아리아처럼 깡말랐을 수도 있었다.

"너희는 우리가 오는지 감시하러 온 건가?" 존이 물었다.

"너희랑, 다른 자들."

바위뱀은 불가에서 손을 녹였다. "고갯길 너머에는 뭐가 기다리지?"

"자유민들."

"수는 얼마나 많나?"

"수백 수천이야. 너희 까마귀들은 그렇게 많은 수를 본 적이 없을걸." 이그리트는 웃었다. 치아가 고르지는 않았지만 희었다.

'얼마나 많은지 자기도 모르는군.' "왜 여기로 왔지?"

이그리트는 침묵했다.

"서리엄니 산맥에 너희 왕이 원할 만한 게 뭐가 있다고? 여기에 머물 순 없잖아. 음식도 없고."

이그리트는 존을 외면했다.

"장벽으로 진군할 생각인가? 언제?"

이그리트는 질문을 듣지 못한다는 듯이 불길을 응시했다.

"내 숙부인 벤젠 스타크에 대해 아는 거 있나?"

이그리트는 존을 무시했다. 바위뱀이 웃어댔다. "저 여자가 자기 혀를 뱉어내거든 내가 경고하지 않았다는 말은 말아라."

낮게 그르렁거리는 소리가 바위 면에 메아리쳤다. 그림자삵이었다. 존이 바로 알아차리고 일어서는데 더 가까운 곳에서 소리가 또 들렸다. 그는 검을 뽑아 돌리면서 귀를 기울였다.

이그리트가 말했다. "우릴 귀찮게 하진 않을걸. 시체를 찾아온 거야. 삵은 10킬로미터 밖에서도 피 냄새를 맡을 수 있어. 살점을 낱낱이 발라 먹고 뼈를 부숴서 골수를 빨아 먹을 때까지 시체 곁에 머물 거야."

존은 바위에 메아리치는 그림자삵들의 잔치 소리를 들을 수 있었다. 마음이 어수선해졌다. 화톳불의 온기가 얼마나 피곤에 절었는지 일깨웠지만, 감히 여기에서 잘 수는 없었다. 존은 포로를 잡았고, 그 포로를 지키는 것은 그의 책임이었다. 그는 조용히 물었다. "네 친척이었나? 우리가 죽인 두 사람 말이야."

"너하고 비슷한 정도야."

"나?" 그는 얼굴을 찌푸렸다. "그게 무슨 뜻이지?"

"넌 윈터펠의 서자라면서."

"그래."

"어머니는 누구였어?"

"어떤 여자겠지. 대부분 그렇잖아." 언젠가, 누군가가 그에게 그렇게 말했다. 그게 누구였는지는 기억이 나지 않았다.

이그리트는 다시 웃음을 지으며 하얀 치아를 번득였다. "그리고 그 여자는 너한테 겨울 장미 노래를 불러준 적이 없나?"

"난 어머니를 몰라. 그런 노래도 모르고."

"방랑시인 바엘이 만든 노래지. 오래전에 장벽 너머 왕이었던 남자야. 자유민은 누구나 바엘의 노래를 아는데, 남부에서는 그런 노래를 부르지 않나 보군."

"윈터펠은 남부가 아니야." 존이 항의했다.

"남부 맞아. 장벽 아래는 우리에게 다 남부야."

그런 식으로 생각해본 적이 없었다. "어디에 서 있느냐에 달린 얘기 같군."

"그래. 언제나 그렇지." 이그리트는 동의했다.

"말해봐." 퀴린이 올라오려면 몇 시간은 걸릴 테고, 이야기를 들으면 깨어 있는 데 도움이 될 터였다. "네가 한 그 이야기를 들어보고 싶어."

"별로 마음에 들진 않을 텐데."

"그래도 듣긴 듣겠지."

"용감한 검은 까마귀셔." 그녀는 조롱 조로 말했다. "흠, 자유민의 왕이 되기 오래전에, 바엘은 굉장한 약탈자였어."

바위뱀이 콧방귀를 뀌었다. "살인자에 강도, 강간범이었단 소리겠지."

"그것도 다 어디에 서 있느냐 나름이야." 이그리트가 말했다. "윈터펠의 스타크는 바엘의 머리통을 원했지만, 도무지 잡을 수가 없었어. 실패의 맛은 쓰라렸지. 어느 날, 화가 난 스타크는 바엘을 약한 자들만 괴롭히는 비겁자라고 불렀어. 그 말이 전해지자 바엘은 영주에게 교훈을 주겠노라 맹세했어. 그래서 장벽을 기어올라 왕의 가도를 달려서 어느 겨울 밤에 하프를 손에 들고 윈터펠로 걸어 들어가며 스카고스의 시게릭이라고 자칭했지. 시게릭은 오래된 말, 최초인들이 쓰던 말로 '사기꾼'이라는 뜻이야. 거인들은 아직도 그 말을 쓰지.

북부든 남부든, 가수들은 언제나 환영받기 마련이라 바엘은 스타크 공의 식탁에서 식사를 하고, 밤이 절반을 지나도록 상석에 앉은 영주를 위해 연주를 했어. 오래된 노래들을 연주하고, 직접 지은 새 노래들도 연주했지. 바엘이 연주와 노래를 얼마나 잘했던지, 연주가 끝나자 스타크 영주는 어떤 보상을 원하는지 말해보라고 했어. 바엘은 대답했지. '내가 원하는 건 꽃 한 송이뿐입니다. 윈터펠의 정원에 피어나는 가장 아름다운 꽃

한 송이요.'

마침 겨울 장미가 피어날 때였고, 세상에 그보다 희귀한 꽃은 없어. 그래서 스타크는 유리 정원에 사람을 보내어 가장 아름다운 겨울 장미를 뽑아다가 가수에게 주라고 명했지. 그 명령대로 됐어. 하지만 아침이 오자 가수는 사라진 후였고…… 브랜던 공의 처녀 딸도 사라지고 없었지. 딸의 침대는 비어 있었지만, 딸이 머리를 두던 베개 위에는 바엘이 남긴 연푸른색 장미가 있었어."

존은 한 번도 들어본 적 없는 이야기였다. "그게 어느 브랜던이야? 건설자 브랜던은 영웅 시대에 살았으니 바엘보다 수천 년 전이고…… 불태우는 브랜던과 그 아버지인 배 만드는 브랜던이 있긴 했지만……."

"이건 딸을 잃은 브랜던이야." 이그리트는 날카롭게 말했다. "이야기를 들을 거야, 말 거야?"

존은 얼굴을 찌푸렸다. "계속해."

"브랜던 공에겐 다른 자식이 없었어. 그의 명령에 따라 검은 까마귀들이 수백 명씩 성을 떠났지만, 어디에서도 바엘이나 스타크 처녀를 찾을 순 없었지. 1년 가까이 수색을 벌이다가 영주는 낙담한 나머지 침대에 누워버렸고, 스타크 핏줄은 끝나는 것 같았어. 하지만 어느 날 밤, 죽을 날만 기다리며 누워 있던 브랜던 공은 어린아이의 울음소리를 들었어. 그 소리를 따라가보니 딸이 침실에 돌아와 있었지. 가슴팍에 아기를 안고 잠들어 있었어."

"바엘이 다시 데려온 건가?"

"아니. 그들은 내내 윈터펠에 있었어. 성 아래에서, 죽은 자들과 함께 숨어 있었던 거야. 그 처녀는 바엘을 몹시도 사랑해서 아들을 낳아줬다고, 노래는 그렇게 말해……. 하지만 솔직히 말하면 바엘이 쓴 노래에선 모든 처녀가 바엘을 사랑하지. 그건 그렇다 치고, 확실한 건 바엘이 허락 없이 뽑은 장미에 대한 대가로 아이를 남겨뒀다는 거고, 그 아이가 자라서 다음 스타크 영주가 됐다는 거야. 그러니까 이런 거야. 네 몸에는 나와 마찬가지로 바엘의 피가 흐른다는 거지."

"그런 일은 일어난 적 없어." 존이 말했다.

이그리트는 어깨를 으쓱였다. "그럴 수도 있고, 아닐 수도 있고. 그래도 좋은 노래야. 난 어머니에게 그 노래를 듣곤 했어. 내 어머니도 여자였지. 존 스노우, 네 어머니와 마찬가지로." 이그리트는 비수에 찔린 목을 다시 문질렀다. "그 노래는 아기를 발견하는 데서 끝나지만, 그 이야기에는 더 어두운 결말이 있어. 30년 후, 바엘이 장벽 너머 왕이 되어 자유민들을 이끌고 남쪽으로 갔을 때, 얼어붙은 여울(Frozen Ford)에서 바엘을 맞이한 건 젊은 스타크 영주였고…… 바엘을 죽였다고 해. 서로 검을 마주쳤을 때, 바엘은 자기 아들을 해치지 못했기 때문에."

"그래서 그 대신 아들이 아버지를 베었다는 거군." 존이 말했다.

"그래. 하지만 신들은 친족 살해자를 미워하지. 모르고 죽였을 경우라 해도 말이야. 스타크 공이 전투에 이기고 돌아가자 그 어머니는 창끝에 꿰인 바엘의 머리통을 보고 비탄에 빠져서 탑에서 몸을 던졌어. 그 아들도 오래 살진 못했지. 다른 영주 하나가 살가죽을 벗겨서 망토로 만들어 입고 다녔다나."

"너희의 바엘은 거짓말쟁이였어." 존은 이제 확신에 차서 말했다.

"아니야. 다만 시인의 진실은 너나 나의 진실과 다를 뿐이야. 어쨌든 넌 이야기를 해달라고 했고, 난 이야기했어." 이그리트는 그를 외면하고 눈을 감더니 잠드는 것 같았다.

반쪽 손 퀴린은 새벽과 함께 도착했다. 바위뱀이 아래에서 구불구불 올라오는 순찰자들을 발견한 것은 검은 바위들이 회색으로 변하고 동쪽 하늘이 쪽빛으로 물들어갈 때였다. 존은 포로를 깨워 팔을 잡고 일행을 맞이

하러 내려갔다. 다행히도 북서쪽에 존과 바위뱀이 여기까지 올라올 때 이용했던 길보다 훨씬 완만한 길이 하나 더 있었다. 그들은 좁은 길목에서 형제들이 조랑말을 끌고 나타나기를 기다렸다. 고스트가 제일 먼저 냄새를 맡고 달려왔다. 존은 쪼그려 앉아서 다이어울프가 그의 손목을 물고 손을 이리저리 당기게 놓아두었다. 그들이 늘 하는 놀이였으나, 시선을 들자 이그리트가 휘둥그레 뜬 눈으로 그 광경을 보고 있었다.

반쪽 손 쿼린은 포로를 보고 아무 말도 하지 않았다. "세 명이 있었습니다." 바위뱀이 그렇게 말한 게 다였다.

"둘은 오다가 지나쳤어." 에벤이 말했다. "삶들이 남겨둔 부분들이었다고 해야 하나." 그는 의심이 노골적으로 드러난 불쾌한 얼굴로 이그리트를 쳐다보았다.

"항복했습니다." 존은 그렇게 말할 수밖에 없었다.

쿼린의 얼굴은 태연했다. "내가 누군지 아느냐?"

"반쪽 손 쿼린." 이그리트는 쿼린 옆에서 어린아이처럼 보였지만, 대담하게 그를 직시했다.

"사실대로 말해봐라. 내가 너희 손에 떨어져서 항복한다면, 어떻게 될까?"

"더 느린 죽음을 맞겠지."

덩치 큰 순찰자는 존을 보았다. "저 여자에게 먹일 음식도 없고, 저 여자를 지킬 인원도 없다."

종자 달브리지가 거들고 나섰다. "우리 앞에 놓인 길은 위험하기 짝이 없어. 조용히 움직여야 할 때 고함 소리만 한 번 울려도 모두 끝장이다."

에벤이 단검을 뽑았다. "강철의 입맞춤이면 조용하게 만들어주겠지."

존은 목 안이 까끌거리는 느낌이었다. 그는 무력하게 그들 모두를 보았다. "제게 항복했습니다."

반쪽 손 퀘린이 말했다. "그렇다면 네가 해야 할 일을 해야지. 넌 윈터펠의 핏줄이고 밤의 경비대 사나이다." 그는 다른 이들을 보았다. "가자, 형제들. 저 녀석에게 맡겨두자. 우리가 보지 않는 편이 더 쉽겠지." 그리고 퀘린은 일행을 이끌고 연분홍색 햇살이 비치는 방향을 향해, 가파르고 꼬불꼬불한 길을 올라갔다. 오래지 않아서 야인 처녀 옆에는 존과 고스트만 남았다.

그는 이그리트가 달아나려 할 줄 알았지만, 그녀는 가만히 서서 존을 쳐다보며 기다리고 있었다. "넌 여자를 죽여본 적이 없군. 그렇지?" 존이 고갯짓으로 수긍하자 그녀는 말했다. "우리도 남자와 똑같이 죽어. 하지만 꼭 그럴 필요는 없어. 만스는 널 받아줄 거야. 분명히 그럴 거야. 비밀스러운 샛길이 있어. 까마귀들은 절대 우릴 못 잡을 거야."

"나도 저 사람들과 같은 까마귀야." 존이 말했다.

그녀는 단념하고 고개를 끄덕였다. "나중에 내 몸을 태워줄래?"

"그렇게는 못 해. 연기가 보일지도 몰라."

"그건 그래." 그녀는 어깨를 으쓱였다. "뭐, 그림자삵의 배 속에 들어가는 게 최악은 아니니 할 수 없지."

존은 어깨 위로 '긴 발톱'을 뽑았다. "두렵지 않나?"

"어젯밤엔 두려웠지." 이그리트는 인정했다. "하지만 이젠 해가 떴어." 그녀는 머리채를 한쪽으로 젖혀서 목을 드러내고 존 앞에 무릎을 꿇었다. "제대로 세게 쳐라, 까마귀. 안 그러면 내가 돌아와서 널 따라다닐 테니까."

긴 발톱은 아버지의 '얼음'만큼 길고 무거운 검이 아니었지만, 그래도 발리리아 강철이었다. 존이 타격이 떨어져야 할 자리를 확인하려고 칼날을 건드리자 이그리트가 몸을 떨었다. "춥군. 어서, 빨리 해치워버려."

존은 양손으로 칼자루를 꽉 쥐고 긴 발톱을 머리 위로 들어 올렸다. '한 방에 잘라야 해. 온몸의 무게를 실어서.' 최소한 빠르고 깨끗한 죽음을 선

사할 수는 있었다. 존은 그의 아버지의 아들이었다. 그렇지 않은가? 그렇지 않았나?

"해." 이그리트가 잠시 후에 독촉했다. "서자. 해치워. 나도 영원히 용감할 순 없다고." 검이 떨어지지 않자 그녀는 고개를 돌려 그를 바라보았다.

존은 검을 내리고 중얼거렸다. "가."

이그리트가 그를 빤히 바라보았다.

"당장. 내가 정신 차리기 전에. 가."

그녀는 떠났다.

산사

남쪽 하늘은 연기에 시커멓게 물들었다. 백여 군데 불에서 피어오른 연기가 거무스름한 손가락을 별까지 뻗고 있었다. 블랙워터 강 건너편은 밤마다 지평선 끝에서 끝까지 불이 타올랐고, 이쪽 편에서는 꼬마 악마가 강기슭을 다 불태운 후였다. 선창과 창고, 집과 매춘굴 할 것 없이 도시 벽 바깥에 있는 건물은 다 불탔다.

레드킵에 있어도 공기에서 재 맛이 났다. 산사가 고요한 신의 숲에서 돈토스 경을 찾자, 그는 혹시 울고 있었냐고 물었다. "연기 때문에 그랬을 뿐이에요." 산사는 거짓말을 했다. "왕의 숲이 절반은 불타는 것 같네요."

"스타니스 공은 연기를 피워서 꼬마 악마의 야만인들을 쫓아내고 싶은 거겠지요." 돈토스는 흔들거리면서 한 손을 밤나무 줄기에 대고 말했다. 빨간색과 노란색의 알록달록한 튜닉은 와인 자국으로 더러웠다. "야만인들이 스타니스의 척후병을 죽이고 보급을 약탈하거든요. 게다가 그 야만인들도 불을 피우고 있지요. 꼬마 악마가 왕대비에게 말하기를 스타니스는 말들에게 재를 먹이는 훈련을 해야 할 거라고, 풀잎은 찾지 못할 거라고 했답니다. 그렇게 말하는 걸 들었어요. 광대가 되고 나니 기사일 땐 들지 못하던 온갖 이야기를 듣게 되네요. 다들 제가 자리에 없는 것처럼 떠드는 데다가……." 그는 몸을 가까이 기울이고, 산사의 얼굴에 와인 냄새나는 입김을 뿜었다. "거미가 아무리 작은 소식에도 금화를 지불한답니다. 문보이는 몇 년 동안 거미를 위해 일했지 싶습니다."

'또 취했구나. 스스로 나의 가엾은 플로리안을 자청하더니, 저렇게 굴고 있어. 그래도 나에겐 돈토스 경뿐이야.' "스타니스 공이 스톰스엔드의 신의 숲을 태웠다는 게 사실인가요?"

돈토스는 고개를 끄덕였다. "새로운 신에게 바치는 공물로 나무를 베어 어마어마한 장작더미를 쌓았다지요. 붉은 여사제가 그렇게 시켰답니다. 이젠 그 여자가 스타니스 공의 몸과 마음을 지배한다고들 합니다. 이 도시를 점령하면 바엘로르 대성소도 태우겠다고 맹세했대요."

"그러라죠." 산사도 대리석 벽과 일곱 개의 수정 탑을 거느린 대성소를 처음 보았을 때는 세상에서 가장 아름다운 건물이라 생각했으나, 그건 대성소 계단에서 조프리가 아버지의 목을 치기 전 이야기였다. "타버렸으면 좋겠네요."

"쉿. 신들이 들으십니다."

"왜 듣겠어요? 제 기도를 들은 적이 없는데."

"아뇨, 들으십니다. 절 아가씨께 보냈잖습니까."

산사는 나무껍질을 할퀴었다. 열병이라도 앓는 것처럼 머리가 띵했다. "신들께서 경을 보내시긴 했지만, 그게 무슨 쓸모가 있었죠? 경은 날 집에 데려다주겠다고 약속했지만, 난 아직 여기 있어요."

돈토스는 그녀의 팔을 토닥였다. "제가 아는 사람과 이야기를 해봤습니다……. 좋은 친구지요. 제게도, 아가씨에게도요. 그 사람이 때가 오면 우릴 안전한 곳으로 데려다줄 빠른 배를 섭외할 겁니다."

"지금이 그때예요." 산사는 고집을 세웠다. "전투가 시작되기 전에요. 다들 나에 대해선 잊어버렸어요. 시도만 하면 빠져나갈 수 있을 거예요."

"어린아이 같은 말씀을." 돈토스는 고개를 저었다. "성 밖으로야 나갈 수 있겠지만, 도시를 빠져나가는 문들은 그 어느 때보다 엄중하게 지키고 있고, 꼬마 악마는 강을 오가는 것마저 막았습니다."

사실이었다. 블랙워터 강은 산사가 이제까지 본 적 없을 만큼 텅 비었다. 나룻배는 모두 북쪽 기슭으로 철수했고, 무역 갤리선은 달아나거나 꼬마 악마에게 잡혀서 전투용으로 개조당했다. 강에 보이는 배라고는 왕의 전투 갤리선들뿐이었다. 그 배들은 수심이 깊은 강 한가운데에 머물며 끊임없이 노를 저어 이리저리 움직였고, 남쪽 기슭에 자리 잡은 스타니스의 궁병대와 화살을 교환했다.

스타니스 공은 아직 진군 중이었으나, 그의 선봉 부대는 이틀 전 달도 없이 캄캄한 밤에 나타났다. 킹스랜딩이 아침에 깨어나보니 그들의 천막과 깃발이 보였다. 산사는 그 숫자가 5000명으로, 도시에 있는 황금 망토를 다 합친 수에 가깝다고 들었다. 그들은 포소웨이의 붉은 사과와 초록 사과, 에스터몬트의 거북이, 플로렌트의 여우와 꽃 깃발을 휘날렸고 지휘관은 이제는 녹색의 가이야드라고 불리는 유명한 남부 기사, 가이야드 모리겐 경이었다. 그의 군기는 폭풍이 다가오는 녹색 하늘에 검은 날개를 활짝 펴고 날아가는 까마귀였다. 하지만 도시 사람들의 근심거리는 연노란색 깃발이었다. 깜박거리는 불길처럼 길고 들쑥날쑥한 꼬리를 휘날리는, 영주의 문장 대신 신의 상징이 ─ '빛의 군주'의 불타는 심장이 박힌 깃발들 말이다.

"스타니스가 도착하면 조프리의 열 배에 달하는 군대일 거예요. 다들 그렇게 말해요."

돈토스는 산사의 어깨를 꾹 쥐었다. "강 반대편에만 머문다면 군대의 크기는 문제가 안 된답니다, 귀여운 아가씨. 스타니스도 배가 없으면 건너

올 수 없지요."

"배가 있잖아요. 조프리보다 더 많이."

"스톰스엔드에서 항해하기는 먼 길이에요. 그 함대는 '메시의 갈고리' 까지 와서 걸릿(Gullet, 식도)을 통과한 후 블랙워터 만을 건너야 할 겁니다. 어쩌면 훌륭하신 신들이 폭풍을 보내어 바다에서 쓸어버릴지도 모르지요." 돈토스는 희망이 담긴 미소를 지었다. "쉽지 않은 거 압니다. 그래도 인내심을 가져야 해요. 내 친구가 도시로 돌아오면 배를 얻게 될 겁니다. 아가씨의 플로리안을 믿고, 두려워하지 말아요."

산사의 손톱이 손바닥을 파고들었다. 배 속을 비틀고 꼬집는 공포는 나날이 심해졌다. 미르셀라 공주가 배를 타고 떠난 날의 악몽이 아직도 잠을 방해했다. 어둡고 숨 막히는 악몽 탓에 한밤중에 깨어 숨을 헐떡였다. 사람들이 그녀를 향해 소리를 질렀다. 말도 없이, 짐승처럼 소리를 질렀다. 그녀를 둘러싸고 오물을 던지고 말에서 끌어 내리려 했다. 사냥개가 사람들을 헤치고 찾아오지 않았다면 더한 짓도 했을 것이다. 그들은 최고성사를 갈가리 찢고 아론 경의 머리를 돌로 쳐서 짓뭉겠다. 그런데 두려워하지 말라니!

도시 전체가 두려움에 휩싸였다. 산사는 성벽에서 볼 수 있었다. 평민들은 창에 덧문을 내리고 문에 빗장을 지르고 숨어 있었다. 그런 것들이 안전하게 지켜주기라도 한다는 듯이 말이다. 지난번에 킹스랜딩이 함락됐을 때는 순순히 성문을 열었는데도 라니스터가 마음껏 약탈하고 강간하고 수백 명을 찔러 죽였다. 이번에 꼬마 악마는 싸울 작정이었고, 맞서 싸운 도시는 어떤 자비도 기대할 수 없었다.

돈토스는 주절주절 지껄이고 있었다. "제가 아직 기사였다면 갑옷을 갖춰 입고 다른 사람들과 같이 벽을 지켜야 했겠지요. 그 점에 대해서는 조프리 왕의 발에 입을 맞추고 감사드려야겠습니다."

"광대로 만들어줘서 고맙다고 하면 다시 기사로 만들어줄걸요." 산사는 날카롭게 말했다.

돈토스는 쿡쿡 웃었다. "제 종퀼은 영리한 아가씨로군요."

"조프리와 그 어머니는 내가 멍청하다는데요."

"그러라지요. 그 편이 더 안전합니다. 세르세이 왕대비와 꼬마 악마와 바리스 공 같은 작자들은 매처럼 날카롭게 서로를 감시하고, 이 사람 저 사람에게 돈을 줘서 다른 사람이 뭘 하는지 염탐합니다. 하지만 탠다 부인의 딸에 대해 신경 쓰는 사람은 아무도 없지요. 안 그런가요?" 돈토스는 입을 막고 트림을 참았다. "신들이 당신을 지켜주십니다, 귀여운 종퀼 양." 그는 감상적이 되어갔다. 와인 탓이었다. "당신의 플로리안에게 입 맞춰주세요. 행운을 위한 입맞춤을." 그는 산사에게 몸을 기울였다.

산사는 그 더듬거리는 젖은 입술을 피하고, 수염을 깎지 않은 뺨에 살짝 입을 맞춘 후에 작별 인사를 했다. 울지 않기 위해 온 힘을 기울여야 했다. 최근에는 너무 많이 울었다. 꼴사나운 줄은 알지만 어쩔 수가 없었다. 때로는 별것 아닌 일에도 눈물이 흘러나왔고, 멈출 수가 없었다.

마에고르 성채로 이어지는 도개교는 지키는 사람이 없었다. 꼬마 악마가 대부분의 황금 망토를 도시 방벽으로 옮겼고, 킹스가드의 하얀 기사들에게는 산사를 따라다니는 것보다 중요한 의무가 있었다. 산사는 레드킵을 떠나려고만 하지 않는 한 어디든 갈 수 있었지만, 가고 싶은 곳이 없었다.

산사는 잔인한 쇠못이 박힌 메마른 해자를 건너서 좁은 나선계단을 올라갔지만, 침실 문 앞에 도착하자 차마 안으로 들어갈 수가 없었다. 그 방의 벽 안에 있으면 갇힌 느낌이 들었다. 창문을 활짝 열어둔다 해도 숨 쉴 공기가 없는 느낌이었다.

산사는 계단으로 돌아가서 더 위로 올라갔다. 연기가 별들과 가느다란 초승달을 가려, 지붕은 어둡고 그림자가 짙었다. 그래도 여기에서는 모든 것을 볼 수 있었다. 레드킵의 높은 탑과 거대한 모서리 요새들, 그 너머에 미궁처럼 펼쳐진 도시 거리, 남쪽과 서쪽으로 시커멓게 흘러가는 강물, 동쪽의 만, 연기와 재가 이룬 기둥들, 그리고 불, 사방에 불이 보였다. 횃불을 든 병사들이 개미처럼 도시 방벽 위를 돌아다니고, 성곽에서 튀어나온 임시 울타리들에 모여 있었다. '진흙 문' 아래로 흩날리는 연기 속에 흐릿하게 솟아난 거대한 투석기 세 대를 알아볼 수 있었다. 누구도 본 적 없을 만큼 거대한 투석기가 방벽 위로 6미터는 족히 올라가 있었다. 그러나 그런 풍경을 본다고 두려움이 가시지는 않았다. 찌르는 듯한 아픔이 몸속을 관통했다. 너무나 날카로운 아픔이라 산사는 흐느껴 울며 배를 움켜쥐었다. 그러다가 떨어질 수도 있었겠지만, 갑자기 그림자 하나가 움직이더니 힘센 손가락이 그녀의 팔을 잡아 붙들었다.

산사는 성곽 요철을 잡고 손가락으로 거친 돌을 긁으며 외쳤다. "놔줘요. 놔줘."

"작은 새는 날개라도 달린 줄 아는 건가? 아니면 동생처럼 불구가 되고 싶나?"

산사는 그의 손아귀에서 팔을 빼내려 했다. "난 떨어지려는 게 아니었어요. 그저…… 당신 때문에 놀랐을 뿐이에요."

"겁먹었다는 말이겠지. 여전히 겁먹었고."

산사는 심호흡을 해서 마음을 가라앉혔다. "나 혼자 있는 줄 알았어요. 난……." 그녀는 시선을 돌렸다.

"작은 새는 아직도 날 쳐다보질 못하는군. 안 그래?" 사냥개는 산사의 팔을 놓아주었다. "그래도 폭도들에게 잡혔을 때는 내 얼굴을 보고 기뻐했지. 기억해?"

너무나 잘 기억했다. 폭도들이 울부짖던 모습, 돌멩이에 맞아서 뺨으로 흐르던 피, 그리고 그녀를 말에서 끌어 내리려던 남자의 입김에서 풍기던 마늘 냄새까지. 아직도 그녀가 균형을 잃고 말에서 떨어지려던 순간에 손목을 움켜쥐고 있던 잔인한 손가락 감촉을 느낄 수 있었다.

산사가 죽는구나 했을 때, 그 손가락 다섯 개가 한꺼번에 움찔거리더니 그 손의 주인이 말처럼 큰 소리로 비명을 질렀다. 그 손이 떨어져 나가고 더 힘센 다른 손이 산사를 안장 위로 밀어 올렸다. 마늘 냄새 나는 남자는 땅바닥을 뒹굴며 팔 그루터기에서 피를 뿜어내고 있었지만, 사방에 다른 사람들이 있었고 손에 곤봉을 든 사람도 있었다. 사냥개는 그들에게 달려들었고, 그가 휘두른 강철검은 붉은 안개를 뿌렸다. 사람들이 앞에서 흩어져 달아나자, 사냥개는 끔찍하게 불에 탄 얼굴을 일그러뜨리며 소리 내어 웃었다.

산사는 이제 사냥개의 얼굴을 쳐다보았다. 제대로 보았다. 그것이 예의였고, 숙녀는 예의를 잊지 말아야 했다. 가장 바라보기 힘든 부분은 흉터가 아니었고, 입이 일그러지는 모양도 아니었다. 그의 눈이었다. 산사는 그렇게 분노 가득한 눈동자를 본 적이 없었다. "그 후에…… 제가 찾아갔어야 하는 건데 그랬어요." 산사는 머뭇거리며 말했다. "저를…… 저를 구해주신 데 대해 감사하러요. 정말 용감하셨어요."

"용감해?" 그의 웃음소리는 반쯤 짖는 소리 같았다. "개가 쥐를 쫓는 데 용기 같은 건 필요 없어. 그놈들은 30대 1로 날 상대했는데, 한 놈도 감히 날 대적하지 못했지."

언제나 모질고 화내며 말하는 그의 말투가 싫었다. "사람들에게 겁을 주면 즐겁나요?"

"아니, 사람들을 죽이는 게 즐겁지." 그는 입을 일그러뜨렸다. "얼마든지 얼굴을 찌푸려도 상관없지만, 가짜 경건함은 넣어둬. 넌 대귀족의 딸이지. 윈터펠의 에다드 스타크 공이 사람을 죽인 적 없다고는 못할 텐데."

"그건 아버지의 의무였어요. 좋아하신 적은 없었죠."

"그렇게 말하더냐?" 클리게인은 다시 웃었다. "네 아버지가 거짓말을 한 거야. 살인은 세상에서 제일 달콤한 일이거든." 그는 장검을 뽑았다. "진실은 이거다. 네 소중한 아버지는 바엘로르 대성소 계단에서 그 진실을 알았어. 윈터펠의 영주, 왕의 수관, 북부의 관리자, 8000년이나 내려온 혈통의 강대한 에다드 스타크……. 하지만 그래봤자 일린 페인의 칼날은 다른 사람과 다를 바 없이 그 목을 잘라냈지. 안 그래? 네 아버지의 머리통이 어깨에서 떨어져 나갔을 때 그 몸이 어떤 춤을 췄는지 기억하나?"

산사는 갑자기 오한을 느끼며 제 몸을 끌어안았다. "왜 늘 그렇게 증오에 차 있죠? 난 감사 인사를 하고 있었는데……."

"네가 그토록 사랑하는 진정한 기사라도 된다는 듯이 말이지, 그래. 기사가 무엇 때문에 있다고 생각하나? 귀부인들에게 총애를 받고 금빛 갑옷을 뽐내는 게 다라고 생각해? 기사는 살인하기 위해 존재하는 거야." 그는 장검을 산사의 목에, 귀 바로 아래에 갖다 댔다. 산사는 그 강철이 얼마나 날카로운지 느낄 수 있었다. "내가 처음 누굴 죽인 건 열두 살 때였지. 그 후에 얼마나 많이 죽였는지 헤아리지도 못했어. 유서 깊은 이름을 지닌 대귀족들, 벨벳 옷을 입은 뚱뚱한 부자들, 명예에 취해서 오줌주머니처럼 부푼 기사들, 그래. 그리고 여자와 아이들도 죽였지. 사람은 다 고깃덩어리고, 나는 푸주한이야. 땅이고 신들이고 금이고 다 가지라고 해. 경이라는 칭호도 다 가지라고 해." 산도르 클리게인은 산사의 발치에 침을 뱉어서 자기 생각을 드러내더니, 산사의 목에 대고 있던 검을 들어 올리며 말을 이었다. "이것만 있으면 난 세상에 두려울 사람이 없어."

'당신 형님만 빼고 말이죠.' 산사는 생각했지만, 그 말을 큰 소리로 하지 않을 정도 분별은 있었다. '이 사람은 자기 말마따나 개야. 반쯤은 야생에, 성질도 더러워서 자기를 쓰다듬으려는 손은 물어뜯지만, 자기 주인을 해치려는 사람은 누구든 공격하는 개.' "강 건너편에 있는 사람들도요?"

클리게인의 시선이 멀리서 타는 불을 향했다. 그는 검을 칼집에 넣었다. "온통 불만 지르는 건…… 겁쟁이들만이 불을 가지고 싸우지."

"스타니스 공은 겁쟁이가 아니에요."

"자기 형 같은 사나이도 아니야. 로버트는 강물 같은 사소한 문제에 막힌 적이 없어."

"스타니스가 건너오면 어떻게 하실 건가요?"

"싸워야지. 죽이고. 어쩌면 죽겠지."

"두렵지 않나요? 당신이 저지른 온갖 악행 때문에 신들이 무시무시한 지옥에 떨어뜨릴지도 모르는데요."

"무슨 악행?" 그는 소리 내어 웃었다. "무슨 신들?"

"우리 모두를 만든 신들요."

"우리 모두라?" 그는 비웃었다. "말해봐라, 작은 새야. 대체 어떤 신이 꼬마 악마 같은 괴물을 만들고, 탠다 부인의 딸 같은 반편이를 만들까? 신들이 있다면, 그 신들은 늑대들이 양고기를 먹을 수 있게 양을 만들었고, 강자가 가지고 놀라고 약자를 만들었어."

"진정한 기사는 약자를 보호해요."

그는 코웃음을 쳤다. "신들도 없고 진정한 기사 같은 것도 없어. 스스로를 지키지 못하겠으면 그냥 죽어서 혼자 살 수 있는 사람들 앞길이나 치워줘라. 날카로운 강철과 힘센 팔이 이 세상을 지배한다. 엉뚱한 다른 소리 믿지 말아라."

산사는 그에게서 물러섰다. "당신은 끔찍해요."

"난 정직하지. 끔찍한 건 세상이고. 이제 달아나라, 작은 새야. 네가 날 흘긋거리는 게 지겨워진다."

산사는 말없이 달아났다. 그녀는 산도르 클리게인이 두려웠다……. 하지만 돈토스 경에게 사냥개의 흉포함이 조금이라도 있었다면 얼마나 좋았을까 생각도 들었다. 산사는 스스로를 타일렀다. '신들은 있어. 그리고 진정한 기사들도 있어. 모든 이야기가 다 거짓말일 순 없어.'

그날 밤 산사는 폭동에 대한 꿈을 다시 꾸었다. 사방에서 새된 소리를 지르며 밀려드는 폭도들은 마치 천 개의 얼굴을 가진 미친 짐승 같았다. 어디로 고개를 돌려도 사람이 아닌 괴물의 가면으로 일그러진 얼굴들이 보였다. 산사는 울면서 난 당신들을 해친 적이 없다고 말했지만, 그래도 그들은 그녀를 안장에서 끌어 내렸다. "안 돼." 산사는 소리쳤다. "안 돼. 제발, 그러지 말아요. 하지 마." 하지만 아무도 그녀에게 관심을 두지 않았다. 돈토스 경을 부르고, 오빠들을 부르고, 죽은 아버지를 부르고, 죽은 늑대를 부르고, 언젠가 붉은 장미를 줬던 용맹한 로라스 경을 불렀지만 아무도 오지 않았다. 노래 속의 영웅들, 플로리안과 리암 레드와인 경과 드래곤 기사 아에몬 왕자를 불렀지만 아무도 듣지 않았다. 여자들이 족제비 떼처럼 몰려들어서 그녀의 다리를 꼬집고 배를 걷어찼으며, 누군가가 얼굴을 후려치는 바람에 이가 다 덜그럭거렸다. 그러다가 반짝이는 강철의 광채가 보였다. 칼 하나가 그녀의 배를 파고들더니 찢고 찢고 또 찢어서, 그녀의 몸이 있던 곳에 반짝이는 젖은 리본들만이 남았다.

깨어났을 때는 창문으로 하얀 아침 햇살이 비스듬히 쏟아지고 있었지만, 산사는 한숨도 자지 못한 것처럼 몸이 쑤시고 속이 메스꺼웠다. 허벅지에 뭔가 끈적한 것이 묻어 있었다. 담요를 젖히고 피를 본 순간, 산사는 꿈이 현실이 되었다는 생각밖에 할 수 없었다. 배 속을 비틀고 찢던 칼날이 떠올랐다. 산사는 공포에 질려 꿈틀거리다가 시트를 걷어차고 바닥에 떨어졌다. 숨을 거칠게 몰아쉬면서, 벌거벗고 피 묻은 몸으로, 겁에 질려서.

하지만 그렇게 손발을 바닥에 댄 채 웅크리고 있으니 무슨 일인지 알 것 같았다. "안 돼, 제발." 산사는 흐느꼈다. "제발, 아니야." 이런 일이 일어나길 바라지 않았다. 지금은, 이곳에서는 아니었다. 지금은 안 돼, 지금은

안 돼, 지금은 안 돼, 지금은 안 돼.

산사는 광기에 사로잡혔다. 침대 기둥을 잡고 몸을 일으킨 다음, 수반으로 가서 다리 사이를 물로 씻고 끈적이는 피를 다 문질러 닦았다. 다 씻었을 때는 수반에 담긴 물이 피에 물들어 분홍색이 되어 있었다. 시녀들이 보면 알아차릴 것이다. 게다가 침구도 있었다. 산사는 얼른 침대로 달려갔다가 침구에 묻은 검붉은 얼룩과 그 얼룩이 말해주는 바를 보며 공포에 질렸다. 그 얼룩을 없애지 않으면 시녀들이 볼 거라는 생각밖에 할 수 없었다. 시녀들이 보게 할 순 없었다. 그걸 보면 그녀를 조프리와 결혼시켜 같이 자게 할 테니까.

산사는 칼을 집어 들고 시트를 난도질해서 피 얼룩을 잘라냈다. '이 구멍은 뭐냐고 물으면 어떻게 대답하지?' 얼굴에 눈물이 흘러내렸다. 산사는 잘라낸 시트와 얼룩이 남은 담요를 잡아당겼다. '태워야 해.' 산사는 그 증거물을 뭉쳐서 벽난로에 쑤셔 넣고, 침대 옆에 놓아둔 등잔 기름을 적신 다음 불을 붙였다. 그러고 나서야 피가 시트 아래 깃털 요까지 스몄음을 알아차렸다. 깃털 요도 치워야겠지만, 너무 크고 무거워서 움직이기 힘들었다. 벽난로까지 반밖에 끌고 가지 못했다. 산사가 주위를 회오리치고 방 안을 채우는 짙은 회색 연기 속에서 무릎을 꿇고 매트리스를 불길 속에 밀어 넣으려고 애쓰는데, 갑자기 문이 벌컥 열리더니 시녀가 숨을 들이켜는 소리가 들렸다.

불이 꺼지자 그들은 그슬린 깃털 요를 들고 나가고, 심한 연기를 부채질해서 빼내더니 욕조를 하나 가지고 들어왔다. 오가는 여자들이 중얼거리며 산사를 이상한 눈으로 보았다. 그들은 욕조에 델 정도로 뜨거운 물을 채우고, 산사를 씻기고 머리를 감기고 다리 사이에 찰 천을 내주었다. 그때쯤에는 산사도 침착함을 회복했고, 멍청한 짓을 한 게 부끄러워졌다. 연기가 그녀의 옷을 거의 다 망쳐놓았다. 여자 하나가 나가더니 산사에게 얼추 맞는 녹색 모직 원피스를 가지고 돌아왔다. "아가씨 옷만큼 예쁘진 않지만, 그럭저럭 맞을 거예요." 그 여자는 원피스를 산사의 머리맡에 내려놓으며 말했다. "신발은 타지 않았으니까, 맨발로 왕대비를 찾아뵐 필요는 없어요."

산사가 왕대비의 개인 방으로 안내받았을 때 세르세이 라니스터는 아침 식사 중이었다. 왕대비는 우아하게 말했다. "앉으려무나. 배고프니?" 그녀는 식탁을 향해 손짓했다. 포리지, 꿀, 우유, 삶은 계란, 그리고 바삭바삭하게 튀긴 생선이 있었다.

음식을 보자 산사는 속이 울렁거렸다. 배 속이 꼬이는 느낌이었다. "저는 사양하겠습니다, 전하."

"무리도 아니지. 티리온과 스타니스 공 사이에 있으니 뭘 먹어도 제 맛이 나. 게다가 이젠 너까지 불을 피우는구나. 뭘 하려던 거니?"

산사는 고개를 숙였다. "피 때문에 겁이 났어요."

"그 피는 네가 여자가 되었다는 표시야. 캐틀린 부인이 준비를 시켜줬을 텐데. 넌 처음 꽃을 피웠을 뿐이란다."

산사는 조금도 꽃 같은 기분이 들지 않았다. "어머니께서 말씀은 해주셨지만 전…… 전 좀 다르게 생각했어요."

"어떻게 말이지?"

"모르겠어요. 뭔가 덜…… 덜 지저분하고, 더 마법적일 거라고요."

세르세이 왕대비는 웃어젖혔다. "아이를 낳을 때까지 기다려보렴, 산사. 여자의 삶이란 10분의 9는 엉망진창이고 10분의 1만 마법이란다. 곧 알게 될 거야……. 그리고 마법처럼 보이는 부분이 알고 보면 제일 지저분한 부분일 때도 많지." 그녀는 우유를 한 모금 마셨다. "그래서, 이제 너도 여자가 됐구나. 그게 무슨 뜻인지 짐작은 가니?"

"이젠 제가 결혼해서 침대에 들고, 왕의 자식을 낳을 수 있다는 뜻이지요."

산사의 말에 왕대비는 비틀린 미소를 지었다. "네가 예전처럼 그런 전망에 끌리지 않는다는 점은 척 봐도 알겠구나. 비난하진 않겠다. 조프리는 언제나 까다로운 아이였지. 태어날 때부터⋯⋯. 그 아이를 낳느라 하루 반을 고생했어. 넌 그 고통을 상상도 못할 거다, 산사. 내 비명 소리가 어찌나 컸던지, 왕의 숲에 있던 로버트도 들을 수 있겠다 싶더구나."

"전하께선 곁에 계시지 않았나요?"

"로버트? 로버트는 사냥을 하고 있었지. 그게 그이의 습관이었어. 내가 아이를 낳을 때가 다가오면 국왕께서는 사냥꾼과 사냥개들을 거느리고 숲속으로 달아났단다. 그 사냥에서 돌아오면 나에게 짐승 가죽 아니면 수사슴 머리를 선물했고, 난 그이에게 아기를 내밀었지.

그렇다고 로버트가 곁에 있길 원했다는 건 아니야. 나에겐 파이셀 대학사와 수많은 산파가 있었고, 내 형제가 있었지. 산파들이 제이미에게 산실에는 들어올 수 없다고 말했더니, 제이미는 미소 지으며 누가 자길 막을 거냐고 물었단다.

안타깝게도 조프리는 너에게 그런 헌신을 보이지 않을 게다. 그 점에 대해서는 네 여동생을 탓해야겠지. 그 아이가 죽지 않았다면 말이지만. 조프리는 트라이던트에서 네가 자신의 수치스러운 모습을 본 날을 결코 잊지 못했어. 그래서 너에게 수치를 주는 거야. 하지만 넌 보기보다 강한 아이이니, 약간의 모욕은 참고 살아남길 기대한다. 나는 살아남았거든. 너도 영영 왕을 사랑하진 못할지라도, 그 자식들은 사랑하게 될 거야."

"전 온 마음으로 국왕 전하를 사랑해요." 산사가 말했다.

왕대비는 한숨을 내쉬었다. "새로운 거짓말을 배우는 게 좋겠구나. 그것도 빨리 말이야. 스타니스 공은 지금 네가 한 말을 좋아하지 않을 거야."

"새로운 최고성사께서 신들은 결코 스타니스 공에게 승리를 허락하지 않을 거라 하셨어요. 조프리야말로 정당한 왕이니까요."

왕대비의 얼굴에 웃는 듯 마는 듯한 표정이 스쳐 지나갔다. "로버트의 적장자이자 후계자라 이거지. 조프리는 로버트가 안아 들 때마다 울었지만 말이야. 로버트는 그걸 못마땅해했어. 그이의 서자들은 언제나 아버지를 보고 기쁘게 목을 울렸고, 그 천한 작은 입에 손가락을 넣으면 쪽쪽 빨았거든. 로버트는 언제나 미소와 격려만 원했고, 그걸 찾아서 친구들과 창녀들에게 갔지. 로버트는 사랑받고 싶어 했어. 내 동생 티리온도 같은 질병을 앓고 있지. 넌 사랑받고 싶으니, 산사?"

"누구나 사랑받고 싶어 하죠."

"꽃이 피었다고 더 똑똑해지진 않았구나. 산사, 이 특별한 날에 너에게 여자의 지혜를 한 조각 나눠주마. 사랑은 독이란다. 달콤한 독이긴 하지만, 그래도 널 죽이는 독이야."

존

귀곡성 고개는 어두웠다. 산맥 양쪽으로 펼쳐진 거대한 암석 면이 거의 하루 종일 해를 가렸기 때문에 그들은 그림자 속을 달렸다. 사람과 말의 입김이 차가운 허공에 수증기를 피웠다. 머리 위 빙원에서 얼음같이 차가운 물이 뚝뚝 떨어졌고, 그 물이 고여 얼어붙은 웅덩이들은 그들의 조랑말이 딛는 발굽 아래 금이 가고 깨졌다. 가끔 바위 틈에 용케 자란 잡초나 희게 얼룩진 이끼를 보기도 했지만 제대로 자란 풀은 없었고, 나무들은 한참 아래에나 있었다.

좁은 만큼이나 가파르기도 한 산길이 구불구불 위로 이어졌다. 고갯길이 너무 좁아지는 곳에서는 순찰자들이 한 줄로 움직여야 했는데, 종자 달브리지가 손 닿는 곳에 장궁을 두고 앞장서 가면서 높은 곳을 살폈다. 밤의 경비대에서 그가 눈이 제일 좋다고들 했다.

고스트는 존 옆을 걸으며 얌전히 있지를 못했다. 이따금씩 멈춰 서서는 고개를 돌리고 뒤에서 무슨 소리라도 들은 양 귀를 세웠다. 존은 그림자삵들이 굶어 죽을 지경이 아니고서야 산 사람들을 공격하지 않을 거라 생각했지만, 그래도 칼집에 든 '긴 발톱'을 느슨하게 빼두었다.

바람에 깎인 회색 돌 아치가 고갯길 정상을 표시했다. 여기에서부터 넓어진 길은 우유강 계곡을 향해 긴 하강을 시작했다. 쿼린은 그림자가 다시 길어질 때까지 여기에서 쉬자는 명령을 내렸다. "그림자는 검은 옷을 입은 사람들의 친구지."

존도 무슨 말인지 이해했다. 빛을 받으며 말을 달리고, 눈부신 산맥의 햇살이 망토 속까지 스며들어 뼈에 스민 한기를 몰아내면 잠시 기분이 좋을지도 모르지만, 그런 짓을 하기엔 너무 위험했다. 파수꾼이 세 명 있었다면 경고 나팔을 기다리는 다른 사람들도 있을지 몰랐다.

바위뱀은 너덜너덜한 모피 망토를 둘둘 말고 몸을 웅크리더니 거의 바로 잠들었다. 에벤과 종자 달브리지가 말들을 먹이는 동안 존은 소금에 절인 소고기를 고스트와 나눠 먹었다. 반쪽 손 쿼린은 바위에 등을 대고 앉아서 숫돌로 장검을 느릿느릿 갈았다. 존은 그 모습을 잠시 보다가 용기를 불러내어 다가갔다. "공께서는 어떻게 됐는지 묻지 않으셨습니다. 그 여자 일요."

"난 공이 아니다, 존 스노우." 쿼린은 손가락이 두 개뿐인 손으로 숫돌을 부드럽게 강철 날에 미끄러뜨렸다.

"같이 도망가면 만스가 절 받아줄 거라고 하더군요."

"사실을 말했군."

"심지어 우리가 같은 혈통이라고도 주장했습니다. 어떤 이야기를 했는데……."

"……방랑시인 바엘과 윈터펠의 장미였지. 바위뱀이 말했다. 나도 그 노래를 안다. 만스는 순찰에서 돌아오면서 오래된 노래를 부르곤 했지. 야인의 음악에 관심이 있었어. 그래, 야인의 여자들에게도 관심이 컸지."

"만스를 알고 지내셨습니까?"

"우리 모두가 알았다." 쿼린의 목소리는 슬펐다.

'이들은 결의 형제일 뿐 아니라 친구였어. 그리고 이제는 철천지 원수가 된 거야.' 존은 깨달았다. "만스는 왜 탈영했습니까?"

"어떤 계집 때문이라고도 하고, 왕관 때문이라고도 했지." 쿼린은 엄지 손가락으로 검날을 확인했다. "만스는 여자들을 좋아했고, 쉽게 무릎을 굽히는 사내가 아니었다. 그건 사실이야. 하지만 그래서만은 아니었다. 만스는 장벽보다 야생을 더 좋아했어. 타고나길 그랬어. 그놈은 우리가 약탈자들을 잡아 죽이다가 거둬들인 야인 어린아이였지. 섀도타워를 떠났을 때, 만스는 그저 집으로 다시 돌아간 거다."

"훌륭한 순찰자였나요?"

"최고였지. 최악이기도 했고. 토렌 스몰우드 같은 바보들이나 야인을 얕잡아볼 거야. 야인들은 우리만큼이나 용감하다, 존. 우리 못지않게 강하고, 빠르고, 영리하기도 하지. 하지만 규율이 없어. 야인들은 스스로를 자유민이라고 부르고, 각자가 왕이나 다름없고 학사보다 현명하다고 여긴다. 만스도 마찬가지였어. 절대 복종하는 법을 익히지 못했지."

"저와 비슷하군요." 존은 조용히 말했다.

쿼린의 빈틈없는 회색 눈은 그를 꿰뚫어보는 것 같았다. "그래서 그 여자를 놔준 거냐?" 조금도 놀라지 않은 목소리였다.

"알고 계셨습니까?"

"지금 알았다. 왜 살려줬는지 말해봐."

말로 표현하기가 힘들었다. "제 아버지는 처형인을 쓴 적이 없었습니다. 누굴 죽이려면 직접 그 눈을 들여다보고 마지막 유언을 들어줘야 마땅하다고 하셨지요. 그리고 이그리트의 눈을 들여다봤을 때, 전……." 존은 무력한 심정으로 두 손을 내려다보았다. "이그리트가 적인 줄은 알지만, 그 눈에 악은 없었습니다."

"다른 둘도 마찬가지지."

"그때는 그자들의 목숨 아니면 우리 목숨이었습니다. 놈들이 우리를 봤다면, 그 나팔을 울렸다면……."

"야인들이 우릴 사냥해서 죽여버렸겠지."

"하지만 이제 그 나팔은 바위뱀이 가지고 있고, 우린 이그리트의 칼과 도끼를 빼앗았습니다. 그 여자는 무기도 없이 도보로 우리 뒤쪽에 남아 있어요……."

"그러니 위협이 되진 않겠지." 쿼린은 동의했다. "그 여자를 꼭 죽여야 했다면 에벤에게 맡기거나, 내가 직접 해치웠을 거다."

"그렇다면 왜 제게 명령하신 겁니까?"

"난 명령하지 않았다. 네가 해야 할 일을 하라고 말하고, 그게 무엇일지 결정하라고 맡겼지." 쿼린은 일어서서 장검을 다시 칼집에 넣었다. "난 산을 오르고 싶으면 바위뱀에게 시킨다. 바람 부는 전장에서 멀리 떨어진 적의 눈 사이에 화살을 박아 넣어야 할 때는 종자 달브리지를 부르지. 에벤은 어떤 놈에게서든 비밀을 끌어낼 수 있다. 사람들을 이끌기 위해서는 그 사람들을 알아야 한다, 존 스노우. 이제 난 오늘 아침보다 널 잘 알게 됐다."

"제가 이그리트를 죽였다면요?" 존이 물었다.

"그 여자는 죽었을 테고, 마찬가지로 난 너를 이전보다 잘 알게 됐겠지. 떠드는 건 이만하면 됐다. 잠을 자야지. 갈 길이 멀고, 대적해야 할 위험도 있어. 힘을 회복해야 할 거다."

잠이 쉽게 올 것 같지 않았지만, 반쪽 손 말이 옳았다. 그는 바람을 피해서 튀어나온 바위 아래에 자리를 잡고, 망토를 벗어서 담요로 썼다. "고스트, 이리 와." 거대한 하얀 늑대가 옆에 있으면 언제나 잠이 더 잘 들었다. 고스트의 냄새를 맡으면 마음이 편해졌고, 덥수룩한 하얀 털이 제공하는 온기는 반가웠다. 하지만 이번에는 고스트가 존을 쳐다보지도 않았다. 고스트는 몸을 돌리고 조랑말들 주위를 터벅터벅 걷더니 홀연히 사라져버렸다. '사냥을 하고 싶은 거구나.' 이 산맥에 염소가 있을지도 몰랐다. 그림 자삵들도 잡아먹고 사는 짐승이 있을 테니까. "그림자삵을 잡으려고 하지 만 말아라." 존은 중얼거렸다. 아무리 다이어울프라 해도 그건 위험한 짓 이었다. 존은 망토를 머리까지 끌어당기고 바위 아래에 몸을 뻗었다.

눈을 감은 그는 다이어울프들의 꿈을 꾸었다.

여섯 마리가 있어야 하는데 다섯 마리뿐이었고, 다들 따로따로 떨어져 있었다. 그는 깊은 공허감을, 불완전하다는 아픔을 느꼈다. 숲은 춥고 광 활했고, 그들은 너무나 작았고 길을 잃은 상태였다. 형제들이, 누이가 저 밖 어딘가에 있었지만 냄새를 맡을 수가 없었다. 그는 엉덩이를 깔고 앉아 서 어두워져가는 하늘을 향해 고개를 들어 올렸고, 숲속에 메아리치는 그 의 울부짖음은 길고 외롭고 서글펐다. 그 소리가 잦아들자 그는 귀를 쫑긋 세우고 응답을 들으려 했지만, 들리는 소리라고는 한숨 같은 눈보라 소리 뿐이었다.

'존?'

뒤에서 들려온 소리는 속삭임보다 더 조용했지만, 확고하기도 했다. 고 함 소리가 조용할 수도 있는 걸까? 그는 형제를 찾아 고개를 돌렸지만, 나 무 아래를 움직이는 늘씬한 회색 늑대를 찾으려 했지만, 그곳에는 아무것 도 없었다. 다만……

영목이 있었다.

단단한 바위에서 돋아난 것처럼, 무수히 갈라진 틈이며 가느다란 금에 서 구불구불 하얀 뿌리들이 올라왔다. 존이 이제까지 본 영목들에 비하면 가느다래서 묘목 같았지만, 지켜보는 동안에도 성장을 계속하여 하늘을 향해 뻗은 가지들이 굵어졌다. 그는 매끈한 하얀 몸통 주위를 조심스럽게 돌아서 얼굴이 있는 곳으로 갔다. 붉은 두 눈이 그를 바라보았다. 사나운 눈이었지만, 그를 보고 기뻐하는 기색이었다. 그 영목은 형제의 얼굴을 하고 있었다. 그의 형제에게 언제나 눈이 세 개 있었던 걸까?

'언제나 그랬던 건 아니야.' 소리 없는 고함 소리가 들려왔다. '까마귀를 만나기 전에는 아니었어.'

나무껍질을 쿵쿵거리자 늑대와 나무와 소년의 냄새가 났지만, 그 속에 다른 냄새가 더 있었다. 풍성한 갈색의 따뜻한 흙 냄새와 단단한 회색 돌 냄새, 그리고 또 다른 냄새가 있었다. 뭔가 끔찍한 냄새. 죽음이었다. 그는 죽음의 냄새를 맡고 있었다. 그는 털을 곤두세우고 송곳니를 드러내며 뒤로 물러섰다.

'두려워하지 마. 난 어둠 속이 좋아. 아무도 날 보지 못하지만, 난 상대를 볼 수 있거든. 하지만 우선 눈을 떠야 해. 보여? 이렇게 말이야.' 그러면서 나무는 손을 뻗어 그에게 닿았다.

그리고 갑자기 그는 산맥 속에 돌아와서, 거대한 벼랑 가장자리에서 흩날리는 눈 속 깊이 발을 박아 넣고 있었다. 앞에는 귀곡성 고개가 탁 트이며 바람 부는 허공으로 이어졌고, 발아래에는 가을 오후의 온갖 색채에 물든 V자의 긴 계곡이 퀼트처럼 펼쳐졌다.

거대한 청백색 벽이 협곡 한쪽 끝을 막고, 양쪽으로 산을 밀어내는 것처럼 산과 산 사이를 비집고 서 있었다. 순간 그는 캐슬블랙에 돌아온 꿈을 꾸나 생각했다가, 몇백 미터 높이의 얼음 강을 보고 있음을 깨달았다. 그 반짝이는 차가운 절벽 아래에는 거대한 호수가 하나 있었는데, 짙은 코발트빛 물에 주위를 둘러싼 눈 덮인 봉우리들이 비쳐 보였다. 이제 보니 계곡 안에는 사람들이 있었다. 수천 명의 대군이었다. 일부는 반쯤 얼어붙은 땅에 커다란 구멍을 파고 있었고, 또 일부는 전쟁에 대비하여 훈련을 했다. 그는 우글거리는 기수들이 개미처럼 작아 보이는 말에 올라 방패벽으로 돌진하는 모습을 지켜보았다. 그런 가짜 전투 소리는 바람에 희미하게 흔들리는 강철 잎사귀의 바스락거림 같았다. 그들의 야영지에는 계획성이라곤 없었다. 배수로도 없고, 날카로운 말뚝 울타리도 없고, 말들도 정렬되어 있지 않았다. 사방에 조잡한 흙집과 가죽 천막이 무질서하게 솟아난 꼴이 대지의 얼굴에 난 얽은 자국 같았다. 그는 어수선한 건초 더미를 살피고, 염소와 양과 말과 돼지들, 엄청난 수의 개들을 냄새 맡았다. 천 개의 요리 불에서 가느다란 검은 연기가 피어올랐다.

'이건 군대도 아니고, 마을도 아니야. 그냥 사람들이 한데 모여 있을 뿐이야.'

길쭉한 호수 건너편에서 둔덕 하나가 움직였다. 더 자세히 보았더니 흙둔덕이 아니라 살아 있는 짐승이었다. 뱀 같은 코에 세상에 존재하는 가장 큰 멧돼지보다 더 큰 엄니를 가진 덥수룩하고 움직임 느린 짐승. 그 짐승에 올라탄 사람도 그만큼 거대했는데, 생김새가 뭔가 이상했다. 인간이라기에는 다리와 엉덩이가 너무 굵었다.

그때 갑자기 불어온 차가운 돌풍에 털이 곤두서더니, 허공에 날갯짓 소리가 울렸다. 얼음처럼 흰 산봉우리를 올려다보자, 하늘에서 그림자 하나가 곤두박질쳤다. 날카로운 괴성이 허공을 찢었다. 활짝 펴서 해를 가리는 청회색 날갯짓이 보이고……

"고스트!" 존은 벌떡 일어나 앉으며 외쳤다. 아직도 몸을 파고드는 발톱을, 그 아픔을 느낄 수 있었다. "고스트, 이리 와!"

에벤이 나타나서 그를 붙잡고 흔들었다. "조용히 해! 야인들을 불러 모을 생각이냐? 뭐가 문제야?"

"꿈을 꿨어요." 존은 힘없이 말했다. "제가 고스트가 되어서, 절벽 가장자리에서 얼어붙은 강을 내려다보고 있었는데, 뭔가가 절 공격했어요. 새가…… 독수리 같았는데……."

종자 달브리지가 빙긋 웃었다. "내 꿈엔 언제나 예쁜 여자들이 나오는데 말이야. 그런 거라면 꿈도 더 자주 꾸고 싶고."

쿼린이 다가왔다. "얼어붙은 강이라고 했나?"

"우유강은 빙하 발치에 있는 거대한 호수에서 흘러나옵니다." 바위뱀이 끼어들었다.

"제 동생의 얼굴을 한 나무가 있었어요. 야인들이…… 수천 명은 있었어요. 생각도 못할 만큼 많은 수가 있었어요. 그리고 매머드를 탄 거인들도 있었어요." 햇빛이 이동한 방향을 보니 존이 네다섯 시간은 잔 모양이었다. 머리가 아팠고, 독수리 발톱이 파고 들었던 목덜미도 아팠다. 하지만 그건 꿈속의 일이었다.

"기억하는 내용을 전부 말해봐라. 처음부터 끝까지." 반쪽 손 쿼린이 말했다.

존은 어리둥절했다. "꿈일 뿐인데요."

"늑대 꿈이었지. 크래스터는 사령관에게 야인들이 우유강의 원천에 모이고 있다고 했다. 그래서 네가 그런 꿈을 꿨을지도 몰라. 아니면 네가 우리를 기다리는 장면을 몇 시간 앞서서 봤을 수도 있고. 말해봐라." 쿼린과 다른 순찰자들에게 그런 내용을 이야기하자니 반쯤 바보가 된 기분이었지만, 존은 명령대로 응했다. 하지만 검은 형제들은 아무도 그를 비웃지 않았다. 존이 이야기를 끝냈을 때쯤에는 종자 달브리지마저도 미소를 잃은 얼굴이었다.

"변신자인가요?" 에벤이 반쪽 손을 보면서 으스스하게 말했다. '그 독수리 말인가? 아니면 나 말인가?' 존은 생각했다. 변신자와 와르그는 낸 할멈의 이야기 속에나 나오는 존재였지, 존이 평생 산 세상에는 없었다. 그러나 이곳, 이 기이하고 암울한 바위와 얼음 황야에서는 그런 것들의 존재를 믿기가 어렵지 않았다.

"찬바람이 일고 있다. 모르몬트도 그 점을 두려워했지. 벤젠 스타크도 그걸 느꼈고. 죽은 자들이 걸어 다니고 나무들에 다시 눈이 생겼어. 와르그와 거인들이라고 없겠나?"

"이건 내 꿈도 진짜라는 뜻인가?" 종자 달브리지가 물었다. "스노우 나리는 매머드를 얻고, 난 내 꿈속 여자들을 얻으면 좋겠는데."

에벤이 말했다. "난 어려서부터 경비대에 복무했고, 누구보다 멀리까지 순찰을 했소. 거인들의 뼈도 봤고, 괴상한 이야기도 많이 들었지. 하지만 거기까지였어. 내 두 눈으로 그것들을 보고 싶군."

"그것들이 널 보지 않게 조심해, 에벤." 바위뱀이 말했다.

고스트는 그들이 다시 출발할 때까지도 나타나지 않았다. 그 무렵에는 그림자가 고갯길 바닥을 뒤덮었고, 태양은 순찰자들이 포크 머리라고 이름 붙인 거대한 쌍둥이 봉우리를 향해 빠르게 저물고 있었다. '그 꿈이 사실이라면……' 그런 생각만 해도 겁이 났다. 혹시 그 독수리가 고스트를 해치거나, 벼랑 아래로 밀어 떨어뜨렸을까? 그리고 동생의 얼굴을 한 영목은, 그 죽음과 어둠의 냄새는 무엇이었을까?

마지막 햇살이 포크 머리 너머로 사라졌다. 땅거미가 귀곡성 고개를 채웠다. 그러자마자 더 추워지는 것 같았다. 그들은 이제 올라가고 있지 않았다. 아직 가파르지는 않았지만, 땅이 아래로 내려가기 시작했다. 갈라진 틈과 부서진 바윗돌과 쓰러진 돌 더미가 널려 있었다. 곧 어두워질 텐데, 아직도 고스트는 보이지 않았다. 존은 마음이 찢기는 기분이었지만, 원하는 대로 다이어울프를 소리쳐 부를 수는 없었다. 다른 것들이 그 소리를 들을 수도 있었으니.

"쿼린." 종자 달브리지가 조용히 말했다. "저기. 보십쇼."

그 독수리는 어두워져가는 하늘을 배경으로, 까마득히 높은 바위 등에 앉아 있었다. 존은 생각했다. '다른 독수리들도 봤잖아. 내가 꿈에서 본 독수리는 아닐 거야.'

그렇다 해도, 에벤은 화살을 한 대 뽑았다. 달브리지가 그 손을 막았다.

"화살이 닿지 않는 거리야."

"저게 우릴 감시하는 게 마음에 안 들어."

달브리지는 어깨를 으쓱였다. "그건 나도 마찬가지지만, 막을 수가 없잖아. 좋은 화살만 낭비하는 셈이지."

쿼린은 안장에 앉아서 오랫동안 그 독수리를 관찰하다가 겨우 말했다. "계속 간다." 순찰자들은 다시 내려가기 시작했다.

존은 소리를 지르고 싶었다. '고스트, 어디 있어?'

그가 쿼린과 다른 사람들을 따라가려는데 바윗돌 사이에서 하얀 섬광이 보였다. 처음에는 오래된 눈 더미라고 생각했는데, 움직임이 있었다. 존은 바로 말에서 내렸다. 존이 무릎을 꿇자 고스트가 고개를 들어 올렸다. 목이 축축하게 피에 젖었는데, 존이 장갑을 벗고 만져도 아무 소리를 내지 않았다. 발톱이 털가죽과 살을 뚫고 피를 냈지만, 그 독수리도 고스트의 목을 꺾지는 못했다.

반쪽 손 쿼린이 다가와서 보고 있었다. "얼마나 심하냐?"

고스트가 대답이라도 하듯이 힘겹게 일어섰다.

"튼튼한 늑대로군. 에벤, 물을 가져와라. 바위뱀, 와인 주머니를. 가만히 잡고 있어라, 존."

그들은 힘을 합쳐 다이어울프의 털가죽에 말라붙은 피를 씻어냈다. 독수리가 남겨놓은 너덜너덜한 붉은 상처에 쿼린이 와인을 붓자 고스트는 몸부림을 치며 이를 드러냈지만, 존이 꽉 끌어안고 조용히 달래자 곧 얌전해졌다. 그들이 존의 망토를 길게 한 조각 뜯어내어 상처를 묶고 나니 주위가 깜깜했다. 검은 바위와 검은 하늘을 구분해주는 것이라곤 흩어진 별들뿐이었다. "계속 갑니까?" 바위뱀이 알고 싶어 했다.

쿼린은 조랑말에 다가가며 대답했다. "돌아간다."

"돌아가요?" 존은 깜짝 놀랐다.

"독수리는 사람보다 눈이 좋아. 우린 발각당했다. 그러니 달아난다." 반쪽 손은 긴 검은색 스카프를 얼굴에 감고 안장에 올랐다.

다른 순찰자들은 눈빛을 교환했지만, 아무도 반발하지 않았다. 그들은 하나씩 말에 올라 말 머리를 돌렸다. "고스트, 가자." 존이 부르자 다이어울프는 밤을 누비는 하얀 그림자가 되어 뒤따라 왔다.

그들은 밤새 말을 몰아 꼬불꼬불한 고갯길을 더듬어 오르고 험준한 땅을 통과했다. 바람이 점점 강해졌다. 가끔은 너무 어두워서 조랑말을 끌고 걸어야 했다. 한번은 에벤이 횃불을 켜면 도움이 될지도 모른다고 제안했지만, 쿼린은 "불은 안 돼"라고 대답했고 그것으로 대화 종결이었다. 그들은 정상에 있는 돌다리에 도착해서 다시 내려가기 시작했다. 어둠 속 멀리서 그림자삵 한 마리가 분노에 찬 괴성을 질렀고, 그 소리가 바위에 튀어 메아리치자 십여 마리 그림자삵이 답을 하는 것처럼 들렸다. 존은 머리 위 바위 선반에서 수확제의 보름달처럼 크게 번쩍이는 눈동자 한 쌍을 봤다고 생각하기도 했다.

그들은 새벽이 오기 직전의 캄캄한 시간에 이동을 멈추고, 말들에게 물을 먹이고 각기 귀리 한 줌과 건초 한두 줄기를 먹였다. 쿼린이 말했다. "그 야인들이 죽은 곳에서 멀지 않다. 거기서부터는 한 명이 백 명을 상대할 수 있지. 적당한 사람이라면." 그는 종자 달브리지를 쳐다보았다.

달브리지는 고개를 숙였다. "최대한 많은 화살을 남기고 가게, 형제들." 그는 장궁을 쓰다듬었다. "그리고 집에 돌아가거든 내 조랑말에게 사과 한 알을 먹여줘. 그 불쌍한 녀석은 그 정도 보상을 받을 만해."

'달브리지는 여기 남아서 죽으려는 거야.' 존은 깨달았다.

쿼린은 장갑을 낀 손으로 달브리지의 팔뚝을 잡았다. "독수리가 자네를 보려고 날아 내려오면……."

"……그놈은 새로운 깃털을 얻게 될 겁니다."

존이 마지막으로 본 종자 달브리지의 모습은, 좁은 길을 따라 높은 곳으로 올라가는 뒷모습이었다.

새벽이 오자 존은 구름 한 점 없는 하늘을 올려다보고 파란 하늘에 움직이는 점 하나를 보았다. 에벤도 그 점을 보고 욕설을 퍼부었지만, 쿼린은 그에게 조용히 하라고 말했다. "귀를 기울여봐."

존은 숨을 멈추고 귀를 기울였다. 뒤쪽 멀리서 사냥 나팔 소리가 산맥에 울려 퍼졌다.

"이제 놈들이 오는군." 쿼린이 말했다.

티리온

포드는 세르세이라는 시련에 대비하여 티리온에게 라니스터의 진홍색을 띤 호화로운 벨벳 튜닉을 입히고 직위를 나타내는 휘장을 가져왔다. 티리온은 휘장을 침대 옆 탁자에 두고 나갔다. 그의 누이는 그가 왕의 수관이라는 사실을 떠올리기 싫어했고, 지금도 썩 좋지 않은 관계에 부채질을 하고 싶지는 않았다.

안마당을 가로지르는데 바리스가 따라붙었다. 바리스는 살짝 숨을 몰아쉬며 말했다. "이 내용은 바로 읽으시는 게 좋겠습니다." 그는 부드러운 하얀 손에 쥔 양피지를 내밀었다. "북쪽에서 온 보고랍니다."

"좋은 소식이오, 나쁜 소식이오?" 티리온이 물었다.

"그건 제가 판단할 몫이 아니군요."

티리온은 양피지를 풀었다. 햇불 밝힌 안마당에서 글자를 읽으려니 눈을 가늘게 떠야 했다. 그는 조용히 말했다. "신들이시여…… 둘 다 말이오?"

"안타깝게도 그런 모양입니다. 정말 슬픈 일입니다. 너무나 애통하고 슬픈 일이에요. 그렇게 어리고 무고한 아이들을."

티리온은 스타크 소년이 추락했을 때 늑대들이 어떻게 울부짖었는지 기억했다. '지금도 울부짖고 있을까?' 그는 물었다. "다른 사람에게도 전했소?"

"아직은 아닙니다만, 전해야겠지요."

티리온은 양피지를 말았다. "누이에게는 내가 말하리다." 세르세이가 이 소식을 어떻게 받아들일지 보고 싶었다. 정말 궁금했다.

그날 밤 왕대비는 특히 사랑스러운 모습이었다. 눈동자 색이 돋보이는 짙은 녹색 벨벳으로 만든 가슴이 깊이 파인 가운을 입고 있었다. 드러난 어깨 위로 금빛 머리채가 떨어졌고, 허리에는 에메랄드가 점점이 박힌 직물 허리띠를 둘렀다. 티리온은 자리에 앉아서 와인을 한 잔 받은 후에야 그 편지를 누이에게 내밀었다. 말은 한 마디도 하지 않았다. 세르세이는 천진하게 그를 보며 눈을 깜박이더니 양피지를 건네 받았다.

그는 누이가 편지를 읽는 동안 말했다. "기쁘겠어. 그 스타크 꼬마가 죽었으면 했잖아."

세르세이는 뚱한 표정을 지었다. "그 아이를 창문에서 던진 건 내가 아니라 제이미였어. 사랑을 위해서라고 했지. 그러면 내가 기뻐하기라도 할 줄 알고 말이야. 그건 멍청한 데다가 위험한 짓이었어. 하지만 우리의 사랑스러운 형제가 언제 멈춰서 생각을 하던가?"

"그 아이는 누나를 봤어." 티리온이 지적했다.

"어린아이였어. 겁을 줘서 입을 막을 수 있었을 거야." 세르세이는 생각에 잠겨서 편지를 들여다보았다. "왜 어느 스타크가 발가락을 찧을 때마다 내가 비난을 받아야 하지? 이건 그레이조이가 한 짓이야. 나와는 아무 상관 없어."

"캐틀린 부인도 그렇게 믿길 빌자고."

세르세이는 눈을 크게 떴다. "그 여자가 설마—"

"제이미를 죽이겠냐고? 왜 못 하겠어? 조프리와 토멘이 살해당한다면 누나는 어떻게 할 건데?"

"난 아직 산사를 데리고 있어!" 왕대비는 분명히 말했다.

"우리가 아직 산사를 데리고 있지." 티리온은 주어를 고쳤다. "그리고 그 아이를 잘 돌봐주는 게 좋을 거야. 그나저나, 약속한 저녁 식사는 어디 있지, 사랑하는 누나?"

세르세이가 맛있는 식사를 차려낸다는 사실은 부정할 수 없었다. 그들은 크림 같은 밤 수프, 바삭바삭하고 따뜻한 빵, 그리고 사과와 잣을 버무린 채소로 식사를 시작했다. 그다음에는 장어 파이, 꿀을 발라 구운 햄, 버터 입힌 당근, 하얀 콩과 베이컨, 그리고 버섯과 굴을 채워 구운 백조 고기가 나왔다. 티리온은 지극히 예의를 갖췄다. 요리가 나올 때마다 누이에게 먼저 원하는 부위를 고르라고 하고, 누이가 먹은 다음에야 먹었다. 정말로 누이가 그에게 독을 먹이지야 않겠지만, 조심해서 나쁠 것은 없었다.

그는 스타크 아이들에 대한 소식이 누이를 언짢게 만들었음을 알 수 있었다. "비터브리지에서는 아무 소식 없고?" 세르세이는 사과 한 조각을 단검에 꽂아 조금씩 우아하게 베어 먹으며 걱정스레 물었다.

"없어."

"난 리틀핑거를 믿은 적이 없어. 돈만 많이 주면 손바닥 뒤집듯이 스타니스에게 돌아설 놈이야."

"스타니스 바라테온은 사람을 돈으로 사기엔 너무 고결해서. 피터 같은 사람에게 편안한 주인도 못 되고. 이 전쟁이 기묘한 짝들을 맺어줬다는 점은 나도 동의하지만, 그 둘? 아니야."

티리온이 햄을 몇 조각 잘라내는 동안 세르세이는 말했다. "그 돼지고기에 대해서는 탠다 부인에게 고마워해야 해."

"애정의 표시인가?"

"뇌물이지. 성으로 돌아가게 해달라고 애걸하고 있어. 나만이 아니라 네 허락까지 말이야. 네가 자일스 공처럼 자기도 길에서 체포할까 봐 걱정인 거 같던데."

"탠다 부인도 왕위 계승자와 같이 달아날 계획이래?" 티리온은 누이에게 햄을 한 조각 덜어주고 한 조각은 자기 접시에 덜었다. "탠다 부인은 여기 있는 편이 좋아. 정 안전한 기분을 느끼고 싶다면 스토크워스에서 수비군을 데려오라고 해. 원하는 대로 얼마든지."

"우리에게 인원이 그렇게 절실하다면, 네 야만인들은 왜 내보낸 거지?" 세르세이의 목소리에 짜증이 스며들었다.

"그게 그놈들을 잘 써먹는 방법이니까." 그는 사실 그대로 말했다. "그놈들은 사나운 전사들이지만, 병사는 아니야. 공식 전투에서는 담대함보다 규율이 더 중요해. 그놈들은 이미 왕의 숲에서 도시 벽 안에 있던 시간을 다 합친 것보다 많은 일을 해줬어."

백조 고기가 나왔을 때, 왕대비는 '사슴뿔의 사람들'의 음모에 대해 물었다. 두려워한다기보다는 짜증이 난 기색이었다. "왜 이렇게 반역이 들끓지? 라니스터 가문이 이 비열한 놈들에게 무슨 피해를 입혔다고?"

"아무 짓도 안 했지. 하지만 놈들은 이기는 편에 붙자고 생각하는 거야…….그래서 반역자일 뿐만 아니라 바보들이기도 한 거고."

"반역자를 다 색출한 건 확실해?"

"바리스 말로는 그래." 백조 고기는 그의 입맛에 지나치게 기름졌다.

세르세이의 하얀 이마에, 사랑스러운 두 눈 사이에 주름이 하나 잡혔다. "넌 그 내시를 너무 믿어."

"나에게는 도움이 많이 됐어."

"아니면 그렇게 믿게 만드는 거겠지. 바리스가 비밀을 속삭이는 상대가 너 혼자뿐일까? 바리스는 우리들 각각에게, 딱 자기 없이는 아무 일도 못하겠다는 믿음을 줄 만큼만 정보를 제공해. 내가 로버트와 결혼했을 무렵에 나에게도 똑같이 굴었지. 몇 년 동안 난 궁정에 바리스보다 진실한 친구는 없다고 믿었지만, 지금은……." 세르세이는 잠시 티리온의 얼굴을 살폈다. "나보고 네가 조프리에게서 사냥개를 떼어놓으려 한다고 하더구나."

망할 바리스. "클리게인에게 더 중요한 임무를 맡겨야 해."

"왕의 목숨보다 더 중요한 건 없어."

"왕의 목숨은 위험하지 않아. 조프리에게는 용감한 오스먼드 경도 있고, 메린 트랜트도 있을 거야." '그것 말고는 쓸모가 없는 놈들이지.' "발론 스완과 사냥개가 돌격대를 이끌어줘야 해. 스타니스가 블랙워터 이쪽에 발도 못 붙이게 하려면."

"제이미라면 돌격대를 직접 이끌었을 거야."

"리버런에서부터? 그거 굉장한 돌격이겠군."

"조프리는 어린아이에 불과해."

"이 전투에 참여하고 싶어 하는 어린아이고, 이번만은 괜찮은 감각을 보여주고 있어. 조프리를 전투 한복판에 밀어 넣을 생각은 없지만, 그래도 모습은 보여야 해. 사람들은 어머니 치마폭에 숨은 왕보다는 자기들과 위험을 함께하는 왕을 위해 더 열심히 싸워."

"그 애는 열세 살이야, 티리온."

"열세 살 때 제이미 기억해? 그 아버지에 그 아들이길 바란다면 이 정도 역할은 하게 해줘. 조프리는 금화로 살 수 있는 가장 좋은 갑옷을 입을 테고, 언제나 황금 망토 십여 명에게 둘러싸여 있을 거야. 도시가 함락될 기미가 조금이라도 보이면 즉시 호위를 붙여서 레드킵으로 돌려보낼게."

그 정도면 누이를 안심시킬 수 있으리라 생각했건만, 세르세이의 녹색 눈동자에는 즐거운 기색이라곤 없었다. "도시가 함락될까?"

"아니." '하지만 혹시 함락된다면, 아버지가 우리를 구하러 진군해올 때

까지 레드킵을 지킬 수 있길 빌어줘.'

"넌 전에도 나에게 거짓말을 했어, 티리온."

"언제나 그럴 만한 이유가 있었어, 사랑하는 누나. 나도 누나만큼이나 우리 사이가 돈독하길 원해. 자일스 공은 풀어주기로 했어." 바로 이 순간을 위해 자일스를 안전하게 잡아두고 있었다. "보로스 블런트 경도 돌려줄 수 있어."

세르세이는 입을 꽉 다물었다가 말했다. "보로스 경은 로스비에서 썩으라고 해. 하지만 토멘은—"

"—그대로 있을 거야. 자일스 공과 함께 있는 것보다는 자슬린 공의 보호를 받는 게 훨씬 안전해."

하인들이 거의 손도 대지 않은 백조 고기를 치웠다. 세르세이는 단 음식을 내오라고 손짓했다. "네가 블랙베리 타르트를 좋아하면 좋겠구나."

"난 모든 타르트를 다 좋아해."

"아, 그거야 오래전부터 알았지. 바리스가 왜 그렇게 위험한지 아니?"

"이젠 수수께끼 놀이를 하는 거야? 아니."

"바리스에겐 남근이 없어."

"그건 누나도 마찬가지지." '그리고 누나는 그 사실을 무척이나 싫어하지.'

"어쩌면 나도 위험할지 모르지. 반면에 너는 다른 모든 남자들과 마찬가지로 엄청난 바보야. 생각의 절반은 네 다리 사이에 달린 벌레가 하거든."

티리온은 손가락에 묻은 부스러기를 핥았다. 누이의 미소가 마음에 들지 않았다. "그래. 그리고 지금 내 벌레는 슬슬 나가봐야겠다고 생각하고 있어."

"어디 안 좋니, 동생?" 세르세이는 젖가슴 윗부분이 잘 보이게 몸을 앞으로 내밀었다. "갑자기 허둥거리는 기색이로구나."

"허둥거리다니?" 티리온은 문 쪽을 흘긋 보았다. 바깥에서 무슨 소리가 들린 것 같았다. 여기에 혼자 온 게 후회스러워지기 시작했다. "전에는 내 남근에 관심을 보인 적이 없잖아."

"내 흥미를 끄는 건 네 남근이 아니야. 네 몸에 붙어 있는 한 아무래도 상관없어. 난 너처럼 사사건건 내시에게 의지하지 않는단다. 나름대로 정보를 알아내는 나만의 방법이 있지……. 특히 사람들이 나에게 알리고 싶어 하지 않는 정보를 말이야."

"무슨 말을 하려는 거야?"

"이것뿐이야— 네 귀여운 창녀는 내 손 안에 있다는 것."

티리온은 와인 잔에 손을 뻗으며 생각을 정리할 시간을 벌었다. "누나 취향에는 남자들이 더 맞는 줄 알았는데."

"넌 정말 우스꽝스러운 난쟁이야. 말해보렴, 이번 창녀와는 아직 결혼하지 않았니?" 티리온이 답을 하지 않자 세르세이는 소리 내어 웃었다. "아버지가 정말 안심하시겠는걸."

티리온은 배 속에 장어가 가득 든 느낌이었다. 어떻게 세르세이가 샤에를 찾아낸 걸까? 바리스가 배신했나? 아니면 인내심을 잃고 샤에의 저택으로 곧장 말을 달렸던 밤에 모든 예방책이 무위로 돌아갔나? "내가 내 침대를 데우는 데 누굴 고르든 누나가 왜 신경을 써?"

"라니스터는 언제나 빚을 갚지. 넌 킹스랜딩에 온 날부터 나에게 맞서는 계략을 짰어. 미르셀라를 팔아넘기고, 토멘을 훔치고, 이제는 조프리가 살해당하게 할 작정이야. 네가 토멘을 통해서 통치할 수 있게 조프리가 죽었으면 하는 거지."

'유혹적인 생각이 아니라고는 못 하겠는걸.' "이건 미친 짓이야, 세르세이. 스타니스가 며칠 안에 도착할 거야. 누나에겐 내가 필요해."

"무엇 때문에? 네 대단한 전투 기량 때문에?"

"브론의 용병들은 나 없이는 싸우지 않을 거야." 그는 거짓말을 했다.

"아, 난 싸울 거라고 봐. 그놈들이 사랑하는 건 네 금이지, 너의 악마 같은 기지가 아니거든. 하지만 두려워할 건 없어. 그놈들이 너 없이 싸우게 되진 않을 테니까. 가끔 네 목을 그어버릴까 생각한 적이 없다곤 못 하겠지만, 그랬다간 제이미가 날 용서하지 않을 거야."

"그리고 그 창녀는?" 감히 이름으로 부를 순 없었다. '샤에가 나에겐 아무 의미도 없다고 믿게 만들 수만 있다면, 혹시……'

"내 아들들에게 아무 해가 가지 않는 한 부드럽게 다룰 거란다. 하지만 조프리가 살해당한다면, 아니면 토멘이 우리 적의 손에 떨어진다면 네 귀여운 잡년은 네가 상상도 할 수 없을 만큼 고통스럽게 죽을 거야."

'정말로 내가 내 조카를 죽일 생각이라고 믿는 건가.' 그는 진력이 나서 약속했다. "애들은 안전해. 맙소사, 세르세이, 그 아이들은 내 핏줄이기도 해! 대체 날 어떤 놈으로 보는 거야?"

"작고 뒤틀린 놈으로 보지."

티리온은 와인 잔 바닥에 남은 찌꺼기를 들여다보았다. '제이미가 내 입장이라면 어떻게 할까?' 일단 죽여버리고 결과는 나중에 걱정하겠지. 하지만 티리온에게는 금빛 검도 없었고, 검을 휘두를 재주도 없었다. 형의 무모한 분노를 사랑하기는 했지만, 그가 모방해야 하는 건 아버지 쪽이었다. '돌이야. 난 돌이 되어야 해. 캐스털리록처럼 단단하고 움직일 수 없는 존재가 되어야 해. 이 시험에 실패한다면 차라리 제일 가까운 괴물 극단을 찾는 게 나을 거야.' 그는 말했다. "누나가 그 여자를 이미 죽였는지 어떻게 알아."

"보고 싶니? 그럴지도 모른다고 생각했지." 세르세이는 방을 가로질러 걸어가더니 무거운 참나무 문을 열어젖혔다. "내 동생의 창녀를 데려와라."

오스먼드 경의 동생인 오스니와 오스프리드는 같은 콩깍지에서 나온 콩답게 둘 다 매부리코에 검은 머리, 잔인한 미소를 지닌 키 큰 남자들이었다. 그녀는 두 남자 사이에 늘어져 있었다. 크게 뜬 눈이 검은 얼굴에 하얗게 도드라졌다. 터진 입술에서 피가 흘렀고, 찢어진 옷 사이로 멍 자국이 보였다. 두 손은 밧줄에 묶여 있었고, 말을 하지 못하게 재갈도 물린 상태였다.

"해치지 않는다더니."

"맞서 싸워서 말입니다." 다른 형제들과 달리 오스니 케틀블랙은 깨끗하게 면도를 해서, 뺨을 긁힌 자국이 선명하게 보였다. "이년은 손톱이 그림자삵 못지않아요."

세르세이가 지루하다는 말투로 말했다. "멍 자국은 나아. 이 창녀는 살거야. 조프리가 살아 있는 한."

티리온은 대놓고 웃어주고 싶었다. 그런다면 너무나, 너무나 너무나 달콤했겠지만, 게임을 망칠 터였다. '세르세이 누나는 졌어. 그리고 케틀블랙 형제는 브론의 주장보다도 더 심한 바보들이로군.' 말해버리면 그만이었다.

하지만 그러는 대신 그는 여자의 얼굴을 보며 말했다. "전투가 끝나면 풀어준다고 맹세해?"

"네가 토멘을 풀어주면. 그래."

티리온은 자리에서 일어섰다. "그렇다면 데리고 있어. 다만 안전하게 데리고 있어줘. 이 짐승들이 저 여자를 아무렇게나 해도 된다고 생각한다면…… 흠, 사랑하는 누나, 저울은 한쪽으로만 기우는 게 아니라는 사실을 지적해두지." 그의 말투는 차분하고 덤덤했으며 무정했다. 그는 스스로에게서 아버지의 목소리를 찾으려 했고, 찾아냈다. "저 여자에게 무슨 일이 일어나든 토멘에게도 같은 일이 일어날 거야. 폭행과 강간도 포함해서." '날 그렇게 괴물로 본다면, 기꺼이 그 역할을 연기해주지.'

세르세이도 예상치 못했던 모양이었다. "감히 그러진 못할걸."

티리온은 느리고 차가운 미소를 지었다. 녹색과 검은색의 두 눈이 세르세이를 비웃었다. "못할 거라고? 내가 직접 할 거야."

누이의 손이 그의 얼굴을 향해 날아왔지만, 그는 그 손목을 잡아서 꺾었다. 세르세이가 비명을 지르자 오스프리드가 구하러 나섰다. "한 걸음만 더 다가오면 팔을 부러뜨릴 거야." 티리온이 경고하자 오스프리드는 멈춰섰다. "다시는 날 때리지 못할 거라고 했던 말 기억해, 세르세이?" 그는 세르세이를 바닥에 밀치고 케틀블랙 형제를 돌아보았다. "밧줄을 풀고 재갈을 빼줘."

밧줄을 너무 꽉 묶어서 손에 피가 통하지 않는 상태였다. 그녀는 피가 다시 돌자 고통에 비명을 터뜨렸다. 티리온은 감각이 돌아올 때까지 부드럽게 그녀의 손가락을 주물러주었다. "우리 귀염둥이, 용감해야 해. 저놈들이 아프게 한 건 미안해."

"나리께서 풀어주실 줄 알아요."

"그럴 거야." 티리온이 약속하자 알라야야는 허리를 굽혀 그의 이마에 입을 맞췄다. 갈라진 입술 때문에 그의 이마에 핏자국이 남았다. '피투성이 입맞춤이라니, 난 받을 자격이 없는 보상이로군. 나만 아니었으면 다칠 일도 없었을 텐데.'

그는 그녀의 피를 묻힌 채로 왕대비를 내려다보았다. "세르세이, 누나를 좋아한 적은 없지만, 그래도 내 누나니까 해를 입힌 적은 없었어. 누나가 그걸 끝냈어. 이 일은 반드시 갚을 거야. 아직 방법은 모르겠지만, 나에게 시간을 줘봐. 누나가 안전하고 행복하다고 생각하는 날이 왔을 때, 그때 갑자기 기쁨이 입안에서 재로 변하게 되거든 내가 빚을 갚은 줄 알아."

아버지가 언젠가 말하길, 전쟁에서 전투는 한쪽 군대가 흩어져 달아나는 순간에 끝난다고 했다. 조금 전까지 그 수가 아무리 많았다 해도, 여전히 갑옷과 무기를 갖추고 있다 해도 상관없었다. 일단 앞에서 달아난 적은 감히 몸을 돌려 싸우지 못한다. 세르세이도 그랬다. 그녀가 내놓은 대답은 오직 이것뿐이었다. "나가! 내 눈앞에서 꺼져!"

티리온은 허리를 숙였다. "그렇다면 좋은 밤 보내시길. 즐거운 꿈 꾸시고."

그는 갑옷을 입은 천 개의 발이 머릿속을 진군하는 기분으로 수관의 탑에 돌아갔다. '차타야의 옷장 뒤편으로 빠져나갔을 때부터 이런 일이 생길 줄 알았어야 했어.' 생각하고 싶지 않았는지도 모른다. 탑을 다 올랐을 때는 다리가 심하게 쑤셨다. 그는 포드에게 와인을 한 병 가져오라고 해놓고 침실로 들어갔다.

차양을 친 침대 속에 샤에가, 젖가슴 굴곡 위로 늘어진 묵직한 금목걸이를 빼고는 아무것도 입지 않은 샤에가 앉아 있었다. 금으로 만든 손이 다음 손의 손목을 잡고 이어지는 목걸이였다.

샤에를 볼 줄은 예상도 하지 못했다. "여기서 뭘 하는 거지?"

샤에는 소리 내어 웃으며 금목걸이를 쓰다듬었다. "내 가슴을 만져줄 손이 있었으면 좋겠어서……. 그렇지만 이 작은 황금 손들은 차갑네요."

그는 잠시 동안 무슨 말을 해야 할지 몰랐다. 샤에에게 당신이 맞을 매를 다른 여자가 대신 맞았다고, 그리고 전투의 불운이 조프리에게 닥치기라도 하면 당신 대신 그 여자가 죽을 거라고 어떻게 전한단 말인가? 그는 손등으로 이마에 묻은 알라야야의 핏자국을 지웠다. "롤리스 아가씨는─"

"자고 있어요. 그 덩치 큰 암소는 늘 자고만 싶어 해. 자고, 먹고. 가끔은 먹다가 잠들기도 하고요. 음식이 담요 속에 떨어지는데 그대로 뒤집어쓰죠. 치우는 건 내가 해야 하고." 샤에는 진저리를 냈다. "그놈들이 한 짓이래봐야 좆질이 다구먼."

"그 어머니 말로는 아프다던데."

"배 속에 아기가 들었을 뿐이에요."

티리온은 방 안을 둘러보았다. 모든 것이 나갔을 때 그대로처럼 보였다.

"어떻게 들어왔어? 비밀 문 좀 보여줘."

샤에는 어깨를 으쓱였다. "바리스 공이 두건을 뒤집어쓰게 했어요. 그래가지고 볼 수가 있어야죠. 다만…… 두건 밑으로 바닥을 엿본 곳이 한군데 있긴 해요. 전부 다 타일이었어요. 그게 뭐더라, 그림 만드는 타일 있죠?"

"모자이크?"

샤에는 고개를 끄덕였다. "붉은색과 검은색이었어요. 그림은 드래곤이었던 것 같아요. 거기 말고는 다 어두컴컴했어요. 사다리를 하나 내려가서 방향을 모르게 빙빙 돌 때까지 한참 걸었어요. 한번은 바리스 공이 잠긴 철문을 열 수 있게 멈췄고요. 그 문은 몸이 닿아서 겨우 빠져나왔네요. 드래곤은 그 문을 지난 다음에 있었어요. 그다음엔 또 다른 사다리를 올라갔고, 그 위에 터널이 있었고요. 전 웅크리고 지나가야 했고, 바리스 공은 기었던 것 같아요."

티리온은 침실을 한 바퀴 돌아보았다. 벽에 붙은 촛대 하나가 느슨해 보였다. 까치발을 들고 그 촛대를 돌리려고 해보았더니, 돌벽을 긁으며 천천히 돌아갔다. 촛대가 거꾸로 뒤집히자 짤따란 초가 떨어졌다. 차가운 돌바닥에 흩어진 골풀은 조금도 흐트러지지 않은 것 같았다. "우리 나리는 저와 침대에 들고 싶지 않으신가요?" 샤에가 물었다.

"잠시만." 티리온은 옷장을 열고, 안에 든 옷을 한쪽으로 몬 다음 뒤판을 밀었다. 매춘굴에서 통한 속임수라면 성에서도 통할지 몰랐다……. 하지만 아니었다. 나무 판은 단단하니 움직이지 않았다. 창가 자리 옆의 돌이 시선을 끌었지만, 아무리 당기고 찔러봐도 소용이 없었다. 그는 좌절하고 짜증이 난 채로 침대에 돌아갔다.

샤에는 그의 옷을 여민 끈을 풀고, 두 팔로 목을 감싸 안으며 중얼거렸다. "어깨가 돌처럼 딱딱하게 굳었네요. 얼른요. 내 안에서 우리 나리를 느끼고 싶어요." 그러나 샤에가 두 다리를 그의 허리에 두르자 그의 성기가 풀이 죽어버렸다. 그의 성기가 말랑말랑해진 것을 느낀 샤에가 이불 밑으로 들어가서 입에 물었는데도 발기가 되지 않았다.

그는 몇 분 후에 샤에를 단념시켰다. "뭐가 문제죠?" 샤에가 물었다. 그 앳된 얼굴 선에 세상의 모든 사랑스러운 천진함이 깃들어 있었다.

'천진하다고? 멍청아, 이 여자는 창녀야. 세르세이 말이 맞았어. 넌 남근으로 생각을 하고 있어. 바보같이.'

"그냥 자도록 해, 우리 귀염둥이." 그는 샤에의 머리를 쓰다듬으며 말했다. 그러나 샤에가 그의 충고를 받아들이고 한참이 지나도록 티리온 본인은 잠들지 못한 채 샤에의 작은 가슴 한쪽을 쥐고 그녀의 숨소리에 귀를 기울였다.

캐틀린

리버런의 대연회장은 두 명이 앉아서 저녁 식사를 하기에는 쓸쓸한 장소였다. 벽마다 짙은 그림자가 드리웠다. 횃불 하나가 꺼지면서 세 개만 남았다. 캐틀린은 와인 잔만 들여다보고 있었다. 빈티지 와인도 그녀의 입에는 묽고 시큼하기만 했다. 맞은편에는 브리엔느가 앉아 있었다. 두 사람 사이에는 그녀의 아버지가 앉던 높은 의자가 대연회장의 나머지 공간과 다를 바 없이 비어 있었다. 하인들마저 나가고 없었다. 캐틀린이 축하 행사에 참여하라고 내보낸 탓이었다.

아성의 벽은 두꺼웠으나, 그래도 바깥 마당에서 벌어지는 소동이 흐릿하게 들려왔다. 데스몬드 경이 지하실에서 술통 스무 개를 꺼냈고, 평민들은 갈색 에일 잔을 들어 올리며 에드무어의 무사 귀환과 롭의 크래그 정복을 축하하고 있었다.

캐틀린은 생각했다. '나무랄 수야 없는 일이지. 저들은 몰라. 설령 안다 해도 저들이 왜 신경을 쓰겠어? 내 아들들을 알지도 못하는데. 심장이 목까지 올라오는 심정으로 브랜이 벽을 타는 모습을 지켜본 적도 없고, 그 모습을 보면서 자랑스러움과 두려움이 한데 섞여 구분할 수 없었던 적도 없고, 그 아이의 웃음소리를 들은 적도 없고, 리콘이 형들처럼 굴려고 무던히 애쓰는 모습을 보며 미소 지어본 적도 없지.' 그녀는 앞에 차려진 저녁 식사를 가만히 바라보았다. 베이컨 말이 송어, 순무 잎과 붉은 회향풀과 단풀로 만든 샐러드, 완두콩과 양파와 따뜻한 빵. 브리엔느는 저녁 식사 역시 해치워야 할 일거리라는 듯이 차근차근 먹어치우고 있었다. 캐틀린은 생각했다. '난 심술궂은 여자가 되어가고 있어. 술에서도 고기에서도 즐거움을 얻지 못하고, 노래와 웃음소리는 의심스럽고 낯선 것이 되어버렸지. 난 슬픔과 먼지와 쓰디쓴 갈망으로 이루어진 짐승이야. 내 심장이 있던 자리는 텅 비어버렸어.'

브리엔느가 먹는 소리를 견딜 수가 없어졌다. "브리엔느, 난 동석하기 적당한 상대가 아니야. 가서 잔치에 참여하게. 에일을 마시고 라이먼드의 하프 소리에 맞춰 춤을 춰."

"저는 잔치에 어울리는 사람이 아닙니다." 브리엔느는 커다란 손으로 검은 빵을 찢더니, 그게 뭐였는지 잊어버린 사람처럼 빵 덩이를 응시했다. "명하신다면……."

캐틀린은 브리엔느의 불편한 마음을 알아볼 수 있었다. "나보다는 좀 더 행복한 사람들과 같이 있는 게 좋을 거라 생각했을 뿐이야."

"저는 충분히 만족스럽습니다." 브리엔느는 손에 쥔 빵을 송어를 튀겨낸 베이컨 기름에 적셨다.

"오늘 아침에 전서조가 또 왔다네." 캐틀린은 자신이 왜 이런 말을 하는지 알지 못했다. "학사가 바로 날 깨웠지. 본분에는 충실할지 몰라도 친절한 행위는 아니었어. 전혀 아니었지." 원래 브리엔느에게 말할 마음은 없었다. 캐틀린과 바이먼 학사 말고는 아무도 그 소식을 몰랐고, 한동안은 그렇게 유지할 생각이었어…….

'한동안 언제까지? 어리석은 여자야, 네 마음속 비밀로 묻어두면 사실이 아니게 될 줄 알고? 말하지 않으면, 절대 말하지 않으면 꿈이 될까 봐? 반쯤 기억에서 사라진 악몽이 되어줄까 봐? 아, 신들이 그렇게 자비로우시다면 얼마나 좋을까.'

"킹스랜딩 소식입니까?" 브리엔느가 물었다.

"그렇다면 얼마나 좋을까. 세르윈 성에서 로드릭 경이, 내 수호성주가 보낸 새였어." 어두운 날개에 어두운 소식. "최대한 군세를 모아서 윈터펠로 진군하고 있다는군. 성을 되찾으려고." 이제는 그게 얼마나 대수롭지 않은 소리로 들리는지. "하지만 로드릭 경이 쓰기를…… 나에게 말하기를, 경이……."

"부인, 무슨 일입니까? 아드님들 소식인가요?"

참으로 간단한 질문이었다. 답변도 그렇게 간단할 수 있다면 좋으련만. 캐틀린은 말을 하려고 했지만, 단어가 목에 걸려 나오지 않았다. "나에게 아들은 롭밖에 없어." 흐느끼지 않고 그 끔찍한 말을 뱉는 데 성공했다는 사실만도 고마웠다.

브리엔느는 공포에 질려서 그녀를 보았다. "부인?"

"브랜과 리콘이 탈출하려다가, 에이콘워터에 있는 어느 방앗간에서 잡혔다네. 테온 그레이조이가 아이들의 머리통을 윈터펠 성벽에 걸었다지. 테온 그레이조이가, 열 살 때부터 내 식탁에서 밥을 먹은 아이가." '말해버렸어, 신들이시여 용서하소서. 이제 말해버렸으니 사실이 되었구나.'

눈물에 브리엔느의 얼굴이 흐려졌다. 브리엔느는 식탁 너머로 손을 뻗었지만, 접촉이 반갑지 않을까 싶었는지 캐틀린의 손을 잡지 않고 멈췄다. "저는…… 뭐라 드릴 말씀이 없습니다, 제 주인이시여. 아드님들은, 아드님들은 이제 신들과 함께 있어요."

"그런가?" 캐틀린은 날카롭게 말했다. "어떤 신이 이런 일이 일어나게 둔단 말인가? 리콘은 아직 아기였어. 어떻게 리콘이 이런 죽음을 당해 마땅할 수가 있나? 그리고 브랜은…… 내가 북부를 떠났을 때 그 아이는 추락한 이후 눈도 아직 뜨지 못한 상태였지. 난 그 아이가 깨기 전에 떠나야 했어. 이제는 두 번 다시 그 아이에게 돌아갈 수도 없고, 그 아이의 웃음소리를 들을 수도 없네." 캐틀린은 브리엔느에게 손바닥을 내보였다. "이 흉터는…… 그자들은 자고 있는 브랜의 목을 그으려고 어떤 남자를 보냈어. 브랜은 그때 죽을 수도 있었는데, 나도 같이 죽을 수도 있었는데, 브랜의 늑대가 그자의 목을 찢어버렸지." 그녀는 거기까지 말하고서 잠시 멈칫했다. "테온이 그 늑대들도 죽였겠군. 그래야 했을 거야. 그렇지 않고서는……. 난 다이어울프들과 같이 있는 한 아이들이 안전할 거라 믿고 있었어. 롭과 그레이윈드처럼. 하지만 내 딸들에겐 지금 늑대가 없지."

갑작스러운 화제 전환에 브리엔느는 당황했다. "따님들은……."

"산사는 세 살 때부터 숙녀였다네. 언제나 예의 바르고 사람들을 기쁘게 해주고 싶어 했지. 기사들의 용맹에 대한 이야기를 어찌나 좋아했던지. 사람들은 그 아이가 나를 닮았다고 말하지만, 분명히 나보다 훨씬 아름다운 여자로 성장할 거야. 보면 알아. 난 직접 산사의 머리를 빗어주려고 시녀를 내보내곤 했지. 산사의 붉은 머리는 나보다 색이 밝은데, 참으로 풍성하고 부드럽다네……. 횃불 빛을 받으면 그 붉은색이 구리처럼 빛나곤 했지.

그리고 아리아는…… 네드를 찾아온 사람들이 예고 없이 마당에 말을 몰고 들어오거나 하면 꼭 아리아를 마구간지기 소년으로 착각하곤 했다네. 아리아가 골칫거리였다는 말은 해둬야겠지. 반은 사내아이 같고 반은 늑대 새끼 같았어. 뭐든 하지 말라고 금지하면 꼭 하고 싶어 했지. 네드의 긴 얼굴을 닮았고, 갈색 머리는 언제나 새가 둥지를 튼 것 같은 꼴이었네. 난 아리아는 절대 숙녀로 만들지 못하겠다 절망했지. 그 아이는 다른 여자아이들이 인형을 모을 때 상처 딱지를 모았고, 머리에 떠오르는 생각은 서

습없이 말하곤 했네. 아마 그 아이도 죽었을 거야." 그 말을 입 밖에 내자 거인의 손이 가슴을 꽉 쥐는 느낌이 들었다. "다 죽어버렸으면 좋겠네, 브리엔느. 테온 그레이조이부터, 그다음엔 제이미 라니스터와 세르세이와 꼬마 악마도 전부 다. 모조리 죽어버렸으면 좋겠어. 하지만 내 딸들은……
내 딸들은……."

브리엔느는 어색하게 말했다. "왕대비는…… 그 여자에게도 어린 딸이 있습니다. 마님의 아드님들과 비슷한 또래의 아들들도 있고요. 이 소식을 들으면 그 여자도…… 어쩌면 연민을 갖고……."

"내 딸들을 무사히 돌려보낼지 모른다고?" 캐틀린은 서글픈 미소를 지었다. "그 순진함이 사랑스럽군. 나도 그럴 수 있다면……. 하지만 아니야. 롭은 동생들의 복수를 할 거야. 얼음은 불만큼이나 치명적일 수 있지. 네드의 대검 이름도 '얼음'이었다네. 천 번을 접어 만든 물결무늬가 있는 발리리아 강철검이었는데, 손대기도 무서울 정도로 날카로웠지. 롭의 검은 얼음에 비하면 곤봉이나 다름없이 무뎌. 롭이 테온의 머리통을 잘라내기가 쉽지 않을 거야. 스타크는 처형인을 따로 쓰지 않는다네. 네드는 언제나 사형 선고를 내리는 사람이 직접 칼을 휘둘러야 한다고 했지만, 의무를 다할 뿐 결코 즐거워하지는 않았지. 하지만 난 즐거워할 거야. 아, 그렇고 말고." 캐틀린은 흉터 진 손을 내려다보며 손을 폈다가 오므리더니 천천히 시선을 들었다. "내가 와인을 보냈네."

"와인요?" 브리엔느는 갈피를 잃었다. "롭 전하에게요? 아니면…… 테온 그레이조이요?"

"킹슬레이어." 클레오스 프레이에게는 통했던 책략이었다. '갈증에 시달렸으면 좋겠군, 제이미. 목이 바싹 말랐으면 좋겠어.' "자네도 나와 같이 갔으면 좋겠네."

"분부대로 따르겠습니다."

"좋아." 캐틀린은 갑자기 일어섰다. "남아서 평화롭게 식사 마치게. 나중에 부르지. 자정에."

"그렇게 늦은 시각에 말입니까?"

"지하감옥에는 창문이 없어. 그 아래에서는 시간을 구분할 수 없고, 나에게는 언제나 자정이나 다름없네." 캐틀린이 대연회장을 떠나는 발소리가 공허하게 울려 퍼졌다. 호스터 공의 개인 방으로 올라가면서 그녀는 바깥의 고함 소리를 들을 수 있었다. "툴리!" 그리고 "축배를! 용감한 젊은 영주님께 축배를!" 그녀는 아래에 대고 외치고 싶었다. '아버지는 아직 죽지 않았어. 내 아들들이 죽었지. 하지만 아버지는 살아 계시단 말이다, 이 저주받을 것들아. 아직 아버지가 너희들의 영주야.'

호스터 공은 깊은 잠에 빠져 있었다. 바이먼 학사가 말했다. "드림와인을 한 잔 드신 지 얼마 되지 않았습니다. 통증 때문에요. 여기 계셔도 모르실 겁니다."

"상관없어요." 캐틀린은 말했다. '빈사 상태라곤 해도 내 가없은 귀여운 아들들보다는 살아 있어.'

"마님, 제가 해드릴 수 있는 일이 있을까요? 수면제라도 만들어드릴까요?"

"고마워요, 학사. 하지만 사양하지요. 잠을 자며 슬픔을 흘려보내진 않을 겁니다. 브랜과 리콘은 그 이상을 받을 자격이 있어요. 가서 축하 잔치에 참여해요. 한동안은 내가 아버지 곁에 앉아 있을 테니."

"말씀대로 하겠습니다." 바이먼은 허리 숙여 절을 하고 나갔다.

입을 벌리고 누운 호스터 공의 호흡은 희미한 휘파람 소리가 나는 한숨이었다. 매트리스 가장자리로 늘어진 한 손은 허약하고 뼈와 가죽뿐인 허여멀건 물건이었지만, 만져보면 따뜻했다. 캐틀린은 그 손을 깍지 껴 잡고 서글프게 생각했다. '아무리 꽉 붙잡아도 아버지를 여기 붙들어둘 순 없어. 놓아드리자.' 생각은 그랬으나 손가락이 풀리지 않았다.

"대화할 상대가 없어요, 아버지. 기도는 드리지만, 신들은 답을 하지 않죠." 캐틀린은 아버지의 손에 가볍게 입을 맞췄다. 피부는 따뜻했고, 투명하도록 창백한 그 피부 아래로 푸른 핏줄이 강줄기처럼 갈라져나갔다. 바깥에서는 레드포크와 텀블스톤 같은 훨씬 거대한 강이 흘렀고, 그 강물은 언제까지나 흐를 테지만, 아버지의 손을 흐르는 강은 영원하지 않을 터였다. 그 흐름은 너무 빨리 멈출 것이다. "어젯밤 꿈에는 라이사와 제가 시가드에서 말을 타고 돌아오다가 길을 잃었을 때 일이 나왔어요. 기억하세요? 이상한 안개가 일어나서 저희가 뒤처지면서 나머지 일행과 헤어졌죠. 사방이 회색이었고, 제가 탄 말 바로 앞도 보이지 않았어요. 저희는 길에서 벗어났죠. 나뭇가지들이 지나가는 저희를 잡아채려고 뻗어오는 길고 앙상한 팔들 같았어요. 라이사는 울기 시작했고, 제가 소리를 지르자 안개가 그 소리마저 삼켜버리는 것 같았어요. 하지만 피터는 우리가 어디에 있는지 알고, 말을 달려 돌아와서 찾아냈죠…….

그렇지만 지금은 절 찾아낼 사람이 아무도 없네요. 그렇죠? 이번에는 제가 직접 길을 찾아야 하고, 그건 힘든 일이에요. 너무 힘들어요.

자꾸만 스타크 가언을 되새기고 있어요. 겨울이 왔어요, 아버지. 제게, 제게 겨울이 왔어요. 이제 롭은 라니스터만이 아니라 그레이조이와도 싸워야 해요. 그런데 뭘 위해서죠? 금모자와 철의자를 위해서요? 이 땅에 피는 충분히 흘렀어요. 전 딸들을 되찾고 싶어요. 롭이 검을 내려놓고 월더 프레이의 수수한 딸을 하나 골랐으면 좋겠어요. 롭을 행복하게 해주고 아들들을 낳아줄 처녀로요. 브랜과 리콘이 돌아왔으면 좋겠어요. 전……." 캐틀린은 고개를 늘어뜨렸다. "그랬으면 좋겠어요." 한 번 더 그 말을 하고 나니 할 말이 사라졌다.

잠시 후에 촛불이 흔들리다가 꺼져버렸다. 덧창 널 사이로 비스듬히 흘러든 달빛이 아버지의 얼굴에 가느다란 은빛 그림자를 드리웠다. 캐틀린은 부드러운 속삭임 같은 아버지의 힘겨운 숨소리, 끊임없이 흘러가는 강물 소리, 마당에서 희미하게 들려오는 어느 사랑 노래 가락을 들을 수 있었다. 너무나 슬프고도 달콤한 노래였다. 라이먼드가 노래했다. "난 가을처럼 붉은 처녀를 사랑했네. 머리에 저녁 노을이 내려앉은 처녀를."

캐틀린은 언제 노랫소리가 그쳤는지 알아차리지 못했다. 몇 시간은 지났을 테지만, 브리엔느가 문간에 나타나기까지가 순식간 같았다. 브리엔느는 조용히 말했다. "자정입니다."

'자정이 왔어요, 아버지. 전 의무를 다해야 해요.' 캐틀린은 그렇게 생각하며 아버지의 손을 놓았다.

간수는 코가 붉고 몸집이 작은 교활한 사내였다. 그들이 찾아갔을 때 간수는 먹다 남은 비둘기 파이와 커다란 에일 잔 위로 몸을 구부리고 있었는데, 조금 취한 정도가 아니었다. 그는 의심스럽다는 듯 눈을 가늘게 뜨고 그들을 보았다. "용서하십쇼, 마님. 하지만 에드무어 영주님께서 자신의 편지 없이는 아무도 킹슬레이어를 보지 못하게 하라 하셨습니다요. 인장이 제대로 찍힌 편지가 있어야 한다고요."

"에드무어 영주님이라고? 아버지가 돌아가셨는데 아무도 나에게 말을 안 했던가?"

간수는 입술을 핥았다. "그게, 제가 알기론 아닙니다."

"감옥 문을 열게. 아니면 나와 함께 호스터 공의 개인 방으로 가서 왜 날 무시해도 된다고 생각했는지 고해야 할 거야."

간수는 시선을 내리깔았다. "분부대로 하겠습니다." 열쇠 꾸러미는 간수의 허리를 감싼 징 박힌 가죽 허리띠에 사슬로 매여 있었다. 그는 들리지 않게 중얼거리며 열쇠 꾸러미를 만지작거리다가 겨우 킹슬레이어의 감방 문에 맞는 열쇠를 찾아냈다.

"술잔이나 다시 들고 우리는 내버려두게." 캐틀린은 명령했다. 낮은 천장에 박힌 갈고리에 기름 등이 하나 걸려 있었다. 캐틀린은 그 등잔을 내려서 불길을 높였다. "브리엔느, 내가 방해받지 않도록 살피게."

브리엔느는 고개를 끄덕이고 장검 손잡이 끝에 손을 얹은 채 감방 바로 밖에 자리를 잡았다. "제가 필요하시면 부르십시오."

캐틀린은 나무와 쇠로 만든 묵직한 문을 어깨로 밀고 어둠 속으로 들어갔다. 여기는 리버런의 창자 속이나 다름없었고, 그에 걸맞은 냄새가 났다. 발아래에서 오래된 지푸라기가 부서졌다. 벽은 초석 찌꺼기로 얼룩졌다. 돌벽 너머로 희미하게 텀블스톤 강물이 흐르는 소리를 들을 수 있었다. 등잔불이 비추자 한쪽 구석에 오물이 넘치는 통과 반대쪽 구석에 웅크린 형체가 드러났다. 와인 병은 손도 대지 않은 채 문 옆에 놓여 있었다. '책략은 물 건너갔군. 간수가 마시지 않은 게 그나마 다행이라고 해야 하나.'

제이미가 얼굴을 가리려고 두 손을 들어 올리자, 손목에 감긴 사슬이 절그렁거렸다. "스타크 부인." 그는 오랫동안 말을 하지 않아 꽉 잠긴 목소리로 말했다. "유감이지만 부인을 환영할 상태가 아니로군요."

"날 보시오, 경."

"빛 때문에 눈이 아파서 말입니다. 괜찮다면 잠시 기다려주시죠." 제이미 라니스터는 속삭이는 숲에서 사로잡힌 이후 면도를 허락받지 못했기에, 예전에는 세르세이와 꼭 닮았던 얼굴을 덥수룩한 수염이 가리고 있었다. 등잔불에 금빛으로 반짝이는 수염 탓에 그는 거대한 노란 짐승 같았고, 사슬에 묶여서도 당당해 보였다. 감지 않은 머리는 엉키고 꼬여서 어깨까지 늘어졌고, 몸에 걸친 옷은 썩어가고 있었으며, 얼굴은 창백하고 쇠약했으나…… 그런 꼴로도 그 남자의 힘과 아름다움은 알아볼 수 있었다.

"내가 보낸 와인을 건드리지 않았군."

"갑자기 관대하게 구시면 의심스러워서 말입니다."

"내가 원하면 언제든 그 머리통을 떼어낼 수 있는데 뭐하러 독살을 하겠소?"

"독살은 자연사처럼 보일 수 있지요. 내 머리통이 떨어져 나가면 그렇게 주장하기가 힘들고." 그는 서서히 빛에 적응이 되는지 고양이 같은 초록색 눈동자를 가늘게 뜨고 바닥에서 시선을 들었다. "앉으시라 하고 싶지만, 동생분께서 의자를 안 주셔서 말입니다."

"서 있어도 괜찮소."

"그래요? 부인 안색이 말이 아닌데요. 그냥 여기 불빛이 이 모양이라 그럴지도 모르겠군요." 그는 수갑과 족쇄를 찼는데, 쇠사슬로 서로 연결되어 있어서 편하게 서지도 눕지도 못하는 상태였다. 족쇄에 연결된 사슬은 벽에 박혀 있었다. "내 팔찌가 충분히 무거워 보입니까? 아니면 몇 개 더 해주러 오셨습니까? 원하신다면 흔들어서 예쁜 소리를 들려드리죠."

"경이 자초한 일이오." 캐틀린은 상기시켰다. "우린 경의 출생과 지위에 걸맞은 편안한 탑방을 내줬어요. 그런데 탈출 시도로 갚았지."

"감옥은 감옥입니다. 캐스털리록 지하에는 이 방도 햇빛 찬란한 정원처럼 보일 방이 있지요. 언젠가 부인에게 보여드릴지도 모르겠군요."

'혹시 겁을 먹었다 해도 잘 숨기고 있군.' 캐틀린은 생각했다. "손발을 사슬에 묶인 남자라면 입을 좀 더 예의 바르게 놀려야 할 텐데요. 협박이나 받으러 여기까지 온 게 아니오."

"그래요? 그렇다면 나에게서 즐거움을 찾으러 오셨겠군요? 과부들은 빈 침대에 싫증 나기 마련이라던데요. 우리 킹스가드는 결혼하지 않겠다고 맹세하지만, 그래도 정히 필요하시다면 그 정도 봉사는 해드릴 수 있을 겁니다. 둘이서 저 와인을 몇 잔 마시고 그 가운을 벗으시면 내가 그럴 기분이 드나 봅시다."

캐틀린은 역겨운 기분으로 그를 내려다보았다. '이렇게 아름다우면서

이렇게 불쾌한 사내가 또 있었을까?'

"내 아들이 듣는 곳에서 그런 소릴 했다면 죽었을 거요."

"이걸 차고 있을 경우에만 그렇지요." 제이미 라니스터는 사슬을 짤랑거렸다. "우리 둘 다 그 꼬맹이가 일 대 일로 나와 맞서기를 두려워한다는 걸 알잖아요."

"내 아들이 나이는 어릴지 모르나, 그 아이가 바보라고 생각한다면 안타까운 착각이오……. 그리고 경도 등 뒤에 군대가 있었을 때는 그렇게 쉽게 도전장을 내밀지 않았던 것 같구려."

"옛 겨울 왕들도 어머니 치마폭에 숨었던가요?"

"점점 이 문답이 지겨워지는군. 내가 알아야 할 것들이 있소."

"내가 왜 뭐라도 말해줘야 합니까?"

"경의 목숨을 구하려면 말해야 할 거요."

"내가 죽음을 두려워하는 것 같습니까?" 그는 그 생각에 재미있어하는 듯했다.

"그래야 할 거요. 신들이 정의롭다면 그대가 저지른 죄 때문에 일곱 지옥에서도 가장 깊은 곳에서 고통받을 테니."

"그건 어떤 신들입니까, 캐틀린 부인? 남편 분이 기도하던 나무들? 내 누이가 그 사람 머리통을 날려버릴 때 그 신들이 무슨 소용이 있던가요?" 제이미는 쿡쿡거리고 웃었다. "신들이 있다면 세상에는 왜 이토록 고통과 불의가 가득한 걸까요?"

"당신 같은 남자들 때문이지."

"나 같은 남자들은 없어요. 나만 있지."

'여기엔 오만함과 자부심, 그리고 미친 자의 공허한 용기밖에 없어. 난 이자에게 시간을 낭비하고 있어. 이 남자에게 명예의 흔적이라도 있었다 한들 그나마 오래전에 죽어 사라졌어.' "나와 대화하지 않겠다면 마음대로 하시오. 와인은 마시든가, 저 안에 오줌이라도 누든가 상관없는 일이오."

캐틀린의 손이 문고리에 닿았을 때 제이미가 말했다. "스타크 부인." 그녀는 돌아서서 기다렸다. 제이미가 말을 이었다. "이 눅눅한 곳에서는 무엇에든 녹이 습니다. 남자의 예의조차 그렇지요. 여기 계시면 답을 얻게 될 겁니다…… 대가만 치른다면요."

'수치라곤 모르는군.' "포로는 대가를 정하지 못해요."

"아, 제가 요구하는 대가는 소박하답니다. 여기 간수는 불쾌한 거짓말밖에 해주지 않고, 그나마도 제대로 전하지를 못하지요. 어느 날은 세르세이가 살가죽이 벗겨졌다고 하더니, 다음 날에는 내 아버지가 그랬다는 식입니다. 제 질문에 답해주시면 저도 부인의 질문에 답하지요."

"진실 그대로 말이오?"

"오, 원하시는 게 진실입니까? 조심하세요, 부인. 티리온이 말하길 사람들은 진실을 알고 싶다고 주장할 때가 많지만, 진실이 주어졌을 때 그 맛을 좋아하는 사람은 별로 없다더군요."

"난 약하지 않아요. 경이 하는 말은 무엇이든 들을 수 있소."

"그러시다면야. 하지만 먼저, 친절을 베푸셔서…… 와인을 건네주시겠습니까. 목이 아프군요."

캐틀린은 등잔을 문에 걸고 잔과 병을 가까이 옮겼다. 제이미는 와인을 입가에 흘려가며 꿀꺽꿀꺽 마시고 말했다. "시큼하고 고약한 맛이지만, 이만하면 됐습니다." 그는 벽에 등을 대고 무릎을 세워 앉아서 그녀를 응시했다. "첫 번째 질문은 뭡니까, 캐틀린 부인?"

이 게임이 얼마나 지속될지 알 수 없었기에, 캐틀린은 시간을 낭비하지 않았다. "경이 조프리의 아버지인가요?"

"답을 알지 못한다면 그런 질문은 하지도 않았겠지요."

"직접 듣고 싶군요."

그는 어깨를 으쓱였다. "조프리는 내 아들입니다. 세르세이의 다른 자식들도 그럴 겁니다."

"자신이 누이의 연인임을 인정하는 건가요?"

"난 언제나 내 누이를 사랑했어요. 이제 내 질문 두 개에 답하셔야겠군요. 라니스터는 모두 살아 있습니까?"

"스태퍼드 라니스터 경은 옥스크로스에서 죽었다고 들었소."

제이미는 동요하지 않았다. "누이는 그 양반을 얼간이 아저씨라고 불렀지요. 내게 중요한 건 세르세이와 티리온입니다. 아버지도 걱정이고."

"그 셋은 다 살아 있어요." '하지만 신들이 보우하사, 오래 살진 못할 거야.'

제이미는 와인을 좀 더 마셨다. "다음 질문 하시죠."

캐틀린은 감히 그가 다음 질문에 거짓말을 하지 않고 정직하게 답할까 궁금했다. "내 아들 브랜은 어떻게 하다가 떨어졌지요?"

"내가 창문에서 던졌습니다."

제이미가 어찌나 쉽게 그 말을 하는지, 캐틀린은 잠시 목소리가 나오지 않았다. '나에게 칼이 있었다면 지금 저놈을 죽여버릴 텐데.' 그렇게 생각하다가 딸들이 떠올랐다. 캐틀린은 꽉 잠긴 목소리로 말했다. "경은 약자와 무고한 이들을 지키겠다 서약한 기사였어요."

"그 아이가 약했을지는 몰라도 아주 무고하지는 않았던가 보지요. 우리를 엿보고 있었어요."

"브랜은 엿보고 다니는 아이가 아니오."

"그렇다면 그 아이를 우리 창가로 데려와서 절대 봐서는 안 될 장면을 보게 만든 부인의 소중한 신들을 탓하시지요."

"신들을 탓하라고?" 캐틀린은 믿기지가 않았다. "그 아이를 던진 건 당신 손이었어. 그 아이를 죽이려던 것도 당신이고."

제이미의 사슬이 부드럽게 절그렁거렸다. "아이들의 건강이 좋아지라고 탑에서 던지는 일은 거의 없지요. 맞습니다, 그 아이를 죽이려고 했어요."

"그런데 죽지 않자 위험이 더 커진 것을 알고 끄나풀에게 은화 주머니를 주면서 브랜이 절대 깨어나지 못하게 하라고 시켰군."

"내가 그랬나요?" 제이미는 잔을 들고 오랫동안 와인을 마셨다. "그 일을 어찌할까 의논했다는 점은 부인하지 않겠지만, 부인이 낮이고 밤이고 아이 옆에 붙어 있었고, 학사와 에다드 공도 자주 드나든 데다가, 위병들도 있었습니다. 그 저주받을 다이어울프까지⋯⋯. 그 아이를 죽이려면 윈터펠의 절반을 가로질러야 했어요. 게다가 그 아이는 그대로 두어도 죽을 것 같았는데, 뭐하러 그런 짓을 했겠습니까?"

"나에게 거짓말을 한다면 이 문답 시간은 끝이오." 캐틀린은 두 손을 펴서 제이미에게 손바닥과 손가락을 보여주었다. "브랜의 목을 그으러 온 사내가 나에게 이 흉터를 남겼지. 그자를 보내는 데 당신은 아무 역할도 안 했다고 맹세하시오?"

"라니스터의 명예를 걸고 맹세하지요."

"라니스터의 명예는 이것만큼도 가치가 없소." 캐틀린은 오물통을 걷어찼다. 악취를 풍기는 갈색 물질이 감옥 바닥에 퍼지며 지푸라기를 적셨다.

제이미 라니스터는 사슬이 허락하는 한 최대한 그 오물에서 몸을 피했다. "내 명예가 똥일지는 모르지요. 그 점은 부인하지 않겠습니다. 하지만 난 단 한 번도 누굴 고용해서 나 대신 살인하게 한 적이 없어요. 믿고 싶은 대로 믿으시겠지만, 스타크 부인, 내가 브랜을 죽이려고 했다면 내가 직접 베었을 겁니다."

'신들이시여, 자비를 베푸소서. 저 말이 사실이야.' "당신이 살인자를 보낸 게 아니라면 당신 누이가 보냈겠지."

"그랬다면 내가 알았겠지요. 세르세이는 나에게 비밀이 없습니다."

"그렇다면 꼬마 악마였겠군."

"티리온은 당신 아들 브랜보다 더 무고해요. 벽을 타고 돌아다니면서 다른 사람 창문을 엿보지도 않았고."

"그렇다면 왜 암살자가 티리온의 단검을 가지고 있었소?"

"무슨 단검 말입니까?"

캐틀린은 두 손으로 길이를 표현했다. "이 정도 길이에, 꾸밈은 없지만 잘 만들었고, 칼날은 발리리아 강철에 손잡이는 드래곤 뼈였소. 당신 동생이 조프리 왕자의 명명일에 열린 마상 시합에서 베일리시 공에게 따낸 단검이지."

제이미 라니스터는 와인을 따르고, 마시고, 다시 따른 후에 와인 잔 안을 응시했다. "이 와인은 마실수록 나아지는 것 같군요. 어디 보자. 그렇게 설명을 하시니 그 단검이 기억이 날 것 같습니다. 따냈다고 하셨습니까? 어떻게요?"

"당신이 꽃의 기사를 쓰러뜨렸을 때 당신이 이기는 쪽에 걸어서……" 그러나 말하는 순간 캐틀린은 잘못 말했음을 알았다. "아니야…… 그 반대요?"

"티리온은 마상 시합이 있을 때마다 나에게 걸었지요. 하지만 그날은 로라스 경이 날 말에서 떨어뜨렸습니다. 그 녀석을 너무 가볍게 봤다가 그만. 하지만 중요한 건 그게 아니고, 내 동생은 뭘 걸었든 간에 졌어요……. 하지만 그 단검 주인이 바뀐 건 맞습니다. 그날 밤 잔치에서 로버트가 보여줬던 기억이 나는군요. 로버트 왕께서는 내 상처에 소금 뿌리기를 좋아했지요. 특히 취했을 때는 말입니다. 그리고 언제 취하지 않은 적이 있었던가요?"

티리온 라니스터도 달의 산맥 속에서 거의 비슷한 말을 했었다. 캐틀린은 그 말을 믿으려 하지 않았다. 피터가 정반대로 맹세했으니까, 언제나 형제나 다름없었던 피터, 캐틀린을 너무나 사랑한 나머지 그녀를 두고 결투를 벌였던 피터가……. 그러나 제이미와 티리온이 같은 이야기를 한다면, 그건 무슨 의미일까? 두 형제는 윈터펠을 떠난 이후 1년 넘게 서로를 보지 못했다. "날 속이려는 거요?" 여기 어딘가에 함정이 있었다.

"부인의 소중한 아들을 창문에서 밀었다는 사실도 인정했는데, 단검에 대해 거짓말을 해서 내가 얻을 게 뭐가 있습니까?" 그는 와인을 한 잔 더 마셨다. "좋을 대로 믿어요. 사람들이 나에 대해 뭐라고 하든 신경 쓰지 않은 지 좀 됐으니. 그래서 이번에는 내 차례로군요. 로버트의 동생들이 출진했습니까?"

"그래요."

"그것 참 인색한 답변이로군요. 좀 더 말해주지 않으면 다음 질문에 대한 내 대답도 그렇게 짧을 겁니다."

캐틀린은 마지못해 말했다. "스타니스는 킹스랜딩으로 진군하고 있소. 렌리는 죽었소. 비터브리지에서 형에게 살해당했지. 내가 이해할 수 없는 모종의 흑마법으로."

"그거 안타깝군요. 난 렌리를 꽤 좋아했는데 말입니다. 스타니스는 완전히 다른 얘기죠. 티렐은 어느 편에 붙었습니까?"

"처음에는 렌리. 지금은 알 수 없소."

"아드님이 외롭겠군요."

"롭은 며칠 전에 열여섯이 됐소……. 이제는 성인이고, 왕이오. 이제까지 싸운 모든 전투에서 이겼고. 마지막으로 들은 소식에 따르면 웨스털링 가문으로부터 크래그를 빼앗았더군요."

"아직 내 아버지와 부딪치진 않았군요. 그렇죠?"

"그날이 오면 롭이 이길 거요. 당신을 이겼듯이."

"매복 기습이었습니다. 겁쟁이나 쓰는 속임수지요."

"감히 속임수에 대해 논하는 거요? 경의 동생인 티리온은 살인자들에게 사절단의 옷을 입히고 화평의 깃발을 들려서 보냈는데?"

"이 감옥에 갇힌 게 부인의 아들이었다면, 그 형제들이 그 정도도 안 했을까요?"

'내 아들에겐 형제가 없어.' 캐틀린은 생각했지만, 자신의 고통을 이런 작자와 나눌 생각은 없었다.

제이미는 와인을 좀 더 마셨다. "명예가 걸렸는데 형제의 목숨이 뭐냐 이건가요?" 다시 한 모금. "티리온은 부인의 아들이 절대 몸값을 받고 날 놔줄 리 없다는 사실을 알 정도 머리는 있는 놈입니다."

캐틀린도 그 점은 부인할 수 없었다. "롭의 휘하 영주들은 차라리 경이 죽는 꼴을 보겠지. 특히 리카드 카스타크는…… 당신은 속삭이는 숲에서 그의 아들을 둘이나 죽였소."

"하얀 햇살을 달고 있던 두 놈 말입니까?" 제이미는 어깨를 으쓱였다. "솔직히 말하자면 내가 베려던 건 당신 아들이었어요. 다른 놈들은 내 앞을 막았을 뿐이고. 난 전투 중에, 공정하게 싸워서 죽였습니다. 다른 어느 기사라도 똑같이 했을걸요."

"어떻게 당신이 맹세한 모든 서약을 저버리고서도 스스로를 기사로 여길 수 있소?"

제이미는 잔을 채우려고 병에 손을 뻗었다. "많고도 많은 서약…… 맹세를 시키고 또 시키지요. 왕을 보호해라. 왕에게 복종해라. 왕의 비밀을 지켜라. 왕이 시키는 대로 해라. 네 목숨은 왕의 것이다. 하지만 아버지에게도 복종해라. 누이를 사랑해라. 무고한 사람을 보호해라. 약자를 지켜라. 신들을 존경해라. 법대로 따르라. 너무 많아. 무슨 짓을 해도 이 서약을 저버리지 않으면 저 서약을 저버리지." 그는 와인을 쭉 들이켜고 잠시 눈을 감고 벽에 얼룩진 초석 자국에 머리를 기댔다. "난 하얀 망토를 입은 최연소 기사였어요."

"그리고 그 망토가 상징하는 모든 것을 배신한 최연소 기사였지, 킹슬레이어."

"왕을 죽인 놈이라." 그는 숙고하듯 말했다. "그리고 참 대단한 왕이었지!" 그는 잔을 들어 올렸다. "칠왕국의 주인이자 왕국의 수호자이신 아에리스 타르가르옌 2세에게 건배! 그리고 그 목을 벤 검에도 건배. 금빛 검이었지요. 왕의 피가 검날에 붉게 흐르기 전까지는. 그게 라니스터의 색깔이랍니다. 붉은색과 금색."

제이미가 소리 내어 웃자 캐틀린은 와인이 제 몫을 했음을 알았다. 제이미는 한 병을 거의 다 마셨고, 취했다. "당신 같은 남자만이 그런 짓을 자랑스러워할 거요."

"말했을 텐데요. 나 같은 남자는 없다고. 대답해봐요, 스타크 부인— 당신 남편 네드가 자기 아버지가 어떻게 죽었는지 말해주던가요? 형이 어떻게 죽었는지는?"

"브랜던은 아버지가 보는 앞에서 목 졸라 죽이고, 그 후에 리카드 공도 죽였지요." 추악한 이야기였고, 16년이나 지난 이야기이기도 했다. 왜 지금 그걸 묻는 걸까?

"그래, 죽였지요. 하지만 어떻게?"

"밧줄 아니면 도끼였겠지."

제이미는 와인을 한 모금 삼키고 입가를 닦았다. "네드가 말해주지 않은 것도 당연하지. 숫처녀는 아닐지 몰라도 사랑스러운 어린 신부였으니. 흠, 부인은 진실을 원하셨으니, 물어봐요. 우리가 맺은 약속이 있으니 난 아무것도 숨길 수 없어요. 물어봐요."

"죽은 사람은 죽은 사람이오." '난 이 이야기를 알고 싶지 않아.'

"브랜던은 그 동생과 다르지 않았습니까? 브랜던의 혈관엔 차가운 물이 아니라 피가 흘렀지요. 내 쪽에 더 가까운 남자였어요."

"브랜던은 당신과 전혀 달랐어."

"그렇게 말씀하신다면야 그렇겠지요. 부인은 브랜던과 결혼할 예정이었으니."

"그분은 리버런으로 오던 길에……." 이렇게 오랜 시간이 지났는데, 그 말을 꺼내는 것만으로도 목이 메다니 이상한 일이었다. "……리안나 소식을 듣고 킹스랜딩으로 방향을 돌렸지. 경솔한 짓이었어." 그 소식이 리버런에 전해졌을 때 아버지가 얼마나 격노했는지 기억하고 있었다. 아버지는 브랜던을 용맹한 바보라고 불렀다.

제이미는 마지막 남은 와인 반 잔을 따랐다. "브랜던은 몇 명의 동행과 함께 레드킵으로 말을 몰고 들어와서 라에가르 왕자는 썩 나오라고 고함을 쳤지요. 하지만 라에가르는 성안에 없었습니다. 아에리스는 위병들을 보내어 왕자를 살해하려 했다는 죄목으로 전원 체포했어요. 동행한 다른 사람들도 귀족이었던 것 같은데……."

"에단 글로버는 브랜던의 종자였소. 유일하게 살아남았지. 나머지는 제퍼리 말리스터, 카일 로이스, 그리고 존 아린의 조카이자 후계자였던 엘버트 아린." 이토록 오랜 시간이 지나고도 그 이름이 모두 기억나다니 기묘했다. "아에리스는 전원을 반역죄로 고발하고, 아들들을 인질 삼아서 아버지들을 소환했지요. 그리고 다들 도착하자 재판도 없이 살해했어. 아버지들과 아들들 모두를."

"재판은 있었습니다. 재판 비슷한 건 있었어요. 리카드 공은 결투 재판을 요구했고, 왕은 그 요청을 들어줬어요. 스타크는 킹스가드 중 누군가와 결투를 하게 될 줄 알고 무장을 했지요. 아마 날 상대할 줄 알았을 겁니다. 그런데 위병들은 스타크를 알현실로 끌고 가서 대들보에 매달았고, 아에리스의 화염술사 두 명이 그 밑에 불을 피웠습니다. 왕은 그 불이 타르가르엔 가문의 대전사라고 했어요. 그러니 리카드 공이 반역죄를 저지르지 않았음을 증명하려면…… 불타지 않으면 된다는 거였지요.

불길이 치솟자 브랜던이 끌려 들어왔습니다. 두 손은 등 뒤에서 사슬로 묶였고, 목에 걸린 젖은 가죽끈은 왕이 티로시에서 가져온 장치에 연결되어 있었지요. 하지만 다리는 묶이지 않았고, 딱 손이 닿을 듯 말 듯한 거리에 장검이 놓였습니다.

화염술사들은 일정한 열기를 유지하려고 주의 깊게 땔감을 넣고 부채질을 하면서 천천히 리카드 공을 구웠어요. 망토가 먼저 불타버렸고, 그다음엔 전포가…… 곧 금속과 재 말고는 아무것도 걸치지 않은 몸이 되었지요. 그다음에는 요리가 되기 시작할 거라고, 아에리스는 그렇게 장담했습니다……. 아들이 풀어주지 못한다면 그럴 거라고요. 브랜던은 애를 썼지만, 몸부림을 치면 칠수록 목에 두른 끈이 죄어들었습니다. 결국에는 자기 스스로를 목 졸라 죽인 셈이 됐지요.

리카드 공은 어땠냐 하면, 끝에 다다르기 전에 강철 흉갑은 빨갛게 달아올랐고, 녹아내린 금이 불 속에 뚝뚝 떨어졌어요. 난 하얀 갑옷을 입고 하얀 망토를 두른 채, 세르세이 생각만으로 머리가 꽉 차서 철왕좌 발치에 서 있었지요. 나중에 제롤드 하이타워 경이 직접 날 불러다가 말하더군요. '경은 왕을 지키겠다고 맹세했네. 판단은 우리 몫이 아니야.' 그게 끝까지 충성을 다했고 다들 나보다 훌륭한 사내였다고 말하는 하얀 황소였어요.”

“아에리스…….” 캐틀린은 목 안쪽에 쓴맛을 느낄 수 있었다. 너무 끔찍한 이야기라서 사실일 것 같았다. “아에리스가 미쳤다는 건 온 왕국이 알았소. 하지만 설마하니 경이 브랜던 스타크의 복수를 위해 왕을 죽였다고 하려 든다면…….”

“그런 주장은 안 했습니다. 스타크가 나에게 뭐라고. 다만 나는, 내가 베푼 적도 없는 친절 때문에 한 사람에게 사랑을 받고, 내가 한 제일 훌륭한 행동 때문에 그토록 많은 사람에게 매도당한다는 게 묘하다고 생각할 뿐입니다. 로버트의 대관식에서 난 파이셀 대학사와 내시 바리스 옆에서 왕의 발치에 무릎을 꿇어야 했습니다. 우리를 용서하고 신하로 받아달라고 말입니다. 부인의 네드로 말하자면 아에리스를 죽인 손에 입이라도 맞춰야 할 사람이었건만, 내가 로버트의 왕좌에 엉덩이를 걸쳤다고 잔소리를 퍼부었지요. 네드 스타크는 자기 형이나 아버지보다 로버트를 더 사랑했을 겁니다……. 심지어는 부인보다 더요. 네드 스타크는 단 한 번도 로버트에게 충실하지 않았던 적이 없지요?" 제이미는 술에 취한 웃음소리를 냈다. "자, 이 모든 일이 끔찍하게도 재미있지 않습니까, 스타크 부인?"

"당신에 대해서는 재미있는 구석이라곤 못 찾겠군요, 킹슬레이어."

"또 그 별명이로군. 아무래도 내가 당신을 품을 일은 없겠습니다. 리틀핑거가 먼저 가졌으니까요. 안 그런가요? 난 다른 남자의 접시에 든 요리를 먹지 않는답니다. 게다가 부인은 내 누이의 반도 사랑스럽지 않아요." 제이미의 미소는 칼날 같았다. "난 세르세이 말고는 어떤 여자와도 자지 않았습니다. 어떤 면에서는 부인의 네드보다 더 진실하게 산 셈이지요. 가엾은, 죽어버린 네드. 그래서 이제 똥 같은 명예를 지닌 게 누굽니까? 네드가 둔 서자 이름이 뭐였죠?"

캐틀린은 한 걸음 뒤로 물러섰다. "브리엔느."

"아니, 그게 아니었는데." 제이미 라니스터는 와인 병을 거꾸로 뒤집었다. 피처럼 붉은 와인 한 줄기가 그의 얼굴에 쏟아졌다. "스노우였지. 참으로 하얀 이름이야……. 킹스가드에서 우리가 아름다운 선서를 할 때 주던 예쁜 망토처럼."

브리엔느가 문을 밀어 열고 감방 안에 들어섰다. "부르셨습니까?"

"검을 주게." 캐틀린은 손을 내밀었다.

테온

하늘은 구름으로 어두컴컴했고, 숲은 죽어 얼어붙었다. 달리는 테온의 발을 나무뿌리들이 잡아채고, 헐벗은 나뭇가지들이 얼굴을 후려치며 뺨에 가느다란 핏자국을 남겼다. 그는 숨이 차서 부주의하게 여기저기 부딪치고, 고드름을 산산이 날리며 달렸다. '자비를.' 그는 흐느꼈다. 뒤에서 피가 얼어붙도록 소름 끼치는 울음소리가 들렸다. '자비를, 자비를.' 어깨 너머를 돌아보자 말만 한 몸집에 어린아이의 머리통이 달린 거대한 늑대들이 다가오고 있었다. '아, 자비를. 자비를.' 역청처럼 시커먼 늑대들의 입에서 피가 뚝뚝 떨어졌고, 그 피가 떨어진 눈밭에는 타 들어가는 구멍이 생겼다. 성큼성큼 발을 디딜 때마다 거리가 가까워졌다. 테온은 더 빨리 달리려고 애를 썼지만, 다리가 말을 듣지 않았다. 나무들은 모두 얼굴이 있었고, 모두가 그를 비웃고 있었다. 웃고 있었다. 그리고 울부짖는 소리가 다시 들렸다. 그는 등 뒤로 늑대들의 뜨거운 입김에서 나는 유황과 부패의 냄새를 맡을 수 있었다. '그들은 죽었어, 죽었어, 내가 살해당하는 걸 봤다고. 머리통을 타르에 담그는 모습을 봤어.' 소리를 지르려 했지만, 입을 열자 신음 소리만 나왔다. 그때 뭔가가 그를 건드렸다. 그는 고함을 지르면서 몸을 홱 돌리고……

……침대 옆에 두는 단검을 잡으려다가 후려쳐서 바닥으로 날려버렸다. 웩스가 펄쩍 뛰어 물러섰다. 그 뒤에는 구린내가 손에 든 촛불 빛을 얼굴에 받으며 서 있었다. "뭐야?" 테온은 소리를 질렀다. '자비를.' "뭘 원해? 왜 내 침실에 있는 거야? 왜?"

구린내가 말했다. "왕자님, 누님께서 윈터펠에 오셨습니다. 도착하시는 즉시 알려달라고 하셨지요."

"이제야 왔군." 테온은 손가락으로 머리를 쓸어 올리며 중얼거렸다. 아샤가 그를 운명에 맡겨두려는 걸까 겁이 나던 참이었다. '자비를.' 창밖을 내다보니 새벽의 희미한 첫 햇살이 막 윈터펠의 탑들을 스치고 있었다. "아샤는 어디 있나?"

"로렌이 아침 식사를 위해 누님과 그 부하들을 대연회장으로 모셨습니다. 지금 만나러 가시겠습니까?"

"그래." 테온은 담요를 밀어젖혔다. 벽난로에는 잉걸불만 남아 있었다. "웩스, 뜨거운 물." 아샤에게 땀에 젖어 흐트러진 모습을 보여줄 수는 없었다. '어린아이 얼굴이 달린 늑대들……' 그는 부르르 몸을 떨었다. "덧창을 닫아." 침실 안은 꿈속의 숲 못지않게 추웠다.

최근에는 모든 꿈이 다 추웠고, 갈수록 더 끔찍해졌다. 어젯밤에는 방앗간에 돌아가서 무릎을 꿇고 시체에게 옷을 입히는 꿈을 꾸었다. 시체들은 이미 사지가 굳어가는 상태라 말을 잘 듣지 않는데, 그는 반쯤 언 손가락으로 더듬더듬 바지를 끌어 올리고 끈을 묶고, 구부러지지도 않는 딱딱한 발에 모피를 덧댄 장화를 당겨 신기고, 두 손에 딱 잡히는 허리에 징 박힌 가죽 허리띠를 둘러 채웠다. 그는 작업을 하면서 그들에게 말했다. "나도 이러고 싶진 않았어. 그 녀석들이 나에게 선택지를 주지 않았어." 시체들은 대답 없이 그저 더 차갑고 무거워지기만 했다.

그 전날 밤에는 방앗간집 마누라가 나왔다. 테온은 그 여자의 이름을 잊었지만, 몸은 기억하고 있었다. 부드러운 베개 같은 젖가슴과 배에 남은 임신선, 그가 품을 때 등을 할퀴던 방식. 꿈속에서 그는 다시 한 번 그 여자와 침대에 들어갔지만, 이번에는 그 여자의 위아래 입에 다 이가 달려 있었고 그의 남성을 물어 끊으면서 목도 찢어놓았다. 미친 꿈이었다. 그 여자가 죽는 모습도 직접 보았는데 말이다. 그 여자가 테온에게 자비를 베풀라고 목 놓아 외치는데 겔마르가 도끼질 한 방에 쓰러뜨렸다. '날 내버려둬, 이 여자야. 널 죽인 건 내가 아니라 그놈이라고.' 그리고 겔마르도 죽었다. 최소한 겔마르까지 테온의 잠에 들러붙지는 않았다.

웩스가 뜨거운 물을 가지고 돌아왔을 때쯤에는 꿈이 희미해졌다. 테온은 땀과 잠기운을 씻어내고 공들여 옷을 입었다. 아샤는 그를 충분히 기다리게 했으니, 이번에는 아샤가 기다릴 차례였다. 그는 검은색과 금색 줄무늬가 들어간 새틴 튜닉과 은징이 박힌 질 좋은 가죽조끼를 골랐다…… 그러고 나서야 그의 진저리 나는 누이는 아름다움보다 무기를 더 신뢰한다는 데 생각이 미쳤다. 그는 욕설을 내뱉으며 옷을 찢듯이 벗어버리고 다시 펠트 천을 댄 검은색 모직 옷과 고리 갑옷을 걸쳤다. 허리에는 장검과 단검을 차면서, 아버지의 식탁에서 누이가 그에게 망신을 줬던 밤을 떠올렸다. '누나의 사랑스러운 아기 말이지, 그래. 나도 칼이 있고 어떻게 쓸지도 알거든.'

그는 마지막으로 왕관을 썼다. 손가락만큼 얇고 차가운 철 고리에 묵직한 검은 다이아몬드와 금덩어리를 박아 넣은 관이었다. 흉하게 찌그러진 왕관이었지만, 어쩔 수 없었다. 미켄은 무덤 속에 들어갔고, 새로운 대장장이는 못과 말편자 외에는 만들 능력이 모자랐다. 테온은 이건 왕자의 관에 불과하다는 생각으로 스스로를 달랬다. 왕이 되었을 때는 이보다 훨씬 훌륭한 왕관을 쓰게 되리라.

문밖에서는 구린내가 우르젠과 크롬과 같이 기다리고 있었다. 테온은 그들과 같이 움직였다. 최근에는 어디를 가든, 심지어는 변소에 갈 때마저도 위병들을 데리고 다녔다. 윈터펠은 테온의 죽음을 원했다. 그들이 에이콘워터에서 돌아온 바로 그날 밤에, 암울한 겔마르는 계단에서 굴러 떨어져서 목이 부러졌다. 다음 날에는 아가르가 목에 칼자국이 난 채로 발견됐다. 붉은 코 가이니르는 조심하느라 술도 마다하고, 사슬 갑옷을 입고 방어용 모자에 투구까지 쓰고 누군가가 몰래 들어오면 경고해주길 바라며 견사에서 제일 시끄러운 개까지 한 마리 데리고 잠자리에 들었다. 그랬는데도 어느 날 아침 성안 사람들은 작은 개가 맹렬히 짖어대는 소리를 들으며 깨어났다. 그 개는 우물가를 뛰어다니고 있었고, 붉은 코는 익사해서 우물에 둥둥 떠 있었다.

살인에는 처벌이 따라야 했다. 팔렌이 누구보다 그럴싸한 용의자였기에 테온은 판결석에 앉아서 팔렌을 유죄로 결론 짓고 사형을 선고했다. 그것마저도 잘 진행되지 않았다. 견사장 팔렌은 처형대에 무릎을 꿇고 말했다. "에다드 영주님은 언제나 직접 처형을 하셨소." 테온이 직접 도끼질을 하지 않으면 약해 보일 판이었다. 손에서 땀이 나는 바람에 도끼 자루가 틀어져서 첫 번째 타격은 팔렌의 어깨 사이에 떨어졌다. 뼈와 근육을 다 가르고 몸에서 머리통을 분리해내는 데 세 번의 도끼질이 필요했고, 그 후에는 팔렌과 같이 술을 마시며 사냥개와 사냥에 대해 이야기를 나누던 시간을 떠올리며 속이 울렁거렸다. '나에겐 선택권이 없었어.' 그는 그 시체를 향해 비명을 지르고 싶었다. '강철인들은 비밀을 지키지 못해. 죽어야만 했어. 그리고 누군가는 그 책임을 져야 했고.' 다만 팔렌을 더 깔끔하게 죽였더라면 좋았으리라. 네드 스타크는 누군가의 머리통을 자르는 데 일격 이상 들이지 않았다.

팔렌이 죽은 후에 살인은 멈췄지만, 그래도 부하들은 음울하고 불안해했다. 검은 로렌은 그렇게 말했다. "야전에서 적을 두려워하는 일은 없지만, 적에게 둘러싸여서 빨래하는 여자가 입을 맞추려는 건지 죽이려는 건지 모르고, 하인이 잔에 에일을 붓는지 독약을 붓는지 모르고 사는 건 다른 얘기죠. 여길 뜨는 게 좋겠습니다."

테온은 고함을 질렀다. "난 윈터펠의 왕자야! 여긴 내 권좌야. 어떤 남자도 날 여기서 몰아내진 못해. 어떤 남자든 여자든!"

'아샤. 아샤 짓이야. 내 사랑하는 누이…… 다른 자들이 검으로 쑤셔주길.' 아샤는 테온이 죽기를 원했다. 그러면 아버지의 후계자 자리를 훔칠 수 있을 테니까. 그래서 테온이 보낸 다급한 지시를 무시하고 여기에서 비참하게 지내게 내버려둔 것이다.

아샤는 스타크의 높은 의자에 앉아서 손으로 닭고기를 찢고 있었다. 대연회장은 아샤의 부하들이 테온의 부하들과 같이 술을 마시며 이야기를 나누느라 시끌벅적했다. 어찌나 시끄러운지 테온이 들어가는지도 모를 정도였다. "나머지는 어디 있지?" 그는 구린내에게 물었다. 가대 탁자에 둘러앉은 수는 50명 남짓밖에 되지 않았고, 대부분이 테온의 부하였다. 윈터펠의 대연회장은 그 열 배를 앉힐 수 있었다.

"이게 전부입니다, 왕자님."

"전부라니― 아샤가 몇 명이나 데려왔기에?"

"제가 세어보기로는 스물이었습니다."

테온 그레이조이는 누이가 뻗어 있는 자리로 성큼성큼 걸어갔다. 아샤는 부하 중 누군가가 한 말에 웃고 있었는데, 테온이 접근하자 웃음을 그쳤다. "어이, 윈터펠의 왕자님 오셨네." 아샤는 대연회장을 쿵쿵거리며 돌아다니는 개들 중 한 마리에게 뼈다귀를 던졌다. 매부리코 아래로 큼직한 입이 일그러지며 비웃음을 띠었다. "아니면 광대들의 왕자님이신가?"

"질투는 보기 흉해."

아샤는 손가락에 묻은 기름을 빨아 먹었다. 아샤의 눈 위로 검은 머리카락이 흘러내렸다. 그녀의 부하들은 빵과 베이컨을 가져오라 소리치고 있었다. 숫자에 비해 엄청나게 시끄러웠다. "질투라고 했니, 테온?"

"달리 뭐라고 하겠어? 난 서른 명으로 하룻밤 만에 윈터펠을 차지했어. 누나는 딥우드모트를 빼앗는 데 천 명을 데리고 한 달이 걸렸지."

"흠, 난 너처럼 굉장한 전사는 못 된단다, 동생아." 아샤는 뿔잔에 담긴 에일을 반쯤 벌컥벌컥 마시고 손등으로 입가를 닦았다. "네가 성문 위에 걸어놓은 머리통을 봤다. 말해보렴, 어느 쪽이 더 격렬한 싸움 상대였니? 불구 아니면 아기?"

테온은 얼굴에 피가 쏠리는 것을 느꼈다. 그 머리통들을 거는 일은 조금도 즐겁지 않았다. 성안에 머리 없는 아이들의 시신을 내보였을 때도 마찬가지였다. 낸 할멈은 이가 없는 부드러운 입을 소리 없이 뻐끔거렸고, 팔렌은 사냥개처럼 으르렁대며 테온에게 달려들었다. 우르젠과 캐드윌이 창대로 두들겨 패서 기절시켜야 했다. '내가 어쩌다 이 꼴이 됐지?' 그는 파리가 들끓는 시체들을 내려다보고 서서 했던 생각을 떠올렸다.

가까이 다가올 수 있었던 건 루윈 학사뿐이었다. 몸집 작은 회색 남자는 무표정한 얼굴로 아이들의 머리를 몸에 다시 꿰매어 붙이도록 해달라고, 그래서 다른 죽은 스타크들과 함께 지하 묘소에 묻을 수 있게 해달라고 간청했다.

"안 돼." 테온은 그렇게 대답했었다. "지하묘지는 안 돼."

"하지만 어째서요? 이젠 영주님에게 아무 해도 끼칠 수 없습니다. 지하묘지가 이 아이들이 있을 곳입니다. 모든 스타크의 뼈는—"

"안 된다고 했어." 머리통은 벽에 걸어야 했지만, 머리 없는 몸통은 옷과 장신구를 갖춘 채로 바로 태워버렸다. 다 태운 후에 그는 뼈와 재 사이에 무릎을 꿇고서 녹아내린 은과 갈라진 흑옥 덩어리를 찾아냈다. 예전에 브랜이 하던 늑대 머리 브로치에서 남은 것은 그게 다였다. 테온은 그걸 아직도 가지고 있었다.

그는 누이에게 말했다. "난 브랜과 리콘을 관대하게 대우했어. 자기들이 자초한 운명이야."

"우리 모두가 우리 운명을 자초하지."

테온은 인내심이 다해서 말했다. "스무 명밖에 데려오지 않으면 나보고 어떻게 윈터펠을 지키라는 거야?"

"열 명이야." 아샤는 숫자를 바로잡았다. "나머지는 나와 함께 돌아간다. 네 사랑하는 누나가 호위대도 없이 위험한 숲을 헤치고 가길 바라진 않겠지? 어둠 속을 돌아다니는 다이어울프들이 있는데 말이야." 아샤는 꼬고 있던 다리를 풀고 거대한 돌 의자에서 일어섰다. "좀 더 조용한 곳으로 가서 이야기하자."

아샤 말이 옳았지만, 그 결정을 내린 게 그녀라는 사실이 분했다. 테온은 뒤늦게 깨달았다. '아예 대연회장에 오지 말았어야 했어. 아샤보고 오라고 했어야지.'

하지만 이젠 너무 늦었다. 테온은 아샤를 데리고 네드 스타크의 개인 방으로 갈 수밖에 없었다. 그는 불 꺼진 벽난로의 잿더미 앞에서 불쑥 말했다. "다그머는 토르헨스퀘어 싸움에서 졌고ㅡ"

"늙은 수호성주가 다그머의 방패벽을 부쉈지. 그래." 아샤는 차분하게 대꾸했다. "뭘 기대했어? 로드릭 경이라는 자는 그 땅을 잘 알고, 갈라진 턱은 그곳을 잘 모르는 데다가, 북부인들은 다수가 말을 타고 있었어. 강철인은 무장한 말의 돌격을 버텨낼 훈련을 받지 못했어. 다그머가 살았다는 사실에나 고마워해. 다그머는 생존자들을 이끌고 스토니쇼어로 돌아가고 있어."

'나보다 많이 알고 있잖아.' 테온은 그 사실을 깨닫고 화만 더 났다. "그 승리에 용기를 얻은 레오발드 톨하트는 성벽 안에서 나와서 로드릭 경에게 합세했지. 그리고 맨덜리 공이 기사들과 군마와 공성병기와 함께 나룻배 십여 척을 상류로 보냈다는 보고를 받았어. 엄버도 라스트리버 너머에 모이고 있어. 달이 바뀌기 전에 내 성문 앞에 군대가 들이닥칠 텐데, 누나는 열 명밖에 데려오지 않았다고?"

"아무도 데려오지 않아도 그만이었어."

"내가 지시했잖—"

아샤는 날카롭게 말을 끊었다. "아버지는 나에게 딥우드모트를 빼앗으라고 명하셨지. 동생을 구하라는 말씀은 전혀 안 하셨어."

"딥우드는 됐다 그래. 언덕 위에 지어놓은 나무 요강이나 다름없어. 이 땅의 심장은 윈터펠이라고. 그런데 수비군이 없으면 여길 어떻게 지켜?"

"빼앗기 전에 그 생각을 할 수도 있었을 텐데. 아, 그래, 영리한 솜씨였다는 점은 인정해주지. 성을 파괴하고 어린 왕자 둘을 인질로 잡아서 파이크로 돌아갈 정도의 분별만 있었어도 넌 일격에 전쟁에 이길 수도 있었을 거야."

"누나는 얼씨구나 했겠지. 안 그래? 내가 따낸 상이 잿더미 폐허가 되는 꼴을 보면 말이야."

"네 상이 네 파멸이 될 거다. 크라켄은 바다에서 솟아올라, 테온. 늑대들 사이에서 살다가 그것도 잊은 거냐? 우리의 힘은 우리 배에 있어. 내가 빼앗은 나무 요강은 필요할 때마다 보급을 받고 새로운 병력을 보충받을 수 있을 만큼 바다 가까운 곳에 자리해 있어. 하지만 윈터펠은 내륙으로 수천 리 들어와 있고, 숲과 언덕과 적대적인 성채들에 둘러싸여 있지. 그리고 만 리 안에 살아 있는 남자는 이제 모두 다 네 적이야. 착각하지 마. 네가 그 머리통을 문루에 걸었을 때 확정된 일이야." 아샤는 고개를 저었다. "어떻게 그렇게 멍청할 수가 있어? 어린애들을……."

"날 거역했단 말이야!" 그는 아샤의 얼굴에 대고 고함을 쳤다. "그리고 피에는 피잖아. 에다드 스타크의 아들 둘로 로드릭과 마론의 목숨값을 치른 거야." 생각 없이 튀어나온 말이었지만, 테온은 그 말을 하자마자 아버지가 찬성할 이야기라는 사실을 알았다. "난 내 형제들의 유령을 잠재운 거야."

"우리의 형제들이지." 아샤의 미소에서 테온이 말하는 복수를 어처구니없게 받아들인다는 생각이 드러났다. "그 유령들을 파이크에서 데리고 온 거냐? 난 그 유령들은 아버지에게만 나타나는 줄 알았는데 말이야."

"언제 여자가 남자의 복수심을 이해한 적 있어?" 아버지가 설령 윈터펠이라는 선물을 고마워하지 않는다 해도, 형들의 복수를 했다는 점은 인정해야 할 것이다!

아샤는 코웃음을 쳤다. "로드릭 경이라는 자도 똑같이 남자다운 복수심을 느낄 수 있다는 점은 생각 못했고? 테온, 어쨌든 넌 내 핏줄이야. 우리 둘의 어머니를 위해서라도 같이 딥우드모트로 돌아가자. 윈터펠은 불태워버리고, 아직 후퇴할 수 있을 때 후퇴해."

"싫어." 테온은 왕관을 바로잡았다. "내가 이 성을 빼앗았으니 지킬 거야."

아샤는 오랫동안 그를 쳐다보았다. "그렇다면 넌 평생 지켜라." 그녀는 한숨을 내쉬었다. "내가 보기엔 어리석은 짓 같다만, 수줍은 처녀가 그런 일에 대해 뭘 알겠니?" 그녀는 문간에서 마지막으로 그에게 비웃음을 날렸다. "이건 말해둬야겠는데, 그렇게 보기 흉한 왕관은 처음 보는구나. 직접 만들었니?"

아샤는 발끈한 테온을 두고 떠났다. 말에게 물과 먹이를 주는 데 필요한 시간 이상은 꾸물거리지 않았다. 아샤가 선언한 대로 데려온 남자들 중 절반은 같이 돌아갔다. 그들은 브랜과 리콘이 탈출할 때 이용했던 사냥꾼의 문으로 달려 나갔다.

테온은 성벽 위에서 그 모습을 지켜보았다. 누이의 모습이 늑대 숲의 안개 속으로 사라지자 그는 왜 아샤의 말을 듣고 같이 떠나지 않았을까 생각했다.

"누님은 가셨습니까?" 바로 뒤에 구린내가 있었다.

테온은 구린내가 다가오는 소리도 듣지 못했고, 냄새도 맡지 못했다. 지금 구린내보다 더 보기 싫은 사람을 생각할 수 없었다. 실제로 일어난 일을 아는 자가 숨 쉬고 돌아다니는 모습을 보기만 해도 마음이 불편했다. '저놈이 다른 놈들을 죽인 후에 저놈도 죽였어야 했어.' 테온은 생각했지만, 그런 생각을 하자 불안해졌다. 겉보기와 달리 구린내는 읽고 쓸 수 있었고, 그들이 무슨 짓을 했는지 적어놓은 내용을 숨겨놓을 만한 교활함도 있었다.

"왕자님, 이렇게 말씀드려도 될지 모르겠지만, 누님께서 왕자님을 버리고 가시는 건 옳지 않습니다. 게다가 열 명이라니, 턱도 없이 부족합니다."

"그 점은 잘 알고 있어." 테온이 말했다. '아샤도 알고 있었지.'

"흠, 제가 도와드릴 수 있을지도 모르겠는데요. 제게 말 한 마리와 돈주머니를 주시면 괜찮은 친구들을 찾아드릴 수 있습니다."

테온은 눈을 가늘게 떴다. "몇 명이나?"

"백 명은 될 겁니다. 200명, 아니 그 이상 될지도요." 구린내는 색이 엷은 눈동자를 빛내며 미소 지었다. "전 북부에서 태어났습니다. 전 많은 남자를 알고, 많은 남자들이 구린내를 알지요."

200명이 군대는 아니지만, 윈터펠처럼 튼튼한 성은 수천 명이 아니라도 지킬 수 있었다. 창의 어느 쪽 끝이 사람을 죽이는지만 배울 수 있다면 큰 차이를 낳을 수도 있었다. "그 말대로만 하면 섭섭지 않게 해주마. 보상은 네가 원하는 대로 주겠다."

"흠, 왕자님. 저는 램지 공과 같이 있던 때 이후로 여자라고는 품지를 못

했답니다. 그 펠라라는 여자에게 눈이 가던데요. 이미 손도 탔다고 들었고……."

이제 와서 안 된다고 하기에는 구린내와 너무 멀리 왔다. "200명을 데려오면 펠라는 네 것이다. 하지만 한 명이라도 부족하면 돼지들이나 다시 찾아야겠지."

구린내는 해가 저물기 전에, 스타크의 은화 주머니와 테온의 마지막 희망을 들고 떠났다. '저놈을 다시는 보지 못할 가능성이 높겠지.' 씁쓸하게 생각은 했지만, 그런 위험도 감수할 수밖에 없었다.

그날 밤 꿈에 테온은 로버트 왕이 윈터펠에 왔을 때 네드 스타크가 베풀었던 연회를 보았다. 바깥에는 찬바람이 일었으나, 대연회장 안에는 음악과 웃음소리가 울려 퍼졌다. 처음에는 와인과 구운 고기가 넘쳤고, 테온은 농담을 하고 하녀들을 눈여겨보며 즐거운 시간을 보내고 있었다……. 그러다가 그는 대연회장이 점점 어두워지고 있음을 알아차렸다. 이제는 음악도 별로 유쾌하지 않았다. 불협화음과 기묘한 정적, 허공을 떠돌며 피를 흘리는 음조들이 들렸다. 갑자기 입안의 와인이 쓰게 변했고, 잔에서 시선을 들어보니 이제까지 같이 먹고 마시던 사람들이 다 시체들이었다.

로버트 왕은 배가 길게 찢어져서 식탁 위에 내장을 쏟아내고 앉아 있었고, 그 옆의 에다드 공은 머리통이 없었다. 그 아래 장의자마다 시체들이 줄지어 앉았고, 그들이 건배를 하려고 잔을 들어 올리자 뼈에서 회갈색 살점이 떨어지고 눈구멍에는 벌레들이 들락거렸다. 테온이 아는 사람들은 다 있었다. 조리 카셀과 뚱보 톰, 포터와 케인과 거마장 헐렌, 그리고 남쪽 킹스랜딩으로 말을 타고 가서 다시는 돌아오지 않은 모든 사람들. 미켄과 차일은 같이 앉아서 한 사람은 피를, 한 사람은 물을 뚝뚝 떨어뜨리고 있었다. 벤프레드 톨하트와 그의 '거친 산토끼들'은 식탁 하나를 거의 다 채웠다. 방앗간집 마누라도 있었고, 팔렌도 있었고, 심지어는 늑대 숲에서 테온이 브랜을 구하려고 죽였던 야인들까지 있었다.

하지만 테온이 생전 알지도 못했던 얼굴들, 오직 돌에서만 보았던 얼굴들도 있었다. 연푸른색 장미관을 쓰고 피가 튄 하얀 가운을 입은 날씬하고 슬퍼 보이는 여자는 리안나일 수밖에 없었다. 그 옆에는 리안나의 큰오빠 브랜던이 서 있었고, 그 바로 뒤에는 두 사람의 아버지인 리카드 공이 있었다. 보일 듯 말 듯한 형체들이 벽을 따라 그림자 속을 움직였다. 길고 우울한 얼굴을 지닌 희끄무레한 그림자들이었다. 그들을 보자 칼날처럼 날카로운 공포가 테온을 뒤흔들었다. 그때 쾅 소리를 내며 높은 문이 열리고, 차디찬 돌풍이 불어 들어오면서 롭이 어둠 속을 걸어 나왔다. 그레이윈드가 불타는 눈으로 그 옆을 걸었는데, 사람이나 늑대나 50군데에 달하는 심한 상처에서 피를 흘리고 있었다.

테온은 비명을 지르면서 깨어났고, 웩스는 심하게 놀란 나머지 벌거벗은 채 방 밖으로 달아났다. 위병들이 검을 뽑아 들고 뛰쳐 들어오자 테온은 학사를 데려오라고 지시했다. 구겨진 옷차림에 잠기운을 떨치지 못한 루윈 학사가 도착했을 무렵에는 와인 한 잔으로 테온의 손 떨림도 가라앉았고, 공포에 질린 게 부끄러워졌다. 그는 중얼거렸다. "꿈이었어. 꿈일 뿐이야. 아무 의미도 없어."

"아무 의미도 없습니다." 루윈은 진지하게 맞장구를 쳤다. 루윈은 수면제를 두고 갔지만, 테온은 학사가 나가자마자 그 약을 변소에 흘려버렸다. 루윈은 학사일 뿐 아니라 사람이었고, 테온에게 어떤 애정도 없었다. '내가 잠들기를 바라겠지. 그래…… 잠들어서 다시는 깨지 못하길 바랄 거야. 아샤만큼이나 루윈도 그럴 거야.'

테온은 키라를 불러와서 문을 걸어차 닫고는, 그 위에 올라타서 자기 안에 있는 줄도 몰랐던 분노를 태우며 그 계집을 품었다. 테온이 일을 끝냈을 때 키라는 목과 가슴이 멍 자국과 잇자국에 뒤덮인 채 흐느끼고 있었다. 테온은 그녀를 침대에서 밀어내고 담요를 던져줬다. "나가."

그러고 나서도 잠을 이룰 수가 없었다.

새벽이 오자 그는 옷을 입고 외벽을 걸으러 나갔다. 성가퀴에는 상쾌한 가을바람이 휘몰아쳤다. 덕분에 뺨이 달아오르고 눈이 따가웠다. 그는 햇빛이 고요한 나무들 사이로 쏟아지면서 발아래 숲이 회색에서 녹색으로 변하는 모습을 지켜보았다. 왼쪽으로는 내벽 너머로 떠오르는 햇빛을 받아 지붕이 금빛으로 반짝이는 탑 꼭대기들을 볼 수 있었다. 영목의 붉은 잎사귀들은 녹색 숲 사이로 타오르는 불길 같았다. '네드 스타크의 나무야. 스타크의 숲, 스타크의 성, 스타크의 검, 스타크의 신들이야. 여긴 내가 아니라 스타크의 공간이야. 난 파이크의 그레이조이고, 방패에 크라켄을 그려 넣고 광활한 바다를 항해하게 태어났어. 난 아샤와 함께 갔어야 했어.'

머리통들은 문루 위에 달린 쇠못에 꽂힌 채 기다리고 있었다.

테온은 바람이 작은 유령들의 손처럼 망토를 잡아당기는 가운데 말없이 그 머리통들을 응시했다. 방앗간집 아들들은 브랜과 리콘과 나이가 같았고, 몸집도 피부색도 비슷했다. 구린내가 얼굴 가죽을 벗기고 머리통을 타르에 담그고 나니 그 뭉그러진 살덩어리에서 익숙한 이목구비를 보기는 쉬워졌다. '사람들이란 참 바보 같지. 우리가 이게 숫양 머리통이라고 했다면 없는 뿔도 봤을 거야.'

산사

성소에서는 오전 내내 노래를 불렀다. 적 함대의 첫 포성이 성에 이른 후부터 줄곧 그랬다. 노래하는 목소리들이 말 울음소리, 강철 부딪는 소리, 거대한 청동 문 돌쩌귀가 삐걱거리는 소리와 섞여서 기묘하고도 무서운 음악을 만들어냈다. 성소에서는 '어머니'의 자비를 노래했으나, 성문에서 기도하는 대상은 '전사'였고 모두가 소리 없이 기도했다. 산사는 모르데인 성사가 '전사'와 '어머니'는 같은 위대한 신의 두 얼굴에 불과하다고 말하던 것을 기억했다. 하지만 사실은 신이 하나뿐이라면, 어느 쪽 기도를 들을까?

메린 트랜트 경은 조프리가 올라타기 좋게 붉은 말을 잡고 있었다. 소년도 말도 금박 입힌 사슬 갑옷에 법랑을 입힌 진홍색 판금 갑옷을 입고, 머리에는 그에 어울리는 금빛 사자를 얹었다. 조프리가 움직일 때마다 엷은 햇살에 금빛과 붉은빛이 번득였다. '눈부시게 반짝이지만, 텅 비었어.' 산사는 생각했다.

꼬마 악마는 붉은색 준마를 타고 있었는데, 왕보다 훨씬 소박한 무구를 갖춘 덕분에 아버지 옷을 걸친 꼬마처럼 보였다. 하지만 방패 아래 매달린 전투 도끼에는 아이 같은 구석이라곤 없었다. 맨던 무어 경이 하얀 강철 무장을 눈부시게 빛내며 그 옆을 달렸다. 티리온은 산사를 보자 말 머리를 돌리고 안장에서 외쳤다. "산사 아가씨, 분명히 내 누이가 아가씨에게도 다른 귀족 숙녀들과 함께 마에고르 성채에 들어가 있으라 했을 텐데요?"

"그랬습니다. 하지만 조프리 왕께서 배웅하라 부르셨어요. 기도하러 성소에도 들를 생각이고요."

"누굴 위한 기도일지는 묻지 않으리다." 티리온의 입매가 기묘하게 일그러졌다. 그게 미소라면, 산사가 이제까지 본 중에 가장 괴상한 미소였다. "오늘로 모든 게 바뀔지 몰라요. 아가씨에게만이 아니라 라니스터 가문에게도. 이제 생각해보니 아가씨는 토멘과 함께 내보낼 걸 그랬군. 그래도 마에고르 성채에 있으면 안전할 거요. 최소한—"

"산사!" 소년의 고함 소리가 마당에 울려 퍼졌다. 조프리가 산사를 본 것이다. "산사, 여기야!"

'마치 개를 부르듯이 부르는구나.' 산사는 생각했다.

티리온 라니스터가 말했다. "전하께서 아가씨를 찾으시는군. 전투 후에 다시 이야기합시다……. 신들이 허락하신다면."

산사는 황금색 망토를 걸친 창잡이들 사이를 헤치고 조프리가 부르는 곳으로 다가갔다. "곧 전투가 벌어질 거야. 다들 그렇게 말해."

"신들께서 우리 모두에게 자비를 베푸시길."

"자비가 필요한 건 내 숙부지만, 난 자비를 베풀지 않을 거야." 조프리는 검을 뽑았다. 칼자루 끝에는 심장 모양으로 깎은 루비가 사자 입에 물려 있었다. 칼날에는 세 줄의 홈이 깊이 파였다. "나의 새 장검, '심장 먹는 검 (Hearteater)'이야."

산사는 조프리가 예전에 '사자 이빨'이라는 검을 가지고 있었음을 기억해냈다. 아리아가 그 검을 빼앗아서 강물에 던져버렸었다. '이 검도 스타니스에게 같은 꼴을 당했으면.' "아름다운 검이네요, 전하."

"입맞춤으로 내 검에 축복을 내려라." 그는 산사에게 검날을 뻗었다. "어서, 입맞춰."

조프리가 이토록 멍청한 꼬마 같았던 적이 없었다. 산사는 날에 입술을 대면서, 조프리에게 입 맞추느니 몇 개의 검이라도 입을 맞추겠다고 생각했다. 그래도 산사가 시키는 대로 하자 조프리는 기분이 좋아진 것 같았다. 그는 과장된 동작으로 검을 검집에 넣고 말했다. "내가 돌아오면 다시 날에 입을 맞춰봐. 내 숙부의 피 맛이 날 거야."

'당신의 킹스가드가 대신 죽여준다면 그렇겠지.' 하얀 기사 세 명이 조프리와 그 외숙부와 함께 움직였다. 메린 경, 맨던 경, 그리고 오스먼드 케틀블랙 경. 산사는 희망을 품고 물었다. "기사들을 이끌고 전투에 나가시나요?"

"그러고 싶지만 외삼촌인 꼬마 악마가 스타니스 숙부는 절대 강을 건너오지 못할 거라는군. 대신 내가 '세 창녀'를 지휘할 거야. 내가 직접 반역자들을 처단할 거야." 조프리는 그런 예상을 늘어놓으며 미소 지었다. 통통한 분홍색 입술 때문에 조프리는 늘 뾰로통해 보였다. 산사도 예전에는 그 모습을 좋아했지만, 이제는 역겹기만 했다.

산사는 앞뒤 가리지 않고 말해버렸다. "제 오라버니인 롭은 언제나 전투가 가장 치열한 곳에 간다고 하더군요. 물론 롭은 전하보다 나이가 많지만요. 어른이 다 됐지요."

그 말에 조프리는 얼굴을 찌푸렸다. "네 오라비는 내 반역자 숙부를 처리한 다음에 손봐줄 거야. 내가 직접 '심장 먹는 검'으로 배를 갈라주지. 두고 봐." 그는 말 머리를 돌리고 성문 쪽으로 박차를 가했다. 메린 경과 오스먼드 경이 양옆에 따라붙었고, 황금 망토들이 네 줄로 따라갔다. 꼬마 악마와 맨던 무어 경이 후미에 붙었다. 위병들은 고함을 지르고 환호하며 그들을 배웅했다. 마지막까지 나가고 나자 폭풍 이후에 찾아온 고요처럼 갑작스러운 정적이 마당에 내려앉았다.

그 정적 사이로 노랫소리가 산사를 끌어당겼다. 산사는 성소로 방향을 돌렸다. 마구간지기 소년 둘과 당직이 끝난 위병 하나가 뒤따랐고 그 뒤로 다른 사람들도 줄을 지었다.

성소가 그렇게 붐비는 모습도, 그렇게 찬란한 모습도 처음이었다. 높은 창문들에 박힌 수정을 통과한 굵은 무지개색 빛줄기들이 비스듬히 떨어져 내렸고, 사방에 타는 촛불은 작은 불길을 별처럼 반짝였다. '어머니'의 제단과 '전사'의 제단은 빛에 휩싸이다시피 했지만, '대장장이'와 '노파'와 '처녀'와 '아버지' 앞에도 예배자들이 모여 있었고, 심지어는 '이방인'의 인간 같지 않은 얼굴 아래에서도 촛불 몇 개가 춤을 추었다……. '이방인'이 그들을 심판하러 오는 게 아니라면, 스타니스 바라테온은 뭐란 말인가? 산사는 일곱 신을 차례차례 돌며 제단마다 촛불을 하나씩 켠 후, 장의자에서 쪼글쪼글한 세탁부 한 명과 질 좋은 리넨 튜닉을 입은 것으로 보아 기사의 아들이구나 싶은 리콘 또래의 어린아이 사이에 자리를 찾아 앉았다. 노파의 손은 뼈가 앙상한 데다 못이 심하게 박혔고, 어린 소년의 손은 작고 연약했지만, 누군가 손잡을 사람이 있다는 건 좋은 일이었다. 향냄새와 땀 냄새가 짙은 데다가, 공기는 수정 때문에 달아오르고 촛불 빛이 환히 타올라서 뜨겁고 무거웠다. 숨을 들이마시기만 해도 어지러웠다.

산사는 지금 부르는 찬송을 알고 있었다. 언젠가, 아주 오래전 윈터펠에서 어머니가 가르쳐준 노래였다. 그녀는 그 노래에 목소리를 보탰다.

다정하신 어머니시여, 자비의 원천이시여
우리 아들들을 전쟁에서 구하소서
검을 멈추고 화살을 멈추시어

아들들이 더 좋은 날을 보게 하소서.
다정하신 어머니여, 여인들의 힘이시여
우리 딸들이 이 싸움을 헤쳐나가게 도우소서
격분을 달래고 분노를 다스려
우리 모두에게 더 상냥한 길을 가르치소서.

도시 저편에서는 수천 명이 비세니야 언덕 위 바엘로르 대성소에 몰려들었고, 그 사람들도 노래를 불렀다. 노래하는 목소리들이 부풀어 올라 도시 위로 퍼져 나가고, 강을 건너고, 하늘로 올라갔다. '신들도 반드시 우리의 노래를 들으실 거야.' 산사는 생각했다.

산사는 대부분의 찬송을 알고 있었고, 모르는 노래도 최대한 따라 불렀다. 반백의 늙은 하인들과 불안에 떠는 젊은 아내들, 하녀들과 병사들, 요리사들과 매사냥꾼들, 기사들과 무뢰한들, 종자들과 꼬챙이 담당 소년들과 젖어미들과 함께 노래를 불렀다. 성벽 안에 있는 사람들과 성벽 밖에 있는 사람들, 도시 전체와 함께 노래를 불렀다. 자비를 위해 노래하고, 산 자들과 죽은 자들을 위해 노래하고, 브랜과 리콘과 롭을 위해 노래하고, 여동생 아리아와 장벽에 가 있는 이복형제 존 스노우를 위해 노래했다. 어머니와 아버지를 위해, 외조부 호스터 공과 외삼촌 에드무어 툴리를 위해, 친구 제인 풀을 위해, 늙은 주정뱅이였던 로버트 왕을 위해, 모르데인 성사와 돈토스 경과 조리 카셀과 루윈 학사를 위해, 오늘 죽을 용감한 기사와 병사들 모두를 위해, 그리고 그들의 죽음에 슬퍼할 모든 아이들과 아내들을 위해, 그리고 마지막으로 꼬마 악마 티리온과 사냥개를 위해서까지 노래했다. 산사는 '어머니'에게 소리 없이 말했다. '진정한 기사는 아니지만 그래도 절 구해줬어요. 하실 수 있다면 그 사람을 구해주시고, 그 안에 들끓는 분노를 누그러뜨려 주세요.'

그러나 성사가 높은 위치로 올라가서 신들에게 우리의 진정하고 고귀한 왕을 지키고 보호해달라고 간청하자, 산사는 일어서버렸다. 통로에도 사람이 꽉 차 있어서, 성사가 '대장장이'에게 조프리의 검과 방패에 힘을 빌려달라 간청하고 '전사'에게는 용기를 달라고, '아버지'에게는 필요한 때에 조프리를 지켜달라고 하는 동안 사람들을 비집고 나가야 했다. 산사는 문을 향해 힘겹게 나가면서 차갑게 생각했다. '조프리의 검이 부러지고 방패가 박살 나기를. 용기는 떠나버리고 모두가 조프리를 버리기를.'

위병 몇 명이 문루 성가퀴를 오가고 있었지만, 그 외에는 성안이 텅 빈 느낌이었다. 산사는 걸음을 멈추고 귀를 기울였다. 멀리 전투의 소음을 들을 수 있었다. 노랫소리에 거의 묻혀버리기는 해도, 귀를 기울이면 들을 수 있었다. 전투 나팔의 깊은 신음 소리, 바윗돌을 날리는 대형 투석기의 삐거덕거리고 쿵쿵거리는 소리, 물보라가 치솟고 나무가 쪼개지는 소리, 불구덩이에서 타닥거리는 소리와 전갈석궁이 쇠머리를 단 1미터짜리 살을 놓을 때 나는 텅 소리…… 그리고 그 모든 소리 아래로 죽어가는 남자들의 비명 소리가 들렸다.

그것은 다른 종류의 노래, 무섭고 끔찍한 노래였다. 산사는 망토 두건을 올려 쓰고 마에고르 성채로 걸음을 재촉했다. 성안의 성으로, 왕대비가 안전하리라 약속한 곳이었다. 산사는 도개교 끝에서 탠다 부인과 그녀의 두 딸과 마주쳤다. 팔리스는 어제 스토크워스 성에서 소규모 부대와 함께 온 참이었는데, 동생을 구슬려 도개교를 건너려 애쓰고 있었다. 그러나 롤리스는 시녀에게 매달려서 울기만 했다. "난 싫어. 난 싫어. 난 싫어."

"전투가 시작됐어." 탠다 부인이 성마른 목소리로 말했다.

"난 싫어. 난 싫어."

산사는 그들을 피할 도리가 없었기에, 예의를 갖추어 인사했다. "제가 도울 일이 있을까요?"

탠다 부인은 부끄러움에 얼굴을 붉혔다. "아니에요, 아가씨. 친절에 감사드립니다. 내 딸을 용서하세요. 몸이 좋지 않아서요."

"난 싫어." 롤리스는 시녀에게 매달려 있었는데, 검은 머리를 짧게 자른 날씬하고 예쁜 그 시녀는 제 주인을 메마른 해자 속으로, 삐죽삐죽 튀어나온 쇠못 위로 밀어버리고 싶은 듯한 얼굴이었다. "제발, 제발요. 난 싫단 말이야."

산사는 롤리스에게 부드럽게 말했다. "저 안에서는 우리 모두 엄중히 보호를 받을 테고, 먹을 것과 마실 것과 노래도 있을 거예요."

롤리스는 입을 헤벌리고 산사를 멍하니 보았다. 그 흐릿한 갈색 눈은 언제나 눈물에 젖은 것처럼 보였다. "난 싫어."

"가야 해." 롤리스의 언니인 팔리스가 날카롭게 말했다. "얘긴 그걸로 끝이야. 샤에, 도와다오." 그들은 롤리스의 양쪽 팔꿈치를 잡고 같이 롤리스를 반쯤은 질질 끌고 반쯤은 짊어진 채 도개교를 건넜다. 산사는 두 자매의 어머니와 함께 그 뒤를 따랐다. "저 아이는 아프답니다." 탠다 부인이 말했다. '아기를 질병으로 본다면 그렇겠죠.' 산사는 생각했다. 롤리스가 임신했다는 소문은 널리 퍼져 있었다.

마에고르 성채 문을 지키는 두 위병은 사자 장식 투구를 쓰고 라니스터 가문의 진홍색 망토를 걸쳤으나, 산사는 그들이 차려입은 용병에 불과하다는 사실을 알고 있었다. 또 한 명이 계단 밑에 앉아 있었는데, 진짜 위병이라면 미늘창을 무릎에 올려놓고 앉아 있을 게 아니라 서 있었을 것이다. 그래도 그는 그들을 보자 일어서서 문을 열고 안으로 들였다.

'왕후의 무도장'은 대연회장의 10분의 1도 안 되는 크기였고, 수관의 탑에 있는 소연회장의 반밖에 안 됐지만 그래도 백 명을 앉힐 수 있었다. 그리고 공간이 작은 만큼 우아하기는 더 우아했다. 벽에 튀어나온 촛대마다 두들겨 편 은거울을 대어놓아서 횃불이 두 배로 밝게 빛났다. 벽마다 호화롭게 조각한 나무 판을 덧대고, 바닥에는 향기로운 골풀을 깔았다. 위쪽 관람석에서 경쾌한 관악기와 현악기 소리가 흘러 내려왔다. 남쪽 벽에는 아치형의 창문이 한 줄로 늘어섰는데, 지금은 무거운 장막이 내려져 있었다. 두꺼운 벨벳이 한 줄기 빛도 통과시키지 않았고, 기도 소리나 전쟁의 소음이나 다를 바 없이 막았다. '그래도 소용없어. 전쟁은 우리 곁에 있어.' 산사는 생각했다.

도시 안에 있던 귀족 여인은 모두 다 이곳에 앉아 있었고, 한 줌밖에 안 되는 노인과 어린 소년들이 함께 있었다. 그 여인들은 누군가의 아내, 딸, 어머니, 누이였다. 그들의 남자들은 스타니스 공에게 맞서 싸우러 나가 있었다. 많은 수가 돌아오지 못할 터였다. 그 사실을 알기에 공기는 무거웠다. 조프리의 약혼자로서 산사는 왕대비의 오른쪽 귀빈석에 앉아야 했다. 그녀는 연단으로 올라가다가 뒤쪽 벽의 그림자 속에 선 남자를 보았다. 그 남자는 기름을 먹인 검은 쇠사슬로 이루어진 긴 갑옷을 입고, 검을 앞에 들고 있었다. 산사의 아버지가 지녔던 대검, 거의 그 남자만큼이나 큰 '얼음'이었다. 검 끝은 바닥에 놓았고, 남자의 뼈같이 단단한 손가락은 손잡이 양쪽을 쥐었다. 산사는 숨이 턱 막혔다. 일린 페인 경이 그 시선을 알아차렸는지, 심하게 얽은 여윈 얼굴을 산사 쪽으로 돌렸다.

"저 사람이 여기서 뭘 하는 거죠?" 산사는 오스프리드 케틀블랙에게 물었다. 그는 왕대비의 새로운 붉은 망토 위병대장이었다.

오스프리드는 히죽 웃었다. "왕대비 전하께서 이 밤이 가기 전에 필요할 거라 생각하셔서요."

일린 경은 왕의 집행관이었다. 집행관이 필요할 일은 하나뿐이었다. '누구의 머리통을 원하는 거지?'

"모두 일어서십시오. 라니스터 가문의 세르세이 님, 섭정대비이자 왕국의 수호자 드십니다." 왕실 집사가 외쳤다.

세르세이의 가운은 눈같이 하얀 리넨이었다. 킹스가드의 망토와 같은 흰색이었다. 길게 늘어진 소매 안쪽으로 금빛 새틴 안감이 보였다. 맨어깨에는 눈부신 금발이 굵게 구불거리며 흘러내렸다. 가느다란 목에는 다이아몬드와 에메랄드 타래를 둘렀다. 하얀 옷을 입으니 이상하게 천진난만해 보였고, 어린 처녀처럼 보이기까지 했지만, 뺨에는 색조 화장을 했다.

"앉으시오." 왕대비는 연단에 마련된 자리로 이동해서 말했다. "다들 환영합니다." 오스프리드 케틀블랙이 의자를 빼내주었다. 시동 하나가 산사를 위해 같은 행동을 했다. 세르세이가 말했다. "얼굴이 창백하구나, 산사. 아직 붉은 꽃이 피어 있니?"

"네."

"상황에 어울리는구나. 밖에서는 남자들이 피를 흘리고, 너는 이 안에서 피를 흘리다니." 왕대비는 첫 번째 요리를 내오라고 신호했다.

"왜 일린 경이 여기 있나요?" 산사는 불쑥 말해버렸다.

왕대비는 말 못하는 처형인을 흘긋 보았다. "반역자를 처리하고, 필요할 경우에는 우리를 지키기 위해서지. 일린 경도 처형인이 되기 전에는 기사였거든." 왕대비는 손가락으로 방 반대쪽을 가리켰다. 빗장을 지른 높은 나무 문이 보였다. "도끼가 저 문을 부수면 일린 경이 있어 다행이라 기뻐할지도 모른단다."

'사냥개였다면 더 기뻤을 텐데요.' 산사는 생각했다. 거칠고 사납기는 해도, 산도르 클리게인은 결코 그녀가 해를 입게 놓아두지 않을 터였다. "위병들이 저희를 지키는 게 아닌가요?"

"그리고 위병들로부터는 누가 우리를 지키겠니?" 왕대비는 오스프리드를 곁눈질했다. "충성스러운 용병이란 숫처녀 창녀만큼이나 드물지. 전투에 지면 저 위병들은 진홍색 망토를 서둘러 찢어버리려다가 걸려 넘어질 거야. 훔칠 수 있는 것을 훔쳐서 달아날 테지. 하인들, 세탁부들, 마구간지기들도 모두 무가치한 제 몸뚱이를 구하려고 달아날 테고 말이다. 도시가 약탈당할 때 무슨 일이 일어나는지 알기는 하니, 산사? 아니, 모르겠지. 네가 삶에 대해 아는 거라곤 가수들에게 배운 것뿐이고, 훌륭한 약탈 노래는 거의 없으니 말이야."

"진정한 기사들은 결코 여자와 아이들을 해치지 않아요." 말하는 산사의 귀에도 공허하게 울리는 말이었다.

"진정한 기사라." 왕대비는 그 말이 대단히 재미있다고 여기는 모양이었다. "물론 네 말이 옳을 테지. 그러니 착한 아이답게 수프를 먹고 별 눈의 시미언과 드래곤 기사 아에몬 왕자가 구하러 오길 기다리지 그러니, 얘야. 이제부터 오래 걸리지 않을 거야."

다보스

블랙워터 만은 거칠게 일렁였고, 사방에 흰 파도가 일었다. 블랙베타호 는 바람이 불 때마다 돛에서 날카로운 소리를 내며 밀물을 타고 움직였다. 옆에는 망령호와 레이디마리아호가 항해했는데, 선체 사이가 20미터도 떨어지지 않았다. 그의 아들들은 배를 열 맞춰 움직일 줄 알았다. 다보스 는 그 점이 자랑스러웠다.

바다 저편에서 전투 나팔 소리가 울렸다. 거대한 바다뱀이 우는 것 같 은 깊고 거친 소리가 배에서 배로 전해졌다. 다보스는 명령을 내렸다. "돛 을 내려라. 돛대 낮춰. 노잡이들은 노를." 그의 아들 매토스가 명령을 전달 했다. 선원들이 언제나 방해가 되는 자리에만 서 있는 병사들을 밀치고 맡 은 임무를 다하러 달려가는 통에 블랙베타호의 갑판이 들끓었다. 임리 경 은 킹스랜딩 방벽에 자리 잡은 전갈석궁과 화염투하기들에 돛이 노출되 지 않게 노만 저어서 강에 진입하라는 결정을 내린 터였다.

다보스는 남동쪽 멀리 떨어진 맹위호를 알아볼 수 있었다. 바라테온 가 문의 왕관 쓴 수사슴을 과시하던 돛이 금빛으로 번득이며 내려갔다. 16년 전에는 스타니스 바라테온이 그 갑판에서 드래곤스톤 공격을 지휘했으나, 이번에 그는 맹위호와 함대 지휘권을 부인의 형제인 임리 플로렌트 경에게 맡기고 지상군과 함께 움직이는 쪽을 택했다. 임리 경은 알레스터 공과 다른 플로렌트 일족 모두와 함께 스톰스엔드에서 스타니스 쪽으로 넘어왔다.

다보스는 맹위호를 자기 배 못지않게 잘 알았다. 300개의 노 위에 놓인 갑판은 온전히 전갈석궁들이 차지했고, 뱃머리와 배꼬리의 상갑판에는 불타는 역청이 담긴 나무통을 던질 큰 투석기가 올라앉았다. 가공할 힘을 갖춘 선박이자 아주 빠른 배이기도 했다. 임리 경이 배의 끝에서 끝까지 무장한 기사와 중장병들을 가득 태워서 속도가 줄기는 했어도 그랬다.

전투 나팔 소리가 다시 울리고, 맹위호에서 명령이 전해졌다. 다보스는 없어진 손가락들이 따끔거리는 느낌을 받으며 외쳤다. "노 내밀고 줄 맞춰." 노잡이 대장의 북소리가 울리기 시작하자 백 개의 노가 물속으로 들어갔다. 그 북소리는 느리게 뛰는 거대한 심장 박동 같았고, 북이 울릴 때마다 백 명이 한 몸처럼 노를 당겼다.

망령호와 레이디마리아호에도 나무 날개가 돋아났다. 세 척의 갤리선은 노로 물을 저으며 보조를 맞추어 나아갔다. "느리게 순항." 다보스가 외쳤다. 벨라리온 공의 은빛 배 '드리프트마크의 자랑'호는 망령호 좌현으로 이동해 있었고, '대담한 웃음'호는 빠르게 따라왔으나 '마귀할멈'호는 이제 겨우 노를 물에 넣었고 '해마'호는 아직 돛대를 내리느라 씨름하고 있었다. 다보스는 배꼬리 쪽을 보았다. 그래, 있었다. 남쪽 멀리 '황새치'호일 수밖에 없는 배가, 언제나처럼 뒤떨어져 있었다. 황새치호는 함대에서 가장 큰 충각을 달고 200개의 노를 움직였으나, 다보스는 그 배의 선장에 대해 암울한 의혹을 품고 있었다.

다보스는 병사들이 바닷물을 끼고 서로를 독려하는 고함 소리를 들을 수 있었다. 그들은 스톰스엔드에서 여기까지 오는 동안 바닥짐이나 다름없는 존재였고, 승리를 확신하며 적에게 다가가기만 열망했다. 그 점에서 병사들은 함대 사령관 임리 플로렌트 경과 한마음이었다.

사흘 전, 함대가 웬드워터 강 어귀에 정박해 있는 동안 임리 경은 선장들 모두를 맹위호에서 열리는 군사회의에 소집해서 배치를 알렸다. 다보스와 그의 아들들은 전선 둘째 줄, 위험한 우익 바깥쪽에 배치받았다. "명예로 운 위치네요." 알라드는 무용을 증명할 기회가 주어진 데 만족해서 말했다. "위험한 위치다." 다보스가 그렇게 지적하자 아들들은 측은한 눈으로 그를 쳐다보았다. 심지어 어린 매릭조차 그랬다. 아들들의 생각이 들리는 것 같았다. '양파 기사는 늙은 여자가 다 됐어. 아직 마음은 밀수꾼이고.'

마지막 부분은 사실이었고, 그 점에 대해 사과할 마음은 없었다. 시워스 라는 성은 귀족처럼 들렸지만, 마음 속 깊은 곳에서 그는 여전히 세 개의 높은 언덕 위에 자리 잡은 고향 도시로 돌아가는 플리바텀의 다보스였다. 그는 칠왕국 그 누구보다 배와 돛과 바닷가에 대해 잘 알았고, 젖은 갑판 에서 검을 맞대는 절박한 싸움도 누구 못지않게 해보았다. 그러나 지금 같 은 전투에는 경험이 없어 불안하고 두려웠다. 밀수꾼들은 전투 나팔을 불 고 깃발을 올리지 않는다. 밀수꾼들은 위험을 감지하면 돛을 올리고 달아 나버린다.

다보스가 사령관이었다면 완전히 다르게 움직였을 것이다. 우선 저돌 적으로 부딪쳐 가는 대신 제일 빠른 배 몇 척을 먼저 보내어 강에서 무엇 이 기다리는지 알아봤으리라. 다보스가 임리 경에게 그런 제안을 내놓았 을 때, 함대 사령관은 예의를 갖추어 고맙다고 했으나 눈빛은 그렇게 정중 하지 않았다. 그 눈은 이렇게 묻고 있었다. '이 천한 겁쟁이는 누구지? 이 놈이 양파로 기사 작위를 샀다는 그놈인가?'

소년 왕의 네 배에 달하는 배를 거느린 임리 경은 조심하거나 기만책 을 쓸 필요를 느끼지 못했다. 그는 함대를 10열로 조직하고, 각 열에 배를

20척씩 배정했다. 첫 두 줄은 강으로 올라가서 조프리의 작은 함대, 또는 임리 경이 귀족 선장들의 웃음을 끌어낸 별명대로 '어린애 장난감'과 교전하여 박살을 낸다. 그 뒤를 따르는 배들은 도시 방벽 아래에 궁수와 창병들을 내려놓은 후 함대 교전에 참여한다. 후미에 배정된 더 작고 느린 배들은 살라도르 산과 리스 배들의 보호를 받으며 스타니스의 주력군을 남쪽 강둑으로 실어 나를 것이고, 살라도르 산과 그 부하들은 라니스터가 해안에 다른 배들을 숨겨두었다가 후미를 칠 경우에 대비하여 만 바깥쪽에 머문다.

공정하게 말하면, 임리 경이 서두를 만한 이유는 있었다. 스톰스엔드에서 여기까지 항해하는 동안 바람은 친절하지 않았다. 그들은 출항한 날 바로 십브레이커 만의 암초에 상선 두 척을 잃었다. 좋지 않은 출발이었다. 미르의 갤리선 한 척은 타스 해협에서 침몰했고, 걸릿에 들어섰을 때는 폭풍이 닥쳐서 함대를 협해 절반에 걸쳐 흩어놓았다. 결국 열두 척만 제외하고 나머지 배는 모두 '메시의 갈고리' 안쪽, 잔잔한 블랙워터 만에 다시 모였지만 그것은 상당한 시간을 잡아먹은 후의 일이었다.

스타니스는 며칠 전에 블랙워터 강에 도착했을 것이다. 스톰스엔드부터 킹스랜딩까지는 왕의 가도가 쭉 뻗어 있어 바닷길보다 훨씬 이동 속도가 빨랐고, 그의 군대는 거의 말을 타고 있었다. 거의 2만 명에 달하는 기사와 경기병대와 자유기수들, 렌리가 본의 아니게 남긴 유산이었다. 그들은 빨리 도착했을 테지만, 장갑을 두른 군마들과 3.5미터짜리 기마 창들은 블랙워터 급류의 깊은 물과 킹스랜딩의 높은 돌벽을 상대로 별 쓸모가 없었으리라. 스타니스는 휘하 영주들과 함께 남쪽 강둑에 진을 치고 초조함을 달래며 임리 경의 함대는 뭘 하고 있나 생각했을 터였다.

이틀 전, 멀링록에서 그들은 여섯 척의 소형 어선을 보았다. 어부들은 함대 앞에서 달아났으나, 그들은 어선을 하나씩 추월하여 승선했다. 임리 경은 기분 좋게 선언했다. "작은 승리는 전투 전에 속을 달래기 딱 좋지. 더 큰 승리가 고파지거든." 하지만 다보스는 그렇게 잡힌 포로들이 킹스랜딩 방어에 대해 내놓은 말에 더 관심이 있었다. 난쟁이가 강어귀를 차단하기 위해 방책 같은 것을 지었다는데, 그 작업이 완료되었는지 아닌지에 대해서는 어부마다 말이 엇갈렸다. 다보스는 그 작업이 완료되었기를 빌었다. 강이 차단되었다면 임리 경도 멈춰 서서 조사해볼 수밖에 없을 테니.

바다에는 소리가 가득했다. 부르고 외치는 소리, 전투 나팔과 북과 피리 소리, 몇천 개의 노가 올라갔다 내려가면서 나무가 물을 두드리는 소리까지. "줄 맞춰." 다보스가 외쳤다. 돌풍이 그의 낡은 녹색 망토를 잡아당겼다. 그의 갑옷은 가죽조끼와 발치에 놓인 원통형 투구가 다였다. 그는 바다에서 무거운 강철 무구는 목숨을 구하기보다는 빼앗기 쉽다고 믿었다. 임리 경과 다른 귀족 선장들은 그와 생각이 달라서, 강철판을 번쩍이며 갑판을 오갔다.

이제 '마귀할멈'호와 '해마'호가 제자리에 들어섰고, 셀티가르 공의 '붉은 발톱'호가 그 너머에 자리 잡았다. 알라드의 '레이디마리아'호 우현으로는 스타니스가 불운한 선글라스 공에게서 몰수한 세 척의 갤리선 '독실'과 '기도'와 '헌신'호 갑판에 궁수들이 우글거렸다. '황새치'호마저도 노와 돛을 활용하여 출렁이는 바다를 헤치고 느릿느릿 접근하고 있었다. '저렇게 노가 많은 배라면 훨씬 빨라야 마땅하건만.' 다보스는 못마땅해하며 생각했다. '충각이 문제야. 그게 너무 커서 균형이 안 잡혀.'

남쪽에서 돌풍이 불었지만, 노를 저을 때는 아무래도 상관이 없었다. 그들은 밀물을 타고 들어갔으나, 강의 흐름은 라니스터에게 유리했고, 블랙워터 강은 바다를 만나는 지점에서 거세고 빠르게 흘렀다. 첫 충돌은 필연적으로 적에게 유리할 터였다. '블랙워터에서 만나다니 우리가 바보지.' 트인 바다에서 마주친다면 그들의 전열이 적 함대를 양쪽에서 감싸고 안쪽으로 몰아붙여 파괴할 수 있었다. 하지만 강에서는 임리 경의 전함 숫자와 무게가 가진 의미가 축소된다. 서로의 노가 얽히고 배끼리 부딪치는 위험을 피하려면 20척 이상은 나란히 설 수가 없다.

다보스는 늘어선 전함들 너머, 노란 하늘을 배경으로 아에곤의 높은 언덕 위에 선 어두운 레드킵을, 그리고 그 아래 열린 블랙워터 강어귀를 볼 수 있었다. 강 건너편 남쪽 강둑은 사람과 말들이 새까맣게 모였는데, 다가가는 배들을 보고 성난 개미 떼처럼 움직이고 있었다. 스타니스가 뗏목을 만들고 화살 깃을 붙이는 작업으로 바쁘게 굴렸다 해도 기다리기는 좀이 쑤셨으리라. 작게 금속 나팔 소리가 울리더니, 곧 천 명이 고함을 지르는 소리에 묻혀버렸다. 다보스는 뭉툭한 손으로 손가락뼈가 담긴 주머니를 쥐고 소리 없이 행운을 기도했다.

'맹위'호가 첫 번째 전열 중앙을 차지했고, 그 양옆으로 각각 200개의 노가 달린 '로드스테폰'과 '바다의 수사슴'호가 달렸다. 좌익과 우익으로 수백 척이 있었다. '레이디해라', '빛나는 물고기', '웃는 영주', '바다 악마', '뿔 달린 명예', '누더기 제나', '트라이던트 3호', '빠른 검', '라에니스 공주', '개코', '왕홀', '신의', '붉은 까마귀', '퀸알리산느', '고양이', '용기', 그리고 '드래곤의 파멸'호까지. 모든 배꼬리에 빛의 군주의 불타는 심장 깃발이 붉은색과 노란색과 오렌지색으로 휘날렸다. 다보스와 그 아들들 뒤로 다시 기사들과 귀족 선장들이 지휘하는 수백 척이 오고, 그 뒤에는 노가 80개도 되지 않는 작고 느린 미르 분견대가 뒤따랐다. 한참 뒤에는 돛배들, 무장상선과 크고 느린 무역선들이 왔고 마지막에 살라도르 산이 300개의 노를 저으며 우뚝 선 당당한 '발리리안'호를 타고 선체에 특유의 줄무늬가 있는 갤리선들과 보조를 맞춰 왔다. 이 화려한 리스의 해적 왕자는 후위에 배정된 것을 달가워하지 않았으나, 스타니스가 그랬듯 임리 경도 그를 못미더워했다. 불평도 너무 많고, 받아야 할 금화에 대한 이야기도 너무 많다는 이유였다. 그럼에도 다보스는 안타까웠다. 살라도르 산은 임기응변에 뛰어난 늙은 해적이었고, 그의 선원들은 타고난 바다 사나이들로 전투에서 두려움이 없었다. 그들을 후위에 두는 것은 낭비였다.

'아후우우우우우우우우우우우.' 맹위호 앞 갑판에서 하얀 파도와 물을 젓는 노들 사이로 신호가 퍼져나갔다. 임리 경이 공격 신호를 올린 것이다. '아후우우우우우우우우우, 아후우우우우우우우우우우우.'

'황새치'호가 드디어 전열에 합류했으나, 아직도 돛을 올린 채였다. "급속 순항." 다보스가 외쳤다. 북소리가 더 빨리 울리기 시작했고, 촤아 촤아 촤아 노가 물을 가르는 속도도 빨라졌다. 갑판 위에서는 병사들이 검과 방패를 부딪치고, 궁수들은 조용히 활줄을 매고 허리띠에 달린 화살통에서 첫 번째 화살을 꺼냈다. 맨 앞 열의 갤리선들이 시야를 가렸기에 다보스는 더 잘 보이는 자리를 찾아서 갑판 위를 오갔다. 방책 같은 것은 보이지 않았다. 강어귀는 열려 있었다. 마치 그들을 모조리 삼키려는 것처럼. 다만…….

밀수꾼 시절에 다보스는 킹스랜딩 바닷가를 제 손바닥보다 잘 안다고 장담하곤 했다. 손바닥에 몰래 드나드는 데 반평생을 보내지는 않았으니 말이다. 블랙워터 강어귀에 서로 마주 보도록 새로 세운 땅딸막한 두 돌탑이 임리 플로렌트 경에게는 아무 의미 없을지 모르나, 다보스에게는 손가락이 두 개 더 돋아난 듯 생경했다.

다보스는 서쪽으로 기울어가는 햇빛을 막으려고 눈을 가린 채 두 개의 탑을 더 자세히 살펴보았다. 수비군을 많이 수용하기에는 너무 작았다. 북쪽 강둑에 선 탑은 레드컵이 굽어보는 벼랑 아래 세워졌다. 남쪽 강둑의 탑은 강물 속을 딛고 섰다. '강둑에다 수로를 팠군.' 다보스는 바로 알아차렸다. 그 탑을 공격하기는 무척 어려울 것이다. 공격자들은 물속으로 걸어 들어가거나 작은 수로에 다리를 놓아야 하리라. 스타니스가 탑 아래에 궁수들을 배치해서 혹시나 성곽 위로 고개를 내미는 경솔한 수비병을 쏘게 해두기는 했지만, 그 외에는 신경 쓰지 않고 놓아둔 눈치였다.

그 탑 아래쪽을 휘도는 어두운 물속에서 뭔가가 번득였다. 강철에 반사된 햇빛이었다. 그 섬광이 다보스 시워스가 알아야 모든 것을 말해줬다. '사슬 방책이로군……. 그런데 우리가 들어가지 못하게 강을 막지는 않았어. 왜지?'

그 이유도 추측할 수는 있었겠지만, 의문을 곱씹을 시간이 없었다. 앞쪽에 선 전함들에서 함성이 오르고, 전투 나팔이 다시 울렸다. 앞에 적이 나타난 것이다.

왕홀호와 신의호의 노가 휙휙 움직이는 사이로 강에 늘어선 얼마 안 되는 갤리선들이 보였다. 선체를 특징짓는 금색 페인트에 햇빛이 반짝였다. 다보스는 그 배들을 자기 배처럼 잘 알았다. 밀수꾼 시절에는 수평선에 보이는 돛으로 빠른 배인지 느린 배인지, 선장은 영광에 굶주린 젊은이인지 임기를 다해가는 늙은이인지 알아보면 늘 더 안전한 느낌이 들었기 때문이다.

'아후우우우우우우우우우우.' 전투 나팔이 울렸다. "전투 속도로." 다보스는 외쳤다. 좌현과 우현에서 데일과 알라드가 같은 명령을 내리는 소리가 들렸다. 북소리가 미친 듯이 울리기 시작했고, 노가 오르내리면서 블랙베타호가 앞으로 밀려나갔다. 다보스가 망령호 쪽을 흘긋 보자 데일이 경례를 붙였다. 황새치호는 다시 뒤로 처지면서 양쪽에 있는 더 작은 배들의 항적 속에서 허우적거렸지만, 그 외의 전열은 방패벽처럼 일직선이었다.

멀리서는 그렇게 좁아 보였던 강이 이제는 바다처럼 넓게 뻗어 있었지만, 그와 동시에 도시도 거대해졌다. 아에곤의 높은 언덕에서 아래를 내려다보는 레드킵은 접근하는 자들을 압도했다. 철을 씌운 성가퀴, 육중한 탑들, 그리고 두꺼운 붉은 벽 때문에 레드킵은 강과 길거리를 굽어보는 흉포

한 짐승 같았다. 레드킵이 올라선 절벽은 돌투성이에 가팔랐고, 이끼와 울퉁불퉁한 가시나무들이 점점이 흩어져 있었다. 함대가 항구와 그 너머 도시에 이르려면 그 성 아래를 통과해야 했다.

첫 번째 전열은 이제 강에 들어갔지만, 적 갤리선들은 후퇴하고 있었다. '우리를 끌어들이려는 거야. 우리가 빽빽하게 붙어서 움직이지 못하고 적선 옆으로 돌아가지 못하게…… 그리고 우리 뒤에 방책을 올리려는 거야.' 다보스는 갑판 위를 오가면서 조프리의 함대를 더 잘 보려고 목을 길게 뺐다. 그 어린애 장난감 중에는 크고 무거운 '신의 은총'호, 낡고 느린 '아에몬 왕자'호와 '비단 귀부인', 그 자매인 '귀부인의 수치', '거친 바람', '왕의 모략', '하얀 사슴', '기마 창', '바다꽃'호가 포함되어 있었다. 그런데 '사자 별'호는 어디 있단 말인가? 로버트 왕이 사랑했다가 잃어버린 처녀의 명예를 기려 이름 붙인 아름다운 '레이디리안나'호는? 그리고 '로버트 왕의 망치'는? 그 배는 왕실 함대에서 가장 큰 전투 갤리선으로 노가 400개였고, 소년 왕이 소유한 배 중에서 유일하게 맹위호를 압도할 수 있는 전함이었다. 그 배가 방어군의 핵심에 있어야 마땅했다.

다보스는 함정을 감지했으나, 뒤에서 적이 엄습해오는 기색이라곤 보이지 않았다. 그저 스타니스 바라테온의 대함대가 질서 정연하게 열을 맞추어 수평선까지 뻗어나갈 뿐이었다. '저들이 사슬을 들어 올려서 우리를 둘로 쪼개려는 걸까?' 그래봐야 좋은 점을 알 수 없었다. 그래봐야 만에 남은 배들은 도시 북쪽에 병사들을 내릴 수 있었다. 좀 더 느리게 건널지는 몰라도, 더 안전하게.

레드킵에서 가물거리는 오렌지색 불빛 새들이 날아올랐다. 스무 마리, 아니면 서른 마리쯤. 타는 역청 단지가 불의 꼬리를 끌며 강 너머로 포물선을 그리는 광경이었다. 대부분은 강물에 먹혔으나, 몇 개는 첫 번째 전열에 선 갤리선 갑판에 떨어져 부서지면서 불길을 퍼트렸다. '퀸 알리산느'

호의 갑판에서 중장병들이 재빨리 움직였고, 다보스는 강둑에 제일 가까운 '드래곤의 파멸'호 세 군데에서 연기가 오르는 것을 볼 수 있었다. 그무렵에는 두 번째 역청 단지들이 날아왔고, 위쪽 탑마다 촘촘히 박힌 궁수석에서 쉭 소리를 내며 화살이 떨어지고 있었다. 병사 하나가 '고양이'호뱃전 너머로 떨어지면서 노에 부딪쳤다가 가라앉았다. 다보스는 생각했다. '오늘 첫 죽음이로군. 하지만 마지막 죽음은 아닐 거야.'

레드킵의 성가퀴에는 소년 왕의 깃발이 휘날렸다. 금빛 바탕에 바라테온 가문의 왕관 쓴 수사슴, 진홍색 바탕에 라니스터의 사자. 역청 단지가더 날아왔다. 다보스는 '용기'호에 불이 번지면서 사람들이 내지르는 비명소리를 들었다. 그 배의 노잡이들은 아래에서 안전하게 반갑판의 보호를받았지만, 상갑판에 가득한 중장병들은 그런 행운을 누리지 못했다. 다보스의 우려대로 모든 피해가 우익에 쏠리고 있었다. '곧 우리 차례겠군.' 그는 불편한 마음으로 스스로에게 상기시켰다. '블랙베타'호는 북쪽 강둑에서부터 여섯 번째 위치에 있었기에, 역청 단지의 사정거리 안에 들어갔다. 우측에는 알라드의 '레이디마리아'호와 이제는 2열이라기보다는 3열에가깝게 뒤처진 꼴사나운 '황새치'호, 그리고 너무나 취약한 위치에 자리잡은 만큼 신들의 개입이라도 얻어야 할 '독실,' '기도', '헌신'호뿐이었다.

함대 2열이 쌍둥이 탑 사이를 지나칠 때 다보스는 더 자세히 살펴보았다. 어른 머리통만 한 구멍에서 나온 거대한 쇠사슬이 물속으로 사라지는모습을 볼 수 있었다. 두 탑에는 문이 하나뿐이었는데, 그것도 지상에서6미터는 위에 있었다. 북쪽 탑 지붕에 선 궁수들이 '기도'호와 '헌신'호에화살을 날리고 있었다. '헌신'호에 있는 궁수들이 마주 화살을 쏘았고, 다보스는 화살에 맞은 남자의 비명 소리를 들었다.

"선장님." 아들 매토스가 바로 뒤에서 말했다. "투구 쓰세요." 다보스는투구를 양손으로 잡고 머리에 썼다. 그 둥근 투구에는 면갑이 없었다. 다보스는 시야가 가려지는 것을 꺼렸다.

그때쯤에는 사방에 역청 단지가 쏟아지고 있었다. 하나가 '레이디마리아'호 갑판에 떨어져 깨졌지만, 알라드의 선원들이 잽싸게 불을 두드려 껐다. 좌측 '드리프트마크의 자랑'호에서 전투 나팔이 울렸다. 노가 올라갔다 내려갈 때마다 물보라가 치솟았다. 전갈석궁의 1미터짜리 화살이 매토스에게서 60센티미터도 안 되는 거리에 쿵 소리를 내며 떨어져 나무 갑판을 뚫었다. 앞에서는 전함 1열이 적 궁병들의 사정거리 안에 들어갔다. 화살비가 달려드는 뱀처럼 쉭쉭거리는 소리를 내며 배 사이를 날아다녔다.

다보스는 블랙워터 강 남쪽에서 조잡한 뗏목을 강으로 끌고 가는 사람들의 모습을 보았다. 휘날리는 수많은 깃발 뒤에 병사들이 횡렬로 대오를 짓고 있었다. 사방에 불타는 심장이 보였으나, 그 불길 안에 갇힌 작은 검은색 수사슴은 너무 작아서 알아볼 수가 없었다. 다보스는 생각했다. '왕관 쓴 수사슴 깃발을 휘날렸어야 해. 수사슴은 로버트 왕의 상징이니, 시민들도 보고 기뻐했을 거야. 지금 이 낯선 군기는 시민들을 적으로 몰 뿐이야.'

불타는 심장을 보면 스톰스엔드 지하 어둠 속에서 멜리산드레가 낳았던 그림자를 떠올리지 않을 수 없었다. '그나마 이 전투는 빛 속에서, 정직한 사람의 무기를 들고 싸우는군.' 붉은 여인과 그 어두운 자식들은 이 전투에 아무 역할도 없었다. 스타니스가 사생아 조카인 에드릭 스톰과 함께 드래곤스톤으로 보낸 후였다. 선장들이며 휘하 영주들이 전장은 여인이 있을 곳이 아니라고 주장한 덕분이었다. 반대 의견을 낸 것은 왕비 쪽 사람들뿐이었고, 목소리도 크지 않았다. 그래도 왕이 거절하려고 했을 때 브라이스 카론 공이 말했다. "전하, 마법사가 함께한다면 이후에 사람들은 전하의 승리가 아니라 그 여자의 승리라고 말할 겁니다. 전하가 그 여자의 주문 덕에 왕관을 얻었다고 할 거예요." 그 말이 흐름을 바꿨다. 다보스 자신은 내내 입을 다물고 있었지만, 솔직히 말해서 멜리산드레의 뒷모습을 보는 게 아쉽지는 않았다. 멜리산드레에게나, 그녀의 신에게나 얽히고 싶지 않았다.

우현에서 '헌신'호가 물가로 접근해서 널빤지를 내밀었다. 궁수들이 앞다투어 얕은 물속에 뛰어들었다. 활줄이 젖지 않게 활은 머리 위로 높이 들어 올린 채였다. 그들은 첨벙첨벙 물을 튀기며 절벽 아래 좁은 물가로 올라갔다. 성 위에서 그들을 향해 돌멩이를 떨어뜨리고, 화살과 창도 날렸지만, 각도가 너무 가팔라서 피해를 별로 주지 못하는 듯했다.

'기도'호가 십여 미터 상류로 올라가서 상륙하고 '독실'호가 강둑을 향해 움직이는데 수비군이 강가로 달려 내려오며 군마들의 발굽이 얕은 강물을 거세게 튀겼다. 수비군 기사들은 암탉들 사이에 뛰어든 늑대처럼 궁수들을 덮쳐, 화살을 메길 틈도 없이 배에 다시 몰아넣고 강물에 밀어 넣었다. 중장병들이 창과 도끼를 들고 기사들에게 맞서 달려나갔고, 순식간에 현장은 피에 젖은 아수라장으로 변했다. 다보스는 사냥개의 개머리 투구를 알아보았다. 그는 어깨에 걸친 하얀 망토를 휘날리며 널빤지 위로 말을 몰아 '기도'호 갑판에 올라서더니, 근처에서 머뭇거리는 상대는 누구든 난도질했다.

왕성 너머 킹스랜딩은 원형 방벽에 감싸여 언덕 위에 서 있었다. 강가는 시커멓게 탄 황무지였다. 라니스터가 모조리 태워버리고 진흙 문 안으로 물러선 흔적이었다. 얕은 물에 잠긴 시커먼 재목들이 긴 석조 선창으로 가지 못하게 막아섰다. '저기 상륙할 순 없어.' 다보스는 진흙 문 뒤에 버티고 선 거대한 투석기 세 채의 윗부분을 알아볼 수 있었다. 저 높이 비세니야 언덕 위에서는 바엘로르 대성소의 일곱 개 수정 탑에 햇빛이 찬란하게 빛났다.

다보스는 전투 개시 장면을 보지 못했지만, 소리는 들었다. 갤리선 두 척이 부딪치면서 나는 어마어마한 굉음. 그러나 어느 두 척인지는 알 수 없었다. 바로 다음 순간 또 다른 충돌음이 울려 퍼졌고, 이어서 세 번째 충돌음이 울렸다. 나무 쪼개지는 소리 사이로 '맹위'호의 전방 투석기가 울리는 장중한 쿵, 쿵 소리가 들렸다. '바다의 수사슴'호는 조프리의 갤리선 한 척을 깔끔하게 두 쪽으로 갈라놓았지만, '개코'호는 불길에 휩싸였고 '퀸알리산느'호는 '비단 귀부인'과 '귀부인의 수치'호 사이에 갇혀서 선원들이 온통 분투하고 있었다.

다보스는 바로 앞에서 적선 '왕의 모략'호가 '신의'호와 '왕홀'호 사이를 파고드는 모습을 보았다. '왕의 모략'호는 충돌 전에 우현 노를 슬며시 집어넣었지만, 그 배가 옆을 긁고 지나가자 '왕홀'호의 좌현 노들은 불쏘시개처럼 부러져 나갔다. "발사." 다보스가 명령을 내리자 그의 궁수대가 강물 저편으로 압도적인 화살 비를 쏟아부었다. 그는 '왕의 모략'호 선장이 쓰러지는 모습을 보고 이름이 뭐였더라 하고 생각했다.

강기슭에서는 거대한 트레뷰셋의 팔이 하나, 둘, 셋 모두 올라가고 백여 개의 돌덩이가 노란 하늘 높이 솟아올랐다. 각각이 어른 머리통만 한 크기였다. 그 돌덩이들은 떨어지면서 엄청난 물보라를 일으키고, 참나무 판자를 부수고, 살아 있는 사람을 뼈와 힘줄과 으깨진 살덩이로 바꿔놓았다. 강 전체에 걸쳐서 첫 번째 전열이 교전에 돌입했다. 갈고리 닻이 날아가고, 쇠충각이 나무 선체를 들이받고, 돌격대원들이 들끓고, 떠도는 연기 사이로 화살이 날아다니고, 남자들이 죽고…… 하지만 아직까지는, 다보스의 선원들은 죽지 않았다.

'블랙베타'는 상류로 밀고 올라갔고, 선장인 다보스는 노잡이 대장의 북소리가 머릿속까지 쿵쿵 울리는 가운데 충각으로 들이받기 적당한 상대를 물색했다. '퀸알리산느'가 라니스터 전함 두 척 사이에 포위되어 있었고, 갈고리와 밧줄이 세 척을 얽고 있었다.

"충돌 속도로!" 다보스가 외쳤다.

북소리가 달아오른 망치질 소리처럼 길게 이어져 울리는 가운데 '블랙베타'호는 날 듯이 움직였고, 뱃머리에서 갈라지는 강물은 우유처럼 하얗게 끓어올랐다. 알라드도 같은 기회를 본 모양인지, '레이디마리아'호가 옆에 달렸다. 첫 번째 전열은 각기 흩어져 혼란스러운 싸움판으로 변했다. 서로 얽힌 배 세 척이 앞에서 돌고 있었는데, 갑판은 검과 도끼로 서로를 찍어대는 사람들로 시뻘건 아비규환이었다. 다보스 시워스는 전사 신에게 간청했다. '조금만 더, 저 배를 조금만 더 돌려서 측면을 보여주십시오.'

전사 신이 듣고 있었던 것일까. '블랙베타'호와 '레이디마리아'호는 간발 차이로 각각 '귀부인의 수치'호 측면 앞뒤를 들이받았다. 그 힘이 어찌나 세던지 세 척 너머에 얽혀 있던 '비단 귀부인'호 갑판에서 사람들이 튕겨 나갈 정도였다. 다보스는 이를 부딪치는 바람에 혀가 잘릴 뻔하고는, 피를 뱉어냈다. '다음번엔 입을 다물고 있어라, 바보야.' 바다에서 40년을 보냈건만, 충각으로 다른 배를 들이받기는 이번이 처음이었다. 궁수들이 알아서 화살을 날리고 있었다.

"후진." 다보스는 명령을 내렸다. '블랙베타'호가 노를 뒤집어 후진하자 충각이 뚫어놓은 구멍에 강물이 쏟아져 들어갔고, '귀부인의 수치'호는 수십 명을 강물에 쏟아내며 다보스의 눈앞에서 조각조각이 났다. 산 자들 일부는 헤엄을 쳤고, 죽은 자들 일부는 강물에 떠내려갔다. 무거운 사슬 갑옷이나 판금 갑옷을 입은 사람들은 산 자와 죽은 자를 가리지 않고 강물속으로 가라앉았다. 물에 빠진 사람들의 애원이 다보스의 귓가에 울렸다.

왼쪽 앞에서 번득인 녹색 섬광이 다보스의 시선을 사로잡더니, '퀸알리산느'호 배꼬리에서 꿈틀거리는 에메랄드빛 뱀이 쉭쉭거리며 불타올랐다. 다보스는 바로 다음 순간에 무시무시한 고함 소리를 들었다. "와일드파이어다!"

그는 얼굴을 찡그렸다. 불타는 역청과 와일드파이어는 완전히 다른 문제였다. 와일드파이어는 사악한 물건이었고 거의 끌 수가 없었다. 망토로 덮으면 망토에 불이 붙었고, 손바닥으로 때리면 손에 불이 붙었다. "와일드파이어에 대고 오줌을 누면 거시기도 불타버리지." 늙은 뱃사람들은 그렇게 말하곤 했다. 임리 경이 이 전투에 연금술사들의 불쾌한 물건이 쓰일지 모른다고 경고하긴 했었다. 다행히도 진짜 화염술사는 별로 남아 있지 않으니, 그런 물건도 곧 떨어질 거라고 장담하기도 했다.

　다보스는 연이어 명령을 내렸다. 노잡이들 한 줄은 물을 앞으로 밀어내고 다른 한 줄은 물을 뒤로 밀게 하자 갤리선이 방향을 바꿨다. '레이디마리아'호도 자유롭게 풀려났는데, 다행스러운 일이었다. 불이 '퀸알리산느'호와 그 적들에게 믿을 수 없을 만큼 빨리 번져나가고 있었다. 녹색 불길에 휩싸인 사람들이 사람 같지 않은 비명을 지르며 물에 뛰어들었다. 킹스랜딩 방벽에서는 화염투하기들이 죽음을 내뿜었고, 진흙 문 뒤에 자리 잡은 거대한 트레뷰셋들은 바윗돌을 던져댔다. 황소만 한 돌덩이 하나가 '블랙베타'와 '망령'호 사이에 떨어지면서 두 배를 뒤흔들고 갑판에 선 사람들을 흠뻑 적셨다. 그와 비슷한 크기의 돌덩이 하나는 '대담한 웃음'호에 떨어졌다. 그 벨라리온 갤리선은 탑에서 떨어뜨린 장난감처럼 터지면서 어른 팔 길이의 나뭇조각들을 흩뿌렸다.

　다보스는 검은 연기와 소용돌이치는 녹색 화염 사이로 하류에 가득한 작은 배들을 보았다. 나룻배와 거룻배, 바지선과 소형 범선, 조각배에 너무 썩어서 물에 뜨기도 힘들어 보이는 노후선들까지. 절박한 냄새가 났다. 그런 나뭇조각들이 싸움의 흐름을 바꿀 수는 없을 테고, 방해만 될 뿐이었다. 전열은 손쓸 도리 없이 뒤얽혀버렸다. 좌측으로는 '로드스테폰', '누더기 제나', '빠른 검'이 방어선을 뚫고 상류로 올라가고 있었다. 그러나 우익은 심한 교전 상태였고, 중앙은 트레뷰셋의 돌덩이 아래 흩어져서 선장들 중 몇 명은 하류로 방향을 틀었고, 또 몇 명은 좌측으로 움직였다. 그들은 쏟아지는 돌 비를 피하기 위해 무슨 짓이든 했다. '맹위'호는 꼬리 쪽에 실은 투석기로 반격을 했으나, 사정거리가 부족했다. 날아간 역청 단지들은 방벽 아래에서 부서졌다. '왕홀'호는 노를 거의 다 잃었고, '신의'호는 적함의 충각에 들이받혀 기울어지기 시작했다. 다보스는 '블랙베타'를 그 두 배 사이로 몰고 가서 화려하게 조각하고 금박을 입힌 세르세이 왕비의 유람선을 비스듬히 들이받았다. 그 배도 지금은 놀이 상대 대신 병사들이 실려 있었는데, 충돌과 함께 십여 명이 강물 속으로 떨어졌고, 블랙베타의 궁수들이 물 위에 떠 있으려 애쓰는 병사들을 하나씩 쏘아 죽였다.

매토스의 고함 소리가 좌현의 위험을 알렸다. 라니스터 갤리선 한 척이 충각으로 들이받으려 하고 있었다. "우현으로 전력 선회!" 다보스가 외치자 부하들이 노를 이용해서 유람선에서 선체를 밀어내고, 나머지는 달려드는 '하얀 사슴'호에 뱃머리가 향하도록 방향을 돌렸다. 다보스는 잠시 너무 늦은 건가, 이대로 가라앉는 건가 걱정했지만 강의 흐름이 블랙베타호의 방향 전환을 도왔고, 충돌은 비스듬한 타격에 그쳤다. 두 전함은 서로를 긁고 지나가면서 노를 부러뜨렸다. 투창 못지않게 날카로운 나뭇조각 하나가 머리 옆으로 날아가는 바람에 다보스는 움찔하고는 외쳤다. "승선하라!" 갈고리 밧줄이 날아갔다. 다보스는 검을 뽑아 들고 직접 뱃전 너머로 돌격대를 이끌었다.

'하얀 사슴'호의 선원들이 난간에서 그들을 맞이했으나, '블랙베타'호의 중장병들은 소리치는 강철 물결이 되어 그들을 쓸어버렸다. 다보스는 인파를 헤치고 싸우면서 상대편 선장을 찾았지만, 그자는 다보스가 도착하기 전에 죽어 있었다. 다보스가 그 시체를 굽어보고 서 있노라니 누군가가 뒤에서 도끼로 그를 내리쳤다. 타격은 투구가 받아냈고, 두개골이 쪼개지지 않은 대신 심하게 울렸다. 다보스는 멍한 상태로 나뒹굴 수밖에 없었다. 그를 공격한 자가 소리를 지르며 돌격했다. 다보스는 검을 양손에 쥐고 위로 올려서 상대의 배를 꿰뚫었다.

선원 하나가 그를 부축해 일으켰다. "선장님, 사슴호는 우리 겁니다." 사실이었다. 적은 대부분 죽거나, 죽어가거나, 항복했다. 그는 투구를 벗고 얼굴에 묻은 피를 닦은 후, 쏟아진 내장과 피로 미끄러운 판자 위를 조심스럽게 밟으며 자기 배로 돌아갔다. 매토스가 손을 내밀어 난간을 넘어갈 수 있게 도왔다.

그 몇 초 동안, '블랙베타'와 '하얀 사슴'은 잔잔한 폭풍의 눈이었다. '퀸 알리산느'와 '비단 귀부인'은 서로 얽힌 채로 거대한 녹색 불덩어리가 되어 '귀부인의 수치' 잔해를 끌고 하류로 흘러가고 있었다. 미르의 갤리선 한 척이 그들을 들이받았다가 역시 화염에 휩싸였다. '고양이'호는 빠르게 침몰하는 '용기'호에서 사람들을 옮겨 태우고 있었다. '드래곤의 파멸'호 선장은 두 개의 선창 사이로 배를 몰았다가 바닥을 찢고 말았다. 그 배의 선원들은 궁병들과 중장병들과 함께 강기슭으로 쏟아져 나가서 방벽 공격에 참여했다. '붉은 까마귀'는 충각에 들이받혀 천천히 기울고 있었다. '바다의 수사슴'은 화재와 적함의 돌격대 양쪽과 싸우고 있었으나, 조프리의 '충신'호에는 불타는 심장 깃발이 올라갔다. 맹위호는 당당한 뱃머리가 바윗돌에 맞아 망가진 채로 '신의 은총'과 교전 중이었다. 다보스는 벨라리온 공의 '드리프트마크의 자랑'이 라니스터의 강배 두 척 사이를 들이받으면서 한 척을 뒤집고 나머지 한 척에는 불화살을 쏘아 맞히는 광경을 보았다. 남쪽 강둑에서는 기사들이 뚱뚱한 무역선 위로 말을 끌고 올라갔고, 그보다 작은 갤리선 몇 척은 이미 중장병들을 태우고 북쪽 강둑으로 건너가고 있었다. 그들은 침몰한 배들과 떠다니는 와일드파이어를 피해서 조심스럽게 배를 몰아야 했다. 이제는 살라도르 산의 리스 배들만 제외하고 스타니스 왕의 함대 전체가 강에 들어왔다. 곧 그들이 블랙워터 강을 장악할 터였다. '임리 경이 승리를 거두겠군. 스타니스는 군대를 강 건너편으로 보낼 테고. 하지만 신들이시여, 이 얼마나 대가가······.'

"선장님!" 매토스가 그의 어깨를 건드렸다.

'황새치'였다. 두 줄로 늘어선 노가 오르내리고 있었다. '황새치'는 지금까지도 돛을 내리지 않았고, 불붙은 역청이 삭구에 떨어졌다. 다보스가 보는 동안에도 불길이 번지면서 밧줄과 돛에 옮겨 붙어, '황새치' 뒤로 노란 불 거품이 나부꼈다. 황새치라는 이름에 걸맞은 보기 흉한 쇠충각이 배 앞 강물을 갈랐다. 그 바로 앞에서는 라니스터의 노후선 한 척이 물에 낮게 뜬 채 좋은 먹잇감을 노리고 방향을 돌리고 있었다. 그 노후선의 판자 사이로 느릿느릿 녹색 피가 새어나왔다.

그 광경을 본 순간, 다보스 시워스는 심장이 멎는 기분이었다.

"안 돼. 안 돼, 안 돼애애애애!" 전투의 굉음과 소란 속에서 그의 고함 소리를 들은 사람은 매토스뿐이었다. '황새치'의 선장이 듣지 못한 것은 확실했다. 그는 드디어 보기 흉하게 뚱뚱한 검 같은 충각을 써먹을 작정이었다. '황새치'호가 전투용으로 속도를 높였다. 다보스는 불구의 손을 들어 손가락뼈가 담긴 가죽 주머니를 꽉 움켜쥐었다.

'황새치'는 삐걱거리고 쪼개지고 찢어지는 소리를 내며 썩어가는 노후선을 산산조각으로 갈라놓았다. 그 배는 너무 익은 과일처럼 터졌으나, 세상에 나무가 부서지는 소리를 내는 과일은 존재한 적 없었으리라. 다보스는 그 배 안에서 수많은 단지가 부서지며 흘러나오는 녹색 물질을, 죽어가는 괴물의 창자에서 흘러나오는 독처럼 반짝이고 번들거리는 녹색 물질이 강 위에 번져나가는 모습을 보았다······.

"후진하라!" 다보스는 울부짖었다. "떨어져. 저 배에서 떨어져. 후진, 후진!" 갈고리 밧줄들이 잘려 나가고, 다보스는 발밑 갑판이 흔들리면서 '블랙베타'가 '하얀 사슴'에서 물러나는 것을 느꼈다. '블랙베타'의 노가 물속으로 미끄러져 들어갔다.

그때 누군가가 귀를 때리기라도 한 듯한 짧고 날카로운 퍽 소리가 들렸다. 그리고 심장이 반 정도 뛸 시간이 지나서 포효가 따라왔다. 발아래 갑판이 사라지고, 검은 물이 얼굴을 때리면서 코와 입안으로 밀려들었다. 그는 물에 빠져서 숨을 쉬지 못하고 있었다. 다보스는 어디가 위인지도 알지 못하는 눈먼 공황 상태에 사로잡혀 강물과 씨름하다가 겨우 수면을 깨고 나갔다. 그는 물을 뱉어내며 공기를 들이마시고, 제일 가까이 떠 있는 잔해를 붙들고 버텼다.

'황새치'와 노후선은 사라졌고, 옆에서는 시커멓게 탄 시체들이 하류로 흘러가고 있었으며, 컥컥거리는 남자들이 연기가 피어오르는 나뭇조각을 붙들었다. 15미터에 달하는 소용돌이 악마 같은 녹색 화염이 강 위로 춤을 추었다. 그 악마에게는 손이 십여 개 달렸고, 손마다 채찍이 들려 있었으며, 그 채찍이 닿는 곳마다 화염이 터졌다. 그는 '블랙베타'와 그 양쪽으로 '하얀 사슴'과 '충신'이 타는 모습을 보았다. '독실', '고양이', '용기', '왕홀', '붉은 까마귀', '마귀할멈', '신의', '맹위'호까지 모두가 날아갔고 '왕의 모략'과 '신의 은총'도 마찬가지였다. 그 악마는 자기 편 배도 먹어치웠다. 벨라리온 공의 빛나는 '드리프트마크의 자랑'호가 방향을 돌리려 하고 있었으나, 악마가 그 은빛 노 위로 느긋하게 녹색 손가락을 뻗자 양초처럼 줄줄이 불이 붙었다. 한순간 그 배는 눈부시게 불타는 긴 횃불로 양옆 강물을 젓는 것 같았다.

물살이 그를 휩쓸어 빙글빙글 돌렸다. 그는 떠다니는 와일드파이어를 피하려고 발길질을 했다. '내 아들들.' 생각은 났지만, 포효하는 혼돈 속에서 아들들을 찾을 방법이 없었다. 와일드파이어를 실은 무거운 노후선 또한 척이 뒤에서 터졌다. 블랙워터 강 자체가 끓어오르는 것 같았고, 불타는 목재와 불타는 사람들과 부서진 배의 잔해들이 허공을 채웠다.

'난 만으로 쓸려가고 있어.' 블랙워터 만은 나쁘지 않았다. 다보스는 헤 엄을 잘 쳤으니, 그곳에서라면 물가로 갈 수 있을 것이다. 살라도르 산의 갤리선들도 만에 있을 것이다. 임리 경이 그쪽에 물러나 있으라고 명령했 으니⋯⋯.

그때 물살이 다시 그의 방향을 돌렸고, 다보스는 하류에서 무엇이 기다 리는지 보고 말았다.

'사슬. 신들이시여, 놈들이 사슬을 올렸어.'

강물이 블랙워터 만으로 나가는 곳에, 물 위로 1미터도 안 되는 높이에 사슬 방책이 팽팽하게 쳐져 있었다. 이미 갤리선 십여 척이 그 방책에 부 딪쳤고, 물살이 다른 배들도 그리로 몰아가고 있었다. 거의 모든 배가 불 타고 있었고, 나머지도 곧 불이 붙을 게 뻔했다. 다보스는 그 방책 너머에 있는 살라도르 산의 줄무늬 배들을 알아볼 수 있었지만, 결코 거기까지 가 지 못하리라는 사실을 알았다. 그의 앞에는 새빨갛게 달아오른 강철과 불 타는 나무, 소용돌이치는 녹색 화염으로 이루어진 벽이 펼쳐졌다. 블랙워 터 강어귀는 지옥의 입구가 되어 있었다.

티리온

티리온 라니스터는 성가퀴에 한쪽 무릎을 대고 몸을 구부린 자세로 가고일처럼 꼼짝도 하지 않았다. 진흙 문과 예전에는 어시장과 부둣가였던 폐허 너머로, 강 자체가 불타는 것 같았다. 스타니스의 함대 절반이 조프리의 전함 대부분과 함께 불길에 휩싸였다. 와일드파이어의 입맞춤은 당당한 배를 화장용 장작더미로 바꿔놓고 사람들을 살아 있는 횃불로 변신시켰다. 공기 중에 연기와 화살과 비명이 가득했다.

하류에서는 평민이나 귀족 선장이나 다를 것 없이, 블랙워터의 물살에 실려 자기들의 뗏목과 무장상선과 나룻배를 향해 몰아쳐오는 뜨거운 녹색 죽음을 볼 수 있었다. 방향을 돌리려고 악전고투 중인 미르 갤리선들이 길고 하얀 노를 번득이는 모습이 미쳐버린 지네가 다리를 버둥대듯했으나, 그래봐야 소용없었다. 그 지네에게는 도망칠 곳이 없었다.

도시 방벽 아래에서 불붙은 역청 통이 폭발하면서 거대한 불덩어리가 십여 개나 치솟았지만, 그 불은 와일드파이어에 비하면 불타는 집 안에 켜진 촛불에 불과했고, 녹색의 대참사에 맞서 주홍색과 진홍색 날개를 미약하게 퍼덕일 뿐이었다. 낮게 깔린 구름이 불타는 강의 색깔을 그대로 반사하여 하늘을 일렁이는 녹색 그림자로 뒤덮었다. 무시무시하게 아름다웠다. '소름 끼치는 아름다움이군. 드래곤의 불처럼.' 티리온은 정복자 아에곤이 불의 들판 위를 날 때도 이런 기분이었을까 궁금했다.

용광로처럼 뜨거운 바람이 진홍색 망토를 흔들고 맨얼굴을 때렸지만, 그는 고개를 돌릴 수가 없었다. 그는 임시 울타리에서 황금 망토들이 환호하는 소리를 희미하게 인식했다. 그에게는 그들과 함께 환호할 목소리가 없었다. 그것은 반쪽 승리였다. '이걸로는 충분치 않아.'

그는 아에리스 왕의 변덕스러운 과일을 채워서 내보낸 노후선 또 한 척이 굶주린 화염에 먹히는 모습을 보았다. 강에서 분수처럼 솟구치는 녹색 화염은 눈을 가려야 할 만큼 휘황찬란했다. 10미터가 넘는 불기둥이 지글거리고 쉭쉭거리며 물 위에서 춤을 췄다. 몇 분 동안은 그 소리가 사람들의 비명마저 씻어낼 정도였다. 강물 속에 수백 명이 있었다. 물에 빠져 죽어가거나, 타 죽어가거나, 아니면 양쪽 다였다.

'저 비명이 들리나, 스타니스? 저들이 불타는 게 보여? 이건 나만이 아니라 당신 작품이기도 해.' 블랙워터 남쪽에서 들끓는 사람들 사이 어딘가에서 스타니스도 이 광경을 보고 있을 것이다. 그는 형인 로버트처럼 전투에 목말라한 적이 없었다. 스타니스는 타이윈 라니스터 공과 비슷하게 후방에서, 예비 병력 사이에서 지휘하곤 했다. 바로 지금도 번쩍이는 갑옷을 입고, 머리에는 왕관을 쓰고 군마에 올라 앉아 있으리라. 바리스에 따르면 뾰족뾰족한 끝을 불꽃 모양으로 만든 순금 왕관이라고 했다.

"내 배들이." 성벽 길에서 조프리가 갈라지는 목소리로 고함을 쳤다. 조프리는 위병들과 함께 성곽 뒤편에 웅크리고 있었다. 왕권을 나타내는 황금 고리가 투구를 장식했다. "나의 '왕의 모략'호가 불타고 있어. '퀸세르세이'호도, '충신'도. 저기 봐, 저기 '바다꽃'이야." 조프리는 새로 얻은 검으로 녹색 화염이 '바다꽃'의 금빛 선체를 훑으며 노를 타고 기어 올라가는 광경을 가리켰다. 그 배의 선장이 상류로 방향을 돌리기는 했으나, 와일드파이어를 피할 만큼 빠르지는 못했던 탓이었다.

그 배는 끝났다. 티리온은 알 수 있었다. '다른 방법이 없었어. 우리가 맞이하러 나가지 않았다면 스타니스가 함정을 간파했을 거야.' 화살은 상대를 조준할 수 있고, 창도 그렇고, 심지어는 투석기로 던지는 돌마저도 그렇지만, 와일드파이어는 제멋대로였다. 일단 풀려나면 한갓 인간은 통제할 수 없었다. 그는 조카에게 말했다. "어쩔 수 없었습니다. 우리 함대는 어차피 파멸이었어요."

티리온은 성곽을 넘다보기에는 키가 너무 작다 보니 병사들이 요철 위로 그의 몸을 밀어 올린 상황이었는데, 그 위에서도 불길과 연기와 혼란스러운 전투 때문에 성 아래 하류에서 어떤 일이 벌어지는지 알아보기란 불가능했다. 그러나 이미 마음의 눈으로 천 번은 본 광경이었다. 스타니스의 기함이 레드킵 아래를 통과한 순간에 브론이 황소들을 채찍질해 움직였을 것이다. 사슬이 워낙 무거우니 거대한 권양기는 삐걱거리고 덜거덕거리며 천천히 돌아갔으리라. 물 밑으로 금속의 광채가 보일 때쯤에는 왕위 참칭자의 함대 전체가 지나간 후였을 것이다. 물을 뚝뚝 떨구고, 일부는 진흙을 번들거리며 사슬 고리가 하나씩 하나씩 드러나다가 거대한 쇠사슬 전체가 팽팽하게 당겨졌을 것이다. 스타니스 왕은 노를 저어 블랙워터 강에 함대를 올려 보냈으나, 노를 저어 내보내지는 못할 터였다.

그래도 일부는 빠져나가고 있었다. 물살이 예측불허였고, 와일드파이어는 희망한 것만큼 고르게 번지지 않았다. 중앙의 물길은 다 불에 휩싸였으나, 미르인들 상당수는 남쪽 강둑에 이르러서 무사히 빠져나가려 했고, 최소 여덟 척의 배가 도시 방벽 아래에 상륙했다. 상륙했든 침몰했든 간에 병사들을 강기슭에 내려놓기는 했다. 더 나쁜 것은 노후선들이 올라갔을 때 적 함대 전열 1선과 2선에서 남쪽에 있던 배들 대다수가 화염을 피해 상류로 올라갔다는 점이었다. 스타니스에게는 대충 서른에서 마흔 척의 갤리선이 남았을 텐데, 일단 용기를 되찾고 나면 군대를 강 건너로 실어 나르기 충분한 숫자였다.

용기를 되찾는데 시간이 좀 걸릴지는 몰라도 말이다. 아무리 용감하다 해도 동료들 수백 수천이 와일드파이어에 먹히는 꼴을 보고 나면 움츠러들 것이다. 할린은 때로 그 물질이 너무 뜨겁게 타는 바람에 살이 기름 덩이처럼 녹아내린다고 했다. 하지만 그렇다 해도…….

티리온은 자기 편 군사들에 대해 어떤 착각도 품지 않았다. '그놈들은 전투가 안 좋게 돌아간다 싶으면 무너질 겁니다. 심하게 무너질 거예요.' 자슬린 바이워터가 그렇게 경고한 바 있으니, 이길 방법은 처음부터 끝까지 전투가 달콤하게 돌아가게 하는 것뿐이었다.

티리온은 새카맣게 타고 남은 강기슭 부둣가를 움직이는 검은 그림자들을 알아볼 수 있었다. '다시 출격할 시간이군.' 사람이 비틀거리며 뭍에 올라섰을 때만큼 취약한 순간은 다시 없다. 적에게 북쪽 강둑에 정렬할 시간을 주지 말아야 했다.

그는 재빨리 아래로 내려갔다. "자슬린 공에게 강기슭에 적이 있다고 전해." 그는 바이워터가 배정해준 심부름꾼 한 명에게 말하고, 또 한 명에게는 이렇게 말했다. "아널드 경에게 내가 치하한다 전하고, 세 창녀를 서쪽으로 30도 틀라고 해." 각도를 그렇게 바꾸면 돌을 더 멀리 던질 수 있었다. 강물 속 멀리는 아니라 해도.

"어머니가 세 창녀는 내 마음대로 해도 된다고 약속했어." 조프리가 말했다. 티리온은 왕이 투구 면갑을 다시 들어 올린 것을 보고 짜증이 났다. 무거운 강철 투구 안에서 익어가기야 했겠지만…… 빗나간 화살이 조카의 눈에 박히는 사태라도 있어서는 곤란했다.

그는 조카의 면갑을 다시 닫았다. "면갑은 닫고 계십시오, 전하. 전하의 안위가 우리 모두에게 중요하니까요." '너도 그 예쁘장한 얼굴을 망치고 싶진 않을 거 아냐.' "창녀들은 전하의 것입니다." 지금이라면 상관없었다. 불타는 배들에 불 단지를 더 던져봐야 무의미했다. 조프리는 '사슴뿔의 사람들'을 벌거벗기고 머리에 사슴뿔을 박아 넣은 채로 아래 광장에 묶어두었다. 그들이 심판을 받으러 철왕좌 앞에 끌려나왔을 때, 조프리는 그들을 스타니스에게 보내주겠노라 약속했었다. 사람은 돌덩어리나 불붙은 역청 통만큼 무겁지 않으니, 훨씬 멀리 날려보낼 수 있었다. 황금 망토 몇 명은 반역자들이 블랙워터 강 반대편까지 날아갈지 어떨지를 두고 내기를 걸기도 했다. 티리온은 조프리에게 말했다. "빨리 하십시오, 전하. 곧 다시 돌덩이를 던져야 할 테니까요. 와일드파이어라 해도 언제까지나 타지는 않거든요."

조프리는 메린 경을 거느리고 행복하게 달려갔지만, 오스먼드 경은 따라가기 전에 티리온에게 팔목을 붙들렸다. "무슨 일이 있어도 왕을 안전하게 지키고 그 자리에 붙들어둬. 알았나?"

"분부대로 합죠." 오스먼드 경은 사근사근하게 미소를 지었다.

티리온은 메린 트랜트와 오스먼드 케틀블랙에게 왕이 해를 입을 경우 그들에게 무슨 일이 일어날지 경고해두었다. 그리고 계단 아래에는 조프리를 기다리는 노련한 황금 망토도 십여 명 있었다. '세르세이, 난 누나의 한심한 사생아를 최대한 보호하고 있어. 누나도 알라야야를 잘 돌봐주는지 보자고.'

조프리가 떠나기가 무섭게 심부름꾼 하나가 헉헉거리며 계단을 뛰어 올라왔다. "수관님! 서두르십쇼!" 그는 쓰러지듯이 한쪽 무릎을 꿇었다. "놈들이 마상 시합장에 병사들을 상륙시켰습니다. 수백 명입니다! 왕의 문에 충차를 투입하려 합니다."

티리온은 욕설을 뱉고는 뒤뚱거리며 계단으로 향했다. 아래로 내려가니 포드릭 페인이 말을 준비해서 기다리고 있었다. 그들은 강로를 질주했다. 포드와 맨던 무어 경이 티리온 뒤를 바싹 따라왔다. 덧창을 내린 집들이 녹색 그림자에 잠겨 있었으나, 그들의 앞을 막는 통행자들은 없었다. 수비군이 문에서 문으로 빠르게 이동할 수 있게 길을 비워놓으라 명령해 둔 덕이었다. 그래도 왕의 문에 도착했을 때는 공성용 충차가 움직이고 있다는 사실을 알려주는 나무 부딪치는 소리가 요란하게 들려왔다. 거대한 돌쩌귀가 삐걱거리는 소리가 죽어가는 거인의 신음 같았다. 문루 광장에는 부상자들이 널려 있었지만, 말들도 줄지어 서 있었고, 모두가 다친 상태는 아니었다. 용병과 황금 망토들도 강력하게 대오를 지을 만큼 있었다.

"대오 정렬!" 티리온은 땅으로 뛰어내리면서 외쳤다. 문이 또 한 번의 충돌에 흔들렸다. "여기 지휘자는 누구지? 밖으로 나가야 해."

"안 나간다." 벽 그림자 속에서 그림자 하나가 떨어져 나오더니 어두운 회색 갑옷을 입은 키 큰 남자가 되었다. 산도르 클리게인이 양손으로 투구를 벗어서 땅바닥에 떨어뜨렸다. 강철 투구는 그슬리고 찌그러졌고, 으르렁거리는 사냥개 머리통의 왼쪽 귀 부분이 뜯겨 나간 모양새였다. 사냥개의 한쪽 눈 위에 난 상처에서 오래된 화상 흉터로 피가 흘러내려 얼굴의 반을 가렸다.

"나가." 티리온은 그를 마주보았다.

클리게인의 호흡이 거칠어졌다. "지랄하지 말고 꺼져."

용병 하나가 그 옆으로 나섰다. "이미 나갔습니다. 세 번이나요. 절반이 죽거나 다쳤습니다. 사방에서 와일드파이어가 터지고, 말들은 사람처럼 비명을 지르고 사람은 말처럼 울부짖고……."

"우리가 마상 시합에서나 싸우라고 자네들을 고용한 줄 아나? 내가 차게 식힌 우유와 라즈베리 그릇을 가져다줄까? 아니라고? 그렇다면 저 망할 말에 올라. 사냥개, 자네도 마찬가지야."

클리게인의 얼굴에 묻은 피는 붉게 번들거렸지만, 눈동자는 하얗게 번득였다. 그는 장검을 뽑았다.

'두려워하는 거야.' 티리온은 그 사실을 깨닫고 충격을 받았다. '사냥개가 겁에 질렸어.' 그는 이유를 설명하려고 했다. "놈들이 충차를 문 앞에 가져왔어. 저 소리가 들릴 것 아닌가. 놈들을 흩어놓아야—"

"문 열어. 놈들이 쏟아져 들어오면 포위해서 죽인다." 사냥개는 장검 끝을 땅에 꽂고 비틀거리며 칼자루에 몸을 기댔다. "난 부하들 절반을 잃었어. 말도 마찬가지야. 나머지까지 불구덩이에 던져 넣진 않겠어."

맨던 무어 경이 티끌 하나 없는 하얀 갑옷을 빛내며 티리온 옆으로 움직였다. "왕의 수관이 내리는 명령이다."

"왕의 수관은 꺼지라고 해." 사냥개의 얼굴에서 피가 찐득거리지 않는 부분은 우유처럼 하얬다. "누가 마실 것 좀 가져와." 황금 망토 장교 하나가 잔을 건넸다. 클리게인은 한 모금 마시더니 뱉어내고 잔을 던져버렸다. "물? 씨팔 뭐하는 거야. 와인 가져와."

티리온은 이제 알 수 있었다. '사냥개는 기진맥진이야. 부상에, 불에…… 저 녀석은 끝났어. 누구 다른 사람을 찾아야 해. 하지만 누구? 맨던 경?' 그는 맨던 무어를 쳐다보자마자 안 된다는 사실을 알았다. 클리게인의 두려움이 모두를 흔들어놓았다. 지도자가 없으면 다들 나가기를 거부할 텐데, 맨던 경은…… 제이미 말대로 위험한 남자이기는 했지만, 다른 남자들이 따를 만한 사람은 아니었다.

멀리서 다시 요란한 충돌음이 들렸다. 방벽 위로 어두워져가는 하늘에는 녹색과 오렌지색 빛이 가득 퍼져 있었다. 문이 얼마나 오래 버틸 수 있을까?

'이건 미친 짓이야.' 그는 생각했다. '하지만 패배보다는 미친 게 낫지. 패배는 죽음과 수치니까.'

"좋아, 내가 돌격대를 이끌지."

그렇게 말하면 사냥개가 수치심에 용맹함을 되찾을 줄 알았다면, 잘못 생각한 셈이었다. 산도르 클리게인은 소리 내어 웃기만 했다. "당신이?"

티리온은 병사들의 얼굴에 떠오른 불신을 볼 수 있었다. "내가. 맨던 경, 자네는 왕의 군기를 잡게. 포드, 내 투구를." 포드릭 페인은 명에 따라 달려갔다. 사냥개는 이가 나가고 피가 묻은 장검에 몸을 기댄 채 크게 뜬 눈으로 그를 쳐다보았다. 맨던 경은 티리온이 다시 말 위에 오르도록 도왔다. 그는 외쳤다. "대오 정렬!"

그의 덩치 큰 붉은색 종마는 안면 투구와 갈기 보호대를 찼고 엉덩이와 뒷다리에는 사슬 갑옷 위에 진홍색 비단을 늘어뜨렸다. 높은 안장은 금박으로 빛났다. 포드릭 페인이 투구와 함께 방패를 건넸다. 무거운 참나무 방패로, 붉은색 바탕에 금색으로 손을 그려 넣고 그 주위를 작은 금색 사자들이 둘러싼 방패였다. 티리온은 말을 몰아 한 바퀴를 돌면서 얼마 안 되는 병력을 살폈다. 그의 집합령에 반응한 병사는 한 줌뿐이었다. 스무 명도 되지 않았다. 그들은 사냥개 못지않게 희번덕거리는 눈으로 말 위에 앉았다. 티리온은 나머지 사내들, 클리게인과 함께 남은 기사와 용병들에게 경멸 어린 눈길을 던졌다. "다들 나보고 반쪽짜리 사내라는데, 그러면 자네들은 뭐가 될까?"

그 말은 꽤 자극이 된 모양이었다. 기사 하나가 투구도 없이 말에 오르더니 나머지와 합류하러 달렸다. 용병 두 명이 그 뒤를 따랐다. 그리고 또 여러 명이. '왕의 문'이 다시 흔들렸다. 몇 분 만에 티리온의 명령에 따르는 군사가 두 배로 불어났다. 티리온의 함정에 빠진 셈이었다. '내가 싸운다면 저들도 싸워야지. 안 그러면 난쟁이보다 못한 놈이 되니까.'

그는 말했다. "난 조프리의 이름을 외치지 않을 것이다. 캐스털리록을 외치지도 않을 것이다. 스타니스가 약탈하려는 건 자네들의 도시고, 스타니스가 부수려는 건 자네들의 문이야. 그러니 나와 같이 저 개자식을 죽이자!" 티리온은 도끼를 뽑고 말 머리를 돌려서 비상문으로 달려갔다. 병사들이 따라오고 있으리라 생각은 했지만, 감히 돌아보지는 못했다.

산사

벽에 튀어나온 촛대마다 대어놓은 두들겨 편 금속 거울에 햇불 빛이 어
른거리며 왕후의 무도장을 은빛으로 물들였다. 그래도 무도장 안에는 어
둠이 자리했다. 산사는 먹지도 마시지도 않고 뒷문 옆에 바위처럼 서 있는
일린 페인 경의 엷은 눈동자에서 어둠을 볼 수 있었다. 자일스 공의 심한
기침 소리에서, 세르세이에게 소식을 전하러 들어온 오스니 케틀블랙의
속삭이는 목소리에서 어둠을 들을 수 있었다.

오스니 케틀블랙이 처음 뒷문으로 들어왔을 때 산사는 수프를 거의 다
먹어가던 중이었다. 산사는 그가 형제인 오스프리드와 대화하는 모습을
언뜻 보았다. 그런 다음 그는 연단으로 올라와서 세르세이의 의자 옆에 무
릎을 꿇었다. 몸에서는 말 냄새가 풍겼고, 뺨에 길게 난 네 개의 가느다란
생채기에는 딱지가 앉았으며, 머리카락이 옷깃 아래로 흘러내리고 눈을
가렸다. 작게 속삭였지만 산사는 들을 수 있는 위치였다. "함대는 교전에
돌입했습니다. 궁수 몇 명이 뭍에 내려섰지만 사냥개가 박살 냈습니다, 전
하. 동생분께서 사슬을 올리고 있습니다. 신호를 들었습니다. 폴리바텀에
서는 주정뱅이 몇 놈이 문을 부수고 창문으로 들어가고 있습니다. 바이워

터 공이 황금 망토들을 보내어 처리 중입니다. 바엘로르 성소는 꽉 찼고, 모두 기도하고 있습니다."

"내 아들은?"

"전하께서는 바엘로르 성소에 가서 최고성사의 축복을 받으셨습니다. 지금은 수관과 함께 성벽을 걸으며 병사들에게 용기를 불어넣고, 기운을 돋우고 계십니다."

세르세이는 시동에게 와인을 한 잔 더 채우라고 손짓했다. 과일 향이 나고 맛이 풍부한 아버산 금빛 빈티지 와인이었다. 왕대비는 술을 심하게 마셨는데, 와인을 마실수록 더 아름다워지기만 하는 것 같았다. 뺨에 홍조가 돌고, 무도장을 내려다보는 두 눈은 열기에 반짝였다. '와일드파이어가 담긴 눈이야.' 산사는 생각했다.

음악가들이 연주하고, 곡예사들이 공중 던지기 묘기를 펼쳤다. 문보이가 죽마를 타고 비틀비틀 돌아다니며 모두를 조롱하는 한편, 돈토스 경은 빗자루 말을 타고 하녀들을 쫓아다녔다. 손님들은 소리 내어 웃었지만, 그것은 즐거움이라곤 담기지 않은 웃음, 순식간에 흐느낌으로 바뀔 수 있는 웃음이었다. '다들 몸뚱이는 여기에 있어도 머릿속은 도시 방벽에 가 있어. 마음도 그렇고.'

수프 다음에는 사과와 견과류와 건포도를 쓴 샐러드가 나왔다. 다른 때였다면 식욕을 돋웠을지 모르나, 오늘 밤에는 모든 요리에서 두려움이 배어났다. 식욕이 없는 사람은 산사 혼자가 아니었다. 자일스 공은 먹기보다 기침을 더 많이 했고, 롤리스 스토크워스는 등을 굽히고 앉아서 몸을 떨었으며, 란셀 경의 기사들 중 누군가의 어린 신부는 걷잡을 수 없이 흐느끼기 시작했다. 왕대비는 프렌켄 학사에게 드림와인을 한 잔 먹여 재우라고 명했다. 그 여자가 학사를 따라 무도장을 나가자 그녀는 산사에게 경멸조로 말했다. "눈물이란 여자의 무기라고, 내 어머니는 그렇게 말씀하시곤 했지. 남자의 무기는 검인데 말이야. 그게 알아야 할 건 다 말해주지 않니?"

"그렇지만 남자들은 아주 용감해야 할 거예요. 다들 죽이려 드는데 말을 타고 달려 나가서 검과 도끼를 마주하려면……."

"제이미는 오직 전장과 침대 안에서만 살아 있다는 기분을 느낀다고 한 적이 있지." 왕대비는 잔을 들어 쭉 들이켰다. 샐러드에는 손도 대지 않은 채였다. "이렇게 무력하게 앉아서 겁에 질린 암탉 떼와 함께하는 시간이 즐거운 척 하느니 수많은 검에 맞서는 게 나아."

"왕대비 전하께서 청하신 손님들이에요."

"왕가의 여인에게 기대되는 덕목들이 있단다. 네가 조프리와 결혼하게 되면 너도 마찬가지 기대를 받을 거야. 배워두는 게 좋겠지." 왕대비는 장의자를 채운 아내와 딸과 어머니들을 찬찬히 뜯어보았다. "암탉들 자체는 아무것도 아니지만, 수탉들은 이런저런 이유로 중요하고, 그중에는 전투에서 살아남는 자도 있을지 몰라. 그러니 그 작자들의 여인들을 보호하는 게 내 의무란다. 내 한심한 난쟁이 동생이 어떻게든 전투에 이긴다면 저들은 남편과 아버지들에게 돌아가서 내가 얼마나 용감했는지, 내 용기에 얼마나 감명받았고 기운을 얻었는지, 내가 어떻게 단 한순간도 승리를 의심하지 않았는지 떠들어댈 거야."

"혹시 성이 함락된다면요?"

"넌 그랬으면 좋겠지?" 세르세이는 아니라는 대답을 기다리지 않았다. "내 위병들에게 배신당하지만 않는다면 이 성채는 한동안 지킬 수 있겠지. 그런 다음에 내가 성벽에 나가서 스타니스 공에게 직접 항복 제의를 할 수 있겠고. 그러면 최악은 면할 거야. 하지만 스타니스가 오기 전에 마에고르 성채가 적의 손에 떨어진다면, 글쎄다, 내 손님들 대부분은 강간을 당하게 되겠지. 그리고 이런 시절에는 신체 훼손과 고문, 살인도 배제할 수 없어."

산사는 공포에 질렸다. "이 사람들은 무기도 없는 여자들인 데다가, 귀한 집안 출신이에요."

"출신이 저들을 보호해주기야 하겠지." 세르세이는 인정했다. "하지만 네 생각만큼은 아니란다. 다들 괜찮은 몸값을 받을 가치가 있지만, 전투의 광기를 겪은 후의 병사들은 돈보다 몸을 더 원하기도 하거든. 그렇다 해도 금방패가 없는 것보다야 낫지. 바깥에서는 여자들이 그 정도 대우도 받지 못할 테니 말이다. 우리 하인들도 마찬가지야. 저기 탠다 부인의 시녀같이 예쁘장한 아이들은 인상적인 밤을 보낼 수 있겠다만, 늙거나 병약하거나 못생겼다고 모면할 거란 생각은 말아야 해. 거나하게 취하면 눈먼 세탁부나 냄새 나는 돼지치기도 너만큼 예뻐 보일 테니 말이야."

"저요?"

"그렇게 쥐새끼 같은 목소리는 내지 말도록 해라, 산사. 넌 이제 성인 여성이라는 점 기억하니? 그리고 내 맏아들의 약혼자이기도 해." 왕대비는 와인을 마셨다. "저 바깥에 와 있는 게 다른 누구라 해도 내가 구슬릴 수 있다는 희망을 품겠다만, 이건 스타니스 바라테온이야. 차라리 그자의 말을 유혹하는 편이 더 가능성이 있겠지." 그녀는 산사의 얼굴 표정을 보고 웃음을 터뜨렸다. "나 때문에 놀랐니?" 그녀는 산사에게 몸을 기울였다. "이 귀여운 바보야. 눈물이 여자의 유일한 무기는 아니란다. 네 다리 사이에도 무기가 하나 있지. 그걸 이용하는 방법을 익히는 게 좋을 거야. 넌 남자들이 자기 검을 거리낌 없이 쓴다는 사실을 알게 될 게다. 두 종류의 검모두 말이야."

산사는 케틀블랙 형제 두 명이 다시 들어온 덕분에 답을 피할 수 있었다. 오스먼드 경과 그의 두 형제는 성안에서 아주 인기가 좋았다. 그들은 언제나 미소와 농담을 준비해두고 있었고, 기사와 종자들만이 아니라 말구종과 사냥꾼들과도 잘 어울렸다. 물론 가장 잘 지내는 건 하녀들이라는 소문이 돌았지만 말이다. 최근 오스먼드 경은 산도르 클리게인 대신 조프리 옆자리를 차지했고, 산사는 우물가 빨래터에서 그 남자는 사냥개 못지 않게 강한 데다 더 젊고 날래다고 수군대는 소리를 들었다. 정말 그렇다면 왜 오스먼드 경이 킹스가드로 지명되기 전까지 케틀블랙 형제에 대해 들어본 적이 없을까 의문이었다.

오스니 케틀블랙은 만면에 미소를 머금은 채 왕대비 옆에 무릎을 꿇었다. "노후선들이 폭발했습니다, 전하. 블랙워터 강 전체가 와일드파이어에 휩싸였습니다. 백 척, 어쩌면 그 이상이 타고 있습니다."

"내 아들은?"

"수관과 킹스가드와 함께 진흙 문에 계십니다. 그 전에는 임시 울타리에서 궁수들과 말씀을 나누시고, 노궁을 다루는 요령을 몇 가지 가르치셨습니다. 모두가 바람직하고 용감한 소년이시라고 입을 모읍니다."

"계속 살아 있어야 바람직할 텐데." 세르세이는 오스니보다 키가 크고, 더 엄격하며, 끝이 처진 검은색 콧수염을 기른 오스프리드에게 고개를 돌렸다. "그쪽은?"

검은색 장발에 강철 반투구를 쓰고 얼굴에는 음울한 표정을 짓고 있던 오스프리드는 조용히 말했다. "전하, 병사들이 왕의 말 세 마리를 끌고 샛문으로 몰래 빠져나가려 하는 말구종 하나와 시녀 둘을 잡았습니다."

"오늘 밤의 첫 배신자들이로군. 하지만 마지막은 아닐 테지. 일린 경이 처리하도록 하고, 경고 삼아 그 머리통을 창에 꽂아 마구간 밖에 세우게." 그들이 나가자 그녀는 산사를 돌아보았다. "내 아들 옆에 앉으려면 배워야 할 교훈이 또 하나 있구나. 오늘 같은 밤에 관대하게 굴었다가는 주위에서 비 온 후 버섯처럼 배신자가 튀어나올 거야. 사람들의 충성심을 붙들어두는 방법은 그자들이 적보다 너를 더 두려워하게 만드는 것뿐이다."

"명심하겠습니다, 전하." 대답은 그렇게 했지만, 산사는 언제나 두려움보다는 사랑이 충성심을 얻는 더 확실한 길이라고 듣고 자랐다. '내가 왕비가 된다면, 사람들이 날 사랑하게 만들 거야.'

샐러드에 이어 집게발 파이가 나왔다. 그다음에는 부추와 당근을 곁들여 구운 양고기가 속을 파낸 빵에 담겨 나왔다. 롤리스는 너무 급하게 먹다가 체해서 자기 몸과 언니 몸에 다 토해놓았다. 자일스 공은 기침을 하고, 마시고, 기침을 하고, 마시다가 정신을 잃었다. 왕대비는 자일스 공이 빵에 얼굴을 처박고 와인 웅덩이에 손을 담근 채 뻗은 모습을 혐오스럽다는 듯 내려다보았다. "저런 자에게 남성성을 낭비하다니 신들이 미친 게 틀림없군. 저자를 석방하라고 요구한 나도 미쳤고."

오스프리드 케틀블랙이 진홍색 망토를 휘날리며 돌아왔다. "광장에 사람들이 모여서 성안으로 피난하게 해달라고 요청하고 있습니다, 전하. 폭도들이 아니라 부유한 상인과 그 비슷한 자들입니다."

"집으로 돌아가라 명하게. 가지 않으면 노궁을 쏴서 몇 명 죽이도록 하고. 출격은 하지 않도록. 어떤 이유에서든 성문을 열 생각은 없네."

"분부대로 하겠습니다." 그는 절을 하고 다시 나갔다.

왕대비는 매섭고 화난 얼굴이었다. "내가 직접 검을 들고 놈들의 목을 칠 수 있다면 좋으련만." 발음이 뭉개지기 시작했다. "어렸을 때 제이미와 나는 아버지도 구분하지 못할 정도로 꼭 닮은 남매였지. 가끔은 장난삼아 서로 옷을 바꿔 입고 하루 종일 상대방으로 지내기도 했어. 그런데도 제이미가 첫 검을 받았을 때 나에게는 아무것도 없었지. '난 뭘 받아요?' 물어봤던 기억이 나. 우리는 너무나 닮은꼴이었기에, 난 왜 사람들이 우리를 그렇게 다르게 대하는지 도저히 이해할 수가 없었어. 제이미는 검과 기마창과 철퇴로 싸우는 방법을 배우는 동안 나는 미소 짓고 노래하고 남의 비위 맞추는 방법을 배웠지. 제이미는 캐스털리록의 후계자였는데 나는 말처럼 낯선 사람에게 팔려갈 운명이었어. 내 새 주인이 내키는 대로 올라타고, 내킬 때마다 때리고, 더 어린 암망아지를 취하려고 버릴 그런 말. 제이미의 운명은 영광과 권력인데 내 운명은 출산과 월경이었지."

"하지만 칠왕국의 왕비셨잖아요." 산사가 말했다.

"전쟁에서는 왕비도 여인에 불과해."

세르세이의 와인 잔이 비었다. 시동이 다시 채우려 다가서자 그녀는 잔을 뒤집고 고개를 저었다. "더는 안 되겠다. 맑은 정신을 유지해야지."

마지막 요리는 구운 사과를 곁들인 염소 치즈였다. 시나몬 향이 가득한 가운데 오스니 케틀블랙이 다시 들어와서 다시 한 번 세르세이와 산사 사이에 무릎을 꿇었다. "전하, 스타니스가 마상 시합장에 부하들을 상륙시켰고, 추가 병력이 더 건너오고 있습니다. 진흙 문은 공격을 받고 있으며, 왕의 문 앞에는 충차가 왔습니다. 꼬마 악마는 놈들을 내쫓으려 나갔습니다."

"놈들이 공포에 질리겠군." 왕대비는 건조하게 말했다. "조프리를 데리고 나가지는 않았길 비네."

"예, 전하. 국왕께서는 제 형과 함께 세 창녀를 지휘하여, 사슴뿔의 사람들을 강 건너로 날려 보내고 계십니다."

"진흙 문이 공격을 받고 있는데 말인가? 어리석은 짓을. 오스먼드 경에게 그곳에서 즉시 빠져나오길 원한다고 전하게. 너무 위험해. 조프리를 성으로 데리고 돌아오게."

"꼬마 악마가 말하기로는—"

"자네가 신경 써야 할 건 내가 한 말이야." 세르세이는 눈을 가늘게 떴다. "자네 형님이 시키는 대로 하지 않으면, 다음 돌격대를 직접 이끌도록 하겠네. 자네도 함께 나가게 될 것이고."

식사를 치우고 나자 많은 손님들이 성소에 가고 싶다고 청했다. 세르세이는 우아하게 그 요청을 허락했다. 성소로 달아난 사람들 중에는 탠다 부인과 두 딸도 있었다. 남은 사람들을 위해 가수 한 명이 불려 와서 달콤한 하프 연주로 무도장을 채웠다. 그는 종퀼과 플로리안에 대해, 드래곤 기사 아에몬 왕자와 형의 왕비가 된 그의 연인에 대해, 니메리아의 만 척 함대에 대해 노래했다. 모두 아름다운 노래였지만, 끔찍하게 슬프기도 했다. 여자들 몇 명이 흐느끼기 시작했고, 산사도 눈이 촉촉해지는 것을 느꼈다.

"아주 잘하고 있구나, 얘야." 세르세이가 몸을 기울이고 말했다. "눈물 흘리는 연습을 해두는 게 좋겠지. 스타니스 왕을 위해 필요할 거야."

산사는 불안한 마음으로 자세를 바꿨다. "왕대비 전하?"

"아, 공허한 예절은 그만두렴. 난쟁이가 군사를 이끌어야 할 정도라면 절망적으로 궁핍한 상황에 이른 게 분명하니, 그만 가면을 벗어도 좋아. 네가 신의 숲에서 저지른 앙큼한 반역에 대해서 다 알고 있거든."

"신의 숲요?" '돈토스 경을 쳐다보지 마. 안 돼, 아니야. 세르세이는 몰라. 아무도 몰라. 돈토스가 약속했잖아. 나의 플로리안은 절대로 날 실망시키지 않아.' "전 반역을 꾀한 적이 없습니다. 신의 숲에는 기도하러 갔을 뿐이에요."

"스타니스를 위해 기도했겠지. 아니면 네 오라비를 위해서였든가. 어느 쪽이든 마찬가지야. 그렇지 않고서야 뭐하러 네 아버지의 신들을 찾았겠니? 넌 우리의 패배를 기도하고 있었어. 그게 반역이 아니면 뭐겠어?"

"전 조프리를 위해 기도해요." 산사는 벌벌 떨며 우겼다.

"왜, 그 아이가 널 너무 다정하게 대해줘서?" 세르세이는 지나가는 하녀에게 달콤한 자두 와인을 한 병 받아서 산사의 잔을 채웠다. "마셔라." 그녀는 차갑게 명했다. "이걸 마시면 진실을 마주할 용기가 날지도 모르지."

산사는 잔을 들어 한 모금을 마셨다. 물릴 정도로 달았지만, 아주 독하기도 했다.

"그보다는 잘할 수 있을 텐데. 잔을 비우거라, 산사. 왕대비가 명하노라." 구역질이 날 뻔했지만, 산사는 잔을 비웠다. 머리가 빙빙 돌 때까지 진하고 달콤한 와인을 삼켰다.

"더 줄까?" 세르세이가 물었다.

"더는 못 마시겠어요. 제발요."

세르세이는 못마땅한 얼굴이었다. "아까 네가 일린 경에 대해 물었을 때 내가 거짓말을 했다. 진실을 듣고 싶니, 산사? 왜 일린 경이 여기에 있는지 정말로 알고 싶니?"

산사는 감히 대답하지 못했지만, 상관없었다. 세르세이는 답을 기다리지 않고 한 손을 들어 손짓했다. 산사는 일린 경이 무도장에 돌아온 줄도 모르고 있었는데, 갑자기 그가 연단 뒤 그림자 속에서 고양이처럼 소리 없이 걸어왔다. '얼음'을 칼집에서 빼 들고 있었다. 산사의 아버지는 사람 목을 벨 때마다 신의 숲에 가서 칼날을 닦았지만, 일린 경은 그렇게 세심하지 않았다. 물결무늬 강철 날에는 피가 말라붙어 있었다. 이미 붉은 기운도 가시고 갈색이 된 핏자국. 세르세이가 말했다. "산사 아가씨에게 내가 왜 경을 옆에 두는지 말하게."

일린 경은 입을 벌리고 컥컥거리는 소리를 냈다. 얽은 자국이 심한 얼굴에는 아무 표정도 없었다.

"우리를 위해 여기 있다는 말이란다. 스타니스가 도시를 빼앗고 왕좌도 빼앗을지 모르지만, 스타니스가 나를 심판하는 것만은 참아줄 수 없어. 그러니 우리를 산 채로 얻게 두지 않으련다."

"우리요?"

"들었잖니. 그러니 다시 기도하는 게 좋을 거다, 산사. 전과는 다른 결과를 기도하는 게 좋을 거야. 내 장담컨대 스타크는 라니스터 가문의 몰락에서 어떤 기쁨도 얻지 못할 테니." 세르세이는 산사의 머리로 손을 뻗더니, 목에 흘러내린 머리카락을 가볍게 걷어냈다.

티리온

투구에 난 눈 구멍이 시야를 제한했지만, 티리온이 고개를 돌리자 갤리선 세 척이 마상 시합장에 접근하고 네 번째로 더 큰 배 한 척이 강물 속에서 투석기로 불붙은 역청 통을 던지는 모습이 보였다.

"쐐기 대형." 티리온은 부하들이 비상문으로 나오자 명령했다. 그들은 티리온을 맨 끝에 두고 창촉 모양으로 정렬했다. 맨던 무어 경은 그의 오른쪽에 자리를 잡고, 갑옷에 입힌 하얀 법랑에 반사된 불길이 어른거리는 가운데 투구 속으로 생기 없는 눈을 냉담하게 빛냈다. 새하얀 마갑을 입힌 새까만 말을 타고, 팔에는 킹스가드의 새하얀 방패를 비끄러맨 모습이었다. 그는 왼쪽에 검을 손에 쥔 포드릭 페인이 있는 것을 보고 놀랐다. 그는 바로 말했다. "넌 너무 어려. 돌아가라."

"저는 티리온 님의 종자입니다."

입씨름할 시간이 없었다. "그렇다면 같이 가자. 바싹 붙어라." 그는 박차를 가하고 움직이기 시작했다.

그들은 무릎이 닿도록 바싹 붙어서, 우뚝 선 방벽 선을 따라 말을 달렸다. 맨던 경의 장대에서 조프리의 군기가 진홍색과 금색으로 휘날리며 수사슴과 사자가 춤을 추었다. 그들은 말을 속보로 재촉하여 탑 아래쪽을 크게 돌았다. 도시 방벽에서는 화살이 날았고 머리 위에서는 돌덩이가 빙빙 돌다가 땅이고 물이고, 강철이고 살덩이고 가리지 않고 떨어졌다. 저 앞에 왕의 문이, 그리고 검은색 참나무 축에 쇠 머리를 단 거대한 충차를 두고 씨름하는 병사들의 무리가 보였다. 그들 주위를 배에서 내린 궁수들이 둘러싸고, 문루 벽에 수비대가 보이기만 하면 화살을 쏘아댔다. "기마 창 준비." 티리온이 명령을 내리고 말이 달리는 속도를 높였다.

땅은 젖어서 미끄러웠다. 진흙과 피가 반반씩이었다. 티리온의 종마가 어느 시체에 걸려 비틀거렸다. 발굽이 미끄러지면서 흙을 휘저었고, 한순간 티리온은 그의 돌격이 적에게 도착하기도 전에 안장에서 굴러떨어지는 꼴로 끝나는 게 아닌가 두려웠지만, 어떻게인가 그와 그의 말 둘 다 균형을 되찾는 데 성공했다. 문 아래에 모인 병사들이 돌아보고는 서둘러 충돌에 대비하려 하고 있었다. 티리온은 도끼를 들어 올리고 외쳤다. "킹스랜딩!" 다른 목소리들이 같은 함성을 올렸고, 이제 이들이 이룬 쐐기가 날아올랐다. 강철과 비단, 땅을 울리는 발굽들과 불의 입맞춤을 받은 날카로운 칼날들의 긴 절규가 울려 퍼졌다.

맨던 경은 아슬아슬하게 적시를 놓치지 않고 기마 창끝을 내리꽂아 조프리의 군기를 징 박힌 조끼 차림의 사내 가슴에 박아 넣었고, 자루가 부러지기 전까지 그대로 하늘에 들어 올리고 있었다. 티리온 앞에는 화환 속에서 밖을 내다보는 여우가 그려진 전포 차림의 기사가 있었다. 처음 떠오른 생각은 '플로렌트인가'였으나 바로 다음 순간에 '투구가 없어'라는 생각이 따라붙었다. 그는 도끼 무게와 팔 힘과 돌격하는 말의 기세를 모조리 실어서 그 남자의 얼굴을 후려쳤고, 머리통의 반을 날려버렸다. 충격으로 어깨가 다 얼얼했다. 그는 말을 계속 몰며 생각했다. '샤가가 날 보고 웃겠군.'

창 하나가 쿵 소리를 내며 그의 방패에 부딪쳤다. 포드가 옆에서 전속력으로 말을 달리며 지나치는 모든 적을 베어댔다. 희미하게 방벽 위에 선 남자들의 환호가 들렸다. 충차는 담당 병사들이 달아나거나 싸우려고 몸을 돌리는 통에 잊혀서 진흙 속에 나뒹굴었다. 티리온은 궁병 하나를 밟고 지나가고, 창병 하나를 어깨에서 겨드랑이까지 자르고, 황새치 장식을 얹은 투구를 비껴 쳤다. 충차 앞에서 그의 말은 뒷다리로 일어섰으나, 옆에 있던 검은 말은 장애물을 훌쩍 뛰어넘었고 그 말을 타고 스쳐 지나간 맨던 경은 눈처럼 흰 비단옷을 입은 죽음이었다. 그의 장검은 사지를 잘라내고 머리통을 쪼개고 방패를 산산이 부숴놓았다. 온전한 방패를 들고 강을 건너온 적 자체가 얼마 없었지만 말이다.

티리온은 말을 구슬려 충차를 타 넘었다. 적들은 달아나고 있었다. 고개를 오른쪽 왼쪽으로 돌려보고 다시 보아도 포드릭 페인은 보이지 않았다. 화살 하나가 아슬아슬하게 눈 구멍을 피해 뺨에 맞고 튕겨 나갔다. 화들짝 놀라 말에서 떨어질 뻔했다. '이렇게 멀뚱히 앉아 있는 건 흉갑에 과녁판을 그려 넣은 꼴이나 다름없어.'

그는 말에 박차를 가하고, 흩어진 시체들을 건너뛰고 피해가며 다시 움직였다. 블랙워터 하류는 불타는 갤리선들에 막혀 있었다. 물 위에는 아직도 와일드파이어가 떠다니며 허공으로 6미터씩 회오리치는 녹색 불기둥을 올렸다. 충차를 움직이던 병사들은 흩어놓았지만, 강기슭 전역에서 전투가 벌어지고 있었다. 발론 스완 경, 혹은 란셀 경의 병사들이 불타는 배에서 강가로 벌 떼처럼 몰려드는 적을 물속으로 다시 처넣으려 애쓰고 있었다. "우리는 진흙 문으로 달린다." 그는 명령을 내렸다.

맨던 경이 외쳤다. "진흙 문으로!" 그리고 그들은 다시 출발했다. "킹스랜딩!" 티리온의 부하들이 헐떡거리며 외쳤고, "반쪽이! 반쪽이!"라고도 외쳤다. 누가 그들에게 그 별명을 가르쳐줬을까 궁금했다. 보호용 천과 강철 투구 너머로 괴로운 비명, 굶주린 듯 탁탁거리는 불길 소리, 몸을 뒤흔드는 전투 나팔 소리, 날카로운 금속 나팔 소리가 들렸다. 사방이 불이었다. '맙소사, 사냥개가 겁먹은 것도 당연하군. 불이 무서운 거야……'

말만 한 돌덩이가 갤리선 한 척에 정통으로 떨어지면서 나무 쪼개지는 소리가 요란하게 강을 울렸다. '우리 배야, 적의 배야?' 소용돌이치는 연기 속에서는 알아볼 수가 없었다. 티리온의 쐐기 대형은 사라졌다. 이제는 각자의 싸움이었다. 그는 말을 몰며 생각했다. '난 돌아가야 해.'

손에 쥔 도끼가 무거웠다. 아직 한 줌의 병사가 따라오고 있었고, 나머지는 죽었거나 달아났다. 그는 말 머리를 동쪽으로 유지하려고 종마와 드잡이를 해야 했다. 그 덩치 큰 군마는 산도르 클리게인 못지않게 불을 싫어했으나, 사람보다는 말 쪽이 올러대기 쉬웠다.

강에서 사람들이 기어 나왔다. 불에 타고 피를 흘리며, 기침을 하고 물을 뱉어내며 비틀비틀, 반주검이 된 남자들. 티리온은 병사들을 이끌고 그쪽으로 가서 설 힘이 있는 이들에게 더 빠르고 깔끔한 죽음을 선사했다. 전쟁은 그의 눈 구멍만 한 크기로 줄어들었다. 몸집이 그의 두 배가 넘는 기사들이 그에게서 달아나거나, 그대로 서서 죽었다. 두려움에 떠는 하찮은 생물들 같았다. "라니스터!" 그는 소리치며 죽였다. 팔꿈치까지 붉게 물든 팔이 강의 불빛을 반사하여 번들거렸다. 말이 다시 한 번 앞다리를 쳐들자 그는 별들을 향해 도끼를 흔들었고 병사들이 "반쪽이! 반쪽이!"라 외치는 소리를 들었다. 티리온은 만취한 기분이었다.

전투 열병이었다. 직접 경험하게 될 줄은 생각도 못했지만, 제이미가 여러 번 이야기해준 적이 있었다. 어떻게 시간이 흐릿해지고 느려지다가 멈춘 느낌까지 드는지, 어떻게 과거와 미래가 사라지고 오직 그 순간만 남는지, 어떻게 두려움이 달아나고, 생각이 사라지고, 심지어는 자기 몸뚱이마저 사라지는지. "그때는 상처도 느껴지지 않고, 갑옷 무게로 허리가 아프지도 않고, 눈에 흘러드는 땀도 느껴지지 않아. 느낌 자체가 멈추고, 생각도 멈추고, 너 자신이기를 멈추게 되지. 오직 싸움만, 적만, 이 남자와 다음 상대와 또 다음 상대만 존재하고, 넌 적들은 지치고 겁에 질렸지만 너는 아니라는 걸, 넌 살아 있다는 걸 알아. 사방에 죽음이지만 적들의 검은 어찌나 느리게 움직이는지, 그 사이로 춤을 추며 웃을 수 있을 정도지." '전투 열병이라. 난 반쪽짜리 사나이고 살육에 취했어. 날 죽일 수 있다면 죽여보라지!'

그들은 그러려고 했다. 창병이 또 하나 달려들었다. 티리온은 말을 몰아 그 창병 주위를 한 바퀴 돌면서 창 머리를 날려버리고, 그다음에는 손을, 그다음에는 팔을 잘랐다. 활이 없는 궁병 하나가 화살을 칼처럼 쥐고 그를 찌르려 했다. 군마가 그의 허벅지를 걷어차서 쓰러뜨렸고, 티리온은 짖어대듯 웃었다. 그는 진흙 속에 박힌 스타니스의 불타는 심장 깃발 옆을 지나치면서 도끼를 한 번 휘둘러 장대를 두 동강 냈다. 기사 하나가 느닷없이 튀어나와서 양손 대검으로 그의 방패를 치고 또 쳤는데, 누군가가 기사의 겨드랑이에 단검을 박았다. 티리온의 병사였겠지만, 제대로 보지는 못했다.

"항복합니다, 경." 강을 한참 더 내려가서, 다른 기사 하나가 외쳤다. "항복이오. 경에게 항복하오. 항복의 표시로 이것을, 이것을." 그 남자는 시커먼 물웅덩이에 누워서 항복의 표시로 가재갑 쇠 장갑을 들어 올렸다. 티리온은 그 쇠 장갑을 받기 위해 몸을 아래로 숙여야 했다. 그 순간 머리 위에서 와일드파이어 단지가 터지면서 녹색 화염을 흩뿌렸다. 그 갑작스러운 빛 덕분에 웅덩이가 시커먼 게 아니라 붉다는 사실을 알 수 있었다. 쇠 장갑에는 아직 그 기사의 손이 들어 있었다. 티리온은 쇠 장갑을 다시 던져버렸다. "항복이오." 기사는 절망해서 무력하게 흐느꼈다. 티리온은 말을 몰아 그 자리에서 멀어졌다.

중장병 하나가 그의 말고삐를 움켜쥐고 티리온의 얼굴에 단검을 찔렀다. 그는 그 단검을 쳐내고 중장병의 목덜미에 도끼를 박았다. 박힌 도끼를 빼내려고 낑낑거리는데 시야 가장자리에 하얀 섬광이 비쳤다. 티리온은 맨던 무어 경이 다시 옆에 돌아왔나 생각하며 고개를 돌렸지만, 하얀 기사이기는 하되 다른 사람이었다. 발론 스완 경도 갑옷은 같았으나, 그의 말은 가문의 상징인 서로 싸우는 흑고니와 백고니 문장을 입고 있었다. '하얀 기사라기보다는 점박이 기사로군.' 티리온은 멍하니 생각했다. 발론 경은 온몸에 피가 튀고 연기 얼룩이 져 있었다. 그는 철퇴를 들어 강 하류를 가리켰다. 철퇴 머리에는 뇌수와 뼛조각이 붙어 있었다. "저기 보십시오."

티리온은 말을 돌려 블랙워터 강을 내려다보았다. 수면 아래 물살은 여전히 검고 세차게 흘렀으나, 수면은 피와 화염의 소용돌이였다. 하늘은 붉은색과 오렌지색과 화려한 녹색으로 물들었다. "뭔가?" 그는 묻고 나서야 보았다.

부두를 들이받고 부서진 갤리선에서 갑옷을 입은 중장병들이 기어 나오고 있었다. '너무 많아. 다 어디에서 온 거지?' 티리온은 눈을 가늘게 뜨고 연기와 불빛 속을 들여다보며 병사들의 행렬을 따라 강 속으로 시선을 옮겼다. 그쪽에 갤리선 스무 척이 꼼짝도 하지 못하고 얽혀 있었다. 어쩌면 그 이상일 수도 있었다. 서로 노를 교차하고, 선체는 갈고리 밧줄로 묶인 데다 서로 충각을 들이받고 떨어진 삭구에 뒤엉켜 있었다. 거대한 선체 하나는 좀 더 작은 배 두 척 사이에 솟아 있기도 했다. 모두 난파선이었지만, 서로 촘촘히 얽힌 나머지 갑판에서 갑판으로 건너뛰면서 블랙워터 강을 건널 수 있는 상황이었다.

그리고 스타니스 바라테온의 가장 대담한 병사들 수백 명이 그렇게 하고 있었다. 티리온은 엄청나게 어리석은 기사 하나가 겁에 질린 말을 구슬려 뱃전과 얽힌 노들을 건너뛰고, 피에 젖어 미끄러운 데다 녹색 불이 타오르는 기울어진 갑판들을 건너려고 애쓰는 모습마저 보았다. '우리가 저놈들에게 피투성이 다리를 만들어줬군.' 그는 좌절해서 생각했다. 그 다리의 일부분은 가라앉고 있었고 또 일부분은 불타고 있었으며 다리 전체가 삐걱거리고 움직이며 언제라도 터질 기세였지만, 그래도 적은 멈추지 않았다. 그는 감탄을 담아서 발론 경에게 말했다. "용감한 놈들이로군. 저놈들을 죽이러 가세."

그는 원래 있던 병사들과 발론 경의 병사들을 거느리고 앞장서서 펄럭거리는 불길과 검댕과 재가 가득한 강기슭을 통과, 긴 석조 선창을 달려 내려갔다. 맨던 경도 합류했는데, 방패가 너덜너덜하게 망가진 상태였다. 연기와 깜부기불이 회오리치고, 적은 그들의 돌격 앞에 흩어져서 물속에 다시 뛰어들거나, 기어오르려다가 다른 사람들을 쳐서 넘어뜨렸다. 다리 끝의 반쯤 가라앉은 적선은 뱃머리에 '드래곤의 파멸'이라고 적혀 있었으며, 티리온이 선창 사이에 가라앉혀 두었던 선체에 바닥이 찢겨나가 있었다. 셀티가르 가문의 붉은 게 휘장을 단 창병 하나가 발론 스완 경이 탄 말의 가슴팍에 창을 꽂았다. 미처 내리지 못한 발론 경은 안장에서 떨어졌다. 티리온은 스쳐 지나가는 그 남자의 머리통을 잘랐지만, 이미 고삐를 당겨 말을 세우기에는 너무 늦었다. 그의 종마는 선창 끝에서 뛰어올라 쪼개진 뱃전을 넘더니 비명을 내지르며 첨벙 하고 발목까지 오는 물속에 내려섰다. 티리온의 도끼는 빙빙 돌며 날아가버렸고, 티리온 본인도 같은 신세가 되었다. 갑판이 솟아오르는가 싶더니 축축한 나무 판이 그를 때렸다.

그 후는 아수라장이었다. 그의 말은 한쪽 다리가 부러져서 무시무시한 비명을 지르고 있었다. 그는 어떻게든 단검을 뽑아서 그 가엾은 짐승의 목을 그을 수 있었다. 시뻘건 피 보라가 솟구치면서 그의 두 팔과 가슴을 적셨다. 그는 다시 중심을 찾고 휘청휘청 난간으로 향했고, 다음 순간에는 물이 찬 굽은 갑판 위에서 비틀거리고 첨벙거리며 싸우고 있었다. 남자들이 덤벼들었다. 몇 명은 죽이고, 몇 명은 부상을 입었고, 몇 명은 달아나게 만들었지만 언제나 다음 상대가 또 있었다. 그는 단검을 잃어버리고 부러진 창을 쥐었는데, 어쩌다가 그렇게 되었는지 알 수 없었다. 그는 부러진 창을 움켜쥐고 욕을 하며 상대를 찔렀다. 남자들이 그에게서 달아났고 그는 그들을 쫓아서 난간을 타 넘어 다음 배로, 그다음 배로 넘어갔다. 하얀 그림자 둘이 언제나 같이 있었다. 하얀 갑옷을 아름답게 차려입은 발론 스완과 맨던 무어였다. 그들은 벨라리온의 창병들에게 둘러싸여 등을 맞대고 싸웠고, 춤을 추듯 우아하게 전투를 치렀다.

그에 비하면 티리온의 살상은 볼품없었다. 그는 한 놈이 등을 돌렸을 때 신장을 찔렀고, 다른 놈의 다리를 잡아서 강에 거꾸로 처넣었다. 화살이 쉭 소리를 내며 머리 옆을 스치고 갑옷에 맞아 튕겨 나갔다. 화살 하나는 어깨와 흉갑 사이에 박혔지만, 그는 느끼지도 못했다. 벌거벗은 남자 하나가 하늘에서 갑판으로 떨어지더니, 탑에서 내던진 멜론처럼 박살이 났다. 그 남자의 피가 티리온의 투구 눈 구멍까지 튀었다. 돌덩이가 우수수 떨어지며 갑판을 부수고 사람을 곤죽으로 만들더니, 다리 전체가 요란하게 흔들렸다. 티리온은 옆으로 넘어지고 말았다.

갑자기 강물이 투구 속으로 쏟아져 들어왔다. 그는 투구를 잡아뜯어 벗고 기울어지는 갑판을 기어서 물이 목까지만 올라오는 곳으로 이동했다. 거대한 야수의 단말마처럼 삐걱거리는 소리가 허공을 채웠다. 그에게는 생각할 시간이 있었다. '배가, 배가 쪼개지려고 해.' 난파한 갤리선들이 쪼개지고, 배들이 이룬 다리가 무너지고 있었다. 그 점을 깨닫자마자 천둥 같은 쩍 소리가 나더니 발아래 갑판이 요동을 쳤고, 그는 다시 물속으로 미끄러져 내려갔다.

기울기가 너무 심해서 기어올라야 했다. 끊어진 밧줄을 잡고 조금씩 조금씩 몸을 끌어 올려야 했다. 시야 가장자리로 그들과 얽혀 있던 선체가 천천히 돌면서 물살을 따라 하류로 쓸려가는 가운데 남자들이 뱃전을 뛰어넘는 모습이 보였다. 스타니스의 불타는 심장을 단 사람도 있었고, 조프리의 수사슴과 사자 휘장을 단 사람도 있었고, 다른 휘장들도 보였지만 아무래도 상관없었다. 불길은 상하류를 가리지 않았다. 한쪽 옆에서는 격렬한 전투가 벌어지고 있었는데, 맞붙어 싸우는 사람들의 바다 위로 눈부신 깃발들이 휘날리고, 방패벽이 만들어졌다가 깨지고, 말탄 기사들이 인파를 가르고, 먼지와 진흙과 피와 연기가 뒤섞인 엄청난 혼란의 도가니였다. 반대쪽에서는 언덕 위 높이 솟아오른 레드킵이 불을 내뿜고 있었다. 그런데 방향이 반대였다. 한순간 티리온은 자기가 미쳐가고 있다고, 스타니스와 레드킵이 자리를 바꿨다고 생각했다. 어떻게 스타니스가 북쪽 강둑으로 건너갔지? 그는 뒤늦게 갑판이 돌고 있으며, 자신도 한 바퀴를 도는 바람에 왕성과 전장의 방향이 바뀌었음을 깨달았다. '가만, 그런데 전투라니, 스타니스가 강을 건넌 게 아니라면 저기서 누가 싸우고 있는 거야?' 티리온은 상황을 이해하기엔 너무 지친 상태였다. 어깨가 끔찍하게 아파서 문지르려고 손을 올렸더니 화살이 보였다. 그제야 기억이 났다. '이 배에서 내려야 해.' 하류에는 화염벽밖에 없었고, 난파선이 물살에 떠내려가면 티리온도 불길에 정통으로 처박힐 판이었다.

전투의 소음 속에서 누군가가 희미하게 그의 이름을 부르고 있었다. 티리온은 마주 소리치려 했다. "여기! 여기야, 난 여기 있어. 도와줘!" 그의 귀에도 잘 들리지 않을 만큼 약한 목소리였다. 그는 기울어진 갑판 위로 몸을 끌어당겨 난간을 잡았다. 선체가 옆 갤리선을 들이받고 격렬하게 되튀는 바람에 물속에 떨어질 뻔했다. 온몸의 힘이 다 어디로 간 걸까? 난간에 매달리는 것밖에 할 수 없었다.

"수관님! 제 손 잡으십시오! 티리온 님!"

시커멓게 입을 벌리는 검은 물 너머, 옆 갤리선 갑판 위에 맨던 무어 경이 손을 내밀고 서 있었다. 하얀 갑옷에는 노란색과 초록색 불길이 반짝였고, 가재갑으로 만든 쇠 장갑에는 피가 끈적끈적하게 말라 붙었지만, 그래도 티리온은 팔이 더 길었으면 좋았을 거라 생각하며 손을 뻗었다. 그리고 마지막 순간에, 손가락이 서로 스칠 때쯤 되어서야 사소한 부분에 신경이 거슬렸다……. 맨던 경은 왼손을 내밀고 있었다. 어째서…….

그래서 주춤하고 뒤로 물러섰던 걸까, 아니면 결국 그 검을 봤던 걸까? 결코 알지 못하리라. 검 끝은 그의 눈 바로 아래를 그었고, 그는 차갑고 단단한 감촉과 타오르는 고통을 느꼈다. 따귀라도 맞은 것처럼 고개가 돌아갔다. 차가운 물이 후려치는 충격은 첫 번째 타격보다 더 거칠었다. 그는 일단 가라앉으면 다시는 떠오르지 못하리라는 사실을 알고 뭐라도 붙잡으려 허우적거렸다. 어떻게인가 그의 손이 부러진 노 끝에 닿았다. 그는 그 쪼개진 나무 끝을 필사적인 연인처럼 잡고 조금씩 기어올랐다. 눈에는 물이 가득했고, 입에는 피가 가득했고, 머리는 끔찍하게 지끈거렸다. '신들이시여, 갑판에 올라갈 힘을 주소서…….' 달리 아무것도 없었다. 오직 노와, 물과, 갑판뿐이었다.

그는 마침내 뱃전을 넘어서, 지칠 대로 지쳐서 숨을 헐떡이며 누웠다. 머리 위에서는 녹색과 오렌지색 화염 덩어리들이 타닥타닥 타오르며 별들 사이에 줄무늬를 남기고 있었다. 티리온이 잠시 이 얼마나 아름다운가 생각하는데, 맨던 경이 그 풍경을 가렸다. 맨던 경은 하얀 강철 그림자였고, 투구 안으로 어둡게 눈을 빛내고 있었다. 티리온에게는 아무 힘도 남아 있지 않았다. 헝겊 인형이나 다름없었다. 맨던 경이 검 끝을 그의 목에 겨누고 두 손으로 칼자루를 잡았다.

그러다가 갑자기 왼쪽으로 휘청하더니 비틀거리며 난간을 들이받았다. 나무가 쪼개지고, 맨던 무어 경은 외마디 소리와 함께 물보라에 휩쓸려 사라졌다. 다음 순간, 선체가 다른 배와 다시 한 번 충돌했다. 갑판이 튀어 오를 정도의 충돌이었다. 그러더니 누군가가 티리온 곁에 무릎을 꿇었다.

"제이미?" 그는 입을 가득 채운 피에 질식할 지경이 되어서 껙껙거렸다. 형이 아니라면 달리 누가 그를 구하겠는가?

"가만히 계세요. 상처가 심합니다."

'어린 목소리라니, 말이 안 돼.' 티리온은 생각했다. 마치 포드의 목소리처럼 들렸다.

산사

란셀 라니스터 경이 전투에 졌다고 보고하자, 왕대비는 빈 와인 잔을 손 안에서 돌리며 말했다. "내 동생에게 말하게, 경." 그 소식에 별 관심이 없 다는 듯 냉담한 목소리였다.

"동생분께서는 돌아가신 듯합니다." 란셀 경의 전포는 팔 아래에서 새 어 나오는 피에 젖어 있었다. 란셀이 도착했을 때, 그 모습만 보고도 몇 명 이 비명을 질렀을 정도였다. "배가 연결되어 만들어진 다리가 쪼개졌을 때 그 위에 계셨던 듯합니다. 맨던 경도 사라졌고, 사냥개는 아무도 찾지 못하고 있습니다. 젠장, 세르세이, 왜 조프리를 성으로 데려오게 한 겁니 까? 황금 망토들이 창을 내던지고 몇백 명이나 도망치고 있습니다. 왕이 떠나는 모습을 보고 기가 꺾여버렸어요. 블랙워터 강 전체에 난파선과 화 염과 시신이 넘치지만, 그래도 왕만 자리를 지켰다면—"

오스니 케틀블랙이 란셀을 밀치고 나섰다. "이제는 강 양쪽에서 싸움이 벌어지고 있습니다, 전하. 스타니스의 영주들이 서로 싸우고 있을 수도 있 습니다. 너무 혼란스러워서 아무도 장담할 수가 없어요. 사냥개는 어디로 갔는지 아무도 모르고, 발론 경은 도시 안으로 후퇴했습니다. 강변은 적에게 넘어갔습니다. 놈들이 왕의 문을 다시 충차로 공격하고 있고, 란셀 경 말대로 병사들이 방벽을 버리고 자기네 장교들을 죽이고 있습니다. 무쇠 문과 신들의 문에서는 폭도들이 나가겠다고 싸우고 있고, 플리바텀은 거 대한 주정뱅이 난동 꼴입니다."

산사는 생각했다. '신들이시여, 정말 그렇게 됐어. 조프리도 머리를 잃 고 나도 머리를 잃게 됐어.' 일린 경을 찾아보았지만, 왕의 집행관은 모습 이 보이지 않았다. '그래도 존재를 느낄 수 있어. 가까이 있어. 달아날 수 없어. 일린 경이 내 머리를 자를 거야.'

왕대비는 묘하게 차분한 얼굴로 오스프리드를 돌아보았다. "도개교를 올리고 문에 빗장을 지르게. 내 허락 없이는 아무도 마에고르 성채에 들어 오거나 나가지 못해."

"기도하러 간 여자들은 어떻게 합니까?"

"그 사람들은 내 보호하에서 벗어나기를 선택했으니 기도하게 놓아둬. 신들이 지켜주실지도 모르지. 내 아들은 어디 있나?"

"성 문루에 계십니다. 노궁 궁수들을 지휘하고 싶어 하십니다. 바깥에서 폭도들이 아우성을 치고 있는데, 그중 절반은 전하가 진흙 문을 떠날 때 따라왔던 황금 망토들입니다."

"당장 조프리를 마에고르 성채 안으로 데려오게."

"안 됩니다!" 란셀은 화가 난 나머지 목소리를 낮추지도 않았다. 그가 고함을 치자 몇 사람이 그들 쪽으로 머리를 돌렸다. "또 진흙 문에서와 같 은 꼴이 될 겁니다. 지금 계신 자리에 있게 하세요. 그분은 왕이고—"

"내 아들이야." 세르세이 라니스터가 일어섰다. "너 또한 라니스터라면 그 사실을 증명하거라, 사촌. 오스프리드, 자네는 왜 거기 서 있나? 난 당 장이라고 했어."

오스프리드 케틀블랙은 형제와 함께 서둘러 무도장을 나섰다. 손님들 중 상당수가 같이 나가려고 몰려갔다. 여자들 몇 명은 울고 있었고, 몇 명은 기도를 하고 있었다. 나머지는 그냥 식탁 앞에 남아서 와인을 더 청했다. 란셀 경이 애원했다. "세르세이, 성을 잃으면 어차피 조프리는 죽습니다. 알잖요. 그 자리에 두세요. 제가 옆에서 지키겠습니다. 맹세코—"

"내 앞에서 비켜." 세르세이는 손바닥으로 란셀의 상처를 때렸다. 란셀 경이 고통스러운 비명을 지르며 기절하듯 쓰러지자 세르세이는 방을 나갔다. 산사에게는 눈길 한 번 주지 않았다. '나에 대해 잊어버렸어. 일린 경이 날 죽여도 생각조차 안 하겠지.'

"오, 신들이시여." 나이 많은 여자 하나가 울부짖었다. "우린 졌어. 전투에 진 거야. 왕대비가 달아나고 있어." 아이들 몇 명이 울고 있었다. '두려움의 냄새를 맡을 수 있는 거야.' 산사는 연단에 혼자 남아 있었다. 여기에 남아 있어야 할까, 아니면 왕대비를 따라 나가서 살려달라고 빌어야 할까?

왜 일어섰는지 모르겠지만, 산사는 일어섰다. "두려워하지 마세요." 그녀는 사람들에게 큰 소리로 말했다. "왕대비께서 도개교를 올리셨습니다. 여기가 도시 안에서 가장 안전한 곳이에요. 두꺼운 벽이 있고, 해자와 대못도 있으니……."

"무슨 일이 일어난 거죠?" 산사가 잘 알지 못하는 여자가 물었다. 지위가 높지 않은 어느 귀족의 아내였다. "오스니가 뭐라고 한 거예요? 왕이 다친 건가요? 도시가 함락됐나요?"

"말해줘요." 다른 누군가가 소리쳤다. 어떤 여자는 자기 아버지에 대해 물었고, 또 다른 여자는 자기 아들에 대해 물었다.

산사는 두 손을 들어 올려 사람들을 조용히 시켰다. "조프리 왕은 성으로 돌아왔습니다. 다치지 않으셨어요. 아직 싸우고 있어요. 제가 아는 건 그게 다예요. 우리 군사는 용감하게 싸우고 있습니다. 왕대비께서는 곧 돌아오실 거예요." 마지막 말은 거짓이었지만, 사람들을 달래야 했다. 산사는 관람석 아래에 서 있는 광대들을 보았다. "문보이, 우리를 웃겨다오."

문보이는 옆으로 재주를 넘어서 식탁 위에 뛰어올랐다. 그리고 와인 잔을 네 개 집어 들고 던지기 곡예를 시작했다. 가끔 한 번씩 와인 잔 하나가 떨어져서 그의 머리에 부딪쳤다. 신경질적인 웃음소리가 무도장에 울려 퍼졌다. 산사는 란셀 경에게 가서 곁에 무릎을 꿇었다. 왕대비가 때린 자리에서 다시 피가 배어 나오고 있었다. 그는 헐떡이며 말했다. "미쳤어. 신들이시여, 꼬마 악마가 옳았어. 옳았다고⋯⋯."

"란셀 경을 도와줘." 산사는 하인 두 명에게 명령했다. 한 명은 산사를 쳐다보더니 와인 병을 든 채로 달아났다. 다른 하인들도 무도장을 떠나고 있었지만, 그것까지 어쩔 수는 없었다. 산사는 남은 하인과 힘을 합쳐서 부상당한 기사를 일으켜 세웠다. "프렌켄 학사님께 데려가." 란셀도 그자들 중 하나였지만, 어째서인지 산사는 아직도 란셀이 죽기를 바랄 수가 없었다. '난 조프리 말대로 마음이 약하고 물러. 란셀을 도울 게 아니라 죽여야 하는데.'

횃불이 다 타들어 가기 시작했고, 한두 개는 깜박거리다가 꺼졌다. 아무도 횃불을 교체하려 하지 않았다. 세르세이는 돌아오지 않았다. 모두가 다른 광대를 보고 있는 사이에 돈토스 경이 연단으로 올라와서 속삭였다. "침실로 돌아가세요, 사랑스러운 종퀼. 안에서 문을 잠그면 안전할 거예요. 전투가 끝나면 모시러 가지요."

'누군가가 날 데리러 오기는 하겠지만, 그게 당신일까, 아니면 일린 경일까?' 산사는 정신 나간 한순간, 돈토스에게 지켜달라 애걸할까 생각했다. 그도 한때는 기사였고, 검을 수련하고 약자를 지키겠노라 맹세했으니 말이다. '아니, 저 사람에겐 그럴 만한 용기도 기술도 없어. 같이 죽게 될뿐이야.'

왕후의 무도장에서 뛰어가고 싶은 마음이 간절하건만 천천히 걸어가기 위해 온 힘을 다 기울여야 했다. 계단에 도착해서부터는 뛰었다. 숨이 차서 어지러울 때까지 뛰어 올라갔다. 위병 한 명이 계단에서 산사와 부딪쳤다. 보석 박힌 와인 잔과 한 쌍의 은촛대가 싸여 있던 진홍색 망토에서 쏟아져 계단을 굴렀다. 그는 산사가 자기 약탈품을 빼앗으려 들지 않는다는 점을 확인하자 더는 아무 관심도 두지 않고 떨어진 물건을 쫓아 서둘러 내려갔다.

산사의 침실은 깜깜했다. 산사는 문에 빗장을 지르고 어둠 속에서 더듬더듬 창문으로 다가갔다. 커튼을 열어젖히자 숨이 턱 막혔다.

남쪽 하늘은 아래에서 타는 큰 불이 반사되어 색채를 바꿔가며 빛나고 있었다. 구름 아래로 불길한 녹색 흐름이 일렁였고, 창공에는 오렌지색 빛 웅덩이가 퍼졌다. 평범한 불길의 붉은빛과 노란빛이 와일드파이어의 에메랄드빛과 비췻빛에 맞서 싸우고, 각각의 빛깔이 확 타오르다가는 사그라들어 잠시 후면 죽어 사라질 짧은 목숨의 그림자 군단을 낳았다. 심장이 한 번 뛰기도 전에 녹색 새벽이 오렌지색 석양에 자리를 내어주었다. 공기 자체에서는 탄내가 났다. 수프 주전자를 불 위에 너무 오래 두어 수프가 다 끓어 없어졌을 때 나는 냄새였다. 깜부기불이 반딧불 무리처럼 밤하늘을 떠다녔다.

산사는 창문에서 물러나서 안전한 침대로 후퇴했다. '난 잠을 잘 거야. 그리고 깨어나면 새로운 날이 와 있고, 하늘은 다시 푸를 거야. 싸움은 끝나 있을 테고 누군가가 내가 살지 죽을지 말해주겠지.'

"레이디." 산사는 혹시 죽으면 그 늑대를 다시 만나게 될까 생각하며 조용히 흐느꼈다.

그때 뒤에서 뭔가가 움직이더니, 손 하나가 어둠에서 튀어나와서 그녀의 손목을 잡았다.

산사는 비명을 지르려고 입을 벌렸지만, 다른 손이 숨 막히게 얼굴을 눌렀다. 거칠고 물집이 잡혔으며 피가 묻어 끈적이는 손가락이었다. "작은 새. 네가 올 줄 알았다." 술에 취한 혓소리였다.

바깥에서는 회오리치는 비췻빛 창이 별들을 꿰뚫으며 방 안을 녹색 빛으로 채웠다. 산사는 순간 그 남자를 보았다. 온통 검은색과 녹색이 되어, 얼굴에 묻은 피는 타르처럼 검었고, 두 눈은 갑작스러운 불빛을 받아 개의 눈동자처럼 번쩍였다. 다음 순간 불빛이 사그라들면서 그는 얼룩진 하얀 망토를 걸친 거대한 어둠으로 돌아갔다.

"비명을 지르면 죽는다. 그러고말고." 그는 산사의 입에서 손을 떼어냈다. 산사는 거칠게 숨을 몰아쉬었다. 사냥개는 그녀의 침대 옆 탁자에 두었던 와인병을 들고 꿀꺽꿀꺽 마셨다. "전투에서는 누가 이기고 있는지 물어보고 싶지 않나, 작은 새?"

"누가 이기고 있죠?" 그녀는 반항하기가 무서워서 물었다.

사냥개는 웃음을 터뜨렸다. "난 잃은 쪽이 누구인지만 안다. 나야."

'이렇게 취한 모습은 본 적이 없어. 내 침대에서 자고 있었던 거야. 뭘 원하는 걸까?'

"뭘 잃었는데요?"

"전부 다." 화상이 남은 얼굴 반쪽은 말라붙은 피의 가면이었다. "망할 난쟁이 놈. 그놈을 죽였어야 했어. 몇 년 전에."

"죽었다고 하던데요."

"죽어? 아니지. 됐다 그래. 난 그놈이 죽길 바라지 않아." 그는 빈 와인병을 옆으로 던졌다. "그놈이 불에 탔으면 좋겠다. 신들이 멀쩡하다면 그놈을 태우겠지만, 난 여기서 그걸 지켜보지 않을 거야. 난 간다."

"간다고요?" 산사는 잡힌 손목을 빼내려 했지만, 사냥개의 손아귀는 강철 같았다.

"작은 새는 듣는 말마다 되풀이하는군. 그래, 간다."

"어디로 갈 거예요?"

"여기에서 멀리. 불에서 멀리. 무쇠 문으로 나가야겠지. 어딘가 북쪽으로, 어디든."

"못 나가요. 왕대비님이 마에고르 성채를 걸어 잠갔고, 도시 문도 다 닫혔어요."

"나한테는 아니야. 나에겐 하얀 망토가 있어. 이것도 있고." 그는 칼자루를 두드렸다. "날 막으려는 놈은 죽은 목숨이지. 불타고 있지만 않다면." 그는 쓰디쓴 웃음소리를 냈다.

"왜 여기로 왔죠?"

"나에게 노래를 하나 약속했을 텐데, 작은 새. 잊었나?"

무슨 뜻인지 알 수 없었다. 지금 여기에서, 하늘에는 불길이 소용돌이치고 사람들이 수백 수천 명이나 죽어가는데 노래를 부를 수는 없었다. "못해요. 놔줘요. 나한테 겁을 주고 있잖아요."

"넌 무엇에든 겁을 먹잖아. 날 봐. 날 보라고."

핏자국이 최악의 흉터는 가렸지만, 크게 떠서 희번덕거리는 눈은 무서웠다. 화상을 입은 입꼬리가 씰룩거리며 경련했다. 산사는 냄새를 맡을 수 있었다. 심한 땀 냄새와 시큼한 와인 냄새와 오래된 토사물 냄새, 그 모든 냄새를 뒤덮는 피 냄새, 피 냄새, 피 냄새.

그는 거친 목소리로 말했다. "난 널 지켜줄 수 있다. 다들 날 두려워하거든. 아무도 다시는 널 해치지 않을 거야. 그랬다간 내가 죽여버릴 테니까." 그는 산사를 가까이 끌어당겼고, 순간 산사는 그가 입 맞추려 든다고 생각했다. 그는 맞서 싸우기엔 너무 강했다. 산사는 눈을 감고 어서 끝나기를 빌었지만, 아무 일도 일어나지 않았다. "아직도 차마 날 보지 못하는군. 안 그러나?" 그의 목소리가 들렸다. 그는 산사의 팔을 확 비틀더니 옆으로 당겨서 침대 위에 밀어 쓰러뜨렸다. "난 그 노래를 들을 거다. 플로리안과 종퀼이랬지." 단검이 나와서 그녀의 목을 겨누었다. "노래해라, 작은 새야. 네 보잘것없는 목숨을 위해 노래해."

두려움에 목이 바싹 죄어들었고, 아는 노래는 모조리 머릿속에서 날아 가버렸다. 소리치고 싶었다. '제발 날 죽이지 말아요. 제발.' 단검 끝이 비틀리며 목을 밀고 들어오는 느낌이 났고, 다시 눈을 감아버릴 뻔했지만, 그때 기억이 떠올랐다. 플로리안과 종퀼의 노래는 아니었지만, 노래는 노래였다. 산사의 목소리는 자기 귀에도 작고 가늘고 떨렸다.

> 다정하신 어머니시여, 자비의 원천이시여
> 우리 아들들을 전쟁에서 구하소서
> 검을 멈추고 화살을 멈추시어
> 아들들이 더 좋은 날을 보게 하소서.
> 다정하신 어머니여, 여인들의 힘이시여
> 우리 딸들이 이 싸움을 헤쳐나가게 도우소서
> 격분을 달래고 분노를 다스려
> 우리 모두에게 더 상냥한 길을 가르치소서.

나머지 가사는 잊어버렸다. 목소리가 사그라들고, 사냥개가 죽일지도 모른다는 두려움에 사로잡혔지만, 잠시 후에 사냥개는 아무 말 없이 그녀의 목에 닿은 칼을 치웠다.

어떤 본능에서인지 산사는 손을 들어 그의 뺨을 감쌌다. 방 안이 너무 어두워서 얼굴이 보이지는 않았지만, 끈적한 피와 피가 아닌 물기를 느낄 수 있었다. "작은 새." 그는 다시 한 번, 돌을 긁는 강철처럼 거칠고 쓰라린 목소리로 말했다. 그러더니 침대에서 일어섰다. 산사는 천이 찢어지는 소리를 듣고, 뒤이어 조용히 멀어지는 발소리를 들었다.

오랜 시간이 지나서 침대에서 기어 나왔을 때는 산사 혼자였다. 바닥에 그의 망토가, 피와 불에 얼룩진 하얀 모직 망토가 똬리를 틀고 있었다. 바깥 하늘은 한결 어두워져서 별들 사이로 연녹색 유령만 가끔 춤을 출 뿐이었다. 차가운 바람이 불어 덧창을 두드렸다. 추웠다. 산사는 덜덜 떨면서 그 찢어진 망토를 털어서 몸에 두르고 바닥에 웅크렸다.

얼마나 오랫동안 그렇게 있었는지 알 수 없었지만, 도시 저편에서 종소리가 들렸다. 깊고 장중한 청동 종소리가 점점 빠르게 울렸다. 산사가 무슨 의미일까 생각하는 사이에 두 번째 종이 합세하고, 세 번째 종이 합세해서 언덕과 바닥들, 골목과 탑들, 킹스랜딩의 모든 구석에 퍼져 나갔다. 산사는 망토를 떨치고 창문으로 향했다.

동쪽에 희미하게 새벽을 암시하는 기운이 눈에 띄었고, 이제는 레드킵의 종들이 울리면서 바엘로르 대성소의 일곱 개 수정 탑에서 흘러나와 점점 부풀어 오르는 소리의 강물에 합세했다. 로버트 왕이 죽었을 때도 종이 울렸던 기억이 있었지만, 이 종소리는 달랐다. 음울한 죽음의 조종 소리가 아니라 즐거운 굉음이었다. 길거리에서 사람들이 외치는 소리도 들을 수 있었다. 환호라고밖에 생각할 수 없는 소리였다.

산사에게 소식을 전해준 사람은 돈토스 경이었다. 그는 비틀거리면서 열린 문으로 들어와서 힘없는 두 팔로 산사를 안아 들고 빙글빙글 돌리면서 한 마디도 알아들을 수 없을 만큼 앞뒤 없이 야단법석을 떨었다. 사냥개 못지않게 취한 상태였지만, 돈토스 경의 경우에는 춤을 추도록 행복한 취기였다. 돈토스 경이 내려놓았을 때 산사는 숨이 가쁘고 머리가 어지러웠다. "무슨 일이에요?" 산사는 침대 기둥을 잡았다. "무슨 일이 생긴 거죠? 말해줘요!"

"됐습니다! 됐어요! 됐어! 도시는 구원받았습니다. 스타니스 공이 죽었는지, 스타니스 공이 달아났는지, 그건 아무도 모르고 신경도 안 씁니다. 스타니스 공의 군대는 무너졌고 위험은 끝났어요. 다 죽었거나, 흩어졌거나, 이쪽으로 넘어왔답니다. 아, 저 눈부신 깃발들이라니! 저 깃발들 말입니다, 종퀼. 저 깃발들요! 와인 있습니까? 오늘을 기념해서 마셔야 합니다, 그럼요. 이건 아가씨가 안전하다는 뜻이에요. 모르시겠습니까?"

"무슨 일이 일어났는지 말해달라고요!" 산사는 그를 흔들었다.

돈토스 경은 소리 내어 웃고는 한쪽 발에서 다른쪽 발로 옮겨가며 깡충 거리다가 넘어질 뻔했다. "군대가 강이 불타는 동안 잿더미를 뚫고 왔답니다. 강에서, 스타니스가 강에서 목까지 잠겨 있는데 뒤에서 쳤지요. 아, 다시 기사가 될 수 있다면, 그 전장에 있었더라면! 스타니스의 부하들은 제대로 싸우지도 않았다는군요. 일부는 달아났지만 더 많은 수가 무릎을 꿇고, 렌리 공을 외치면서 저쪽 편으로 넘어갔답니다! 스타니스는 그 이름을 듣고 무슨 생각을 했을까요? 저야 오스먼드 경에게 전해 들은 오스니 케틀블랙에게 들었습니다만, 이젠 발론 경도 돌아왔고 그 부하들도 같은 말을 하고 있습니다. 황금 망토들도 마찬가지고요. 우린 환란을 면했어요, 아가씨! 군대가 장미 가도를 올라와서 강둑을 따라 달렸답니다. 스타니스가 태워버린 들판을 통과해서, 장화 주위로 잿더미가 피어오르고 갑옷이 다 회색이 되기는 했지만, 오! 깃발들은 눈부셨을 테지요. 금빛 장미와 금빛 사자와 다른 온갖 깃발들, 마브랜드의 나무와 로완의 나무, 탈리의 사냥꾼과 레드와인의 포도와 오크하트 부인의 잎사귀까지. 서부인 전부가, 하이가든과 캐스털리록의 군세 전부가 왔어요! 타이윈 공이 직접 우익을 맡아 강 북쪽 기슭을 치고, 랜딜 탈리가 중앙을 지휘하고 메이스 티렐이 좌익을 맡았지만, 전투에 승리한 건 선봉대였답니다. 선봉대가 호박을 꿰뚫는 창처럼 스타니스에게 돌진했다지요. 모두가 강철을 입은 악귀들처럼 울부짖으면서 말입니다. 그 선봉대를 누가 이끌었는지 아십니까? 아세요? 아세요?”

"롭인가요?” 지나친 희망이었다, 그래도⋯⋯.

"렌리 공이었답니다! 녹색 갑옷을 입고, 금빛 사슴뿔에 불길이 어른거리는 렌리 공요! 손에는 긴 창을 든 렌리 공! 다들 렌리 공이 일 대 일 결투로 가이야드 모리겐 경을 죽이고 다른 대단한 기사들도 십여 명을 죽였다고 합니다. 렌리였어요, 렌리, 렌리! 저 깃발들이라니, 산사 아가씨! 아! 기사란!”

대너리스

대니가 새우와 감으로 만든 차가운 수프 한 그릇으로 아침 식사를 하고 있는데 이리가 콰스식 가운을 가져왔다. 상아색 새마이트에 작은 진주알로 무늬를 넣은 비현실적으로 정교하고 화려한 옷이었다. "치워라. 부두는 화려한 옷이 어울리는 장소가 아니야."

우유인들이 그녀를 그렇게 야만인으로 여긴다면, 그에 걸맞게 입어줄 생각이었다. 마구간에 갔을 때 대니는 색 바랜 모래 비단 바지를 입고 풀을 꼬아 만든 샌들을 신고 있었다. 작은 가슴은 색칠한 도트락 조끼 속에서 편하게 움직였고, 메달 허리띠에는 휘어진 단도가 걸렸다. 지키가 그녀의 머리카락을 도트락식으로 땋고, 끝에 은종을 하나 달았다. "난 승리를 거둔 적이 없어." 대니는 은종이 짤랑거리자 시녀에게 말했다.

지키는 동의하지 않았다. "먼지로 된 집에서 마기들을 불태우고 그 영혼을 지옥으로 보내셨어요."

'그건 드로곤의 승리였지, 나의 승리가 아니었어.' 그렇게 말하고 싶었지만, 대니는 입을 다물었다. 도트락인들은 그녀의 머리채에 종이 몇 개 달리면 그녀를 더욱 존경할 것이다. 그녀는 종소리를 울리며 은마에 올랐고, 한 걸음 옮길 때마다 종을 울렸지만, 조라 경도 그녀의 혈맹기수들도 별다른 언급은 없었다. 대니는 부재 중에 백성들과 드래곤들을 지킬 사람으로 라카로를 골랐다. 조고와 아고는 그녀와 함께 물가로 가야 했다.

그들은 대리석 궁전들과 향기로운 정원들을 뒤로 하고, 수수한 벽돌집들이 밋밋한 벽을 길가에 내밀고 있는 좀 더 가난한 도시 구역을 통과했다. 말이나 낙타도 눈에 덜 띄었고, 가마는 아예 보이지 않았지만, 길에는 아이들과 거지들, 모래색을 띤 깡마른 개들이 우글거렸다. 칙칙한 리넨 치마를 입은 창백한 남자들이 아치형 문간에 서서 그들이 지나가는 모습을 지켜보았다. '저들은 내가 누구인지 알고, 나를 좋아하지 않아.' 대니는 그들의 눈빛만 보고도 알 수 있었다.

조라 경은 그녀를 가마에 싣고 비단 장막 뒤에 안전하게 숨기고 싶어 했지만, 대니가 거부했다. 너무 오랫 동안 새틴 쿠션에 기대어 황소들이 이리저리 데려가게 놓아두며 지냈다. 직접 말을 몰면 그래도 어딘가로 가고 있다는 기분은 느낄 수 있었다.

물가를 찾는 것은 선택이 아니었다. 그녀는 다시 달아나고 있었다. 그녀의 인생 전체가 기나긴 도피였다. 어머니의 자궁에서부터 달아나기 시작해서, 한 번도 멈춘 적이 없었다. 그녀와 비세리스가 야밤을 틈타, 찬탈자가 고용한 자객을 간발의 차이로 따돌리고 도망친 게 몇 번이었던가? 하지만 달아나거나 아니면 죽거나였다. 자로는 피아트 프리가 살아남은 흑마법사들을 모아 그녀에게 해를 가하려 한다는 사실을 알아냈다.

대니는 자로가 그렇게 말했을 때 웃어넘겼다. "나에게 흑마법사들은 잊힌 업적과 잃어버린 기량에 대해 허풍을 떨어대는 노병들에 지나지 않는다고 말한 건 당신이 아니었나요?"

자로는 불안한 얼굴이었다. "그때는 그랬지요. 하지만 지금은? 전보다 확신이 없습니다. 야행자(Night-Walker) 유라손의 집에서는 백 년 동안 불붙은 적 없는 유리 초들이 타고 있다고 합니다. 게하네 정원에는 유령 풀이 자라고, 허깨비 거북이들이 메시지를 가지고 '흑마법사의 길'에 있는 창문 없는 집들 사이를 오가는 모습도 보였으며, 도시 안의 모든 쥐가 제 꼬리를 씹어 끊고 있어요. 예전에 어느 흑마법사의 좀먹어 추저분한 로브를 비웃었던 마토스 말라라완의 아내는 미쳐서 옷이라곤 입지 않으려 합니다. 새로 빤 비단옷을 걸쳐도 온몸에 벌레들이 기어다니는 것처럼 느낀다지요. 그리고 '눈알 먹는 자'로 알려진 눈먼 시바시온은 다시 앞을 볼 수 있게 됐습니다. 적어도 그의 노예들은 그렇게 맹세합니다. 이러면 생각을 할 수밖에 없습니다." 그는 한숨을 내쉬었다. "지금은 콰스에 이상한 시절이 왔고, 이상한 시절은 무역에 좋지 않습니다. 이렇게 말씀드리려니 애통하지만, 여왕님께서 콰스를 완전히 떠나시는 게 좋을지도 모르겠습니다. 기왕이면 빨리요." 자로는 안심하라는 듯 그녀의 손을 어루만졌다. "하지만 혼자 가실 필요는 없습니다. 당신은 먼지 궁전에서 어두운 환영을 보았지만, 자로는 더 밝은 꿈을 꾸었습니다. 저는 당신이 우리의 아이를 품에 안고 행복하게 누운 모습을 봅니다. 저와 함께 비취해 전역을 항해하고 말입니다. 아직 그렇게 할 수 있습니다! 아직 늦지 않았어요. 제게 아들을 낳아주십시오, 달콤한 기쁨이여!"

'드래곤을 하나 달라는 소리겠지.' "그대와 혼인하지는 않을 거예요, 자로."

그 말에 자로의 얼굴은 차가워졌다. "그렇다면 가십시오."

"하지만 어디로 말이오?"

"어디든 여기에서 멀리."

어차피 때가 되었는지도 모른다. 그녀의 칼라사르는 붉은 황야에서 피폐해진 심신을 회복할 기회가 온 것을 기뻐했지만, 휴식을 취하고 살이 오르자 다루기 힘들어졌다. 도트락인은 한곳에 오래 머무는 데 익숙하지 않았다. 그들은 전사 부족이었고, 도시에 맞지 않았다. 대니가 안락함과 아름다움에 취해서 콰스에 너무 오래 머물렀는지도 몰랐다. 콰스는 언제나 실제 줄 수 있는 것 이상을 약속하는 도시 같았고, 불멸자들의 집이 엄청난 연기와 불길 속에 무너진 후부터 대니에 대한 반응도 돌변했다. 콰스인들은 하룻밤 사이에 드래곤이 위험하다는 사실을 기억해낸 모양이었다. 그들은 이제 앞다투어 대니에게 선물을 바치려 하지 않았다. 전기석 형제단은 공공연히 대니를 추방하자고 외쳤고, 오래된 향신료상 길드는 대니의 죽음을 요구했다. 자로의 힘으로는 13인회까지 공격에 합세하지 않게 막는 것이 고작이었다.

'하지만 어디로 간단 말인가?' 조라 경은 더 동쪽으로, 칠왕국의 적들로부터 멀리 떨어진 곳으로 가자고 했다. 혈맹기수들은 붉은 황야를 다시 거치는 한이 있더라도 그들의 거대한 풀 바다로 돌아가고 싶어 했다. 대니는 드래곤들이 커서 강해질 때까지 바에스 톨로로에 정착하는 건 어떨까 생각했다. 하지만 마음속에 의심이 가득했다. 세 가지 모두 틀렸다는 느낌이 들었……. 게다가 어디로 갈지 정한다 해도, 어떻게 갈지는 여전히 골치 아픈 문제였다.

자로 쇼안 닥소스는 도움이 되지 않았다. 이제는 확실히 알았다. 아무리 헌신하는 척해도 자로 역시 피아트 프리처럼 자기 나름의 게임을 하고 있었다. 자로가 떠나달라고 요청한 밤, 대니는 그에게 마지막으로 한 가지만 해달라고 부탁했었다. 자로는 물었다. "군대인가요? 금 한 주전자인가요? 아니면 갤리선?"

대니는 얼굴을 붉혔다. 구걸하기는 싫었다. "그래요, 배가 필요해요."

자로의 눈동자가 코에 박힌 보석처럼 반짝였다. "저는 무역상입니다, 칼리시. 그러니 일방적으로 주는 것 말고 거래를 이야기해보죠. 드래곤을 하나 주시면 제 선단에서 가장 좋은 배 열 척을 드리겠습니다. 달콤한 말 한마디만 입 밖에 내시면 됩니다."

"안 돼요."

"아아. 내가 원한 한마디는 아니로군요." 자로는 흐느꼈다.

"어미에게 자식을 팔라고 하겠소?"

"왜 안 됩니까? 자식이야 언제든 더 만들 수 있는데요. 어미들은 매일같이 자식을 팔아요."

"드래곤의 어머니는 아니오."

"배를 스무 척 드린대도?"

"백 척이라 해도."

자로의 입꼬리가 아래로 내려갔다. "제게 백 척의 배는 없습니다. 하지만 당신에게는 드래곤이 세 마리 있지요. 이제까지 베풀어드린 온갖 친절을 생각해서 하나만 주세요. 그래도 드래곤이 두 마리 남는 데다 배를 서른 척 얻으실 겁니다."

서른 척이라면 소규모 군대를 웨스테로스 해안에 상륙시킬 수 있었다. '하지만 나에겐 소규모 군대도 없어.' "배가 몇 척이나 있나요, 자로?"

"여든 세 척입니다. 제 유람선을 넣지 않는다면요."

"그리고 13인회에 속한 당신 동료들은?"

"우리 모두의 배를 합친다면 천 척이 되겠지요."

"향신료상들과 전기석 형제단까지 합치면?"

"그자들의 하찮은 선단은 쓸모가 없습니다."

"그렇다 해도, 말해봐요."

"향신료상들에게는 1200에서 1300척이 있지요. 형제단에게는 800척이 안 될 겁니다."

"그리고 아사이, 브라보스, 여름 군도, 이벤, 그리고 거대한 짠 바다를 항해하는 다른 모든 사람들을 합친다면 배가 얼마나 될까요? 모두 다 합친다면?"

"많고도 많겠지요." 자로는 짜증스럽게 말했다. "그게 왜 중요합니까?"

"온 세상에 단 세 마리 살아 있는 드래곤 중 하나에 가격을 매겨보려는 중이오." 대니는 자로에게 달콤한 미소를 보였다. "세상의 모든 배 중에 3분의 1은 되어야 타당할 것 같군요."

자로의 보석 박힌 코 양옆으로 눈물이 흘러내렸다. "제가 먼지 궁전에는 들어가지 말라 경고하지 않았습니까? 이럴까 봐 두려웠지요. 흑마법사들의 속삭임을 듣고 말라라완의 아내처럼 미치셨습니다. 온 세상 모든 배의 3분의 1요? 파하."

대니는 그 후로 자로를 보지 못했다. 그의 시종장만 전언을 가져왔는데, 그 전언은 갈수록 싸늘해졌다. 대니는 그의 집에서 나가야 했다. 자로는 그녀와 그녀의 백성들을 거둬 먹이기는 이제 끝이라고 했다. 선물도 돌려달라고 요구했다. 대니가 잘못인 줄 알면서도 받았던 선물들이었다. 자로와 결혼하지 않을 분별력은 있었다는 점만이 그나마 위안이었다.

'흑마법사들은 세 번의 배신에 대해 속삭였지⋯⋯. 한 번은 피, 한 번은 금, 한 번은 사랑으로 인한 배신이라고.' 첫 번째 배신은 분명히 자기 백성들에 대한 복수로 칼 드로고와 배 속의 아이를 살해한 미리 마즈 두르였다. 피아트 프리와 자로 쇼안 닥소스가 두 번째와 세 번째 배신일 수 있을까? 그럴 것 같지는 않았다. 피아트 프리가 한 짓은 금을 탐해서 한 짓이 아니었고, 자로 쇼안 닥소스는 애초에 그녀를 사랑한 적이 없었다.

어둑어둑한 석조 창고들이 모인 구역을 통과하면서 길거리는 한산해졌다. 아고가 앞서고 조고가 뒤따르고, 조라 모르몬트 경은 대니 옆에 남았다. 가만히 종소리를 울리던 대니는 혀로 이가 빠진 자리를 건드리며 다시 한 번 먼지 궁전을 생각하고 있었다. '셋의 아이, 죽음의 딸, 거짓의 처단자, 불의 신부.' 그들은 대니를 그렇게 불렀다. '셋'이 많기도 했다. 세 번의 불, 세 가지 탈 것, 세 번의 배신. "드래곤에겐 머리가 셋 있다." 대니는 한

숨을 내쉬었다. "그게 무슨 의미인지 아시오, 조라?"

"예? 타르가르엔 가문의 상징은 검은색 바탕에 붉은색으로 그려진 삼두룡입니다."

"나도 그건 알아. 하지만 실제로 머리가 셋 달린 드래곤은 없지."

"그 세 개의 머리는 아에곤과 그 누이들입니다."

"비세니야와 라에니스였던가. 나는 아에곤과 라에니스의 아들인 아에니스와 손자인 재해리스의 혈통이지."

"파란 입술은 거짓만 말합니다. 자로가 그렇게 말하지 않았습니까? 왜 흑마법사들의 속삭임에 신경을 쓰십니까? 그자들은 오직 여왕님에게서 생명을 빨아먹고 싶어 했을 뿐입니다. 이제는 아실 텐데요."

"그럴지도 모르지." 대니는 마지못해 말했다. "그러나 내가 본 것들은……."

"뱃머리에 선 죽은 남자, 파란 장미, 피의 연회…… 그게 다 무슨 의미입니까, 칼리시? 유랑극 드래곤도 보았다고 하셨지요. 그런데 유랑극 드래곤이 뭡니까?"

"장대에 천으로 만든 드래곤을 매단 거요. 유랑극단이 공연에서 사용하지. 영웅들에게 싸울 상대로 내미는 거요."

대니의 설명에 조라 경은 얼굴을 찌푸렸다.

대니는 그쯤에서 멈출 수가 없었다. "그의 노래는 얼음과 불의 노래라고, 내 오라버니가 그렇게 말했어. 분명히 오라버니였어. 비세리스가 아니라 라에가르. 은줄을 맨 하프를 가지고 있었지."

조라 경은 눈썹이 한데 모일 만큼 심하게 얼굴을 찌푸리며 인정했다. "라에가르 왕자님이 그런 하프를 연주하시기는 했지요. 그분을 보셨다고요?"

대니는 고개를 끄덕였다. "침대에 아기를 안은 여자가 있었어. 오라버니는 그 아기가 약속된 왕자라면서 아에곤이라고 이름 붙이라고 했지."

"아에곤 왕자는 도르네의 엘리아가 낳은 라에가르의 정통 후계자였지요. 하지만 그 약속된 왕자라는 게 아에곤이었다면, 그 약속은 라니스터가 아기 머리를 벽에 내동댕이칠 때 같이 깨졌습니다."

"나도 기억해." 대니는 서글프게 말했다. "놈들은 라에가르의 딸인 어린 왕녀도 살해했지. 아에곤의 누이 이름을 따서 라에니스라고 했던가. 비세니야는 없는데, 라에가르는 드래곤에게 머리가 셋 달려 있다고 했어. 얼음과 불의 노래란 뭐지?"

"그런 노래는 들어본 적도 없습니다."

"답을 찾을까 하고 흑마법사들에게 갔더니, 백 가지 새로운 의문만 남았군."

그 무렵에는 거리에 다시 사람들이 있었다. "길을 비켜라." 아고가 외치는 사이 조고가 의심스러운 얼굴로 공기를 킁킁거렸다. "냄새가 납니다, 칼리시. 독물 냄새가 납니다." 도트락인은 바다와 바다 위를 움직이는 모든 것을 불신했다. 그들에게 말이 마실 수 없는 물이란 관여하고 싶지 않은 물이었다. 대니는 다짐했다. '저들도 배우게 될 거야. 나는 칼 드로고와 함께 저들의 바다에 용감히 맞섰다. 이제는 저들이 나의 바다에 맞설 수 있어.'

콰스는 세상에서 가장 큰 항구 중 하나였고, 풍파를 피해 자리 잡은 거대한 항만은 색채와 소음과 기묘한 냄새들의 집합이었다. 거리 양쪽으로 술집과 창고, 도박장이 즐비했고 싸구려 매춘굴과 괴상한 신들을 모시는 신전들이 바싹 붙어 있었다. 군중 사이 어디에나 소매치기와 살인자들, 환전상과 주문 팔이들이 섞여 있었다. 물가는 낮고 밤이고 사고팔기가 계속 되는 거대한 시장통이었고, 물건이 어디에서 왔는지 묻지만 않는다면 바자르에서 파는 가격에 한참 못 미치는 값으로 살 수 있었다. 곱사등이처럼 등이 굽은 주름 자글자글한 노파가 반질반질한 도자기 병을 지고 다니며 향기로운 물과 염소젖을 팔았다. 50개 나라에서 온 뱃사람들이 매대 사이를 돌아다니며 향신료를 넣은 독주를 마시고 기묘한 언어로 농담을 주고받았다. 공기 중에서는 소금과 튀긴 생선 냄새, 뜨거운 타르와 꿀 냄새, 향과 기름과 고래기름 냄새가 났다.

아고는 사내아이 하나에게 동화 한 닢을 주고 꿀을 발라 구운 쥐고기 꼬치를 사서 뜯어먹으며 말을 몰았다. 조고는 통통한 하얀 체리 한 줌을 샀다. 다른 곳에서는 아름다운 청동 단검, 말린 오징어, 조각 마노, 숫처녀의 젖과 저녁 그늘로 만들었다는 강력한 마법 영약, 심지어는 아무리 봐도 색칠한 돌멩이 같은 드래곤알까지 팔았다.

대니는 13인회의 배를 대도록 마련된 긴 석조 안벽 옆을 지나다가 자로의 화려한 '주홍 입맞춤'호에서 내리는 사프란, 유향, 후추 궤짝들을 보았다. 옆에서는 와인 통과 초엽 더미, 짐짝들을 건널 판자 위로 굴려 저녁때 출항할 '하늘색 신부'호에 싣고 있었다. 더 가면 향신료상의 갤리선인 '선블레이즈'호 주위에 사람들이 모여들어서 노예 입찰을 하고 있었다. 배에서 막 내렸을 때 노예를 가장 싸게 살 수 있다는 사실은 잘 알려져 있었고, 돛대에 휘날리는 깃발에 따르면 '선블레이즈'호는 노예상 만의 아스타포에서 막 온 참이었다.

대니는 13인회나 전기석 형제단, 오래된 향신료상 길드에게서 아무 도움도 받을 생각이 없었다. 그녀는 은마를 몰고 몇 킬로미터씩 이어지는 그들의 선창과 부두와 창고들을 지나서 말굽 모양의 항만 끝까지 갔다. 여름 군도와 웨스테로스, 그리고 아홉 개 자유도시에서 온 배들이 들어올 수 있는 곳이었다.

대니는 어느 도박장 옆에 내렸다. 빙 둘러싼 선원들이 소리를 질러대는 가운데 바실리스크 한 마리가 커다란 붉은 개를 갈갈이 찢고 있었다. "아고,

조고, 너희는 조라 경과 내가 선장들과 말을 나누는 동안 말들을 지켜라."

"분부대로 하겠습니다, 칼리시. 칼리시를 지켜보고 있겠습니다."

대니는 첫 번째 배에 다가가면서 발리리아어를 다시 들으니 좋다고, 심지어 공용어마저도 듣기 좋다고 생각했다. 선원들, 부두 일꾼들, 상인들 할 것 없이 대니 앞에서 길을 비켰다. 은발인데 도트락인처럼 입고 기사와 함께 걷는 날씬한 소녀를 어떻게 해석해야 할지 몰라서였다. 더운 날인데도 조라 경은 사슬 갑옷을 갖추고 가슴팍에 모르몬트의 검은 곰을 수놓은 녹색 모직 전포를 입고 있었다.

그러나 대니의 아름다움도, 조라 경의 몸집과 힘도 그들이 필요로 하는 배를 소유한 사람들에게는 통하지 않았다.

"도트락인 백 명과 말 전부, 거기다가 본인과 이 기사분과 드래곤 세 마리를 태워달라고요?" 대형 상선 '열렬한 친구'호의 선장은 그렇게 말하고는 웃으면서 걸어가버렸다. '나팔수'호의 리스인에게 자신이 칠왕국의 여왕인 폭풍의 딸 대너리스라고 말했더니 지루하다는 표정으로 대꾸했다. "그렇겠지. 난 타이윈 라니스터 공이고 밤마다 금똥을 싼다오." 미르 갤리선 '비단결 영혼'호의 화물 담당은 드래곤은 바다에서 너무 위험하다고, 불만 잘못 뿜어도 장비가 탈 수 있지 않느냐는 의견을 피력했다. '파로 공의 배'호 선주는 드래곤은 감수해도 도트락인은 못 태운다고 했다. "내 배에 그런 신도 모르는 야만인들은 못 태우지." 자매선인 '퀵실버'와 '그레이하운드'의 형제 선장은 동정적인 기색을 보이며 선실에서 아버산 레드와인이라도 한잔 하자고 그들을 초대했다. 대니는 그들의 정중한 대우에 잠시 희망을 품었으나, 결국 그들이 요구한 대가는 대니는 물론이고 자로도 내기 힘들 만큼 엄청났다. '핀치보텀 페토'와 '검은 눈의 처녀'는 너무 작았고, '브라보'는 비취해에 가야 했으며, '마지스터 마놀로'호는 항해에 적합해 보이지도 않았다.

다음 안벽으로 이동하면서 조라 경은 대니의 등허리에 손을 올렸다. "전하. 미행이 있습니다. 아니, 돌아보지 마십시오." 그는 대니를 놋쇠용품 파는 매대 쪽으로 부드럽게 이끌었다. 그리고 큰 접시를 하나 들어 올려 보여주며 큰 소리로 외쳤다. "이것 참 훌륭하군요, 여왕님. 햇빛을 받아 어떻게 반짝이는지 보이십니까?"

놋쇠 접시는 반짝반짝하게 닦여 있었다. 대니는 그 접시에 비친 자기 얼굴을 볼 수 있었고…… 조라 경이 접시를 오른쪽으로 틀자 뒤에 무엇이 있는지도 볼 수 있었다. "갈색 피부의 뚱뚱한 사내와 지팡이를 든 노인이 보이는군. 어느 쪽이오?"

"둘 다입니다. '퀵실버'호를 나섰을 때부터 따라왔습니다."

놋쇠 물결이 사람을 이상하게 늘려서, 한 사람은 길고 수척해 보이고 또 한 사람은 말도 안 되게 땅딸하고 옆으로 넓어 보였다. 상인이 외쳤다. "최고급 놋쇠 그릇입니다, 마님. 태양처럼 밝게 빛나지요! 드래곤의 어머니께라면 서른 닢에 드리겠습니다."

그 접시에는 세 닢 가치도 없었다. "내 병사들은 어디 있지? 이 남자가 나를 강탈하려 드는구나!" 대니는 그렇게 말하고 조라에게 목소리를 낮추어 공용어로 말했다. "나에게 나쁜 뜻은 없을 수도 있어. 남자들은 태곳적부터 여자들을 쳐다보았지. 그 정도 일일지도 몰라."

놋쇠 상인은 그들의 소곤거림을 무시했다. "서른 닢? 제가 서른이라고 했나요? 이런 바보가 있나. 가격은 스무 닢입지요."

"이 매대의 놋쇠 그릇을 다 모아도 스무 닢 가치는 없네." 대니는 접시에 비치는 풍경을 살피며 말했다. 노인은 웨스테로스 사람같이 생겼고, 갈색 피부의 남자는 몸무게가 130킬로는 나가게 보였다. '찬탈자는 나를 죽이는 자를 영주로 만들어주겠다고 했고, 이 두 남자는 고향에서 멀리 떨어진 곳에 와 있어. 아니면 나를 암습하려는 흑마법사의 피조물일 수도 있을

까?'

"열 닢입니다, 칼리시께서 너무나 아름다우시니 이렇게 드리는 겁니다. 거울로 쓰시지요. 이렇게 훌륭한 놋쇠가 아니고서야 그 아름다움을 잡아낼 수가 있겠습니까?"

"분뇨를 담아 나르는 데에나 쓸 수 있겠군. 자네가 버린다면 가질 수도 있겠으나, 그것도 내가 허리를 굽혀 주울 필요가 없을 때 이야기라네. 한데 값을 치르라?" 대니는 접시를 상인의 손에 떠밀었다. "벌레들이 자네 콧속으로 기어 들어가서 지혜를 먹어치웠나 보군."

"여덟 닢요." 상인이 외쳤다. "제 아내들이 때리면서 바보라 부르겠지만, 칼리시의 손에 든 저는 무력한 어린아이나 같습니다요. 자, 여덟 닢입니다. 원가보다 싼 겁니다."

"자로 쇼안 닥소스가 금접시를 내어주는데 흐릿한 놋쇠 접시가 무슨 필요가 있다고?" 대니는 돌아서면서 낯선 남자들을 재빨리 쓸어보았다. 갈색 피부의 사내는 접시에 비춰 보았을 때 못지않게 뚱뚱했고, 대머리가 반짝였으며 뺨은 내시처럼 매끈했다. 땀에 젖은 노란 비단 허리띠에 길게 구부러진 아라크가 튀어나와 있었다. 그 비단 허리띠 위에는 쇠징이 박힌 터무니없이 작은 조끼밖에 입지 않았다. 나무줄기만 한 두 팔과 거대한 가슴팍, 그리고 엄청나게 큰 배에는 오래된 흉터가 여기저기 남아 있었다. 피부가 갈색이라 하얀 흉터가 더 눈에 띄었다.

또 한 남자는 염색하지 않은 모직물로 만든 여행자용 망토를 입고 있었다. 두건을 쓰지 않아 긴 백발이 어깨까지 늘어졌고, 부드러운 흰 수염이 얼굴 아래쪽 절반을 덮었다. 그는 자기 키만큼 큰 단목 지팡이에 몸을 지탱하고 있었다. '나에게 해를 끼칠 생각인데 저렇게 대놓고 쳐다본다면 바보들이겠지.' 그렇다 해도 조고와 아고에게 돌아가는 게 신중한 대응일 터였다. "저 노인은 검도 차지 않았어." 대니는 조라 경을 끌고 움직이면서 공용어로 말했다.

놋쇠 그릇 상인이 펄쩍 뛰어서 따라왔다. "다섯 닢입니다. 마님이 가지셔야 할 물건이니까 다섯 닢에 드립니다."

조라 경이 말했다. "단목 지팡이는 철퇴처럼 머리를 부술 수 있습니다."

"네 닢요! 가지고 싶어 하시는 거 압니다!" 상인은 춤을 추듯 끼어들어서 두 사람 얼굴에 접시를 내밀며 뒷걸음질을 쳤다.

"따라오나?"

"그 접시 조금만 높이 들어보게." 기사는 상인에게 말했다. "예. 노인은 도자기 매대를 보는 척 하지만, 갈색 남자는 여왕님만 보는군요."

"두 닢요! 두 닢! 두 닢!" 상인은 뒷걸음질로 달리느라 숨을 헉헉대고 있었다.

"저러다 죽기 전에 돈을 지불하게." 대니는 커다란 놋쇠 접시로 뭘 해야 하나 생각하며 조라 경에게 말했다. 조라 경이 지갑에 손을 뻗자 대니는 뒤로 돌아섰다. 이 광대극을 끝낼 작정이었다. 드래곤의 핏줄이 시장통에서 노인과 뚱보 내시에게 쫓길 수는 없었다.

그때 콰스인 하나가 대니 앞으로 나섰다. "드래곤의 어머니시여, 당신께 바칩니다." 그는 무릎을 꿇고 보석 상자 하나를 대니의 얼굴에 들이밀었다.

대니는 반사적으로 그 상자를 받았다. 나무를 조각해서 만든 상자에, 자개 뚜껑에는 벽옥과 옥수를 박아 장식했다. "후한 선물이로군." 대니는 상자를 열었다. 그 안에는 마노와 에메랄드로 만든 반짝이는 녹색 풍뎅이가 있었다. '아름답구나. 이거라면 우리의 뱃삯에 도움이 되겠어.' 그렇게 생각하며 상자 안에 손을 넣으려 하자 그 남자가 말했다. "정말 죄송합니다." 그러나 대니는 듣지 못했다.

풍뎅이가 쉭 소리를 내며 몸을 풀었다.

대니는 거의 사람처럼 보이는 악의에 찬 검은 얼굴과, 독액을 뚝뚝 떨어뜨리는 휘어진 꼬리를 언뜻 보았다······. 다음 순간 상자는 산산조각이 나서 빙글빙글 돌며 그녀의 손에서 날아갔다. 손가락에 따끔한 통증이 느껴졌다. 대니가 외마디 소리를 지르며 손을 붙잡자 놋쇠 그릇 상인이 새된 소리를 질렀고, 여자 하나가 비명을 지르더니 갑자기 콰스인들이 다 고함을 지르며 서로를 밀치고 도망쳤다. 조라 경이 쿵쿵 소리를 내며 대니 옆을 지나쳐 갔고, 대니는 비틀거리며 한쪽 무릎을 꿇었다. 다시 쉭 소리가 들렸다. 노인이 지팡이 끝을 땅에 내리쬐었고, 아고가 계란 장수 매대를 뚫고 달려와서 안장에서 뛰어내렸으며, 조고가 머리 위로 채찍을 휘둘렀고, 조라 경은 놋쇠 접시로 내시를 내리쳤고, 선원들과 창녀들과 상인들이 달아나거나 소리를 지르거나 둘 다 하고 있었고······.

"전하, 거듭 사죄드립니다." 노인이 무릎을 꿇었다. "그 물건은 죽었습니다. 제가 전하의 손을 부러뜨렸습니까?"

대니는 얼굴을 찌푸리며 주먹을 쥐어보았다. "그런 것 같진 않군."

"그 물건을 쳐내야 했습니다." 노인이 말문을 열었지만, 말을 끝내기 전에 대니의 혈맹기수들이 달려들었다. 아고는 그의 지팡이를 걷어찼고 조고는 채찍으로 어깨를 묶어 무릎 꿇린 후 그 목에 단검을 댔다. "칼리시, 이자가 칼리시를 공격하는 걸 봤습니다. 이놈의 피가 무슨 색인지 보시겠습니까?"

대니는 일어섰다. "풀어주고 그 노인의 지팡이 끝을 보아라, 내 혈맹이여." 조라 경은 내시에게 밀려 비틀거리고 있었다. 대니는 아라크와 장검 둘 다 칼집에서 나오는 순간에 그 둘 사이에 뛰어들었다. "검을 내려! 그만!"

"전하?" 조라 모르몬트는 장검을 아주 살짝만 내렸다. "이자들은 전하를 공격했습니다."

"나를 지킨 거였어." 대니는 손가락의 통증을 털어내려고 손을 흔들었다. "다른 남자, 그 콰스인." 주위를 돌아보았을 때 그 남자는 사라지고 없었다. "그 남자가 '비탄자'였어. 나에게 준 보석 상자 안에 만티코어가 있었지. 이 남자가 내 손에서 그걸 쳐낸 거야." 놋쇠 그릇 상인은 아직도 땅바닥을 뒹굴고 있었다. 대니는 다가가서 상인을 일으켰다. "쏘였나?"

"아닙니다, 마님." 상인은 벌벌 떨면서 말했다. "쏘였다면 죽었겠지요. 그렇지만 절 건드렸습니다, 아, 상자에서 떨어져서 제 팔에 내려앉았었어요." 상인은 오줌을 지린 모양이었다. 그럴 만도 했다.

대니는 상인에게 은화 한 닢을 주어 위로하고 보낸 다음에 다시 흰 수염의 노인을 돌아보았다. "내가 누구에게 목숨을 빚진 건가?"

"제게 아무것도 빚지지 않으셨습니다, 전하. 저는 아르스탄이라고 합니다만, 벨와스는 여기까지 오는 배 안에서 저를 흰 수염이라 불렀습니다." 조고가 풀어줬는데도 노인은 한쪽 무릎을 꿇고 있었다. 아고가 그의 지팡이를 집어서 뒤집어보고는 도트락어로 조용히 욕설을 뱉고, 만티코어의 잔해를 돌에 문질러 닦은 후에 노인에게 돌려주었다.

"벨와스는 또 누구지?" 대니가 물었다.

몸집 큰 갈색 피부의 내시가 아라크를 검집에 넣으며 나섰다. "내가 벨와스요. 미린의 격투장에서는 힘센 벨와스라 불렀어요. 진 적 없어요." 그는 흉터 가득한 배를 철썩 때렸다. "누구든 죽이기 전에 한 번은 날 베게 해줬어요. 이 상처 수를 세어보면 힘센 벨와스가 얼마나 많이 죽였는지 알 거예요."

굳이 세어볼 필요는 없었다. 상처가 많이 나 있다는 정도는 한눈에 알 수 있었다. "그리고 그대는 왜 여기 있나, 힘센 벨와스?"

"미린에서 코호르로 팔렸고, 그다음에는 펜토스로 가서 머리에서 달콤한 냄새가 나는 뚱뚱한 남자에게 팔렸어요. 그 남자가 힘센 벨와스를 다시 바다 건너로 보냈지요. 벨와스를 돕도록 늙은 흰 수염도 보냈고요."

'머리에서 달콤한 냄새가 나는 뚱뚱한 남자라니…….' "일리리오? 마지스터 일리리오가 보낸 건가?"

"그렇습니다, 전하." 대답한 쪽은 늙은 흰 수염이었다. "마지스터가 직접 오지 않고 저희를 보낸 데 대해 너그럽게 용서하시기를 빕니다. 젊을 때처럼 말을 탈 수가 없는 데다가, 바다 여행을 하면 속이 뒤집혀서 어쩔 수 없답니다." 아까는 자유도시에서 쓰는 발리리아어로 말했지만, 지금은 공용어로 바꿔 말하고 있었다. "불안하게 해드렸다면 죄송합니다. 솔직히 말씀드리면 여왕님이 맞는지 확신을 못했습니다. 저희는 좀 더…… 좀 더……."

"제왕 같은 모습일 줄 알았다고?" 대니는 소리 내어 웃었다. 그녀는 드래곤을 데리고 있지 않았고, 복장은 여왕답지 않았다. "공용어를 잘하는군, 아르스탄. 웨스테로스 출신인가?"

"그렇습니다. 저는 도르네 변경 지역에서 태어났습니다, 전하. 어렸을 때 스완 공의 식솔로 있는 어느 기사의 종자로 들어갔지요." 그는 긴 지팡이를 깃발이 빠진 기마 창처럼 옆에 세워 들었다. "이제 저는 벨와스의 종자입니다."

"그러기엔 좀 늙지 않았소?" 놋쇠 쟁반을 어색하게 옆구리에 낀 조라 경이 대니 옆으로 밀고 들어왔다. 벨와스의 단단한 머리 덕분에 쟁반이 심하게 구부러져 있었다.

"주군을 섬기지 못할 만큼 늙지는 않았습니다, 모르몬트 공."

"나도 아시오?"

"싸우시는 모습을 한두 번 보았지요. 라니스포트에서 킹슬레이어를 말에서 떨어뜨리셨을 때. 그리고 파이크에서도요. 기억나지 않으십니까, 모르몬트 공?"

조라 경은 얼굴을 찌푸렸다. "얼굴이 낯이 익기는 한데, 라니스포트에는 수백 명이 있었고 파이크에는 수천 명이 있었지. 그리고 난 공이 아니오.

곰 섬은 내 영지가 아니야. 나는 기사에 불과하오."

"내 퀸스가드 기사지." 대니는 조라 경의 팔을 잡았다. "그리고 나의 진정한 친구이자 훌륭한 조언자이고." 그녀는 아르스탄의 얼굴을 살폈다. 그에게는 기품이, 그녀가 좋아하는 고요한 힘이 있었다. "일어나시오, 흰 수염 아르스탄. 환영하네, 힘센 벨와스. 조라 경은 그대들도 알지. 코 아고와 코 조고는 나의 혈맹이야. 나와 함께 붉은 황야를 건넜고, 나의 드래곤들이 태어나는 것을 보았지."

"기마인 놈들." 벨와스는 이를 드러내고 웃었다. "벨와스는 격투장에서 기마인 놈들을 많이 죽였어요. 죽을 때 종소리 나요."

아고의 아라크가 번득였다. "난 뚱뚱한 갈색 인간을 죽인 적이 없다. 벨와스가 첫 번째가 되리라."

"검은 집어넣어라, 내 혈맹이여." 대니가 말했다. "이 남자는 나를 섬기기 위해 왔다. 벨와스, 내 백성들을 제대로 존중하지 않으면 바라는 것보다 빨리 내 밑에서 떠나게 될 테고, 왔을 때보다 많은 흉터가 남을 걸세."

거인의 커다란 갈색 얼굴에서 빠진 이가 드러나는 미소가 사라지고, 혼란에 빠져 찌푸린 표정이 떠올랐다. 벨와스를 위협하는 사람은 별로 없었던 모양이고, 자기 몸집의 3분의 1만 한 소녀가 그랬던 적은 더욱 없을 터였다.

대니는 벨와스에게 미소를 던져, 질책의 날카로움을 살짝 덜어냈다. "이제 말해보게. 그대들을 펜토스에서 이 멀리까지 보내다니, 마지스터 일리리오가 내게 무슨 볼일이지?"

벨와스는 퉁명스럽게 말했다. "드래곤 얻으려고요. 드래곤 만드는 여자도요. 당신 얻으려고요."

"벨와스가 사실대로 말했습니다, 전하." 아르스탄이 말했다. "저희는 여왕님을 찾아서 펜토스로 모시고 돌아오라는 지시를 받았습니다. 칠왕국에 전하가 필요합니다. 찬탈자 로버트는 죽었고, 왕국은 피를 흘리고 있습니다. 저희가 펜토스에서 출항할 때는 왕국에 왕이 넷 있었고, 정의는 없었습니다."

가슴속에 기쁨이 피어났지만, 대니는 그 감정이 얼굴에 드러나지 않게 참았다. "나에겐 드래곤이 셋 있고, 내 칼라사르에는 백 명 이상의 백성이 있네. 모두의 소지품과 말들도 있고."

벨와스가 우렁찬 소리로 말했다. "상관없어요. 다 데려가요. 뚱뚱한 남자가 어린 은발 여왕을 위해 배 세 척 고용해요."

"그러합니다, 전하." 흰 수염 아르스탄이 말했다. "대형 상선 '새듈레온' 호가 안벽 끝에 정박해 있고, 갤리선 '여름 태양'과 '조소의 장난'이 방파제 너머에 닻을 내리고 있습니다."

'드래곤에겐 머리가 셋.' 대니는 기이하다는 생각을 했다. "내 백성들에게 즉시 출발 준비를 하라 이르겠네. 하지만 나를 집으로 데려갈 배라면 다른 이름을 붙여야겠어."

"바라는 대로 하십시오. 어떤 이름이 좋으시겠습니까?" 아르스탄이 물었다.

"바가르. 메락세스. 그리고 발레리온. 그 이름을 선체에 1미터 크기의 금색 글자로 칠해 넣게, 아르스탄. 내 배를 보는 모든 사람이 드래곤들이 돌아왔음을 알았으면 좋겠군."

아리아

타르에 담갔다 뺀 머리통은 썩는 속도가 느려졌다. 아리아는 루스 볼턴의 세면대에 채울 물을 긷기 위해 우물에 갈 때마다 그 머리들 아래를 지나야 했다. 얼굴이 바깥쪽을 향하게 꽂아놓아서 볼 수가 없었지만, 아리아는 그중 하나가 조프리의 머리통이라고 생각하기를 즐겼다. 그 예쁘장한 얼굴을 타르에 담그면 어떻게 보일까 상상해 보았다. '내가 까마귀라면 날아가서 그 바보같이 뾰로통한 입술을 쪼아버릴 텐데.'

그 머리들에게 관심이 부족할 일은 없었다. 시체 먹는 까마귀들이 무정하고 시끄러운 소리를 내며 문루 주위를 빙빙 돌았고, 눈알을 두고 성곽 위에서 싸워대며 서로에게 까악거리다가 보초가 성가퀴를 따라 걸어가면 공중에 날아오르기를 반복했다. 가끔은 학사들이 키우는 큰까마귀들도 커다란 검은 날개를 퍼덕이며 날아 내려가서 그 잔치에 합세했다. 그러면 보통 까마귀들은 흩어졌다가, 덩치 큰 새들이 사라진 후에야 돌아왔다.

아리아는 궁금했다. '저 큰까마귀들은 토스무어 학사를 기억할까? 학사의 죽음을 슬퍼할까? 학사에게 까악거릴 때 왜 대답하지 않는지 궁금해할까?' 어쩌면 죽은 사람은 산 사람이 들을 수 없는 비밀스러운 언어로 까마귀들과 대화할 수 있는지도 몰랐다.

토스무어는 하렌홀이 함락된 날 밤에 캐스털리록과 킹스랜딩에 전서 까마귀를 날렸다는 이유로 도끼에 목이 잘렸고, 무기 장인 루칸은 라니스터를 위해 무기를 만들었다는 이유로, 해라는 휀트 부인의 가솔들에게 라니스터를 위해 일하라고 했다는 이유로, 집사는 타이윈 공에게 보물고 열쇠를 내어줬다는 이유로 죽었다. 요리장은 살았지만(족제비 수프를 만든 장본인이라서라는 이야기도 있었다), 예쁘장한 피아를 비롯해서 라니스터 병사들에게 호의를 보여준 여자들에게는 차꼬를 채웠다. 그들은 벌거벗고 털이 다 밀린 채 중앙 구역의 곰 구덩이 옆에 놓여, 원하는 남자는 누구든 취할 수 있게 했다.

그날 아침 아리아가 우물에 갔을 때는 프레이의 중장병 세 명이 그 여자들을 취하고 있었다. 아리아는 보지 않으려 했지만, 그래도 남자들의 웃음소리를 들을 수는 있었다. 꽉 찬 들통은 많이 무거웠다. 아리아가 그 무거운 들통을 '불탄 왕의 탑'으로 가지고 돌아가려고 몸을 돌리는데 애머벨이 팔을 잡았다. 물이 넘쳐서 애머벨의 다리에 쏟아졌다. "너 일부러 그랬지." 애머벨의 목소리는 날카로웠다.

"왜 이래요?" 아리아는 그 손아귀에서 벗어나려고 몸부림쳤다. 애머벨은 해라의 머리통이 잘린 후부터 반쯤 미쳐버렸다.

"저거 보여?" 애머벨은 피아 쪽을 가리켰다. "이 북부인들이 몰락하면 네가 저 자리에 있게 될걸."

"놔줘요." 아리아는 손을 떼어내려 애썼지만, 애머벨은 손가락에 힘을 더 줄 뿐이었다.

"그놈도 몰락할 거야. 하렌홀은 누구나 끌어내리거든. 이제 타이윈 공이 이기고 온 군세를 몰고 돌아오시면, 이번에는 타이윈 공이 불충한 것들을 벌하실 차례야. 그분이 네가 무슨 짓을 했는지 모르실 거라고는 꿈도 꾸지 말아라!" 노파는 소리 내어 웃었다. "나한테도 널 갖고 놀 차례가 올지 모르지. 해라에게 낡은 빗자루가 하나 있었는데, 널 위해 아껴두마. 손잡이가 갈라져서 아주—"

아리아는 들통을 휘둘렀다. 물의 무게 때문에 손이 헛돌아서 원한 대로 애머벨의 머리를 후려치지는 못했지만, 애머벨은 물이 넘쳐서 몸을 적시자 아리아를 놓아주었다. 아리아는 소리를 질렀다. "또 한 번 날 건드리면 죽여버릴 거야. 내 앞에서 꺼져."

쫄딱 젖은 애머벨은 가느다란 손가락으로 아리아의 튜닉 앞섶에 수놓인 살가죽 벗겨진 남자를 가리켰다. "가슴팍에 그 피투성이 남자를 걸치고 있으면 안전할 줄 알지. 아니야! 라니스터가 오고 있어! 여기까지 오면 어떻게 되나 보자!"

들통의 물이 4분의 3이나 엎질러졌기에, 아리아는 우물로 돌아가야 했다. '볼턴 공에게 저 여자가 뭐라고 했는지 말하면 밤이 오기 전에 저 여자 머리통도 해라 옆에 걸리겠지.' 들통에 물을 다시 길며 생각했지만, 정말로 그럴 마음은 없었다.

예전에, 아직 성벽에 걸린 머리통이 지금의 반밖에 안 됐을 때 겐드리가 그 머리통들을 쳐다보는 아리아를 보고 물었다. "네가 한 일에 감탄하는 중이야?"

겐드리는 루칸을 좋아했기 때문에 화가 났다. 그건 알지만, 그래도 불공평했다. 아리아는 방어적으로 대꾸했다. "강철 정강이 월튼이 한 일이야. 그리고 피투성이 극단이랑, 볼턴 공이 한 짓이라고."

"우리한테 그 작자들을 다 불러온 게 누군데? 너랑 네 족제비 수프잖아."

아리아는 그의 팔을 때렸다. "그건 그냥 뜨거운 수프였어. 너도 아모리 경을 싫어했잖아."

"이게 훨씬 더 싫어. 아모리 경은 자기 주군을 위해 싸웠지만, 피투성이 극단은 용병과 배신자들이야. 그중 절반은 공용어도 못한다고. 우트 성사는 어린 사내아이들을 좋아하고, 콰이번은 흑마술을 쓰고, 네 친구 바이터는 사람을 먹지.”

젠드리가 틀렸다고 말할 수가 없다는 게 최악이었다. 용감한 형제단은 하렌홀 식량 징발을 거의 다 수행했고, 루스 볼턴은 그들에게 라니스터 편을 색출하라는 임무를 맡겼다. 바고 호트는 부하들을 네 무리로 나누어 최대한 많은 마을을 방문하도록 했다. 스스로가 가장 큰 무리를 이끌었고, 나머지 세 무리의 지휘는 가장 신뢰하는 부하들에게 맡겼다. 아리아는 로지가 바고 호트의 배신자 색출 방법을 두고 웃어대는 소리를 들었다. 바고가 한 짓이라고는 타이윈 공의 깃발을 걸고 찾아갔던 곳에 다시 가서, 그때 자신을 도왔던 자들을 잡는 것뿐이었다. 그 당시 상당수가 라니스터의 은화에 매수되었기에, 피투성이 극단은 바구니에 담긴 머리통들만이 아니라 돈 주머니도 짤랑거리며 돌아오곤 했다. 섀그웰은 쾌활하게 외치고 다녔다. “수수께끼야! 볼턴 공의 염소가 라니스터 공의 염소에게 먹이를 줬던 사람들을 잡아먹으면, 염소가 총 몇 마리지?”

“하나요.” 아리아는 그 질문을 받고 그렇게 대답했다.

“여기 염소만큼 영리한 족제비가 있네!” 광대는 킬킬거렸다.

로지와 바이터는 나머지 못지않게 나빴다. 아리아는 볼턴 공이 수비대와 함께 식사를 할 때마다 나머지와 함께 앉아 있는 그들을 보곤 했다. 바이터는 썩은 치즈 같은 악취를 풍겼기에, 용감한 형제단은 바이터가 혼자 투덜거리고 식식거리며 손가락과 치아로 고기를 찢을 수 있게 식탁 끝자리에 앉혔다. 바이터는 아리아가 지나가면 쿵쿵거리곤 했지만, 제일 무서운 건 로지였다. 로지는 신실한 어스윅 근처에 앉아 있었지만, 아리아는 맡은 일을 하러 돌아다니면서 자신을 따라다니는 로지의 시선을 느낄 수 있었다.

가끔은 자켄 하가르와 같이 협해를 건너갈 걸 그랬다고 생각했다. 아직도 자켄이 준 이상한 동전을 가지고 있었다. 흔한 동전보다 크지 않고 가장자리가 녹슨 쇠 동전. 한쪽 면에는 글씨가 적혔는데, 아리아가 읽을 수 없는 기묘한 글자였다. 반대쪽 면에는 사람 머리가 보였지만 닳아서 이목구비가 사라진 상태였다. 자켄은 그 동전에 엄청난 가치가 있다고 했지만, 그것도 거짓말일 게 뻔했다. 이름도 얼굴도 거짓말이었으니 말이다. 아리아는 그 사실에 너무 화가 나서 동전을 던져버렸다가, 한 시간 후에는 불안해져서 다시 찾으러 갔다. 그 동전에 아무 가치가 없다 해도.

아리아가 그 동전에 대해 생각하며, 물이 가득 차서 무거운 들통을 힘겹게 들고 '흐름돌 마당'을 가로지르는데 누군가가 외쳤다. "낸, 그 들통 내려놓고 나 좀 도와줘."

엘마 프레이는 아리아 또래인 데다가, 나이에 비해 키가 작았다. 엘마는 울퉁불퉁한 돌바닥에 모래가 든 나무통을 굴리고 있었는데, 힘들어서 얼굴이 시뻘겠다. 아리아는 엘마를 도우러 갔다. 그들은 힘을 합쳐서 벽까지 통을 굴렸다가 굴리며 돌아온 후, 똑바로 세웠다.

엘마가 뚜껑을 뜯어 열고 긴 쇠사슬 갑옷을 꺼내자 안에서 사락사락 모래 움직이는 소리가 들렸다. "이만하면 깨끗할까?" 루스 볼턴의 종자로서, 갑옷을 반짝반짝하게 유지하는 것이 엘마의 일이었다.

"모래는 털어내야겠네요. 아직 녹슨 부분이 있어요. 보이죠?" 아리아는 그 부분을 가리켰다. "다시 하는 게 좋겠어요."

"네가 해." 엘마는 도움이 필요할 때는 친근하게 굴 수 있어도, 그 후에는 언제나 자기는 종자이고 아리아는 하녀에 불과하다는 사실을 기억해내곤 했다. 자기는 크로싱 영주의 조카나 서자나 손자가 아니라 적통 아들이라고, 그러니 왕녀와 결혼할 거라고 큰소리치기도 좋아했다.

아리아는 엘마의 소중한 왕녀에 아무 관심도 없었고, 그에게 명령을 받는 것도 싫었다. "영주님의 세면대에 담을 물을 가져가야 해요. 침실에서 거머리 치료를 받고 계세요. 보통 때 쓰는 검은색 거머리가 아니라 크고 하얀 거머리요."

엘마는 눈을 휘둥그레 떴다. 엘마는 거머리를 무서워했고, 특히 피를 가득 빨기 전에는 젤리처럼 보이는 크고 하얀 거머리를 더 무서워했다. "내가 깜박했네. 넌 이렇게 무거운 통을 밀기엔 너무 말랐어."

"저도 깜박했네요. 종자님 멍청한 거. 거머리 치료를 받아야 할지도요. 넥 지역에는 돼지만큼 큰 거머리들이 있거든요." 아리아는 들통을 집어 들고, 엘마를 모래 통과 함께 놓아두고 그 자리를 떴다.

아리아가 들어갔을 때 영주의 침실 안에는 사람이 가득했다. 콰이번이 와 있었고, 음침한 월튼이 사슬 셔츠에 정강이받이까지 갖춰 입고 있는 데다가 프레이가 열 명이 넘었다. 모두 형제이거나 이복형제이거나 사촌 사이였다. 루스 볼턴은 벌거벗은 몸으로 침대에 누워 있었다. 거머리들이 팔 안쪽이며 다리에 달라붙고 창백한 가슴팍에 점점이 붙었는데, 그 길고 투명한 몸은 피를 빨면서 반짝이는 분홍색으로 바뀌어갔다. 볼턴은 거머리들에게나 아리아에게나 신경 쓰지 않았다.

"이대로 하렌홀에 있다가 타이윈 공에게 포위당할 순 없습니다." 아리아가 세면대를 채우는 동안 아에니스 프레이가 말하고 있었다. 아에니스 경은 충혈되어 눈물이 배어나는 눈에 크고 울퉁불퉁한 손이 특징인 구부정한 잿빛 거인으로, 1500명의 프레이 군세를 하렌홀 남쪽에 데려왔으나, 군대는커녕 자기 동생들도 지휘하지 못하는 것 같을 때가 많았다. "성이 너무 커서 지키려면 대군이 필요한 데다가, 일단 포위를 당하면 군대를 먹일 수가 없어요. 보급물자를 충분히 모을 희망도 없습니다. 주변 지역은 잿더미가 됐고, 마을은 다 늑대들에게 넘어간 데다, 수확물은 불타거나 강탈당했습니다. 가을이 닥쳤는데 저장고에도 식량이 없고 씨를 심을 사람도 없습니다. 지금도 징발로 연명하고 있는데, 라니스터가 그걸 막아버리면 한 달 만에 쥐를 잡아먹고 신발 가죽을 먹어야 할 겁니다."

"여기에서 농성할 생각은 없네." 루스 볼턴은 긴장해서 귀 기울여야 들을 수 있을 만큼 가만가만히 말했기에, 그의 거처는 언제나 이상할 정도로 조용했다.

"그럼 뭡니까?" 여위고 머리가 벗어졌으며 마맛자국이 있는 재러드 프레이 경이 물었다. "에드무어 툴리가 승리에 취한 나머지 타이윈 공과 야전을 벌일 생각까지 한답니까?"

'그렇게 된다면 외삼촌이 이길 거야. 레드포크에서처럼 이길 거라고, 두고 봐.' 아리아는 그런 생각을 하면서 눈에 띄지 않게 콰이번 옆에 가서 섰다.

볼턴은 차분하게 말했다. "타이윈 공은 멀리 떨어져 있네. 아직 킹스랜딩에서 해야 할 일이 많아. 한동안은 하렌홀로 진군하지 않을 거야."

아에니스 경은 고집스레 고개를 저었다. "공은 저희들만큼 라니스터에 대해 잘 알지 못하십니다. 스타니스 왕도 타이윈 공이 만 리 밖에 있다고 생각했다가 파멸했습니다."

침대에 누운 창백한 남자는 거머리들에게 피를 먹이며 희미하게 미소 지었다. "나는 파멸을 당하는 남자가 아니라네, 경."

"리버런이 모든 군세를 집결시키고 젊은 늑대가 서쪽에서 돌아온다 해도, 타이윈 공이 우리를 상대로 보낼 수 있는 숫자에 상대가 되겠습니까? 타이윈 공이 올 때는 그린포크에서 지휘했던 것보다 훨씬 큰 군세를 몰고 올 겁니다. 다시 말씀드리지만, 하이가든이 조프리 편에 붙었단 말입니다!"

"잊지 않았네."

"전 타이윈 공의 포로로 잡힌 적이 있습니다." 건장한 몸에 각진 얼굴로, 프레이 중에서 가장 힘이 세다고 하는 호스틴 경이 말했다. "다시는 라니스터의 환대를 즐기고 싶지 않군요."

모계 쪽으로 프레이의 피가 흐르는 해리스 하이 경이 열렬히 고개를 끄덕였다. "타이윈 공이 스타니스 바라테온처럼 노련한 인물을 꺾을 수 있다면, 우리의 소년 왕에게 승산이 있겠습니까?" 그는 형제와 사촌들을 돌아보며 지지를 구했고, 그중 몇 명이 중얼중얼 찬동했다.

호스틴 경이 다시 말했다. "누군가는 그 말을 할 용기를 내야 합니다. 이 전쟁은 졌어요. 롭 왕은 그 사실을 직시해야 합니다."

루스 볼턴은 색이 엷은 눈으로 호스틴 경을 찬찬히 뜯어보았다. "전하께서는 전투에서 라니스터와 마주칠 때마다 이기셨네."

"북부에서는 졌지요." 호스틴 프레이는 주장을 굽히지 않았다. "윈터펠을 잃었잖습니까! 동생들도 죽고……."

아리아는 잠시 숨 쉬는 법을 잊었다. '죽어? 브랜과 리콘이, 죽었다고? 그게 무슨 소리지? 윈터펠이라니 무슨 소리야. 조프리는 절대 윈터펠을 빼앗을 수 없어. 절대로. 롭이 그렇게 놔둘 리가 없어.' 그러다가 롭이 윈터펠에 없다는 사실이 기억났다. 롭은 서쪽에 가 있었고, 브랜은 불구였고, 리콘은 네 살밖에 안 됐다. 시리오 포렐이 가르쳐준 대로 가만히, 가구 조각처럼 조용히 서 있기 위해 온 힘을 다 기울여야 했다. 아리아는 눈에 눈물이 차오르는 것을 느끼고 의지의 힘으로 가라앉혔다. '사실이 아니야. 사실일 리 없어. 라니스터의 거짓말에 불과해.'

"스타니스가 이겼다면 모든 게 달라졌을지도 모르는데." 로넬 리버스가 아쉬워하며 말했다. 그는 왈더 프레이 공의 서자였다.

"스타니스는 졌어." 호스틴 경이 퉁명스럽게 대꾸했다. "다른 결과를 소원한다고 실제로 달라질 것도 아니고. 롭 왕은 라니스터와 화평을 맺어야 합니다. 마음에 들지 않더라도 왕관을 내려놓고 무릎을 꿇어야 해요."

"그래서 누가 그 말을 전할 건가?" 루스 볼턴은 미소 지었다. "이토록 심란한 시절에 이렇게 용맹스러운 형제가 많다니 좋은 일이군. 자네들이 한 말은 다 생각해보겠네."

그 미소는 물러가라는 뜻이었다. 프레이들은 예의를 갖추고 나갔고, 콰이번과 강철 정강이 월튼과 아리아만 남았다. 볼턴 경은 아리아를 손짓해 불렀다. "이만하면 피를 충분히 냈다. 낸, 거머리를 떼어내도 되겠어."

"바로 하겠습니다, 나리." 루스 볼턴이 두 번 말하게 해서는 안 된다. 아리아는 호스틴 경이 윈터펠에 대해서 한 말이 무슨 뜻인지 묻고 싶었지만, 감히 물어볼 수 없었다. '엘마에게 물어봐야지. 엘마는 말해줄 거야.' 볼턴의 몸에서 조심조심 떼어낸 거머리들이 천천히 손가락 사이를 움직였다. 희끄무레한 거머리의 몸뚱이는 촉촉했고 피에 부풀어 있었다. 아리아는 스스로에게 상기시켰다. '거머리일 뿐이야. 내가 주먹을 쥐면 손가락 사이에서 터질 거머리.'

"부인께서 보내신 편지가 있습니다." 콰이번이 소매 속에서 양피지 두루마리를 꺼냈다. 학사의 로브를 입고는 있었지만 목에는 사슬 목걸이가 없었다. 사람들은 콰이번이 사령술에 손을 댔다가 학사 자격을 잃었다고 소곤거렸다.

"자네가 읽어보게." 볼턴이 말했다.

왈다 부인은 트윈스에서 거의 매일 편지를 써 보냈지만, 모든 편지 내용이 똑같았다. "아침, 점심, 저녁으로 당신을 위해 기도합니다, 사랑하는 분. 그리고 다시 당신과 침대를 나눌 때까지 하루하루를 헤아립니다. 어서 돌아오세요. 그러면 소중했던 도메릭 대신 당신의 뒤를 이어 드레드포트를 다스릴 적통 아들을 많이 낳아드리겠습니다." 아리아는 통통한 분홍색 거머리들에 뒤덮여 요람에 누운 통통한 분홍색 아기를 머릿속에 그렸다.

아리아가 털이 없는 부드러운 몸을 닦을 젖은 천을 가져가자, 볼턴 공은 한때 학사였던 남자에게 말했다. "나도 편지를 보내야겠네."

"왈다 부인께요?"

"헬만 톨하트 경에게."

헬만 경이 보낸 기수가 온 게 이틀 전이었다. 톨하트의 병사들은 대리 성을 탈취, 짧은 농성전 이후에 라니스터 수비대의 항복을 받아냈다고 했다.

"왕명에 따라 포로들은 참수하고 성은 불태우라 이르게. 그런 다음 로벳 글로버와 군세를 합쳐서 동쪽으로 더스큰데일을 공격하라고 해. 그쪽은 부유한 땅이고, 전쟁의 피해도 거의 입지 않았지. 그자들도 맛을 볼 때가 됐어. 글로버는 성을 잃었고, 톨하트는 아들을 잃었지. 두 사람이 더스큰데일에 복수를 하게 해."

"제가 편지를 준비해서 영주님의 인장을 받겠습니다."

아리아는 대리 성이 불타게 된다는 소식을 듣고 기뻤다. 그곳은 아리아가 조프리와 싸운 후에 붙잡혀간 곳이었고, 왕비가 아버지에게 산사의 늑대를 죽이게 만든 곳이었다. '타버려도 싸.' 하지만 로벳 글로버와 헬만 톨하트 경이 하렌홀로 돌아오면 좋겠다는 생각도 들었다. 그들은 너무 빨리 행군해 나가버렸다. 아리아가 그들을 믿고 비밀을 털어놓아도 될지 결정할 겨를도 없이.

"내일은 사냥을 하겠다." 루스 볼턴은 콰이번의 도움을 받아 누비 조끼를 걸치면서 선언했다.

콰이번이 물었다. "그래도 안전할까요? 우트 성사의 아랫사람들이 늑대들의 습격을 받은 지 사흘밖에 지나지 않았습니다. 늑대들이 야영지 한복판까지 들어가서, 불가에서 5미터도 떨어지지 않은 곳에서 말 두 마리를 죽였지요."

"내가 사냥하려는 게 늑대들이야. 울부짖는 소리 때문에 밤에 잠을 잘 수가 없네." 볼턴은 허리띠를 채우고, 허리띠에 달린 장검과 단검의 위치를 조정했다. "옛날에는 다이어울프가 백 마리가 넘는 무리를 이루어 북부를 돌아다녔고, 사람도 매머드도 두려워하지 않았다지. 하지만 그건 오래전 다른 땅의 이야기야. 남부의 평범한 늑대들이 저렇게 대담하다니 이상해."

"끔찍한 시절은 끔찍한 것들을 낳지요."

루스 볼턴은 미소일 듯도 한 표정을 지으며 이를 드러냈다. "지금이 그렇게 끔찍한 시절인가, 학사?"

"여름은 갔고 왕국에는 왕이 넷이나 있습니다."

"왕 하나는 끔찍할 수도 있지만, 넷?" 그는 어깨를 으쓱였다. "낸, 내 털 망토를." 아리아는 털 망토를 가져갔다. 그는 망토 단추를 채우는 아리아에게 말했다. "내가 돌아올 때까지는 방을 깨끗하게 치우고 정돈해두어라. 왈다 부인의 편지도 처리하고."

"분부대로 하겠습니다, 나리."

영주와 학사는 아리아를 돌아보지도 않고 방을 나섰다. 두 사람이 나가자 아리아는 편지를 집어 들고 벽난로에 넣은 다음, 부지깽이로 장작을 들쑤셔서 불길을 되살렸다. 아리아는 양피지가 말려들다가 시커멓게 변하면서 불이 붙는 과정을 지켜보았다. '라니스터가 브랜과 리콘을 해쳤다면, 롭이 모조리 죽여버릴 거야. 절대로, 절대로 무릎 같은 건 꿇지 않을 거야. 절대로. 롭은 아무도 무서워하지 않아.' 동그랗게 말린 재가 굴뚝을 향해 올라갔다. 아리아는 불 옆에 쪼그리고 앉아서 뜨거운 눈물 너머로 재가 날리는 모습을 지켜보았다. '윈터펠이 정말로 사라졌다면, 이제 내 집은 어디지? 난 아직 아리아일까, 아니면 언제까지나 언제까지나 언제까지나 하녀 낸에 불과한 걸까?'

아리아는 영주의 거처를 치우면서 몇 시간을 보냈다. 오래된 골풀을 쓸어내고 향긋한 냄새가 나는 새 골풀을 흩어놓고, 벽난로에는 새로 불을 지피고, 리넨을 갈고 깃털 요를 털어서 부풀리고, 침실용 요강을 변소에 비우고 문질러 닦고, 더러워진 옷 한 아름을 세탁부에게 가져다주고, 부엌에서 아삭아삭한 가을 배 한 그릇을 가져왔다. 침실 청소를 끝낸 다음에는 반층 아래로 내려가서 거대한 개인 방을 똑같이 치웠다. 작은 성의 연회장에 맞먹게 크고 외풍이 심한 방이었다. 초가 타서 짧아져 있었기에 다 갈아야 했다. 늘어선 창문들 아래에는 영주가 편지를 쓸 때 이용하는 거대한 참나무 탁자가 있었다. 아리아는 책을 모아서 쌓고, 초를 갈고, 깃펜과 잉크와 봉랍을 가지런히 정리했다.

서류들 사이에 크고 너덜너덜한 양가죽이 팽개쳐져 있었다. 아리아는 양가죽을 말다가 색깔을 보고 멈췄다. 파란색은 호수와 강, 붉은색 점은 성과 도시를 찾을 수 있는 곳에 찍혔고, 녹색은 숲이었다. 아리아는 양가죽을 다시 펼쳤다. 지도 밑에 화려한 장식 글씨로 '트라이던트 강역'이라고 적혀 있었다. 넥 지역에서 블랙워터 강까지 모든 곳이 다 있었다. '거대한 호수 위에 하렌홀이 있어. 그런데 리버런은 어디지?' 그러다가 보였다. '많이 멀지 않아……'

청소를 끝냈을 때는 아직 오후 시간이 많이 남았기에, 아리아는 신의 숲으로 향했다. 볼턴 공의 술잔 담당으로서 아리아가 맡은 직무는 위즈나 벌건 눈 아래에서 일할 때보다 가벼웠지만, 시동처럼 차려입어야 했고 달갑지 않을 만큼 자주 씻어야 했다. 사냥대는 몇 시간은 있어야 돌아올 테니, '바느질' 연습을 할 시간이 약간 있었다.

아리아는 부러진 빗자루 끝이 끈적끈적하게 녹색으로 물들 때까지 자작나무 잎을 베었다. 그러면서 속삭이듯 읊었다. "그레고르 경, 던센, 폴리버, 친절한 라프." 빙글 돌고 펄쩍 뛰고 까치발로 균형을 잡고, 이쪽저쪽으로 뛰면서 솔방울을 날렸다. 한번은 "티클러"라고 외치고, 다음에는 "사냥개"라고 외쳤다. "일린 경, 메린 경, 세르세이 왕대비." 눈앞에 참나무 줄기가 보였고, 아리아는 돌진해서 나무줄기를 찌르면서 신음했다. "조프리,

조프리, 조프리.” 팔다리에 햇빛과 나뭇잎 그림자가 아롱졌다. 움직임을 멈췄을 때쯤에는 온몸이 땀에 젖었다. 오른발 발꿈치는 껍질이 벗겨져서 피투성이였기에, 아리아는 심장 나무 앞에 한쪽 다리로 서서 검을 들어 올려 인사했다. “발라 모르굴리스.” 아리아는 북부의 옛 신들에게 말했다. 그 말을 할 때의 울림이 좋았다.

아리아는 목욕탕에 가기 위해 마당을 가로지르다가 까마귀 방을 향해 맴을 돌며 내려가는 큰까마귀 한 마리를 보았고, 그 까마귀가 어디에서 왔으며 어떤 편지를 가지고 왔을까 생각했다. ‘롭이 보낸 편지일지도 몰라. 브랜과 리콘에 대한 이야기가 사실이 아니라고 말이야.’ 아리아는 희망을 품고 입술을 썹었다. ‘나에게 날개가 있다면 직접 윈터펠로 날아 돌아가서 확인할 수 있을 텐데. 그리고 그 말이 사실이라면, 그냥 날아가버려야지. 달을 지나고 반짝이는 별들도 지나도록 높이 날아올라서 낸 할멈의 옛날 이야기에 나오는 것들을 다 보는 거야. 드래곤과 바다 괴물과 브라보스의 거인을. 그리고 다시는 돌아오지 않을지도 모르지.’

사냥대는 저녁이 다 되어서 늑대 아홉 마리의 시체를 싣고 돌아왔다. 일곱 마리는 다 큰 늑대로, 사납고 힘이 센 덩치 큰 회갈색 야수였으며, 죽어 가면서도 으르렁거린 탓에 길고 누런 이빨을 드러낸 모습이었다. 그러나 다른 두 마리는 새끼에 불과했다. 볼턴 경은 늑대 가죽을 꿰매어 침대에 깔 담요를 만들라고 지시했다. 병사 하나가 말했다. “새끼들은 아직 털이 부드럽습니다. 장갑을 만들면 보기도 좋고 따뜻할 겁니다.”

볼턴은 문루 탑 위에 휘날리는 깃발을 올려다보았다. “스타크가 늘 상기시키듯이, 겨울이 오고 있다. 그렇게 해라.” 그는 구경하는 아리아를 보고 말했다. “낸, 향신료를 넣고 뜨겁게 데운 와인을 한 병 가져오너라. 숲에서 한기가 들었다. 와인이 식지 않게 해라. 저녁은 혼자 먹겠다. 보리 빵과 버터, 멧돼지 고기로.”

"즉시 가져오겠습니다, 나리." 언제나 그렇게 대답하는 게 최선이었다.

부엌에 들어갔더니 핫파이가 귀리 비스킷을 만들고 있었다. 다른 요리사 세 명은 생선 뼈를 바르고 있었고, 꼬챙이 담당은 불 위에서 멧돼지 고기를 돌리고 있었다. "영주님께서 저녁 식사를 원하세요. 향신료를 넣은 뜨거운 와인도요. 그리고 와인이 식지 않아야 해요." 요리사 하나가 손을 씻더니 주전자를 꺼내서 향이 진하고 달콤한 레드와인을 채웠다. 핫파이는 와인이 데워지는 동안 향신료를 부숴서 넣으라는 지시를 받았다. 아리아도 도우려 했다.

"내가 할 수 있어." 핫파이는 퉁명스럽게 말했다. "네가 와인에 향신료 넣는 법을 가르쳐줄 필요는 없다고."

'핫파이도 날 미워해. 그게 아니면 날 무서워하는 거겠지.' 아리아는 화가 나기보다는 슬퍼서 뒤로 물러났다. 음식이 준비되자 요리사들은 식사에 은뚜껑을 덮고 와인병은 온기를 유지하도록 두꺼운 수건으로 감쌌다. 밖에는 황혼이 내리고 있었다. 성벽 위에서는 까마귀들이 왕을 둘러싼 신하들처럼 머리통들 주위로 수런거렸다. 위병 하나가 '불탄 왕의 탑'으로 가는 문을 열고 농담을 던졌다. "그건 족제비 수프가 아니길 빈다."

아리아가 들어갔을 때 루스 볼턴은 벽난로 옆에 앉아서 두꺼운 가죽 장정 책을 읽고 있었다. 그는 책장을 넘기면서 지시했다. "초를 좀 켜거라. 안이 어두워지는구나."

아리아는 음식을 그의 팔이 닿는 곳에 놓고 지시대로 초를 켜서 방 안을 가물거리는 불빛과 정향 냄새로 채웠다. 볼턴은 책장을 몇 장 더 넘기더니 책을 덮고는, 조심스레 불 속에 집어넣었다. 불이 책을 집어삼키는 모습을 지켜보는 엷은 눈동자가 불빛을 반사하여 빛났다. 오래되어 바싹 마른 가죽은 훅 소리를 내며 사라졌고, 노란 책장은 유령이 읽기라도 하는 것처럼 펄럭펄럭 넘어가며 불탔다. "오늘 밤에는 네가 할 일이 더 없겠다."

그는 아리아를 쳐다보지도 않고 말했다.

쥐새끼답게 입 다물고 나가야 마땅했지만, 아리아는 무엇에 씌었는지 묻고 말았다. "나리, 하렌홀을 떠나실 때 저도 데려가실 건가요?"

볼턴 경은 고개를 돌리고 아리아를 보았다. 마치 저녁 식사가 말을 걸었다는 듯한 눈빛이었다. "내가 질문을 해도 좋다고 허락했더냐, 낸?"

"아닙니다, 나리." 아리아는 눈을 내리깔았다.

"그렇다면 넌 아무 말도 하지 말아야 했다. 그렇지 않으냐?"

"예, 나리."

그는 잠시 재미있다는 표정을 지었다. "이번 한 번만 대답해주마. 난 북부로 돌아갈 때 바고 호트 공에게 하렌홀을 넘길 생각이다. 너는 바고 공과 함께 여기에 남는다."

"하지만 전―"

그는 아리아의 말을 잘랐다. "난 하인들에게 질문을 받는 습관이 없다, 낸. 네 혀를 잘라야겠느냐?"

그는 다른 사람이 개를 때릴 때처럼 쉽게 그런 짓을 할 인물이었다. "아닙니다, 나리."

"그렇다면 내가 네 질문을 더 들을 일은 없겠지?"

"예, 나리."

"그럼 가보거라. 오늘의 건방진 태도는 잊겠다."

아리아는 밖으로 나갔지만, 침대로 가지는 않았다. 아리아가 어두운 마당으로 걸어 나가자 문을 지키던 위병이 고갯짓을 하며 말했다. "폭풍이 온다. 공기에서 냄새가 나지?" 돌풍이 불어서 성벽 위에 걸린 머리통들 옆의 횃불에서 불길이 소용돌이쳤다. 아리아는 신의 숲으로 가는 길에 '통곡의 탑'을 지나쳤다. 예전에 위즈를 무서워하며 살았던 곳이었다. 하렌홀 함락 이후에는 프레이들이 그 탑을 차지했다. 창문에서 흘러나오는 성난 목소리들을 들을 수 있었다. 여러 명이 한꺼번에 말을 하며 다투고 있었다. 엘마는 바깥 계단에 혼자 앉아 있었다.

"무슨 일이에요?" 아리아는 엘마의 뺨에서 반짝이는 눈물을 보고 물었다.

"내 왕녀가 사라졌어." 그는 흐느꼈다. "아에니스가 우린 치욕을 당했다고 했어. 트윈스에서 새가 왔는데. 아버님께서 나보고 다른 사람과 결혼해야 한다고, 아니면 성사가 되래."

'바보 같은 왕녀 얘기. 울 일도 아니잖아.' "내 동생들이 죽었을지도 몰라요." 아리아는 털어놓았다.

엘마는 경멸의 눈빛을 던졌다. "하녀의 동생들에 대해 누가 신경을 써."

그런 말을 하는 엘마를 때리지 않기는 힘들었다. "그 왕녀님도 죽어버렸음 좋겠네요." 아리아는 그렇게 말하고 엘마에게 잡히기 전에 달아났다. 신의 숲에서 아리아는 빗자루로 만든 목검을 찾아내어 심장 나무로 들고 갔다. 그리고 무릎을 꿇었다. 붉은 잎사귀들이 바스락거렸다. 붉은 눈이 아리아를 응시했다. 신들의 눈이었다. "어떻게 해야 할지 말해주세요, 신들이여." 그녀는 기도했다.

오랫동안 바람 소리와 물소리, 잎사귀와 나뭇가지가 흔들리는 소리밖에 들리지 않았다. 그러다가 멀리, 아주 멀리서, 신의 숲과 귀신 들린 탑들과 광대한 하렌홀의 돌벽 너머 바깥 세상 어딘가에서 길고 고독한 늑대 울음소리가 들렸다. 아리아의 피부에 소름이 돋았고, 잠시 어지럽기도 했다. 그러더니 너무나 희미하게 아버지의 목소리가 들리는 것 같았다. "눈이 내리고 하얀 바람이 불면 외로운 늑대는 죽지만, 늑대 무리는 살아남는단다."

"하지만 무리가 없어요." 아리아는 영목에 대고 속삭였다. 브랜과 리콘은 죽었고, 산사는 라니스터에게 잡혀 있고, 존은 장벽으로 가버렸다. "심지어 지금 전 저도 아니에요. 낸이죠."

"넌 윈터펠의 아리아이고, 북부의 딸이야. 넌 내게 강해질 수 있다고 했다. 네 몸엔 늑대의 피가 흘러."

"늑대의 피……." 이제 기억이 났다. "전 롭만큼 강해질 거라고, 그렇게 말했죠." 아리아는 심호흡을 하고 빗자루를 두 손으로 잡고 들어 올려 무릎에 내리쳤다. 빗자루는 쩍 소리를 내며 부러졌고, 아리아는 부러진 조각을 던져버렸다. '난 다이어울프야. 그리고 나무 이빨은 이제 필요없어.'

그날 밤 아리아는 좁은 침대 속, 따끔거리는 지푸라기 위에 누워서 산 사람들과 죽은 사람들이 속삭이고 언쟁하는 소리에 귀를 기울이며 달이 뜨기를 기다렸다. 이제 아리아는 그 목소리들밖에 믿지 않았다. 스스로의 숨소리, 그리고 늑대 소리를 들을 수 있었다. 이제는 큰 무리였다. '신의 숲에서 들었던 소리보다 더 가까워. 날 부르고 있는 거야.'

마침내 아리아는 담요 속을 빠져나가서 꼼지락거리며 튜닉을 입고, 맨발로 조용히 계단을 내려갔다. 루스 볼턴은 조심성이 많은 남자였고, '불탄 왕의 탑' 입구는 낮이고 밤이고 위병들이 지켰기에 아리아는 좁은 지하실 창문으로 빠져나가야 했다. 마당은 고요했다. 거대한 성은 불안한 꿈 속에 빠져 있었다. 머리 위에서는 바람이 날카로운 소리를 내며 '통곡의 탑'을 뚫고 지나갔다.

대장간에 가보니 불은 다 꺼졌고 문은 닫아서 빗장까지 질러놓았다. 아리아는 예전에 한 번 했던 것처럼 창문으로 기어 들어갔다. 겐드리는 다른 견습 대장장이 둘과 매트리스 하나를 같이 썼다. 아리아는 눈이 어둠에 익을 때까지 다락에 웅크리고 앉아 있다가 겐드리가 맨 끝에 누워 있음을 확인했다. 그런 다음에 한 손으로 겐드리의 입을 막고 몸을 꼬집었다. 겐드리가 눈을 떴다. 깊이 잠들지는 않았던 모양이었다. "부탁이야." 아리아는 속삭이고 나서 입을 막은 손을 떼고 손가락질을 했다.

잠시 동안은 겐드리가 이해하지 못한 줄 알았지만, 겐드리는 곧 담요 속을 빠져나왔다. 그는 벌거벗은 몸으로 방을 가로질러서 거친 천으로 짠 헐렁한 튜닉을 걸치더니, 아리아를 따라 다락을 내려갔다. 다른 사람들은 움직이지 않았다. "이번엔 뭘 원해?" 겐드리는 낮고 성난 목소리로 물었다.

"칼."

"검은 엄지가 칼이란 칼은 다 넣어서 잠가둔다고 백 번은 말했잖아. 거머리 공한테 가져갈 거야?"

"내가 쓸 거야. 망치로 자물쇠를 부숴."

겐드리는 투덜거렸다. "그랬다간 놈들에게 내 손이 부서질걸. 그보다 더 나쁠 수도 있고."

"나랑 같이 달아나면 되잖아."

"달아나면 놈들이 널 잡아 죽일 거야."

"그보다 더 나쁘겠지. 볼턴 공은 하렌홀을 피투성이 극단에게 주려고 해. 그렇게 말했어."

겐드리는 눈가에 흘러내린 검은 머리카락을 쓸어 올렸다. "그래서?"

아리아는 두려움 없이 겐드리를 똑바로 보았다. "그러니까 바고 호트가 주인이 되면, 하인들은 달아나지 못하게 모조리 발을 자를 거야. 대장장이도 마찬가지고."

"소문일 뿐이야." 겐드리는 비웃었다.

"아니, 사실이야. 바고 호트가 말하는 걸 들었어." 아리아는 거짓말을 했다. "모두의 한쪽 발을 자를 거야. 왼쪽 발을. 부엌으로 가서 핫파이 깨워. 핫파이는 네가 하라는 대로 할 거야. 빵이나 비스킷 같은 게 필요해. 넌 무기를 챙기고 난 말을 챙기는 거야. 동쪽 벽 샛문 근처에서 만나. 유령의 탑 뒤쪽에서. 거긴 아무도 안 가."

"그 문은 나도 알아. 그 문도 나머지와 마찬가지로 지키는 병사가 있어."

"그래서? 장검은 잊지 않을 거지?"

"난 간다고 안 했어."

"그래. 하지만 온다면, 잊지 않을 거지?"

젠드리는 얼굴을 찌푸리더니 결국 말했다. "그래. 잊지 않을 거야."

아리아는 빠져나왔을 때와 같은 방식으로 '불탄 왕의 탑'으로 다시 들어가서, 발소리가 들리나 귀를 기울이면서 나선계단을 올라갔다. 방으로 돌아가서는 다 벗고 조심스럽게 속옷을 두 겹으로 껴입고 따뜻한 긴 양말을 신고 가장 깨끗한 튜닉을 걸쳤다. 가슴께에 볼턴의 상징인 드레드포트의 살가죽 벗겨진 남자가 수놓인 제복이었다. 아리아는 신발끈을 매고, 앙상한 어깨에 모직 망토를 걸치고 목 아래에서 묶었다. 그리고 그림자처럼 조용히 계단으로 돌아갔다. 영주의 개인 방 밖에 멈춰 서서 문에 귀를 대고 있다가, 아무 소리도 들리지 않자 천천히 문을 열었다.

양가죽 지도는 탁자 위에, 볼턴 경이 남긴 저녁 식사 옆에 놓여 있었다. 아리아는 지도를 단단히 말아서 허리띠에 꽂았다. 젠드리가 용기를 잃었을 때에 대비해서 볼턴 경이 탁자 위에 두고 간 단검도 챙겼다.

아리아가 어두운 마구간에 들어서자 말 한 마리가 작은 울음소리를 냈다. 마구간지기들은 모두 자고 있었다. 아리아가 발끝으로 한 명을 찌르자 소년이 잠에 취한 채 일어나 앉아서 중얼거렸다. "어? 뭐야?"

"볼턴 공이 말 세 마리에 안장을 얹고 고삐를 씌우라셔."

소년은 머리에 붙은 지푸라기를 털면서 일어섰다. "뭐야, 이 시간에? 말이라고?" 그는 눈을 껌벅이면서 아리아의 튜닉에 그려진 상징을 보았다. "이 밤에 말은 왜?"

"볼턴 공은 하인들에게 질문을 받는 습관이 없거든." 아리아는 팔짱을 꼈다.

마구간지기 소년은 아직도 옷에 새겨진 살가죽 벗겨진 남자를 보고 있었고, 그게 무슨 의미인지 알았다. "세 마리라고?"

"하나 둘 셋. 빠르고 발 디딤 안정적인 사냥 말로." 아리아는 다른 사람을 깨우지 않아도 되게 직접 도왔다. 나중에 놈들이 그 소년을 해치지 않았으면 좋겠지만, 아마 그냥 넘어가지는 못할 터였다.

세 마리 말을 끌고 성안을 가로지르는 게 제일 힘든 부분이었다. 가능하면 외벽 그림자에 머물렀다. 성벽 위를 순시하는 보초병들이 바로 아래를 내려다보아야 보이는 위치였다. '그런데 바로 아래를 보면, 그러면 뭐 어때? 난 영주님의 술잔 담당이야.' 싸늘하고 습기 찬 가을밤이었다. 서쪽에서 몰려오는 구름이 별을 가렸고, '통곡의 탑'은 돌풍이 불 때마다 구슬픈 소리를 냈다. '비 냄새가 나.' 아리아는 그것이 탈출에 좋은 신호인지 나쁜 신호인지 알지 못했다.

아무도 아리아를 보지 못했고, 아리아도 아무도 보지 못했다. 회색과 흰색이 섞인 고양이 한 마리가 신의 숲 벽 위를 걸어갔을 뿐이었다. 고양이는 멈춰 서서 침을 뱉으며 레드킵과 아버지와 시리오 포렐의 기억을 일깨웠다. 아리아는 그 고양이에게 조용히 말했다. "내가 원하기만 하면 널 잡을 수 있어. 하지만 난 가봐야 해, 고양아." 고양이는 다시 쉭 소리를 내고는 달아났다.

'유령의 탑'은 하렌홀의 거대한 다섯 개 탑 중에서 가장 폐허였다. 그 탑은 거의 300년 동안 쥐들만이 기도하러 찾아드는 무너진 성소 뒤에 어둡고 황량하게 서 있었다. 그곳에서 아리아는 젠드리와 핫파이가 오는지 기다렸다. 아주 오래 기다린 것 같았다. 말들은 깨진 돌 틈에 자란 잡초를 뜯어 먹었고 머리 위 구름은 마지막으로 보이던 별들까지 삼켜버렸다. 아리아는 손을 바쁘게 놀리려고 단검을 꺼내어 갈았다. 시리오가 가르쳐준 대로 길고 부드럽게 갈았다. 칼 가는 소리가 마음을 가라앉혔다.

다가오는 모습이 보이기 전에 소리부터 들렸다. 핫파이는 숨을 헉헉대고 있었고, 한번은 어둠 속에서 발을 헛디뎌 정강이를 찧더니, 하렌홀 절반은 깨울 만큼 큰 소리로 욕을 했다. 겐드리는 그보다 조용했지만, 움직일 때마다 들고 있는 검이 부딪쳐 소리를 냈다. 아리아는 일어섰다. "나 여기 있어. 조용히 해. 다 듣겠다."

두 소년은 나뒹구는 돌 더미를 넘어서 아리아 쪽으로 움직였다. 겐드리는 망토 아래에 기름먹인 사슬 갑옷을 입고 있었고, 등에는 대장장이 망치를 비스듬히 걸쳤다. 핫파이는 둥그런 붉은 얼굴을 두건으로 가렸는데, 오른손에는 빵 자루를 들고 왼쪽 옆구리에는 커다란 치즈 덩어리를 꼈다. 겐드리가 조용히 말했다. "저 샛문에는 위병이 있어. 내가 있을 거라고 했잖아."

"너희는 여기에 말들 데리고 있어. 내가 처리할게. 내가 부르면 빨리 와."

아리아의 말에 겐드리는 고개를 끄덕였고, 핫파이는 말했다. "우리를 부르려면 부엉이 소리를 내."

"난 부엉이가 아니야. 난 늑대니까, 늑대처럼 울부짖을 거야."

아리아는 혼자서 '유령의 탑' 그림자를 미끄러지듯 움직였다. 두려움을 떨쳐내기 위해 빨리 걸었고, 마치 시리오 포렐이, 요렌이, 자켄 하가르가, 그리고 존 스노우가 옆에서 걷는 것만 같았다. 겐드리가 가져온 검을 뽑지는 않았다. 아직은 아니었다. 이 일에는 단검이 더 어울렸다. 질 좋고 날카로운 단검이었다. 이 샛문은 하렌홀에서 가장 작은 문으로, 방어탑 아래 성벽 모퉁이에 쇠못을 가득 박아 단 튼튼한 참나무 문이었다. 그 샛문을 지키는 병사는 한 명뿐이었지만, 아리아는 위쪽 방어탑에도 보초병들이 있고 근처 성벽을 걷는 보초도 있음을 알고 있었다. 무슨 일이 있어도 아리아는 그림자처럼 조용히 움직여야 했다. '보초가 소리를 질러선 안 돼.' 드문드문 빗방울이 떨어지기 시작했다. 이마에 한 방울이 떨어져서 천천히 코를 따라 흘러내렸다.

아리아는 숨으려 들지 않고, 볼턴 경이 보냈다는 듯이 드러내놓고 보초병에게 접근했다. 보초병은 이 밤에 무슨 일로 시동이 찾아왔을까 의아해하며 아리아를 지켜보았다. 더 가까이 다가가서 보니 보초병은 키가 무척 크고 마른 몸에 남루한 모피 망토를 두른 북부인이었다. 좋지 않았다. 프레이나 용감한 형제단이라면 속여 넘길 수도 있겠지만, 드레드포트 사람들은 평생 루스 볼턴을 섬겼고 그에 대해 아리아보다 더 잘 알았다. '내가 아리아 스타크라고 밝히고 물러서라고 명령한다면……' 아니, 그럴 수는 없었다. 이 남자는 북부인이었지만 윈터펠 사람은 아니었다. 루스 볼턴의 사람이었다.

아리아는 보초병 앞에 도착해서 망토를 젖히고 가슴팍에 수놓인 볼턴의 상징을 보였다. "볼턴 공이 보내셨어요."

"이 시간에? 무슨 일로?"

모피 아래에 강철의 광채를 알아볼 수 있었고, 자신에게 사슬 갑옷을 뚫고 단검을 찔러 넣을 만큼 힘이 있을지 알 수 없었다. '목이야. 목이어야 해. 하지만 키가 너무 커. 손이 닿지 않을 거야.' 잠시 동안 아리아는 할 말을 찾지 못했다. 잠시 동안 다시 어린 소녀가 되어 겁을 먹었다. 얼굴에 떨어지는 빗물이 눈물 같았다.

"위병들 전원에게 잘해줬다고, 은화 한 닢씩을 주라고 하셨어요." 난데없이 튀어나온 말이었다.

"은화라고?" 그는 아리아를 믿지 않았지만, 믿고 싶어 했다. 은화는 은화니까 말이다. "그럼 이리 다오."

아리아의 손가락이 튜닉 안을 더듬다가 자켄 하가르가 준 동전을 쥐었다. 어둠 속에서는 쇠동전이 변색된 은으로 보일 수도 있었다. 아리아는 그 동전을 내밀다가…… 손가락 사이로 흘렸다.

보초병은 작은 소리로 아리아를 욕하며 바닥에 떨어진 동전을 주우려고 무릎을 굽혔고, 그러면서 아리아 바로 앞에 목을 드러냈다. 아리아는 여름 비단처럼 매끄럽게 단검을 뽑아서 그 목에 찔러 넣었다. 왈칵 쏟아진 피가 아리아의 두 손을 적셨고, 보초병은 소리를 지르려 했지만 입안에 피가 가득 차서 소리를 내지 못했다.

"발라 모르굴리스." 아리아는 죽어가는 보초병 앞에서 속삭였다.

그리고 보초병이 움직임을 멈추자 동전을 주웠다. 하렌홀 성벽 바깥에서 늑대 한 마리가 크고 시끄럽게 울부짖었다. 아리아는 빗장을 들어 옆으로 치우고 무거운 참나무 문을 당겨 열었다. 그때쯤에는 핫파이와 겐드리가 말을 데리고 왔고, 빗발이 거세게 떨어졌다. "죽였잖아!" 핫파이가 숨을 들이켰다.

"내가 어떻게 할 줄 알았는데?" 손가락에 묻은 피가 끈적거렸고, 그 냄새를 맡은 암말이 겁을 먹었다. 아리아는 안장에 올라앉으며 생각했다. '상관없어. 비가 깨끗하게 씻어줄 거야.'

산사

알현실은 보석과 모피, 눈부신 옷감의 바다였다. 귀족 남녀가 알현실 뒤쪽을 채우고 높은 창문들 아래에 서서, 부둣가 생선 장수들처럼 서로를 밀치고 있었다.

조프리의 궁정민들은 오늘 서로를 능가하려고 애썼다. 잘라바르 쇼는 온통 깃털을 둘렀는데, 깃털 옷이 어찌나 환상적이고 화려한지 날아갈 수 있을 것만 같았다. 최고성사의 수정관은 머리가 움직일 때마다 허공에 무지개를 쏘아댔다. 협의회석에서는 세르세이 왕대비가 길게 트인 선 사이로 자홍색 벨벳 안감이 비쳐 보이는 금란 가운을 빛냈고, 그 옆에서 바리스는 라일락색 양단 옷을 입고 빙글거리며 수선을 떨고 있었다. 문보이와 돈토스 경은 봄날 아침처럼 깨끗하게 씻고 알록달록한 새 광대 옷을 입었다. 탠다 부인과 그 딸들마저도 터키색 비단과 다람쥐 모피로 만든 잘 어울리는 가운을 입은 모습이 예뻐 보였고, 자일스 공은 가장자리에 금색 레이스를 두른 진홍색 비단 손수건에 대고 기침을 하고 있었다. 조프리 왕은 모두의 위에, 철왕좌의 칼날과 가시들 사이에 앉았는데 심홍색 새마이트 옷을 입고 루비가 점점이 박힌 짧은 검은색 망토를 걸쳤으며, 머리에는 무거운 금관을 썼다.

산사가 기사와 종자들, 부유한 시민들 사이를 뚫고 관람석 앞에 도착했을 때 요란한 나팔 소리가 타이윈 라니스터 공의 입장을 알렸다.

그는 군마를 타고 알현실 안을 행진하다가 철왕좌 앞에서 내렸다. 산사는 그런 갑옷을 난생 처음 보았다. 금색 소용돌이와 장식을 아로새긴 반짝이는 붉은 강철 갑옷이었다. 갑옷 틈에 댄 원판들은 햇살 모양이었고, 투구에 올라앉아 포효하는 사자에게는 루비 눈이 달렸으며, 양쪽 어깨에는 암사자 두 마리가 군마 엉덩이까지 늘어질 정도로 길고 무거운 금란 망토를 고정시켰다. 군마의 외장에도 금박을 입혔고, 희미하게 빛나는 심홍색 비단 마갑에 라니스터의 사자 상징을 넣었다.

캐스털리록의 영주가 어찌나 장엄하게 보였던지, 그의 군마가 왕좌 아래에 똥을 퍼지른 것이 충격이었다. 아래로 내려간 조프리는 조심스럽게 그 똥을 피해서 외할아버지를 끌어안고 도시의 구원자라고 선포했다. 산사는 불안한 웃음을 보이지 않으려 입을 가렸다.

조프리는 보란 듯이 외할아버지에게 왕국의 통치를 맡아주겠느냐 물었고, 타이윈 공은 엄숙하게 그 책임을 받아들였다. "전하께서 적절한 나이에 이르실 때까지." 그다음에는 종자들이 갑옷을 벗기고 조프리가 그 목에 수관의 휘장을 걸었다. 타이윈 공은 협의회석으로 가서 왕대비 옆에 앉았다. 군마가 끌려 나가고 말의 상납물이 치워진 후, 세르세이는 의식을 계속하라고 고개를 끄덕였다.

영웅들이 거대한 참나무 문에 들어설 때마다 놋쇠 나팔의 팡파르가 맞이했다. 의전관은 모두가 듣도록 영웅의 이름과 공적을 외쳤고, 그러면 귀족 기사들과 신분 높은 숙녀들이 닭싸움을 구경하는 불한당들처럼 열렬하게 환호했다. 최고의 자리는 하이가든의 영주 메이스 티렐에게 주어졌다. 한때는 건장했다가 이제는 뚱뚱해졌지만, 그래도 잘생긴 남자였다. 그 아들들이 뒤따라 들어왔다. 로라스 경과 그 형인 '용사' 갈란 경. 세 사람은 비슷하게 가장자리에 담비 털을 두른 녹색 벨벳 옷을 차려입었다.

왕은 다시 한 번 왕좌를 내려가서 세 사람을 맞이했다. 대단한 명예였다. 조프리는 세 사람 모두의 목에 부드러운 황금으로 만든 장미 모양의 사슬 목걸이를 걸었는데, 루비로 라니스터의 사자 모양을 만들어 박은 황금 원반이 달려 있었다. 조프리가 선언했다. "장미가 사자를 지지함이 하이가든의 힘이 왕국을 떠받치는 것과 같소. 무슨 소원이라도 있다면 말하시오. 그대들의 것이오."

'이제 시작이야.' 산사는 생각했다.

로라스 경이 말했다. "전하, 저는 전하의 킹스가드가 되어 적들으로부터 전하를 지키는 명예를 청합니다."

조프리는 꽃의 기사를 일으켜 세우고 그 뺨에 입을 맞췄다. "그렇게 되었네, 형제여."

티렐 경은 고개를 숙였다. "국왕을 섬기는 것보다 더한 즐거움은 없습니다. 혹시 이 몸이 전하의 협의회에 들어갈 자격이 있다고 여기신다면, 이보다 더 충성스럽거나 진실한 신하를 찾지 못하실 겁니다."

조프리는 티렐 공의 어깨에 한 손을 얹고, 일어선 티렐 공에게 입을 맞췄다. "공의 소원도 이루어졌소."

갈란 티렐 경은 로라스 경보다 다섯 살 위로, 조금 더 키가 크고 수염이 났다는 점을 빼면 유명한 동생과 많이 닮았다. 가슴이 더 두껍고 어깨가 더 넓었으며, 얼굴도 상당히 보기 좋았지만 로라스 경만큼 눈부신 미모는 아니었다. 갈란은 왕이 다가가자 말했다. "전하, 제게 저희 가문의 기쁨인 마저리라는 동생이 있습니다. 아시다시피 렌리 바라테온과 결혼을 했으나, 혼인이 완전히 성사되기 전에 렌리 공이 전쟁터에 나갔기에 순결한 몸으로 남아 있습니다. 마저리는 전하의 지혜와 용기, 기사도에 대해 듣고 멀리서 전하를 사모하게 되었습니다. 부디 그 아이를 부르시어 결혼식에서 그 손을 잡으시고, 전하의 가문과 제 가문을 영원히 결합하시기를 청합니다."

조프리 왕은 놀라는 척했다. "갈란 경, 경의 누이가 지닌 아름다움은 칠왕국 전체에 유명하나, 나는 다른 이와 약속한 몸이오. 왕은 약속을 지켜야 하오."

세르세이 왕대비가 치맛자락을 바스락거리며 일어섰다. "전하, 전하의 소협의회가 판단하기에 반역으로 목이 잘린 남자의 딸이자, 왕좌에 대항하여 바로 지금도 내란을 일으키고 있는 남자의 동생과 결혼하시는 것은 적절하지도, 현명하지도 않습니다. 전하, 전하의 협의원들이 간청하오니 왕국의 안녕을 위하여 산사 스타크와의 약혼을 파기하십시오. 마저리 아가씨가 훨씬 더 어울리는 왕비가 될 것입니다."

귀족들은 훈련받은 개 떼처럼 환호하기 시작했다. "마저리, 저희에게 마저리를!" "반역자 왕비는 안 될 말이오! 티렐! 티렐!"

조프리는 한 손을 들어 올렸다. "어머니, 저도 백성들의 소원을 들어주고는 싶지만, 저는 성스러운 서약을 했습니다."

최고성사가 나섰다. "전하, 신들은 약혼을 엄숙하게 받아들입니다만, 고인이 되신 선왕 로버트 전하께서는 윈터펠의 스타크가 배신의 마음을 드러내기 전에 이 약속을 맺으셨습니다. 스타크가 왕국에 저지른 범죄가 있으니 전하가 맺은 어떤 약속으로부터도 자유로우십니다. 성스러운 교단의 입장에서 볼 때 전하와 산사 스타크 사이의 결혼 계약은 유효하지 않습니다."

요란한 환호가 알현실을 가득 채웠고, 사방에서 "마저리, 마저리" 하는 소리가 울려 퍼졌다. 산사는 관람석의 나무 난간을 꽉 잡고 몸을 앞으로 내밀었다. 다음 순서를 알고는 있었지만, 그래도 조프리가 무슨 말을 할지 두려웠다. 왕국 전체가 이 문제에 달린 지금 이 순간에도 그녀를 놓아주지 않으려 하는 건 아닐까 두려웠다. 다시 한 번 바엘로르 대성소 바깥 대리석 계단에서 자신의 왕자님이 아버지에게 자비를 베풀어주기를 기다리다가, 일린 페인에게 목을 치라고 명령하는 소리를 듣는 것만 같았다. 산사는 열심히 기도했다. '제발, 제발 계획한 대로 말하게 해주세요. 그대로 말하게 해주세요.'

타이윈 공이 손자를 보고 있었다. 조프리는 그에게 부루퉁한 시선을 던지고 무게중심을 이쪽 발에서 저쪽 발로 옮기더니, 갈란 티렐 경을 부축해 일으켰다. "신들의 은혜로 내가 내 마음에 귀를 기울일 수 있겠군. 경의 아름다운 동생과 결혼하겠소. 기꺼이." 그는 사방에서 환호가 오르는 가운데 갈란 경의 수염 난 뺨에 입을 맞췄다.

산사는 이상하게 현기증이 났다. '난 자유야.' 사람들의 시선을 느낄 수 있었다. '절대 웃으면 안 돼.' 왕대비가 경고했었다. 속으로야 어떻게 느끼건, 세상에는 당황하고 심란한 얼굴을 보여야 한다고. 세르세이가 말했다. "내 아들이 망신당하는 꼴은 참지 않겠다. 알아듣겠니?"

"네. 하지만 왕비가 되지 않는다면 전 어떻게 되나요?"

"그 부분은 아직 결정이 남았다. 일단은 우리의 대녀로 궁정에 남아야 해."

"집에 가고 싶어요."

왕대비는 그 말에 짜증을 냈다. "지금쯤은 너도 배웠어야지. 원하는 대로 사는 사람은 아무도 없어."

'하지만 난 원하는 길 얻었어. 조프리에게서 풀려났어. 조프리에게 입맞추지 않아도 되고, 내 처녀성을 주지 않아도 되고, 아이를 낳아주지 않아도 돼. 그런 건 다 마저리 티렐이 하라고 해. 가엾게도.'

소란이 가라앉았을 무렵, 하이가든의 영주는 협의회석에 앉아 있었고 그의 아들들은 높은 창문 아래에 선 다른 기사와 귀족들 사이에 합류했다.

산사는 블랙워터 전투의 다른 영웅들이 호명되어 보상을 받는 동안 버려지고 쓸쓸한 사람처럼 보이려고 노력했다.

아버지의 영주인 팍스터 레드와인이 쌍둥이 아들 호러와 슬로버를 양옆에 거느리고 알현실을 행진했다. 호러 쪽은 전투에서 입은 부상으로 절뚝거리고 있었다. 그다음에는 눈처럼 흰 더블릿 가슴팍에 금실로 큰 나무를 수놓은 마티스 로완 공, 보석 박힌 칼집에 담긴 대검을 등에 멘 여위고 머리 벗어진 랜딜 탈리 공, 수염을 바싹 깎은 몸통이 굵고 머리가 벗어진 케반 라니스터 경, 구릿빛 머리를 어깨까지 늘어뜨린 아담 마브랜드 경, 서부의 대영주인 리든 공, 크레이크홀 공, 브락스 공이 이어졌다.

그다음에는 출신이 그보다 낮으나 전투에서 두드러진 공을 세운 네 명이 들어왔다. 애꾸눈 기사 필립 푸트 경은 일 대 일로 싸워 브라이스 카론 공을 베었다. 자유기수 로소르 브룬은 50명에 달하는 포소웨이 중장병을 뚫고 들어가 초록 사과 존 경을 사로잡고 붉은 사과 브라이언 경과 에드위드 경을 죽였기에 '사과 먹는 로소르'라는 별명을 얻었다. 해리스 스위프트 경 밑에서 복무하는 반백의 중장병 윌릿은 죽어가는 말에 깔린 주인을 끌어내어 십여 명의 공격자로부터 지켜냈다. 그리고 조스민 페클던이라는 이름의 솜털 보송보송한 종자는 열네 살도 되지 않았는데 기사 둘을 죽이고 세 번째 기사에게 부상을 입혔으며 또 기사 둘을 포로로 잡았다. 윌릿은 부상이 심했기에 들것에 실려 왔다.

케반 경은 형인 타이윈 공 옆에 앉아 있었는데, 의전관이 영웅들의 공적을 다 읊고 나자 일어서서 말했다. "이 훌륭한 이들이 그 용맹에 걸맞은 보상을 받는 것이 전하의 소망입니다. 칙령에 따라 필립 경은 앞으로 푸트 가문의 필립 공이 되고, 카론 가문의 영지와 권리, 수입을 모두 갖게 됩니다. 로소르 브룬은 상속 재산 있는 기사로 승격, 전쟁이 끝나면 강역에 토지와 아성을 받게 됩니다. 조스민 페클던에게는 검 한 자루와 판금 갑옷

한 벌, 왕실 마구간에서 직접 고른 군마 한 필을 내리며 나이가 차는 대로 기사직을 내립니다. 마지막으로 윌릿에게는 자루에 은테를 두른 창 한 자루와 새로 주조한 고리 갑옷 한 벌, 그리고 면갑이 달린 투구 하나를 내립니다. 더하여 그 아들들은 캐스털리록의 라니스터 가문에 고용하며, 큰아들은 종자로 들어가고 작은 아들은 시동으로 들어가 충성스럽게 잘 봉직하면 기사가 될 기회를 얻게 됩니다. 이 모든 내용에 왕의 수관과 소협의회가 동의합니다."

국왕의 전함인 '거친 바람', '아에몬 왕자', '강 화살'호 선장들이 그다음으로 호명됐고 '신의 은총', '기마 창', '비단 귀부인', '양 머리'호의 장교들이 함께 나왔다. 산사가 이해하기로 그들의 주된 공적은 블랙워터 강 전투에서 살아남았다는 것이었는데, 자랑할 사람이 얼마 없는 위업이었다. 화염술사 할린과 연금술사 길드장들도 국왕의 감사를 받았으며, 할린은 공이라는 호칭을 받게 되었지만, 산사는 그 호칭에 영지도 성도 따라가지 않으니 그 연금술사의 지위는 바리스와 마찬가지로 진정한 영주가 아님을 알아차렸다. 그보다 훨씬 의미 있는 작위를 받은 사람은 란셀 라니스터 경이었다. 조프리는 그에게 대리 가문의 영지와 성과 권리를 내렸다. 대리 가문의 마지막 영주는 어린아이였는데 합법적인 대리 혈통의 적출 후계자 없이 서자 사촌만을 남기고 강역 전투에서 죽었다.

란셀 경은 그 작위를 받으러 나타나지 않았다. 소문에는 부상 때문에 팔을 잃거나 목숨까지 잃을지 모른다고 했다. 꼬마 악마 역시 머리에 심한 부상을 입어 죽어간다고들 했다.

의전관이 "피터 베일리시 공"을 호명하자, 온통 장미색과 자두색으로 차려입고 망토에는 흉내지빠귀 무늬를 넣은 리틀핑거가 나왔다. 산사는 리틀핑거가 철왕좌 앞에 무릎을 꿇으며 미소 짓는 모습을 볼 수 있었다. '정말 기분 좋아 보이네.' 리틀핑거가 전투 중에 특별히 영웅적인 일을 했다는 말은 들은 적이 없었는데, 그래도 보상을 받는 모양이었다.

케반 경이 다시 일어섰다. "충성스러운 협의원 피터 베일리시가 왕조와 왕국을 위해 충실히 일해준 데 대한 보상을 받는 것이 국왕의 뜻입니다. 베일리시 공이 하렌홀 성과 그에 딸린 영지와 수입 모두를 받고, 하렌홀을 권좌로 삼아 앞으로 트라이던트의 최고권자로서 강역을 다스린다는 사실을 알립니다. 피터 베일리시와 그 아들과 손자들은 언제까지나 이 영예를 간직하고 즐길 것이며, 트라이던트의 모든 영주들은 베일리시 공을 정당한 주군으로 삼아 충성을 맹세할 것입니다. 왕의 수관과 소협의회가 동의합니다."

리틀핑거가 무릎을 꿇은 채 조프리 왕을 올려다보았다. "황송합니다, 전하. 이렇게 되면 제가 아들과 손자를 얻을 준비를 해야겠군요."

조프리가 웃었고, 궁정이 함께 웃었다. '트라이던트의 군주이자 하렌홀의 주인이라.' 산사는 왜 이 직함에 리틀핑거가 기뻐하는지 이해할 수 없었다. 그것은 화염술사 할린에게 주어진 칭호만큼이나 공허한 명예였다. 하렌홀이 저주받았다는 사실은 누구나 알고 있었고, 심지어 현재 라니스터가 쥐고 있지도 않았다. 게다가 트라이던트의 영주들은 리버런과 툴리 가문, 그리고 북부의 왕에게 충성을 맹세했다. 리틀핑거를 주군으로 받아들일 리 없었다. '억지로가 아니라면 말이지. 우리 오빠와 외삼촌과 외할아버지가 다 쓰러지고 죽지 않는 한……' 생각만 해도 불안해졌지만, 산사는 바보같이 군다고 스스로를 타일렀다. '롭은 매번 상대를 쓰러뜨렸어. 해야 한다면 베일리시 공도 쓰러뜨릴 거야.'

그날만 새로 기사가 된 사람이 600명이 넘었다. 밤새 바엘로르 성소에서 기도를 올리고 아침에는 겸손한 마음을 증명하기 위해 맨발로 도시를 가로지른 그들은 염색하지 않은 통짜 모직 옷을 입고 킹스가드에게 기사직을 받으러 나섰다. 그들에게 기사직을 수여할 하얀 기사가 셋밖에 없었기에 시간이 오래 걸렸다. 맨던 무어는 전투 중에 죽었고, 사냥개는 사라졌으며, 아리스 오크하트는 미르셀라 공주와 함께 도르네에 있었고, 제이미 라니스터는 롭의 포로였으니 킹스가드는 발론 스완, 메린 트랜트, 그리고 오스먼드 케틀블랙밖에 없었다. 일단 기사 서임을 받은 남자들은 일어나서 검대를 차고 창문 아래에 섰다. 도시를 걷느라 발이 피투성이가 된 사람도 있었지만, 그래도 그들은 꼿꼿하게 허리를 펴고 섰다. 산사에게는 그래 보였다.

새로운 기사들 모두가 경이라는 호칭을 받는 동안 알현실 안은 점점 어수선해졌고, 조프리가 누구보다 더 심하게 안절부절못했다. 관람석에 있던 사람들 일부는 조용히 빠져나가기 시작했지만 1층에 있는 중요 인물들은 왕의 허락 없이 나가지도 못하고 갇혀 있었다. 조프리가 철왕좌 위에서 꼼지락거리는 모습을 보니 기꺼이 허락해줄 것 같기는 했지만, 오늘 할일이 끝나려면 아직 멀었다. 이제 동전이 뒤집혀, 포로들이 끌려 들어왔으니 말이다.

포로들 사이에도 대귀족과 신분 높은 기사들이 섞여 있었다. 성질 나쁜 노귀족 '붉은 게' 셀티가르 공, 선량한 보니퍼 경, 셀티가르보다 더 나이가 많은 에스터몬트 공, 무릎이 부서져서 긴 홀을 절뚝거리며 걸어오면서도 다른 사람의 도움을 용납하지 않는 바너 공, 잿빛 얼굴에 왼쪽 팔이 팔꿈치 아래로 사라진 마크 멀런도어 경, 그리핀루스트 출신의 사나운 붉은 로넷, 비 숲의 더못 경, 윌럼 공과 그 아들인 조슈아와 엘리야스, 존 포소웨이 경, '스치는 검' 티몬 경, 드리프트마크의 서자 오레인, 별명이 '돈 귀신'인 스태드먼 공, 그 밖에도 수백 명이 있었다.

전투 중에 편을 바꾼 이들은 조프리에게 충성을 맹세하기만 하면 그만이었지만, 끝까지 스타니스를 위해 싸운 이들은 발언을 해야 했다. 그들이 하는 말이 그들의 운명을 결정했다. 반역에 대해 용서를 구하고 앞으로 충성스럽게 섬기겠노라 약속하면 조프리가 왕의 보호 안에 다시 거두고 영지와 권리를 모두 복구시켜 주었다. 그러나 소수는 끝까지 저항했다. "이걸로 끝이라고 생각하지 마라." 플로렌트인지 다른 가문인지의 서자 하나는 그렇게 경고했다. "빛의 군주께서 지금이나 앞으로나 스타니스 왕을 보호하신다. 그분의 때가 오면 무력도 계략도 너를 구하지 못하리라."

"그대의 때는 지금 왔군." 조프리는 일린 페인 경을 손짓해 불러서 그 남자를 데리고 나가서 머리통을 자르게 했다. 하지만 그 남자가 끌려 나가기가 무섭게 전포에 불타는 심장을 새긴 엄숙한 얼굴의 기사 하나가 외쳤다. "스타니스야말로 진정한 왕이다! 철왕좌에는 괴물이 앉아 있다! 근친상간으로 태어난 혐오스러운 물건!"

"조용히 하라." 케반 라니스터 경이 호통을 쳤다.

기사는 오히려 목소리를 더 높였다. "조프리는 왕국의 심장을 먹는 시커먼 벌레다! 암흑이 그 아비요, 죽음이 그 어미로다! 너희 모두를 타락시키기 전에 조프리를 죽여라! 모두 죽여라, 창녀 왕대비와 벌레 왕, 사악한 난쟁이와 속삭이는 거미, 거짓 꽃들 모두! 스스로를 구하라!" 황금 망토 한 명이 그 남자를 쓰러뜨렸지만, 그자는 계속 외쳤다. "정화의 불이 올 것이다! 스타니스 왕은 돌아오신다!"

조프리가 뛰쳐 일어났다. "내가 왕이다! 저놈을 죽여! 당장 죽여버려! 명령이다." 조프리는 화가 나서 맹렬히 손을 내리치다가…… 팔이 주위를 둘러싼 날카로운 금속 이빨 하나를 스치면서 아픈 비명을 질렀다. 피가 배어 나오면서 밝은 심홍색 새마이트 소매가 어두운 붉은색으로 물들었다. "어머니!" 조프리가 울부짖었다.

모두가 왕을 쳐다보는 사이에 바닥을 구르던 남자가 황금 망토에게서 창을 빼앗아 짚고 일어섰다. "왕좌가 거부했다! 저건 왕이 아니야!"

세르세이는 왕좌로 달려갔지만, 타이윈 공은 돌처럼 움직임이 없었다.

타이윈 공이 손가락을 하나 까딱하자 메린 트랜트 경이 검을 뽑아 들고 나섰다. 결말은 빠르고 잔혹했다. 황금 망토들이 기사의 두 팔을 잡았다. "왕이 아니야!" 그는 메린 경이 장검 끝으로 가슴을 꿰뚫는 순간까지 외쳤다.

조프리는 어머니의 품에 뛰어들었다. 학사 셋이 서둘러 나서서 그들을 둘러싸고 왕의 문으로 나갔다. 그러고 나니 모두가 한꺼번에 떠들기 시작했다. 황금 망토가 죽은 남자를 끌고 나가자 돌바닥에 선명한 핏자국이 남았다. 베일리시 공은 수염을 쓰다듬었고 바리스는 그의 귓가에 무슨 말인가를 속삭였다. '이제 해산할까?' 산사는 그게 궁금했다. 아직 포로가 스무 명쯤 기다리고 있었는데, 그들이 충성을 맹세할지 저주를 퍼부을지 누가 알 수 있겠는가?

타이윈 공이 일어서더니 또렷하고 큰 목소리로 웅성임을 가라앉혔다. "계속한다. 반역죄를 사면받고 싶은 자는 그렇게 해도 좋다. 이제 어리석은 짓은 용납하지 않겠다." 그는 철왕좌로 이동하더니 바닥에서 1미터밖에 떨어지지 않은 계단 위에 앉았다.

다 끝났을 때쯤에는 창밖으로 햇빛이 스러져가고 있었다. 산사는 피곤해서 기운이 다 빠진 상태로 관람석을 내려갔다. 조프리의 상처가 얼마나 심할지 궁금했다. '철왕좌는 그 자리에 앉을 자격이 없는 인물에게 위험할 정도로 가혹하다는 말이 있지.'

산사는 안전한 침실로 돌아가자 베개를 끌어안고 숨죽여 기쁨의 비명을 질렀다. '아, 신들이시여 고맙습니다. 조프리가 말했어. 모두의 앞에서 날 버렸어.' 하녀가 저녁 식사를 가져왔을 때는 그 하녀에게 입을 맞출 뻔했다. 따뜻한 빵과 새로 만든 버터, 걸쭉한 소고기 수프, 닭고기와 당근이 있었고 꿀에 절인 복숭아도 있었다. '음식도 전보다 맛있게 느껴져.'

어두워지자 산사는 망토를 걸치고 신의 숲으로 향했다. 오스먼드 케틀블랙 경이 하얀 갑옷을 입고 도개교를 지키고 있었다. 산사는 그에게 저녁 인사를 하면서 최대한 불쌍한 목소리를 내려 했다. 오스먼드 경이 흘끔거리는 모습을 보아서는 얼마나 설득력 있었는지 자신할 수 없었다.

돈토스는 달빛 녹음 속에서 기다리고 있었다. 산사는 명랑하게 물었다. "왜 그리 슬픈 얼굴이에요? 그 자리에서 들었잖아요. 조프리가 날 버렸어요. 관계를 끝낸 거예요……."

그는 산사의 손을 잡았다. "아, 종퀼, 우리 불쌍한 종퀼, 이해를 못 하는군요. 끝냈다고요? 놈들은 시작도 안 했어요."

가슴이 철렁 내려앉았다. "무슨 소리예요?"

"왕대비는 절대 아가씨를 놓아주지 않아요. 절대로요. 너무 귀한 인질이거든요. 그리고 조프리는…… 아가씨, 조프리는 여전히 왕이에요. 침대에 아가씨를 들이고 싶다면 들이는 거예요. 다만 이제는 아가씨의 자궁에 적통 아들이 아니라 서자의 씨를 뿌리겠지요."

"아니야." 산사는 충격에 사로잡혔다. "날 놔줄 거야. 조프리는……."

돈토스 경은 산사의 귓가에 질척하게 입을 맞췄다. "용감해지세요. 전 아가씨를 집에 데려가겠다고 맹세했고, 이제 그럴 수 있습니다. 날짜가 나왔어요."

"언제요? 언제 가죠?"

"조프리의 결혼식 날 밤입니다. 피로연 이후에요. 필요한 준비는 다 끝났습니다. 레드킵에는 낯선 사람이 가득할 거예요. 궁정의 절반이 취할 테고 나머지 절반은 조프리가 신부를 침대에 데려가는 걸 돕겠죠. 잠시 동안은 아가씨도 잊힐 테고, 혼란이 우리의 친구가 될 겁니다."

"결혼식은 아직 한 달은 더 있어야 하잖아요. 마저리 티렐은 하이가든에 있어요. 이제 겨우 부르러 보냈다고요."

"정말 오래 기다리셨으니 조금만 더 인내심을 발휘하세요. 여기, 드릴게 있습니다." 돈토스 경은 주머니 속을 뒤지더니 통통한 손가락으로 은빛 거미집을 들어 보였다. 가늘게 자아낸 은사로 만든 머리그물이었다. 어찌나 가늘고 섬세하게 자았는지, 산사가 받아 들어도 무게가 나가지 않는 것 같았다. 은사가 교차하는 자리마다 작은 보석이 박혔는데, 달빛을 마셔 버리는 어두운 색이었다. "이건 무슨 돌인가요?"

"아사이에서 온 흑자수정이에요. 아주 희귀하지요. 낮에는 진한 자주색을 띤답니다."

"정말 아름답네요." 산사는 말하면서도 생각했다. '나에게 필요한 건 머리그물이 아니라 선박이야.'

"생각하시는 것보다 더 아름다운 물건이랍니다. 이건 마법입니다. 그 손에 정의를 들고 계신 거예요. 아버님에 대한 복수이자……." 돈토스는 몸을 기울여 산사에게 다시 입을 맞췄다. "집으로 가는 길이에요."

테온

성벽 밖에서 처음 척후병들이 목격되자 루윈 학사가 그에게 찾아와서 말했다. "왕자님, 항복하셔야 합니다."

테온은 아침 식사로 받은 귀리 비스킷과 꿀, 피소시지 접시를 응시했다. 또 한 번 잠을 이루지 못하고 밤을 보내고 나니 신경이 날카로웠고, 음식을 보기만 해도 속이 뒤집혔다. "숙부님에게서 답신은 없었나?"

"없습니다. 파이크에 계신 아버님에게서도 없습니다."

"새를 더 보내."

"소용없을 겁니다. 새가 도착할 때쯤에는—"

"보내!" 그는 팔을 휘둘러 음식 접시를 밀쳐내고 담요를 젖힌 후 벌거 벗은 몸으로 화를 내며 일어섰다. "아니면 내가 죽었으면 좋겠나? 그런 거야, 루윈? 사실대로 말해."

몸집 작은 회색 남자는 두려워하지 않았다. "저희 학사단은 봉사할 뿐입니다."

"그래, 그렇지만 누구에게?"

"왕국에, 그리고 윈터펠에 봉사하지요. 테온, 예전에 저는 당신에게 계산과 글씨, 역사와 전술을 가르쳤습니다. 그리고 배우려고만 하셨으면 더 가르쳐드렸을 겁니다. 당신에게 대단한 애정을 품고 있다고는 못하겠습니다만, 당신을 미워할 수도 없습니다. 설령 미워한다 해도 당신이 윈터펠을 차지하고 있는 한, 서약에 따라 저는 당신에게 조언을 해드려야 합니다. 그러니 항복하라고 조언하는 겁니다."

테온은 바닥에 떨어진 망토를 주워 들고 골풀을 털어낸 후 어깨에 걸쳤다. '불, 불을 피우게 해야겠어. 깨끗한 옷도 가져오고. 웩스는 어디 있지? 더러운 옷을 입고 무덤에 들어가진 않겠어.'

학사는 말을 이었다. "여기를 지킬 희망은 없습니다. 아버님이 도움을 보내려고 하셨다면, 지금쯤 도착했겠지요. 그분이 걱정하시는 건 넥 지역입니다. 북부를 얻기 위한 전투는 모트카일린의 폐허에서 이루어질 겁니다."

"그럴지도 모르지. 그리고 내가 윈터펠을 지키고 있는 한, 로드릭 경과 스타크의 휘하 영주들은 후방에 있는 숙부를 치러 남쪽으로 진군할 수가 없어." '나도 노인장 생각만큼 전술을 모르진 않는다고.' "필요하다면 1년쯤 농성할 식량은 있어."

"농성은 없습니다. 사다리를 만들고 밧줄 끝에 갈고리를 묶는 데 하루 이틀쯤은 들지도 모르지요. 하지만 곧 성벽 백 곳을 동시에 넘어올 겁니다. 아성은 한동안 지킬 수도 있겠지만, 성 전체는 순식간에 함락됩니다. 이쯤에서 성문을 열고—"

"자비를 구하라고? 난 저놈들이 나에게 어떤 자비를 베풀지 알아."

"방법은 있습니다."

"난 강철인이야. 나에게도 나만의 방식이 있어. 놈들이 나에게 남겨준 선택지가 뭐지? 아니, 대답하지 마. 학사의 조언은 충분히 들었어. 가서 내가 명령한 대로 전서 까마귀를 보내고, 로렌에게 내가 부른다고 해. 웩스도. 내 사슬 갑옷을 깨끗하게 닦게 하고, 수비군을 마당에 집합시키겠어."

테온은 잠시 학사가 반항할 줄 알았다. 그러나 루윈 학사는 결국 뻣뻣하게 고개를 숙였다. "명하신 대로 하지요."

집합 풍경은 초라했다. 강철인은 얼마 안 되고, 마당은 넓었다. "밤이 오기 전에 북부인들이 들이닥칠 것이다. 로드릭 카셀 경과 그의 소집에 응한 영주들 모두다. 나는 달아나지 않겠다. 내가 이 성을 점령했으니, 살든 죽든 윈터펠의 왕자로서 지킬 작정이다. 하지만 누구에게든 나와 같이 죽어 달라 명하지는 않겠다. 지금, 로드릭 경의 주력이 도착하기 전에 떠난다면 벗어날 가능성이 있다." 테온은 장검을 뽑아서 흙바닥에 선을 그었다. "남아서 싸울 자는 앞으로 나서라."

아무도 입을 열지 않았다. 가죽 방호구와 사슬 갑옷과 모피를 입은 남자들은 돌로 깎아 만든 조각처럼 꼼짝도 하지 않고 서 있었다. 몇 명이 눈빛을 주고받았다. 우르젠이 발을 끌었다. 디크 할로우는 칵 하고 가래침을 뱉었다. 바람이 엔데하르의 긴 금발을 헤집었다.

테온은 물에 잠겨 죽어가는 기분이었다. '놀라긴 왜 놀라?' 그는 암담하게 생각했다. 아버지도 그를 버렸고, 숙부들도, 누이도, 심지어는 그 비열한 구린내마저 그를 버렸다. 그의 부하들이 그 사람들보다 충성스러울 이유가 있겠는가? 할 말도 없었고, 할 수 있는 일도 없었다. 거대한 회색 벽과 혹독한 하얀 하늘 아래에 검을 들고 서서 기다리고, 기다릴 뿐⋯⋯.

웩스가 제일 먼저 선을 넘었다. 웩스는 빠르게 세 걸음 만에 구부정한 자세로 테온 옆에 섰다. 소년에게 부끄러움을 당한 검은 로렌이 험상궂은 얼굴로 뒤따랐다. "또 누구 없나?" 테온이 물었다. 붉은 롤프가 나섰다. 크롬이, 웰라그가, 티모르와 그 형제들이, '병자' 울프가, 양 도둑 해라그가, 할로우 네 명과 보틀리 두 명이 나섰다. '고래' 케네드가 마지막이었다. 다 합쳐서 열일곱 명.

우르젠은 움직이지 않은 사람들 사이에 있었고, 스티그도, 아샤가 딥우드모트에서 데려온 열 명도 모두 그대로 있었다. 테온은 그들에게 말했다. "그럼 가라. 내 누이에게 가. 너희를 따뜻하게 맞아줄 테지."

스티그는 그래도 부끄러워할 염치는 있었다. 나머지는 말 한 마디 없이 떠났다. 테온은 그의 곁에 남은 열일곱 명을 돌아보았다. "성벽으로 돌아가라. 신들이 우리를 살려주신다면 너희들 모두를 기억하겠다."

다른 사람들이 흩어진 후에도 검은 로렌은 남았다. "싸움이 시작되자마자 성 사람들이 우리를 공격할 겁니다."

"나도 알아. 어떻게 했으면 좋겠나?"

"내보내죠. 전부."

테온은 고개를 저었다. "올가미는 준비됐나?"

"됐습니다. 그걸 쓸 겁니까?"

"더 좋은 방법 있나?"

"있지요. 제가 도끼를 들고 도개교에 서 있을 테니 덤벼보라고 하십쇼. 한 번에 한 놈이든 둘이든 셋이든 상관없습니다. 제가 숨을 쉬는 한 아무도 해자를 건너지 못할 겁니다."

'죽으려는 거야. 로렌이 원하는 건 승리가 아니야. 노래가 될 만한 최후지.' "우린 올가미를 쓸 거다."

"그럼 그러지요." 로렌은 경멸 어린 눈빛으로 대답했다.

그는 웩스의 도움을 받아 전투 복장을 갖췄다. 검은색 전포와 금색 짧은 망토 아래에 기름칠한 고리 갑옷 셔츠가, 그 속에는 딱딱한 가죽 방호구가 있었다. 일단 갑옷을 입고 무장을 한 테온은 자신의 파멸을 보기 위해 동쪽 벽과 서쪽 벽이 만나는 모서리에 위치한 감시탑으로 올라갔다. 북부인들이 흩어져서 성을 에워싸고 있었다. 숫자는 가늠하기 어려웠다. 못해도 천 명, 어쩌면 그 두 배 가까웠다. '열일곱 명을 상대로 말이지.' 그들은 투석기와 전갈석궁도 가져왔다. 왕의 가도로 굴러오는 공성탑은 없었지만,

늑대 숲에는 공성탑을 필요한 만큼 지을 수 있는 목재가 있었다.

테온은 루윈 학사의 미르 망원경으로 그들의 깃발을 살폈다. 어디를 보아도 세르윈의 전투 도끼가 용맹하게 휘날렸고, 톨하트의 나무, 화이트하버의 인어 깃발도 있었다. 플린트와 카스타크의 상징은 그보다 적게 보였다. 여기저기에 혼우드의 큰뿔사슴도 보였다. '그래도 아샤 덕분에 글로버는 없군. 드레드포트의 볼턴도, 장벽의 그늘에서 내려온 엄버도 없어.' 그들이 필요하다는 건 아니었다. 곧 클레이 세르윈이 높은 장대에 화평의 깃발을 들고 성문 앞에 나타나더니, 로드릭 카셀 경이 변절자 테온과 평화회담을 원한다고 외쳤다.

'변절자'. 담즙처럼 쓰디쓴 별명이었다. 테온은 원래 아버지의 함대를 끌고 라니스포트를 치기 위해 파이크에 갔었다는 사실을 떠올리고 아래를 향해 외쳤다. "곧 나가겠다. 혼자서."

검은 로렌은 반대했다. "피는 피로만 씻을 수 있습니다. 기사들이 다른 기사들과는 휴전 협정을 지킬지 몰라도, 무법자라고 여기는 상대를 대할 때는 명예에 신경 쓰지 않아요."

테온은 발끈했다. "난 윈터펠의 왕자고 강철 군도의 후계자야. 이제 그 여자애를 찾아서 내가 하란 대로나 해."

검은 로렌은 죽일 듯한 눈빛으로 그를 보았다. "그럽죠, 왕자님."

'로렌도 나한테서 돌아섰어.' 테온은 깨달았다. 최근에는 윈터펠의 돌멩이 하나까지도 그에게서 돌아서는 것 같았다. '내가 죽는다면 친구도 없이 버려진 채 죽겠군.' 그렇다면 사는 것 외에 다른 선택지가 남을까?

그는 머리에 왕관을 쓴 채 문루로 향했다. 어떤 여자가 우물에서 물을 긷고 있었고, 요리사 게이지는 부엌 문간에 서 있었다. 그들은 뚱한 얼굴과 백지처럼 텅 빈 얼굴로 증오를 숨겼지만, 그래도 테온은 그들의 증오를 느낄 수 있었다.

도개교가 내려가자, 싸늘한 바람이 해자를 쓸고 지나갔다. 테온은 바람이 몸에 닿자 몸을 떨었다. '추워서 그래. 그것뿐이야. 몸을 떤 게 아니라 오한이야. 용감한 남자들이라 해도 오한은 느낀다고.' 테온은 스스로에게 말했다. 그는 그 바람의 잇새로 말을 달려 쇠창살문 아래를 지나고, 도개교 위를 지났다. 바깥 문이 열리고 그를 통과시켰다. 성벽 아래로 나가면서 그는 소년들의 머리통이 빈 눈구멍으로 자신을 지켜보는 느낌을 받을 수 있었다.

로드릭 경은 얼룩 거세마를 타고 장터에서 기다리고 있었다. 그 옆에는 어린 클레이 세르윈이 스타크의 다이어울프 깃발을 단 장대를 들고 있었다. 장터에는 그들밖에 없었지만, 테온은 주위를 둘러싼 지붕 위의 궁수들, 오른쪽에 있는 창병들, 왼쪽에서 맨덜리 가문의 인어와 삼지창 깃발 아래 한 줄로 늘어선 말 탄 기사들을 볼 수 있었다. '하나같이 내가 죽기를 바라는 놈들이야.' 같이 술을 마시고, 주사위 놀이를 하고, 같이 계집질을 했던 소년들마저 있었지만 그들의 손에 떨어졌을 때 그런 과거가 테온을 구해줄 리는 없었다.

"로드릭 경." 테온은 고삐를 당겨 말을 세웠다. "우리가 적으로 만나야 하다니 슬프군."

"내 슬픔은 너를 목매달자면 기다려야 한다는 사실이다." 노기사는 진흙밭이 된 땅에 침을 뱉었다. "변절자 테온."

테온은 그를 일깨웠다. "나는 파이크의 그레이조이다. 어린 나를 감싼 아버지의 망토에는 다이어울프가 아니라 크라켄이 그려져 있었어."

"너는 10년 동안 스타크의 대자였다."

"인질이자 죄수였지."

"그렇다면 에다드 공이 너를 지하감옥 벽에 사슬로 묶어뒀겠지. 그 대신 그분은 너를 아들들과 같이 키우셨다. 네놈이 죽여버린 그 다정한 아이들과 함께. 게다가 내가 직접 너에게 전술을 가르쳤다는 사실은 언제까지 나 부끄러움으로 남겠지. 네 손에 검을 쥐여주는 대신 네놈의 배를 찔렀더 라면 좋았을 것을."

"나는 모욕을 당하러 온 게 아니라 협상을 하러 나왔어. 하려던 말이나 해, 늙은이. 나한테 뭘 원해?"

"두 가지다. 윈터펠, 그리고 네 목숨. 부하들에게 성문을 열고 무기를 버 리라고 명해라. 아이들을 죽인 적 없는 사람은 떠나도 좋지만 너는 롭 왕 의 심판을 받아야 한다. 전하가 돌아오시면 신들이 널 가엾게 여기시길 빌 어야겠지."

테온은 장담했다. "롭은 두 번 다시 윈터펠을 보지 못할걸. 모트카일린 을 들이받고 박살이 날 거다. 모든 남부군이 1만 년 동안 되풀이한 일이 지. 지금은 우리가 북부를 차지했어, 경."

로드릭 경이 대꾸했다. "너희는 성을 세 개 차지했다. 그리고 이 성은 내 가 다시 빼앗을 참이다, 변절자."

테온은 그 말을 무시했다. "내 조건은 이래. 저녁 때까지 해산해. 발론 그레이조이를 왕으로, 나를 윈터펠의 왕자로 받아들이고 충성을 맹세하 는 자들은 권리와 재산을 유지하고 아무 해도 입지 않을 거야. 우리에게 저항하는 자는 파멸이다."

젊은 세르윈은 못 믿겠다는 얼굴이었다. "그레이조이, 미쳤나?"

로드릭 경은 고개를 저었다. "자만심일 뿐이야. 테온은 언제나 스스로를 지나치게 높이 평가했다네." 그는 테온에게 손가락질을 했다. "내가 너희 같은 것들을 처리하기 위해 롭이 싸워가며 넥 지역을 뚫고 올라오길 기다 려야 한다고는 생각지 마라. 나에겐 2000명 가까운 군사가 있어……. 그 리고 들리는 말이 사실이라면 네 병력은 50명도 안 돼."

'사실은 열일곱 명이야.' 테온은 억지로 미소를 지었다. "나에겐 병사들보다 나은 게 있지." 그리고 그는 머리 위로 주먹을 치켜들었다. 검은 로렌에게 기다리라고 말해둔 신호였다.

윈터펠 성벽은 테온의 뒤에 있었지만, 로드릭 경은 성벽을 정면으로 마주하고 있어 보지 않을 수가 없었다. 테온은 그 얼굴을 지켜보았다. 뻣뻣한 하얀 수염 아래로 턱이 떨리는 것을 보고 노인이 무엇을 보는지 바로 알았다. '놀라지 않는군.' 그는 슬프게 생각했다. '하지만 두려워하긴 해.'

"비겁하군. 어린아이를 이런 식으로 이용하다니…… 비열하다." 로드릭 경이 말했다.

"아, 나도 알아. 내가 직접 겪어봤거든. 혹시 잊은 건가? 아버지가 반역을 일으키지 못하게 하려고 날 빼앗아왔을 때 나도 열 살이었어."

"그건 다르다!"

테온의 얼굴은 무표정했다. "내 목에 걸린 올가미는 밧줄이 아니었지만, 그래도 난 똑같이 느꼈어. 그리고 그 올가미는 따끔거렸어, 로드릭 경. 생살이 쓸리듯 따끔거렸다고." 지금까지는 깨닫지 못했으나, 입에서 말이 나오고 보니 사실이었다.

"너에겐 해가 간 적이 없다."

"그리고 당신 딸 베스에게도 해는 없을 거야. 잘만 해주면—"

로드릭 경은 테온이 말을 맺을 틈을 주지 않았다. "독사 같은 놈." 그는 격분해서 하얀 수염 아래 얼굴이 붉어진 채 외쳤다. "난 너에게 부하들을 구하고 약간의 명예라도 안고 죽을 기회를 줬다, 변절자야. 그것도 어린아이나 죽이는 놈에게는 과분하다는 걸 알았어야 했는데." 로드릭 경의 손이 칼자루로 향했다. "지금 이 자리에서 널 베어 네놈의 거짓말과 속임수를 끝장내야 마땅하다. 신들에게 맹세코, 그래야 해."

비틀거리는 노인은 무섭지 않았지만, 지켜보는 궁수들과 기사들은 다른 이야기였다. 검이 빠져나오면 살아서 성안으로 돌아갈 가능성도 작은 정도가 아니라 없어진다. "맹세일랑 그만두고 날 죽여봐. 밧줄 끝에 늘어진 베스를 보게 될 거야."

로드릭 경의 손마디가 하얘졌지만, 그는 잠시 후에 검에서 손을 떼어냈다. "내가 너무 오래 살긴 했나 보다."

"그 말엔 동의하겠어, 경. 내 조건을 받아들이겠나?"

"나에겐 캐틀린 부인과 스타크 가문에 대한 의무가 있다."

"본인 가문에 대한 의무는? 베스가 마지막 혈육일 텐데."

노기사는 몸을 꼿꼿이 세웠다. "내 딸 대신 내가 들어가겠다. 베스를 풀어주고 날 인질로 삼아라. 윈터펠의 수호성주가 어린아이 하나보다는 가치가 있겠지."

"나에게는 그렇지도 않아." '용감한 몸짓이지만, 나도 그렇게까지 바보는 아니야, 노인장.' "맨덜리 공이나 레오발드 톨하트에게도 그럴 테지." '그 딱하고 늙은 몸은 그들에게 다른 사람보다 더 가치 있을 것도 없어.' "아니야, 난 베스를 데리고 있겠어……. 그리고 내 명대로만 하면 안전하게 데리고 있지. 베스의 목숨이 당신 손에 달렸어."

"맙소사, 테온. 어찌 이럴 수가 있나? 내가 공격해야만 한다는 걸 알 텐데. 맹세했다는 걸……."

"해가 질 때까지 이 군대가 무장한 채로 성문 앞에 있다면, 베스는 목매달려 죽을 거야. 해가 뜨면 다음 인질이 그 뒤를 따를 것이고, 해가 질 때 또 한 명이야. 당신이 떠날 때까지 해가 뜨고 질 때마다 한 명씩이 죽어. 인질은 부족하지 않아." 테온은 대답을 기다리지 않고 스마일러의 방향을 돌려 성으로 달려갔다. 처음에는 천천히 달렸지만, 등을 겨눈 궁수들을 생각하니 곧 구보로 달리게 되었다. 창에 꽂힌 작은 머리통들이 다가가는 그를 지켜보았다. 가죽이 벗겨지고 타르에 전 작은 얼굴들이 점점 커졌다. 그 두 머리통 사이에 어린 베스 카셸이 올가미를 목에 걸고 울면서 서 있었다. 테온은 스마일러에게 박차를 가해서 전속력으로 질주했다. 스마일러의 발굽이 도개교를 두드리는 소리가 북소리 같았다.

마당에 들어선 그는 말에서 내려서 웩스에게 고삐를 넘기고, 검은 로렌에게 말했다. "이걸로 제지할 수 있을지도 몰라. 해 질 녘까지는 알게 되겠지. 그때까지는 그 애를 데려가서 어딘가 안전한 곳에서 지켜." 겹겹이 껴입은 가죽과 강철과 모직물 속이 땀투성이였다. "난 와인 한 잔 해야겠어. 아니, 통으로 마시면 더 좋겠군."

네드 스타크의 침실에는 불이 피워져 있었다. 테온은 불가에 앉아서 성 지하 저장실에서 가져온 묵직하고 중후한 레드와인을 잔에 채웠다. 그의 기분만큼이나 시큼한 와인이었다. 그는 불을 들여다보며 음울하게 생각했다. '놈들은 공격할 거야. 로드릭 경은 딸을 사랑하지만, 그래도 수호성주이고, 무엇보다도 기사야.' 테온의 목을 올가미에 걸고 발론 공에게 군대를 물리라고 했다면, 이미 공격을 알리는 전투 나팔 소리가 울렸을 게 분명했다. 로드릭 경이 강철인이 아니라는 사실에 감사해야 했다. 녹색 땅의 남자들은 강철인보다 물렁했다. 다만 어느 정도로 물렁할지는 확실치 않았다.

충분히 물렁하지 않다면, 노기사가 그래도 성을 강습하라는 명을 내린다면, 윈터펠은 함락될 것이다. 테온은 그 점에 어떤 착각도 품지 않았다. 열일곱 명이 세 배, 네 배, 어쩌면 다섯 배의 적을 죽일지도 모르지만 결국에는 압도당할 것이다.

테온은 와인 잔 너머로 불길을 바라보며 이 모든 일의 부당함을 곱씹어 생각했다. "난 속삭이는 숲에서 롭 스타크 옆을 달렸어." 그날 밤에도 겁은 났지만, 이런 식은 아니었다. 친구들에게 둘러싸여 전장에 나가는 것과, 경멸받으며 혼자 죽는 것은 전혀 다른 문제였다. '자비라.' 그는 비참하게 생각했다.

와인도 위안이 되지 않자 테온은 웩스에게 활을 가져오라 이르고 오래 된 옛 빈터로 갔다. 그곳에서 테온은 어깨가 결리고 손가락이 피투성이가 될 때까지 과녁판을 쏘고 또 쏘았다. 과녁에서 화살을 뽑을 때만 잠시 쉬 고 또 쏘았다. '난 이 활로 브랜의 목숨을 구했어. 내 목숨도 구할 수 있을 거야.' 여자들이 우물가에 왔지만, 오래 꾸물거리지는 않았다. 테온의 얼 굴에서 무엇을 보았는지는 몰라도 그를 보고 서둘러 가버렸다.

등 뒤에는 무너진 탑이 서 있었다. 오래전에 화재로 위층이 무너져서 남 은 부분이 왕관처럼 들쭉날쭉했다. 태양이 움직이자 탑 그림자도 움직였 고, 점점 길어지는 검은 팔이 테온 그레이조이를 향해 뻗어왔다. 태양이 성벽에 닿았을 때쯤에는 테온이 그 그림자에 붙잡혀 있었다. '베스를 목매 달면 북부인들이 바로 공격해오겠지.' 그는 화살을 쏘면서 생각했다. '베 스를 목매달지 않으면 내 협박이 말뿐이었다는 걸 알 테고.' 활에 화살을 또 하나 메겼다. '빠져나갈 방법이 없어. 전혀 없어.'

"그만큼 뛰어난 궁수가 백 명 있다면 성을 지킬 수도 있을지 모르겠군 요." 부드러운 목소리였다.

돌아보니 루윈 학사가 뒤에 서 있었다. "꺼져. 당신 조언은 충분히 들었어."

"그러면 목숨은요? 목숨도 충분히 있습니까, 왕자님?"

그는 활을 들었다. "한 마디만 더하면 당신 심장에 화살을 쏠 거야."

"아닐걸요."

테온은 활을 구부리고 회색 거위 깃털을 뺨 가까이 당겼다. "내기라도 하겠나?"

"내가 당신의 마지막 희망입니다, 테온."

'희망 같은 건 없어.' 그렇게 생각하면서도 테온은 활을 살짝 내리고 말 했다. "난 도망치지 않을 거야."

"도망치라는 이야기가 아닙니다. 검은 옷을 입어요."

"밤의 경비대?" 테온이 활을 서서히 내리자 화살 끝이 땅바닥을 가리켰다.

"로드릭 경은 평생 스타크 가문을 위해 일했고, 스타크 가문은 언제나 밤의 경비대와 친했습니다. 거부하지 않을 겁니다. 성문을 열고, 무기를 버리고, 로드릭 경의 조건을 받아들이면 검은 옷을 입게 해줄 겁니다."

'밤의 경비대 형제가 된다고.' 그것은 왕관도 없고, 아들도 없고, 아내도 없는 삶이지만…… 그래도 삶이었다. 그것도 명예로운 삶. 네드 스타크의 동생도 경비대에 들어갔고, 존 스노우도 그 길을 택했다.

'검은 옷이야 많지. 일단 크라켄만 뜯어내면 말이야. 말도 검은색이야. 밤의 경비대에서 높은 자리까지 오를 수도 있어— 순찰대장이라든가, 사령관도 가능하지. 망할 군도는 아샤나 가지라고 해. 아샤만큼이나 지루한 곳이잖아. 이스트워치에서 복무한다면 내 배를 호령할 수 있을 거고, 장벽 너머 사냥도 훌륭해. 여자는, 글쎄 야인 여자라면 누구나 왕자를 침대에 들이고 싶어 하지 않겠어?' 서서히 미소가 떠올랐다. '검은 망토는 뒤집어도 색이 변하지 않지. 변절이 안 된다 이거야. 나도 누구 못지않게……'

"테온 왕자!" 갑작스러운 외침이 몽상을 깨뜨렸다. 크롬이 급한 걸음으로 다가왔다. "북부인들이—"

갑자기 두려움에 속이 울렁거렸다. "공격인가?"

루윈 학사가 그의 팔을 붙잡았다. "아직 시간이 있습니다. 화평의 깃발을 올리고—"

"싸우고들 있어요." 크롬이 급하게 말했다. "다른 북부인들이 몇백 명 나타났는데, 처음에는 나머지와 합류하는 것 같았어요. 그런데 이제는 공격하고 있어요!"

"아샤인가?" 아샤가 결국 구하러 온 걸까?

하지만 크롬은 고개를 저었다. "아니요. 북부인들이라니까요. 깃발에 피투성이 남자가 그려진."

'드레드포트의 살가죽 벗겨진 남자.' 테온은 구린내가 잡히기 전에 볼턴의 서자 밑에 있었음을 기억해냈다. 그런 비열한 놈이 볼턴 가문의 충성 대상을 바꿀 수 있다니 믿기 힘든 일이었지만, 그것 말고는 말이 되지 않았다. "내가 직접 보겠다."

루윈 학사가 따라왔다. 성곽에 도착해보니 성문 밖 장터 광장에 죽은 사람과 죽어가는 말들이 널려 있었다. 전선은 보이지 않고, 깃발과 칼의 혼란스러운 소용돌이만 보였다. 차가운 가을 공기에 고함과 비명이 울렸다. 로드릭 경이 수적으로는 우세였으나, 드레드포트 병사들의 지휘가 더 훌륭했고, 상대를 기습한 이점도 있었다. 테온은 그들이 돌격하고 방향을 바꾸고 다시 돌격해서 더 큰 병력이 집들 사이에 정렬하려고 들 때마다 박살을 내는 모습을 지켜보았다. 발이 잘린 말 한 마리가 끔찍한 소리를 지르는 가운데 쇠도끼가 참나무 방패를 찍는 소리를 들을 수 있었다. 여관은 불타고 있었다.

검은 로렌이 옆에 나타나서 잠시 동안 말없이 서 있었다. 해가 서쪽으로 낮게 기울면서 들판과 집들을 붉은빛으로 물들였다. 가늘게 흔들리는 고통의 비명이 성벽 위를 떠돌았고, 불타는 집들 너머로 전투 나팔 소리가 울렸다. 테온은 부상자 한 명이 고통스럽게 바닥을 기는 모습을 보았다. 흙바닥에 핏자국을 남기며 장터 광장 중앙에 있는 우물로 힘겹게 기어가던 그 남자는 도착하기 전에 죽었다. 가죽조끼와 원뿔 모양의 반투구를 쓰고 있었지만, 어느 편에서 싸웠는지 알려줄 만한 표식은 없었다.

푸르스름한 먼지 속에서 저녁 별들과 함께 까마귀들이 왔다. "도트락인들은 별이 용맹하게 죽은 사람의 영혼이라고 믿지." 테온이 말했다. 오래전에 루윈 학사가 말해준 내용이었다.

"도트락인?"

"협해 너머에 사는 기마전사들."

"아, 그놈들." 검은 로렌은 수염 속 얼굴을 찌푸렸다. "야만인들이야 온갖 바보 같은 걸 다 믿죠."

점점 어두워지고 연기가 퍼지자 아래에서 무슨 일이 일어나는지 알아보기가 힘들어졌지만, 쳇소리가 서서히 줄어들고, 전투 나팔 소리와 고함 소리가 신음 소리와 비참한 울음소리로 변했다. 마침내 흩날리는 연기 속에서 말에 오른 남자들 한 줄이 튀어나왔다. 선두에는 검은 갑옷을 입은 기사가 있었다. 둥근 투구는 어두운 붉은색으로 빛났고, 어깨에는 연한 분홍색 망토가 휘날렸다. 그는 정문 밖에서 말을 세웠고, 그 부하들 중 하나가 성문을 열라고 외쳤다.

"친구요, 적이오?" 검은 로렌이 아래를 향해 외쳤다.

"이렇게 좋은 선물을 가져오는 적도 있나?" 붉은 투구가 한 손을 흔들자 성문 앞에 시체 세 구가 떨어졌다. 시체 위로 횃불을 휘젓자 성문 위에 선 수비자들도 시체의 얼굴을 볼 수 있었다.

"늙은 수호성주로군." 검은 로렌이 말했다.

"레오발드 톨하트와 클레이 세르윈도 있지." 소년 영주 클레이는 눈에 화살이 박혔고, 로드릭 경은 왼팔이 팔꿈치 아래로 잘려 나갔다. 루윈 학사는 경악성을 지르고 성가퀴에서 몸을 돌리더니 무릎을 꿇고 구역질을 했다.

"그 거대한 돼지 맨덜리가 화이트하버를 떠나지도 못할 만큼 겁쟁이라 그렇지, 그렇지만 않아도 그놈까지 잡았을 거야." 붉은 투구가 외쳤다.

'난 살았어.' 그런데 왜 이렇게 공허한 기분이 들까? 이것은 승리, 달콤한 승리였다. 그가 기도하던 구원이었다. 그는 루윈 학사를 흘긋 보았다. '내가 항복하고 검은 옷을 입기 직전이었다는 점을 생각하면…….'

"우리 친구들을 위해 성문을 열라." 오늘 밤 테온은 꿈을 걱정하지 않고 잘 수 있을지도 몰랐다.

드레드포트 병사들이 해자를 건너고 안쪽 성문을 통과했다. 테온은 검은 로렌과 루윈 학사와 함께 내려가서 마당에서 그들을 맞이했다. 기마 창 몇 개에 연한 붉은색 삼각기가 휘날렸으나, 전투 도끼와 대검과 반쪽이 난 방패들을 든 사람이 더 많았다. "병사를 얼마나 잃었소?" 테온은 말에서 내리는 붉은 투구에게 물었다.

"스무 명 아니면 서른 명." 횃불 빛이 면갑의 깨진 법랑에 반사되어 빛났 다. 그의 투구와 목가리개는 살가죽이 벗겨져 피투성이가 된 남자의 흉상 모양이었는데, 입을 벌리고 소리 없이 고통스럽게 절규하고 있었다.

"로드릭 경의 병력이 다섯 배는 됐을 텐데."

"그래, 하지만 우릴 우군으로 여겼지. 흔한 실수야. 그 늙은 바보가 손을 내밀길래 팔의 절반을 날려버렸지. 그런 후에 내 얼굴을 보여줬지." 그는 양손으로 투구를 올려 벗어서 옆구리에 꼈다.

"구린내." 테온은 동요했다. '어떻게 하인이 이런 훌륭한 갑옷을 얻었지?'

그는 소리 내어 웃었다. "그 불쌍한 녀석은 죽었어." 그는 테온에게 다가 섰다. "그 여자애 잘못이었지. 그년이 그렇게 멀리까지 도망치지만 않았어 도, 그 녀석의 말이 발을 절지만 않았어도 우린 도망칠 수 있었을지 몰라. 능선에 기수들이 보였을 때 그년을 그놈에게 넘겨줬지. 그때쯤엔 그년하 고 볼일도 끝났고, 녀석은 아직 따뜻할 때 교대하길 좋아했거든. 그년에게 서 그놈을 억지로 떼어내서 내 옷을 품에 안겨줘야 했어. 송아지 가죽 장 화에 벨벳 더블릿, 은으로 돋을새김을 한 허리띠, 담비 망토까지 다. 그러 면서 그 녀석에게 말했지. 드레드포트로 달려가서 최대한 지원을 데려와 라. 내 말을 가져가라, 내 말이 더 빠르니까. 그리고 여기, 내 아버지가 주 신 반지를 껴라. 그래야 내가 널 보냈다는 걸 알지. 그 녀석이 배운 게 있 다 보니 나에게 의문을 표하진 않았어. 놈들이 그 녀석 등에 화살을 꽂을 때쯤 난 그 계집애의 피를 바르고 구린내의 누더기를 입었어. 그래도 날 목매달았을지도 모르지만, 그래도 그게 유일한 기회였거든." 그는 손등으로 입을 닦았다. "자, 다정한 왕자님. 내가 200명을 데려오면 주겠다던 여자가 있었지. 흠, 난 약속한 숫자의 세 배를 데려왔어. 풋내기도 농부도 없이 내 아버지의 군대만으로 말이야."

테온은 약속을 했었다. 지금은 주춤거릴 때가 아니었다. '약속한 값을 치르고 나중에 처리하자.' 그는 말했다. "해라그, 견사에 가서 펠라를 데려와. 여기……."

"램지에게." 통통한 입술에는 미소가 떠올라 있었지만, 색이 엷은 눈동자에는 웃음기가 없었다. "내 아내는 자기 손가락을 먹기 전에 날 스노우라고 불렀지만, 난 볼턴이라고 하겠어." 미소가 굳었다. "그래서, 내 훌륭한 봉사의 대가로 견사지기 계집을 준다 이건가?"

테온의 마음에 들지 않는 말투였다. 드레드포트 병사들이 쳐다보는 건방진 눈빛도 마음에 들지 않았다. "약속했던 대로잖아."

"그년에겐 개똥 냄새가 나. 악취는 이제 질렸어. 그 대신 네 침대를 데우는 여자를 갖췄어. 뭐라고 하더라? 키라였나?"

"너 미쳤어?" 테온은 화가 나서 말했다. "내가 네놈의―"

서자의 손등이 테온을 제대로 후려쳤고, 테온의 광대뼈는 가재갑에 맞아 듣기 싫은 소리를 내며 허물어졌다. 통증의 붉은 포효 속에 세상이 사라졌다.

테온은 잠시 후에 자신이 바닥에 쓰러져 있음을 깨달았다. 그는 몸을 굴려 엎드려서 한 움큼 피를 삼켰다. '성문을 닫아!' 외치려 했지만, 너무 늦었다. 드레드포트 병사들이 붉은 롤프와 케네드를 베어버렸고, 더 많은 수가 사슬 갑옷과 날카로운 검의 강을 이루며 쏟아져 들어왔다. 테온은 귀가 먹먹한 상태로 사방에 펼쳐지는 참상을 보았다. 검은 로렌은 검을 뽑아들었지만 이미 네 명에게 압박당하고 있었다. 울프가 대연회장을 향해 달려가다가 배에 노궁 화살이 박혀서 쓰러졌다. 테온에게 손을 뻗으려는 루윈 학사의 등에 군마에 탄 기사 하나가 창을 꽂더니, 방향을 돌려 밟고 지나갔다. 다른 남자 하나는 횃불을 빙글빙글 돌리더니 마구간의 이엉 지붕으로 던졌다. 서자는 불길이 치솟자 외쳤다. "프레이 놈들은 데려오고, 나머지는 다 불태워라. 전부 다 불태워."

테온 그레이조이가 마지막으로 본 장면은 불타는 마구간에서 뛰쳐나온 스마일러가 갈기에 불이 붙어 비명을 지르며 앞발을 쳐드는 모습이었다……

티리온

꿈에 금이 간 돌 천장이 보이고 피 냄새와 똥 냄새와 살 타는 냄새가 났다. 공기 중에는 독한 연기가 가득했다. 사방에서 사람들이 신음하고 흐느꼈으며, 가끔은 고통에 찬 비명이 허공을 꿰뚫었다. 그는 움직이려고 해보다가 침대를 더럽혔음을 알아차렸다. 연기 때문에 눈물이 고였다. '내가 울고 있는 건가?' 아버지에게는 절대 그런 꼴을 보일 수 없었다. 그는 캐스털리록의 라니스터였다. '사자, 난 사자여야 해. 사자로 살고 사자로 죽어야 해.' 하지만 너무 아팠다. 신음할 힘조차 없어서, 오물을 깔고 누운 채로 눈을 감았다. 가까이에서 누군가가 무겁고 단조로운 목소리로 신들을 저주하고 있었다. 그는 그 욕설을 귀 기울여 들으며 내가 죽어가는 걸까 생각했다. 잠시 후 방이 흐릿해지더니 사라졌다.

그는 도시 바깥의 색채 없는 세상을 걷고 있었다. 큰까마귀들이 커다란 검은 날개를 펴고 회색 하늘을 날아다녔고, 시체 잔치를 벌이던 까마귀들은 그가 한 걸음 내디딜 때마다 성난 구름 떼처럼 날아올랐다. 허연 구더기들이 썩은 살 속을 파고들었다. 늑대들은 회색이었고, 침묵의 자매들도 회색이었다. 그들은 힘을 합쳐 죽은 자들에게서 살을 벗겨냈다. 마상 시합장 사방에 시체가 널려 있었다. 하얗게 달아오른 뜨거운 동전 같은 태양이, 가라앉은 배에 실린 새까만 뼈들 주위로 몰려드는 회색 강물에 반짝이는 햇살을 떨어뜨렸다. 시체들을 화장하는 장작더미에서 검은 연기 기둥과 뜨겁고 하얀 잿가루가 올라갔다. '내 작품이야. 내 명령 때문에 죽은 거야.' 티리온 라니스터는 생각했다.

처음에는 세상에 소리가 없었지만, 시간이 흐르자 조용하면서도 무시무시한 죽은 자들의 목소리가 들리기 시작했다. 그들은 울고 신음했으며, 고통을 끝내달라 애걸했고, 살려달라 외치고 어머니를 찾았다. 티리온은 어머니를 알지 못했기에 샤에를 찾았지만, 샤에는 그곳에 없었다. 그는 회색 그림자 속을 홀로 걸으며 기억해보려 했다…….

침묵의 자매들이 죽은 남자들의 갑주와 옷을 벗겨내고 있었다. 죽은 자의 전포에서 온갖 화려한 염색이 다 빠져나가, 흰색과 회색만 남았다. 피는 검은색으로 딱딱하게 굳었다. 그는 벌거벗은 몸뚱이들이 팔다리를 잡혀 들려가서 장작더미 위에 올라가는 모습을, 동료들과 합류하는 모습을 지켜보았다. 금속과 천은 모두 키가 큰 두 마리 검은 말이 끄는 하얀 나무 마차 뒤에 던져졌다.

'정말 많이 죽었어. 너무 많이 죽었어.' 죽은 사람들은 얼굴이 풀렸거나 굳었거나 가스에 부풀어 올라 알아볼 수도 없거나 해서 사람 같지도 않은 몰골로 축 늘어져 있었다. 침묵의 자매들이 벗겨낸 옷에는 검은 심장, 회색 사자, 죽은 꽃, 유령처럼 희끄무레한 수사슴들이 장식되어 있었다. 철갑은 다 우그러지고 갈라졌으며, 사슬 갑옷은 쪼개지고 부서지고 베였다. '내가 왜 저 사람들을 다 죽였지?' 예전에는 이유를 알았는데, 어째서인지 잊고 말았다.

침묵의 자매들 중 누군가에게 물어보려 했지만, 말을 하려고 했더니 입이 없었다. 꿰멘 자국도 없이 매끄러운 피부가 치아를 덮고 있었다. 그는 그 사실을 알고 겁에 질렸다. 어떻게 입 없이 살지? 그는 도망치려고 했다. 도시가 멀지 않았다. 이 모든 죽은 자들에게서 멀리 떨어져, 도시 안으로 들어가면 안전하리라. 그는 죽은 자들 사이에 속하지 않았다. 입은 없더라도 아직 산 사람이었다. '아니지, 사자야. 사자. 살아 있는.' 하지만 도시 방벽에 도착했더니 문이 굳게 닫혔다.

다시 깨어났을 때는 어두웠다. 처음에는 아무것도 볼 수 없었지만, 시간이 흐르자 주위에 희미하게 침대의 윤곽이 보였다. 커튼이 쳐져 있었지만 조각이 들어간 침대 기둥과 머리 위에 늘어진 벨벳 덮개를 알아볼 수 있었다. 몸 아래에는 푹 꺼지도록 부드러운 깃털 침대가 놓였고, 머리 아래 베개에는 거위 깃털이 들었다. '내 침대야. 난 내 침대에 누워 있어. 내 침실 안에.'

장막에 둘러싸여 산더미 같은 모피와 담요를 덮고 있으니 따뜻했다. 그는 땀을 흘리고 있었다. '열이 있군.' 그는 피곤에 젖어서 생각했다. 너무나 약해진 느낌이었고, 손을 들어 올리려고 할 때마다 찌르는 듯 아팠다. 그는 이내 포기했다. 머리는 침대만큼 큰 느낌이었고, 너무 무거워서 베개에서 들어 올릴 수가 없었다. 몸뚱이는 거의 감각이 없었다. '내가 어떻게 여기에 왔지?' 기억해보려 했다. 전투의 순간들이 조각조각 떠올랐다. 강기슭에서 벌어진 전투, 쇠 장갑을 내밀던 기사, 배들이 연결되어 생긴 다리…….

'맨던 경.' 그는 텅 빈 죽은 눈, 뻗어오는 손, 하얀 법랑을 입힌 갑옷에 비치던 녹색 불을 보았다. 차가운 공포의 홍수가 온몸을 쓸었다. 그는 담요 밑에서 오줌보가 터지는 것을 느낄 수 있었다. 입만 있었다면 소리를 질렀으리라. '아니, 그건 꿈이었어.' 그는 욱신거리는 머리로 생각했다. '살려 줘. 누구든 도와줘. 제이미, 샤에, 어머니, 누구든…… 티샤…….'

아무도 듣지 못했다. 아무도 오지 않았다. 그는 어둠 속에 혼자 있다가 다시 오줌 지린내 풍기는 잠에 빠져들었다. 그는 침대 옆에 누이가 서 있고, 아버지가 찌푸린 얼굴로 그 옆에 선 꿈을 꾸었다. 꿈일 게 분명했다. 타이윈 공은 저 멀리 서쪽에서 롭 스타크와 싸우고 있었으니 말이다. 다른 사람들도 왔다가 갔다. 바리스는 그를 내려다보고 한숨을 쉬었지만, 리틀핑거는 빈정거렸다. '망할 배신자 개자식. 비터브리지에 보냈더니 돌아오질 않았지.' 티리온은 독을 품고 생각했다. 가끔은 그 사람들이 서로에게 말하는 소리를 들을 수 있었지만, 내용은 이해하지 못했다. 사람들의 목소리가 두꺼운 천에 싸인 말벌들의 웅웅거림처럼 들렸다.

전투에는 이겼는지 물어보고 싶었다. '분명히 이겼겠지. 졌다면 내 머리통이 창에 꽂혀 있을 테니까. 내가 살아 있다면, 우리가 이긴 거야.' 이겼다는 사실이 더 기쁜지, 그 사실을 논리적으로 풀 수 있었다는 게 더 기쁜지 알 수 없었다. 느리긴 해도 지력이 돌아오고 있었다. 다행스러운 일이었다. 그에게는 지력밖에 없으니.

다음에 깨어났을 때는 커튼이 젖혀져 있었고, 포드릭 페인이 양초를 들고 내려다보고 있었다. 그는 티리온이 눈을 뜨자 뛰어가버렸다. '아니야, 가지 마. 도와 줘, 도와 줘.' 그렇게 외치고 싶었지만, 소리 죽인 신음 소리밖에 낼 수 없었다. '나에겐 입이 없어.' 손을 얼굴에 가져가려 했더니, 모든 움직임이 아프고 서툴렀다. 그의 손가락은 살과 입술과 이가 있어야 할 자리에서 단단한 천에 닿았다. 리넨 천이었다. 얼굴 아래쪽 절반이 단단히 붕대에 감겨 있었다. 숨 쉬고 먹을 구멍만 뚫어놓은 딱딱한 석고 가면이었다.

잠시 후에 포드가 다시 나타났다. 이번에는 낯선 인물이 같이 있었는데, 사슬 목걸이를 차고 로브를 입은 학사였다. 그 남자가 웅얼웅얼 말했다. "가만히 계셔야 합니다. 심각한 부상을 입으셨습니다. 그러다가 크게 상하십니다. 목이 마르신가요?"

그는 어색하게 고개를 끄덕이는 데 성공했다. 학사는 입에 뚫린 구멍으로 구부러진 구리 깔때기를 끼우고 목에 천천히 액체를 떨어뜨렸다. 티리온은 맛도 느끼지 못하고 그 액체를 삼켰다. 그 액체가 양귀비즙이라는 사실은 너무 늦게 알아차렸다. 학사가 깔때기를 빼낼 때쯤 그는 이미 잠에 휩쓸려가고 있었다.

이번에는 연회에 참석한 꿈을 꾸었다. 거대한 홀에서 열린 승리 연회였다. 그는 연단에 마련된 상석에 앉았고, 남자들이 뿔잔을 들어 올리며 그를 영웅이라 치켜세웠다. 달의 산맥을 같이 여행했던 가수 마릴리언이 그 자리에 있었는데, 나무 하프를 연주하며 꼬마 악마의 대담한 업적에 대해 노래했다. 아버지마저 인정한다는 미소를 짓고 있었다. 노래가 끝나자 제이미가 일어나서 티리온에게 무릎을 꿇으라고 하더니, 금빛 검을 한쪽 어깨에 대고 반대쪽 어깨에도 댔다. 그는 기사가 되어 일어섰다. 샤에가 기다리고 있다가 그를 끌어안았다. 샤에는 그의 손을 잡고 웃으며 놀려대고, 그녀의 라니스터 거인이라 불렀다.

그는 춥고 텅 빈 방 안 어둠 속에서 깨어났다. 다시 커튼이 내려져 있었다. 뭔가 잘못된 느낌이 들었는데, 뭔가 바뀐 것 같은데 정확히 알 수가 없었다. 다시 혼자였다. 그는 담요를 밀어젖히고 일어나 앉으려고 했지만, 통증이 너무 심해서 곧 헉헉거리며 포기했다. 얼굴은 부상의 일부에 불과했다. 몸 오른쪽이 엄청나게 아팠고, 팔을 들어 올리려고 할 때마다 찌르는 듯한 통증이 가슴을 쑤셨다. '내가 어떻게 된 거지?' 돌이켜보려고 했더니 전투마저 반쯤 꿈처럼 느껴졌다. '내 생각보다 더 심하게 다쳤어. 맨던 경이…….'

기억하자 겁이 났지만, 티리온은 두려움을 참고 머릿속에서 그 기억을 이리저리 돌리며 제대로 들여다보았다. '맨던 경이 날 죽이려고 했지. 그건 확실해.' 그 부분은 꿈이 아니었다. '포드가 아니었으면 그놈이 날 반쪽 냈을 거야…… 포드, 포드는 어디 있지?'

그는 이를 악물고 침대 커튼을 움켜쥐고 당겼다. 커튼은 머리 위 덮개에서 찢어져서 반은 바닥 골풀 위에, 반은 티리온의 몸 위에 떨어졌다. 그런 사소한 노력에도 머리가 어지러웠다. 주위를 빙글빙글 도는 방에는 헐벗은 벽과 어두운 그림자, 그리고 좁은 창문 하나뿐이었다. 그의 궤짝, 대충 쌓아놓은 옷들, 엉망이 된 갑옷이 보였다. '이건 내 침실이 아니야. 수관의 탑도 아니야.' 누군가가 그를 다른 곳으로 옮겨놓았다. 그가 내지른 성난 고함은 알아듣기 힘든 신음이 되어 나왔다. '여기에서 죽으라고 옮겨놓은 거야.' 그는 몸부림치기를 포기하고 다시 눈을 감으면서 생각했다. 방 안은 춥고 습기 찼고, 그는 몸이 펄펄 끓었다.

그는 더 나은 곳을 꿈꾸었다. 해지는 바닷가에 자리한 아늑한 오두막집이었다. 벽은 기울어지고 금이 갔으며 바닥은 다진 흙에 불과했지만, 그 집에서는 언제나 따뜻했다. 불이 꺼져도 따뜻했다. '티샤는 언제나 불이 꺼지게 둔다고 날 놀리곤 했지. 난 불에 장작을 넣어야 한다는 생각을 못 했어. 그건 언제나 하인이 하는 일이었으니까. "우리에겐 하인이 없잖아요." 티샤가 상기시키면 그는 말하곤 했다. "내가 있잖아. 내가 당신 하인이야." 그러면 티샤는 말했다. "게으른 하인이네요. 캐스털리록에서는 게으른 하인을 어떻게 하죠, 나리?" 그러면 그는 말했다. "입을 맞춰주지." 그러면 그녀는 매번 웃었다. "그럴 리가 없어요. 분명히 때릴걸요." 그래도 그는 고집스레 주장했다. "아냐. 입을 맞춰준다니까. 이렇게." 그는 그녀에게 방법을 알려줬다. "손가락부터 하나하나 입 맞추고, 손목에 입을 맞추고, 그래, 그다음엔 팔꿈치 안쪽에 입을 맞추지. 그다음에는 웃기게 생긴 귀에 입을 맞춰. 우리 하인들은 하나같이 귀가 웃기게 생겼거든. 그만 웃으라니까! 그다음엔 볼에 입을 맞추고, 혹이 살짝 난 코에 입을 맞추고, 그래, 그렇지, 그렇게, 그다음에는 사랑스러운 이마와 머리카락과 입술과…… 으으으음…… 입과……그렇지……."

그들은 몇 시간이고 입을 맞추고, 하루 종일 침대에 뒹굴면서 파도 소리를 듣고 서로를 어루만지곤 했다. 그에게 그녀의 몸은 경이였고, 그녀는 그의 몸에서 즐거움을 찾는 것 같았다. 그녀가 노래를 불러줄 때도 있었다. '나는 여름처럼 아름다운 처녀를 사랑했네. 햇살 같은 머리카락을 지닌……' 밤이 되어 잠들기 전이면 그녀는 속삭였다. "사랑해요, 티리온. 당신의 입술을 사랑해. 당신의 목소리를, 당신이 나에게 하는 말들을, 날 부드럽게 대하는 모습을 사랑해. 당신 얼굴을 사랑해."

"내 얼굴?"

"그래요. 그래. 당신의 손을, 당신이 날 만지는 방식을 사랑해. 당신의 남근도 사랑해요. 그게 내 안에 있을 때의 느낌을 사랑해."

"내 남근도 당신을 사랑해, 내 아가씨."

"당신 이름을 말할 때도 좋아요. 티리온 라니스터. 내 이름과 맞잖아요. 라니스터 부분은 빼고요. 티리온과 티샤. 티샤와 티리온. 티리온. 나의 티리온……."

'거짓말이야. 다 돈 때문에 꾸민 거였어. 그 여자는 창녀였어. 제이미의 창녀. 제이미의 선물. 나의 거짓된 여인.' 그녀의 얼굴이 흐려지며 눈물의 베일 뒤로 녹아내렸지만, 모습이 사라진 후에도 아직 그의 이름을 부르는 희미한 목소리를 들을 수 있었다. 아득하게. "……나리, 들리십니까? 나리? 티리온? 나리? 나리?"

양귀비즙에 전 수면의 안개를 뚫고 그는 자신을 굽어보는 연분홍색 얼굴을 보았다. 그는 침대 커튼이 찢어진 습기 찬 방에 돌아와 있었고, 그 얼굴은 잘못됐다. 그녀의 얼굴이 아니었다. 너무 둥글었고, 갈색 수염이 있었다. "목이 마르십니까? 양귀비즙을 가져왔습니다. 도움이 되실 겁니다. 아니, 애쓰지 마세요. 움직이려고 하지 마십시오. 쉬셔야 합니다." 그 남자는 축축한 분홍색 손에 구리 깔때기를 들고 반대쪽 손에는 병을 쥐고 있었다.

그 남자가 가까이 몸을 기울이자 티리온의 손가락이 수많은 금속으로 이루어진 사슬 목걸이를 붙잡고 당겼다. 학사는 병을 떨어뜨렸다. 담요 위에 온통 양귀비즙이 튀었다. 티리온은 사슬 고리가 학사의 뚱뚱한 목살에 파고드는 게 느껴질 때까지 목걸이를 비틀었다. "더는. 안 돼." 그는 꺽꺽거렸다. 목소리가 너무 잠겨서 말을 하긴 했는지 알 수 없을 정도였다. 하지만 학사가 괴로워하며 대답한 것을 보면 그가 말을 하긴 한 모양이었다. "풀어주십시오, 제발…… 드셔야 합니다. 통증이…… 사슬을, 제발 좀, 풀어주세요. 그만……."

티리온은 그 분홍색 얼굴이 자주색이 되어가자 손을 놓았다. 학사는 숨을 헐떡이며 뒤로 물러섰다. 시뻘게진 목에 하얀 사슬 자국이 깊이 패어 있었다. 눈도 희번득거렸다. 티리온은 손을 들어 올려 딱딱해진 붕대 가면을 찢는 시늉을 했다. 다시 한 번. 또 다시 한 번.

"붕대…… 붕대를 풀고 싶으신 겁니까?" 학사가 마침내 말했다. "하지만 전…… 그건 그다지…… 현명하지 않습니다. 아직 회복이 다 되지 않았어요. 왕대비께서……."

티리온은 누이 이야기가 나오자 으르렁거렸다. '그러니까 넌 누나의 사람인가?' 그는 한 손가락으로 학사를 가리킨 다음, 주먹을 쥐었다. 그 바보가 시키는 대로 하지 않으면 목을 졸라 죽이겠다는 약속이었다.

고맙게도 학사는 이해했다. "그야 나리께서 명하시는 대로 하겠습니다만…… 이건 현명하지 않습니다. 부상이……."

"풀. 어." 이번에는 더 큰 소리가 나왔다.

그 남자는 절을 하고 방을 나갔다가, 몇 분 후에 긴 칼과 가느다란 톱, 물이 담긴 대야, 부드러운 천 무더기, 그리고 몇 개의 병을 가지고 돌아왔다. 그때쯤 티리온은 꿈틀거리며 조금씩 뒤로 움직여서 베개에 반쯤 기대

앉을 수 있었다. 학사는 절대 움직이지 말라고 지시하고 칼끝을 턱 아래, 가면 밑으로 집어넣었다. '여기서 손만 한 번 미끄러지면 세르세이는 내게서 해방되겠군.' 칼날이 목 바로 위에서 딱딱하게 굳은 리넨을 자르는 느낌이 났다.

다행히도 이 연분홍색 남자는 누이의 부하 중에 용감한 축이 아니었다. 잠시 후에 서늘한 공기가 뺨에 닿았다. 통증도 있었지만, 티리온은 무시하려고 노력했다. 학사는 아직도 약물로 딱딱하게 굳어 있는 붕대를 버렸다. "이제 가만히 계십시오. 상처를 씻어야 합니다." 학사의 손길은 조심스러웠고, 따뜻한 물은 마음을 진정시켰다. '그 상처.' 티리온은 눈 바로 아래를 스치던 눈부신 은빛 섬광을 기억하며 생각했다. "조금 따끔거릴 겁니다." 학사는 짓이긴 약초 냄새를 풍기는 와인에 천을 적시며 경고했다. 따끔거리는 정도가 아니었다. 불의 선이 티리온의 얼굴을 지나가는 것 같았고, 달군 부지깽이가 코를 찌르는 느낌이었다. 그는 손가락으로 침구를 긁고 숨을 빨아들이면서 겨우 비명을 억눌렀다. 학사는 늙은 암탉처럼 혀를 찼다. "살이 아물 때까지 가면을 붙이고 계시는 편이 현명했을 겁니다. 그래도 상처가 깨끗해 보이기는 하는군요. 다행입니다, 다행이요. 그 지하실에서, 죽은 자들과 죽어가는 자들 사이에서 찾아냈을 때는 상처가 지저분했습니다. 갈비뼈가 하나 부러진 것은 느끼실 수 있겠지요. 철퇴에 맞아서 아니면 떨어져서일 텐데, 확정하기는 어렵습니다. 그리고 팔에는 화살을 하나 맞으셨습니다. 팔과 어깨가 이어지는 부분에요. 괴저의 징후가 보여서 한동안 팔을 잃을지도 모른다고 걱정했고, 끓인 와인과 구더기로 치료했습니다. 이제는 깨끗하게 나아가는 것 같군요……."

"이름." 티리온은 나직이 속삭였다. "이름."

학사는 눈을 껌벅였다. "그야 공께서는 티리온 라니스터지요. 왕대비의 동생이시고요. 전투가 기억나십니까? 가끔 머리 부상 때문에—"

"당신 이름." 목구멍이 아팠고, 혀는 단어를 만드는 방법을 잊었다.

"저는 발라바르 학사입니다."

"발라바르." 티리온은 그 이름을 되뇌었다. "갖다. 줘. 거울."

"그것은…… 권하지 않겠습니다. 별로…… 현명하지 않은 생각일지도 모릅니다. 상처가……."

"가져와." 그는 그렇게 말해야 했다. 입이 한 대 맞아서 입술이라도 찢어진 것처럼 부었고 잘 움직이지 않았다. "그리고 마실 것. 와인. 양귀비 말고."

학사는 붉어진 얼굴로 일어나서 총총히 나갔다. 돌아왔을 때는 호박색 와인 한 병과 화려한 금테를 두른 작은 은거울을 가져왔다. 학사는 침대 가장자리에 앉더니 와인을 반 잔 따라서 티리온의 부어오른 입술에 댔다. 똑똑 떨어지는 와인은 시원했지만, 맛은 거의 느낄 수 없었다. "더." 그는 잔이 비자 말했다. 발라바르 학사는 다시 와인을 따랐다. 두 번째 잔을 다 마시자 티리온 라니스터는 얼굴을 볼 기운이 났다.

거울을 뒤집어본 그는 웃어야 할지 울어야 할지 몰랐다. 길고 비뚤배뚤한 상처가 왼쪽 눈 바로 밑에서 시작해서 오른쪽 턱선에서 끝났다. 코는 4분의 3이 없어졌고, 입술도 한 덩어리가 날아갔다. 누군가가 찢어진 살을 실로 꿰매놓았는데, 반쯤 나은 껍질 벗겨진 붉은 살의 이음매에 그 서투른 바늘 자국이 아직 남아 있었다. "예쁘군." 그는 거울을 옆으로 던지면서 쉰 목소리로 말했다.

이제 기억이 났다. 선박이 이어진 다리, 맨던 무어 경, 내민 손, 얼굴에 날아오던 장검. '내가 물러서지 않았다면 그 칼질로 내 머리 절반이 날아갔겠지.' 제이미는 언제나 킹스가드에서 맨던 경이 제일 위험하다고, 그의 텅 빈 죽은 눈은 의도를 전혀 드러내지 않기 때문이라고 했었다. '그놈들은 누구 하나 믿지 말았어야 해.' 메린 경과 보로스 경이 누이의 사람이라는 것은 알고 있었고, 나중에는 오스먼드 경도 그렇게 됐지만, 나머지는 그래도 명예를 전혀 모르지는 않는다고 믿고 있었다. '세르세이가 내가 그 전투에서 살아 돌아오지 못하게 하라고 대가를 지불한 게 틀림없어. 달리 무슨 이유가 있겠어? 맨던 경에게 해를 끼친 기억도 없는데.' 티리온은 얼굴을 건드리고, 뭉툭하고 굵은 손가락으로 그 자랑할 만한 살덩어리를 잡아당겼다. '사랑하는 누이가 준 또 하나의 선물이로군.'

침대 옆에 선 학사는 날아오르기 직전의 거위 같았다. "아무래도 흉터가 남을 것 같기는 합니다만……."

"남을 것 같다고?" 그는 코웃음을 치다가 아픔에 움찔했다. 흉터가 남을 것은 확실했다. 코가 다시 자랄 리도 없었다. 예전이라고 그의 얼굴이 봐줄 만했던 적은 없었지만. "도끼, 가지고, 놀지, 말라는, 교훈이군." 히죽 웃으려니 얼굴이 땅겼다. "여긴, 어디지? 어느, 어느 방?" 말을 하기도 아팠지만, 티리온은 침묵 속에서 지낸 지 너무 오래였다.

"아, 여기는 마에고르 성채 안입니다. 왕후의 무도장 위에 있는 방입니다. 왕대비 전하께서 친히 살필 수 있도록 가까이 두고 싶어 하셨습니다."

'그러고도 남았겠지.' 티리온은 명령했다. "돌아가겠다. 내 침대. 내 방으로." '그래서 내 사람들을 주위에 두고, 내 학사에게 치료를 받아야지. 믿을 만한 학사를 찾아낸다면.'

"그건…… 불가능합니다. 이전에 계시던 거처에는 왕의 수관께서 머물고 계십니다."

"내가. 왕의. 수관이야." 말을 하느라 들인 노력에 기진맥진이 되어갔고, 무슨 말인지 혼란스러웠다.

발라바르 학사는 고통스러운 얼굴을 했다. "아닙니다. 그게…… 나리는 부상을 입으셔서 죽을 뻔했습니다. 지금은 아버님께서 직무를 맡고 계십니다. 타이윈 공께서……."

"여기에?"

"전투가 일어난 밤부터요. 타이윈 공께서 우리 모두를 구하셨습니다. 평민들은 렌리 왕의 유령이라고 떠들지만, 알 만한 사람은 다 압니다. 나리의 아버님과 티렐 공, 꽃의 기사와 리틀핑거 공이었습니다. 잿더미를 헤치고 달려와서 반역자 스타니스의 후미를 쳤지요. 대승이었습니다. 그리고 지금 타이윈 공은 수관의 탑에 자리를 잡고 왕국의 정리를 돕고 계십니다. 신들을 찬미할 일이지요."

"신들을 찬미할 일이라." 티리온은 허허로이 그 말을 되풀이했다. 염병할 아버지와 염병할 리틀핑거와 렌리의 유령이라고? "불러다 주게……." '누굴 불러달라고 하지?' 분홍색 발라바르에게 샤에를 데려오라고 할 수는 없었다. 누구를 부를 수 있을까. 누구를 믿을 수 있을까? 바리스? 브론? 자슬린 경? 그는 말끝을 맺었다. "……내 종자, 포드. 페인을." '그 선박 다리에 있었던 건 포드였어. 그 녀석이 내 목숨을 구했어.'

"그 이상한 아이를요?"

"이상한 녀석. 포드릭. 페인. 가보게. 걜 보내."

"분부대로 하지요." 발라바르 학사는 고개를 숙이고 총총히 나갔다. 티리온은 기다리는 동안 힘이 쭉쭉 빠져나가는 것을 느낄 수 있었다. 여기에서 얼마나 오랫동안 잠들어 있었을지 궁금했다. '세르세이는 날 영원히 재우고 싶겠지만, 그렇게 순순히 따라줄 순 없지.'

포드릭 페인은 쥐새끼처럼 머뭇거리며 침실에 들어왔다. "주인님?" 포드는 살금살금 침대로 다가왔다. '전투 중에는 그렇게나 대담하던 녀석이 어떻게 병실에서는 이렇게 겁에 질릴 수가 있지?' 티리온은 의아했다. "곁에 머물 생각이었는데, 학사님이 쫓아내셨습니다."

"학사를 내쫓아. 들어라. 말하기 힘들다. 드림와인이 필요해. 양귀비즙 말고, 드림와인. 프렌켄에게 가. 발라바르 말고, 프렌켄. 만들 때 지켜보고. 여기로 가져와." 포드는 티리온의 얼굴을 슬쩍 보더니 얼른 눈을 피했다.

'뭐, 나무랄 수 없는 일이지.' 티리온은 말을 이었다. "내 사람으로, 경비를 세우고 싶다. 브론. 브론은 어디 있지?"

"기사가 되셨습니다."

얼굴을 찌푸리기도 아팠다. "찾아. 데려와."

"분부대로 하겠습니다, 주인님. 브론요."

티리온은 소년의 손목을 잡았다. "맨던 경은?"

소년은 움찔했다. "저, 전 결코 그러려던 건, 주, 주, 죽—"

"죽었나? 확실해? 죽었어?"

소년은 주저하며 발을 끌었다. "익사했습니다."

"잘됐군. 아무 말 말아라. 그놈에 대해. 나에 대해. 하나도. 아무것도."

종자가 방을 나섰을 때쯤에는 티리온도 힘이 다했다. 그는 누워서 눈을 감았다. 다시 티샤가 나오는 꿈을 꿀지도 몰랐다. '지금 내 얼굴도 좋아할까 모르겠군.' 그는 씁쓸하게 생각했다.

존

　반쪽 손 쿼린이 땔나무를 찾아오라고 했을 때, 존은 끝이 머지 않았음을 알았다.

　'잠시라도 다시 따뜻해지면 기분이 좋을 거야.' 그는 스스로에게 말하면서 죽은 나무줄기에서 헐벗은 나뭇가지들을 잘랐다. 고스트는 엉덩이를 깔고 앉아서 언제나처럼 조용히 지켜보았다. '내가 죽으면 고스트도 날 위해 울부짖을까? 브랜이 떨어졌을 때 브랜의 늑대가 그랬던 것처럼? 저 멀리 윈터펠에 있는 새기독도 울부짖을까? 어디에 있는지 모를 그레이윈드와 니메리아도?'

　산 너머에서 달이 떠오르고 다른 산 너머로 해가 지는 동안 존은 부싯돌과 단검을 부딪쳐 불똥을 일으켰다. 마침내 연기가 한 줄기 피어올랐다. 긁어 모은 나무껍질과 말라 죽은 솔잎에서 처음으로 불길이 피어오르자 쿼린이 와서 그를 굽어보았다. "결혼식 날 밤 처녀처럼 수줍은 불이군." 덩치 큰 순찰자는 조용히 말했다. "그만큼 아름답기도 하고. 가끔은 불이 얼마나 아름다울 수 있는지 잊는다니까."

　쿼린은 처녀와 결혼식 날 밤에 대해 말할 법한 남자가 아니었다. 존이 아는 한 쿼린은 평생을 경비대에서 보냈다. '처녀를 사랑하거나 결혼을 한 적이 있을까?' 알 수 없었다. 존은 그저 화톳불에 부채질을 했다. 탁탁 소리를 내며 불길이 일자 그는 뻣뻣한 장갑을 벗고 손을 녹이고는, 입맞춤도 이렇게 좋은 느낌일까 생각하며 한숨을 내쉬었다. 온기가 손가락 사이로 녹은 버터처럼 퍼져나갔다.

반쪽 손 쿼린은 땅바닥에 용변을 보고 불가에 다리를 접어 앉았다. 너울거리는 빛이 그 얼굴의 단단한 면을 비췄다. '귀곡성 고개'에서 달아나서 서리엄니 산맥의 청회색 황무지로 다시 들어간 다섯 순찰자 중에서 남은 사람은 그들 둘뿐이었다.

처음에 존은 종자 달브리지가 고갯길에서 야인들을 봉쇄하리라 기대했다. 하지만 멀리서 나팔 소리가 들리자 다들 종자가 쓰러졌음을 알았다. 나중에는 거대한 청회색 날개를 펴고 땅거미 속을 활강하는 독수리를 보고 바위뱀이 활을 풀었는데, 활줄을 매기도 전에 독수리가 사정거리 밖으로 달아났다. 에벤은 침을 뱉으며 와르그와 변신자들에 대해 험악한 소리를 중얼거렸다.

그들은 다음 날에 그 독수리를 두 번 더 보았고, 뒤쪽 산맥에 울려 퍼지는 사냥 나팔 소리를 들었다. 나팔 소리는 갈수록 커졌고, 조금씩 가까워졌다. 밤이 되자 반쪽 손 쿼린은 에벤에게 달브리지의 조랑말까지 데리고, 왔던 길로 돌아가라고, 동쪽에 있는 모르몬트에게 달려가라고 했다. 나머지는 추격진을 다른 곳으로 돌릴 생각이었다. "존을 보내시죠. 저 못지않게 빨리 말을 몰 수 있습니다." 에벤은 그렇게 권했다.

"존에게는 다른 역할이 있네."

"아직 반은 어린앱니다."

"아니야. 밤의 경비대 사나이지." 쿼린이 말했다.

에벤은 달이 뜨자 출발했다. 바위뱀은 잠시 동안 함께 동쪽으로 이동하다가, 되짚어 돌아오면서 흔적을 가렸다. 그리고 남은 세 사람은 남서쪽으로 출발했다.

그 후에는 낮이고 밤이고 하나로 뭉쳐서 흐릿해졌다. 그들은 안장에 앉은 채로 잤고 조랑말에게 먹이와 물을 먹일 동안만 멈췄다가 다시 말에 올랐다. 그들은 휑뎅그렁한 바위 위를 달리고, 어두운 소나무 숲과 오래된 눈더미를 통과하고, 얼어붙은 능선을 넘고 이름도 없는 얕은 강을 건넜다. 가끔 쿼린이나 바위뱀이 되돌아가서 흔적을 지웠지만, 소용없는 짓이었다. 그들은 감시받고 있었다. 해 뜰 녘이나 해 질 녘이면 광활한 하늘에 점 하나만 하게 산봉우리 사이를 활강하는 독수리가 보였다.

그들이 눈 덮인 산봉우리 두 곳 사이의 낮은 능선을 오르고 있었을 때 굴속에 있던 그림자삵 한 마리가 으르렁거리며 10미터도 떨어지지 않은 곳까지 다가왔다. 굶어서 반쯤 죽어가는 여윈 짐승이었지만 그 냄새를 맡은 바위뱀의 암말이 공포에 질렸다. 암말은 앞다리를 들어 올리고 섰다가 달아났고, 바위뱀이 다시 통제력을 찾기 전에 가파른 비탈에 발이 걸려 다리가 부러지고 말았다.

고스트는 그날 잘 먹었고, 쿼린은 순찰자들이 귀리죽에 말피를 섞어서 힘을 얻어야 한다고 주장했다. 존은 그 귀리죽이 풍기는 악취에 숨이 막혔지만, 억지로 목구멍에 넘겼다. 그들은 이동하면서 씹기 위해 시체에서 날고기를 길게 십여 조각씩 뜯어내고, 나머지는 그림자삵들이 먹게 내버려두었다.

말 한 마리에 두 명이 탈 수는 없었다. 바위뱀은 추격자들을 기다렸다가 기습하겠다고 제안했다. 몇 놈 정도는 함께 지옥으로 끌고 갈 수 있을 거라고 말이다. 쿼린은 거부했다. "밤의 경비대에 혼자 걸어서 서리엄니 산맥을 통과할 수 있는 사람이 있다면 자네야. 자네는 말이 돌아서 가야 하는 산맥도 넘어갈 수 있네. 최초인의 주먹으로 가. 가서 모르몬트에게 존이 뭘 봤는지 어떻게 봤는지 전하게. 오래된 힘들이 깨어나고 있다고, 거인과 와르그와 그보다 더 나쁜 것들이 닥쳐온다고 전해. 나무들에 다시 눈이 생겼다고 전해."

'어림도 없어.' 존은 바위뱀이 눈 덮인 능선 너머로 사라지는 모습을 지켜보며 생각했다. 광활한 백색 설원 위를 기어가는 자그마한 검은 벌레 같았다.

그 후에는 매일 밤이 갈수록 춥고 외로워졌다. 고스트는 늘 그들과 같이 있지는 않았지만, 멀리 떨어지지도 않았다. 떨어져 있을 때도 존은 고스트가 근처에 있음을 느꼈다. 그 점은 기뻤다. 반쪽 손 쿼린은 같이 지내기 썩좋은 사람은 아니었다. 말이 움직일 때마다 쿼린의 길게 땋아 늘인 회색 머리가 천천히 흔들렸다. 두 사람이 한 마디도 하지 않고 몇 시간씩 달릴 때도 자주 있었다. 들리는 소리라고는 돌을 스치는 말굽 소리와 고지대에 끊임없이 부는 바람 소리뿐이었다. 존은 잠을 자도 꿈을 꾸지 않았다. 늑대들도, 동생들도, 아무것도 꿈에 나오지 않았다. '이 위에서는 꿈조차 살아남지 못해.' 존은 스스로에게 말했다.

"네 검은 날카로우냐, 존 스노우?" 너울거리는 불빛 너머에서 반쪽 손쿼린이 물었다.

"제 검은 발리리아 강철입니다. 늙은 곰이 주셨죠."

"서약의 말은 기억하느냐?"

"예." 쉽게 잊을 만한 내용은 아니었다. 한 번 말하면 다시는 철회할 수없는 말, 인생을 영원히 바꿔버리는 말이었으니.

"나와 함께 다시 한 번 읊자, 존 스노우."

"원하신다면요." 고스트가 듣고 산맥이 증인을 서는 가운데, 떠오르는 달 아래에서 두 사람의 목소리가 섞였다. "밤이 오고 이제 나의 감시가 시작되니, 죽을 때까지 끝나지 않으리라. 나는 아내를 두지 않고, 땅을 갖지 않으며, 아이를 만들지 않으리라. 어떤 왕관도 쓰지 않고 어떤 영광도 취하지 않으리라. 내가 맡은 자리에서 살고 죽으리라. 나는 어둠 속의 검이요, 장벽 위의 감시자로다. 나는 추위에 맞서 타는 불이요, 새벽을 가져오는 빛, 잠자는 이들을 깨우는 나팔이자, 인간의 나라를 지키는 방패로다. 내 목숨과 명예를 밤의 경비대에 바치노라. 이 밤은 물론이고 앞으로 올 모든 밤에."

서약의 말을 다 읊고 나니 희미하게 불이 타는 소리와 멀리서 한숨 쉬는 바람 소리밖에 들리지 않았다. 존은 화상 입은 손을 쥐었다 폈다면서 서약의 말을 마음속에 꼭 붙잡고, 때가 오면 아버지의 신들이 용감하게 죽을 힘을 주기를 기도했다. 그때가 오래 남지 않았다. 그들의 조랑말은 힘이 다해갔다. 퀴린의 말은 하루도 더 버티지 못할 것이다.

그때쯤에는 불길이 잦아들고 온기가 스러져가고 있었다. 퀴린이 말했다. "불이 곧 꺼지겠구나. 하지만 장벽이 무너지는 날에는 모든 불이 꺼진다."

존에게는 대꾸할 말이 없었다. 그는 고개만 끄덕였다.

"빠져나갈 수 있을지도 모른다. 아닐지도 모르고."

"전 죽는 게 두렵지 않습니다." 절반만 거짓말이었다.

"그렇게 쉽지 않을 수도 있다, 존."

존은 이해하지 못했다. "무슨 말씀입니까?"

"우리가 잡히면, 너는 항복해야 한다."

"항복요?" 존은 믿을 수가 없어서 눈만 껌벅였다. 야인들은 자기들이 까마귀라고 부르는 사람들을 포로로 잡지 않았다. 그냥 죽였다. 다만⋯⋯ "그놈들은 서약을 깬 사람만 살려줍니다. 만스 레이더처럼 자기들에게 합류한 사람만요."

"너도다."

"아닙니다." 그는 고개를 저었다. "절대 안 돼요. 못 합니다."

"그래야 한다. 내 명령이다."

"명령요? 하지만……."

"인간의 왕국만 안전하다면, 우리의 명예엔 우리의 목숨만 한 가치도 없다. 너는 밤의 경비대원이냐?"

"예. 그렇지만—"

"그렇지만은 없다, 존 스노우. 그렇거나, 아니거나다."

존은 몸을 꼿꼿이 세워 앉았다. "그렇습니다."

"그렇다면 내 말을 들어라. 우리가 붙잡히면, 너는 그놈들에게 넘어가는 거다. 예전에 네가 잡았던 야인 여자애가 권한 대로 말이다. 놈들은 너에게 망토를 갈기갈기 찢으라고, 아버지의 무덤에 걸고 맹세하라고, 형제들과 사령관을 저주하라고 요구할 거다. 어떤 요구를 받더라도 주저해선 안 된다. 놈들이 시키는 대로 해라……. 하지만 마음속 깊은 곳에서는 네가 누구이고 무엇인지 기억해라. 놈들과 같이 말을 달리고, 같이 먹고, 같이 싸워라. 필요하다면 언제까지든. 그러면서 지켜봐라."

"무엇을요?" 존이 물었다.

"내가 그걸 알면 좋게. 네 늑대는 우유강 계곡에서 놈들이 땅을 파는 걸 봤다. 그런 멀고 황량한 곳에서 뭘 찾는 걸까? 찾긴 찾은 걸까? 넌 모르몬트 공과 형제들에게 돌아가기 전에 그걸 알아내야 한다. 그게 내가 너에게 맡기는 직무다, 존 스노우."

존은 마지못해 말했다. "명대로 하겠습니다. 하지만…… 말씀해주실 거죠? 최소한 늙은 곰에게만이라도요. 제가 결코 서약을 깨지 않았다고 말해주셔야 합니다."

반쪽 손 쿼린은 불길 너머로 그를 응시했다. 두 눈은 그림자 웅덩이에 가려 보이지 않았다. "다음에 만나면 말하마. 맹세한다." 그는 불을 가리켰다. "나무를 더 넣어라. 불이 환하고 뜨겁게 탔으면 좋겠다."

존은 나뭇가지를 꺾어 가서 하나씩 부러뜨려 불 속에 던져 넣었다. 오래 전에 죽은 나무였으나, 나뭇가지마다 불의 춤꾼들이 깨어나서 번쩍이는 노란색, 붉은색, 주황색 가운을 입고 빙글빙글 도는 모습이 불 속에서 다시 살아나는 것 같았다.

"그만 됐다." 쿼린이 불쑥 말했다. "이제 출발한다."

"출발요?" 불빛 너머는 어두웠고, 밤은 추웠다. "어디로 말입니까?"

"돌아간다." 쿼린은 다시 한 번 지친 조랑말에 올랐다. "놈들이 이 불에 이끌려서 지나가기를 기대해야지. 가자, 형제."

존은 장갑을 다시 끼고 두건을 올려 썼다. 말들도 불가를 떠나기 싫은 모양이었다. 해는 저문 지 오래였고, 뒤에 뻗은 위험한 땅 위로 길을 비추는 것은 서늘한 은빛 반달뿐이었다. 쿼린이 무슨 생각을 하는지 알 수 없었지만, 이게 기회일 수도 있었다. 그렇기를 빌었다. '아무리 정당한 이유가 있다 해도 서약을 깬 척 하긴 싫어.'

그들은 조심스럽게, 사람과 말에게 가능한 한계까지 조용히 움직여서 왔던 길을 되짚어 가다가 두 산봉우리 사이로 차가운 개울이 흘러내리는 좁은 길 입구에 도착했다. 존은 그 장소를 기억하고 있었다. 해가 지기 전에 말에게 물을 먹였던 장소였다.

쿼린이 옆으로 비켜서 말했다. "물이 얼음에 뒤덮였구나. 그렇지만 않아도 개울 바닥을 달리겠는데. 하지만 우리가 얼음을 깨면 놈들이 보겠지. 절벽 가까이 붙어서 움직여라. 800미터쯤 가면 나오는 물굽이가 우리를 숨겨줄 게다." 쿼린은 좁은 길로 말을 몰아 들어갔다. 존은 멀리 떨어진 불빛에 마지막으로 아쉬운 눈빛을 한 번 던지고 뒤따랐다.

가면 갈수록 양쪽 절벽이 좁혀 들어왔다. 그들은 달빛을 받아 반짝이는 리본 같은 개울을 따라 수원까지 갔다. 돌투성이 기슭에 고드름이 줄줄이 달렸지만, 존은 그 얇고 단단한 껍질 아래에서 세차게 흐르는 물소리를 들을 수 있었다.

올라가다 보니 절벽면 한 부분이 무너져서 거대한 낙석 더미가 길을 막고 있었는데, 발 디딤이 믿음직한 조랑말들은 돌을 피해 통과할 수 있었다. 낙석 더미 너머에서는 벽이 심하게 죄어 들어왔고, 개울은 높은 곳에서부터 휘어져 떨어지는 폭포 발치로 이어졌다. 차가운 거대 야수의 입김 같은 안개가 가득했다. 떨어지는 물이 달빛을 받아 은색으로 반짝였다. 존은 당황해서 주위를 둘러보았다. 빠져나갈 길이 없었다. 그와 쿼린은 절벽을 기어오를 수도 있겠지만, 말은 그럴 수가 없었다. 그리고 말 없이 걸어서는 오래 버티지 못할 터였다.

"이제 빨리 움직여라." 반쪽 손 쿼린이 명령을 내렸다. 그리고 작은 말을 탄 덩치 큰 사내는 얼음으로 미끄러운 돌들을 타 넘어 물의 장막 속으로 곧장 들어가더니, 사라져버렸다. 쿼린이 다시 나타나지 않자 존은 말 옆구리를 건드려 그 뒤를 따랐다. 그의 조랑말은 최선을 다해서 피했다. 떨어지는 물이 얼음 주먹으로 그들을 때렸고, 충격적인 한기에 존은 숨이 멎는 것 같았다.

그러다가 그는 벗어났다. 쫄딱 젖어서 벌벌 떨고는 있었지만, 빠져나갔다.

그 바위 틈은 사람 하나 말 한 마리가 겨우 빠져나갈 만한 크기였지만, 빠져나가고 나면 양쪽 벽이 트이고 바닥은 부드러운 모래로 변했다. 존은 수염에 얼어붙은 물보라를 느낄 수 있었다. 고스트가 격렬하게 폭포를 뚫고 뛰쳐나오더니, 털에 붙은 물방울을 털고 의심스럽다는 듯 어둠을 쿵쿵거리다가 바위 벽에 대고 한쪽 다리를 들어 올렸다. 쿼린은 이미 말에서 내린 후였다. 존도 말에서 내렸다. "이런 곳이 있다는 걸 아셨군요."

"너만한 나이였을 때, 어느 형제가 그림자삵을 따라 이 폭포를 통과했던 사연을 들었지." 쿼린은 말에서 안장을 내리고, 재갈과 굴레를 벗겨내더니 덥수룩한 갈기를 손가락으로 빗어주며 말을 이었다. "산속을 통과하는 길이 하나 있다. 새벽이 오면, 그때까지 놈들에게 발각당하지 않으면 계속 간다. 첫 번째 망보기는 내가 하마, 형제." 쿼린은 모래밭에 앉아서 벽에 등을 댔다. 동굴의 어둠 속에서 그는 흐릿한 검은 그림자에 지나지 않았다. 존은 떨어지는 물소리 위로 가죽이 쇠를 스치는 소리를 들었다. 반쪽 손 쿼린이 검을 뽑았다는 의미일 수밖에 없었다.

젖은 망토를 일단 벗었지만, 옷을 더 벗기에는 너무 춥고 축축했다. 고스트가 옆에 몸을 눕히고 그의 장갑을 핥다가 몸을 말고 잠들었다. 그 온기가 고마웠다. 밖에서는 아직도 불이 타고 있을지, 아니면 지금쯤이면 꺼졌을지 궁금했다. '장벽이 무너지는 날에는 모든 불이 다 꺼진다.' 떨어지는 물의 장막을 뚫고 빛나는 달이 모래밭에 희미하게 줄무늬를 그렸지만, 잠시 후에는 그것도 흐려지다가 어두워졌다.

마침내 찾아온 잠은 악몽을 동반했다. 존은 불타는 성들과 무덤에서 소란스레 일어나는 죽은 자들을 꿈꾸었다. 쿼린이 그를 깨웠을 때는 아직 어두웠다. 반쪽 손 쿼린이 자는 동안, 존은 동굴 벽에 등을 기대고 앉아서 물소리를 들으며 새벽을 기다렸다.

동이 트자 그들은 반쯤 얼어붙은 말고기 조각을 하나씩 씹고, 조랑말에 다시 안장을 얹고 어깨에는 검은 망토를 걸쳤다. 반쪽 손 쿼린은 망을 보는 동안 마른 이끼 뭉치에 안낭에 넣고 다니던 기름을 적셔서 홰를 여섯 개 만들어놓았다. 그는 이제 첫 번째 홰에 불을 붙이고 그 희미한 불을 앞에 든 채 어둠 속으로 들어갔다. 존은 말 두 마리를 끌고 따라갔다. 돌투성이 통로는 구불구불 이어지며 아래로 내려갔다가, 위로 올라갔다가, 더 가파르게 아래로 떨어졌다. 어떤 지점은 너무 좁아서 조랑말들이 억지로 몸을 밀어 넣게 만드느라 고생하기도 했다. 존은 걸어가면서 스스로에게 말했다. '여길 빠져나갈 때쯤엔 놈들을 따돌렸을 거야. 독수리라 해도 바위 속을 들여다볼 순 없어. 놈들을 따돌리고 최초인의 주먹으로 달려가서 늙

은 곰에게 우리가 알아낸 내용을 다 말하는 거야.'

하지만 몇 시간이 지나서 빛 속으로 다시 나갔을 때, 독수리는 경사면을 30미터쯤 올라가서 튀어나온 죽은 나무에 앉아서 그들을 기다리고 있었다. 고스트가 바위 면을 달려 올라가자 독수리는 날개를 치며 날아올랐다.

쿼린은 입을 꾹 다물고 시선으로 그 독수리를 좇더니 선언했다.

"여기도 방어하기 나쁘지 않다. 동굴 입구가 위에서 오는 공격을 막아줄 테고, 놈들이 산을 통과하지 않고는 우리 뒤를 칠 수도 없지. 네 검은 날카로우냐, 존 스노우?"

"예."

"말들을 먹이자. 가엾은 녀석들, 용감하게 일해줬어."

존이 조랑말에게 마지막 남은 귀리를 먹이고 덥수룩한 갈기를 쓰다듬었다. 그동안 고스트는 쉴 새 없이 바위 사이를 돌아다녔다. 존은 장갑을 단단히 당겨 끼고 화상 입은 손가락을 구부렸다 펴며 풀었다. '나는 인간의 나라를 지키는 방패로다.'

사냥 나팔 소리가 산맥 속에 메아리치더니, 잠시 후에는 사냥개들이 짖는 소리가 들렸다. 쿼린이 말했다. "곧 우리에게 들이닥칠 게다. 네 늑대를 가까이 둬라."

"고스트, 이리 와." 존이 부르자 다이어울프는 꼬리를 빳빳하게 세운 채 마지못해 존 곁으로 돌아왔다.

야인들은 800미터쯤 떨어진 능선을 우글우글 넘어왔다. 사냥개들이 으르렁거리며 먼저 달려왔는데, 늑대 혈통이 적지 않게 섞인 회갈색 야수들이었다. 고스트는 이를 드러내고 털을 세웠다. "진정해." 존은 속삭였다. "가만히 있어." 머리 위에서 날갯짓 소리가 들렸다. 독수리가 툭 튀어나온 바위에 내려앉아서 승리의 소리를 질렀다.

사냥꾼들은 화살을 염려하는지 신중하게 접근했다. 존이 세어보니 열네 명에 사냥개 여덟 마리였다. 그들의 커다란 둥근 방패는 버들고리를 엮어 가죽을 씌운 후에 해골 모양을 그린 물건이었다. 반 정도는 나무와 삶은 가죽으로 만든 조잡한 투구로 얼굴을 가렸다. 양쪽 끝에서 궁수들은 나무와 뿔로 만든 작은 활에 화살을 메겼지만, 쏘지는 않았다. 나머지는 창과 쇠메로 무장한 것 같았다. 한 명은 이가 나간 돌도끼를 들었다. 몸에는 죽은 순찰자에게 약탈하거나 습격 중에 훔친 갑주를 조각조각 걸쳤을 뿐이었다. 야인들은 금속 채굴도 제련도 하지 않았고, 장벽 북쪽에는 대장장이가 얼마 없었으며 대장간은 더 적었다.

쿼린이 장검을 뽑았다. 쿼린이 오른손 반쪽을 잃은 후 어떻게 왼손으로 싸우는 방법을 익혔는가 하는 이야기는 전설적이었다. 그는 이전보다 지금 더 칼을 잘 다룬다고들 했다. 존은 덩치 큰 순찰자와 어깨를 맞대고 서서 '긴 발톱'을 뽑았다. 싸늘한 공기 속에서도 땀이 흘러 눈이 따끔거렸다.

그들은 동굴 입구에서 10미터쯤 아래에 멈춰 섰다. 그들의 지도자가, 울퉁불퉁한 경사면을 딛는 발놀림으로 보아 말이라기보다는 염소에 가까운 짐승을 타고 혼자 다가왔다. 그 남자와 짐승이 다가오자 존은 덜걱거리는 소리를 들을 수 있었다. 둘 다 뼈다귀로 만든 갑옷을 입고 있었다. 소뼈, 양 뼈, 염소와 들소와 엘크 뼈, 털투성이 매머드의 거대한 뼈…… 그리고 사람 뼈까지.

"래틀셔츠." 쿼린이 차갑고 정중하게 외쳤다.

"까마귀들에게는 뼈다귀 나리라네." 그 기수의 투구는 거인의 쪼개진 두개골로 만든 물건이었고, 가죽 방호구의 두 팔에는 온통 곰 발톱을 꿰매어 붙였다.

쿼린은 코웃음을 쳤다. "나리 같은 건 안 보이는데. 닭 뼈를 걸치고 가는 곳마다 덜걱거리는 개만 한 마리 보이는군."

화가 난 야인은 쉭 소리를 냈고, 그를 태운 말은 앞발을 쳐들었다. 확실히 덜걱거리는 소리를 들을 수 있었다. 뼈다귀를 성기게 이어놓아서 움직일 때마다 덜거덕거리고 딸각거렸다. "곧 반쪽 손 네 놈의 뼈를 덜걱거릴 거다. 네 놈을 삶아서 살은 발라내고 갈비뼈로 갑옷을 만들어야지. 네 놈의 뼈에는 주문을 새기고, 네 놈 두개골로는 귀리죽을 먹을 거야."

"내 뼈를 원한다면 와서 가져가라."

래틀셔츠도 정작 그 말에 따르기는 주저하는 듯했다. 숫자가 많다고는 해도 검은 형제 둘이 버티고 선 좁은 바위 틈에서는 큰 의미가 없었다. 그들을 동굴 밖으로 끌어내려면 야인들이 한 번에 두 명씩 달려들어야 했다. 하지만 야인들 중 하나가 래틀셔츠 옆에 말을 세웠다. 야인들이 '창 마누라'라고 부르는 여전사였다. "열네 명 대 두 명이야, 까마귀들아. 그리고 네 늑대 한 마리에 개가 여덟 마리지. 싸우든 도망치든 너흰 우리 손에 들었어."

"저것들에게 보여줘라."

래틀셔츠가 명하자 그 여자는 피가 얼룩진 자루에 손을 넣어 전리품을 꺼냈다. 에벤은 달걀 같은 대머리였기에, 그 여자는 머리카락이 아니라 귀를 잡아 들고 말했다. "이자는 용감하게 죽었다."

"하지만 죽었지. 너희도 마찬가지야." 래틀셔츠는 그렇게 말하며 전투 도끼를 풀어서 머리 위로 휘둘렀다. 질 좋은 강철로 만들어 양쪽 날이 위험하게 빛나는 도끼였다. 에벤은 무기 손질을 소홀히 하는 법이 없었으니 당연했다. 다른 야인들이 비웃음을 던지며 그 옆으로 몰려들었다. 몇 명은 존을 조롱했다. "그게 네 늑대냐, 꼬마?" 깡마른 청년이 돌 도리깨를 준비하며 외쳤다. "해가 지기 전에 그놈은 내 망토가 될 거다." 반대쪽에서는 다른 창 마누라 하나가 너덜너덜한 모피를 젖히고 존에게 묵직한 흰 젖가슴을 보였다. "아가야, 엄마가 보고 싶니? 이리 와서 이 가슴을 빨아보렴." 개들도 짖어댔다.

"우리를 모욕해서 어리석은 짓을 하게 만들려는 거다." 쿼린은 존을 오랫동안 바라보았다. "네게 내린 지시를 기억해라."

"우리가 까마귀를 붉게 물들일 필요라도 있다는 듯이 말하는군." 소란 속에서 래틀셔츠가 우렁차게 외쳤다. "저것들 깃털을 뽑아버려라!"

"안 돼!" 궁수들이 화살을 날리기 전에 존의 입술에서 그 말이 터져 나왔다. 그는 얼른 두 걸음 앞으로 나섰다. "항복한다!"

등 뒤에서 반쪽 손 쿼린이 싸늘하게 말하는 소리가 들렸다. "서자 핏줄은 비겁하다고들 경고하더니만, 과연 그렇군. 네 새 주인들에게 달려가라, 겁쟁이."

존은 얼굴이 시뻘게져서 말 위에 앉은 래틀셔츠가 있는 곳으로 내려갔다. 그는 투구에 뚫린 눈 구멍으로 존을 빤히 쳐다보다가 말했다. "자유민에게 비겁자는 필요 없다."

"비겁자가 아니야." 궁수 하나가 양가죽을 꿰매어 만든 투구를 벗고 덥수룩한 붉은 머리채를 흔들었다. "날 살려준 윈터펠의 서자다. 살려줘."

존은 이그리트와 눈을 마주쳤고, 할 말을 찾지 못했다.

뼈다귀 공은 주장을 굽히지 않았다. "죽여야 해. 검은 까마귀는 교활한 새다. 난 저놈을 믿지 않는다."

머리 위 바위에서 독수리가 날개를 퍼덕이더니 성난 소리를 내지르며 허공을 갈랐다.

이그리트가 말했다. "저 새는 널 증오해, 존 스노우. 당연하지. 네가 죽이기 전에는 인간이었거든."

"난 몰랐어." 존은 고갯길에서 베어버린 남자의 얼굴을 떠올리려 애쓰며 솔직하게 말했다. "넌 만스가 날 받아줄 거라고 했지."

"그럴 거야." 이그리트가 말했다.

"만스는 여기 없다. 랙와일, 저놈 배를 갈라라."

래틀셔츠의 말에 덩치 큰 창 마누라가 눈을 가늘게 떴다. "까마귀가 자유민들과 함께하고 싶다면, 솜씨를 보이고 진심을 증명하라고 해."

"뭐든 시키는 대로 하겠다." 말이 쉽게 나오지는 않았지만, 존은 그 말을 하고 말았다.

래틀셔츠가 웃어젖히자 뼈다귀 갑옷이 시끄럽게 덜걱거렸다. "그렇다면 반쪽 손을 죽여라, 서자야."

쿼린이 말했다. "그럴 능력이나 있을까 보냐. 스노우, 돌아서서 죽어라."

그러더니 쿼린의 검이 존을 향해 날아왔고, 어떻게인지 '긴 발톱'이 뛰어올라 그 검을 막았다. 검이 마주친 순간 충격으로 손에서 검이 날아갈 뻔했고, 존은 비틀거리며 뒤로 물러섰다. '어떤 요구를 받더라도 주저해선 안 된다.' 존은 검을 양손으로 바꿔 잡았다. 반격을 바로 가할 만큼 빠른 속도였다. 하지만 덩치 큰 순찰자는 모욕적일 만큼 쉽게 그 공격을 일축했다. 그들은 검은 망토를 휘날리며 공방을 주고받았다. 존은 젊은 만큼 빨랐고 쿼린의 왼손 공격은 맹렬하고 강했다. 반쪽 손의 장검은 한꺼번에 사방에서 몰아치는 것처럼 이쪽에서 떨어졌다가 저쪽에서 떨어지며 존을 몰아붙이고 균형을 무너뜨렸다. 존은 벌써부터 두 팔이 저렸다.

고스트의 이빨이 종아리를 사납게 물어도 쿼린은 쓰러지지 않았다. 하지만 그 순간, 쿼린이 몸을 비틀 때 허점이 드러났다. 존은 검을 꿰찌르고 빙글 돌았다. 쿼린은 몸을 기울여 피했고, 잠시 동안은 존의 검이 그를 건드리지 못한 듯했다. 그러다가 쿼린의 목에 루비 목걸이처럼 선명하게 붉은 선이 나타났고, 피가 쏟아졌다. 그리고 반쪽 손 쿼린은 쓰러졌다.

고스트의 주둥이에서는 피가 뚝뚝 떨어졌지만, 존의 검 끝은 1센티밖에 붉게 물들지 않았다. 존은 다이어울프를 끌어당겨 한쪽 팔로 끌어안고 무릎을 꿇었다. 쿼린의 눈에서는 이미 빛이 스러져가고 있었다. "……날카롭군." 그는 잘려 나간 손가락을 들어 올리며 말하더니, 손을 떨구고 죽었다.

존은 멍하니 생각했다. '알고 있었어. 놈들이 나에게 뭘 시킬지 알고 있었던 거야.' 그리고 그는 샘웰 탈리를, 그렌과 구슬픈 에드를, 캐슬블랙에 남아 있을 핍과 토드를 생각했다. 브랜과 리콘과 롭을 잃었듯 그 형제들도 다 잃은 걸까? 이제 그는 누구일까? 무엇일까?

"일으켜라." 거친 손길이 그를 일으켜 세웠다. 존은 저항하지 않았다. "이름은 있나?"

이그리트가 대신 답했다. "이름은 존 스노우야. 윈터펠의 에다드 스타크의 아들이지."

랙와일이 웃었다. "누가 생각이나 했겠어? 반쪽 손 쿼린이 귀족 사생아 손에 죽다니."

"그놈 배를 갈라라." 아직 말에서 내리지 않은 래틀셔츠였다. 독수리가 날아오더니 빽 소리를 지르며 그의 뼈 투구에 내려앉았다.

"항복했잖아." 이그리트가 일깨웠다.

"그래. 그리고 자기 형제를 죽였지." 녹슨 무쇠 반투구를 쓴 키 작고 못생긴 남자가 말했다.

래틀셔츠가 뼈다귀를 덜걱거리며 다가왔다. "늑대가 대신 해치운 거다. 지저분한 방식이었어. 반쪽 손의 죽음은 내 몫이었다."

"우리 모두 네가 얼마나 적극적인지 봤거든." 랙와일이 조롱했다.

"이놈은 와르그인 데다 까마귀야. 난 마음에 들지 않아."

이그리트가 말했다. "와르그일지는 모르지만, 우리가 언제 와르그에게 겁을 먹었지?" 다른 사람들도 찬동의 소리를 냈다. 누런 두개골 투구에 뚫린 구멍으로 보이는 래틀셔츠의 눈빛에는 악의가 가득했지만, 그런 그도 마지못해 뜻을 굽혔다. '정말로 자유민들이군.' 존은 생각했다.

그들은 솔잎과 덤불, 부러진 나뭇가지를 쌓고 반쪽 손 쿼린을 쓰러진 자리에서 불태웠다. 아직 싱싱한 나무가 섞여 있어서 불이 느리게 타는 데다 연기가 심했다. 눈이 부시도록 파란 하늘에 검은 연기가 피어올랐다. 화장이 끝나자 래틀셔츠는 새까맣게 탄 뼈다귀 몇 개를 차지했고, 나머지는 누가 순찰자 장비를 차지하느냐를 두고 주사위를 던졌다. 이그리트가 망토를 얻었다.

"귀곡성 고개로 돌아가나?" 존은 이그리트에게 물었다. 자신이 그런 고산지대에 다시 덤빌 수 있을지, 조랑말이 한 번 더 그 높은 고개를 넘을 수 있을지 알 수 없었다.

"아니, 우리 뒤엔 아무것도 없어." 이그리트는 존에게 슬픈 얼굴을 보였다. "지금쯤이면 만스가 우유강을 한참 내려갔을걸. 너희 장벽으로 진군 중이야."

브랜

떨어지는 잿가루가 부드러운 회색 눈 같았다.

그는 마른 솔잎과 갈색 낙엽들을 밟고 소나무가 듬성듬성해지는 숲 가장자리로 걸어갔다. 열린 들판 너머로 소용돌이치는 불길에 맞서는 황량하고 거대한 인간의 돌 더미를 볼 수 있었다. 뜨거운 바람 속에 피와 탄 고기 냄새가 진하게 풍겼다. 냄새가 어찌나 강한지 저절로 침이 고일 정도였다.

그러나 어떤 냄새는 끌어당기는 반면, 다른 냄새들은 물러서라고 경고했다. 그는 떠도는 연기를 킁킁거렸다. '인간, 많은 인간, 많은 말, 그리고 불, 불, 불.' 그보다 더 위험한 냄새는 없었다. 인간의 발톱과 딱딱한 가죽이 단단하고 차가운 쇠 냄새보다 더 위험했다. 연기와 재가 눈을 가렸고, 하늘에는 불의 폭포를 내뿜는 날개 달린 큰 뱀이 보였다. 그는 이를 드러냈지만, 다음 순간 그 뱀은 사라졌다. 돌 절벽 뒤에서는 높이 치솟은 불이 별들을 집어삼켰다.

그 불은 밤새도록 탔고, 한번은 거대한 포효와 굉음이 들리면서 발밑의 땅이 펄쩍 뛰어올랐다. 개들이 짖어대고 낑낑거렸고 말들은 공포에 질려 소리를 질렀다. 아우성 소리가 밤을 흔들었다. 인간─무리의 아우성, 공포의 울음소리와 마구잡이 외침, 웃음소리와 비명 소리였다. 어떤 짐승도 인간만큼 시끄럽지는 않았다. 그는 귀를 바짝 세우고 귀 기울였고, 그의 형제는 무슨 소리가 날 때마다 으르렁거렸다. 그들은 소나무 바람이 하늘에 재와 깜부기불을 날리는 가운데 숲속을 배회했다. 이윽고 불길이 잦아들기 시작하고, 곧이어 꺼졌다. 그날 아침 뜬 태양은 흐릿한 회색빛이었다.

그는 그제야 숲을 떠나서 천천히 들판을 가로질렀다. 그의 형제는 피와 죽음의 냄새에 이끌려 같이 움직였다. 그들은 인간이 나무와 풀과 진흙으로 지어놓은 굴들 사이를 소리 없이 움직였다. 많은 굴이 불탔고 더 많은 굴이 무너졌다. 나머지는 예전처럼 서 있었다. 그러나 어디를 가도 산 사람이 보이거나 냄새가 나지는 않았다. 까마귀들이 시체를 뒤덮고 있다가 그의 형제와 그가 다가가면 요란한 소리를 지르며 날아올랐다. 들개들이 슬금슬금 도망쳤다.

거대한 회색 절벽 아래에서 말 한 마리가 부러진 다리로 일어서려다가 비명과 함께 쓰러지기를 반복하며 시끄럽게 죽어가고 있었다. 그의 형제는 말 주위를 돌다가 목을 찢었다. 말은 약하게 발길질을 하며 눈을 뒤집었다. 그가 시체에 다가가자 형제가 귀를 뒤로 눕히고 이를 딱 부딪쳤다. 그는 앞발로 형제를 한 대 때리고 그 다리를 물었다. 그들은 죽은 말 옆에서 풀과 흙과 잿가루 속을 뒹굴며 싸웠다. 그러다가 형제가 꼬리를 늘어뜨리고 누워서 항복 자세를 취했다. 그는 형제가 드러낸 목을 한 번 더 물어주고 말고기를 뜯어 먹으며 형제도 고기를 먹게 해주고, 그 검은 털에 묻은 피를 핥아줬다.

그때쯤에는 그 어두운 장소가, 모든 인간이 앞을 보지 못하게 되는 속삭임의 집이 그를 끌어당기고 있었다. 자신을 끌어당기는 차가운 손가락을 느낄 수 있었다. 그곳의 돌 냄새가 콧속을 살랑거렸다. 그는 그 인력에 저항하여 싸웠다. 그 어둠이 마음에 들지 않았다. 그는 늑대였다. 그는 사냥꾼이며 살해자였고, 깊은 숲속에서 별이 총총한 하늘 아래를 자유롭게 달리는 형제들과 함께 있어야 마땅했다. 그는 궁둥이를 깔고 앉아서 고개를 쳐들고 울부짖었다. '난 안 가. 난 늑대야. 난 안 가.' 그래도 어둠은 더 짙어지다가 그의 눈을 가리고 콧속을 채우고 귀를 막았다. 그는 보지도 냄새 맡지도 듣지도 달리지도 못하게 되었고, 회색 절벽이 사라지고 죽은 말이 사라지고 형제도 사라지고 모든 것이 깜깜하고 고요했고 깜깜하고 차가웠으며 깜깜하고 죽었고 검고……

"브랜." 목소리 하나가 조용히 속삭였다. "브랜, 돌아와. 이제 그만 돌아와, 브랜. 브랜……."

그는 세 번째 눈을 감고 다른 두 눈을, 오래된 두 눈, 보지도 못하는 두 눈을 떴다. 어둠 속에서는 누구나 앞을 보지 못했다. 하지만 누군가가 그를 안고 있었다. 그의 몸을 끌어안은 두 팔을, 가까이 달라붙은 따뜻한 몸을 느낄 수 있었다. 호도가 조용히 혼자 노래하는 소리를 들을 수 있었다. "호도, 호도, 호도."

"브랜?" 미라의 목소리였다. "몸부림을 치면서 끔찍한 소리를 내고 있었어. 뭘 본 거야?"

"윈터펠." 입안의 혀가 어색하고 둔하게 느껴졌다. '언젠가는 돌아왔을 때 말하는 법을 모르는 날이 올 거야.' "윈터펠이었어. 다 불에 휩싸였어. 말 냄새, 강철 냄새, 피 냄새가 났어. 놈들이 모두 죽었어, 미라."

얼굴에 와 닿고, 흘러내린 머리카락을 쓸어 넘겨주는 미라의 손길이 느껴졌다. "완전히 땀투성이야. 뭐 좀 마실래?"

"마실래." 그는 동의했다. 미라가 입가에 가죽 주머니를 댔고, 브랜이 너무 급하게 마시는 바람에 입가로 물이 흘렀다. 돌아올 때는 언제나 약해져 있었고 갈증이 났다. 그리고 배도 고팠다. 그는 죽어가던 말을, 입안에 가득하던 피 맛을, 아침 공기 속에 풍기던 구운 살 냄새를 떠올렸다. "얼마나 오래 걸렸어?"

"사흘." 조젠이 대답했다. 발소리가 나지 않게 다가왔거나, 내내 그 자리에 있었던 모양이었다. 이 앞이 보이지 않는 깜깜한 세상에서는 알 수가 없었다. "너 때문에 겁이 났어."

"난 서머와 함께 있었어."

"너무 오래 있었어. 굶어 죽어가고 있었지. 미라가 물을 조금씩 흘려 넣었고, 우리가 입에 꿀을 발라주기도 했지만 그걸로는 부족해."

"먹었어. 우린 엘크를 한 마리 쓰러뜨렸고, 그 고기를 훔치려 드는 사향고양이를 쫓아내야 했지." 그놈은 몸이 황토색과 갈색이었고, 몸집은 다이어울프의 반만 했으나 사나웠다. 그놈에게 풍기던 사향 냄새, 그리고 참나무 가지 위에서 그들을 향해 으르렁거리던 모습이 기억났다.

조젠이 말했다. "늑대가 먹었지, 네가 먹은 건 아니야. 조심해, 브랜. 네가 누구인지 기억해."

자신이 누구인지는 지나치게 잘 기억하고 있었다. 어린 브랜, 망가진 브랜. '그보다는 짐승 브랜이 낫지.' 차라리 서머 꿈을, 늑대 꿈을 꾸고 싶은 게 당연하지 않나? 이 싸늘하고 축축한 무덤의 어둠 속에서 마침내 그의 세 번째 눈이 열렸다. 원할 때마다 서머에게 닿을 수 있었고, 한번은 고스트를 건드리고 존에게 말을 걸기까지 했다. 그 부분은 꿈이었을지도 모르지만…… . 왜 조젠이 언제나 그를 다시 끌어당기려 하는지 이해할 수 없었다. 브랜은 팔 힘을 써서 꿈틀꿈틀 앉는 자세를 취했다. "오샤에게 내가 뭘 봤는지 말해줘야 해. 오샤가 여기 있어? 어디 갔지?"

야인 여자가 직접 대답했다. "아무 데도 안 갔어. 어둠 속에서 실컷 더듬거리고 있었지." 브랜은 발꿈치가 돌을 스치는 소리를 듣고 그쪽으로 고개를 돌렸지만, 아무것도 보이지 않았다. 오샤의 냄새를 맡을 수 있다고 생각은 했지만 확실치 않았다. 모두가 비슷한 악취를 풍겼고, 모두를 구분할 수 있는 서머의 코도 없었다. 오샤는 말을 이었다. "어젯밤엔 어느 왕의 발치에 오줌을 눴지. 아니, 아침이었을지도 몰라. 누가 알겠어? 난 자고 있었지만, 지금은 아니야." 브랜만이 아니라 모두가 잠을 많이 잤다. 달리 할 일이 없었다. 자고 먹고 다시 자고, 가끔 조금씩 대화를 하고…… 하지만 안전을 위해 많이는 말고, 속삭이기만 했다. 오샤는 아예 대화를 하지 않는 편을 더 좋아했을지 모르지만, 리콘을 조용히 시키거나 호도가 끝없이 "호도, 호도, 호도"라고 혼잣말하는 것을 막을 방법은 없었다.

브랜이 말했다. "오샤, 윈터펠이 불타는 걸 봤어." 왼쪽에서 리콘의 조용한 숨소리를 들을 수 있었다.

"꿈이야." 오샤가 말했다.

"늑대 꿈이야. 냄새도 맡았어. 불이나 피 냄새가 나는 건 달리 없어."

"누구 피?"

"사람들, 말과 개들. 모두 다. 가서 봐야 해."

"나한테 있는 거라곤 이 뼈만 앙상한 몸뚱이뿐이야. 그 오징어 왕자가 날 잡으면 채찍으로 등가죽을 벗겨낼 거라고."

어둠 속에서 미라의 손이 브랜의 손을 잡더니 꾹 쥐었다. "네가 무섭다면 내가 갈게."

브랜은 손가락이 가죽을 만지는 소리, 이어서 부싯돌에 강철이 부딪치는 소리를 들었다. 그리고 한 번 더. 불똥이 튀더니, 불이 붙었다. 오샤는 가만히 입김을 불었다. 길고 하얀 불기둥이 깨어나더니 발돋움하는 소녀처럼 위로 몸을 뻗었다. 그 위에 오샤의 얼굴이 떠다녔다. 오샤는 홰에 불을 붙였다. 역청이 타면서 오렌지색 광채로 세상을 채우자 브랜은 눈을 가늘게 떴다. 그 불빛에 깨어난 리콘이 하품을 하며 일어나 앉았다.

그림자가 움직이니 잠시 죽은 자들도 일어나는 것 같았다. 리안나와 브랜던, 그 둘의 아버지인 리카드 스타크 공, 그 아버지인 에드윌 공, 윌람 공과 그 형제인 인정사정없는 아토스 공, 도너 공과 베론 공과 로드웰 공, 애꾸눈 조넬 공, 바트 공과 브랜던 공과 드래곤 기사와 싸웠던 크레간 공. 그들은 발치에 돌 늑대를 두고 돌 의자에 앉아 있었다. 그들이 몸에서 온기가 빠져나갔을 때 온 곳이 여기였다. 산 사람들은 밟기를 두려워하는, 죽은 자들의 어두운 홀이었다.

그리고 에다드 스타크 공을 기다리는 텅 빈 무덤 입구에서, 에다드 스타크를 닮은 위엄이 넘치는 화강암 조각 아래에서 도망자 여섯 명은 얼마 안 되는 빵과 물과 말린 고기를 가운데 두고 모였다. "남은 게 얼마 없어." 오샤는 남은 음식을 내려다보고 눈을 깜박이며 중얼거렸다. "어차피 먹을 걸 훔치러 올라가야 했어. 아니면 호도를 잡아먹어야 할 판이니까."

"호도." 호도는 오샤를 보고 히죽 웃었다.

"위는 낮이야, 밤이야?" 오샤가 물었다. "시간 감각이 다 없어졌어."

"낮이야." 브랜이 대답했다. "하지만 연기가 심해서 어두워."

"확실해?"

브랜은 망가진 몸을 조금도 움직이지 않고 마음을 뻗었고, 잠시 이중으로 사물을 보았다. 햇불을 든 오샤와 미라와 조젠과 호도가 있었고, 두 줄로 늘어선 높은 화강암 기둥과 오래전에 죽은 영주들이 어둠 속으로 끝없이 뻗어나갔다……. 그러나 그 풍경과 동시에 윈터펠도 보였다. 떠도는 연기에 회색으로 물든 하늘, 새까맣게 타서 쪼개진 육중한 참나무와 철문들, 끊어진 쇠사슬과 빠진 판자가 엉켜 내려앉은 도개교까지. 해자에는 시체가 둥둥 떠다니며 까마귀들이 내려앉는 섬이 되어 있었다.

"확실해." 브랜은 선언했다.

오샤는 잠시 생각해보더니 말했다. "그렇다면 위험을 감수해보자. 다들 뒤에 바싹 붙어. 미라, 브랜의 바구니 가져와."

"집에 가는 거야?" 리콘이 신이 나서 물었다. "난 말 타고 싶어. 그리고 사과 케이크랑 버터랑 꿀이랑, 그리고 새끼도 봐야지. 새끼독이 있는 데로 가는 거야?"

브랜은 동생에게 약속했다. "그래. 하지만 조용히 해야 해."

미라는 호도의 등에 고리버들 바구니를 메고 브랜이 올라가게 도운 후, 그의 쓸모없는 다리를 구멍으로 빼냈다. 브랜은 속이 이상하게 떨렸다. 위에서 무엇이 기다리는지 알고는 있었지만, 그렇다고 덜 무서워지지는 않았다. 출발하면서 브랜은 마지막으로 아버지의 조각상을 돌아보았다. 에다드 공의 눈빛에 슬픔이 깃든 것처럼 보였다. 마치 그들이 가지 않기를 바라는 것처럼……. '가야 해요. 때가 됐어.' 그는 생각했다.

오샤는 한 손에 긴 참나무 창을 들고 반대쪽 손에는 횃불을 들었다. 등에는 칼집 없는 장검을 늘어뜨렸는데, 미켄의 표식이 들어간 마지막 검이었다. 에다드 공의 무덤을 위해, 그 유령을 쉬게 하려고 만든 검이었다. 그러나 미켄이 참살당하고 강철인들이 무기고를 지키고 있으니 질 좋은 강철검을 내버려두기는 아까웠다. 그게 묘지 약탈이 된다 해도 말이다. 미라는 리카드 공의 검을 챙겼지만, 너무 무겁다고 불평했다. 브랜던은 이름이 같은 백부, 얼굴도 본 적 없는 백부를 위해 만들어진 검을 챙겼다. 싸움이 벌어지면 별로 쓸모가 없을 몸이지만, 그래도 손에 검을 쥐니 기분이 좋았다.

하지만 그것은 게임에 불과했고, 브랜도 알고 있었다.

그들의 발소리가 동굴 같은 지하묘지 속에 메아리쳤다. 등 뒤의 어둠이 그의 아버지를 삼키고, 앞쪽 어둠이 물러나면서 다른 조각상들을 드러냈다. 이들은 한갓 영주가 아니라 북부의 옛 왕들이었다. 그들은 머리에 돌 왕관을 얹고 있었다. 무릎 꿇은 왕 토르헨 스타크. 봄의 왕 에드윈. 굶주린 늑대 테온 스타크. 불태우는 브랜던과 배 만드는 브랜던. 조라와 조노스, 악한 브랜던, 달의 왕 월튼, '신랑' 에데리온, 에이론, 다정한 벤젠과 혹독한 벤젠, 눈 수염 에드릭 왕까지. 그들의 얼굴은 근엄하고 강렬했으며, 끔찍한 짓을 한 사람도 있었지만 모두가 스타크였다. 그리고 브랜은 그들 모두의 이야기를 알았다. 지하묘지가 무서웠던 적도 없었다. 그들은 집의 일부였으며 브랜 자신의 일부였고, 그는 언젠가 자신도 여기에 누우리라는 사실을 늘 알고 있었다.

하지만 이제 그 부분은 전처럼 확신할 수 없었다. '이제 올라가면 다시 돌아오게 되긴 할까? 죽으면 난 어디로 가게 될까?'

"가만." 올라가면 지상으로 이어지고, 내려가면 더 오래된 왕들이 아직도 어두운 왕좌에 앉아 있는 아래층으로 이어지는 꼬불꼬불한 돌계단에 이르자 오샤가 그렇게 말하며 미라에게 횃불을 건넸다. "내가 올라가볼 테니까." 잠시 동안 그들은 오샤의 발소리밖에 들을 수 없었는데, 그나마도 점점 작아지다가 완전히 사라졌다. "호도." 호도가 불안에 차서 말했다.

브랜은 이 지하 어둠 속에 숨어 있는 게 얼마나 싫은지, 얼마나 태양을 다시 보고 싶은지, 얼마나 말을 타고 바람과 비 속을 달리고 싶은지 수백 번은 생각했었다. 그러나 이제 나갈 때가 오자 두려웠다. 어둠 속은 안전하게 느껴졌다. 얼굴 앞에 들어 올린 손도 볼 수 없을 때는 적도 자신을 찾지 못하리라 믿기가 쉬웠다. 그리고 돌 조각상들이 용기를 주기도 했다. 그 모습을 볼 수 없다 해도 그들이 거기 있다는 걸 알았으니까.

아무 소리도 없이 오랜 시간이 지난 것 같았다. 브랜은 오샤에게 무슨 일이 생긴 건 아닐까 걱정이 들었다. 리콘이 가만히 있지 못하고 꿈틀거리더니 큰 소리로 말했다. "난 집에 가고 싶어!" 호도는 고개를 끄덕이며 "호도"라고 말했다. 다음 순간 발소리가 다시 들렸고, 점점 커지더니, 몇 분 후에는 음울한 얼굴의 오샤가 불빛 속으로 들어왔다. "뭔가가 문을 막고 있어. 내 힘으론 못 움직여."

"호도는 뭐든 움직일 수 있어." 브랜이 말했다.

오샤는 덩치 큰 마구간지기 소년을 가늠해보는 눈빛으로 보았다. "그럴지도 모르겠네. 그럼 갑시다."

계단이 좁았기에 일행은 한 줄로 올라가야 했다. 오샤가 앞장을 섰다. 그 뒤에 호도가 따르고, 등에 업힌 브랜은 천장에 머리를 부딪치지 않게 몸을 웅크렸다. 그 뒤에 횃불을 든 미라가 서고, 조젠이 맨 뒤에서 리콘의 손을 잡고 따라갔다. 그들은 돌고 또 돌면서 위로 올라갔다. 브랜은 이제 연기 냄새를 맡을 수 있다고 생각했지만, 횃불 때문인지도 몰랐다.

지하묘지 문은 철목으로 만들어졌다. 오래되고 무거운 문으로, 땅에 비스듬히 박혀 있었다. 한 번에 한 명밖에 오갈 수 없었다. 오샤는 문에 도착하자 한 번 더 밀어봤지만, 브랜도 문이 꿈쩍하지 않는 것을 볼 수 있었다. "호도에게 시켜보자."

우선 브랜이 으깨지는 일이 없도록 바구니에서 꺼내야 했다. 미라가 계단에 앉아서 보호하듯 브랜의 어깨에 팔을 두르는 사이, 오샤와 호도는 선자리를 바꿨다. "저 문을 열어, 호도." 브랜이 말했다.

거대한 마구간지기 소년은 두 손을 문에 대고 끙 소리를 내며 밀었다. "호도?" 그는 주먹으로 문을 후려쳤다. 꿈쩍도 하지 않았다. "호도."

브랜이 말했다. "등과 다리를 써봐."

호도는 몸을 돌려 나무 문에 등을 대고 밀었다. 다시. 또 다시. "호도!" 그는 높은 계단에 한 발을 올려서 기울어진 문 아래에 허리를 굽히고는, 일어서려고 했다. 이번에는 나무 문이 삐걱거리며 신음했다. "호도!" 호도는 반대쪽 발을 계단에 올리고, 두 다리를 넓게 벌리고 버텨 선 후, 몸을 폈다. 호도의 얼굴이 시뻘게졌고, 브랜은 위에서 내리누르는 무게에 대항하느라 호도의 목에 불거지는 힘줄을 볼 수 있었다. "호도 호도 호도 호도 호도 호도!" 위에서 둔탁한 꽝음이 울리더니 갑자기 문이 덜컹 열렸다. 한 줄기 햇살이 브랜의 얼굴에 똑바로 떨어져서 잠시 앞이 보이지 않았다. 호도가 한 번 더 밀자 돌이 움직이는 소리가 나더니, 길이 열렸다. 오샤는 창으로 밖을 찌르고 나갔고, 리콘이 미라의 다리 사이를 빠져나가서 따라갔다. 호도는 문을 마저 열어젖힌 후에 지상으로 걸어 나갔다. 리드 남매는 브랜을 데리고 마지막 몇 계단을 올라가야 했다.

하늘은 옅은 회색이었고, 사방에 연기가 소용돌이쳤다. 그들은 '최초의 아성', 혹은 그 잔해의 그림자 속에 서 있었다. 건물 한쪽 면이 통째로 떨어져 무너졌다. 마당에는 돌덩어리와 부서진 가고일이 널려 있었다. '내가 떨어진 자리에 떨어졌구나.' 브랜은 가고일들을 보며 생각했다. 산산조각 난 가고일을 보면 자신은 어떻게 살았을까 의아해질 정도였다. 근처에서는 까마귀들이 굴러 떨어진 돌에 짓이겨진 시체를 쪼아 먹고 있었는데, 시체가 엎드려 있어서 누구인지 알 수가 없었다.

'최초의 아성'은 이미 사용하지 않은 지 몇백 년이나 된 건물이었지만, 지금처럼 빈껍데기가 된 적은 없었다. 바닥도 타버렸고, 기둥도 다 탔다. 벽이 떨어져 내린 구멍으로 방들은 물론이고 변소까지 들여다볼 수 있었다. 그래도 그 뒤에는 '무너진 탑'이 이전보다 불탄 구석도 없이 서 있었다. 조젠 리드가 연기 때문에 기침을 했다. "집에 데려다 줘! 집에 가고 싶어!" 리콘은 요구했고, 호도는 빙빙 돌면서 작은 소리로 훌쩍였다. "호도." 그들은 폐허와 죽음에 둘러싸여 한 덩어리로 모여 섰다.

오샤가 말했다. "드래곤이라도 깨울 만큼 시끄럽게 굴었는데 아무도 안 오네. 브랜의 꿈대로 성은 죽어서 타버렸지만, 우리에겐—" 오샤는 등 뒤에서 소리가 나자 말을 끊고 창을 들어 올리며 몸을 돌렸다.

무너진 탑 뒤에서 여위고 거무스름한 형체 둘이 나타나더니 천천히 돌무더기를 뚫고 다가왔다. 리콘이 기쁨에 차서 "섀기!"라고 외치자 검은색 다이어울프가 뛰어왔다. 서머는 그보다 천천히 다가와서 브랜의 팔에 머리를 문지르고 그의 얼굴을 핥았다.

조젠이 말했다. "우린 여길 떠나야 해. 이렇게 많이 죽었으니 서머와 새기 말고 다른 늑대들도 불러올 거야. 네 다리로 걷는 늑대들만이 아니고."

"그래, 어서 가야지." 오샤가 동의했다. "하지만 음식은 필요해. 그리고 누군가 살아남은 사람이 있을지도 몰라. 같이 모여 있어야 해. 미라, 방패들고 뒤쪽을 지켜."

성안을 천천히 한 바퀴 도는 데 오전이 다 갔다. 강력한 화강암 벽은 여기저기 불에 그을려 까매지기는 했으나 멀쩡하게 남아 있었다. 하지만 그 안은 죽음과 파멸뿐이었다. 대연회장 문은 새까맣게 타서 연기를 피우고 있었고, 안으로 들어가보니 서까래가 무너지고 지붕이 다 바닥으로 떨어졌다. 유리 정원을 뒤덮은 초록색과 노란색 유리판은 모두 깨어지고, 나무와 과일과 꽃들은 다 찢어지거나 찬공기에 노출되어 죽을 상태였다. 나무와 이엉으로 만든 마구간에는 재와 깜부기불과 죽은 말들밖에 남지 않았다. 브랜은 댄서를 떠올리고 울고 싶어졌다. 도서관 탑 아래에는 수증기가 피어오르는 얕은 호수가 있었는데, 옆에 금이 가서 뜨거운 물이 쏟아져나오고 있었다. 종탑과 까마귀 방을 잇는 다리는 안뜰로 무너져 내렸고, 루윈 학사가 거주하던 탑은 사라져버렸다. 그들은 주성 아래 좁은 지하실 창문에 비치는 흐릿한 붉은 광채를 보았고, 창고 하나도 아직까지 안에서 불이 타고 있었다.

돌아다니면서 오샤는 흘러 다니는 연기 속에 대고 가만히 소리를 쳤지만, 답하는 사람은 아무도 없었다. 시체를 물고 흔들던 개는 한 마리 보았으나, 그 개도 다이어울프 냄새를 맡고 달아나버렸다. 나머지 개들은 견사에 죽어 있었다. 학사의 큰까마귀들은 시체들에게 구애하고 있었고, 무너진 탑에서 내려온 까마귀들이 다른 시체들을 차지했다. 브랜은 얼굴에 도끼가 찍힌 폭시 팀을 알아보았다. 어머니의 성소가 남긴 잿빛 껍데기 바깥에서 타버린 시체 하나는 다가가는 자는 누구든 때리겠다는 듯 팔을 들어 올리고 두 주먹을 단단히 쥐고 있었다. 오샤가 화가 나서 낮은 목소리로 말했다. "신들이 있다면, 이런 짓을 한 놈들은 다 '다른자'들이 잡아가기를."

"테온이었어." 브랜은 음울하게 말했다.

"아냐. 봐." 오샤는 창으로 마당 저편을 가리켰다. "저건 테온의 강철인 부하야. 저기도. 그리고 저건 그레이조이의 군마야, 보여요? 화살이 박힌 검은 말." 오샤는 찌푸린 얼굴로 시체들 사이를 움직였다. "그리고 여긴 검은 로렌이 있네." 어찌나 심하게 베이고 찔렸는지 수염이 적갈색이 되어 있었다. "몇 놈 데리고 갔군." 오샤는 발끝으로 다른 시체 하나를 뒤집었다. "휘장이 있어. 시뻘건 남자."

"드레드포트의 살가죽 벗겨진 남자야." 브랜이 말했다.

서머가 울부짖더니 쏜살같이 달려갔다.

"신의 숲이야." 미라 리드가 방패와 개구리 창을 들고 다이어울프를 쫓아 달렸다. 나머지는 연기와 떨어진 돌 더미를 피해가며 뒤따라갔다. 숲속은 공기가 좀 더 맑았다. 가장자리에 선 소나무 몇 그루가 타기는 했지만, 그 안쪽으로는 축축한 흙과 싱싱한 나무가 불길을 막았다. "살아 있는 숲에는 힘이 있어." 조젠 리드가 브랜의 생각을 읽은 것처럼 말했다. "불 못지않게 강력한 힘이지."

검은 연못 가장자리, 심장 나무 아래 흙 속에 루윈 학사가 엎드려 있었다. 루윈 학사가 기어간 흔적이 젖은 잎사귀에 핏자국으로 남았다. 서머는 그 몸을 내려다보고 있었고, 브랜은 루윈이 죽었다고 생각했다. 그러나 미라가 목을 건드리자 루윈이 신음했다. "호도?" 호도가 구슬피 말했다. "호도?"

그들은 조심스럽게 루윈을 돌려 눕혔다. 루윈은 눈도 회색이고 머리도 회색이었으며, 한때는 로브도 회색이었지만, 지금은 피가 배어 나와 로브

색이 어두웠다. "브랜." 그는 호도의 등에 업힌 브랜을 보고 가만히 말했다. "그리고 리콘도." 그는 미소 지었다. "신들이시여 고맙습니다. 그럴 줄 알았어요……."

"알다뇨?" 브랜은 머뭇거리며 물었다.

"다리가 말입니다. 알 수 있었어요……. 옷은 맞는데, 다리 근육이…… 가엾은 아이……." 루윈이 기침을 하자 피가 튀어나왔다. "숲속에서…… 사라졌지요……. 그런데 어떻게?"

브랜이 대답했다. "우린 나가지도 않았어요. 음, 가장자리까지만 갔다가 되돌아왔죠. 늑대들이 흔적을 만들게 해놓고 우린 아버지의 무덤에 숨었어요."

"지하묘지였군요." 루윈은 피거품을 입술에 묻히고 쿡쿡 웃었다. 그는 움직이려다가 고통에 날카로운 숨소리를 냈다.

브랜의 눈에 눈물이 고였다. 보통 사람이 다치면 학사에게 데려가지만, 학사가 다치면 뭘 할 수 있을까?

"실어 나를 것을 만들어야겠어요." 오샤가 말했다.

"소용없네. 난 죽어가고 있어." 루윈이 말했다.

"그럴 순 없어." 리콘이 화가 나서 말했다. "못 죽어." 그 옆에서 섀기독이 이를 드러내고 으르렁거렸다.

학사는 미소 지었다. "조용히 하세요. 내가 훨씬 나이가 많으니 죽을 수 있습니다……. 나 좋을 대로 죽을 수 있어요."

"호도, 내려가." 브랜의 말에 호도가 학사 옆에 무릎을 꿇었다.

루윈은 오샤에게 말했다. "듣게나. 왕자님들은…… 롭의 후계자야. 같이…… 같이 있어선 안 돼…… 알겠나?"

야인 여자는 창에 기대서서 대꾸했다. "그래요. 따로가 더 안전하죠. 그런데 어디로 데려가죠? 혹시 세르윈이면 어떨까 했는데……."

루윈 학사는 고개를 저었는데, 그 정도 움직임에도 어떤 대가가 따르는지 빤히 보였다. "세르윈 가문 아이는 죽었네. 로드릭 경도, 레오발드 톨하트도, 혼우드 부인도…… 다 참살당했어. 딥우드가 함락됐고, 모트카일린도, 곧 토르헨스퀘어도……. 강철인들이 스토니쇼어에 있어. 그리고 동쪽엔 볼턴의 서자가 있지."

"그럼 어디로 가죠?" 오샤가 물었다.

"화이트하버…… 엄버…… 모르겠네……. 사방이 전쟁이야……. 모두가 이웃과 맞서고 있고, 겨울이 오고 있네……. 이 얼마나 어리석은지. 얼마나 흉악하고 미친 짓인지……." 루윈 학사는 손을 뻗어 브랜의 팔뚝을 잡았다. 필사적인 힘으로 꽉 잡았다. "강해져야 합니다. 강해야 해요."

"그럴게요." 브랜은 그렇게 대답했지만, 쉽지는 않았다.

'로드릭 경도 살해당하고 루윈 학사도, 모두가, 모두가…….'

"훌륭해요. 착한 아이로군요. 아버님의…… 아버님의 아들답습니다, 브랜. 이제 가세요."

오샤는 영목을, 하얀 줄기에 새겨진 붉은 얼굴을 올려다보았다. "학사님은 신들에게 맡겨두고요?"

"부탁하네……." 학사는 침을 삼켰다. "무…… 물을. 그리고…… 소원이 하나 더 있군. 괜찮다면……."

"그러죠." 오샤는 미라를 돌아보았다. "애들 데려가."

조젠과 미라가 리콘을 양옆에서 잡고 갔다. 호도는 그 뒤를 따라갔다. 나무 사이를 뚫고 가다보니 낮은 가지들이 브랜의 얼굴을 때렸고, 잎사귀가 눈물을 쓸어갔다. 오샤는 몇 분 후에 마당에서 그들과 합류했다. 그녀는 루윈 학사에 대해서는 한 마디도 하지 않고 시원스럽게 말했다. "호도는 브랜의 다리가 되어야 하니까 같이 있어야 해. 리콘은 내가 데려간다."

"우린 브랜과 같이 가." 조젠 리드가 말했다.

"그래, 그럴 것 같더라. 난 동문으로 해서 왕의 가도를 한동안 따라간다." 오샤가 말했다.

"우린 사냥꾼 문으로 나갈게." 미라가 말했다.

"호도." 호도가 말했다.

그들은 부엌에 먼저 들렀다. 오샤는 탔지만 아직 먹을 만한 빵을 몇 덩이 찾아냈고, 차가운 구운 새 고기도 찾아서 반으로 찢어 나눴다. 미라는 꿀통 하나와 커다란 사과 자루 하나를 파냈다. 그들은 부엌을 나가서 작별 인사를 나눴다. 리콘이 울면서 호도의 다리에 매달리는 통에 결국에는 오샤가 창 자루로 한 대 때려야 했다. 그러고 나자 리콘도 오샤를 따라갔다. 섀기독이 두 사람 뒤를 걸었다. 브랜이 본 그들의 마지막 모습은 다이어울프의 꼬리가 무너진 탑 뒤로 사라지는 모습이었다.

사냥꾼 문에 내려진 쇠창살문은 열에 너무 심하게 뒤틀려서 30센티 이상은 올릴 수가 없었다. 한 명씩 쇠창살 아래를 비집고 들어가야 했다.

브랜은 내벽과 외벽 사이 도개교를 건너면서 물었다. "너희 아버지에게 가는 거야? 그레이워터워치로?"

미라는 동생을 보며 답을 구했다. "우리가 갈 길은 북쪽이야." 조젠이 선언했다.

브랜은 늑대 숲 가장자리에서 바구니 속의 몸을 돌려 인생 전부였던 성을 마지막으로 쳐다보았다. 아직도 회색 하늘에 연기가 오르고 있었지만, 싸늘한 가을 오후에 윈터펠의 굴뚝에서 올라가던 연기보다 심하지는 않았다. 활 구멍 몇 군데에 검댕이 묻었고, 외벽 여기저기에 금이 가거나 성가퀴가 빠진 부분이 보였지만, 이렇게 멀리서 보니 대단치 않아 보였다. 외벽 너머 아성과 탑들은 수백 년 동안 서 있던 모습 그대로였고, 성이 약탈당하고 타버렸다는 사실을 알아보기는 힘들었다. 브랜은 스스로에게 말했다. '돌은 튼튼하고, 나무뿌리는 깊게 뻗지. 그리고 땅속에는 겨울의 왕들이 왕좌에 앉아 있어.' 그 왕들이 남아 있는 한 윈터펠도 남아 있었다. 망가졌을 뿐, 죽지는 않았다. '나와 마찬가지야. 나도 죽지 않았잖아.'

부록

— 왕들과 그 궁정 —

철왕좌의 왕

조프리 왕의 기치는 금색 바탕에 검은색으로 바라테온 가문의 왕관 쓴 수사슴, 그리고 진홍색 바탕에 금색으로 라니스터 가문의 사자를 같이 보인다.

조프리 바라테온 1세 13세 소년, 로버트 바라테온 1세와 라니스터 가문의 세르세이 왕비 사이에서 태어난 맏아들

세르세이 대비 어머니, 섭정대비 겸 왕국의 수호자

미르셀라 공주 누이, 9세 소녀

토멘 왕자 동생, 8세 소년, 철왕좌의 후계자

숙부, 친가 쪽

스타니스 바라테온 드래곤스톤의 영주, 국왕 스타니스 1세를 자칭

렌리 바라테온 스톰스엔드의 영주, 국왕 렌리 1세를 자칭

숙부, 외가 쪽

제이미 라니스터 경 일명 킹슬레이어, 킹스가드 단장, 리버런의 포로

티리온 라니스터 왕의 수관 대행

› **포드릭 페인** 티리온의 종자

티리온의 호위대와 맹약검사

  › › **브론** 용병, 검은 머리와 시커먼 심장의 소유자

  › › **돌프의 아들 샤가** 돌까마귀 씨족

  › › **티멧의 아들 티멧** 불탄 남자 씨족

  › › **체윅의 딸 첼라** 검은 귀 씨족

› › **칼로의 아들 크론** 달 형제 씨족
› **샤에** 티리온의 첩, 종군 매춘부, 18세

소협의회

파이셀 대학사

피터 베일리시 공 일명 리틀핑거, 재무관

자노스 슬린트 공 킹스랜딩 도시 경비대(일명 황금 망토) 대장

바리스 내시, 일명 거미, 첩보관

킹스가드

제이미 라니스터 경 일명 킹슬레이어, 킹스가드 단장, 리버런의 포로

산도르 클리게인 일명 사냥개

보로스 블런트 경

메린 트랜트 경

아리스 오크하트 경

프레스턴 그린필드 경

맨던 무어 경

신하와 가신

일린 페인 경 왕의 심판관, 처형 집행인

바일러 킹스랜딩에 있는 라니스터 위병대(일명 붉은 망토)의 대장

란셀 라니스터 경 로버트 왕의 종자였다가 최근 기사가 됨

타이렉 라니스터 로버트 왕의 종자였음

아론 산타가르 경 훈련대장

발론 스완 경 스톤헬름의 영주 길리안 스완의 둘째 아들

에메산드 헤이포드 아가씨 젖먹이 아기

돈토스 홀라드 경 일명 빨갱이, 주정뱅이

잘라바르 쇼 여름 군도의 망명 왕자

문보이 어릿광대

탠다 스토크워스 부인

> › **팔리스** 큰딸
> › **롤리스** 작은딸, 33세 처녀

자일스 로스비 공

호라스 레드와인 경, 호버 레드와인 경 쌍둥이, 아버의 영주의 아들

킹스랜딩 사람

도시 경비대(일명 황금망토)
> › **자노스 슬린트** 하렌홀의 영주, 대장
>> › › **모로스** 그의 큰아들 겸 후계자
> › **알라르 딤** 슬린트의 부하 장교
> › **자슬린 바이워터 경** 일명 무쇠 손, 강의 문 지구대장

할린 화염술사, 연금술사 길드의 현자

차타야 고급 매음굴의 주인
> › **알라야야, 댄시, 마레이** 등 그 밑에 있는 여자들

토보 모트 무기제조 장인

샐러런 무기제조 장인

아이언벨리 대장장이

로소르 브룬 자유기수

오스먼드 케틀블랙 경 좋지 않은 명성을 누리는 방랑기사
> › **오스프리드 케틀블랙, 오스니 케틀블랙** 그 형제들

은혀의 사이먼 가수

~✿✦✿~ 협해의 왕 ✿✦✿~

스타니스 왕은 '빛의 군주'의 불타는 심장을 기치로 채택했다. 밝은 노란색 바탕에 오렌지색 불길에 싸인 붉은 심장 그림이다. 그 심장 안에는 검은색으로 바라테온 가문의 왕관 쓴 수사슴을 그려 넣었다.

스타니스 바라테온 1세 로버트 왕의 동생으로 전 드래곤스톤의 영주, 스테폰 바라테온 공과 에스터몬트 가문의 카사나 부인 사이에서 태어난 둘째 아들

셀리스 부인 아내, 플로렌트 가문 출신
시린 두 사람의 유일한 자식, 10세 소녀
숙부
로마스 에스터몬트 경 외숙부
> **앤드류 에스터몬트 경** 아들

신하와 가신
크레센 학사 치료사이자 가정교사, 노인
> **필로스 학사** 그의 젊은 후계자
바르 성사
액셀 플로렌트 경 드래곤스톤의 수호성주이자 셀리스 왕비의 숙부
패치페이스 얼간이 광대
아사이의 멜리산드레 일명 붉은 여인, 불의 심장 를로르의 여사제
다보스 시워스 경 일명 양파 기사이며 때로는 반손이라고도 불림, 블랙베타호의 선장

› **마리아** 아내, 목수의 딸

두 사람의 일곱 아들

    › › **데일** 망령호의 선장

    › › **알라드** 레이디마리아호의 선장

    › › **매토스** 블랙베타호의 이인자

    › › **매릭** 맹위호의 노잡이 대장

    › › **데반** 스타니스 왕의 종자

    › › **스타니스** 9세 소년

    › › **스테폰** 6세 소년

브라이엔 파링 스타니스 왕의 종자

휘하 영주와 충성을 맹세한 무사

아드리안 셀티가르 클로 섬의 영주, 노인

몬포드 벨라리온 타이드의 영주이자 드리프트마크 섬의 주인

듀람 바르 에몬 샤프포인트의 영주, 14세 소년

건서 선글라스 스위트포트사운드의 영주

휴버드 램튼 경

살라도르 산 자유도시 리스 출신, 협해의 왕자를 자칭

모로시 미르 사람, 해군 용병 제독

ᴥᴥᴥ 하이가든의 왕 ᴥᴥᴥ

렌리 왕의 기치는 스톰스엔드의 바라테온 가문을 상징하는 왕관 쓴 수사슴을 금색 바탕에 검은색으로 그려 넣은 깃발로, 형인 로버트 왕이 휘날렸던 기치와 같다.

렌리 바라테온 1세 로버트 왕의 막냇동생으로 전 스톰스엔드의 영주, 스테폰 바라테온 공과 에스터몬트 가문 출신의 카사나 부인 사이에서 태어난 셋째 아들

마저리 그의 새 신부, 티렐 가문, 15세 처녀

숙부
엘던 에스터몬트 경 숙부

› **아에몬 에스터몬트 경** 엘던 경의 아들

›› **알린 에스터몬트 경** 아에몬 경의 아들

휘하 영주
메이스 티렐 하이가든의 영주이자 왕의 수관
랜딜 탈리 혼힐의 영주
마티스 로완 골든그로브의 영주
브라이스 카론 변경 지역의 영주
시라 에롤 헤이스택홀의 여영주
아르윈 오크하트 올드오크의 여영주
알레스터 플로렌트 브라이트워터킵의 영주
타스의 셀윈 공 일명 저녁 별

레이톤 하이타워 올드타운의 목소리, 항구의 주인

스테폰 바너 공

레인보우가드

로라스 티렐 경 꽃의 기사, 기사단장

브라이스 카론 공 주황

가이야드 모리겐 경 초록

파멘 크레인 경 자주

로바르 로이스 경 빨강

에몬 카이 경 노랑

브리엔느 파랑, 일명 미녀 브리엔느, 타스의 저녁 별 셀윈 공의 딸

기사와 맹약검사

코트네이 펜로즈 경 스톰스엔드의 수호성주

　⟩**에드릭 스톰** 코트네이 경의 대자, 로버트 왕이 플로렌트 가문의 델레나 부인에게서 낳은 서자

도넬 스완 경 스톤헬름의 후계자

존 포소웨이 경 초록 사과 포소웨이 가문

브라이언 포소웨이 경, 탠튼 포소웨이 경, 에드위드 포소웨이 경 붉은 사과 포소웨이 가문

그린풀스의 콜렌 경

마크 멀런도어 경

붉은 로넷 그리핀루스트의 기사

가신

저언 학사 조언자이자 치료사, 가정교사

북부의 왕

북부의 왕이 내건 기치는 수천 년간 이어져온 그대로다. 윈터펠의 스타크를 상징하는 회색 다이어울프가 하얀 얼음 땅을 달리는 깃발.

롭 스타크 윈터펠의 영주이자 북부의 왕, 윈터펠의 영주였던 에다드 스타크와 툴리 가문 출신의 캐틀린 부인 사이에서 태어난 맏아들. 15세 소년.

그레이윈드 다이어울프
캐틀린 부인 어머니, 툴리 가문 출신
형제
산사 공주 12세 처녀
　 › **{레이디}** 산사의 다이어울프, 대리 성에서 죽음
아리아 공주 10세 소녀
　 › **니메리아** 아리아의 다이어울프, 1년 전에 도망
브랜던 왕자 보통 브랜으로 불림, 윈터펠과 북부의 후계자, 8세 소년
　 › **서머** 브랜의 다이어울프
리콘 왕자 4세 소년
　 › **섀기독** 리콘의 다이어울프
존 스노우 이복형제, 15세의 서자로 밤의 경비대 소속
　 › **고스트** 존의 다이어울프
숙부와 숙모
{브랜던 스타크} 에다드 공의 큰형으로 아에리스 타르가르옌 2세의 명으로 참수

벤젠 스타크 에다드 공의 동생, 밤의 경비대 소속으로 장벽 너머에서 실종

라이사 아린 캐틀린 부인의 여동생, (존 아린 공의 과부, 이어리의 여영주

에드무어 툴리 경 캐틀린 부인의 남동생, 리버런의 후계자

브린덴 툴리 경 일명 검은 물고기, 캐틀린 부인의 숙부

맹약검사와 전우

테온 그레이조이 에다드 공의 대자, 파이크와 강철 군도의 후계자

할리스 몰렌 윈터펠 위병대장

　› **잭스, 퀜트, 샤드 등** 몰렌의 명에 따르는 위병들

웬델 맨덜리 경 화이트하버 영주의 둘째 아들

파트렉 말리스터 시가드의 후계자

데이시 모르몬트 매기 여영주의 큰딸이자 곰 섬의 후계자

존 엄버 일명 스몰존

로빈 플린트, 퍼윈 프레이 경, 루카스 블랙우드

올리바 프레이 왕의 종자, 18세

리버런의 가신

바이먼 학사 조언자이자 치료사, 가정교사

데스몬드 그렐 경 훈련대장

로빈 라이거 경 위병대장

유세리데스 웨인 리버런의 집사

운문가 라이먼드 가수

윈터펠의 가신

루윈 학사 조언자이자 치료사, 가정교사

로드릭 카셀 경 훈련대장

　› **베스** 그의 어린 딸

왈더 프레이 일명 큰 왈더, 캐틀린 부인의 대자, 8세

왈더 프레이 일명 작은 왈더, 캐틀린 부인의 대자, 역시 8세

차일 성사 윈터펠의 성소와 도서관 책임자

조세스 거마장

 › **밴디, 시라** 그의 쌍둥이 딸

팔렌 견사장

 › **팰라** 견사지기 소녀

낸 할멈 이야기꾼, 과거에는 유모로 일했으나 지금은 매우 늙은 나이

 › **호도** 그녀의 증손자, 머리가 나쁜 마구간지기 소년

게이지 요리사

 › **터닙** 그의 아들, 허드렛일 담당

오샤 늑대 숲에서 잡힌 야인 여자, 부엌데기로 일함

미켄 대장장이 겸 무기제조인

헤이헤드, 스킷트릭, 폭시 팀, 에일벨리 위병들

캘론, 톰 위병들의 자식

휘하 영주와 지휘관

(롭과 함께 리버런에 있는 이들)

존 엄버 일명 그레이트존

리카드 카스타크 카홀드의 영주

갤버트 글로버 딥우드모트 출신

매기 모르몬트 곰 섬의 영주

스테브론 프레이 경 왈더 프레이 공의 맏아들이자 트윈스의 후계자

 › **라이먼 프레이 경** 스테브론 경의 맏아들

  ›› **검은 왈더 프레이** 라이먼 경의 아들

마틴 리버스 왈더 프레이 공의 서자

(루스 볼턴군과 함께 트윈스에 있는 이들)

루스 볼턴 드레드포트의 영주, 북부군의 큰 부분을 지휘하고 있음

로벳 글로버 딥우드모트 출신

왈더 프레이 크로싱의 영주

헬만 톨하트 경 토르헨스퀘어 출신

아에니스 프레이 경

(타이윈 라니스터 공의 포로들)

메저 세르윈 공

해리온 카스타크 리카드 공의 아들 중 유일하게 살아 있음

윌리스 맨덜리 경 화이트하버의 후계자

재러드 프레이 경, 호스틴 프레이 경, 댄웰 프레이 경, 프레이 가문의 서자 로넬 리버스
(전장에 있거나 각자의 성에 있는 이들)

라이만 대리 8세 소년

셸라 휀트 하렌홀의 여영주, 타이윈 라니스터에게 성을 빼앗김

제이슨 말리스터 시가드의 영주

조노스 브라켄 스톤헤지의 영주

타이토스 블랙우드 레이븐트리의 영주

캐릴 밴스 공

마크 파이퍼 경

할먼 페이지 경

북부에 있는 휘하 영주와 수호성주

와이먼 맨덜리 화이트하버의 영주

그레이워터워치의 하울랜드 리드 호상민

> **미라** 하울랜드의 딸, 15세 처녀

> **조젠** 하울랜드의 아들, 13세 소년

도넬라 혼우드 부인 과부이자 비탄에 빠진 어머니

클레이 세르윈 메저 공의 후계자, 14세 소년

레오발드 톨하트 헬만 경의 동생, 토르헨스퀘어의 수호성주

> **베레나** 레오발드의 아내, 혼우드 가문 출신

>> **브랜던** 레오발드의 아들, 14세 소년

>> **베렌** 레오발드의 아들, 10세 소년

벤프레드 헬만 경의 아들, 토르헨스퀘어의 후계자

에다라 헬만 경의 딸, 9세 소녀

시벨 부인 로벳 글로버의 아내, 그의 부재중 딥우드모트를 지키고 있음

> **가웬** 로벳의 아들, 3세, 딥우드모트의 후계자

> **에레나** 로벳의 딸, 1세 아기

라렌스 스노우 혼우드 공의 서자, 12세, 갤버트 글로버의 대자

'까마귀 밥' 모스 엄버, '창녀잡이' 호서 엄버 그레이트존의 숙부들

리에사 플린트 부인 로빈 플린트의 어머니

온드류 로크 올드캐슬의 영주, 노인

⌁⌁⌁ 바다 건너의 여왕 ⌁⌁⌁

타르가르옌의 기치는 일곱 왕국 중 여섯을 정복하고, 왕조를 설립하고, 정복한 적들의 검을 모아 철왕좌를 만든 정복자 아에곤의 깃발이다. 검은색 바탕에 붉은색으로 그린 삼두룡.

대너리스 타르가르옌 1세 일명 폭풍에서 태어난 대너리스, 불타지 않는 분, 드래곤의 어머니, 도트락인의 칼리시, 아에리스 타르가르옌 2세와 그의 누이이자 아내였던 라엘라 왕비 사이에서 유일하게 살아남은 자식, 14세의 과부

드로곤, 비세리온, 라에갈 막 깨어난 드래곤들
{드로고} 남편, 도트락의 칼, 부상이 악화되어 사망
　› **{라에고}** 대너리스와 칼 드로고 사이에서 생겨 사산한 아들, 미리 마즈 두르의 손으로 자궁 속에서 참살

형제
{라에가르} 드래곤스톤의 왕자이자 철왕좌의 후계자, 트라이던트에서 로버트 왕에게 참살
　› **{라에니스}** 라에가르와 도르네의 엘리아 사이에서 태어난 딸, 킹스랜딩 약탈 당시 살해당함
　› **{아에곤}** 라에가르와 도르네의 엘리아 사이에서 태어난 아들, 킹스랜딩 약탈 당시 살해당함
{비세리스} 비세리스 3세로 자칭, 일명 거지 왕, 바에스 도트락에서 칼 드로고의 손에 참살

퀸스가드
조라 모르몬트 경 망명 기사, 한때 곰 섬의 영주였음
조고 '코'이자 혈맹기수, 채찍을 지닌 자
아고 '코'이자 혈맹기수, 활을 지닌 자

라카로 '코'이자 혈맹기수, 아라크를 지닌 자

시녀
이리 도트락 여자
지키 도트락 여자
도리아 리스 여자, 과거 창녀였음

세 명의 탐색자
자로 쇼안 닥소스 콰스의 상인 왕자
피아트 프리 콰스의 흑마법사
퀘이트 가면을 쓴 아사이의 그림자술사

일리리오 모파티스 자유도시 펜토스의 마지스터, 대너리스와 칼 드로고의 결혼을 주선했으며
비세리스를 철왕좌에 복권시킬 음모를 꾸몄음

— 다른 가문들 —

~~ 아린 가문 ~~

아린 가문은 전쟁 발발 시에 왕위를 주장한 경쟁자들 중 누구에 대해서도 지지를 선언하지 않고, 그 힘을 이어리와 아린 계곡을 지키는 데 유지했다. 아린의 문장은 하늘색 바탕에 하얀색 달과 매다. 아린의 가언은 '명예만큼 드높게'.

로버트 아린 이어리의 영주, 협곡의 방어자, 동부의 관리자, 병약한 8세 소년

라이사 부인 어머니, 툴리 가문 출신, 고인이 된 왕의 수관 (존 아린 공)의 세 번째 아내이자 미망인이며 캐틀린 스타크의 여동생

가신
콜먼 학사 조언자이자 치료사, 가정교사
마르윈 벨모어 경 위병대장
네스토 로이스 공 협곡의 고위 집사
　› **알바르 경** 네스토 공의 아들
미아 스톤 아린 가문을 섬기는 서녀, 로버트 왕이 결혼 전에 둔 사생아
모드 잔혹한 간수
마릴리언 젊은 가수

휘하 영주, 구혼자와 가신
욘 로이스 공 일명 청동 욘
　› **안다르 경** 욘 공의 맏아들

› **로바르 경** 욘 공의 둘째 아들, 렌리 왕을 섬김, 레인보우가드의 빨간 로바르

› **{웨이마르 경}** 욘 공의 막내 아들, 밤의 경비대 대원, 장벽 너머에서 실종

네스토 로이스 공 욘 공의 동생, 협곡의 고위집사

› **알바르 경** 네스토 공의 아들이자 후계자

› **미란다** 네스터 공의 딸

린 코브레이 경 라이사 부인의 구혼자

› **미첼 레드포트** 그의 종자

아냐 웨인우드 부인

› **모턴 경** 아냐 부인의 맏아들이자 후계자, 라이사 부인의 구혼자

› **도넬 경** 아냐 부인의 둘째 아들, 관문의 기사

이언 헌터 롱보우홀의 영주, 노인이며 라이사 부인의 구혼자

플로렌트 가문

브라이트워터킵의 플로렌트 가문은 하이가든에 충성을 맹세한 휘하 봉신으로, 티렐 가문에 따라 렌리 왕에 대한 지지를 선언했다. 그러나 스타니스의 왕비가 플로렌트이며 그녀의 숙부가 드래곤스톤의 수호성주이기 때문에 다른 진영에도 한 발을 걸치고 있다. 플로렌트 가문의 상징은 꽃의 원 안에 들어간 여우 머리다.

알레스터 플로렌트 브라이트워터의 영주

멜라라 부인 아내, 크레인 가문 출신

자녀

알레킨 브라이트워터의 후계자

멜레사 랜딜 탈리 공과 결혼

리아 레이톤 하이타워 공과 결혼

형제

액셀 경 드래곤스톤의 수호성주

{리암 경} 낙마로 사망

> **셀리스 왕비** 리암 경의 딸, 스타니스 왕과 결혼

> **임리 경** 리암 경의 맏아들 겸 후계자

> **에렌 경** 리암 경의 둘째 아들

콜린 경

> **델레나** 콜린 경의 딸, 호스먼 노크로스 경과 결혼

>> **에드릭 스톰** 델레나의 아들, 로버트 왕의 서자

› › **알레스터 노크로스** 델레나의 아들
› › **렌리 노크로스** 델레나의 아들
› **오머 학사** 콜린의 아들, 올드오크에서 봉직
› **메렐** 콜린의 아들, 아버에서 종자로 봉직
라일린 누이, 리처드 크레인 경과 결혼

프레이 가문

강력하고 부유하며 수가 많은 프레이 가문은 툴리 가문의 휘하로 리버런에 검을 바치겠다고 맹세했으나, 언제나 의무를 성실히 수행하지는 않았다. 로버트 바라테온이 트라이던트에서 라에가르 타르가르옌과 맞붙었을 때, 프레이 가문은 전투가 끝날 때까지 도착하지 않았고, 그 후로 호스터 툴리 공은 언제나 왈더 공을 "늦장 프레이 공"이라고 불렀다. 프레이 공은 롭 스타크가 약혼에 동의하여, 전쟁이 끝난 후에 프레이 공의 딸이나 손녀딸 중 한 명과 결혼하겠다고 약속한 후 북부의 왕을 지지하는 데 동의했다. 왈더 공은 91번째 명명일을 보냈으나, 최근에 일흔 살이 어린 처녀를 여덟 번째 아내로 맞이했다. 그 바지 속에서 나온 사람만으로 군대를 편성할 수 있는 영주는 칠왕국에 프레이 공 하나뿐이라는 말이 있다.

왈더 프레이 크로싱의 영주

첫 번째 아내, 로이스 가문 출신의 {페라 부인} 소생
스테브론 경 트윈스의 후계자
결혼 {코레나 스완} 쇠약 질환으로 사망
　›**라이먼 경** 스테브론의 맏아들
　　››**에드윈** 라이먼의 아들, 재니스 헌터와 결혼
　　　›››**왈다** 에드윈의 딸, 8세 소녀
　　››**왈더** 라이먼의 아들, 일명 검은 왈더
　　››**피터** 라이먼의 아들, 일명 여드름 피터, 밀렌다 카론과 결혼
　　　›››**페라** 피터의 딸, 5세 소녀
결혼 {제인 리든} 낙마로 사망

› **아에곤** 스테브론의 아들, 일명 징글벨이라 불리는 반편이

› **{마에겔}** 스테브론의 딸, 출산 중 사망, 대편 밴스 경과 결혼

  ›› **마리안느** 마에겔의 딸, 처녀

  ›› **왈더 밴스** 마에겔의 아들, 종자

  ›› **파트렉 밴스** 마에겔의 아들

결혼 {마르셀라 웨인우드} 출산 중 사망

› **월튼** 스테브론의 아들, 디아나 하딩과 결혼

  ›› **스테폰** 월튼의 아들, 일명 사탕

  ›› **왈다** 월튼의 딸, 일명 아름다운 왈다

  ›› **브라이언** 월튼의 아들, 종자

에몬 경 라니스터 가문의 젠나와 결혼

› **클레오스 경** 에몬의 아들, 제인 대리와 결혼

  ›› **타이윈** 클레오스의 아들, 11세 종자

  ›› **윌렘** 클레오스의 아들, 애시마크에서 시동으로 지냄

› **라이오넬 경** 에몬의 아들, 멜레사 크레이크홀과 결혼

› **티온** 에몬의 아들, 리버런에 포로로 잡힌 종자

› **왈더** 에몬의 아들, 일명 붉은 왈더, 캐스털리록에서 시동으로 지냄

아에니스 경 출산 중 사망한 {티아나 와일드}와 결혼

› **아에곤 블러드본** 아에니스의 아들, 범법자

› **라에가르** 아에니스의 아들, 제인 비스버리와 결혼

  ›› **로버트** 라에가르의 아들, 13세 소년

  ›› **왈다** 라에가르의 딸, 10세 소녀, 일명 '하얀 왈다'

  ›› **조노스** 라에가르의 아들, 8세 소년

페리안 레슬린 하이 경과 결혼

› **하리스 하이 경** 페리안의 아들

  ›› **왈더 하이** 하리스의 아들, 4세 소년

› **도넬 하이 경** 페리안의 아들

› **알린 하이** 페리안의 아들, 종자

두 번째 아내, 스완 가문의 {시레나 부인} 소생

제러드 경 그들의 맏아들, {알리스 프레이}와 결혼

› **타이토스 경** 제러드의 아들, 조이 블레인트리와 결혼

›› **지아** 타이토스의 딸, 14세 처녀

›› **재커리** 타이토스의 아들, 12세 소년, 올드타운의 성소에서 훈련 중

› **키라** 제러드의 딸, 가아스 굿브룩 경과 결혼

›› **왈더 굿브룩** 키라의 아들, 9세 소년

›› **제인 굿브룩** 키라의 딸, 6세

루시언 성사 킹스랜딩의 바엘로르 대성소에서 봉직 중

세 번째 아내, 크레이크홀 가문의 {애머레이 부인} 소생

호스틴 경 그들의 맏아들, 벨레나 하윅과 결혼

› **아우드 경** 호스틴의 아들, 리엘라 로이스와 결혼

›› **리엘라** 아우드의 딸, 5세 소녀

›› **앤드로, 알린** 아우드의 쌍둥이 아들, 3세

리테네 부인 루시아스 바이프렌 공과 결혼

› **엘리아나** 리테네의 딸, 존 와일드 경과 결혼

›› **리카드 와일드** 엘리아나의 아들, 4세

› **데이먼 바이프렌 경** 리테네의 아들

사이먼드 브라보스의 베사리오스와 결혼

› **알레산더** 사이먼드의 아들, 가수

› **알릭스** 사이먼드의 딸, 17세 처녀

› **브라다마** 사이먼드의 아들, 10세 소년, 브라보스 상인 오로 텐디리스의 대자로 브라보스에
가 있음

댄웰 경 위나프레이 휀트와 결혼

› {많은 사산과 유산}

메렛 마리야 대리와 결혼

› **애머레이** 메렛의 딸, 보통 애미로 불림, 16세의 과부, 블루포크의 {페이트 경}과 결혼

› **왈다** 메렛의 딸, 일명 뚱뚱한 왈다, 15세 처녀

› **마리사** 메렛의 딸, 13세 처녀

› **왈더** 메렛의 아들, 일명 작은 왈더, 8세 소년, 캐틀린 스타크 부인의 대자로 윈터펠에 가 있음

{제레미 경} 익사, 캐롤레이 웨인우드와 결혼

› **산도르** 제레미의 아들, 12세 소년, 도넬 웨인우드 경의 종자

› **신시아** 제레미의 딸, 9세 소녀, 아냐 웨인우드 부인의 대자

레이먼드 경 베오니 비스버리와 결혼

› **로버트** 레이먼드의 아들, 16세, 올드타운 시타델에서 훈련 중

› **말윈** 레이먼드의 아들, 15세, 리스에서 연금술사 견습생 생활 중

› **세라, 사라** 레이먼드의 쌍둥이 딸, 14세 처녀들

› **세르세이** 레이먼드의 딸, 6세, 일명 작은 벌

네 번째 아내, 블랙우드 가문의 {알리사 부인} 소생

로타르 그들의 맏아들, 일명 '절름발이 로타르', 레오넬라 레포드와 결혼

› **티산** 로타르의 딸, 7세 소녀

› **왈다** 로타르의 딸, 4세 소녀

› **엠벌레이** 로타르의 딸, 2세 소녀

자모스 경 살레이 페이지와 결혼

› **왈더** 자모스의 아들, 일명 큰 왈더, 8세 소년, 캐틀린 스타크 부인의 대자로 윈터펠에 가 있음

› **디콘, 마티스** 자모스의 쌍둥이 아들, 5세

휠렌 경 실와 페이지와 결혼

› **호스터** 휠렌의 아들, 12세 소년, 데이먼 페이지 경의 종자

› **메리안느** 휠렌의 딸, 보통 메리로 불림, 11세 소녀

모리야 부인 플레멘트 브락스 경과 결혼

› **로버트 브락스** 모리야의 아들, 9세, 캐스털리록에 시동으로 가 있음

› **왈더 브락스** 모리야의 아들, 6세 소년

› **존 브락스** 모리야의 아들, 3세 아기

티타 일명 처녀 티타, 29세의 처녀

다섯 번째 아내, 휀트 가문의 {사리아 부인}

› 소생 없음

여섯 번째 아내, 로스비 가문의 {베타니 부인} 소생

페르윈 경 그들의 맏아들

벤프레이 경 사촌인 지안나 프레이와 결혼

›**델라** 벤프레이의 딸, 일명 귀머거리 델라, 3세 소녀

›**오스먼드** 벤프레이의 아들, 2세 소년

윌라멘 학사 롱보우홀에서 봉직

올리바 롭 스타크를 섬기는 종자

로슬린 16세 처녀

일곱 번째 아내, 파링 가문의 {아나라 부인} 소생

아르윈 14세 처녀

웬델 그들의 맏아들, 13세 소년, 시가드에 시동으로 가 있음

콜마르 종단에 들어가기로 되어 있음, 11세

왈티르 일명 티르, 10세 소년

엘마르 아리아 스타크와 약혼, 9세 소년

시레이 6세 소녀

여덟 번째 아내, 에렌포드 가문의 조유즈 부인

›현재까지 소생 없음

왈더 공의 사생아

왈더 리버스 일명 '서자 왈더'

›**아에몬 리버스 경** 서자 왈더의 아들

›**왈다 리버스** 서자 왈더의 딸

멜위스 학사 로스비에서 봉직

제인 리버스, 마틴 리버스, 라이거 리버스, 로넬 리버스, 멜라라 리버스 등

그레이조이 가문

발론 그레이조이, 강철 군도의 영주, 과거 철왕좌에 대항한 반란을 주도했다가 로버트 왕과 에다드 스타크 영주에게 제압. 윈터펠에서 자란 아들 테온은 롭 스타크의 지지자이자 가장 가까운 동료이지만, 발론 공은 북부인들이 남쪽 강역으로 진군했을 때 합류하지 않았다.

그레이조이의 상징은 검은색 바탕에 금색 크라켄. 가언은 '우리는 씨를 뿌리지 않는다'.

발론 그레이조이 강철 군도의 영주, 소금과 바위의 왕, 바닷바람의 아들, 파이크의 사신, 대(大)크라켄호의 선장

알라니스 부인 아내, 할로우 가문 출신

자녀
{로드릭} 그레이조이 반란 당시 시가드에서 참살
{마론} 그레이조이 반란 당시 파이크 성벽에서 참살
아샤 딸, 블랙윈드호의 선장
테온 에다드 스타크 공의 대자

형제
유론 일명 까마귀 눈, 침묵호의 선장, 범법자, 해적, 약탈자
빅타리온 강철 함대의 함대장, 강철 승리호의 주인
아에론 일명 젖은 머리, 익사한 신의 사제

가신
다그머 일명 갈라진 턱, 훈련대장, 거품 고래호의 선장

웬다미르 학사 치료사 겸 조언자

헬리야 성 지킴이

시그린 선박 장인

휘하 영주

로드스포트의 보틀리 공

아이언홀트의 윈치 공

할로우의 할로우 공

올드윅의 스톤하우스

올드윅의 드럼

그레이트윅의 굿브러더

그레이트윅의 멀린 공

그레이트윅의 스파르

블랙타이드의 블랙타이드 공

솔트클리프의 솔트클리프 공

솔트클리프의 선덜리 공

❧❦ 라니스터 가문 ❦❧

캐스털리록의 라니스터 가문은 철왕좌에 대한 권리를 주장하는 조프리 왕의 중요 지지자로 남아 있다. 그들의 상징은 진홍색 바탕에 금색 사자이다. 라니스터의 가언은 '내 포효를 들으라!'.

타이윈 라니스터 캐스털리록의 영주, 서부의 관리자, 라니스포트의 방패, 그리고 왕의 수관으로 하렌홀에서 라니스터군을 지휘하고 있음

{조안나 부인} 아내, 사촌으로 출산 중 사망

자녀

제이미 경 일명 킹슬레이어, 동부의 관리자이자 킹스가드 단장, 세르세이와 쌍둥이

세르세이 왕비 로버트 왕의 과부, 제이미와 쌍둥이, 섭정대비 겸 호국공

티리온 일명 꼬마 악마로 불리는 난쟁이

형제

케반 경 첫째 동생

› **도르나** 케반 경의 아내, 하리스 스위프트 경의 딸

그들의 자녀

› **란셀 경** 로버트 왕의 종자였다가 사후 기사 서임을 받음

› **윌렘** 마틴과 쌍둥이, 종자, '속삭이는 숲'에서 포로로 잡힘

› **마틴** 윌렘과 쌍둥이, 종자

› **제이네** 2세 소녀

젠나 누이, 에몬 프레이 경과 혼인

› **클레오스 프레이 경** 젠나의 아들, '속삭이는 숲'에서 포로로 잡힘

_› **티온 프레이** 젠나의 아들, 종자, '속삭이는 숲'에서 포로로 잡힘

{**타이겟 경**} 둘째 동생, 매독으로 사망

_› **달레사** 타이겟의 미망인, 마브랜드 가문

_› **타이렉** 타이겟의 아들, 왕의 종자

{**제리온**}, 막냇동생, 바다에서 실종

_› **조이** 제리온의 서녀, 11세

스태퍼드 라니스터 경 사촌, 고 조안나 부인의 남자 형제

_› **세레나, 미리엘** 스태퍼드 경의 딸들

_› **대븐 경** 스태퍼드 경의 아들

휘하 영주, 대장, 지휘관

아담 마브랜드 경 애시마크의 후계자, 타이윈 공의 별동대와 척후대를 지휘

그레고르 클리게인 경 일명 달리는 산더미

_› **폴리버, 치즈윅, 친절한 라프, 던센, 티클러** 등, 그 밑에 있는 병사들

레오 레포드 공

아모리 로치 경 징발대 대장

르위스 리든 딥덴의 영주

가웬 웨스털링 크래그의 영주, '속삭이는 숲'에서 포로로 잡혀 시가드에 억류

로버트 브락스 경, 플레멘트 브락스 경 형제

폴리 프레스터 경 골든투스 출신

바고 호트 자유도시 코호르 출신, '용감한 형제단'이라는 용병대의 대장

크렐린 학사 조언자

❧❧ 마르텔 가문 ❧❧

도르네는 일곱 왕국 중에서 마지막으로 철왕좌에 충성을 맹세한 왕국이었다. 도르네인은 혈통, 관습, 역사 모든 면에서 다른 왕국들과 다르다. 후계 전쟁이 터졌을 때, 도르네 대공은 침묵을 고수하고 아무 역할도 맡지 않았다.

마르텔 가문의 기치는 금색 창에 꿰뚫린 붉은 태양이다. 가언은 '굽히지 않고, 휘지 않고, 꺾이지 않으리'.

도란 니메로스 마르텔 선스피어의 영주, 도르네 대공

멜라리오 아내, 자유도시 노보스 출신
자녀
아리안느 공녀 맏딸, 선스피어의 후계자
쿠엔틴 공자 맏아들
트리스탄 공자 둘째 아들
형제
{엘리아 공녀} 누이, 라에가르 타르가르옌 왕자와 혼인, 킹스랜딩 점령 중에 참살
　⟩**{라에니스 공주}** 엘리아의 딸, 어린 소녀로 킹스랜딩 점령 중에 살해당함
　⟩**{아에곤 왕자}** 엘리아의 아들, 아기로 킹스랜딩 점령 중에 살해당함
오베린 공자 남동생, '붉은 독사'

가신
아레오 호타 노보스 출신의 용병, 위병대장
칼레오트 학사 조언자, 치료사, 가정교사

휘하 영주
에드릭 데인 스타폴의 영주

선스피어에 충성을 맹세한 주요 가문으로는 조데인, 산타가르, 알리리온, 톨랜드, 이론우드, 윌,
파울러, 데인이 있다.

티렐 가문

하이가든의 티렐 공은 딸인 마저리와 렌리의 결혼 이후 렌리 왕 지지를 선언하고, 주요 봉신 대부분을 렌리 아래로 이끌었다. 티렐의 문장은 풀색 바탕에 금빛 장미이다. 가언은 '강하게 자라리'.

메이스 티렐 하이가든의 영주, 남부의 관리자, 변경의 방어자, 리치의 고위 원수, 왕의 수관

알러리 부인 아내, 올드타운의 하이타워 가문 출신

자녀
윌라스 두 사람의 맏아들, 하이가든의 후계자
갈란 경 일명 용사, 둘째 아들
로라스 경 '꽃의 기사', 막내아들, 레인보우가드의 단장
마저리 딸, 15세 처녀, 최근 렌리 바라테온과 결혼

부모
올레나 부인 홀어머니, 레드와인 가문 출신, 일명 가시 여왕

누이
미나 아버지의 영주인 팍스터 레드와인 공과 혼인
  › **호라스 레드와인 경** 호버와 쌍둥이, '호러(골칫덩이)'라고 놀림받음
  › **호버 레드와인 경** 호라스와 쌍둥이, '슬로버(침흘리개)'라고 놀림받음
  › **데스메라 레드와인** 16세 처녀
잔나 존 포소웨이 경과 혼인

숙부
가스 일명 방귀쟁이, 하이가든의 대집사

가아스 플라워스, 가렛 플라워스 그의 서자
모린 경 올드타운의 시 경비대 대장
고르몬 학사 시타델의 학자

가신
로미스 학사 조언자, 치료사, 가정교사
이곤 바이어웰 위병대장
보티머 크레인 경 훈련대장
버터범프스 어릿광대, 엄청나게 뚱뚱함

― 밤의 경비대 사람들 ―

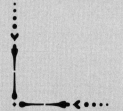

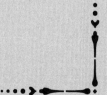

ᘛᘚᘚᘚ 밤의 경비대 ᘚᘚᘚᘚ

밤의 경비대는 칠왕국을 보호하고, 어떤 내전이나 왕위 경쟁에도 참여하지 않기로 맹세했다. 전통적으로 반란 시기에 그들은 모든 왕을 예우하고 어느 왕에게도 복종하지 않는다.

제오 모르몬트 밤의 경비대 사령관, 일명 '늙은 곰'

캐슬블랙

존 스노우 모르몬트의 집사 겸 종자, 윈터펠의 서자, 일명 '스노우 나리'
  › **고스트** 존의 하얀 다이어울프
아에몬 (타르가르옌) 학사 조언자 겸 치료사
  › **샘웰 탈리, 클라이다스** 그의 집사들
벤젠 스타크 제1순찰자, 장벽 너머에서 실종
  › **토렌 스몰우드** 선임 순찰자
  › **자먼 벅웰** 선임 순찰자
  › **오틴 위더스 경, 알라데일 윈치 경, 그렌, 피파, 매타르, 엘론, '시스터맨' 라크** 순찰자들
오델 야윅 제1건설자
  › **할더, 알벳** 건설자들
보웬 마시 집사장
  › **체트** 집사이며 개 담당
에디슨 톨렛 일명 구슬픈 에드, 음침한 기사 종자

셀라다르 성사 주정뱅이 종교인

엔드류 타스 경 훈련대장

캐슬블랙의 형제들

도날 노이 무기제조인이자 대장장이, 외팔이

세 손가락 홉 요리사

제렌, 래스트, 쿠겐 아직 훈련 중인 신병들

콘위, 구에렌 방랑 까마귀, 장벽을 위해 고아 소년과 범죄자들을 모아들이는 신병 모집자

요렌 방랑 까마귀 선임자

프래드, 컷잭, 워스, 레이슨, 콰일 장벽에 갈 신병들

코스, 제렌, 도버, 커즈, 바이터, 로지, 자켄 하가르 장벽에 갈 범죄자들

초록 손 로미, 겐드리, 타버, 핫파이, 아리 장벽에 갈 고아들

바닷가 이스트워치

코터 파이크 이스트워치 지휘관

› **알리서 쏜 경** 훈련대장

이스트워치의 형제들

›› **대리언** 집사이자 가수

섀도타워

데니스 말리스터 경 섀도타워 지휘관

› **반쪽 손 쿼린** 선임 순찰자

› **달브리지** 선임 순찰자

› **에벤, 바위뱀** 순찰자

왕들의 전쟁 2

얼음과 불의 노래 제2부

1판 1쇄 발행 2001년 6월 25일
2판 1쇄 발행 2006년 1월 5일
개정판 1쇄 발행 2017년 5월 15일
개정판 6쇄 발행 2023년 3월 31일

지은이 · 조지 R. R. 마틴
옮긴이 · 이수현
펴낸이 · 주연선

책임편집 · 이경란
편집 · 이진희 심하은 백다흠 강건모 최민유 윤이든 양석한
디자인 · 김서영 이지선 권예진
마케팅 · 장병수 김한밀 최수현 김다은
관리 · 김두만 유효정 신민영

(주)은행나무
04035 서울특별시 마포구 양화로11길 54
전화 · 02)3143-0651~3 | 팩스 · 02)3143-0654
신고번호 · 제 1997-000168호(1997. 12. 12)
www.ehbook.co.kr
ehbook@ehbook.co.kr

ISBN 978-89-5660-173-1 04840
ISBN 978-89-5660-898-3 (세트)